U0630390

鲁迅著译编年全集

人民出版社

鲁迅著译编年全集

叁

目　录

一九一八

一九一九

一月

二月

三月

一九二〇

一九一八

一月

一日

日记 晴,风。休假。上午范云台,许诗荃,诗英来。洙邻兄来。午后往铭伯先生寓。下午潘企莘来。

二日

日记 晴。休假。午后往留黎厂买《元固墓志》一枚,四元。季市宅遗肴二品。

三日

日记 晴。休假。上午子佩来。午后得家信,有丰所作字。得和苏信,潞安发。得宋知方信。夜风。

四日

日记 晴。上午赴部,茶话会。二弟往富晋书庄购得《殷虚书契考释》一册,《殷虚书契待问编》一册,《唐三藏取经诗话》一册,共泉券十一元。晚徐宗伟来。王式乾来,交与泉七十五,合前款汇越中作十二月家用。黄厶来属保应考法官。

致 许寿裳

季市君足下:一别忽已过年,当枯坐牙门中时,怀想弥苦。顷蒙书,藉审梗概,又据所闻,则江西厅较之不上不落之他厅,尚差胜,聊以慰耳。来论谓当灌输诚爱二字,甚当;第其法则难,思之至今,乃无可报。吾辈诊同胞病颇得七八,而治之有二难焉,未知下药,一也;牙关紧闭,二也。牙关不开尚能以醋涂其腮,更取铁钳攒而启之,而药方则无以下笔。故仆敢告不敏,希别问何廉臣先生耳。若问鄙意,则以为不如先自作官,至整顿一层,不如待天气清明以后,或官已做稳,行有馀力时耳。再此间闻老虾公以不厌其欲,颇暗中作怪,虽真否未可知,不可不防。陈君地窃谓当早为设法,缘寿山请托极希,亦当聊塞其请也。《新青年》以不能广行,书肆拟中止;独秀辈与之交涉,已允续刊,定于本月十五出版云。罗遗老出书不少,如明器,印钵之类,俱有图录,惜价贵而无说,亦一憾事。孙氏《名原》亦印出,中多木丁未刻,观之令人怅然,而一薄本需银一元,其后人惰于校刻而勤于利,可叹。仆迄今未买,他日或在沪致之,缘可七折,而今又不急急也。起孟讲义已别封上。

树言　一月四日

部中对　君尚无谣言。兽道已在秘书处行走,自遇兽道,可谓还治其身矣。吉黑二厅,闻迄今尚未得一文,颇困顿。女官公则厌厌无生意,略无动作。今日赴部,有此公之腹底演说,只闻新年二字,馀乃倾听亦不可辨,然仆亦不复深究也。诸友中大抵如恒。惟季上于十月初病伤寒,迄今未能出动;其女亦病,已痊;其夫人亦病,于年杪逝去,可谓不幸也矣。协和博负钱七八十,今日见之,目眶下陷,自言非因失眠,实缘小病,每微病而目眶便陷,彼家人人如此,似属遗传云云,仆亦不复深究之矣。此颂
曼福。

树　顿首　作附笔候

五日

　　日记　晴。上午寄和荪信。寄季市信并讲义一卷。丸善寄来

日历一帖。

六日

日记 晴,风。星期休息。午后龙荫桐来。

七日

日记 晴。上午得许伯琴片,三日武昌发。得羽太家信,十二月卅日发。得丸善书店信片并书目四册。夜风。

八日

日记 晴。午后同齐寿山往视许季上。

九日

日记 晴。下午往留黎厂付表拓本,并取已表者,工五元。寄李霞卿信。

十日

日记 昙。午后同齐寿山之小市。赙李厶一元。

十一日

日记 昙。上午两弟妇来信,七日发。晚霞卿来。夜子佩来。

十二日

日记 晴,风。午后得李遐卿信,十日发。

十三日

日记 晴。星期休息。午后同二弟至留黎厂德古斋,偶检得

《上尊号碑》额并他种专石杂拓片共六枚,付泉一元。又至北京大学访遐卿,并赴浙江第五中学同学会,有照相,茶话等,六时归寓。

十四日

日记　晴。无事。

十五日

日记　晴。夜景写《曲成图谱》毕,共卅二叶。风。

十六日

日记　晴。上午寄家信附造冢费用泉五十,又本月家用泉五十。

十七日

日记　晴。无事。夜风。

十八日

日记　晴,大风。上午丸善来信并书三册。东京堂来信。

十九日

日记　晴,风。午后同朱孝荃访许季上。柯世五之弟娶妇,送二元。

二十日

日记　晴。星期休息。午后往留黎厂震古斋买《校官碑》一枚,二元;《李琼墓志》连侧一枚,一元五角。复往敦古谊取所表拓本二十枚,付工三元;又买魏法兴等造象一枚,五角。

二十一日

日记 昙,午风,晴。无事。

二十二日

日记 晴。无事。

二十三日

日记 微雪。午二弟来部,并邀陈师曾,齐寿山往和记饭。午后寄季市《新青年》一册,赠通俗图书馆,齐寿山,钱均夫各一册。夜韩寿谦来。

二十四日

日记 晴。夜宋紫佩来。

二十五日

日记 雨雪。午后理发。寄本月家用泉百,托协和从中国银行汇。

二十六日

日记 晴。午后同齐寿山访许季上,又游小市。胃痛服药。

二十七日

日记 晴。星期休息。午后往留黎厂买《张寿残碑》一枚,《冯晖宾造象》四枚,佛教画象二枚,出河南,共券五元。下午陶念钦先生来。三弟来信,言升叔殁于南京。

二十八日

日记 晴。上午刘历青来。午后同齐寿山,戴螺舲之小市。晚许骏甫来。

二十九日

　　日记　晴，风。无事。

三十日

　　日记　晴。胃大痛。夜子佩来。

三十一日

　　日记　晴。无事。

二月

一日

日记 晴。午二弟来部,复同齐寿山往和记饭讫阅小市。寄许季上信。

二日

日记 晴。上午寄宋子佩信并一包。夜补钞《颐志斋感旧诗》一叶。

三日

日记 昙。星期休息。午后同二弟往留黎厂买《瘗鹤铭》一枚,泉五元。至傍晚往洙邻兄寓饭,坐中有曾侣人,杜海生。夜归。

四日

日记 雨雪。上午洙邻兄送食物四种。午后寄三弟信。收一月分奉泉三百,内银六十。夜子佩来,言明日归越中。得徐元信。

五日

日记 晴。上午得绍兴修志采访处信。

六日

日记 晴。裘子元之弟在迪化,托其打碑,上午寄纸三十番,墨一条。下午往留黎厂代宋芷生买《元遗山诗注》一部六本,又自买《醉醒石》一部二本,各券六元。徐宗伟来假去银十元。

七日

日记　昙。午后以《元遗山诗注》寄宋芷生太原。晚许俊甫来。

八日

日记　昙。晚许俊甫来。夜风。

九日

日记　晴,风。下午代齐寿山寄许俊甫函并泉廿。许铭伯先生来。张协和遗板鸭一只。晚钱玄同来。

十日

日记　晴。星期休息。午后往留黎厂买《曹续生铭》,《马廿四娘买地券》拓本各一枚,二元;又至富晋书庄买《殷文存》一册,七元。下午范乐山先生宗镐来。许铭伯先生送肴二器。晚刘半农来。

十一日

日记　晴。春节休假。午后同二弟览厂甸一遍。下午蔡谷青来。

十二日

日记　晴。休假。下午往铭伯先生寓谈。

十三日

日记　晴。休假。午后同二弟览厂甸,又至青云阁饮茗。寄马幼渔信。

十四日

日记　晴。上午得丸善书店信三。

十五日

　日记　晴。下午得马叔平信。夜钱玄同来。

十六日

　日记　晴。晚商契衡来。夜风。

十七日

　日记　晴,风。星期休息。午后同二弟游厂甸及火神庙,买《神州大观》第十二集一册,券三元;又《写礼庼遗著》一部四本,三元;《江宁金石记》一部二本,二元;又买高师附属小学手工成绩品二事,铜元廿八枚。

十八日

　日记　晴。上午东京堂来信。夜改装《写礼庼遗著》四本作二本讫。

十九日

　日记　晴,风。上午东京堂寄来『口語法』一本,代钱玄同买。得二弟妇信。

二十日

　日记　晴。午后令工往日邮局取丸善所寄兑孚理斯《物种变化论》一册。

二十一日

　日记　昙,大风。午后寄子佩信。

二十二日

日记　晴。上午丸善寄来英文三册并信。寄三弟《物种变化论》一册并函,附与二弟妇笺,又泉八十,本月家用,又泉廿,托子佩买书,附函。

二十三日

日记　晴。上午得二弟妇信。晚铭伯先生来,赠以《青新[新青]年》一册。钱玄同来。

二十四日

日记　晴。星期休息。午马叔平来。午后游厂甸,在德古斋买《元纂墓志》,《兰夫人墓志》各一枚,券七元。在富晋书庄买《碑别字》一部二本,二元。又在高师附中学手工成绩售品处买铁椎一具,铜元五十四枚。

二十五日

日记　昙。上午得子佩信,十三日越中发。午后往日邮局寄丸善银十三元。

二十六日

日记　晴。午后寄羽太家信并泉十五。收本月奉泉三百。

二十七日

日记　晴。上午得季市信,二十二日南昌发。下午由部回寓取券。

二十八日

日记　晴。托齐寿山换泉,共券六百,得银元三百五十四。夜钱玄同来。

三月

一日

日记　晴。下午往通俗图书馆。夜商契衡来。

二日

日记　晴。午后寄家用泉百,二月分。夜钱玄同来。

三日

日记　昙。星期休息。上午得二三弟妇信,二月廿七日发。午后往留黎厂买《张僧妙碑》,姚伯多,锜双胡,苏丰国造象记各一分,共大小十一枚,券八元。下午往铭伯先生寓。晚蔡国青及其夫人来。

四日

日记　晴。上午得三弟信,二月廿八日发。得宋芷生信并拓片一包,廿八日太原发。

五日

日记　昙。无事。夜商契衡来。

六日

日记　晴。午后寄丸善银六元。夜濯足。

七日

日记　晴。上午寄三弟《互助论》一册。下午寄宋芷生信。

八日

日记　昙。上午寄阮和森信。夜雨即已。

九日

日记　昙，大风。昨子佩自越至，今日下午送来所买《艺术丛编》第二年分六册，《说文古籀补》二册，《字说》一册，《名原》一册，共银廿三元，合券三十八枚；又家所寄糟鸡一合，自所买火腿一只，又贻冬笋九枚。

十日

日记　晴，大风。星期休息。午后子佩来。

致 许寿裳

季巿君足下：数日前蒙　书，谨悉。《文牍汇编》第三，今无其书，亦无付印朕兆。所物色之人，条件大难，何可便得，善于公牍已不凡，而况思路明晰者哉？故无以报命。若欲得思路胡涂者，则此间触目都是，随时可以奉献也。子英通信处是大路俊诚陞记箔庄转交，陈君尚无事。所需书目，起孟写出三种如别纸，惟其价目，今或因战事已稍增。又第三种较深，今之学生，虑未能读，可以从缓。《新青年》第二期已出，别封寄上。今年群益社见贻甚多，不取值，故亦不必以直见返耳。日前在《时报》见所演说，甚所赞成，但今之同胞，恐未必能解。仆审现在所出书，无不大害青年，其十恶不赦之思想，令人肉颤。沪上一班昏虫又大捣鬼，至于为徐班侯之灵魂照相，其状乃如鼻烟壶。人事不修，群趋鬼道，所谓国将亡听命于神者哉！近来部中俸泉虽不如期，尚不至甚迟，但纸券暴落，人心又不宁一，困顿良不可言。家叔旷达，自由行动数十年而逝，仆殊羡其福气。至于善后，则殆无从措手。既须谋食，更不暇清理纠葛，倘复纷纭，会当牺牲老屋，率眷属拱手让之耳。专此并颂

曼福。

仆周树人　顿首　三月十日

十一日

日记　晴。上午分送图书分馆，钱均夫，齐寿山《新青年》各一册，又寄季市一册并函。赠戴螺舲笋三枚。下午得徐宗伟函，即复。陈师曾与好大王陵专拓本一枚，又同往留黎厂买杂拓片三枚，一元；又《曹全碑》并阴二枚，二元。

十二日

日记　晴。无事。

十三日

日记　晴。晚王铁如来。

十四日

日记　晴。下午得丸善书店信。

十五日

日记　晴。上午得宋芷生明信片，十一日发。午二弟至部，并邀齐寿山往和记饭。晚游小市。

十六日

日记　晴。上午师曾赠古垆景印本四纸。夜子佩来。

十七日

日记　昙。星期休息。上午许骏甫来。午后往留黎厂买十二辰镜一枚,券十元;《元显魏墓志》盖一枚,二元。又在青云阁买《隋唐以来官印集存》一册,六元。下午铭伯先生来。

十八日

日记　昙。下午同陈师曾往留黎厂买西纸五十枚归。夜钱玄同来。

十九日

日记　晴。上午丸善寄来书籍一包,即分寄越。午后往孔庙演礼。

二十日

日记　晴。午后寄羽太家信并泉卅,又东京堂泉三。夜往国子监宿。

二十一日

日记　晴。晨祀孔执事毕归寓卧。午后复往部少留。

二十二日

日记　晴。上午得丸善信,即复之。晚杜海生来,交与泉百,汇越中用。夜得和荪信,十九日发。

二十三日

日记　昙。上午陶念钦先生来。晚同二弟往洙邻家饮。夜雨。

二十四日

日记 雨。星期休息。下午风。无事。

二十五日

日记 晴,风。午后往留黎厂买未央东阁瓦拓片一枚,券一元;又买青羊竟一枚,"日有憙"竟一枚,合券十一元。夜子佩来。

二十六日

日记 昙。上午寄和孙信。午后理发。收本月奉泉三百。

二十七日

日记 昙。午后同师曾至其寓借书。寄家本月用泉百,海生汇款。

二十八日

日记 昙。午后同戴螺舲游小市。下午小雨。夜钱玄同来。

二十九日

日记 晴。上午得宋知方信,二十四日发。午后往留黎厂买得《更封残画象》一枚,《翟蛮造象》一枚,共二元。晚小雨。

三十日

日记 晴,风。上午寄马叔平信。寄三弟《自然史》一册。得封德三信。午后游小市。夜潘企莘来。

三十一日

日记 晴。星期休息。午后往留黎厂买《石门画象》并阴二枚,

《李洪演造象》一枚,《建崇寺造象》并阴二枚,《杨显叔造象》一枚,《张神龙息□茂墓记》一枚,共泉八元。

四月

一日

日记　晴。上午寄季市《新青年》并二弟讲义共一卷。得丸善明信片。午后游小市。赙李梦周二元。得马叔平信。

二日

日记　晴。午后自至小市游。

狂人日记

　　某君昆仲，今隐其名，皆余昔日在中学校时良友；分隔多年，消息渐阙。日前偶闻其一大病；适归故乡，迂道往访，则仅晤一人，言病者其弟也。劳君远道来视，然已早愈，赴某地候补矣。因大笑，出示日记二册，谓可见当日病状，不妨献诸旧友。持归阅一过，知所患盖"迫害狂"之类。语颇错杂无伦次，又多荒唐之言；亦不著月日，惟墨色字体不一，知非一时所书。间亦有略具联络者，今撮录一篇，以供医家研究。记中语误，一字不易；惟人名虽皆村人，不为世间所知，无关大体，然亦悉易去。至于书名，则本人愈后所题，不复改也。七年四月二日识。

一

今天晚上，很好的月光。

我不见他，已是三十多年；今天见了，精神分外爽快。才知道以前的三十多年，全是发昏；然而须十分小心。不然，那赵家的狗，何以看我两眼呢？

我怕得有理。

二

今天全没月光，我知道不妙。早上小心出门，赵贵翁的眼色便怪：似乎怕我，似乎想害我。还有七八个人，交头接耳的议论我，又怕我看见。一路上的人，都是如此。其中最凶的一个人，张着嘴，对我笑了一笑；我便从头直冷到脚跟，晓得他们布置，都已妥当了。

我可不怕，仍旧走我的路。前面一伙小孩子，也在那里议论我；眼色也同赵贵翁一样，脸色也都铁青。我想我同小孩子有什么仇，他也这样。忍不住大声说，"你告诉我！"他们可就跑了。

我想：我同赵贵翁有什么仇，同路上的人又有什么仇；只有廿年以前，把古久先生的陈年流水簿子，踹了一脚，古久先生很不高兴。赵贵翁虽然不认识他，一定也听到风声，代抱不平；约定路上的人，同我作冤对。但是小孩子呢？那时候，他们还没有出世，何以今天也睁着怪眼睛，似乎怕我，似乎想害我。这真教我怕，教我纳罕而且伤心。

我明白了。这是他们娘老子教的！

三

晚上总是睡不着。凡事须得研究，才会明白。

他们——也有给知县打枷过的，也有给绅士掌过嘴的，也有衙役占了他妻子的，也有老子娘被债主逼死的；他们那时候的脸色，全没有昨天这么怕，也没有这么凶。

最奇怪的是昨天街上的那个女人，打他儿子，嘴里说道，"老子呀！我要咬你几口才出气！"他眼睛却看着我。我出了一惊，遮掩不住；那青面獠牙的一伙人，便都哄笑起来。陈老五赶上前，硬把我拖回家中了。

拖我回家，家里的人都装作不认识我；他们的眼色，也全同别人一样。进了书房，便反扣上门，宛然是关了一只鸡鸭。这一件事，越教我猜不出底细。

前几天，狼子村的佃户来告荒，对我大哥说，他们村里的一个大恶人，给大家打死了；几个人便挖出他的心肝来，用油煎炒了吃，可以壮壮胆子。我插了一句嘴，佃户和大哥便都看我几眼。今天才晓得他们的眼光，全同外面的那伙人一模一样。

想起来，我从顶上直冷到脚跟。

他们会吃人，就未必不会吃我。

你看那女人"咬你几口"的话，和一伙青面獠牙人的笑，和前天佃户的话，明明是暗号。我看出他话中全是毒，笑中全是刀。他们的牙齿，全是白厉厉的排着，这就是吃人的家伙。

照我自己想，虽然不是恶人，自从踹了古家的簿子，可就难说了。他们似乎别有心思，我全猜不出。况且他们一翻脸，便说人是恶人。我还记得大哥教我做论，无论怎样好人，翻他几句，他便打上几个圈；原谅坏人几句，他便说"翻天妙手，与众不同"。我那里猜得到他们的心思，究竟怎样；况且是要吃的时候。

凡事总须研究，才会明白。古来时常吃人，我也还记得，可是不甚清楚。我翻开历史一查，这历史没有年代，歪歪斜斜的每叶上都写着"仁义道德"几个字。我横竖睡不着，仔细看了半夜，才从字缝里看出字来，满本都写着两个字是"吃人"！

书上写着这许多字，佃户说了这许多话，却都笑吟吟的睁着怪眼睛看我。

我也是人，他们想要吃我了！

四

早上，我静坐了一会。陈老五送进饭来，一碗菜，一碗蒸鱼；这鱼的眼睛，白而且硬，张着嘴，同那一伙想吃人的人一样。吃了几筷，滑溜溜的不知是鱼是人，便把他兜肚连肠的吐出。

我说"老五，对大哥说，我闷得慌，想到园里走走。"老五不答应，走了；停一会，可就来开了门。

我也不动，研究他们如何摆布我；知道他们一定不肯放松。果然！我大哥引了一个老头子，慢慢走来；他满眼凶光，怕我看出，只是低头向着地，从眼镜横边暗暗看我。大哥说，"今天你仿佛很好。"我说"是的。"大哥说，"今天请何先生来，给你诊一诊。"我说"可以！"其实我岂不知道这老头子是刽子手扮的！无非借了看脉这名目，揣一揣肥瘠：因这功劳，也分一片肉吃。我也不怕；虽然不吃人，胆子却比他们还壮。伸出两个拳头，看他如何下手。老头子坐着，闭了眼睛，摸了好一会，呆了好一会；便张开他鬼眼睛说，"不要乱想。静静的养几天，就好了。"

不要乱想，静静的养！养肥了，他们是自然可以多吃；我有什么好处，怎么会"好了"？他们这群人，又想吃人，又是鬼鬼祟祟，想法子遮掩，不敢直捷下手，真要令我笑死。我忍不住，便放声大笑起来，十分快活。自己晓得这笑声里面，有的是义勇和正气。老头子和大哥，都失了色，被我这勇气正气镇压住了。

但是我有勇气，他们便越想吃我，沾光一点这勇气。老头子跨出门，走不多远，便低声对大哥说道，"赶紧吃罢！"大哥点点头。原来也有你！这一件大发见，虽似意外，也在意中：合伙吃我的人，便是我的哥哥！

吃人的是我哥哥！

我是吃人的人的兄弟！

我自己被人吃了,可仍然是吃人的人的兄弟!

五

这几天是退一步想:假使那老头子不是刽子手扮的,真是医生,也仍然是吃人的人。他们的祖师李时珍做的"本草什么"上,明明写着人肉可以煎吃;他还能说自己不吃人么?

至于我家大哥,也毫不冤枉他。他对我讲书的时候,亲口说过可以"易子而食";又一回偶然议论起一个不好的人,他便说不但该杀,还当"食肉寝皮"。我那时年纪还小,心跳了好半天。前天狼子村佃户来说吃心肝的事,他也毫不奇怪,不住的点头。可见心思是同从前一样狠。既然可以"易子而食",便什么都易得,什么人都吃得。我从前单听他讲道理,也胡涂过去;现在晓得他讲道理的时候,不但唇边还抹着人油,而且心里满装着吃人的意思。

六

黑漆漆的,不知是日是夜。赵家的狗又叫起来了。

狮子似的凶心,兔子的怯弱,狐狸的狡猾,……

七

我晓得他们的方法,直捷杀了,是不肯的,而且也不敢,怕有祸祟。所以他们大家连络,布满了罗网,逼我自戕。试看前几天街上男女的样子,和这几天我大哥的作为,便足可悟出八九分了。最好是解下腰带,挂在梁上,自己紧紧勒死;他们没有杀人的罪名,又偿了心愿,自然都欢天喜地的发出一种呜呜咽咽的笑声。否则惊吓忧愁死了,虽则略瘦,也还可以首肯几下。

他们是只会吃死肉的！——记得什么书上说，有一种东西，叫"海乙那"的，眼光和样子都很难看；时常吃死肉，连极大的骨头，都细细嚼烂，咽下肚子去，想起来也教人害怕。"海乙那"是狼的亲眷，狼是狗的本家。前天赵家的狗，看我几眼，可见他也同谋，早已接洽。老头子眼看着地，岂能瞒得我过。

最可怜的是我的大哥，他也是人，何以毫不害怕；而且合伙吃我呢？还是历来惯了，不以为非呢？还是丧了良心，明知故犯呢？

我诅咒吃人的人，先从他起头；要劝转吃人的人，也先从他下手。

八

其实这种道理，到了现在，他们也该早已懂得，……

忽然来了一个人；年纪不过二十左右，相貌是不很看得清楚，满面笑容，对了我点头，他的笑也不像真笑。我便问他，"吃人的事，对么？"他仍然笑着说，"不是荒年，怎么会吃人。"我立刻就晓得，他也是一伙，喜欢吃人的；便自勇气百倍，偏要问他。

"对么？"

"这等事问他甚么。你真会……说笑话。……今天天气很好。"

天气是好，月色也很亮了。可是我要问你，"对么？"

他不以为然了。含含胡胡的答道，"不……"

"不对？他们何以竟吃？！"

"没有的事……"

"没有的事？狼子村现吃；还有书上都写着，通红斩新！"

他便变了脸，铁一般青。睁着眼说，"有许有的，这是从来如此……"

"从来如此，便对么？"

"我不同你讲这些道理；总之你不该说，你说便是你错！"

我直跳起来，张开眼，这人便不见了。全身出了一大片汗。他的年纪，比我大哥小得远，居然也是一伙；这一定是他娘老子先教的。还怕已经教给他儿子了；所以连小孩子，也都恶狠狠的看我。

九

自己想吃人，又怕被别人吃了，都用着疑心极深的眼光，面面相觑。……

去了这心思，放心做事走路吃饭睡觉，何等舒服。这只是一条门槛，一个关头。他们可是父子兄弟夫妇朋友师生仇敌和各不相识的人，都结成一伙，互相劝勉，互相牵掣，死也不肯跨过这一步。

十

大清早，去寻我大哥；他立在堂门外看天，我便走到他背后，拦住门，格外沉静，格外和气的对他说，

"大哥，我有话告诉你。"

"你说就是，"他赶紧回过脸来，点点头。

"我只有几句话，可是说不出来。大哥，大约当初野蛮的人，都吃过一点人。后来因为心思不同，有的不吃人了，一味要好，便变了人，变了真的人。有的却还吃，——也同虫子一样，有的变了鱼鸟猴子，一直变到人。有的不要好，至今还是虫子。这吃人的人比不吃人的人，何等惭愧。怕比虫子的惭愧猴子，还差得很远很远。

"易牙蒸了他儿子，给桀纣吃，还是一直从前的事。谁晓得从盘古开辟天地以后，一直吃到易牙的儿子；从易牙的儿子，一直吃到徐锡林；从徐锡林，又一直吃到狼子村捉住的人。去年城里杀了犯人，还有一个生痨病的人，用馒头蘸血舐。

"他们要吃我，你一个人，原也无法可想；然而又何必去入伙。

吃人的人，什么事做不出；他们会吃我，也会吃你，一伙里面，也会自吃。但只要转一步，只要立刻改了，也就人人太平。虽然从来如此，我们今天也可以格外要好，说是不能！大哥，我相信你能说，前天佃户要减租，你说过不能。"

当初，他还只是冷笑，随后眼光便凶狠起来，一到说破他们的隐情，那就满脸都变成青色了。大门外立着一伙人，赵贵翁和他的狗，也在里面，都探头探脑的挨进来。有的是看不出面貌，似乎用布蒙着；有的是仍旧青面獠牙，抿着嘴笑。我认识他们是一伙，都是吃人的人。可是也晓得他们心思很不一样，一种是以为从来如此，应该吃的；一种是知道不该吃，可是仍然要吃，又怕别人说破他，所以听了我的话，越发气愤不过，可是抿着嘴冷笑。

这时候，大哥也忽然显出凶相，高声喝道，

"都出去！疯子有什么好看！"

这时候，我又懂得一件他们的巧妙了。他们岂但不肯改，而且早已布置；豫备下一个疯子的名目罩上我。将来吃了，不但太平无事，怕还会有人见情。佃户说的大家吃了一个恶人，正是这方法。这是他们的老谱！

陈老五也气愤愤的直走进来。如何按得住我的口，我偏要对这伙人说，

"你们可以改了，从真心改起！要晓得将来容不得吃人的人，活在世上。

"你们要不改，自己也会吃尽。即使生得多，也会给真的人除灭了，同猎人打完狼子一样！——同虫子一样！"

那一伙人，都被陈老五赶走了。大哥也不知那里去了。陈老五劝我回屋子里去。屋里面全是黑沉沉的。横梁和椽子都在头上发抖；抖了一会，就大起来，堆在我身上。

万分沉重，动弹不得；他的意思是要我死。我晓得他的沉重是假的，便挣扎出来，出了一身汗。可是偏要说，

"你们立刻改了,从真心改起! 你们要晓得将来是容不得吃人的人,……"

十 一

太阳也不出,门也不开,日日是两顿饭。

我捏起筷子,便想起我大哥;晓得妹子死掉的缘故,也全在他。那时我妹子才五岁,可爱可怜的样子,还在眼前。母亲哭个不住,他却劝母亲不要哭;大约因为自己吃了,哭起来不免有点过意不去。如果还能过意不去,……

妹子是被大哥吃了,母亲知道没有,我可不得而知。

母亲想也知道;不过哭的时候,却并没有说明,大约也以为应当的了。记得我四五岁时,坐在堂前乘凉,大哥说爷娘生病,做儿子的须割下一片肉来,煮熟了请他吃,才算好人;母亲也没有说不行。一片吃得,整个的自然也吃得。但是那天的哭法,现在想起来,实在还教人伤心,这真是奇极的事!

十 二

不能想了。

四千年来时时吃人的地方,今天才明白,我也在其中混了多年;大哥正管着家务,妹子恰恰死了,他未必不和在饭菜里,暗暗给我们吃。

我未必无意之中,不吃了我妹子的几片肉,现在也轮到我自己,……

有了四千年吃人履历的我,当初虽然不知道,现在明白,难见真的人!

27

十三

没有吃过人的孩子，或者还有？

救救孩子……

一九一八年四月。

原载 1918 年 5 月 15 日《新青年》月刊第 4 卷第 5 号。

初收 1923 年 8 月北京新潮社版"文艺丛书"之一《呐

喊》。

三日

日记 晴。上午得东京堂寄书籍二册并信。得丸善信。

四日

日记 昙。上午寄东京堂及丸善信各一。午后寄常毅箴信并书二册。

五日

日记 昙。晚钱玄同，刘半农来。夜风。

六日

日记 晴。上午得福子信，三月卅一日发。午后游小市。晚王式乾来。夜李霞卿来。宋子佩来。

七日

日记 晴。星期休息。上午同二弟游留黎厂，又至公园饮茗，晚归。

八日

日记　昙。休假。上午得三弟及芳子信,四日发。下午铭伯先生来。

九日

日记　昙。上午得福子照象一枚。得丸善信。夜诗荃来。

十日

日记　昙。上午得二弟妇信,六日发。得许诗荃信。夜常毅葳抱其孺子来,并交券十五元,买《殷文存》及《古明器图录》去。

十一日

日记　昙。上午赠陈师曾《张奢碑》一枚。午后往中国银行汇家用泉七十,上月分。下午同陈师曾往留黎厂同古堂代季市刻印,又自购木印五枚,买印石一枚,共六元。往德古斋买《□朝侯小子残碑》阴一枚,二元;又《杜霅等造象》四枚,三元。晚寄许诗荃信。

十二日

日记　晴。午后东京羽太家寄来煎饼二合。

十三日

日记　晴,大风。无事。

十四日

日记　晴,大风。星期休息。上午往圣安寺吊许季上夫人。午后往留黎厂,以重出拓片就德古斋易他本,作券廿,先取残画象一枚,作券四元;又买北齐翟煞鬼墓记石一方,券廿,云是福山王氏旧物,后归浭阳端氏,今复散出也。下午马幼渔来。李霞卿来。

十五日

日记　晴,午后风。无事。

十六日

日记　晴。下午自游小市。

十七日

日记　晴。上午东京堂来信并书一包。下午风。

十八日

日记　晴。夜宋子佩来。

十九日

日记　晴。上午得丸善信。午二弟来部,同至和记饭,并邀齐寿山。晚往留黎厂取季市印及所表字联,又取自刻木印五枚,工五元,所表拓本二十枚,工三元。

二十日

日记　晴。上午得二弟妇信,十六日发。午后游小市。晚往铭伯先生寓,病未见,交出季市印及对联于其工人,属转送。

二十一日

日记　昙。星期休息。午后往留黎厂德古斋,得画象砖拓片五枚,言是大吉山房所臧,又孙世明等造象五枚,共券四元,仍以重出拓本直推算,又取《姚保显造石塔记》一枚,无直。夜钱玄同来。

二十二日

日记 晴,晚风。无事。

二十三日

日记 昙。夜蒋抑之来。

二十四日

日记 晴。上午得二弟妇信。得丸善书二本。下午游小市。晚小雨。

二十五日

日记 晴。夜李霞卿来。风。

二十六日

日记 晴。下午收本月奉泉三百。晚钱玄同来。

二十七日

日记 晴,下午风。无事。

二十八日

日记 晴。星期休息。午前往留黎厂买专拓九枚,二元,重本直易讫;又买韩显宗及赵氏墓志各一枚,共五元;造象三种四枚,共六元。午后铭伯先生来。下午鹤顾先生来。风。

二十九日

日记 晴。午后往中国银行汇泉九十,本月家用。戴芦舲贻腊肉一包。夜魏福绵来。雨。

三十日

日记 雨。上午为二弟寄小包一于家。午后晴。

五月

一日
日记 晴。无事。

二日
日记 昙。下午往铭伯先生寓。晚玄同来。夜小雨。

三日
日记 昙。午后往留黎厂,得玉函山隋唐造象大小卅五枚,郗景哲等残造象一枚,作直四元,以重出拓本易之;又得周《王通墓志》一枚,一元。晚得李霞卿信。夜潘企莘来。

四日
日记 晴。无事。

五日
日记 昙。星期休息。上午韩寿晋来。下午王式乾来,付与泉七十,并前徐宗伟所假泉十共八十,汇作四月家用。晚风。

六日
日记 晴。上午寄季市《新青年》第四本乙本。午后游小市。夜蒋抑之来。

七日
日记 晴。夜宋子佩来。

八日

　　日记　晴。夜宋子佩来。

九日

　　日记　晴。午后得东京堂明信片。往留黎厂买杂伪拓片六枚，二元；又取所表拓本廿一枚，工三元。晚澄云堂人来，选买端氏藏石拓片六种十八枚，五元。

十日

　　日记　昙。午二弟来部，同齐寿山至和记饭。下午雨。寄伍仲文信。

十一日

　　日记　雨。晚以师曾函往朱氏买专拓片，并见泉二，复云拓片未整理，泉收也。

十二日

　　日记　晴。星期休息。下午昙，雷。得沈尹默信。夜钱玄同来。

十三日

　　日记　晴。上午师曾交朱氏所卖专拓片来，凡六十枚，云皆王树枏所藏，拓甚恶，无一可取者。下午往留黎厂买《文士渊造象》二枚，题名残石一枚，杂专拓片七枚，各一元。晚铭伯先生携诗英来，云季市眷明日行。

十四日

　　日记　晴。晚宋子佩来。夜失眠。

十五日

日记 晴。下午昙。无事。

梦[*]

很多的梦,趁黄昏起哄,

前梦才挤却大前梦,后梦又赶走了前梦。

　　去的前梦黑如墨,在的后梦墨一般黑;

　　去的在的仿佛都说,"看我真好颜色。"

颜色许好,暗里不知;

而且不知道:说话的是谁?

暗里不知,身热头痛。

　　你来你来,明白的梦!

　　原载 1918 年 5 月 15 日《新青年》月刊第 4 卷第 5 号。

署名唐俟。

　　初收 1935 年 5 月上海群众图书公司版《集外集》。

爱之神[*]

一个小娃子,展开翅子在空中,

一手搭箭,一手张弓,

不知怎么一下,一箭射着前胸。

　　"小娃子先生,谢你胡乱栽培!

但得告诉我：我应该爱谁？"

娃子着慌，摇头说，"唉！

你是还有心胸的人，竟也说这宗话。

你应该爱谁，我怎么知道。

总之我的箭是放过了！

你要是爱谁，便没命的去爱他；

你要是谁也不爱，也可以没命的去自己死掉。"

原载 1918 年 5 月 15 日《新青年》月刊第 4 卷第 5 号。
署名唐俟。

初收 1935 年 5 月上海群众图书公司版《集外集》。

桃　花 *

春雨过了，太阳又很好，随便走到园中。

桃花开在园西，李花开在园东。

我说，"好极了！桃花红，李花白。"

（没说，桃花不及李花白。）

桃花可是生了气，满面涨作"杨妃红"。

好小子！真了得！竟能气红了面孔。

我的话可并没得罪你，你怎的便涨红了面孔？

唉！花有花道理，我不懂。

原载 1918 年 5 月 15 日《新青年》月刊第 4 卷第 5 号。
署名唐俟。

初收 1935 年 5 月上海群众图书公司版《集外集》。

十六日

　　日记　晴。令图书分馆庖人治晚肴,月泉五元五。

十七日

　　日记　昙。午后往留黎厂付表拓本。寄李遐卿信。

十八日

　　日记　昙。上午徐以孙来。东京堂寄来书籍一包。晚往铭伯
先生寓。

十九日

　　日记　昙,大风。星期休息。小疾。

二十日

　　日记　晴。头及四支痛。

二十一日

　　日记　晴。许季上赠《梦东禅师遗集》一本。家寄来茗一合。
晚服规那。

二十二日

　　日记　晴。午后理发。晚寄子佩信。夜钱玄同来。失眠。

二十三日

　　日记　昙。午后往图书分馆。往留黎厂德古斋买得恒农墓专
拓片大小百枚,内重出二枚,二十四元;《江阿欢造象》一枚,《讳德墓
志》一枚,各二元。夜雨。

二十四日

日记 雨。上午得伍仲文信,廿日发。得三弟妇信。晚假于紫佩券廿。

二十五日

日记 雨。下午得李霞卿信并帖签廿四枚。

二十六日

日记 昙。星期休息。午后晴。铭伯先生来。晚得宋子佩信并为代购书箱四,连架二,共值券二十三元,付讫。夜失睡。

二十七日

日记 晴。午后收本月奉泉三百。往留黎厂买马祠伯,殷双和造象各一枚,六角。往大栅阑买草冒一枚,二元。晚小雨。夜钱玄同来。

二十八日

日记 晴。午后往中国银行汇家用泉百。晚寄铭伯先生信。子佩来。

二十九日

日记 晴。上午孙伯康来,持有郦藕人信。得许季市信,廿三日发,午后复之。师曾持《黄初残石》拓片来,凡三石,云是梁问楼物,欲售去,因收之,直券廿。下午往留黎厂收《武猛从事□□造象坐》拓片二枚,一元四角。夜雷雨。

致 许寿裳

季市君足下:顷蒙　书,祗悉,便赴文书科查检案卷,有上海高等实

38

业学堂系南洋商务学堂改称,江南实业学堂,而南洋高等实业学堂则无有。又查上海江南两学堂名册,亦不见于魏公之名。此宗案卷从前清移交,有无阙失,不可知。总之此公则不见于现存经传中,非观其文凭难辨真妄。然既善于纠缠,则纵令真为南洋高等实业学堂最优卒业,肄业年限为一百年,亦无足取耳。部中近事多而且怪,怪而且奇,然又毫无足述,述亦难尽,即述尽之乃又无谓之至,如人为虱子所叮,虽亦是一件事,亦极不舒服,却又无可叙述明之,所谓"现在世界真当仰东石杀者"之格言,已发挥精蕴无余,我辈已不能更赘矣。《新青年》第五期大约不久可出,内有拙作少许。该杂志销路闻大不佳,而今之青年皆比我辈更为顽固,真是无法。此复,敬颂曼福。

仆树人　顿首　八〔五〕月廿九日

三十日

日记　晴。上午得铭伯先生信。晚雷雨。

三十一日

日记　晴,风。上午东京堂寄来『新進作家叢書』五册。午后二弟来部,同至东升平园浴,又至大栅阑内联升为丰定制革履,又由留黎厂德古斋假《嵩山三阙》全拓一卷而归。

六月

一日

日记　晴。上午同二弟往大学校访蔡先生及徐以孙。阅『支那美術史雕塑篇』。午在第一春饭。午后游公园,遇小风雨,急归已霁。寄铭伯先生信。

二日

日记　晴,风。星期休息。午后得徐以孙信并《吕超墓志》拓片一枚,及家臧金石小品拓片二十一枚,昨发。

三日

日记　晴。上午得徐以孙信并转寄顾鼎梅所赠残石拓片九枚。二弟往邮局寄家用泉百,上月分。

四日

日记　晴。上午得东京堂信。午后往留黎厂德古斋买《嵩山三阙画象》拓本一分计大小三十四枚,券三十六元;又晋残石并阴合一枚,一元。又至震古斋买《朱博残石》一枚,四元;《刘汉作师子铭》一枚,五角;《密长盛造桥碑》并阴二枚,一元;《千佛山造象》十二枚,二元;《云门山造象》十枚,一元。晚德古斋人来,为拓《库汗安洛象》及《翟煞鬼记》各六枚。风。

五日

日记　晴。上午赠徐以孙《库汗安洛造象》,《翟煞鬼记》拓本各一枚,二弟持去。

六日

日记 晴。上午得杨莘士信。晚李遐卿来。帖估来,买《仓龙庚午石》一枚,一元。

七日

日记 晴。无事。

八日

日记 晴。晚宋紫佩来。铭伯先生来。夜钱玄同来。

九日

日记 昙。星期休息。下午洙邻兄来。

十日

日记 晴。午后往留黎厂买《里社残碑》并阴二枚,似晋刻,又《元思和墓志》一枚,共券十二元,其内六元以售去之重出拓本抵消讫。

十一日

日记 晴。上午寄杨莘士信。夜风,又雷雨。作《吕超墓志》跋。

《吕超墓志铭》跋

吕超墓志石,于民国六年出山阴兰上乡。余从陈君古遗得打本一枚,以漫患难读,久置箧中。明年,徐目孙先生至京师,又与一本,因得校写。其文仅存百十余字,国号年号俱泐,无可冯证。唯据郡名及岁名考之,疑是南齐永明中刻也。按随国,晋武帝分义阳立,宋齐为郡,隋为县。此云隋郡,当在隋前。南朝诸王分封于随者,惟宋齐有之。此云隋郡王国,则又当在梁陈以前。《通鉴目录》,宋文帝元嘉六年,齐武帝永明七年,并太岁在己巳。《宋书》《文帝纪》,元嘉二十六年冬十月,广陵王诞改封随郡王。又《顺帝纪》,升明二年十二月,改封南阳王翙为随郡王,改随阳郡。其时皆在己巳后。《南齐书》《武帝纪》,建元四年六月,进封枝江公子隆为随郡王。子隆本传云,永明三年为辅国将军,南琅琊彭城二郡太守,明年迁江州刺史,未拜,唐寓之贼平,迁为持节,督会稽东阳新安临海永嘉五郡东中郎将,会稽太守。《祥瑞志》云:"永明五年,山阴县孔广家园柽树十二层,会稽太守随王子隆献之",与传合。子隆尝守会稽,则其封国之中军,因官而居山阴,正事理所有。故此己巳者,当为永明七年,而五月廿五为卒日。□一年者,十一年。《通鉴目录》,永明十一年十月戊寅,十二月丁丑朔,则十一月为戊申朔,丙寅为十九日,其葬日也。和帝为皇子时,亦封随郡王,于时不合。唐开元十八年己巳,二十一年十一月丙寅朔,与志中之□一年冬十一月丙寅颇近,然官号郡名,无不格迕,若为迁窆,则年代相去又过远,殆亦非矣。永明中,为中军将军见于纪传者,南郡王长懋,王敬则,阴智伯,庐陵王子卿。此云刘□,泐其名,无可考。"□志风烈者云"以下无字。次为铭辞,有字可见者四行,其后余石尚小半。六朝志例,铭大抵不溢于志,或当记妻息名字,今亦俱泐。志书"随"为"隋",罗泌云,随文帝恶随从辵改之。王伯厚亦讥帝不学。后之学者,或以为初无定制,或以为音同可通用,至征委蛇委随作证。今此石远在前,已如此作,知非随文所改。《隶释》《张平子碑颂》,有"在珠咏隋,于璧称和"语。隋字收在刘球《隶韵》正无辵,则晋世已然。作随作隋作陏,止是省笔而已。东平本兖州所领郡,宋末没于魏,《南齐书》《州郡志》言永明七年,因光禄大夫吕安国启立于北兖州。启有云"臣贱族桑梓,愿立此邦",则安国与超盖同族矣。与石同出圹中者,尚有瓦罂铜竟各一枚。竟有铭云"郑氏作镜幽涑三商幽明镜"十一字,篆书,俱为谁何毁失。附识于此,使后有考焉。

原载 1918 年 6 月 25 日《北京大学日刊》第 171 号,题作《新出土吕超墓志铭考证》。署名周树人。

　　初未收集。

十二日

日记　昙。上午寄以孙先生信。晚得铭伯先生信并肴二品。夜雷雨。

十三日

日记　晴。夏节休假。无事。

十四日

日记　晴。上午收东京堂所寄书籍一包。

十五日

日记　晴。晚宋紫佩来。商契衡来。

十六日

日记　晴。星期休息。上午铭伯先生来。午后寄常毅葳信并还与《中国学报汇编》五本。

十七日

日记　晴。上午寄季市《新青年》及二弟讲义共一卷。寄二三弟妇信。

十八日

　　日记　晴,热。托齐寿山买羔皮五件,计直共券百,午后作二包寄家。

十九日

　　日记　晴。上午钱稻孙赠《示朴斋骈文》一册。午后寄季市信。晚宋紫佩来。夜李霞卿来。雷雨。

致 许寿裳

季市君足下:日前从　铭伯先生处得知　夫人逝去,大出意外。朋友闻之亦悉惊叹。夫节哀释念,固莫如定命之谭,而仆则仍以为不过偶然之会,吊慰悉属肤辞,故不欲以陈言相　闻。度在明达,当早识聚离生死之故,不俟解于人言也。惟经理孺子,首是要事,不知将何以善其后耶?《新青年》第五期及启孟讲义前日已寄上。溽暑尚自珍摄。

仆树　顿首　六月十九日

二十日

　　日记　晴。晨二弟发向越中。晚得钱玄同信。夜雷雨。

二十一日

　　日记　雨。上午寄沈尹默信。

二十二日

日记　晴。上午寄羽太家信并泉卅,七月至九月分。午后往留黎厂德古斋买《郎邪台刻石》拓本一枚,又汉画象一枚,有字,伪刻,共券六元;又在神州国光社买《神州大观》第十三集一册,石印《古泉精选拓本》二册,亦共券六元。下午得和孙信,十八日潞城发。晚小风雨。得沈尹默信。夜钱玄同来。

二十三日

日记　晴。星期休息。上午子佩来。午后往铭伯先生寓。下午得以骅先生信附介绍函二封。

二十四日

日记　晴。上午得中西屋明信片。得伊文思书馆寄二弟信。代二弟寄大学文科教务处信,内试卷也。寄二弟信附钱玄同笺(七四)。寄和孙信。夜李遐卿来。得三弟妇及丰,晨合照象一枚,廿日寄。

二十五日

日记　晴。上午得二弟明信片,廿二日沪发。午雨一陈。晚衡山先生来。

二十六日

日记　雨。上午得三弟信,十八日发(三二),又一函,廿二日发(三三)。得二弟明信片,廿一日南京发。寄二弟信,附与二弟及三弟妇笺,又以孙先生介绍拓专函二封。下午收本月奉泉三百。晚晴。

二十七日

日记　晴。上午往中国银行汇本月家用泉百并函(不列号)。

代二弟寄实业之日本社银三円六十钱，定《妇人世界》，从七月起。午后往留黎厂商务馆预约《愙斋集古录》一部，付半价，合券十三元五角；又买古币四枚，一元；《马氏墓志》一枚，一元。晚钱玄同来。夜子佩来还泉廿，又交宋孔显还二弟泉廿，赠以白玫瑰酒一罂。

二十八日

日记　晴，大热。下午得浙江旅津公学函。晚雨。

二十九日

日记　晴。上午得二弟信，廿五日越中发（卅四）。下午得中西屋寄二弟书一包，又丸善者一包，似误。访沫邻兄寓不得，因寄一函。夜孙伯康来别，言明日晨归。

三十日

日记　昙。星期休息。晚钱玄同来。

七月

一日

日记 晴。上午寄二弟信（七十六）并书二本一包。得丸善信并书一包，又中西屋书一包，各一本，皆二弟所定。得家所寄茗二合。

二日

日记 晴。上午寄二弟书二本一包。午同齐寿山至公园，下午从留黎厂归。

三日

日记 晴。上午得丸善信并书二本一包。晚李遐卿来。

四日

日记 昙。晨得二弟信，六月廿八日发（三八），又一函，卅日发（三九）。上午寄二弟信附试卷一本（⼗）。晚雷雨。

五日

日记 晴。上午寄徐以孙先生信。下午得钱玄同信，夜复之。王式乾来假中券卅。

致 钱玄同

玄同兄：来信收到了。你前回说过七月里要做讲义，所以《新青年》

让别人编、明年自己连编两期、何以现在又要编了？起孟说过想译一篇小说、篇幅是狠短的、可是现在还未寄来。大约一到家里、内政外交、种种庶务、总须几天才完、渺无消息、也不足奇、想来廿日以内、总可以译好的。至于敝人的一篇、却恐怕有点靠不住、因为敝人嘴里要做的东西、向来狠多、然而从来未尝动手、照例类推、未免不做的点、在六十分以上了。

中国国粹、虽然等于放屁、而一群坏种、要刊丛编、却也毫不足怪。该坏种等、不过还想吃人、而竟奉卖过人肉的侦心探龙做祭酒、大有自觉之意。即此一层、已足令敝人刮目相看、而猗欤羞哉、尚在其次也。敝人当袁朝时、曾戴了冕帽出无名氏语录、献爵于　　至圣先师的老太爷之前、阅历已多、无论如何复古、如何国粹、都已不怕。但该坏种等之创刊屁志、系专对《新青年》而发、则略以为异、初不料《新青年》之于他们、竟如此其难过也。然既将刊之、则听其刊之、且看其刊之、看其如何国法、如何粹法、如何发昏、如何放屁、如何做梦、如何探龙、亦一大快事也。国粹丛编万岁！老小昏虫万岁！！

蚊虫咬我、就此不写了。

鲁迅　七月五日

六日

    日记　　晴。上午得丸善信并书一本。患咳，就池田医院诊，云是气管炎也，与药二种。夜小雨。

七日

    日记　　昙。星期休息。下午晴。铭伯先生来。

八日

    日记　　晴。上午往池田医院诊。午得二弟信，四日发(四十)。

九日

日记 晴,风。上午得二弟信,内《不自然淘汰》译稿一篇,五日发(四十一)。得孙伯康明信片,五日杭州发。寄二弟信(七八)。寄丸善信。午后往留黎厂德古斋买《汉黄肠石题刻》大小六十二枚,券十三元;晋《张朗墓碑》并阴二枚,云是日本人臧石,券五元。夜录二弟译稿竟。

十日

日记 晴。无事。

十一日

日记 晴。上午寄钱玄同信。

十二日

日记 晴。休假。上午得二弟信,八日发(四二)。得钱玄同信。午后往留黎厂。又往西升平园理发并浴。夜钱玄同来。

十三日

日记 晴。上午得三弟信附重久笺,八日发。寄二弟信并六月家用泉百(七九)。午得二弟所寄专拓片一包,九日发。夜轻雷。粘专拓。

十四日

日记 晴。星期休息。上午得二弟信片,十日发。得玄同信。晚冯克书来,字德峻,旧越师范生,今在高师。夜范云台,许诗荃来谈。小雷雨。拓大同专二分。失眠。

十五日

日记　晴。上午寄二弟信附与三弟及重久笺各一(八〇)。得二弟信,十一日发(四三)。得李退卿信。晚钱玄同来并交代领二弟六月上半薪水泉百廿。得刘半农信。

他们的花园 *

　　小娃子,卷螺发,

　　银黄的面庞上还有微红,——看他意思是正要活。

　　　　走出破大门,望见邻家:

　　　　他们大花园里,有许多好花。

　　用尽小心机,得了一朵百合;

　　又白又光明,像才下的雪。

　　好生拿了回家,映着面庞,分外映出血色;

　　　　苍蝇绕花飞鸣,乱在一屋子里——

　　　　"偏爱这不干净花,是胡涂孩子!"

　　　　忙看百合花,却已有几点蝇矢。

　　看不得;舍不得。

　　瞪眼望着天空,他更无话可说。

　　　　说不出话,想起邻家:

　　　　他们大花园里,有许多好花。

　　　　原载 1918 年 7 月 15 日《新青年》月刊第 5 卷第 1 号。

　　　　署名唐俟。

　　　　初收 1935 年 5 月上海群众图书公司版《集外集》。

人 与 时*

一人说，将来胜过现在。

一人说，现在远不及从前。

一人说，什么？

时道，你们都侮辱我的现在。

　　从前好的，自己回去。

　　将来好的，跟我前去。

　　这说什么的，

　　我不和你说什么。

　　　　原载 1918 年 7 月 15 日《新青年》月刊第 5 卷第 1 号。
署名唐俟。

　　　　初收 1935 年上海群众图书公司版《集外集》。

十六日

日记　晴。上午寄刘半农信。晚刘历青来。夜雨。

十七日

日记　昙。上午得二弟信，十三日发（四四），又专拓一包，同日付邮。寄二弟《希腊文学研究》一册。午晴。往池田医院诊。夜雷雨。

十八日

日记　晴。上午得二弟信并译文一篇，十四日发（四五）。寄二弟信（八一）。晚小雨一陈。

十九日

日记 晴。上午得羽太家信,十日发。午后往留黎厂买《比丘惠晖等造象记》并象后刻经共三枚,一元。大学送二弟六月下半月薪水百廿至,代收之。夜雨。

二十日

日记 晴。上午得二弟信并译稿一篇,十六日发(四六)。寄钱玄同信。午后齐寿山遣工来,付与泉二百。下午小雨即止。得二弟所寄书籍一包,十六日付邮。晚宋子佩来。夜钱玄同来,交与二弟十四日所寄译文一篇,并自所作文一篇。

我之节烈观

"世道浇漓,人心日下,国将不国"这一类话,本是中国历来的叹声。不过时代不同,则所谓"日下"的事情,也有迁变:从前指的是甲事,现在叹的或是乙事。除了"进呈御览"的东西不敢妄说外,其余的文章议论里,一向就带这口吻。因为如此叹息,不但针砭世人,还可以从"日下"之中,除去自己。所以君子固然相对慨叹,连杀人放火嫖妓骗钱以及一切鬼混的人,也都乘作恶余暇,摇着头说道,"他们人心日下了。"

世风人心这件事,不但鼓吹坏事,可以"日下";即使未曾鼓吹,只是旁观,只是赏玩,只是叹息,也可以叫他"日下"。所以近一年来,居然也有几个不肯徒托空言的人,叹息一番之后,还要想法子来挽救。第一个是康有为,指手画脚的说"虚君共和"才好,陈独秀便斥他不兴;其次是一班灵学派的人,不知何以起了极古奥的思想,要请"孟圣矣乎"的鬼来画策;陈百年钱玄同刘半农又道他胡说。

这几篇驳论,都是《新青年》里最可寒心的文章。时候已是二十世纪了;人类眼前,早已闪出曙光。假如《新青年》里,有一篇和别人辩地球方圆的文字,读者见了,怕一定要发怔。然而现今所辩,正和说地体不方相差无几。将时代和事实,对照起来,怎能不教人寒心而且害怕?

近来虚君共和是不提了,灵学似乎还在那里捣鬼,此时却又有一群人,不能满足;仍然摇头说道,"人心日下"了。于是又想出一种挽救的方法;他们叫作"表彰节烈"!

这类妙法,自从君政复古时代以来,上上下下,已经提倡多年;此刻不过是竖起旗帜的时候。文章议论里,也照例时常出现,都嚷道"表彰节烈"! 要不说这件事,也不能将自己提拔,出于"人心日下"之中。

节烈这两个字,从前也算是男子的美德,所以有过"节士","烈士"的名称。然而现在的"表彰节烈",却是专指女子,并无男子在内。据时下道德家的意见,来定界说,大约节是丈夫死了,决不再嫁,也不私奔,丈夫死得愈早,家里愈穷,他便节得愈好。烈可是有两种:一种是无论已嫁未嫁,只要丈夫死了,他也跟着自尽;一种是有强暴来污辱他的时候,设法自戕,或者抗拒被杀,都无不可。这也是死得愈惨愈苦,他便烈得愈好,倘若不及抵御,竟受了污辱,然后自戕,便免不了议论。万一幸而遇着宽厚的道德家,有时也可以略迹原情,许他一个烈字。可是文人学士,已经不甚愿意替他作传;就令勉强动笔,临了也不免加上几个"惜夫惜夫"了。

总而言之:女子死了丈夫,便守着,或者死掉;遇了强暴,便死掉;将这类人物,称赞一通,世道人心便好,中国便得救了。大意只是如此。

康有为借重皇帝的虚名,灵学家全靠着鬼话。这表彰节烈,却是全权都在人民,大有渐进自力之意了。然而我仍有几个疑问,须得提出。还要据我的意见,给他解答。我又认定这节烈救世说,是多数国民的意思；主张的人，只是喉舌。虽然是他发声，却和四支五官神经内脏，都有关系。所以我这疑问和解答，便是提出于这群多数国民之前。

首先的疑问是：不节烈（中国称不守节作"失节"，不烈却并无成语，所以只能合称他"不节烈"）的女子如何害了国家？照现在的情形，"国将不国"，自不消说：丧尽良心的事故，层出不穷；刀兵盗贼水旱饥荒，又接连而起。但此等现象，只是不讲新道德新学问的缘故，行为思想，全钞旧帐；所以种种黑暗，竟和古代的乱世仿佛，况且政界军界学界商界等等里面，全是男人，并无不节烈的女子夹杂在内。也未必是有权力的男子，因为受了他们蛊惑，这才丧了良心，放手作恶。至于水旱饥荒，便是专拜龙神，迎大王，滥伐森林，不修水利的祸祟，没有新知识的结果；更与女子无关。只有刀兵盗贼，往往造出许多不节烈的妇女。但也是兵盗在先，不节烈在后，并非因为他们不节烈了，才将刀兵盗贼招来。

其次的疑问是：何以救世的责任，全在女子？照着旧派说起来，女子是"阴类"，是主内的，是男子的附属品。然则治世救国，正须责成阳类，全仗外子，偏劳主体。决不能将一个绝大题目，都阁在阴类肩上。倘依新说，则男女平等，义务略同。纵令该担责任，也只得分担。其余的一半男子，都该各尽义务。不特须除去强暴，还应发挥他自己的美德。不能专靠惩劝女子，便算尽了天职。

其次的疑问是：表彰之后，有何效果？据节烈为本，将所有活着的女子，分类起来，大约不外三种：一种是已经守节，应该表彰的人（烈者非死不可，所以除出）；一种是不节烈的人；一种是尚未出嫁，或丈夫还在，又未遇见强暴，节烈与否未可知的人。第一种已经很好，正蒙表彰，不必说了。第二种已经不好，中国从来不许忏悔，女子做事一错，补过无及，只好任其羞杀，也不值得说了。最要紧的，只在第三种，现在一经感化，他们便都打定主意道："倘若将来丈夫死了，决不再嫁；遇着强暴，赶紧自裁！"试问如此立意，与中国男子做主的世道人心，有何关系？这个缘故，已在上文说明。更有附带的疑问是：节烈的人，既经表彰，自是品格最高。但圣贤虽人人可学，此事却有所不能。假如第三种的人，虽然立志极高，万一丈夫长寿，天下太平，他便只好饮恨吞声，做一世次等的人物。

以上是单依旧日的常识，略加研究，便已发见了许多矛盾。若略带二十世纪气息，便又有两层：

一问节烈是否道德？道德这事，必须普遍，人人应做，人人能行，又于自他两利，才有存在的价值。现在所谓节烈，不特除开男子，绝不相干；就是女子，也不能全体都遇着这名誉的机会。所以决不能认为道德，当作法式。上回《新青年》登出的《贞操论》里，已经说过理由。不过贞是丈夫还在，节是男子已死的区别，道理却可类推。只有烈的一件事，尤为奇怪，还须略加研究。

照上文的节烈分类法看来，烈的第一种，其实也只是守节，不过生死不同。因为道德家分类，根据全在死活，所以归入烈类。性质全异的，便是第二种。这类人不过一个弱者（现在的情形，女子还是弱者），突然遇着男性的暴徒，父兄丈夫力不能救，左邻右舍也不帮忙，于是他就死了；或者竟受了辱，仍然死了；或者终于没有死。久而久之，父兄丈夫邻舍，夹着文人学士以及道德家，便渐渐聚集，既不羞自己怯弱无能，也不提暴徒如何惩办，只是七口八嘴，议论他死了没有？受污没有？死了如何好，活着如何不好。于是造出了许多光荣的烈女，和许多被人口诛笔伐的不烈女。只要平心一想，便觉不像人间应有的事情，何况说是道德。

二问多妻主义的男子，有无表彰节烈的资格？替以前的道德家说话，一定是理应表彰。因为凡是男子，便有点与众不同，社会上只配有他的意思。一面又靠着阴阳内外的古典，在女子面前逞能。然而一到现在，人类的眼里，不免见到光明，晓得阴阳内外之说，荒谬绝伦；就令如此，也证不出阳比阴尊贵，外比内崇高的道理。况且社会国家，又非单是男子造成。所以只好相信真理，说是一律平等。

既然平等,男女便都有一律应守的契约。男子决不能将自己不守的事,向女子特别要求。若是买卖欺骗贡献的婚姻,则要求生时的贞操,尚且毫无理由。何况多妻主义的男子,来表彰女子的节烈。

以上,疑问和解答都完了。理由如此支离,何以直到现今,居然还能存在? 要对付这问题,须先看节烈这事,何以发生,何以通行,何以不生改革的缘故。

古代的社会,女子多当作男人的物品。或杀或吃,都无不可;男人死后,和他喜欢的宝贝,日用的兵器,一同殉葬,更无不可。后来殉葬的风气,渐渐改了,守节便也渐渐发生。但大抵因为寡妇是鬼妻,亡魂跟着,所以无人敢娶,并非要他不事二夫。这样风俗,现在的蛮人社会里还有。中国太古的情形,现在已无从详考。但看周末虽有殉葬,并非专用女人,嫁否也任便,并无什么裁制,便可知道脱离了这宗习俗,为日已久。由汉至唐也并没有鼓吹节烈。直到宋朝,那一班"业儒"的才说出"饿死事小失节事大"的话,看见历史上"重适"两个字,便大惊小怪起来。出于真心,还是故意,现在却无从推测。其时也正是"人心日下,国将不国"的时候,全国士民,多不像样。或者"业儒"的人,想借女人守节的话,来鞭策男子,也不一定。但旁敲侧击,方法本嫌鬼祟,其意也太难分明,后来因此多了几个节妇,虽未可知,然而吏民将卒,却仍然无所感动。于是"开化最早,道德第一"的中国终于归了"长生天气力里大福荫护助里"的什么"薛禅皇帝,完泽笃皇帝,曲律皇帝"了。此后皇帝换过了几家,守节思想倒反发达。皇帝要臣子尽忠,男人便愈要女人守节。到了清朝,儒者真是愈加利害。看见唐人文章里有公主改嫁的话,也不免勃然大怒道,"这是什么事! 你竟不为尊者讳,这还了得!"假使这唐人还活着,一定要斥革功名,"以正人心而端风俗"了。

国民将到被征服的地位,守节盛了;烈女也从此着重。因为女子既是男子所有,自己死了,不该嫁人,自己活着,自然更不许被夺。然而自己是被征服的国民,没有力量保护,没有勇气反抗了,只好别出心裁，鼓吹女人自杀。或者妻女极多的阔人，婢妾成行的富翁，乱离时候，照顾不到，一遇"逆兵"（或是"天兵"），就无法可想。只得救了自己，请别人都做烈女；变成烈女，"逆兵"便不要了。他便待事定以后，慢慢回来，称赞几句。好在男子再娶，又是天经地义，别讨女人，便都完事。因此世上遂有了"双烈合传"，"七姬墓志"，甚而至于钱谦益的集中，也布满了"赵节妇""钱烈女"的传记和歌颂。

只有自己不顾别人的民情，又是女应守节男子却可多妻的社会，造出如此畸形道德，而且日见精密苛酷，本也毫不足怪。但主张的是男子，上当的是女子。女子本身，何以毫无异言呢？原来"妇者服也"，理应服事于人。教育固可不必，连开口也都犯法。他的精神，也同他体质一样，成了畸形。所以对于这畸形道德，实在无甚意见。就令有了异议，也没有发表的机会。做几首"闺中望月""园里看花"的诗，尚且怕男子骂他怀春，何况竟敢破坏这"天地间的正气"？只有说部书上，记载过几个女人，因为境遇上不愿守节，据做书的人说：可是他再嫁以后，便被前夫的鬼捉去，落了地狱；或者世人个个唾骂，做了乞丐，也竟求乞无门，终于惨苦不堪而死了！

如此情形，女子便非"服也"不可。然而男子一面，何以也不主张真理，只是一味敷衍呢？汉朝以后，言论的机关，都被"业儒"的垄断了。宋元以来，尤其利害。我们几乎看不见一部非业儒的书，听不到一句非士人的话。除了和尚道士，奉旨可以说话的以外，其余"异端"的声音，决不能出他卧房一步。况且世人大抵受了"儒者柔也"的影响；不述而作，最为犯忌。即使有人见到，也不肯用性命来换真理。即如失节一事，岂不知道必须男女两性，才能实现。他却专责女性；至于破人节操的男子，以及造成不烈的暴徒，便都含糊过去。男子究竟较女性难惹，惩罚也比表彰为难。其间虽有过几个男人，实觉于心不安，说些室女不应守志殉死的平和话，可是社会不听；再说下去，便要不容，与失节的女人一样看待。他便也只好变了"柔也"，不再开口了。所以节烈这事，到现在不生变革。

（此时，我应声明：现在鼓吹节烈派的里面，我颇有知道的人。敢说确有好人在内，居心也好。可是救世的方法是不对，要向西走了北了。但也不能因为他是好人，便竟能从正西直走到北。所以我又愿他回转身来。）

其次还有疑问：

节烈难么？答道，很难。男子都知道极难，所以要表彰他。社会的公意，向来以为贞淫与否，全在女性。男子虽然诱惑了女人，却不负责任。譬如甲男引诱乙女，乙女不允，便是贞节，死了，便是烈；甲男并无恶名，社会可算淳古。倘若乙女允了，便是失节；甲男也无恶名，可是世风被乙女败坏了！别的事情，也是如此。所以历史上亡国败家的原因，每每归咎女子。糊糊涂涂的代担全体的罪恶，已经三千多年了。男子既然不负责任，又不能自己反省，自然放心诱惑；文人著作，反将他传为美谈。所以女子身旁，几乎布满了危险。除却他自己的父兄丈夫以外，便都带点诱惑的鬼气。所以我说很难。

节烈苦么？答道，很苦。男子都知道很苦，所以要表彰他。凡人都想活；烈是必死，不必说了。节妇还要活着。精神上的惨苦，也姑且弗论。单是生活一层，已是大宗的痛楚。假使女子生计已能独立，社会也知道互助，一人还可勉强生存。不幸中国情形，却正相反。所以有钱尚可，贫人便只能饿死。直到饿死以后，间或得了旌表，还要写入志书。所以各府各县志书传记类的末尾，也总有几卷"烈女"。一行一人，或是一行两人，赵钱孙李，可是从来无人翻读。就是一生崇拜节烈的道德大家，若问他贵县志书里烈女门的前十名是谁？也怕不能说出。其实他是生前死后，竟与社会漠不相关的。所以我说很苦。

照这样说，不节烈便不苦么？答道，也很苦。社会公意，不节烈的女人，既然是下品；他在这社会里，是容不住的。社会上多数古人模模糊糊传下来的道理，实在无理可讲；能用历史和数目的力量，挤

58

死不合意的人。这一类无主名无意识的杀人团里,古来不晓得死了多少人物;节烈的女子,也就死在这里。不过他死后间有一回表彰,写入志书。不节烈的人,便生前也要受随便什么人的唾骂,无主名的虐待。所以我说也很苦。

女子自己愿意节烈么?答道,不愿。人类总有一种理想,一种希望。虽然高下不同,必须有个意义。自他两利固好,至少也得有益本身。节烈很难很苦,既不利人,又不利己。说是本人愿意,实在不合人情。所以假如遇着少年女人,诚心祝赞他将来节烈,一定发怒;或者还要受他父兄丈夫的尊拳。然而仍旧牢不可破,便是被这历史和数目的力量挤着。可是无论何人,都怕这节烈。怕他竟钉到自己和亲骨肉的身上。所以我说不愿。

我依据以上的事实和理由,要断定节烈这事是:极难,极苦,不愿身受,然而不利自他,无益社会国家,于人生将来又毫无意义的行为,现在已经失了存在的生命和价值。

临了还有一层疑问:

节烈这事,现代既然失了存在的生命和价值;节烈的女人,岂非白苦一番么? 可以答他说:还有哀悼的价值。他们是可怜人;不幸上了历史和数目的无意识的圈套,做了无主名的牺牲。可以开一个追悼大会。

我们追悼了过去的人,还要发愿:要自己和别人,都纯洁聪明勇猛向上。要除去虚伪的脸谱。要除去世上害己害人的昏迷和强暴。

我们追悼了过去的人,还要发愿:要除去于人生毫无意义的苦痛。要除去制造并赏玩别人苦痛的昏迷和强暴。

我们还要发愿:要人类都受正当的幸福。

一九一八年七月。

原载 1918 年 8 月 15 日《新青年》月刊第 5 卷第 2 号。

署名唐俟。

初收 1927 年 3 月北京未名社版《坟》。

二十一日

　　日记　晴。星期休息。上午得刘半农信。下午寄二弟信(八二)。往铭伯[伯]先生寓。晚王式乾来假泉十。李遐卿来。夜大雨。

二十二日

　　日记　雨。上午寄铭伯先生信。

二十三日

　　日记　昙。上午得二弟信,十九日发(四七)。寄东京堂书店泉廿。

二十四日

　　日记　晴。下午杜海生来。夜雷雨。

二十五日

　　日记　晴。晨得二弟信,廿一日发(四八)。得丸善信二函。上午寄沈尹默信。寄二弟信(八三)。

二十六日

　　日记　晴。上午收本月奉泉三百。午往杜海生寓交见泉百汇家,取据归。得二弟所寄书籍一本,译稿一篇,专拓四枚,廿二日付邮。晚得沈尹默信并诗。夜宋子佩来。

二十七日

　　日记　晴。上午得二弟信,廿三日发(四九)。

二十八日

日记 晴。星期休息。下午寄沈尹默信。李遐卿来。夜王式乾来还券卅,见泉十。盛热,失眠。

二十九日

日记 晴。上午寄二弟信附海生汇款据一枚(八四),又别寄『实用口語法』一册。往中国银行汇本月家用泉百。得二弟信附《吴郡郑蔓镜》拓片二纸,廿五日发(五十)。夜钱玄同来并持来《伊勃生号》十册。

吕超墓出土吴郡郑蔓镜考

右竟出山阴兰上乡吕超墓中,墓有铭,尝得墨本二枚,国号纪元俱泐。以其官随郡王国中军,又有己巳字,因定为齐永明十一年十一月葬。竟则止闻铭辞云是"郑氏作镜幽涷三商幽明镜"十一字,篆书,不能得墨本。六月中,中弟起明归会稽,遂见此竟,告言径建初尺四寸四分,质似铅,已裂为九,又失其二,然所阙皆华饰,而文字具在。未几,手拓见寄。铭有二层,与所传者绝异,文句讹夺,取他竟铭校之,始知大较。外层云:"五月五日,大岁在未。吴□郑蔓作其镜,幽涷三商,周刻禺彊,白牙絫掔,众神容",凡卅字。内层云:"吾作明幽竟涷三商周水",凡十字。上虞罗氏《古镜图录》收金山程氏所藏一竟,文字略同,末云:"众神见容天禽",较此多三字,而句亦未尽。他竟尚有作"天禽四守"者也。古人铸冶,多以五月丙午日,虞喜《志林》谓"取纯火精以协其数"(《初学记》廿二引)。今所见汉魏竟,带句,帐构铜,凡勒年月者,大率云五月丙午日作;而五日顾未闻宜铸,唯索缕,采药,辟兵,却病之事,兴作甚多。后世推类,或并以造竟。家所臧唐代小镜一枚，亦云五月五日午时造，则此事当始于晋，至唐犹然。大岁在未，在字反左书，未年亦不知何年，氐未又似戊午或丙午，ㄓ或作ㄓ，得转讹如未，所未详也。吴下一字，仅存小半，程氏臧竟作郘，罗氏题为"吴郡郑蔓镜"。吴越接壤，便于市卖，所释当塙。郡字并亦反左书，郑又如鄭，蔓又似要，皆讹变。幽湅三商者，《关中金石记》尝以《仪礼》郑注"日入三商为昏"语释永康竟铭，然孔疏云，"商谓商量"，是刻漏名，则亦无与竟事。《墨林快事》以为三金，于义最协。他竟或云幽湅宫商，或云合湅白黄。宫为土，商为金，金白土黄；竟则丹扬善铜，殽以银锡，其类三，其色黄白；幽殽声近相通，湅，水名，乃湅之误，湅又叚为煉；殽煉三金，犹云合湅白黄，亦即幽湅宫商矣。禺彊者，《山海经》云："北方禺彊，人面鸟身。"郭注："字玄冥，水神也。"竟之为物，仪形曜灵，月为水精，故刻禺彊。禺字上有羡画，他竟或讹成萬。又有云"周刻罔象"者，罔象亦水精，与此同意。白巨即伯牙，建安竟铭有"白巨单琴"语，徐氏同柏云："巨琴未详"。今按彼为伯牙弹琴，而此巨字尤缪，唯迹象可寻究。髤鞶颇似樂饗，殆亦单琴之误也。据程氏竟，神容二字间，当敚见字，见容即见形矣。末三句十一字，并颂雕文刻镂之美。而竟止作四神人乘异兽，其二今阙。又有四乳，具存。内层之㐅亦吾字，笔画不完，遂与予字相似。㘝亦幽也，他竟多如此作。此铭在汉，当有全文，施之巨竟。后来娄经转刻，夺落舛误，弥失其初，遂至不可诵说。余以此竟出于故乡，铭文又不常见，长夏索居，辄加审释，虽多所穿凿，终亦不能尽通，聊记所获，以备忘失。又闻越竟铅泉，时或出土，而铅竟甚为希有；盖铅锡事本非宜，而此则窀夕所用，故犹刍灵木寓，象物斯足，不复幽湅三商与。中华民国七年七月廿九日记。

未另发表。据手稿编入。

初未收集。

三十日

日记 昙,上午大雨。汤尔和赠《蝎尾毒腺之组织学的研究报告》一册,稻孙持来。午后晴。

三十一日

日记 晴。上午寄二弟信(八五)并《伊孛生》一册。送《伊孛生》于铭伯先生一册,又寄季市一册。往日邮局以券二十三枚引换《殷虚卜辞》一册,阅之,甚劣。午后往留黎厂买《会仙友题刻》及《司马遵业墓志》各一枚,共券五元。下午刘半农来。夜雨。

八月

一日
日记　小雨。上午得二弟信,廿八日发(五一)。寄家师范校简章四本。夜李遐卿来。

二日
日记　雨。上午寄二弟信(八六)。晚晴。夜雨。

三日
日记　雨。上午得二弟信并竟拓三枚,卅日发(五二)。

《墨经正文》重阅后记

邓氏殁于清光绪末年,不详其仕履。此《墨经正文》三卷,在南通州季自求天复处见之,本有注,然无甚异,故不复录。唯重行更定之文,虽不尽确,而用心甚至,因录之,以备省览。六年写出,七年八月三日重阅记之。

未另发表。据手稿编入。
初未收集。

四日
日记　昙。星期休息。下午铭伯先生来。晚晴。

五日

　日记　晴。上午得季市信,七月卅日发。寄二弟信(八七)。午后往留黎厂同古堂取所刻印章二枚,石及工价共券五元。下午得李遐卿信附《大学日刊》一枚。夜钱玄同来并交二弟七月上半月薪水泉百廿。

六日

　日记　晴。上午得二弟信,二日发(五三)。得孙伯康信片,一日发,即答讫。下午刘半农,钱玄同来。许诗荃及其弟来。

七日

　日记　晴。下午洙邻来。夜子佩来。

八日

　日记　晴。上午得二弟信,四日发(五四)。寄二弟信(八八)。午后往留黎厂买"小泉直一"一枚,"布泉"二枚,小铜造象二坐,无字,共券六元。往青云阁买信笺一合,履一两,共券三元。下午得刘半农信。往铭伯先生寓还书,并交竟拓一枚,托转寄汴。夜雨。

九日

　日记　晴。上午赠师曾竟拓一枚。下午以银一元得小铜造象一区,沈氏物。夜潘企莘来。

十日

　日记　晴。上午得二弟信,六日发(五五)。得东京堂信片。寄蔡先生信。下午寄东京堂信。寄沈尹默信。夜雨。

十一日

日记　雨。星期休息。晨寄二弟信（八九）。午后晴。游留黎厂，出青云阁至升平园理发并浴。晚复雨。

十二日

日记　晴。休假。上午得二弟信，八日发（五六），即答（九十）。下午得沈尹默信，即答。收胡适之与二弟信。晚轻雷。

十三日

日记　晴。上午收东京堂寄杂志六本，又别封一本。往浙江兴业银行写沪取汇券一枚。夜校碑。

十四日

日记　晴。晨得二弟信并专拓一枚，十日发（五七）。上午寄二弟信附胡适之笺及汇券，计旅费及买书泉共百（九一）。寄徐以孙先生信并专拓片一束，龟鹤齐寿泉，吕超墓竟拓各一枚。

十五日

日记　昙。上午得二弟函，内译稿一篇，十一日发（五八）。得钱玄同信，午后复之。夜紫佩来。

十六日

日记　晴。上午得福子信，十日发。夜玄同来并交二弟薪水百廿，七月下半。

十七日

日记　晴。上午得二弟信并《维卫象记》拓片一枚，十三日发

（五九），又书一包，附文稿一篇，同日付邮。寄二弟信附与二弟妇笺一枚（九二）。午后往留黎厂买杂汉画象六枚，《白驹谷题字》二枚，共券六元。下午得李退卿信。夜刘半农来。

十八日

日记　晴。星期休息。上午得二弟明信片，十四日发。下午往铭伯先生寓。晚大雷雨一阵。少顷月出。

十九日

日记　晴。上午寄二弟信（九三）。

二十日

日记　晴。午后得徐以骥先生信。得二弟信附二弟妇笺，又镜拓片四枚，十六日发（六十）。

致 许寿裳

季市君足下：早蒙书，卒卒不即复。记前函曾询部中《最新法令汇编》，当时问之雷川，乃云无有。前答未及，今特先陈。　夫人逝去，孺子良为可念，今既得令亲到赣，复有教师，当可稍轻顾虑。人有恒言："妇人弱也，而为母则强。"仆为一转曰："孺子弱也，而失母则强。"此意久不语人，知　君能解此意，故敢言之矣。《狂人日记》实为拙作，又有白话诗署"唐俟"者，亦仆所为。前曾言中国根抵全在道教，此说近颇广行。以此读史，有多种问题可以迎刃而解。后以偶阅《通鉴》，乃悟中国人尚是食人民族，因成此篇。此种发见，关系亦甚大，而知者尚寥寥也。京师图书分馆等章程，朱孝荃想早寄上。

然此并庸妄人钱稻孙，王丕谟所为，何足依据。而通俗图书馆者尤可笑，几于不通。仆以为有权在手，便当任意作之，何必参考愚说耶？教育博物馆等素未究，必无以奉告。惟于通俗图书馆，则鄙意以为小说大应选择；而科学书等，实以广学会所出者为佳，大可购置，而世多以其教会所开而忽之矣。覃孝方之辞职，闻因为一校长所打，其所以打之者，则意在排斥外省人而代以本省人。然目的仅达其半，故覃去而 X 至，可谓去虎进狗矣。部中风气日趋日下，略有人状者已寥寥不多见。若夫新闻，则有エバ之健将牛献周金事在此娶妻，未几前妻闻风而至，乃诱后妻至奉天，售之妓馆，已而被诉，今方在囹圄，但尚未判决也。作事如此，可谓极人间之奇观，达兽道之极致，而居然出于教育部，宁非幸欤！历观国内无一佳象，而仆则思想颇变迁，毫不悲观。盖国之观念，其愚亦与省界相类。若以人类为着眼点，则中国若改良，固足为人类进步之验（以如此国而尚能改良故）；若其灭亡，亦是人类向上之验，缘如此国人竟不能生存，正是人类进步之故也。大约将来人道主义终当胜利，中国虽不改进，欲为奴隶，而他人更不欲用奴隶；则虽渴想请安，亦是不得主顾，止能侘傺而死。如是数代，则请安磕头之瘾渐淡，终必难免于进步矣。此仆之所为乐也。此布，即颂

曼福。

仆树人　顿首　八月廿日

二十一日

日记　晴。上午得二弟信，十七日发（六一）。寄二弟信附与二弟妇笺（九四）。寄季黻信。午后铭伯先生送肴二器。夜李遐卿来。

二十二日

日记　晴。上午寄徐以孙先生信。午后往留黎厂。

二十三日

　　日记　昙。上午得二弟信,十九日发(六二)。午晴。晚杜海生来。夜子佩来。

二十四日

　　日记　拂晓雨,晨霁。上午寄二弟信(九五)。下午又雨。

二十五日

　　日记　昙。星期休息。上午得二弟信并译文二篇,廿一日发(六三),午寄复信(九六)。寄钱玄同信。下午铭伯先生来。夜雨。

二十六日

　　日记　雨。上午得蔡谷青函并通知书一件,廿二日发。收奉泉三百。

二十七日

　　日记　小雨。上午寄蔡谷青信。下午得孙伯康明信片,二十一日东京发。夜钱玄同来。伤风发热。

二十八日

　　日记　晴。上午得二弟信并译稿一篇,廿四日发(六四),即复(九七)。午后寄蔡先生信。令刘升往中国银行汇本月家用泉百。晚铭伯先生来。夜得李遐卿信。

二十九日

　　日记　晴。上午寄宋子佩信并还书。得汤尔和信。午后往留黎厂买《杨宣碑》一枚,《广业寺造象碑》一枚,共券四元。下午刘半农来,交与二弟所译小说二篇,《随感录》一篇。夜得蔡先生信。

三十日

日记 晴。上午得宋知方信,廿六日杭州发。寄二弟及三弟信(九八)。寄汤尔和信。午后往杜海生寓交泉百,取汇据一枚。下午得刘半农信,即复。夜子佩来。服规那丸四。

三十一日

日记 晴。上午得丸善信并《法国文学》一册。得孙伯康信,廿五日发。午往齐寿山家饭,同坐张仲苏,王画初,顾石君,许季上,朱孝荃,戴螺舲,共八人。晚往铭伯先生寓。夜李遐卿来假去见泉十五。

九月

一日

日记 晴。星期休息。上午得二弟信附专拓二枚,廿八日发(六五)。

二日

日记 晴。上午寄三弟信附汇据一枚,计泉百,上月及本月家用,又附通知书一函(九九)。午后得东京堂信,即复。寄孙伯康信又规程一束。

三日

日记 晴。上午得二弟信,卅日发(六六)。下午雨。

四日

日记 晴。上午寄刘半农信并文一篇,杂志八本。下午得玄同来信。晚往铭伯先生寓。王式乾来假去券卅。

随感录 二十五

我一直从前曾见严又陵在一本什么书上发过议论,书名和原文都忘记了。大意是:"在北京道上,看见许多孩子,辗转于车轮马足之间,很怕把他们碰死了,又想起他们将来怎样得了,很是害怕。"其实别的地方,也都如此,不过车马多少不同罢了。现在到了北京,这情形还未改变,我也时时发起这样的忧虑;一面又佩服严又陵究竟是"做"过赫胥黎《天演论》的,的确与众不同:是一个十九世纪末年中国感觉锐敏的人。

穷人的孩子蓬头垢面的在街上转,阔人的孩子妖形妖势娇声娇气的在家里转。转得大了,都昏天黑地的在社会上转,同他们的父亲一样,或者还不如。

所以看十来岁的孩子,便可以逆料二十年后中国的情形;看二十多岁的青年,——他们大抵有了孩子,尊为爹爹了,——便可以推测他儿子孙子,晓得五十年后七十年后中国的情形。

中国的孩子,只要生,不管他好不好,只要多,不管他才不才。生他的人,不负教他的责任。虽然"人口众多"这一句话,很可以闭了眼睛自负,然而这许多人口,便只在尘土中辗转,小的时候,不把他当人,大了以后,也做不了人。

中国娶妻早是福气,儿子多也是福气。所有小孩,只是他父母福气的材料,并非将来的"人"的萌芽,所以随便辗转,没人管他,因为无论如何,数目和材料的资格,总还存在。即使偶尔送进学堂,然而社会和家庭的习惯,尊长和伴侣的脾气,却多与教育反背,仍然使他与新时代不合。大了以后,幸而生存,也不过"仍旧贯如之何",照例是制造孩子的家伙,不是"人"的父亲,他生了孩子,便仍然不是"人"的萌芽。

最看不起女人的奥国人华宁该尔(Otto Weininger)曾把女人分成两大类:一是"母妇",一是"娼妇"。照这分法,男人便也可以分作"父男"和"嫖男"两类了。但这父男一类,却又可以分成两种:其一是孩子之父,其一是"人"之父。第一种只会生,不会教,还带点嫖男的气息。第二种是生了孩子,还要想怎样教育,才能使这生下来的孩子,将来成一个完全的人。

前清末年,某省初开师范学堂的时候,有一位老先生听了,很为诧异,便发愤说:"师何以还须受教,如此看来,还该有父范学堂了!"

72

这位老先生，便以为父的资格，只要能生。能生这件事，自然便会，何须受教呢。却不知中国现在，正须父范学堂；这位先生便须编入初等第一年级。

因为我们中国所多的是孩子之父；所以以后是只要"人"之父！

原载 1918 年 9 月 15 日《新青年》月刊第 5 卷第 3 号。
署名唐俟。
初收 1925 年 11 月北京北新书局版《热风》。

五日

日记 晴。上午寄钱玄同信。晚宋子佩来。

六日

日记 晴。上午得二弟信，二日发（六七）。寄宋知方信。

七日

日记 晴。上午托朱孝荃买《大乘法苑义林章记》一部七本，券三元。午后往留黎厂买汉专拓片三枚，杂造象拓片十枚，共券五元。

八日

日记 晴。星期休息。李匡辅母故，设奠于广惠寺，上午赴吊并赙四元。夜发热，服规那丸二。

九日

日记 昙。上午得二弟信片，六日上海发。下午往午门，出公园归寓已晚。夜铭伯先生来。服规那丸四粒。

十日

日记 晴。上午胡君博厚来托为入学证人。午后小雨。往大学作证讫,访尹默,又遇幼渔,谈少顷出。晴。夜二弟到京,持来茗一大合,干菜一筐,又由上海购来书籍六种十三册,合券十二元,目在书帐,子佩,遐卿由驿同来,少坐去。谈至夜分睡。风。

十一日

日记 晴。上午见三弟信,二弟持至。夜钱玄同来。

十二日

日记 昙,午后晴。晚铭伯先生来。夜买慈善救济券二条。

十三日

日记 晴。晚往铭伯先生寓。夜食蟹二枚。

十四日

日记 晴,风。上午许季上赠天竺佛迹影片十一枚。

十五日

日记 晴。星期休息。下午食蟹二枚。

十六日

日记 昙。上午得羽太家信,七日发。得孙伯康信片,八日发。晚寄铭伯先生信。夜小风雨。

十七日

日记 晴。上午寄羽太家信。午后寄玄同信。晚雨一陈霁。

夜复寄玄同信。寄鸡声堂信,二弟写。

十八日

日记 晴,风。上午寄家果饵一合。午后往留黎厂买北周《华岳颂》并唐刻后碑共二枚,券二元。下午支本月奉泉百五十。晚杜海生来。夜濯足。

十九日

日记 晴,风。阴历中秋,休假。午后洙邻兄来。下午小雨即晴。刘半农来。许季上来。晚铭伯先生送食物二器。

二十日

日记 晴。下午同戴芦舲游小市。

二十一日

日记 晴。下午往留黎厂买《殷虚书契精华》一册,券三元;《涵芬楼秘笈》第三至第五集共二十四册,券十二元。托刘半农卖去《殷虚卜辞》,得日金券廿元。晚赵鹤年君来。夜铭伯先生来。

二十二日

日记 晴。星期休息。无事。夜录《唐风楼金石跋尾》起。

二十三日

日记 晴。无事。

二十四日

日记 昙。上午校《鲍氏集》。夜宋子佩来。

二十五日

日记 昙。午后寄赵绍仙信。下午校《鲍集》讫。季市夫人讣至,赙银四元,托协和汇寄。得王式乾信。晚赵绍仙来。夜风。

《鲍明远集》校记

此从毛斧季校宋本录出,殷朗讜贞筐樹亘恒皆缺笔;又有愍世则袭唐讳。毛所用明本,每页十行,行十七字,目在每卷前,与程本异。

未另发表。据手稿编入。

初未收集。

二十六日

日记 晴。上午寄王式乾信。下午收本月奉泉百五十。晚杜海生来,交与泉二元,曾吕仁母寿屏资也。夜宋子佩来。作《随感录》一篇,四叶。

随感录 三十三

现在有一班好讲鬼话的人,最恨科学,因为科学能教道理明白,能教人思路清楚,不许鬼混,所以自然而然的成了讲鬼话的人的对头。于是讲鬼话的人,便须想一个方法排除他。

其中最巧妙的是捣乱。先把科学东扯西拉,羼进鬼话,弄得是非不明,连科学也带了妖气:例如一位大官做的卫生哲学,里面说——

> "吾人初生之一点,实自脐始,故人之根本在脐。……故脐
> 下腹部最为重要,道书所以称之曰丹田。"

用植物来比人,根须是胃,脐却只是一个蒂,离了便罢,有什么重要。
但这还不过比喻奇怪罢了,尤其可怕的是——

> "精神能影响于血液,昔日德国科布博士发明霍乱(虎列
> 拉)病菌,有某某二博士反对之,取其所培养之病菌,一口吞入,
> 而竟不病。"

据我所晓得的,是 Koch 博士发见(查出了前人未知的事物叫发见,
创出了前人未知的器具和方法才叫发明)了真虎列拉菌;别人也发
见了一种,Koch 说他不是,把他的菌吞了,后来没有病,便证明了那
人所发见的,的确不是病菌。如今颠倒转来,当作"精神能改造肉
体"的例证,岂不危险已极么?

捣乱得更凶的,是一位神童做的《三千大千世界图说》。他拿了
儒,道士,和尚,耶教的糟粕,乱作一团,又密密的插入鬼话。他说能
看见天上地下的情形,他看见的"地球星",虽与我们所晓得的无甚
出入,一到别的星系,可是五花八门了。因为他有天眼通,所以本领
在科学家之上。他先说道——

> "今科学家之发明,欲观天文则用天文镜……然犹不能持
> 此以观天堂地狱也。究之学问之道如大海然,万不可入海饮一
> 滴水,即自足也。"

他虽然也分不出发见和发明的不同,论学问却颇有理。但学问的大
海,究竟怎样情形呢? 他说——

> "赤精天……有毒火坑,以水晶盖压之。若遇某星球将坏
> 之时,即去某星球之水晶盖,则毒火大发,焚毁民物。"

> "众星……大约分为三种,曰恒星,行星,流星。……据西
> 学家言,恒星有三十五千万,以小子视之,不下七千万万也。
> ……行星共计一百千万大系。……流星之多,倍于行星。……

其绕日者,约三十三年一周,每秒能行六十五里。"

　　"日面纯为大火。……因其热力极大,人不能生,故太阳星
　　君居焉。"

其余怪话还多;但讲天堂的远不及六朝方士的《十洲记》,讲地狱的
也不过钞袭《玉历钞传》。这神童算是糟了! 另外还有感慨的话,说
科学害了人。上面一篇"嗣汉六十二代天师正一真人张元旭"的序
文,尤为单刀直入,明明白白道出——

　　"自拳匪假托鬼神,致招联军之祸,几至国亡种灭,识者痛
　　心疾首,固已极矣。又适值欧化东渐,专讲物质文明之秋,遂本
　　科学家世界无帝神管辖,人身无魂魄轮回之说,奉为国是,俾播
　　印于人人脑髓中,自是而人心之敬畏绝矣。敬畏绝,而道德无
　　根柢以发生矣! 放僻邪侈,肆无忌惮,争权夺利,日相战杀,其
　　祸将有甚于拳匪者! ……"

这简直说是万恶都由科学,道德全靠鬼话;而且与其科学,不如拳匪
了。从前的排斥外来学术和思想,大抵专靠皇帝;自六朝至唐宋,凡
攻击佛教的人,往往说他不拜君父,近乎造反。现在没有皇帝了,却
寻出一个"道德"的大帽子,看他何等利害。不提防想不到的一本绍
兴《教育杂志》里面,也有一篇仿古先生的《教育偏重科学无甯偏重
道德》(甯字原文如此,疑是避讳)的论文,他说——

　　"西人以数百年科学之心力,仅酿成此次之大战争。……科
　　学云乎哉? 多见其为残贼人道矣!"

　　"偏重于科学,则相尚于知能;偏重于道德,则相尚于欺伪。
　　相尚于欺伪,则祸止于欺伪,相尚于知能,则欺伪莫由得而
　　明矣!"

虽然不说鬼神为道德根本,至于向科学宣告死刑,却居然两教同心
了。所以拳匪的传单上,明白写着——

　　"孔圣人
　　张天师 傅言由山东来,赶紧急傅,并无虚言!"(傅字原文

如此,疑傳字之误。)

照他们看来,这般可恨可恶的科学世界,怎样挽救呢?《灵学杂志》内俞复先生答吴稚晖先生书里说过:"鬼神之说不张,国家之命遂促!"可知最好是张鬼神之说了。鬼神为道德根本,也与张天师和仿古先生的意见毫不冲突。可惜近来北京乩坛,又印出一本《感显利冥录》,内有前任北京城隍白知和谛闲法师的问答——

"师云:发愿一事,的确要紧。……此次由南方来,闻某处有济公临坛,所说之话,殊难相信。济祖是阿罗汉,见思惑已尽,断不为此。……不知某会临坛者,是济祖否?请示。

"乩云:承谕发愿,……谨记斯言。某处坛,灵鬼附之耳。须知灵鬼,即魔道也。知此后当发愿驱除此等之鬼。"

"师云"的发愿,城隍竟不能懂;却先与某会力争正统。照此看来,国家之命未延,鬼兵先要打仗;道德仍无根柢,科学也还该活命了。

其实中国自所谓维新以来,何尝真有科学。现在儒道诸公,却径把历史上一味捣鬼不治人事的恶果,都移到科学身上,也不问什么叫道德,怎样是科学,只是信口开河,造谣生事;使国人格外惑乱,社会上罩满了妖气。以上所引的话,不过随手拈出的几点黑影;此外自大埠以至僻地,还不知有多少奇谈。但即此几条,已足可推测我们周围的空气,以及将来的情形,如何黑暗可怕了。

据我看来,要救治这"几至国亡种灭"的中国,那种"孔圣人
张天师传言由山东来"的方法,是全不对症的,只有这鬼话的对头的科学!——不是皮毛的真正科学!——这是什么缘故呢?陈正敏《遯斋闲览》有一段故事(未见原书,据《本草纲目》所引写出,但这也全是道士所编造的谣言,并非事实,现在只当他比喻用)说得好——

"杨勔中年得异疾;每发语,腹中有小声应之,久渐声大。有道士见之,曰:此应声虫也!但读《本草》取不应者治之。读至雷丸,不应,遂顿服数粒而愈。"

原载 1918 年 10 月 15 日《新青年》月刊第 5 卷第 4 号。

署名唐俟。

初收 1925 年 11 月北京北新书局版《热风》。

二十七日

日记　晴。下午寄羽太家信并泉廿。往留黎厂买专拓片二十枚,券二元。夜大风,小雷雨,杂少许雹。

二十八日

日记　晴。午后往留黎厂买瓦当拓片卅枚,币六元;又《中国名画》廿集一册,三元。

二十九日

日记　晴,风。下午王式乾来,付与泉七十八元,合前假券卅,折见泉百,汇家用。夜得李退卿信。钱玄同来。

三十日

日记　晴,风。下午收蟫隐庐书目一册。

十月

一日
日记 晴。休假。下午铭伯先生来。

二日
日记 晴。上午寄家信并泉七十,上月家用。午后理发。

三日
日记 昙。上午寄李遐卿信。午雨。下午寄还丸善英文书一册。晚晴,又雨。

四日
日记 晴。午后往留黎厂。

五日
日记 晴,大风。无事。

六日
日记 晴,风。星期休息。下午钱玄同来。二弟发热卧,似流行感冒。

七日
日记 晴。自发热。上午与潘企莘信,属请假。得二弟妇信,三日发。晚寄刘半农信。夜潘企莘来。服规那丸五。

八日

　　日记　晴。续病假。上午得李遐卿信。服规那丸四。

九日

　　日记　大风,小雨。续病假。下午得刘半农信。服规那丸四。

十日

　　日记　晴。休假。上午许季上来。午后李遐卿来。晚刘半农,宋子佩来。

十一日

　　日记　晴。续病假。午后齐寿山来。下午戴芦舲来。托子佩买绒裤二要,券八元;兜安氏补肺药四合,券五元,与二弟分服。

十二日

　　日记　晴,风。上午寄三弟信。寄丸善书店信。夜子佩来。

十三日

　　日记　晴,风。星期休息。无事。

十四日

　　日记　晴。上午二弟往日邮局取『仏教之美術及歷史』一册来,价日金五円六角,合券七元。夜钞《唐风楼金石文字跋尾》讫,连目录共六十四叶。

十五日

　　日记　晴,风。无事。夜写《淮阴金石仅存录》起。

十六日

日记　晴。上午得徐宝谦信。午后往留黎厂定刻印,计"周氏"二字连石值券二元。买《三公山碑》并侧二枚,汉画象二枚,共券四元;魏齐造象三种九枚,六元;《韩木兰墓铭》一枚,一元。

十七日

日记　昙。午后游小市。雷雹一阵霁,大风。得邵仲威,胡芬舟讣,各赙二元。

十八日

日记　晴。上午得杜海生信。

十九日

日记　晴。上午得二弟妇及三弟妇信。午后访杜海生,交泉六十。取印。

二十日

日记　晴。星期休息。上午寄二三弟妇信。午敦古谊帖店来,留造象三种,未议价。下午铭伯先生来。夜得李遐卿信,取同学会帐目,属二弟明日与之。大风。

二十一日

日记　晴。上午收三弟所寄德文书四本,十七日付邮。得东京羽太家信,五日发。午后往留黎厂敦古谊帖店买定造象二种八枚,券五元;卖与禹陵窆石拓本一枚,作券二元,添付券三元讫。

二十二日

日记　晴。无事。

83

二十三日

日记　晴。无事。

二十四日

日记　晴。上午得三弟信。寄家信并本月用泉百,由海生汇。

二十五日

日记　晴。夜宋子佩来。

二十六日

日记　晴。上午收本月奉泉三百。下午访杜海生,补交泉四十。

二十七日

日记　晴。星期休息。上午铭伯先生来。午后同二弟往留黎厂买《薛广造象》一枚,《合村长幼造象》四枚,各券三元;又《卢文机墓志》一枚,券一元。复至观音寺街青云阁饮茶,傍晚步归。寄东京堂书店信。

二十八日

日记　昙,风。下午得李遐卿信。

二十九日

日记　晴。上午寄王式乾信。

三十日

日记　晴。上午寄季市《新青年》五之一二各一本,《部令汇编》

一本。

三十一日

日记 晴。下午得王式乾信。

十一月

一日

日记 昙。上午得钱玄同信,午后复。小雨即止。夜作《随感录》二则。

随感录 三十五

从清朝末年,直到现在,常常听人说"保存国粹"这一句话。

前清末年说这话的人,大约有两种:一是爱国志士,一是出洋游历的大官。他们在这题目的背后,各各藏着别的意思。志士说保存国粹,是光复旧物的意思;大官说保存国粹,是教留学生不要去剪辫子的意思。

现在成了民国了。以上所说的两个问题,已经完全消灭。所以我不能知道现在说这话的是那一流人,这话的背后藏着什么意思了。

可是保存国粹的正面意思,我也不懂。

什么叫"国粹"? 照字面看来,必是一国独有,他国所无的事物了。换一句话,便是特别的东西。但特别未必定是好,何以应该保存?

譬如一个人,脸上长了一个瘤,额上肿出一颗疮,的确是与众不同,显出他特别的样子,可以算他的"粹"。然而据我看来,还不如将这"粹"割去了,同别人一样的好。

倘说:中国的国粹,特别而且好;又何以现在糟到如此情形,新

86

派摇头,旧派也叹气。

倘说:这便是不能保存国粹的缘故,开了海禁的缘故,所以必须保存。但海禁未开以前,全国都是"国粹",理应好了;何以春秋战国五胡十六国闹个不休,古人也都叹气。

倘说:这是不学成汤文武周公的缘故;何以真正成汤文武周公时代,也先有桀纣暴虐,后有殷顽作乱;后来仍旧弄出春秋战国五胡十六国闹个不休,古人也都叹气。

我有一位朋友说得好:"要我们保存国粹,也须国粹能保存我们。"

保存我们,的确是第一义。只要问他有无保存我们的力量,不管他是否国粹。

原载 1918 年 11 月 15 日《新青年》月刊第 5 卷第 5 号。
署名唐俟。
初收 1925 年 11 月北京北新书局版《热风》。

随感录 三十六

现在许多人有大恐惧;我也有大恐惧。

许多人所怕的,是"中国人"这名目要消灭;我所怕的,是中国人要从"世界人"中挤出。

我以为"中国人"这名目,决不会消灭;只要人种还在,总是中国人。譬如埃及犹太人,无论他们还有"国粹"没有,现在总叫他埃及犹太人,未尝改了称呼。可见保存名目,全不必劳力费心。

但是想在现今的世界上,协同生长,挣一地位,即须有相当的进步的智识,道德,品格,思想,才能够站得住脚:这事极须劳力费心。而"国粹"多的国民,尤为劳力费心,因为他的"粹"太多。粹太多,便太特别。太特别,便难与种种人协同生长,挣得地位。

有人说:"我们要特别生长;不然,何以为中国人!"

于是乎要从"世界人"中挤出。

于是乎中国人失了世界,却暂时仍要在这世界上住!——这便是我的大恐惧。

原载 1918 年 11 月 15 日《新青年》月刊第 5 卷第 5 号。

署名唐俟。

初收 1925 年 11 月北京北新书局版《热风》。

二日

日记　晴,风。上午寄家信并泉九十,上月分。晚子佩来。

三日

日记　晴。星期休息。夜钞《淮阴金石仅存录》并讫,总计八十九叶。雨。

四日

日记　雨不止歇。无事。

渡河与引路

玄同兄:

两日前看见《新青年》五卷二号通信里面,兄有唐俟也不反对 Esperanto,以及可以一齐讨论的话;我于 Esperanto 固不反对,但也不愿讨论:因为我的赞成 Esperanto 的理由,十分简单,还不能开口讨论。

要问赞成的理由,便只是依我看来,人类将来总当有一种共同的言语;所以赞成 Esperanto。

至于将来通用的是否 Esperanto,却无从断定。大约或者便从 Esperanto 改良,更加圆满;或者别有一种更好的出现;都未可知。但现在既是只有这 Esperanto,便只能先学这 Esperanto。现在不过草创时代,正如未有汽船,便只好先坐独木小舟;倘使因为豫料将来当有汽船,便不造独木小舟,或不坐独木小舟,那便连汽船也不会发明,人类也不能渡水了。

然问将来何以必有一种人类共通的言语,却不能拿出确凿证据。说将来必不能有的,也是如此。所以全无讨论的必要;只能各依自己所信的做去就是了。

但我还有一个意见,以为学 Esperanto 是一件事,学 Esperanto 的精神,又是一件事。——白话文学也是如此。——倘若思想照旧,便仍然换牌不换货:才从"四目仓圣"面前爬起,又向"柴明华先师"脚下跪倒;无非反对人类进步的时候,从前是说 no,现在是说 ne;从前写作"咈哉",现在写作"不行"罢了。所以我的意见,以为灌输正当的学术文艺,改良思想,是第一事;讨论 Esperanto,尚在其次;至于辨难驳诘,更可一笔勾消。

《新青年》里的通信,现在颇觉发达。读者也都喜看。但据我个人意见,以为还可酌减:只须将诚恳切实的讨论,按期登载;其他不负责任的随口批评,没有常识的问难,至多只要答他一回,此后便不必多说,省出纸墨,移作别用。例如见鬼,求仙,打脸之类,明明白白全是毫无常识的事情,《新青年》却还和他们反复辩论,对他们说"二五得一十"的道理,这功夫岂不可惜,这事业岂不可怜。

我看《新青年》的内容,大略不外两类:一是觉得空气闭塞污浊,吸这空气的人,将要完结了;便不免皱一皱眉,说一声"唉"。希望同感的人，因此也都注意，开辟一条活路。假如有人说这脸色声音，没有妓女的眉眼一般好看，唱小调一般好听，那是极确的真话；我们不必和他分辩，说是皱眉叹气，更为好看。和他分辩，我们就错了。一是觉得历来所走的路，万分危险，而且将到尽头；于是凭着良心，切实寻觅，看见别一条平坦有希望的路，便大叫一声说，"这边走好。"希望同感的人，因此转身，脱了危险，容易进步。假如有人偏向别处走，再劝一番，固无不可；但若仍旧不信，便不必拚命去拉，各走自己的路。因为拉得打架，不独于他无益，连自己和同感的人，也都耽搁了工夫。

耶稣说，见车要翻了，扶他一下。Nietzsche 说，见车要翻了，推他一下。我自然是赞成耶稣的话；但以为倘若不愿你扶，便不必硬扶，听他罢了。此后能够不翻，固然很好，倘若终于翻倒，然后再来切切实实的帮他抬。

老兄，硬扶比抬更为费力，更难见效。翻后再抬，比将翻便扶，于他们更为有益。

唐俟。十一月四日。

原载 1918 年 11 月 15 日《新青年》月刊第 5 卷第 5 号。
署名唐俟。题目系《新青年》编者所加。
初收 1935 年 5 月上海群众图书公司版《集外集》。

五日

日记　晴。无事。

六日

日记　晴，风，始冰。午后寄钱玄同信附二弟信。

七日

日记　晴。无事。夜得钱玄同信。

八日

日记　晴。午后得潘企莘信。买靴一两券三元。夜濯足。

九日

日记　晴，风。上午得三弟信。午后服燕氏补丸四粒。晚泻三次。

十日

日记　晴。星期休息。徐吉轩祝其父寿，午往并出屏资三元。范吉六嫁女，出幛资二元。午后李退卿来。铭伯先生来。

十一日

日记　晴。午后往观音寺街买绒衣一件，手衣一双，共券五元，又买食品少许。

十二日

日记　晴。上午寄王式乾信。下午朱孝荃赠麻菌二束，晚铭伯先生来，分赠一束。

十三日

日记　晴。上午得东京堂信片，二日发。午后二弟来部，同至留黎厂，在德古斋买《陆绍墓志》一枚，《永平残造象》一枚，《比丘道琔造象记》并侧三枚，共券四元。又由青云阁出至升平园浴。晚钱玄同来。夜风。

十四日

日记　晴。上午得李退卿信。午后寄铭伯先生信。夜宋子佩来。

十五日

日记　晴。无事。

十六日

日记　微雪即止。无事。

十七日

日记　晴。星期休息。上午许季上来。晚得钱玄同信。

十八日

日记　晴。下午寄钱玄同信。夜得王式乾信。

十九日

日记　晴。午后往瑞蚨祥买手衣二具,围巾二条,共券十八元,与二弟分用。又至信昌药房买碘钾二盎斯,苦味丁几五十格伦,共券二元二角。夜蒋抑之来。

二十日

日记　晴。上午得二弟妇信。午后师曾持梁文楼所藏拓本数种来,言欲售,因选留《贾公阙》一枚,元公,姬氏墓志残石拓本各一枚,共券十六元。买鸡那霜丸一瓶,燕医生除痰药一瓶,共券七元。

二十一日

日记　昙。上午东京堂寄到书籍五本。午后往中国银行汇本月家用泉百并信。夜大风。

二十二日

日记　晴,风。无事。

二十三日

日记　晴。夜季自求来。

二十四日

日记　晴。星期休息。无事。

二十五日

日记　晴。无事。

二十六日

日记　晴。下午收本月奉泉三百。捐于欧战协济会卅。

二十七日

日记　晴。下午往留黎厂商务印书馆取《愙斋集古录》一部二十六册,付足预约后半价券十八元。

二十八日

日记　晴。休息。下午铭伯先生来。晚刘半农,钱玄同来。

二十九日

日记　昙。休假。下午雨雪。许季上来。夜风。

三十日

日记　晴,风。晚得王式乾信。

随感录 三十七

　　近来很有许多人，在那里竭力提倡打拳。记得先前也曾有过一回，但那时提倡的，是满清王公大臣，现在却是民国的教育家，位分略有不同。至于他们的宗旨，是一是二，局外人便不得而知。

　　现在那班教育家，把"九天玄女传与轩辕黄帝，轩辕黄帝传与尼姑"的老方法，改称"新武术"，又是"中国式体操"，叫青年去练习。听说其中好处甚多，重要的举出两种来，是：

　　一，用在体育上。据说中国人学了外国体操，不见效验；所以须改习本国式体操（即打拳）才行。依我想来：两手拿着外国铜锤或木棍，把手脚左伸右伸的，大约于筋肉发达上，也该有点"效验"。无如竟不见效验！那自然只好改途去练"武松脱铐"那些把戏了。这或者因为中国人生理上与外国人不同的缘故。

　　二，用在军事上。中国人会打拳，外国人不会打拳：有一天见面对打，中国人得胜，是不消说的了。即使不把外国人"板油扯下"，只消一阵"乌龙扫地"，也便一齐扫倒，从此不能爬起。无如现在打仗，总用枪炮。枪炮这件东西，中国虽然"古时也已有过"，可是此刻没有了。藤牌操法，又不练习，怎能御得枪炮？我想（他们不曾说明，这是我的"管窥蠡测"）：打拳打下去，总可达到"枪炮打不进"的程度（即内功？）。这件事从前已经试过一次，在一千九百年。可惜那一回真是名誉的完全失败了。且看这一回如何。

原载 1918 年 11 月 15 日《新青年》月刊第 5 卷第 5 号。

初收 1925 年 11 月北京北新书局版《热风》。

本篇系周作人所作。

随感录 三十八

中国人向来有点自大。——只可惜没有"个人的自大",都是"合群的爱国的自大"。这便是文化竞争失败之后,不能再见振拔改进的原因。

"个人的自大",就是独异,是对庸众宣战。除精神病学上的夸大狂外,这种自大的人,大抵有几分天才,——照 Nordau 等说,也可说就是几分狂气。他们必定自己觉得思想见识高出庸众之上,又为庸众所不懂,所以愤世疾俗,渐渐变成厌世家,或"国民之敌"。但一切新思想,多从他们出来,政治上宗教上道德上的改革,也从他们发端。所以多有这"个人的自大"的国民,真是多福气!多幸运!

"合群的自大","爱国的自大",是党同伐异,是对少数的天才宣战;——至于对别国文明宣战,却尚在其次。他们自己毫无特别才能,可以夸示于人,所以把这国拿来做个影子;他们把国里的习惯制度抬得很高,赞美的了不得;他们的国粹,既然这样有荣光,他们自然也有荣光了!倘若遇见攻击,他们也不必自去应战,因为这种蹲在影子里张目摇舌的人,数目极多,只须用 mob 的长技,一阵乱嚷,便可制胜。胜了,我是一群中的人,自然也胜了;若败了时,一群中有许多人,未必是我受亏:大凡聚众滋事时,多具这种心理,也就是他们的心理。他们举动,看似猛烈,其实却很卑怯。至于所生结果,则复古,尊王,扶清灭洋等等,已领教得多了。所以多有这"合群的爱国的自大"的国民,真是可哀,真是不幸!

不幸中国偏只多这一种自大:古人所作所说的事,没一件不好,

遵行还怕不及,怎敢说到改革?这种爱国的自大家的意见,虽各派略有不同,根柢总是一致,计算起来,可作下列五种:

甲云:"中国地大物博,开化最早;道德天下第一。"这是完全自负。

乙云:"外国物质文明虽高,中国精神文明更好。"

丙云:"外国的东西,中国都已有过;某种科学,即某子所说的云云",这两种都是"古今中外派"的支流;依据张之洞的格言,以"中学为体西学为用"的人物。

丁云:"外国也有叫化子,——(或云)也有草舍,——娼妓,——臭虫。"这是消极的反抗。

戊云:"中国便是野蛮的好。"又云:"你说中国思想昏乱,那正是我民族所造成的事业的结晶。从祖先昏乱起,直要昏乱到子孙;从过去昏乱起,直要昏乱到未来。……(我们是四万万人,)你能把我们灭绝么?"这比"丁"更进一层,不去拖人下水,反以自己的丑恶骄人;至于口气的强硬,却很有《水浒传》中牛二的态度。

五种之中,甲乙丙丁的话,虽然已很荒谬,但同戊比较,尚觉情有可原,因为他们还有一点好胜心存在。譬如衰败人家的子弟,看见别家兴旺,多说大话,摆出大家架子;或寻求人家一点破绽,聊给自己解嘲。这虽然极是可笑,但比那一种掉了鼻子,还说是祖传老病,夸示于众的人,总要算略高一步了。

戊派的爱国论最晚出,我听了也最寒心;这不但因其居心可怕,实因他所说的更为实在的缘故。昏乱的祖先,养出昏乱的子孙,正是遗传的定理。民族根性造成之后,无论好坏,改变都不容易的。法国 G. Le Bon 著《民族进化的心理》中,说及此事道(原文已忘,今但举其大意)——"我们一举一动,虽似自主,其实多受死鬼的牵制。将我们一代的人,和先前几百代的鬼比较起来,数目上就万不能敌了。"我们几百代的祖先里面,昏乱的人,定然不少:有讲道学的儒生,也有讲阴阳五行的道士,有静坐炼丹的仙人,也有打脸打把子的戏子。所以我们现在虽想好好做"人"，难保血管里的昏乱分子不来作怪，我们也不由自主，一变而为研究丹田脸谱的人物：这真是大可寒心的事。但我总希望这昏乱思想遗传的祸害，不至于有梅毒那样猛烈，竟至百无一免。即使同梅毒一样，现在发明了六百零六，肉体上的病，既可医治；我希望也有一种七百零七的药，可以医治思想上的病。这药原来也已发明，就是"科学"一味。只希望那班精神上掉了鼻子的朋友，不要又打着"祖传老病"的旗号来反对吃药，中国的昏乱病，便也总有全愈的一天。祖先的势力虽大，但如从现代起，立意改变：扫除了昏乱的心思，和助成昏乱的物事（儒道两派的文书），再用了对症的药，即使不能立刻奏效，也可把那病毒略略屡淡。如此几代之后待我们成了祖先的时候，就可以分得昏乱祖先的若干势力，那时便有转机，Le Bon 所说的事，也不足怕了。

　　以上是我对于"不长进的民族"的疗救方法；至于"灭绝"一条，那是全不成话，可不必说。"灭绝"这两个可怕的字，岂是我们人类应说的？只有张献忠这等人曾有如此主张，至今为人类唾骂；而且于实际上发生出什么效验呢？但我有一句话，要劝戊派诸公。"灭绝"这句话，只能吓人，却不能吓倒自然。他是毫无情面：他看见有自向灭绝这条路走的民族，便请他们灭绝，毫不客气。我们自己想活，也希望别人都活；不忍说他人的灭绝，又怕他们自己走到灭绝的路上，把我们带累了也灭绝；所以在此着急。倘使不改现状，反能兴旺，能得真实自由的幸福生活，那就是做野蛮也很好。——但可有人敢答应说"是"么？

　　　　原载 1918 年 11 月 15 日《新青年》月刊第 5 卷第 5 号。
　　　　初收 1925 年 11 月北京北新书局版《热风》。
　　　　本篇系周作人所作。

十二月

一日
日记　晴。星期休息。无事。

二日
日记　晴。上午寄家信并泉七十又五,前月分。下午往留黎厂买《攀古楼汉石纪存》一册,券一元。晚铭伯先生送肴二种。

三日
日记　晴。午后理发。又买 Pepana 一合,券六元。

四日
日记　晴。晚钱玄同来。

五日
日记　晴。无事。

六日
日记　晴,风。上午寄家小包一。午二弟至部,邀齐寿山同至和记饭。夜宋子佩来。得李退卿信。

七日
日记　晴,风。无事。

八日

日记 晴。星期休息。午后李遐卿来还泉十五,合券卅二元。潘企莘来。张协和来。

九日

日记 晴。午后假与协和泉百。

十日

日记 昙。午从齐寿山假泉百,转假协和。午后晴。得丸善信片。

十一日

日记 晴。晚钱玄同,刘半农来。

十二日

日记 晴。无事。

十三日

日记 晴,晚风。无事。

十四日

日记 晴。午后往留黎厂买《皆公寺尼道仕造象》一枚,《郭始孙造象》四枚,共券三元。

十五日

日记 晴。星期休息。午后铭伯先生来。

十六日

日记　晴。上午东京堂寄来书籍两本。晚宋子佩来。

十七日

日记　晴。晚铭伯先生来。夜刘半农,钱玄同来。

十八日

日记　晴。下午寄羽太家信并泉卅。

十九日

日记　雨雪。无事。

二十日

日记　雨雪。上午寄三弟信。

二十一日

日记　晴,下午昙。无事。

二十二日

日记　晴,风。星期休息。刘半农邀饮于东安市场中兴茶楼,晚与二弟同往,同席徐悲鸿,钱秣陵,沈士远,君默,钱玄同,十时归。

二十三日

日记　晴。休假。午后铭伯先生来。

二十四日

日记　晴。上午寄许季市《新青年》二本,又三弟一本并书二册一包。

二十五日

日记　晴。休假。下午得二弟妇信。晚洙邻兄来。

二十六日

日记　晴。上午寄二弟妇信。收本月奉泉三百。晚往东板桥马幼渔寓，吴稚晖，钱玄同及二弟俱先在，陈百年，刘半农亦至，饭后归。

二十七日

日记　晴。午后往留黎厂买"安邑"币二枚，券三元；又《西狭颂》，《五瑞图》一分三枚，六元；残石二枚，二元；无名画象一枚，二元。晚王式乾来。夜得李遐卿信。

二十八日

日记　晴。上午寄家信并泉百。午二弟至部，邀齐寿山同往和记饭。夜宋子佩来。

二十九日

日记　晴。星期休息。午后许诗荃，诗苟来。铭伯先生来。下午陈百年，刘半农，钱玄同来。得三弟信，二十五日发。

《美术》杂志第一期*

民国初年以来，时髦人物的嘴里，往往说出"美术"两个字，但只是说的多,实做的却少。直到现在,连小说杂志上的插画家还极难得,何况说是能够创作的大手笔。所以翻印点旧画,有如败家子弟,偶然有几张破烂旧契的人,都算了美术界人物了。

这一年两期的《美术》杂志第一期,便当这寂寞胡涂时光,在上海图画美术学校中产出。内分插画,学术,记载,杂俎,思潮五门,并附增刊的同学录。学术,杂俎,思潮,多说理法,关于绘画的约居五分之四。其中虽偶有令人吃惊的话,如中国画久臻神化,实与欧人以不能学,及西洋画无派别可言之类,但开创之初,自然不能便望纯一。就大体着眼,总是有益的事居多,其余记述,也可以看出主持者如何热心经营,以及推广的劳苦的痕迹。

这么大的中国,这么多的人民,又在这个时候,却只看见这一点美术的萌芽,真可谓寂寥之至了。但开美花的,不必定是块根。我希望从此能够引出许多创造的天才,结得极好的果实。

原载 1918 年 12 月 29 日《每周评论》第 2 号"新刊批评"栏。署名庚言。

初未收集。

三十日

日记 晴。还齐寿山泉百。夜寄李遐卿信。

三十一日

日记 昙。上午寄家信并泉七十,又代寿山制衣泉三十。东京堂寄来书籍二本。夜铭伯先生贻肴二器。夜大风。

书　帐

元固墓志一枚　四·〇〇　一月二日

殷虚书契考释一册　七·〇〇　一月四日

殷虚书契待问编一册　二·五〇

唐三藏取经诗话一册　一·五〇

校官碑一枚　二·〇〇　一月二十日

李琮墓志连侧一枚　一·五〇

魏法兴等造象一枚　〇·五〇

张寿残碑一枚　〇·五〇　一月廿七日

冯晖宾造象四枚　一·五〇

释教画象二枚　三·〇〇　　　　　　　　二四·〇〇〇

瘗鹤铭拓本一枚　五·〇〇　二月三日

醉醒石二本　六·〇〇　二月六日

曹续生铭记一枚　一·〇〇　二月十日

马廿四娘买地券一枚　一·〇〇

殷文存一册　七·〇〇　四月售出

神州大观第十二集一册　三·〇〇　二月十七日

写礼庼遗著四册　三·〇〇

江宁金石记二册　二·〇〇

元纂墓志一枚　五·〇〇　二月二十四日

兰夫人墓志一枚　二·〇〇

碑别字二册　二·〇〇　　　　　　　　三七·〇〇〇

张僧妙碑一枚　二·〇〇　三月三日

姚伯多等造象四枚　二·五〇

锜双胡等造象四枚　二・五〇

苏丰国等造象二枚　一・〇〇

合邑卅人等造象一枚　宋芷生寄　三月四日

陈氏合宗造象四枚　同上

艺术丛编第二年分六册　三四・〇〇　三月九日

说文古籀补二册　二・二〇

字说一册　〇・八〇

名原一册　一・〇〇

好大王专一枚　师曾赠　三月十一日

杂拓片三枚　一・〇〇

曹全碑并阴二枚　二・〇〇

元显魏墓志盖一枚　二・〇〇　三月十七日

隋唐以来官印集存一册　六・〇〇

未央东阁瓦拓一枚　一・〇〇　三月二十五日

更封残石一枚　一・〇〇　三月二十九日

翟蛮造象一枚　一・〇〇

石门画象并阴二枚　二・五〇　三月卅一日

李洪演造象一枚　二・五〇

建崇寺造象二枚　二・〇〇

杨显叔造象一枚　〇・五〇

张神龙息墓记一枚　〇・五〇　　　　　　　　　六八・〇〇〇

□朝侯小子残碑阴一枚　二・〇〇　四月十一日

杜霅等造象四枚　三・〇〇

残画象一枚　四・〇〇　四月十四日

孙世明等造象五枚　二・〇〇　四月廿一日

画象砖五枚　二・〇〇

画象砖九枚　二・〇〇　四月二十八日

韩显宗墓志一枚　四・〇〇

赵氏墓志一枚　一·〇〇

安鹿交村造象一枚　一·〇〇

僧晕造象一枚　三·〇〇

范国仁造象二枚　二·〇〇　　　　　　　　　　　　二六·〇〇〇

玉函山隋唐造象卅五枚　四·〇〇　五月三日

郗景哲等造象残石一枚

王通墓志一枚　一·〇〇

杂伪拓片六枚　二·〇〇　五月九日

端氏臧石拓片六种十八枚　五·〇〇

王氏臧专拓片六十枚　三·〇〇　五月十一日

文士渊等造象并阴二枚　一·〇〇　五月十三日

题名残石一枚　一·〇〇

专拓片七枚　一·〇〇

梦东禅师集一册　许季上赠　五月二十一日

恒农墓专拓本百枚　二四·〇〇　五月二十三日

江阿欢造象一枚　二·〇〇

讳德墓志一枚　二·〇〇

北齐造象二种二枚　〇·六〇　五月二十七日

黄初残石三枚　二〇·〇〇　五月二十九日

武猛从事□□造象坐二枚　一·四〇　　　　　　　六八·〇〇〇

吕超墓志拓一枚　徐以骅先生寄　六月二日

金石小品拓片廿一枚　同上

残石拓片九枚　顾鼎梅赠　六月三日

嵩山三阙画象大小卅四枚　三六·〇〇　六月四日

晋残石并阴合一枚　一·〇〇

朱博残石一枚　四·〇〇

刘汉作师子铭一枚　〇·五〇

密长盛造桥碑并阴二枚　一·〇〇

千佛山造象十二枚　二·〇〇

云门山造象十枚　一·〇〇

仓龙庚午残石一枚　一·〇〇　六月六日

里社残碑并阴二枚　八·〇〇　六月十日

元思和墓志一枚　四·〇〇

示朴斋骈文一册　钱稻孙赠　六月十九日

郎邪台刻石一枚　五·〇〇　六月二十二日

汉画象一枚　一·〇〇

神州大观第十三集一册　二·七〇

古泉拓选印本二册　三·三〇

窓斋集古录预约　一三·五〇　六月廿七日

马氏墓志一枚　一·〇〇　　　　　　　　　　　　八五·〇〇〇

汉黄肠石拓片六十二枚　一三·〇〇　七月九日

张朗墓碑并阴二枚　五·〇〇

惠晖造象并刻经三枚　一·〇〇　七月十九日

殷虚卜辞一册　二三·〇〇　七月三十一日

会仙友题刻一枚　一·〇〇

司马遵业墓志一枚　四·〇〇　　　　　　　　　四七·〇〇〇

杂汉画象六枚　四·〇〇　八月十七日

白驹谷题刻二枚　二·〇〇

杨宣碑一枚　二·〇〇　八月廿九日

广业寺造象碑一枚　二·〇〇　　　　　　　　　一〇·〇〇〇

大乘法苑义林章记七册　三·〇〇　九月七日

汉专拓片三枚　一·〇〇

杂造象拓片十枚　四·〇〇

冕服考二册　二·〇〇　九月十日

选适园丛书四种五册　五·〇〇

闲渔闲闲录一册　一·〇〇

106

古兵符考略残稿一册　一・〇〇

铁云臧龟之余一册　二・〇〇

面城精舍杂文一册　一・〇〇

周华岳颂并唐后碑二枚　二・〇〇　九月十八日

殷虚书契精华一册　三・〇〇　九月二十一日

涵芬楼秘笈三至五集廿四册　一二・〇〇

杂砖拓片二十枚　二・〇〇　九月二十七日

瓦当拓片四十枚　六・〇〇　九月二十八日

中国名画第廿集一册　三・〇〇　　　　　　　　　　　　四八・〇〇〇

三公山碑并侧二枚　二・〇〇　十月十六日

汉画象二枚　二・〇〇

洛音村人造象四枚　二・五〇

李僧造象四枚　二・五〇

牛景悦等造象一枚　一・〇〇

韩木兰墓铭一枚　一・〇〇

李元海等造象四枚　三・〇〇　十月二十一日

合邑人等造象四枚　二・〇〇

东莞令薛广造象一枚　三・〇〇　十月二十七日

合村长幼造象四枚　三・〇〇

卢文机墓志一枚　一・〇〇　　　　　　　　　　　　二三・〇〇〇

陆绍墓志一枚　二・五〇　十一月十三日

永平残造象一枚　〇・五〇

道琏造象并侧三枚　一・〇〇

蜀贾公阙一枚　六・〇〇　十一月二十日

元公墓志一枚　五・〇〇

姬氏墓志一枚　五・〇〇

窭斋集古录廿六册　一八・〇〇　十一月廿七日　　　　　三八・〇〇〇

攀古楼汉石纪存一册　一・〇〇　十二月二日

皆公寺造象一枚　一·〇〇　十二月十四日
郭始孙造象四枚　二·〇〇
汉残石并阴一枚　一·〇〇　［十二月二十七日］
残石一枚　一·〇〇
西狭颂并前题二枚　三·〇〇
五瑞图连记一枚　三·〇〇
六朝画象一枚　二·〇〇　　　　　　　　　　　一四·〇〇〇
　　　总计券四八八·〇〇〇元,约合见泉三百元。

本年

《钩骑四人画象》说明

钩骑四人画象

高二尺五寸,广二尺四寸,三层。

第一层四骑右驰并残车轮,题字一榜:"钩骑四人"。

第二层一车一骑右驰,题字二榜:"辎车"、"骑仓头"。

第三层云物,无字。

出嘉祥,归吴潘氏、满洲托活洛氏,七年售出。

> 未另发表。据手稿编入。
> 题目系编者所拟。

察罗堵斯德罗绪言

[德国]尼采

一

察罗堵斯德罗行年三十,乃去故里与故里之湖,而入于重山。
以乐其精神与其虚寂,历十年不倦,终则其心化。

一日之晨,与晓偕起,趋前就日而谓之曰:

猗汝大星,使汝不有其所照,奚乃汝福邪?

汝作而临吾穴者十年，载使无我与吾鹰与吾蛇，则汝之光曜道涂，其亦倦矣。

顾吾侪必期汝于晨，取汝之余，而用是祝汝。

嘻，吾餍夫吾知矣，如彼莽蠭，屯蜜有盈。

吾能俱睨焉，能判分焉。

是故吾必入于渊深，如汝夕降。至于海下，而尚授晖光于下界，犄汝太富之星。

吾必如汝沦降矣，犹人之所名而之名之者。

今其祝我，汝静眸子，能见至大福而无羡者。

其祝是巵，彼之充实，至洋溢黄金色水。而所至胥有汝大欢虞之曜艳者。

嘻，是巵欲再虚矣，而察罗堵斯德罗亦再人矣。

如是，察罗堵斯德罗遂沦降。

二

察罗堵斯德罗独行下山，无与之邂逅。比至乎林，则俄有黄耇面而立，方离其圣舍，而索木根于林中者也。谓察罗堵斯德罗曰：

敖者之于我，非外也。前几何年，过乎此。察罗堵斯德罗其名尔，而今化矣。

乡者，汝荷汝灰而入山，今欲持汝火而赴壑邪？汝无惧乎纵火者之罚邪？

唯唯，吾识察罗堵斯德罗，其目净，而口不藏欧哕。

彼行仙仙，不如舞者邪。

化矣察罗堵斯德罗，婴儿矣察罗堵斯德罗，觉者矣察罗堵斯德罗，顾汝之就睡人也奚事。

汝居虚寂，犹海居焉，而海实容汝。悲夫，汝乃登陆是欲邪。悲夫，汝乃复自曳其官骸是欲邪。

察罗堵斯德罗对曰：吾爱人。

圣人曰：吾胡为遁林野，夫岂不以吾甚爱人矣。

今则爱神而不爱人。人之于我，其为物也，过不具足。于人之爱，会殇我矣。

察罗堵斯德罗对曰：吾所谓爱者云何，特将有贶于人焉尔。

圣人曰：毋与之，无宁有取于彼，而与共负荷。汝苟悦夫是，则是之悦彼徒也至矣。

而犹欲与之哉，则与毋丰于布施，而必使其是乞。

察罗堵斯德罗对曰：不也，吾不与以布施，贫则尚未极于此。

圣人于是哂察罗堵斯德罗，而作是言曰：姑试之，人孰取汝宝。

彼方衷疑于畸人，而吾侪之以贶来，亦不信也。

吾侪足音之彻衢巷，而震彼徒也凄绝。使当中夜，闻过其榻者有人，而前夫曒之临彼者远，则其必交询曰：盗欲奚之邪。

汝慎毋徂人间，而止林中已。不者，盖无宁徂禽兽哉。抑汝奚为不欲同夫我，为熊熊中，为鸟鸟中也。

察罗堵斯德罗问曰：则圣人何作于林中与？

圣人对曰：作颂而歌之尔。吾颂既作，则笑泣呻吟。吾以是颂美神。

吾以歌以泣以笑以呻吟，用颂美神，其神之为吾神者。顾汝则何贶于吾侪矣。

察罗堵斯德罗闻是语已，乃礼圣人而告之曰：吾于汝侪何贶矣。

唯速我行，毋使自汝有所取耳。二者如是遂别。一黄耇与一男子，皆辴然咲，而其咲如婴儿。

察罗堵斯德罗迨既独，则语其心曰：何能然，古圣乃居彼林中而未有闻邪？神死矣。

三

札罗式多入林下之邑，见众集于市，则以闻蹈缅者名，因就观者也。札罗式多遂如是说众曰：

吾诏汝超人。人之为物，为当克胜人者。顾汝以克胜彼故，尝何作邪？

百昌无不作逾己者矣。而汝乃欲为大潮之归流，抑好克胜人甚，不若返禽兽邪？

猿狙之于人奈何？一咲噱或绝痛耻尔。则人之于超人也同然，一咲噱或绝痛耻尔。

汝尝取道自虫而徂人矣。而今之汝，其为虫也尚多。

汝尝为猿狙矣。而今之汝，尚较诸猿也猿甚。

汝中之上知者维何？一枡体，若互种出自卉木与鬼物者尔。顾吾岂命汝为鬼物卉木邪？

嘻，吾诏汝超人。

维此超人，实大地谊谛。汝志其曰，维为超人，斯大地谊谛。

今誓告汝，嗟我兄弟，其贞大地，而毋信说汝出世望者。此投毒人也，无间识非识。

此侮生活者也，方溘死者也，自鸩毒者也，大地厌夫是。可以逝矣。

乡者以渎神为无上渎，而神死矣，故渎者与俱死。今无上渎则莫甚于渎大地，与怳忽之内藏，是尊且有加于大地谊谛。

乡者魂尝侮睨其体矣，而此慢易则最尚者也。彼欲其柴瘠槁饿尔，意如是，乃自悦此与大地而去之。乌乎，此魂则自柴瘠槁饿耳。而其偷乐，则凶残也。

虽然,嗟我兄弟,今其语我:汝魂之于汝体也云何矣？为汝魂者,非贫陋或一可怜之说豫已邪？

诚哉,人浊流尔。若其祈能受浊流,而无不净,维为海已。

嘻,吾诏汝超人,此海也,是中则能注汝大慢易。

汝之能征验者,云何最大矣。曰:维大慢易时。当是时也,汝福则为欧哕矣,汝理汝德,亦复如是。

是时也,汝则曰:于吾福何有哉？此贫陋,此秽恶,此可怜豫耳。而吾福者,当自正其存在者也。

是时也,汝则曰:于吾理何有哉？彼之求知,犹狻猊之求食。与此贫陋,此秽恶,此可怜豫也。

是时也,汝则曰:于吾德何有哉？彼未使我昌披。吾之勒吾善恶也甚矣。此一切者,胥贫陋,胥秽恶,胥可怜豫也。

是时也,汝则曰:于吾正何有哉？吾未见我为薪火矣。而所谓正,则薪火也。

是时也,汝则曰:于吾同情何有哉？夫非十架之同情。爱人之人。尝离于此者与？而吾同情,非磔杀也。

汝尝如是言乎？汝尝如是叫乎？吁,吾尝闻汝如是叫矣。

非汝罪障,而以汝之盈足叫于天,而以汝之自吝汝罪障叫于天。

以其舌舓汝之历缺则安在邪？所当播种诸汝之猖狂则安在邪？

嘻,吾诏汝超人。夫超人者,此历缺也,此猖狂也。

札罗式多如是语已。忽有号者曰:吾侪耳踣缃者之论足矣,今其际我。众于是咲札罗式多。而踣缃者,乃意是语为彼发也,则始事。

未另发表。据手稿编入。

初未收集。

一九一九

一月

一日
日记　晴,风。休假。下午潘企莘来。

二日
日记　晴。休假。午后同二弟往铭伯先生寓。夜濯足。

三日
日记　晴,风。休假。下午沈士远来。

四日
日记　晴。上午得许季市信。陈师曾为刻一印,文曰"会稽周氏"。

五日
日记　晴。星期休息。上午得刘半农信。

六日
日记　晴。上午丸善寄来手帐一册。

七日
日记　晴。无事。夜刘半农,钱玄同来。

八日
日记　晴。上午丸善寄来日历一帖。

九日

日记　晴。下午得三弟妇信。晚往铭伯先生寓。宋子佩来。

十日

日记　昙。无事。晚得重久信。夜雨雪。

十一日

日记　昙,午后晴。无事。

十二日

日记　晴。星期休息。下午刘半农来。晚钱玄同来。

十三日

日记　大雪。无事。

十四日

日记　晴。无事。

十五日

日记　雨雪,大冷。上午寄铭伯先生信。寄三弟信。

随感录 三十九[*]

　　《新青年》的五卷四号,隐然是一本戏剧改良号,我是门外汉,开口不得;但见《再论戏剧改良》这一篇中,有"中国人说到理想,便含着轻薄的意味,觉得理想即是妄想,理想家即是妄人"一段话,却令我发生了追忆,不免又要说几句空谈。

据我的经验,这理想价值的跌落,只是近五年以来的事。民国以前,还未如此,许多国民,也肯认理想家是引路的人。到了民国元年前后,理论上的事情,著著实现,于是理想派——深浅真伪现在姑且弗论——也格外举起头来。一方面却有旧官僚的攘夺政权,以及遗老受冷不过,豫备下山,都痛恨这一类理想派,说什么闻所未闻的学理法理,横亘在前,不能大踏步摇摆。于是沉思三日三夜,竟想出了一种兵器,有了这利器,才将"理"字排行的元恶大憝,一律肃清。这利器的大名,便叫"经验"。现在又添上一个雅号,便是高雅之至的"事实"。

经验从那里得来,便是从清朝得来的。经验提高了他的喉咙含含糊糊说,"狗有狗道理,鬼有鬼道理,中国与众不同,也自有中国道理。道理各各不同,一味理想,殊堪痛恨。"这时候,正是上下一心理财强种的时候,而且带着理字的,又大半是洋货,爱国之士,义当排斥。所以一转眼便跌了价值;一转眼便遭了嘲骂;又一转眼,便连他的影子,也同拳民时代的教民一般,竟犯了与众共弃的大罪了。

但我们应该明白,人格的平等,也是一种外来的旧理想;现在"经验"既已登坛,自然株连着化为妄想,理合不分首从,全踏在朝靴底下,以符列祖列宗的成规。这一踏不觉过了四五年,经验家虽然也增加了四五岁,与素未经验的生物学学理——死——渐渐接近,但这与众不同的中国,却依然不是理想的住家。一大批踏在朝靴底下的学习诸公,早经竭力大叫,说他也得了经验了。

但我们应该明白,从前的经验,是从皇帝脚底下学得;现在与将来的经验,是从皇帝的奴才的脚底下学得。奴才的数目多,心传的经验家也愈多。待到经验家二世的全盛时代,那便是理想单被轻薄,理想家单当妄人,还要算是幸福侥幸了。

现在的社会,分不清理想与妄想的区别。再过几时,还要分不清"做不到"与"不肯做到"的区别,要将扫除庭园与劈开地球混作一谈。理想家说,这花园有秽气,须得扫除,——到那时候,说这宗话的人,也要算在理想党里,——他却说道,他们从来在此小便,如何扫除? 万万不能,也断乎不可!

那时候,只要从来如此,便是宝贝。即使无名肿毒,倘若生在中国人身上,也便"红肿之处,艳若桃花;溃烂之时,美如乳酪"。国粹所在,妙不可言。那些理想学理法理,既是洋货,自然完全不在话下了。

但最奇怪的,是七年十月下半,忽有许多经验家,理想经验双全家,经验理想未定家,都说公理战胜了强权;还向公理颂扬了一番,客气了一顿。这事不但溢出了经验的范围,而且又添上一个理字排行的厌物。将来如何收场,我是毫无经验,不敢妄谈。经验诸公,想也未曾经验,开口不得。

没有法,只好在此提出,请教受人轻薄的理想家了。

原载 1919 年 1 月 15 日《新青年》月刊第 6 卷第 1 号。

署名唐俟。

初收 1925 年 11 月北京北新书局版《热风》。

随感录 四十 *

终日在家里坐,至多也不过看见窗外四角形惨黄色的天,还有什么感? 只有几封信,说道,"久违芝宇,时切葭思;"有几个客,说道,"今天天气很好":都是祖传老店的文字语言。写的说的,既然有口无心,看的听的,也便毫无所感了。

有一首诗,从一位不相识的少年寄来,却对于我有意义。——

爱　情

我是一个可怜的中国人。爱情！我不知道你是什么。

我有父母，教我育我，待我很好；我待他们，也还不差。我有兄弟姊妹，幼时共我玩耍，长来同我切磋，待我很好；我待他们，也还不差。但是没有人曾经"爱"过我，我也不曾"爱"过他。

我年十九，父母给我讨老婆，于今数年，我们两个，也还和睦。可是这婚姻，是全凭别人主张，别人撮合：把他们一日戏言，当我们百年的盟约。仿佛两个牲口听着主人的命令："咄，你们好好的住在一块儿罢！"

爱情！可怜我不知道你是什么！

诗的好歹，意思的深浅，姑且勿论；但我说，这是血的蒸气，醒过来的人的真声音。

爱情是什么东西？我也不知道。中国的男女大抵一对或一群—— 一男多女——的住着，不知道有谁知道。

但从前没有听到苦闷的叫声。即使苦闷，一叫便错；少的老的，一齐摇头，一齐痛骂。

然而无爱情结婚的恶结果，却连续不断的进行。形式上的夫妇，既然都全不相关，少的另去姘人宿娼，老的再来买妾：麻痹了良心，各有妙法。所以直到现在，不成问题。但也曾造出一个"妒"字，略表他们曾经苦心经营的痕迹。

可是东方发白，人类向各民族所要的是"人"，——自然也是"人之子"——我们所有的是单是人之子，是儿媳妇与儿媳之夫，不能献出于人类之前。

可是魔鬼手上，终有漏光的处所，掩不住光明：人之子醒了；他知道了人类间应有爱情；知道了从前一班少的老的所犯的罪恶；于是起了苦闷，张口发出这叫声。

但在女性一方面，本来也没有罪，现在是做了旧习惯的牺牲。我们既然自觉着人类的道德，良心上不肯犯他们少的老的的罪，又不能责备异性，也只好陪着做一世牺牲，完结了四千年的旧账。

做一世牺牲，是万分可怕的事；但血液究竟干净，声音究竟醒而且真。

我们能够大叫，是黄莺便黄莺般叫；是鸱鸮便鸱鸮般叫。我们不必学那才从私窝子里跨出脚，便说"中国道德第一"的人的声音。

我们还要叫出没有爱的悲哀，叫出无所可爱的悲哀。……我们要叫到旧账勾消的时候。

旧账如何勾消？我说，"完全解放了我们的孩子！"

原载 1919 年 1 月 15 日《新青年》月刊第 6 卷第 1 号。
署名唐俟。
初收 1925 年 11 月北京北新书局版《热风》。

随感录 四十一*

从一封匿名信里看见一句话，是"数麻石片"（原注江苏方言），大约是没有本领便不必提倡改革，不如去数石片的好的意思。因此又记起了本志通信栏内所载四川方言的"洗煤炭"。想来别省方言中，相类的话还多；守着这专劝人自暴自弃的格言的人，也怕并不少。

凡中国人说一句话，做一件事，倘与传来的积习有若干抵触，须一个斤斗便告成功，才有立足的处所；而且被恭维得烙铁一般热。否则免不了标新立异的罪名，不许说话；或者竟成了大逆不道，为天地所不容。这一种人，从前本可以夷到九族，连累邻居；现在却不过是几封匿名信罢了。但意志略略薄弱的人便不免因此萎缩，不知不

122

觉的也入了"数麻石片"党。

所以现在的中国,社会上毫无改革,学术上没有发明,美术上也没有创作;至于多人继续的研究,前仆后继的探险,那更不必提了。国人的事业,大抵是专谋时式的成功的经营,以及对于一切的冷笑。

但冷笑的人,虽然反对改革,却又未必有保守的能力:即如文字一面,白话固然看不上眼,古文也不甚提得起笔。照他的学说,本该去"数麻石片"了;他却又不然,只是莫名其妙的冷笑。

中国的人,大抵在如此空气里成功,在如此空气里萎缩腐败,以至老死。

我想,人猿同源的学说,大约可以毫无疑义了。但我不懂,何以从前的古猴子,不都努力变人,却到现在还留着子孙,变把戏给人看。还是那时竟没有一匹想站起来学说人话呢?还是虽然有了几匹,却终被猴子社会攻击他标新立异,都咬死了;所以终于不能进化呢?

尼采式的超人,虽然太觉渺茫,但就世界现有人种的事实看来,却可以确信将来总有尤为高尚尤近圆满的人类出现。到那时候,类人猿上面,怕要添出"类猿人"这一个名词。

所以我时常害怕,愿中国青年都摆脱冷气,只是向上走,不必听自暴自弃者流的话。能做事的做事,能发声的发声。有一分热,发一分光,就令萤火一般,也可以在黑暗里发一点光,不必等候炬火。

此后如竟没有炬火:我便是唯一的光。倘若有了炬火,出了太阳,我们自然心悦诚服的消失,不但毫无不平,而且还要随喜赞美这炬火或太阳;因为他照了人类,连我都在内。

我又愿中国青年都只是向上走,不必理会这冷笑和暗箭。尼采说:

"真的,人是一个浊流。应该是海了,能容这浊流使他干净。"

"咄,我教你们超人:这便是海,在他这里,能容下你们的大侮蔑。"(《札拉图如是说》的《序言》第三节)

纵令不过一洼浅水，也可以学学大海；横竖都是水，可以相通。几粒石子，任他们暗地里掷来；几滴秽水，任他们从背后泼来就是了。

这还算不到"大侮蔑"——因为大侮蔑也须有胆力。

原载 1919 年 1 月 15 日《新青年》月刊第 6 卷第 1 号。

署名唐俟。

初收 1925 年 11 月北京北新书局版《热风》。

十六日

日记　昙。上午寄家信并泉六十，为齐寿山作衣费及年莫杂用。寄王式乾信。寄许季市信并《新潮》一册。寄张梓生《新潮》一册，代二弟发。夜雨霰。

致 许寿裳

季市君足下：日前蒙书，谨悉。仆于其先又寄上《新青年》五卷之第三四两本，今度已达。来书问童子所诵习，仆实未能答。缘中国古书，叶叶害人，而新出诸书亦多妄人所为，毫无是处。为今之计，只能读其记天然物之文，而略其故事，因记述天物，弊止于陋，而说故事，则大抵谬妄，陋易医，谬则难治也。汉文终当废去，盖人存则文必废，文存则人当亡，在此时代，已无幸存之道。但我辈以及孺子生当此时，须以若干精力牺牲于此，实为可惜。仆意　君教诗英，但以养成适应时代之思想为第一谊，文体似不必十分决择，且此刻颂习，未必于将来大有效力，只须思想能自由，则将来无论大潮如何，必能与为沉瀋矣。少年可读之书，中国绝少，起孟素来注意，亦颇有译述之意,但无暇无才无钱,恐成绩终亦甚鲜。主张用白话者,近来似亦日多,但敌亦群起,四面八方攻击者众,而应援者则甚少,所以当做之事甚多,而万不举一,颇不禁人才寥落之叹。大学之《模范文选》,本系油印,近闻已付排印,俟成后奉寄,不必得模胡之旧印矣。大学学生二千,大抵暮气甚深,蔡先生来,略与改革,似亦无大效,惟近来出杂志一种曰《新潮》,颇强人意,只是二十人左右之小集合所作,间亦杂教员著作,第一卷已出,日内当即邮寄奉上,其内以傅斯年作为上,罗家伦亦不弱,皆学生。仆年来仍事嬉游,一无善状,但思想似稍变迁。明年,在绍之屋为族人所迫,必须卖去,便拟挈眷居于北京,不复有越人安越之想。而近来与绍兴之感情亦日恶,殊不自至[知]其何故也。闻燮和言李牧斋贻书于女官首领,说君坏话者已数次,但不知燮和于何处得来,或エバ等作此谣言亦未可定此是此公长技,对于リゥブチヒ亦往往如此。要之,我辈之与遗老,本不能志同道合,其啧有烦言,正是应有之事,记之聊供一哂耳。顷在部作此笺答,而 惠书在寓中,故所答或有未尽,请 恕为幸。专此,敬颂曼福。

仆树 顿首 一月十六日

《新潮》第一册顷已寄出,并闻。同日

十七日

日记 昙。上午得李遐卿信。下午齐寿山还制衣泉五十五元。夜风。

十八日

日记 昙,夜风。无事。

十九日

日记 晴。星期休息。下午铭伯先生来。夜宋子佩来。

二十日

日记　晴。得俞恪士先生讣,下午送幛子一。晚帖贾来,购取《高洛周造象》并阴,侧四枚,《天平残造象》三枚,共券二元。

二十一日

日记　晴。下午二弟从大学购来《甲骨契文拓本》一部四册,纸墨及拓工费共券十六元。夜钱玄同来。

二十二日

日记　晴,下午昙。无事。

二十三日

日记　晴。午后寄李遐卿信。下午往留黎厂买元文,元晫墓志各一枚,《元玕墓志》并盖二枚,《尔朱氏墓志》前后二石合拓一枚,共券十四元。张协和赠板鸭一个。夜寄铭伯先生信并赠羊羹一合。

二十四日

日记　晴。晚李遐卿来。刘半农来。

二十五日

日记　晴。上午帖店来,选购《南武阳阙画象》九枚,不全本一束,价券六元;又残造象二枚,券一元。午后往大同馆理发。

二十六日

日记　晴。星期休息。下午得三弟信,廿二日发。

二十七日

日记　晴。上午收本月奉泉三百。

二十八日

日记　晴。上午寄三弟《新青年》一本。晚钱玄同来。

二十九日

日记　昙。无事。

三十日

日记　晴。午后寄东京堂泉十。寄钱玄同信片。

致 钱玄同

明信片收到了。点句和署名两件事，都可照来信办理。昨天看见《新潮》第二册内《推霞》上面的小序，不禁不敬之心，油然而生，勃然而长；倘若跳舞再不高明，便要沛然莫之能御了。相应明信片达，请烦查照，至纫公谊。此致
玄同兄

树　一月卅日

三十一日

日记　晴。下午休息。许季上来。晚铭伯先生送肴二器角黍年糕二事至。夜得钱玄同信。背部痛，涂碘酒。

随感录 四十二

　　听得朋友说，杭州英国教会里的一个医生，在一本医书上做一篇序，称中国人为土人；我当初颇不舒服，仔细再想，现在也只好忍受了。土人一字，本来只说生在本地的人，没有什么恶意。后来因其所指，多系野蛮民族，所以加添了一种新意义，仿佛成了野蛮人的代名词。他们以此称中国人，原不免有侮辱的意思；但我们现在，却除承受这个名号以外，实是别无方法。因为这类是非，都凭事实，并非单用口舌可以争得的。试看中国的社会里，吃人，劫掠，残杀，人身卖买，生殖器崇拜，灵学，一夫多妻，凡有所谓国粹，没一件不与蛮人的文化（？）恰合。拖大辫，吸鸦片，也正与土人的奇形怪状的编发及吃印度麻一样。至于缠足，更要算在土人的装饰法中，第一等的新发明了。他们也喜欢在肉体上做出种种装饰：剜空了耳朵嵌上木塞；下唇剜开一个大孔，插上一支兽骨，像鸟嘴一般；面上雕出兰花；背上刺出燕子；女人胸前做成许多圆的长的疙瘩。可是他们还能走路，还能做事；他们终是未达一间，想不到缠足这好法子。……世上有如此不知肉体上的苦痛的女人，以及如此以残酷为乐，丑恶为美的男子，真是奇事怪事。

　　自大与好古，也是土人的一个特性。英国人乔治葛来任纽西兰总督的时候，做了一部《多岛海神话》，序里说他著书的目的，并非全为学术，大半是政治上的手段。他说，纽西兰土人是不能同他说理的。只要从他们的神话的历史里，抽出一条相类的事来做一个例，讲给酋长祭师们听，一说便成了。譬如要造一条铁路，倘若对他们说这事如何有益，他们决不肯听；我们如果根据神话，说从前某某大仙，曾推着独轮车在虹霓上走，现在要仿他造一条路，那便无所不可了。（原文已经忘却，以上所说只是大意）中国十三经二十五史，正是酋长祭师们一心崇奉的治国平天下的谱，此后凡与土人有交涉的"西哲"，倘能人手一编，便助成了我们的"东学西渐"，很使土人高兴；但不知那译本的序上写些什么呢？

原载 1919 年 1 月 15 日《新青年》月刊第 6 卷第 1 号。

初收 1925 年 11 月北京北新书局版《热风》。

本篇系周作人所作。

随感录 四十三

进步的美术家，——这是我对于中国美术界的要求。

美术家固然须有精熟的技工，但尤须有进步的思想与高尚的人格。他的制作，表面上是一张画或一个雕像，其实是他的思想与人格的表现。令我们看了，不但欢喜赏玩，尤能发生感动，造成精神上的影响。

我们所要求的美术家，是能引路的先觉，不是"公民团"的首领。我们所要求的美术品，是表记中国民族知能最高点的标本，不是水平线以下的思想的平均分数。

近来看见上海什么报的增刊《泼克》上，有几张讽刺画。他的画法，倒也模仿西洋；可是我很疑惑，何以思想如此顽固，人格如此卑劣，竟同没有教育的孩子只会在好好的白粉墙上写几个"某某是我而子"一样。可怜外国事物，一到中国，便如落在黑色染缸里似的，无不失了颜色。美术也是其一：学了体格还未匀称的裸体画，便画猥亵画;学了明暗还未分明的静物画,只能画招牌。皮毛改新,心思仍旧,结果便是如此。至于讽刺画之变为人身攻击的器具,更是无足深怪了。

说起讽刺画,不禁想到美国画家勃拉特来(L. D. Bradley 1853—1917)了。他专画讽刺画,关于欧战的画,尤为有名;只可惜前年死掉了。我见过他一张《秋收时之月》(*The Harvest Moon*)的画。上面是一个形如骷髅的月亮,照着荒田;田里一排一排的都是兵的死尸。唉唉,这才算得真的进步的美术家的讽刺画。我希望将来中国也能有一日,出这样一个进步的讽刺画家。

原载 1919 年 1 月 15 日《新青年》月刊第 6 卷第 1 号。

初收 1925 年 11 月北京北新书局版《热风》。

本篇系周作人所作。

二月

一日

日记　晴。春节休假。无事。夜服规那丸三粒。

二日

日记　晴。星期休息。上午寄铭伯先生及戴螺舲信,并各送北京大学游艺会入场券一枚。午后同二弟往大学游艺会,晚归。许季上来。

三日

日记　晴。休假。无事。

四日

日记　晴。上午寄钱玄同信。寄季市《新青年》,《新潮》各一册。晚刘半农来。夜得钱玄同信。

五日

日记　晴。无事。

六日

日记　晴。戴螺舲存丸善日金十又二元,因画入二弟帐内,交与银八元,并代发函通知丸善书店,午后发。夜宋子佩来。

七日

日记　晴,下午昙。无事。

八日

日记　晴。无事。

九日

日记　晴,风。星期休息。无事。

十日

日记　晴。上午寄季市《新青年》一本,又寄三弟书四本。晚钱玄同来。

十一日

日记　晴。午后同齐寿山往报子街看屋,已售。

十二日

日记　晴。休假。午后往图书分馆,俟二弟至同游厂甸,在德古斋买端氏臧专拓片一包,计汉墓专三百八十,杂专十一,六朝墓专廿五,唐宋元墓专七,总四百廿三枚,券五十元;又隋残碑一枚,券一元。向晚同往欧美同学会,系多人为陶孟和赴欧洲饯行,有三席,二十余人。夜归。

十三日

日记　晴。上午得东京堂信。午后同齐寿山往铁匠胡同看屋,不合用。

十四日

日记　晴。晚往德成以银三百十二换日金券五百。

十五日

日记 晴。无事。

什 么 话？*

林传甲撰《中华民国都城宜正名京华议》，其言曰："夫吾国建中华二字为国名。中也者，中道也；华也者，华族也；五色为华，以国旗为标帜，合汉满蒙回藏而大一统焉。中华民国首都，宜名之曰'京华'，取杜少陵'每依北斗望京华'之义。乔皇典雅，不似北京南京之偏于一方；比中京大都京师之名，尤为明切。盖都名与国名一致，虽海外之华侨，华工，华商，无不引领而顾瞻祖国也。"

林传甲撰《福建乡谈》有一条曰："福建林姓为巨族。其远源，则比干之子坚奔长林而得氏。明季林氏避日本者，亦为日本之大姓：如林董林权助之勋业，林衡林鹤一之学术。亦足征吾族之盛于东亚者也。"

又曰："日本维新，实赖福泽谕吉之小说。吾国维新，归功林琴南畏庐小说，谁曰不宜？"

林纾译小说《孝友镜》有《译余小识》曰："此书为西人辨诬也。中人之习西者恒曰，男子二十一外，必自立。父母之力不能管约而拘挛之；兄弟各立门户，不相恤也。是名社会主义。国因以强。然近年所见，家庭革命，逆子叛弟接踵而起，国胡不强？是果真奉西人之圭臬？亦凶顽之气中于腑焦，用以自便其所为，与西俗胡涉？此书……父以友传，女以孝传，足为人伦之鉴矣。命曰《孝友镜》，亦以醒吾中国人勿诬人而打妄语也。"

唐熊撰《国粹画源流》有曰："……孰知欧亚列强方广集名流，日搜致我国古来画事，以供众人之博览；俾上下民庶悉心参考制作，以致艺术益精。虽然,彼欧洲之人有能通中国文字语言,而未有能通中国之画法者,良以斯道进化,久臻神化,实予彼以不能学。此足以自豪者也。"

原载 1919 年 2 月 15 日《新青年》月刊第 6 卷第 2 号。初未收集。

随感录 四十六 *

民国八年正月间,我在朋友家里见到上海一种什么报的星期增刊讽刺画,正是开宗明义第一回;画着几方小图,大意是骂主张废汉文的人的;说是给外国医生换上外国狗的心了,所以读罗马字时,全是外国狗叫。但在小图的上面,又有两个双钩大字"泼克",似乎便是这增刊的名目;可是全不像中国话。我因此很觉这美术家可怜:他——对于个人的人身攻击姑且不论——学了外国画,来骂外国话,然而所用的名目又仍然是外国话。讽刺画本可以针砭社会的锢疾;现在施针砭的人的眼光,在一方尺大的纸片上,尚且看不分明,怎能指出确当的方向,引导社会呢?

这几天又见到一张所谓《泼克》,是骂提倡新文艺的人了。大旨是说凡所崇拜的,都是外国的偶像。我因此愈觉这美术家可怜:他学了画,而且画了"泼克",竟还未知道外国画也是文艺之一。他对于自己的本业,尚且罩在黑坛子里,摸不清楚,怎能有优美的创作,贡献于社会呢?

但"外国偶像"四个字,却亏他想了出来。

不论中外,诚然都有偶像。但外国是破坏偶像的人多;那影响所及,便成功了宗教改革,法国革命。旧像愈摧破,人类便愈进步;所以现在才有比利时的义战,与人道的光明。那达尔文易卜生托尔斯泰尼采诸人,便都是近来偶像破坏的大人物。

在这一流偶像破坏者,《泼克》却完全无用;因为他们都有确固不拔的自信,所以决不理会偶像保护者的嘲骂。易卜生说:

"我告诉你们,是这个——世界上最强壮有力的人,就是那孤立的人。"(见《国民之敌》)

但也不理会偶像保护者的恭维。尼采说:

"他们又拿着称赞,围住你嗡嗡的叫:他们的称赞是厚脸皮。他们要接近你的皮肤和你的血。"(《札拉图如是说》第二卷《市场之蝇》)

这样,才是创作者。——我辈即使才力不及,不能创作,也该当学习;即使所崇拜的仍然是新偶像,也总比中国陈旧的好。与其崇拜孔丘关羽,还不如崇拜达尔文易卜生;与其牺牲于瘟将军五道神,还不如牺牲于 Apollo。

原载 1919 年 2 月 15 日《新青年》月刊第 6 卷第 2 号。署名唐俟。

初收 1925 年 11 月北京北新书局版《热风》。

随感录 四十七 *

有人做了一块象牙片,半寸方,看去也没有什么;用显微镜一照,却看见刻着一篇行书的《兰亭序》。我想:显微镜的所以制造,本为看那些极细微的自然物的;现在既用人工,何妨便刻在一块半尺方的象牙板上,一目了然,省却用显微镜的工夫呢?

张三李四是同时人。张三记了古典来做古文;李四又记了古典,去读张三做的古文。我想:古典是古人的时事,要晓得那时的事,所以免不了翻着古典;现在两位既然同时,何妨老实说出,一目了然,省却你也记古典,我也记古典的工夫呢?

内行的人说:什么话! 这是本领,是学问!

我想,幸而中国人中,有这一类本领学问的人还不多。倘若谁也弄这玄虚:农夫送来了一粒粉,用显微镜照了,却是一碗饭;水夫挑来用水湿过的土,想喝茶的又须挤出湿土里的水:那可真要支撑不住了。

原载 1919 年 2 月 15 日《新青年》月刊第 6 卷第 2 号。

署名唐俟。

初收 1925 年 11 月北京北新书局版《热风》。

随感录 四十八[*]

中国人对于异族,历来只有两样称呼:一样是禽兽,一样是圣上。从没有称他朋友,说他也同我们一样的。

古书里的弱水,竟是骗了我们:闻所未闻的外国人到了;交手几回,渐知道"子曰诗云"似乎无用,于是乎要维新。

维新以后,中国富强了,用这学来的新,打出外来的新,关上大门,再来守旧。

可惜维新单是皮毛,关门也不过一梦。外国的新事理,却愈来愈多,愈优胜,"子曰诗云"也愈挤愈苦,愈看愈无用。于是从那两样旧称呼以外,别想了一样新号:"西哲",或曰"西儒"。

他们的称号虽然新了,我们的意见却照旧。因为"西哲"的本领虽然要学,"子曰诗云"也更要昌明。换几句话,便是学了外国本领,保存中国旧习。本领要新,思想要旧。要新本领旧思想的新人物,驮了旧本领旧思想的旧人物,请他发挥多年经验的老本领。一言以蔽之:前几年谓之"中学为体,西学为用",这几年谓之"因时制宜,折衷至当”。

其实世界上决没有这样如意的事。即使一头牛，连生命都牺牲了，尚且祀了孔便不能耕田，吃了肉便不能榨乳。何况一个人先须自己活着，又要驮了前辈先生活着；活着的时候，又须恭听前辈先生的折衷：早上打拱，晚上握手；上午"声光化电"，下午"子曰诗云"呢？

社会上最迷信鬼神的人，尚且只能在赛会这一日抬一回神舆。不知那些学"声光化电"的"新进英贤"，能否驮着山野隐逸，海滨遗老，折衷一世？

"西哲"易卜生盖以为不能，以为不可。所以借了 Brand 的嘴说："All or nothing！"

原载 1919 年 2 月 15 日《新青年》月刊第 6 卷第 2 号。
署名俟。
初收 1925 年 11 月北京北新书局版《热风》。

随感录 四十九 *

凡有高等动物，倘没有遇着意外的变故，总是从幼到壮，从壮到老，从老到死。

我们从幼到壮，既然毫不为奇的过去了；自此以后，自然也该毫不为奇的过去。

可惜有一种人，从幼到壮，居然也毫不为奇的过去了；从壮到老，便有点古怪；从老到死，却更奇想天开，要占尽了少年的道路，吸尽了少年的空气。

少年在这时候，只能先行萎黄，且待将来老了，神经血管一切变质以后，再来活动。所以社会上的状态，先是"少年老成"；直待弯腰曲背时期，才更加"逸兴遄飞"，似乎从此以后，才上了做人的路。

可是究竟也不能自忘其老；所以想求神仙。大约别的都可以老，只有自己不肯老的人物，总该推中国老先生算一甲一名。

万一当真成了神仙，那便永远请他主持，不必再有后进，原也是极好的事。可惜他又究竟不成，终于个个死去，只留下造成的老天地，教少年驼着吃苦。

这真是生物界的怪现象！

我想种族的延长，——便是生命的连续，——的确是生物界事业里的一大部分。何以要延长呢？不消说是想进化了。但进化的途中总须新陈代谢。所以新的应该欢天喜地的向前走去，这便是壮，旧的也应该欢天喜地的向前走去，这便是死；各各如此走去，便是进化的路。

老的让开道，催促着，奖励着，让他们走去。路上有深渊，便用那个死填平了，让他们走去。

少的感谢他们填了深渊，给自己走去；老的也感谢他们从我填平的深渊上走去。——远了远了。

明白这事，便从幼到壮到老到死，都欢欢喜喜的过去；而且一步一步，多是超过祖先的新人。

这是生物界正当开阔的路！人类的祖先，都已这样做了。

原载 1919 年 2 月 15 日《新青年》月刊第 6 卷第 2 号。

署名俟。

初收 1925 年 11 月北京北新书局版《热风》。

十六日

日记 晴。星期休息。上午寄钱玄同信。许诗荃来。午后同二弟至前门外京汉车站食堂午膳，又至留黎厂火神庙游，在德古斋买端氏所藏瓦当拓片卅二枚，券二元。

致 钱玄同

玄同兄：

今天仲密说,悠悠我思有一篇短文,是回骂上海什么报的,大约想登在《每周评论》上,因为该评论出的快,而《新青年》出的慢。

我想该文可以再抄一篇,也登入《新青年》六卷二号《随感录》,庶几出而又出,传播更广,用副我辈大骂特骂之盛意,不知吾兄大人阁下以为何如?

弟庚言　载拜　二月十六日

十七日

日记　晴。无事。

十八日

日记　昙,大风。晚得钱玄同信。

十九日

日记　晴。无事。

二十日

日记　晴。上午寄钱玄同信。寄孙庆林月刊二册。晚宋子佩来。

二十一日

日记　晴。午后往留黎厂买延熹土圭拓本一枚,券三元。

二十二日

日记 晴。上午从戴螺舲借券十。曹式如故,赙二元。王维白夫人故,赙一元。

二十三日

日记 昙,风。星期休息。午后往铭伯先生寓。晚刘半农来。

二十四日

日记 晴。午后看屋。

二十五日

日记 晴。上午寄张梓生及三弟《周评》各一束。

二十六日

日记 昙。上午东京堂寄到书籍一包三册。下午收本月奉泉三百。还戴螺舲十元。振河南水灾四元。

二十七日

日记 晴。上午往林鲁生家,同去看屋二处。

二十八日

日记 晴。晨往铭伯先生寓视疾。

三月

一日

日记 晴。上午往铭伯先生寓。午后同林鲁生看屋数处。下午大风。晚钱玄同来。

二日

日记 晴。星期休息。晚杜海生来。

关于《拳术与拳匪》

此信单是呵斥,原意不需答复,本无揭载的必要;但末后用了"激将法",要求发表,所以便即发表。既然发表,便不免要答复几句了。

来信的最大误解处,是我所批评的是社会现象,现在陈先生根据了来攻难的,却是他本身的态度。如何是社会现象呢?本志前号《克林德碑》篇内已经举出:《新武术》序说,"世界各国,未有愈于中华之新武术者。前庚子变时,民气激烈……"序中的庚子,便是《随感录》所说的一千九百年,可知对于"鬼道主义"明明大表同情。要单是一人偶然说了,本也无关重要;但此书是已经官署审定,又很得教育家欢迎,——近来议员又提议推行,还未知是否同派,——到处学习,这便是的确成了一种社会现象;而且正是"鬼道主义"精神。我也知道拳术家中间,必有不信鬼道的人;但既然不见出头驳斥,排除谬见,那便是为潮流遮没,无从特别提开。譬如说某地风气闭塞,也未必无一二开通的人，但记载批评，总要据大多数立言，这一二人决遮不了大多数。所以个人的态度，便推翻不了社会批评；这《随感录》第三十七条，也仍然完全成立。

其次，对于陈先生主张的好处，也很有不能"点头"的处所，略说于下：

蔡先生确非满清王公，但现在是否主持打拳，我实不得而知。就令正在竭力主持，我亦以为不对。

陈先生因拳术医好了老病，所以赞不绝口；照这样说，拳术亦只是医病之术，仍无普及的必要。譬如乌头，附子，虽于病有功，亦不必人人煎吃。若用此医相类之病，自然较有理由；但仍须经西医考查研究，多行试验，确有统计，才可用于治疗。不能因一二人偶然之事，便作根据。

技击术的"起死回生"和"至尊无上"，我也不能相信。东瀛的"武士道"，是指武士应守的道德，与技击无关。武士单能技击，不守这道德，便是没有武士道。中国近来每与柔术混作一谈，其实是两件事。

美国新出"北拳对打"，亦是情理上能有的事，他们于各国的书，都肯翻译；或者取其所长，或者看看这些人如何思想，如何举动：这是他们的长处。中国一听得本国书籍，间有译了外国文的，便以为定然宝贝，实是大误。

Boxing，的确是外国所有的字，但不同中国的打拳；对于中国可以说是"不会"。正如拳匪作 Boxer，也是他们本有的字；但不能因有此字，便说外国也有拳匪。

陆军中学里，我也曾见他们用厚布包了枪刃，互相击刺，大约确是枪剑术；至于是否逃不出中国技击范围，"外行"实不得而知。但因此可悟打仗冲锋，当在陆军中教练，正不必小学和普通中学都来练习。

总之中国拳术，若以为一种特别技艺，有几个自己高兴的人，自在那里投师练习，我是毫无可否的意见；因为这是小事。现在所以反对的，便在：（一）教育家都当作时髦东西，大有中国人非此不可之概；（二）鼓吹的人，多带着"鬼道"精神，极有危险的豫兆。所以写了这一条随感录，倘能提醒几个中国人，则纵令被骂为"刚毅之不如"，也是毫不介意的事。

三月二日，鲁迅。

原载 1919 年 2 月 15 日《新青年》第 6 卷第 2 号"通信"栏。

初未收集。

三日

日记 晴。上午得东京堂明信片。午后往留黎厂，在德古斋买得端氏所藏瓦当拓片与二月十六日所收无复缲者二百六十枚，价券十四元。

四日

日记 昙。晨往铭伯先生寓。午后赴孔庙演礼。

五日

日记 昙。无事。

六日

日记 晴。晨五时往孔庙为丁祭执事，九时毕，在寓休息。下午昙。李遐卿来。夜风。

七日

日记 昙。无事。晚小雨。钱玄同来。

八日

日记 昙。午后邀张协和看屋。夜雨雪。

九日

日记 晴。星期休息。无事。

十日

日记 晴。录文稿一篇讫,约四千余字,寄高一涵并函,由二弟持去。夜风。

孔 乙 己

鲁镇的酒店的格局,是和别处不同的:都是当街一个曲尺形的大柜台,柜里面豫备着热水,可以随时温酒。做工的人,傍午傍晚散了工,每每花四文铜钱,买一碗酒,——这是二十多年前的事,现在每碗要涨到十文,——靠柜外站着,热热的喝了休息;倘肯多花一文,便可以买一碟盐煮笋,或者茴香豆,做下酒物了,如果出到十几文,那就能买一样荤菜,但这些顾客,多是短衣帮,大抵没有这样阔绰。只有穿长衫的,才踱进店面隔壁的房子里,要酒要菜,慢慢地坐喝。

我从十二岁起,便在镇口的咸亨酒店里当伙计,掌柜说,样子太傻,怕侍候不了长衫主顾,就在外面做点事罢。外面的短衣主顾,虽然容易说话,但唠唠叨叨缠夹不清的也很不少。他们往往要亲眼看着黄酒从坛子里舀出,看过壶子底里有水没有,又亲看将壶子放在热水里,然后放心:在这严重监督之下,羼水也很为难。所以过了几天,掌柜又说我干不了这事。幸亏荐头的情面大,辞退不得,便改为

144

专管温酒的一种无聊职务了。

我从此便整天的站在柜台里,专管我的职务。虽然没有什么失职,但总觉有些单调,有些无聊。掌柜是一副凶脸孔,主顾也没有好声气,教人活泼不得;只有孔乙己到店,才可以笑几声,所以至今还记得。

孔乙己是站着喝酒而穿长衫的唯一的人。他身材很高大;青白脸色,皱纹间时常夹些伤痕;一部乱蓬蓬的花白的胡子。穿的虽然是长衫,可是又脏又破,似乎十多年没有补,也没有洗。他对人说话,总是满口之乎者也,教人半懂不懂的。因为他姓孔,别人便从描红纸上的"上大人孔乙己"这半懂不懂的话里,替他取下一个绰号,叫作孔乙己。孔乙己一到店,所有喝酒的人便都看着他笑,有的叫道,"孔乙己,你脸上又添上新伤疤了!"他不回答,对柜里说,"温两碗酒,要一碟茴香豆。"便排出九文大钱。他们又故意的高声嚷道,"你一定又偷了人家的东西了!"孔乙己睁大眼睛说,"你怎么这样凭空污人清白……""什么清白?我前天亲眼见你偷了何家的书,吊着打。"孔乙己便涨红了脸,额上的青筋条条绽出,争辩道,"窃书不能算偷……窃书!……读书人的事,能算偷么?"接连便是难懂的话,什么"君子固穷",什么"者乎"之类,引得众人都哄笑起来:店内外充满了快活的空气。

听人家背地里谈论,孔乙己原来也读过书,但终于没有进学,又不会营生;于是愈过愈穷,弄到将要讨饭了。幸而写得一笔好字,便替人家钞钞书,换一碗饭吃。可惜他又有一样坏脾气,便是好喝懒做。坐不到几天,便连人和书籍纸张笔砚,一齐失踪。如是几次,叫他钞书的人也没有了。孔乙己没有法,便免不了偶然做些偷窃的事。但他在我们店里,品行却比别人都好,就是从不拖欠;虽然间或没有现钱,暂时记在粉板上,但不出一月,定然还清,从粉板上拭去了孔乙己的名字。

孔乙己喝过半碗酒,涨红的脸色渐渐复了原,旁人便又问道,

"孔乙己，你当真认识字么?"孔乙己看着问他的人，显出不屑置辩的神气。他们便接着说道，"你怎的连半个秀才也捞不到呢?"孔乙己立刻显出颓唐不安模样，脸上笼上了一层灰色，嘴里说些话;这回可是全是之乎者也之类，一些不懂了。在这时候，众人也都哄笑起来:店内外充满了快活的空气。

在这些时候，我可以附和着笑，掌柜是决不责备的。而且掌柜见了孔乙己，也每每这样问他，引人发笑。孔乙己自己知道不能和他们谈天，便只好向孩子说话。有一回对我说道，"你读过书么?"我略略点一点头。他说，"读过书，……我便考你一考。茴香豆的茴字，怎样写的?"我想，讨饭一样的人，也配考我么?便回过脸去，不再理会。孔乙己等了许久，很恳切的说道，"不能写罢?……我教给你，记着!这些字应该记着。将来做掌柜的时候，写账要用。"我暗想我和掌柜的等级还很远呢，而且我们掌柜也从不将茴香豆上账;又好笑，又不耐烦，懒懒的答他道，"谁要你教，不是草头底下一个来回的回字么?"孔乙己显出极高兴的样子，将两个指头的长指甲敲着柜台，点头说，"对呀对呀!……回字有四样写法，你知道么?"我愈不耐烦了，努着嘴走远。孔乙己刚用指甲蘸了酒，想在柜上写字，见我毫不热心，便又叹一口气，显出极惋惜的样子。

有几回，邻舍孩子听得笑声，也赶热闹，围住了孔乙己。他便给他们茴香豆吃，一人一颗。孩子吃完豆，仍然不散，眼睛都望着碟子。孔乙己着了慌，伸开五指将碟子罩住，弯腰下去说道，"不多了，我已经不多了。"直起身又看一看豆，自己摇头说，"不多不多!多乎哉?不多也。"于是这一群孩子都在笑声里走散了。

孔乙己是这样的使人快活，可是没有他，别人也便这么过。

有一天，大约是中秋前的两三天，掌柜正在慢慢的结账，取下粉板，忽然说，"孔乙己长久没有来了。还欠十九个钱呢!"我才也觉得他的确长久没有来了。一个喝酒的人说道，"他怎么会来?……他打折了腿了。"掌柜说，"哦!""他总仍旧是偷。这一回，是自己发昏，竟偷到丁举人家里去了。他家的东西，偷得的么？""后来怎么样？"
"怎么样？先写服辩，后来是打，打了大半夜，再打折了腿。""后来
呢？""后来打折了腿了。""打折了怎样呢？""怎样？……谁晓得？许
是死了。"掌柜也不再问，仍然慢慢的算他的账。

　　中秋过后，秋风是一天凉比一天，看看将近初冬；我整天的靠着
火，也须穿上棉袄了。一天的下半天，没有一个顾客，我正合了眼坐
着。忽然间听得一个声音，"温一碗酒。"这声音虽然极低，却很耳
熟。看时又全没有人。站起来向外一望，那孔乙己便在柜台下对了
门槛坐着。他脸上黑而且瘦，已经不成样子；穿一件破夹袄，盘着两
腿，下面垫一个蒲包，用草绳在肩上挂住；见了我，又说道，"温一碗
酒。"掌柜也伸出头去，一面说，"孔乙己么？你还欠十九个钱呢！"孔
乙己很颓唐的仰面答道，"这……下回还清罢。这一回是现钱，酒要
好。"掌柜仍然同平常一样，笑着对他说，"孔乙己，你又偷了东西
了！"但他这回却不十分分辩，单说了一句"不要取笑！""取笑？要是
不偷，怎么会打断腿？"孔乙己低声说道，"跌断，跌，跌……"他的眼
色，很像恳求掌柜，不要再提。此时已经聚集了几个人，便和掌柜都
笑了。我温了酒，端出去，放在门槛上。他从破衣袋里摸出四文大
钱，放在我手里，见他满手是泥，原来他便用这手走来的。不一会，
他喝完酒，便又在旁人的说笑声中，坐着用这手慢慢走去了。

　　自此以后，又长久没有看见孔乙己。到了年关，掌柜取下粉板
说，"孔乙己还欠十九个钱呢！"到第二年的端午，又说"孔乙己还欠
十九个钱呢！"到中秋可是没有说，再到年关也没有看见他。

　　我到现在终于没有见——大约孔乙己的确死了。

一九一九年三月。

　　　　　　原载 1919 年 4 月 15 日《新青年》月刊第 6 卷第 4 号。
　　　　　　初收 1923 年 8 月北京新潮社版"文艺丛书"之一《呐
喊》。

十一日

　　日记　晴。午后同林鲁生看屋。下午往铭伯先生寓。

十二日

　　日记　晴。午后看屋，又往留黎厂。夜宋紫佩来。

十三日

　　日记　昙。上午寄季市杂志一卷，又寄张梓生一卷。得张梓生信，即复。下午得宋知方信。

十四日

　　日记　晴。午后看屋。下午复出，且邀协和俱。

十五日

　　日记　晴，风。上午收东京堂所寄书一包。晚往铭伯先生寓。

随感录 五十三*

　　上海盛德坛扶乩，由"孟圣"主坛；在北京便有城隍白知降坛，说他是"邪鬼"。盛德坛后来却又有什么真人下降，谕别人不得擅自扶乩。

　　北京议员王讷提议推行新武术，以"强国强种"；中华武士会便率领了一班天罡拳阴截腿之流，大分冤单，说他"抑制暴弃祖性相传之国粹"。

　　绿帜社提倡"爱世语"，专门崇拜"柴圣"，说别种国际语（如 Ido 等）是冒牌的。

上海有一种单行的《泼克》，又有一种报上增刊的《泼克》；后来增刊《泼克》登广告声明要将送错的单行《泼克》的信件撕破。

上海有许多"美术家"；其中的一个美术家，不知如何散了伙，便在《泼克》上大骂别的美术家"盲目盲心"，不知道新艺术真艺术。

以上五种同业的内讧，究竟是什么原因，局外人本来不得而知。但总觉现在时势不很太平，无论新的旧的，都各各起哄：扶乩打拳那些鬼画符的东西，倒也罢了；学几句世界语，画几笔花，也是高雅的事，难道也要同行嫉妒，必须声明鱼目混珠，雷击火焚么？

我对于那"美术家"的内讧又格外失望。我于美术虽然全是门外汉，但很望中国有新兴美术出现。现在上海那班美术家所做的，是否算得美术，原是难说；但他们既然自称美术家，即使幼稚，也可以希望长成：所以我期望有个美术家的幼虫，不要是似是而非的木叶蝶。如今见了他们两方面的成绩，不免令我对于中国美术前途发生一种怀疑。

画《泼克》的美术家说他们盲目盲心，所研究的只是十九世纪的美术，不晓得有新艺术真艺术。我看这些美术家的作品，不是剥制的鹿，便是畸形的美人，的确不甚高明，恐怕连十"八"世纪，也未必有这类绘画：说到底，只好算是中国的所谓美术罢了。但那一位画《泼克》的美术家的批评，却又不甚可解：研究十九世纪的美术，何以便是盲目盲心？十九世纪以后的新艺术真艺术，又是怎样？我听人说：后期印象派（Postimpressionism）的绘画，在今日总还不算十分陈旧；其中的大人物如 Cézanne 与 Van Gogh 等，也是十九世纪后半的人，最迟的到一九〇六年也故去了。二十世纪才是十九年初头，好像还没有新派兴起。立方派（Cubism），未来派（Futurism）的主张，虽然新奇，却尚未能确立基础；而且在中国，又怕未必能够理解。在那《泼克》上面，也未见有这一派的绘画；不知那《泼克》美术家的所谓新艺术真艺术，究竟是指着什么？现在的中国美术家诚然心盲目盲，但其弊却不在单研究十九世纪的美术，——因为据我看来，他们并不研究什么世纪的美术，——所以那《泼克》美术家的话，实在令人难解。

《泼克》美术家满口说新艺术真艺术，想必自己懂得这新艺术真艺术的了。但我看他所画的讽刺画，多是攻击新文艺新思想的。——这是二十世纪的美术么？这是新艺术真艺术么？

原载 1919 年 3 月 15 日《新青年》月刊第 6 卷第 3 号。
初收 1925 年 11 月北京北新书局版《热风》。

随感录 五十四[*]

中国社会上的状态，简直是将几十世纪缩在一时：自油松片以至电灯，自独轮车以至飞机，自镖枪以至机关炮，自不许"妄谈法理"以至护法，自"食肉寝皮"的吃人思想以至人道主义，自迎尸拜蛇以至美育代宗教，都摩肩挨背的存在。

这许多事物挤在一处，正如我辈约了燧人氏以前的古人，拼开饭店一般，即使竭力调和，也只能煮个半熟；伙计们既不会同心，生意也自然不能兴旺，——店铺总要倒闭。

黄郛氏做的《欧战之教训与中国之将来》中，有一段话，说得很透澈：

"七年以来，朝野有识之士，每腐心于政教之改良，不注意于习俗之转移；庸讵知旧染不去，新运不生；事理如此，无可勉强者也。外人之评我者，谓中国人有一种先天的保守性，即或迫于时势，各种制度有改革之必要时，而彼之所谓改革者，决不将旧日制度完全废止，乃在旧制度之上，更添加一层新制度。试览前清之兵制变迁史，可以知吾言之不谬焉。最初命八旗兵驻防各地，以充守备之任；及年月既久，旗兵已腐败不堪用，洪秀全起，不得已，征募湘淮两军以应急；从此旗兵绿营，并肩存在，遂变成二重兵制。甲午战后，知绿营兵力又不可恃，乃复编练新式军队：于是并前二者而变成三重兵制矣。今旗兵虽已消灭，而变面换形之绿营，依然存在，总是二重兵制也。从可知吾国人之无澈底改革能力，实属不可掩之事实。他若贺阳历新年者，复贺阴历新年；奉民国正朔者，仍存宣统年号。一察社会各方面，盖无往而非二重制。即今日政局之所以不宁，是非之所以无定者，简括言之，实亦不过一种'二重思想'在其间作祟而已。"

此外如既许信仰自由，却又特别尊孔；既自命"胜朝遗老"，却又在民国拿钱；既说是应该革新，却又主张复古：四面八方几乎都是二三重以至多重的事物，每重又各各自相矛盾。一切人便都在这矛盾中间，互相抱怨着过活，谁也没有好处。

要想进步，要想太平，总得连根的拔去了"二重思想"。因为世界虽然不小，但彷徨的人种，是终竟寻不出位置的。

原载 1919 年 3 月 15 日《新青年》月刊第 6 卷第 3 号。
署名唐俟。
初收 1925 年 11 月北京北新书局版《热风》。

十六日

日记 晴。星期休息。无事。

十七日

日记 晴。上午寄宋子佩信并还书。

十八日

日记 晴，风。上午代二弟寄哲学史［一］册与张梓生。夜钱玄同来。

十九日

　　日记　晴。上午东京堂寄来小说一册并明信片。午同朱孝荃，张协和至广宁伯街看屋，后在协和家午饭。晚宋子佩来。

二十日

　　日记　晴。午后往留黎厂。

二十一日

　　日记　晴。晚为三弟写文论。

二十二日

　　日记　晴。上午寄羽太家信并泉卅。

二十三日

　　日记　晴。星期休息。午后往铭伯先生寓。晚潘企莘来。

二十四日

　　日记　晴，大风。无事。

二十五日

　　日记　晴，风。无事。

二十六日

　　日记　昙。齐寿山从河南归，午后至其寓谈，以《蔡氏造老子象记》，《张□奴等造象残题名》各一枚，洛阳《龙门侍佛画象》六枚见

152

赠,傍晚归。夜宋子佩来。风。

《孔乙己》附记

　　这一篇很拙的小说,还是去年冬天做成的。那时的意思,单在描写社会上的或一种生活,请读者看看,并没有别的深意。但用活字排印了发表,却已在这时候,——便是忽然有人用了小说盛行人身攻击的时候。大抵著者走入暗路,每每能引读者的思想跟他堕落:以为小说是一种泼秽水的器具,里面糟蹋的是谁。这实在是一件极可叹可怜的事。所以我在此声明,免得发生猜度,害了读者的人格。一九一九年三月二十六日记。

　　原载 1919 年 4 月 15 日《新青年》月刊第 6 卷第 4 号。
　　初未收集。

二十七日

　　日记　雨雪。无事。

二十八日

　　日记　晴。上午寄安定门内千佛寺北京贫儿院明信片,认年捐叁元。三弟寄来茶叶一合,下午取得。

二十九日

　　日记　晴,风。上午往浙江兴业银行汇泉于沪。寄铭伯先生信。晚二弟来部,同往留黎厂,在德古斋买《刘平国开道刻石》二枚,又《元徽墓志》一枚，共券八元。次至前门外西车站饭，同坐陈百年，刘叔雅，朱逷先，沈士远，尹默，刘半农，钱玄同，马幼渔，共十人也。

三十日

日记 晴，风。星期休息。上午得李遐卿信。许诗荃来。晚许诗苓，诗荃在广和居招饮，与二弟同往，席中又有戴君一人。夜李遐卿来，假泉五去。

随感录三则 *

敬告遗老

自称清室举人的林纾，近来大发议论，要维持中华民国的名教纲常。这本可由他"自语"，于我无涉。但看他气闹哄哄，很是可怜。所以有一句话奉劝："你老既不是敝国的人，何苦来多管闲事，多淘闲气。近来公理战胜，小国都主张民族自决，就是东邻的强国，也屡次宣言不干涉中国的内政。你老人家可以省事一点，安安静静的做个寓公，不要再干涉敝国的事情罢。"

孔教与皇帝

报上载清廷赏衍圣公孔令贻"骑朝马"，孔令贻上摺谢恩。原来他也是个遗老！我从前听人说，孔教与帝制及复辟，都极有关系，这事虽然有筹安君子和南海圣人的著作作证，但终觉得还未十分确实。现在有这位至圣先师的嫡孙证明，当然毫无可疑了。

旧戏的威力

前次北京大学的谣言,可算是近来一大事件了。我当初也以为是迷顽可怜的老辈所为,岂知事实竟大谬不然,全是因为骂了旧戏惹出来的。主动的人,只是荆生小说里的一个李四,听说还是什么剧评家哩。我想不到旧戏竟有这样威力,是这样可怕。以前许多报章做了评论,多以为是新旧思想的冲突,真教鬼蜮暗中笑人!

原载 1919 年 3 月 30 日《每周评论》第 15 号"随感录"栏。原无总题。署名庚言。

初未收集。

三十一日

日记 晴。黎明二弟往前门驿,于其处会宋子佩,李遐卿,同发向越中。晚风。

四月

一日

日记　晴。晚王式乾来。牙痛,就陈顺龙医生治之。

二日

日记　昙。上午得三弟信,三月廿八日发(廿五)。午后理发。

三日

日记　晴。晨寄二弟及三弟信(卅九)。下午往疗齿。晚孙福源君来。

四日

日记　晴。上午鸡声堂寄到『仏像新集』二本,代金引换计券五元。晚往铭伯先生寓。夜钱玄同来。

五日

日记　晴。上午得二弟信,二日上海发,即复(卅)。午后收三月奉泉三百。

六日

日记　晴。星期休息。午后铭伯先生来。

七日

日记　晴,大风。上午得三弟信,三日发(廿六)。下午寄孤儿院函。往陈顺龙医生寓治牙。买《涵芬楼秘笈》第六集一部八本,券三元五角。

八日

日记　昙。休假。午付贫儿院年捐三元。下午寄李守常信。夜大风。

九日

日记　晴,大风。上午得二弟明信片,五日绍兴发。午后寄二弟及三弟信(四一)。东京堂寄来『新潮』三月号一册。

十日

日记　晴。下午往陈医生寓治牙。至留黎厂,以王树枏专拓片易得《崔宣华墓志》,作券三元;又买《元珍墓志》一枚,券五元。得刘半农信。

十一日

日记　昙。下午收『新村』一本。

十二日

日记　晴。上午得二弟信,八日发(二七)。代交齐寿山捐款三元于贫儿院。

十三日

日记　晴。星期休息。下午刘半农来。洙邻兄来,顷之同往鲍家街看屋。收二弟所寄书一包五本,八日绍兴发。

十四日

日记　晴。上午寄张梓生及三弟《周评》各一份。午同齐寿山往饭馆馆［饭］，戴螺舲亦至。下午往陈医生寓，值外出未遇。晚寄三弟信（四十二）。

十五日

日记　晴。午后往陈顺龙医生寓补齿讫，计见泉五元，又索药少许来。至留黎厂有正书局买《中国名画》第二十一集一册，纪念六折，计券一元五角。下午得三弟所寄书二包共三本，十日付邮。夜风。

他*

一

"知了"不要叫了，

他在房中睡着；

"知了"叫了，刻刻心头记着。

太阳去了，"知了"住了，——还没有见他，

待打门叫他，——锈铁链子系着。

二

秋风起了，

快吹开那家窗幕。

开了窗幕，会望见他的双靥。

窗幕开了，——一望全是粉墙，
白吹下许多枯叶。

三

大雪下了，扫出路寻他；
这路连到山上，山上都是松柏，
他是花一般，这里如何住得！
不如回去寻他，——阿！回来还是我家。

原载 1919 年 4 月 15 日《新青年》第 6 卷第 4 号。署名
唐俟。

初未收集。

十六日

日记 晴，大风。上午得钱玄同信附李守常信。下午得傅孟真
信，半农转。

对于《新潮》一部分的意见

孟真先生：

来信收到了。现在对于《新潮》没有别的意见：倘以后想到什
么，极愿意随时通知。

《新潮》每本里面有一二篇纯粹科学文，也是好的。但我的意
见，以为不要太多；而且最好是无论如何总要对于中国的老病刺他
几针，譬如说天文忽然骂阴历，讲生理终于打医生之类。现在的老

先生听人说"地球椭圆","元素七十七种",是不反对的了。《新潮》里装满了这些文章,他们或者还暗地里高兴。(他们有许多很鼓吹少年专讲科学,不要议论,《新潮》三期通信内有史志元先生的信,似乎也上了他们的当。)现在偏要发议论,而且讲科学,讲科学而仍发议论,庶几乎他们依然不得安稳,我们也可告无罪于天下了。总而言之,从三皇五帝时代的眼光看来,讲科学和发议论都是蛇,无非前者是青梢蛇,后者是蝮蛇罢了;一朝有了棍子,就都要打死的。既然如此,自然还是毒重的好。——但蛇自己不肯被打,也自然不消说得。

《新潮》里的诗写景叙事的多,抒情的少,所以有点单调。此后能多有几样作风很不同的诗就好了。翻译外国的诗歌也是一种要事,可惜这事很不容易。

《狂人日记》很幼稚,而且太逼促,照艺术上说,是不应该的。来信说好,大约是夜间飞禽都归巢睡觉,所以单见蝙蝠能干了。我自己知道实在不是作家,现在的乱嚷,是想闹出几个新的创作家来,——我想中国总该有天才,被社会挤倒在底下,——破破中国的寂寞。

《新潮》里的《雪夜》,《这也是一个人》,《是爱情还是苦痛》(起首有点小毛病),都是好的。上海的小说家梦里也没有想到过。这样下去,创作很有点希望。《扇误》译的很好。《推霞》实在不敢恭维。

鲁迅　四月十六日

原载 1919 年 5 月 1 日《新潮》月刊第 1 卷第 5 号。

初收拟编书稿《集外集拾遗》。

十七日

日记 晴。上午得二弟及三弟信,十三日发(二八)。寄傅孟真信。寄玄同信。

十八日

日记 晴。上午得二弟信并译稿一篇，又书一包两本，皆十四日发（二九）。得铭伯先生信，午后复。至日邮局取书一包七册，金卅圆引换之，二弟所买。

十九日

日记 晴。上午得二弟信，十五日发（三十）。往日邮局取书一包六册，日金廿円，亦丸善寄与二弟者。

二十日

日记 雨。星期休息。无事。

二十一日

日记 昙。上午得二弟明信片，十七日上海发。午后寄二弟及二弟妇信于东京。下午大风。

致 周作人

二弟览：十五所寄函已到。家事殊无善法，房子亦未有，且俟汝到京再议。《沙漠里之三梦》本拟写与李守常，然偶校原书，似问答中有两条未译，不知何故。此亦止能俟到京后写与尹默矣。

丸善之代金引换小包已到，计二包，均于今日取出。《欧洲文学之ベリオドス》计十一本，所阙者为第十二本（The Later 19センチユーリー）。不知尚未出板，抑丸善偶无之，可就近问讯，或补买旧书。

又书上写明每本 5s net，而丸善每本乃取四圆十五钱，亦相差太远，似可以质问之也。今将其帐附上，又结算书一件亦附上，记汝曾言当亲向彼店清算也。

见上海告白，《新青年》二号已出，但我尚未取得，已函托爬翁矣。

大学无甚事，新旧冲突事，已见于路透电，大有化为"世界的"之意。闻电文系节述世与禽男函文，断语则云：可见大学有与时俱进之意，与从前之专任アルトス吐デント办事者不同云云。似颇"阿世"也。

博文馆所出《西洋文艺丛书》，有ズーデルマン所著之『罪』一本，我想看看，汝回时如从汽船，则行李当不嫌略重，望买一本来。

此外无甚事，我当不必再寄信于东京。汝何时从东京出发，望定后函知也。

兄树　上　四月十九日夜

安特来夫之『七死刑囚物語』日译本如尚可得，望买一本来，勿忘为要。　二十日又及

汝前函言到上海后当与我一信，而此信至今未到也。

二十一日晨

二十二日

日记　晴。上午得三弟信，十八日发（卅一）。夜钱玄同来。李遐卿从越中至，交到《艺术丛编》三册，合券十五元，增刊一册，合券一元五角。又赠茗一合。

二十三日

日记　晴。下午寄钱玄同信。李遐卿来。夜寄三弟信（四三）。

二十四日

日记　晴，风。晚访铭伯先生，未回。

二十五日

日记　晴,风。上午得铭伯先生信。夜成小说一篇,约三千字,抄讫。

药

一

秋天的后半夜,月亮下去了,太阳还没有出,只剩下一片乌蓝的天;除了夜游的东西,什么都睡着。华老栓忽然坐起身,擦着火柴,点上遍身油腻的灯盏,茶馆的两间屋子里,便弥满了青白的光。

“小栓的爹,你就去么?”是一个老女人的声音。里边的小屋子里,也发出一阵咳嗽。

“唔。”老栓一面听,一面应,一面扣上衣服;伸手过去说,“你给我罢。”

华大妈在枕头底下掏了半天,掏出一包洋钱,交给老栓,老栓接了,抖抖的装入衣袋,又在外面按了两下;便点上灯笼,吹熄灯盏,走向里屋子去了。那屋子里面,正在窸窸窣窣的响,接着便是一通咳嗽。老栓候他平静下去,才低低的叫道,“小栓……你不要起来。……店么?你娘会安排的。”

老栓听得儿子不再说话,料他安心睡了;便出了门,走到街上。街上黑沉沉的一无所有,只有一条灰白的路,看得分明。灯光照着他的两脚,一前一后的走。有时也遇到几只狗,可是一只也没有叫。天气比屋子里冷得多了;老栓倒觉爽快,仿佛一旦变了少年,得了神通,有给人生命的本领似的,跨步格外高远。而且路也愈走愈分明,天也愈走愈亮了。

老栓正在专心走路,忽然吃了一惊,远远里看见一条丁字街,明明白白横着。他便退了几步,寻到一家关着门的铺子,蹩进檐下,靠门立住了。好一会,身上觉得有些发冷。

"哼,老头子。"

"倒高兴……。"

老栓又吃一惊,睁眼看时,几个人从他面前过去了。一个还回头看他,样子不甚分明,但很像久饿的人见了食物一般,眼里闪出一种攫取的光。老栓看看灯笼,已经熄了。按一按衣袋,硬硬的还在。仰起头两面一望,只见许多古怪的人,三三两两,鬼似的在那里徘徊;定睛再看,却也看不出什么别的奇怪。

没有多久,又见几个兵,在那边走动;衣服前后的一个大白圆圈,远地里也看得清楚,走过面前的,并且看出号衣上暗红色的镶边。——一阵脚步声响,一眨眼,已经拥过了一大簇人。那三三两两的人,也忽然合作一堆,潮一般向前赶;将到丁字街口,便突然立住,簇成一个半圆。

老栓也向那边看,却只见一堆人的后背;颈项都伸得很长,仿佛许多鸭,被无形的手捏住了的,向上提着。静了一会,似乎有点声音,便又动摇起来,轰的一声,都向后退;一直散到老栓立着的地方,几乎将他挤倒了。

"喂!一手交钱,一手交货!"一个浑身黑色的人,站在老栓面前,眼光正像两把刀,刺得老栓缩小了一半。那人一只大手,向他摊着;一只手却撮着一个鲜红的馒头,那红的还是一点一点的往下滴。

老栓慌忙摸出洋钱,抖抖的想交给他,却又不敢去接他的东西。那人便焦急起来,嚷道,"怕什么? 怎的不拿!"老栓还踌躇着;黑的人便抢过灯笼,一把扯下纸罩,裹了馒头,塞与老栓;一手抓过洋钱,捏一捏,转身去了。嘴里哼着说,"这老东西……。"

"这给谁治病的呀?"老栓也似乎听得有人问他,但他并不答应;他的精神,现在只在一个包上,仿佛抱着一个十世单传的婴儿,别的事情,都已置之度外了。他现在要将这包里的新的生命,移植到他家里,收获许多幸福。太阳也出来了;在他面前,显出一条大道,直到他家中,后面也照见丁字街头破匾上"古□亭口"这四个黯淡的金字。

二

老栓走到家,店面早经收拾干净,一排一排的茶桌,滑溜溜的发光。但是没有客人;只有小栓坐在里排的桌前吃饭,大粒的汗,从额上滚下,夹袄也帖住了脊心,两块肩胛骨高高凸出,印成一个阳文的"八"字。老栓见这样子,不免皱一皱展开的眉心。他的女人,从灶下急急走出,睁着眼睛,嘴唇有些发抖。

"得了么?"

"得了。"

两个人一齐走进灶下,商量了一会;华大妈便出去了,不多时,拿着一片老荷叶回来,摊在桌上。老栓也打开灯笼罩,用荷叶重新包了那红的馒头。小栓也吃完饭,他的母亲慌忙说:——

"小栓——你坐着,不要到这里来。"

一面整顿了灶火,老栓便把一个碧绿的包,一个红红白白的破灯笼,一同塞在灶里;一阵红黑的火焰过去时,店屋里散满了一种奇怪的香味。

"好香!你们吃什么点心呀?"这是驼背五少爷到了。这人每天总在茶馆里过日,来得最早,去得最迟,此时恰恰蹩到临街的壁角的桌边,便坐下问话,然而没有人答应他。"炒米粥么?"仍然没有人应。老栓匆匆走出,给他泡上茶。

"小栓进来罢!"华大妈叫小栓进了里面的屋子,中间放好一条凳,小栓坐了。他的母亲端过一碟乌黑的圆东西,轻轻说:——

"吃下去罢,——病便好了。"

小栓撮起这黑东西，看了一会，似乎拿着自己的性命一般，心里说不出的奇怪。十分小心的拗开了，焦皮里面窜出一道白气，白气散了，是两半个白面的馒头。——不多工夫，已经全在肚里了，却全忘了什么味；面前只剩下一张空盘。他的旁边，一面立着他的父亲，一面立着他的母亲，两人的眼光，都仿佛要在他身里注进什么又要取出什么似的；便禁不住心跳起来，按着胸膛，又是一阵咳嗽。

"睡一会罢，——便好了。"

小栓依他母亲的话，咳着睡了。华大妈候他喘气平静，才轻轻的给他盖上了满幅补钉的夹被。

三

店里坐着许多人，老栓也忙了，提着大铜壶，一趟一趟的给客人冲茶；两个眼眶，都围着一圈黑线。

"老栓，你有些不舒服么？——你生病么？"一个花白胡子的人说。

"没有。"

"没有？——我想笑嘻嘻的，原也不像……"花白胡子便取消了自己的话。

"老栓只是忙。要是他的儿子……"驼背五少爷话还未完，突然闯进了一个满脸横肉的人，披一件玄色布衫，散着纽扣，用很宽的玄色腰带，胡乱捆在腰间。刚进门，便对老栓嚷道：

"吃了么？好了么？老栓，就是运气了你！你运气，要不是我信息灵……。"

老栓一手提了茶壶，一手恭恭敬敬的垂着；笑嘻嘻的听。满座的人，也都恭恭敬敬的听。华大妈也黑着眼眶，笑嘻嘻的送出茶碗茶叶来，加上一个橄榄，老栓便去冲了水。

"这是包好！这是与众不同的。你想，趁热的拿来，趁热吃下。"

横肉的人只是嚷。

"真的呢,要没有康大叔照顾,怎么会这样……"华大妈也很感激的谢他。

"包好,包好!这样的趁热吃下。这样的人血馒头,什么痨病都包好!"

华大妈听到"痨病"这两个字,变了一点脸色,似乎有些不高兴;但又立刻堆上笑,搭赸着走开了。这康大叔却没有觉察,仍然提高了喉咙只是嚷,嚷得里面睡着的小栓也合伙咳嗽起来。

"原来你家小栓碰到了这样的好运气了。这病自然一定全好;怪不得老栓整天的笑着呢。"花白胡子一面说,一面走到康大叔面前,低声下气的问道,"康大叔——听说今天结果的一个犯人,便是夏家的孩子,那是谁的孩子?究竟是什么事?"

"谁的?不就是夏四奶奶的儿子么?那个小家伙!"康大叔见众人都耸起耳朵听他,便格外高兴,横肉块块饱绽,越发大声说,"这小东西不要命,不要就是了。我可是这一回一点没有得到好处;连剥下来的衣服,都给管牢的红眼睛阿义拿去了。——第一要算我们栓叔运气;第二是夏三爷赏了二十五两雪白的银子,独自落腰包,一文不花。"

小栓慢慢的从小屋子走出,两手按了胸口,不住的咳嗽;走到灶下,盛出一碗冷饭,泡上热水,坐下便吃。华大妈跟着他走,轻轻的问道,"小栓,你好些么?——你仍旧只是肚饿?……"

"包好,包好!"康大叔瞥了小栓一眼,仍然回过脸,对众人说,"夏三爷真是乖角儿,要是他不先告官,连他满门抄斩。现在怎样?银子!——这小东西也真不成东西!关在牢里,还要劝牢头造反。"

"阿呀,那还了得。"坐在后排的一个二十多岁的人,很现出气愤模样。

"你要晓得红眼睛阿义是去盘盘底细的,他却和他攀谈了。他说:这大清的天下是我们大家的。你想:这是人话么?红眼睛原知道他家里只有一个老娘,可是没有料到他竟会那么穷,榨不出一点油水,已经气破肚皮了。他还要老虎头上搔痒,便给他两个嘴巴!"

"义哥是一手好拳棒,这两下,一定够他受用了。"壁角的驼背忽然高兴起来。

"他这贱骨头打不怕,还要说可怜可怜哩。"

花白胡子的人说,"打了这种东西,有什么可怜呢?"

康大叔显出看他不上的样子,冷笑着说,"你没有听清我的话;看他神气,是说阿义可怜哩!"

听着的人的眼光,忽然有些板滞;话也停顿了。小栓已经吃完饭,吃得满身流汗,头上都冒出蒸气来。

"阿义可怜——疯话,简直是发了疯了。"花白胡子恍然大悟似的说。

"发了疯了。"二十多岁的人也恍然大悟的说。

店里的坐客,便又现出活气,谈笑起来。小栓也趁着热闹,拚命咳嗽;康大叔走上前,拍他肩膀说:——

"包好!小栓——你不要这么咳。包好!"

"疯了。"驼背五少爷点着头说。

四

西关外靠着城根的地面,本是一块官地;中间歪歪斜斜一条细路,是贪走便道的人,用鞋底造成的,但却成了自然的界限。路的左边,都埋着死刑和瘐毙的人,右边是穷人的丛冢。两面都已埋到层层叠叠,宛然阔人家里祝寿时候的馒头。

这一年的清明,分外寒冷;杨柳才吐出半粒米大的新芽。天明未久,华大妈已在右边的一坐新坟前面,排出四碟菜,一碗饭,哭了一场。化过纸,呆呆的坐在地上;仿佛等候什么似的,但自己也说不出等候什么。微风起来,吹动他短发,确乎比去年白得多了。

小路上又来了一个女人，也是半白头发，褴褛的衣裙；提一个破旧的朱漆圆篮，外挂一串纸锭，三步一歇的走。忽然见华大妈坐在地上看他，便有些踌躇，惨白的脸上，现出些羞愧的颜色；但终于硬着头皮，走到左边的一坐坟前，放下了篮子。

　　那坟与小栓的坟，一字儿排着，中间只隔一条小路。华大妈看他排好四碟菜，一碗饭，立着哭了一通，化过纸锭；心里暗暗地想，"这坟里的也是儿子。"那老女人徘徊观望了一回，忽然手脚有些发抖，跄跄踉踉退下几步，瞪着眼只是发怔。

　　华大妈见这样子，生怕他伤心到快要发狂了；便忍不住立起身，跨过小路，低声对他说，"你这位老奶奶不要伤心了，——我们还是回去罢。"

　　那人点一点头，眼睛仍然向上瞪着；也低声吃吃的说道，"你看，——看这是什么呢？"

　　华大妈跟了他指头看去，眼光便到了前面的坟，这坟上草根还没有全合，露出一块一块的黄土，煞是难看。再往上仔细看时，却不觉也吃一惊；——分明有一圈红白的花，围着那尖圆的坟顶。

　　他们的眼睛都已老花多年了，但望这红白的花，却还能明白看见。花也不很多，圆圆的排成一个圈，不很精神，倒也整齐。华大妈忙看他儿子和别人的坟，却只有不怕冷的几点青白小花，零星开着；便觉得心里忽然感到一种不足和空虚，不愿意根究。那老女人又走近几步，细看了一遍，自言自语的说，"这没有根，不像自己开的。——这地方有谁来呢？孩子不会来玩；——亲戚本家早不来了。——这是怎么一回事呢？"他想了又想，忽又流下泪来，大声说道：——

　　"瑜儿，他们都冤枉了你，你还是忘不了，伤心不过，今天特意显点灵，要我知道么？"他四面一看，只见一只乌鸦，站在一株没有叶的树上，便接着说，"我知道了。——瑜儿，可怜他们坑了你，他们将来总有报应，天都知道；你闭了眼睛就是了。——你如果真在这里，听到我的话，——便教这乌鸦飞上你的坟顶，给我看罢。"

微风早经停息了；枯草支支直立，有如铜丝。一丝发抖的声音，在空气中愈颤愈细，细到没有，周围便都是死一般静。两人站在枯草丛里，仰面看那乌鸦；那乌鸦也在笔直的树枝间，缩着头，铁铸一般站着。

许多的工夫过去了；上坟的人渐渐增多，几个老的小的，在土坟间出没。

华大妈不知怎的，似乎卸下了一挑重担，便想到要走；一面劝着说，"我们还是回去罢。"

那老女人叹一口气，无精打采的收起饭菜；又迟疑了一刻，终于慢慢地走了。嘴里自言自语的说，"这是怎么一回事呢？……"

他们走不上二三十步远，忽听得背后"哑——"的一声大叫；两个人都竦然的回过头，只见那乌鸦张开两翅，一挫身，直向着远处的天空，箭也似的飞去了。

一九一九年四月。

原载 1919 年 5 月《新青年》月刊第 6 卷第 5 号。

初收 1923 年 8 月北京新潮社版"文艺丛书"之一《呐喊》。

二十六日

日记　晴。上午得李遐卿信。得二弟明信片，二十日长崎发。夜濯足。

二十七日

日记　晴。星期休息。上午李遐卿来还泉五。许季上来。得三弟信，廿三日发(三十二)。许诗芹来。下午风。往铭伯先生寓谈。

二十八日

日记 晴。上午寄三弟信(四四)并《周评》二期。得李遐卿信。下午昙。访蔡先生。寄钱玄同信并稿一篇。收本月奉泉三百。协和还见泉百。夜小雨。寄沈尹默信。寄李遐卿信。

致 钱玄同

玄同兄：

送上小说一篇,请　您鉴定改正了那些外国圈点之类,交与编辑人;因为我于外国圈点之类,没有心得,恐怕要错。

还有人名旁的线,也要请看一看。譬如里面提起一个花白胡子的人,后来便称他花白胡子,恐怕就该加直线了,我却没有加。

鲁迅　四月八[二十八]日

十九期《每周评论》附录中有鲁逊做的文章一篇,此人并非舍弟,合并声明。

二十九日

日记 晴。收东京堂寄杂志一本。午后大风。往浙江兴业银[行]存泉。往留黎厂买《定国寺碑》一枚,有额,券一元五角;又《王氏残石》一枚,杂专拓片八枚,共券二元。得二弟信,二十三日东京发。

三十日

日记 晴。上午得三弟信并文稿半篇,廿六日发(三三)。下午昙,风。丸善寄到书籍一包二本。得钱玄同信,晚复。

致 钱玄同

心异兄：

"鄙见"狠对，据我的"卓识"，极以为然。

仲密来信说，于夷歪五月初三四便走，写信来不及。

速斋班辈最大，并无老兄，所以遯庐当然不是"令兄"。

近来收到"杂志轮读会"的一卷书，大约是仲密的。我想：这书恐怕
不能等他回来再送，所以要打听送给何人，以便照办；曾经信问尹
默，尚无回信，大约我信到否不可知。兄知道该怎么送吗？请告
诉我。

迅　夏正初一而夷歪三十足
见夷狄之不及我天朝矣

本月

随 感 录

近日看到几篇某国志士做的说被异族虐待的文章，突然记起了
自己从前的事情。

那时候不知道因为境遇和时势或年龄的关系呢，还是别的原
因，总最愿听世上爱国者的声音，以及探究他们国里的情状。波兰
印度，文籍较多；中国人说起他的也最多；我也留心最早，却很替他
们抱着希望。其时中国才征新军，在路上时常遇着几个军士，一面

走，一面唱道："印度波兰马牛奴隶性，……"我便觉得脸上和耳轮同时发热，背上渗出了许多汗。

那时候又有一种偏见，只要皮肤黄色的，便又特别关心：现在的某国，当时还没有亡；所以我最注意的是芬阑斐律宾越南的事，以及匈牙利的旧事。匈牙利和芬阑文人最多，声音也最大；斐律宾只得了一本烈赛尔的小说；越南蒐不到文学上的作品，单见过一种他们自己做的亡国史。

听这几国人的声音，自然都是真挚壮烈悲凉的；但又有一些区别：一种是希望着光明的将来，讴歌那簇新的复活，真如时雨灌在新苗上一般，可以兴起人无限清新的生意。一种是絮絮叨叨叙述些过去的荣华，皇帝百官如何安富尊贵，小民如何不识不知；末后便痛斥那征服者不行仁政。譬如两个病人，一个是热望那将来的健康，一个是梦想着从前的耽乐，而这些耽乐又大抵便是他致病的原因。

我因此以为世上固多爱国者，但也屡着些爱亡国者。爱[国]者虽偶然怀旧，却专重在现世以及将来。爱亡国者便只是悲叹那过去，而且称赞着所以亡的病根。其实被征服的苦痛，何止在征服者的不行仁政，和旧制度的不能保存呢？倘以为这是大苦，便未必是真心领得；不能真心领得苦痛，也便难有新生的希望。

　　　　未另发表。据手稿编入。原稿无题目。
　　　　初未收集。

五月

一日

日记 雨,午后大风。往日邮局寄泉百并与二弟妇信。晚晴。得沈尹默信。

二日

日记 晴。午后寄尹默信。下午同寿山至辟才胡同看地[屋]。

三日

日记 晴。上午得二弟信,廿七日发。午后往前门外换钱。下午得三弟信并文稿半篇,三十日发(卅四)。得钱玄同信。晚孙福源君来。夜寄三弟信(四十五)。风。

四日

日记 昙。星期休息。徐吉轩为父设奠,上午赴吊并赙三元。下午孙福源君来。刘半农来,交与书籍二册,是丸善寄来者。

五日

日记 晴。午后寄三弟信(四十六)。得二弟信,卅日发。夜蒋抑之来。

六日

日记 晴,下午昙,风。晚蔡谷青来。

七日

　　日记　晴。下午董世乾来,旧中校生。晚铭伯先生贻肴二种。风一陈。

八日

　　日记　昙。上午得三弟信,四日发(三十五)。下午往留黎厂。晚微雨。

九日

　　日记　雨。晚铭伯先生招饮于新丰楼。夜得玄同信并杂志十册。

十日

　　日记　昙。上午寄李遐卿信。午后寄三弟信(四七)。得二弟信,四日发。晚孙福源君来。李遐卿来并代购杂志六册。

十一日

　　日记　昙。星期休息。上午许季上来。午后往铭伯先生寓。

十二日

　　日记　昙。上午得三弟信,八日发(三十六)。寄沈尹默信。寄张梓生,许季市及三弟杂志各一卷。

十三日

　　日记　晴。上午得三弟信,九日发(卅七)。晚寄三弟信(四八)。夜子佩至自越中,持来《弘农冢墓遗文》一册,衣四件,皆二弟托寄,又贻笋干一包,茗一囊。

十四日

日记　晴。上午得二弟信,七日发。背痛。

十五日

日记　晴。晚钱玄同来。

十六日

日记　晴,风。上午得铭伯先生信。午后往留黎厂买《映佛岩摩崖》八枚,《南子俊造象》二枚,《长孙夫人罗氏墓志》一枚,共券十元。背至肩俱剧痛,夜服安知必林三分格阑之一。

十七日

日记　晴。上午得三弟信,十三日发(卅八)。下午寄铭伯先生信。得二弟信,十日发。晚大学遣人送二弟脩金来,三四两月共泉四百八十,附郑阳和信一封。

十八日

日记　昙。星期休息。上午刘半农来。午后小雨。二弟从东京至,持来书籍一箱。夜赠朱孝荃笋干一包并信。

十九日

日记　雨。上午寄三弟信(四九)。

二十日

日记　晴。晨得三弟信,言芳子于十五日午后五时生一男子,并属命名,十五日发(卅九)。上午寄临潼知事阮翱伯信并拓片四枚。午后往留黎厂买残墓志一枚,《陈世宝造象》一枚,各券一元。晚雨一阵。夜宋子佩来。

二十一日

日记 晴。午后寄郑阳和信。晚孙福源君来,赠以《小学答问》一册。

二十二日

日记 晴。上午得三弟信,十八日发(四十)。得李遐卿信。

二十三日

日记 晴。上午寄李遐卿信。下午往大学,得《马叔平所藏甲骨文拓本》一册,工值券四元。夜胡适之招饮于东兴楼,同坐十人。

二十四日

日记 晴。上午得李遐卿信。夜风。

二十五日

日记 昙。星期休息。下午铭伯先生来。洙邻来。玄同来。夜雨。

二十六日

日记 晴。上午收奉泉三百。张协和还泉百。午后往戴螺舲寓问疾。

二十七日

日记 晴。上午得三弟信,廿三日发(四一)。午后往施家胡同浙江兴业银行存泉。下午得李遐卿信。晚宋子佩来。

二十八日

日记 晴。午后往前门大街,又至留黎厂。

二十九日

日记 晴。上午得虞叔昭信,午后复之。下午与徐吉轩至蒋街口看屋。晚钱玄同来。

三十日

日记 晴。午后昙,风。往大同馆理发。

三十一日

日记 晴。上午得三弟信,廿七日发(四二)。得宋知方信,廿八日杭发。晚宋紫佩来。夜王式乾来。

本月

随感录 五十六 "来了"*

近来时常听得人说,"过激主义来了";报纸上也时常写着,"过激主义来了"。

于是有几文钱的人,很不高兴。官员也着忙,要防华工,要留心俄国人;连警察厅也向所属发出了严查"有无过激党设立机关"的公事。

着忙是无怪的,严查也无怪的;但先要问:什么是过激主义呢?

这是他们没有说明,我也无从知道,我虽然不知道,却敢说一句话:"过激主义"不会来,不必怕他;只有"来了"是要来的,应该怕的。

我们中国人,决不能被洋货的什么主义引动,有抹杀他扑灭他的力量。军国民主义么,我们何尝会同别人打仗;无抵抗主义么,我们却是主战参战的;自由主义么,我们连发表思想都要犯罪,讲几句话也为难;人道主义么,我们人身还可以买卖呢。

所以无论什么主义,全扰乱不了中国;从古到今的扰乱,也不听说因为什么主义。试举目前的例,便如陕西学界的布告,湖南灾民的布告,何等可怕,与比利时公布的德兵苛酷情形,俄国别党宣布的列宁政府残暴情形,比较起来,他们简直是太平天下了。德国还说是军国主义,列宁不消说还是过激主义哩!

这便是"来了"来了。来的如果是主义,主义达了还会罢;倘若单是"来了",他便来不完,来不尽,来的怎样也不可知。

民国成立的时候,我住在一个小县城里,早已挂过白旗。有一日,忽然见许多男女,纷纷乱逃:城里的逃到乡下,乡下的逃进城里。问他们什么事,他们答道,"他们说要来了。"

可见大家都单怕"来了",同我一样。那时还只有"多数主义",没有"过激主义"哩。

　　　　原载 1919 年 5 月《新青年》月刊第 6 卷第 5 号。署名唐俟。

　　　　初收 1925 年 11 月北京北新书局版《热风》。

随感录 五十七 现在的屠杀者 *

高雅的人说,"白话鄙俚浅陋,不值识者一哂之者也。"

中国不识字的人,单会讲话,"鄙俚浅陋",不必说了。"因为自己不通,所以提倡白话,以自文其陋"如我辈的人,正是"鄙俚浅陋",

也不在话下了。最可叹的是几位雅人,也还不能如《镜花缘》里说的君子国的酒保一般,满口"酒要一壶乎,两壶乎,菜要一碟乎,两碟乎"的终日高雅,却只能在呻吟古文 时,显出高古品格;一到讲话,便依然是"鄙俚浅陋"的白话了。四万万中国人嘴里发出来的声音,竟至总共"不值一哂",真是可怜煞人。

做了人类想成仙;生在地上要上天;明明是现代人,吸着现在的空气,却偏要勒派朽腐的名教,僵死的语言,侮蔑尽现在,这都是"现在的屠杀者"。杀了"现在",也便杀了"将来"。——将来是子孙的时代。

原载 1919 年 5 月《新青年》月刊第 6 卷第 5 号。署名唐俟。

初收 1925 年 11 月北京北新书局版《热风》。

随感录 五十八 人心很古*

慷慨激昂的人说,"世道浇漓,人心不古,国粹将亡,此吾所为仰天扼腕切齿三叹息者也!"

我初听这话,也曾大吃一惊;后来翻翻旧书,偶然看见《史记》《赵世家》里面记着公子成反对主父改胡服的一段话:

"臣闻中国者,盖聪明徇智之所居也,万物财用之所聚也,贤圣之所教也,仁义之所施也,《诗》《书》礼乐之所用也,异敏技能之所试也,远方之所观赴也,蛮夷之所义行也;今王舍此而袭远方之服,变古之教,易古之道,逆人之心,而怫学者,离中国,故臣愿王图之也。"

这不是与现在阻抑革新的人的话,丝毫无异么?后来又在《北史》里看见记周静帝的司马后的话:

"后性尤妒忌,后宫莫敢进御。尉迟迥女孙有美色,先在宫中,帝于仁寿宫见而悦之,因得幸。后伺帝听朝,阴杀之。上大怒,单骑从苑中出,不由径路,入山谷间三十余里;高颍杨素等追及,扣马谏,帝太息曰,'吾贵为天子,不得自由。'"

这又不是与现在信口主张自由和反对自由的人,对于自由所下的解释,丝毫无异么?别的例证,想必还多,我见闻狭隘,不能多举了。但即此看来,已可见虽然经过了这许多年,意见还是一样。现在的人心,实在古得很呢。

中国人倘能努力再古一点,也未必不能有古到三皇五帝以前的希望,可惜时时遇着新潮流新空气激荡着,没有工夫了。

在现存的旧民族中,最合中国式理想的,总要推锡兰岛的 Vedda 族。他们和外界毫无交涉,也不受别民族的影响,还是原始的状态,真不愧所谓"羲皇上人"。

但听说他们人口年年减少,现在快要没有了:这实在是一件万分可惜的事。

原载 1919 年 5 月《新青年》月刊第 6 卷第 5 号。署名唐俟。

初收 1925 年 11 月北京北新书局版《热风》。

随感录 五十九 "圣武"*

我前回已经说过"什么主义都与中国无干"的话了;今天忽然又有些意见,便再写在下面:

我想,我们中国本不是发生新主义的地方,也没有容纳新主义的处所,即使偶然有些外来思想,也立刻变了颜色,而且许多论者反要以此自豪。我们只要留心译本上的序跋,以及各样对于外国事情的批评议论,便能发见我们和别人的思想中间,的确还隔着几重铁壁。他们是说家庭问题的,我们却以为他鼓吹打仗;他们是写社会缺点的,我们却说他讲笑话;他们以为好的,我们说来却是坏的。若再留心看看别国的国民性格,国民文学,再翻一本文人的评传,便更能明白别国著作里写出的性情,作者的思想,几乎全不是中国所有。所以不会了解,不会同情,不会感应;甚至彼我间的是非爱憎,也免不了得到一个相反的结果。

新主义宣传者是放火人么,也须别人有精神的燃料,才会着火;是弹琴人么,别人的心上也须有弦索,才会出声;是发声器么,别人也必须是发声器,才会共鸣。中国人都有些不很像,所以不会相干。

几位读者怕要生气,说,"中国时常有将性命去殉他主义的人,中华民国以来,也因为主义上死了多少烈士,你何以一笔抹杀?吓!"这话也是真的。我们从旧的外来思想说罢,六朝的确有许多焚身的和尚,唐朝也有过砍下臂膊布施无赖的和尚;从新的说罢,自然也有过几个人的。然而与中国历史,仍不相干。因为历史结帐,不能像数学一般精密,写下许多小数,却只能学粗人算帐的四舍五入法门,记一笔整数。

中国历史的整数里面,实在没有什么思想主义在内。这整数只是两种物质,——是刀与火,"来了"便是他的总名。

火从北来便逃向南,刀从前来便退向后,一大堆流水帐簿,只有这一个模型。倘嫌"来了"的名称不很庄严,"刀与火"也触目,我们也可以别想花样,奉献一个谥法,称作"圣武",便好看了。

古时候,秦始皇帝很阔气,刘邦和项羽都看见了;邦说,"嗟乎!大丈夫当如此也!"羽说,"彼可取而代也!"羽要"取"什么呢?便是取邦所说的"如此"。"如此"的程度,虽有不同,可是谁也想取;被取的是"彼",取的是"丈夫"。所有"彼"与"丈夫"的心中,便都是这"圣武"的产生所,受纳所。

何谓"如此"?说起来话长;简单地说,便只是纯粹兽性方面的欲望的满足——威福，子女，玉帛，——罢了。然而在一切大小丈夫，却要算最高理想(?)了。我怕现在的人，还被这理想支配着。

大丈夫"如此"之后，欲望没有衰，身体却疲敝了；而且觉得暗中有一个黑影——死——到了身边了。于是无法，只好求神仙。这在中国，也要算最高理想了。我怕现在的人，也还被这理想支配着。

求了一通神仙，终于没有见，忽然有些疑惑了。于是要造坟，来保存死尸，想用自己的尸体，永远占据着一块地面。这在中国，也要算一种没奈何的最高理想了。我怕现在的人，也还被这理想支配着。

现在的外来思想，无论如何，总不免有些自由平等的气息，互助共存的气息，在我们这单有"我"，单想"取彼"，单要由我喝尽了一切空间时间的酒的思想界上，实没有插足的余地。

因此，只须防那"来了"便够了。看看别国，抗拒这"来了"的便是有主义的人民。他们因为所信的主义，牺牲了别的一切，用骨肉碰钝了锋刃，血液浇灭了烟焰。在刀光火色衰微中，看出一种薄明的天色，便是新世纪的曙光。

曙光在头上，不抬起头，便永远只能看见物质的闪光。

原载 1919 年 5 月《新青年》月刊第 6 卷第 5 号。署名唐俟。

初收 1925 年 11 月北京北新书局版《热风》。

六月

一日

日记　曇。星期休息。上午敦古谊帖店人来,选购《忠州石阙画象》六枚,世称《丁彦阙》,实唐刻也;又《杨公阙》一枚,共券十元。午后寄齐寿山信。下午往铭伯先生寓。晚子佩招饮于颐香斋,与二弟同往。

二日

日记　晴。旧历端午,休假。上午铭伯先生赠肴二皿。晚钱玄同来。

三日

日记　晴,下午曇。同徐吉轩往护国寺一带看屋。晚大风一陈后小雨。

四日

日记　晴。晚洙邻兄来。孙福源来。

五日

日记　晴。午后往留黎厂买《吕超墓志》一枚,券四元。夜得忆农伯信。

六日

日记　晴。午后往留黎厂买《朱鲔石室画象》残拓十四枚,券三元。下午许诗荀来。晚二弟购来达古斋所臧铜器拓片百枚,券九元,合见泉五元四角。宋子佩来。

七日

日记　晴。上午得阮翱伯所寄魏造象拓本三种十一枚并信。夜风。

八日

日记　昙。星期休息。午后晴。下午刘历青来。

九日

日记　雨,午后晴。往小市。下午得三弟信,五日发。得李遐卿信。

十日

日记　晴。夜濯足。

十一日

日记　昙,下午小雨。晚刘半农,钱玄同来。

十二日

日记　晴。晨许诗荀来。晚往铭伯先生寓。夜子佩来。

十三日

日记　晴,夜小雨。

十四日

日记　晴。下午得李遐卿信。晚孙福源君来。夜雨。

十五日

日记 晴。星期休息。下午李遐卿来。

十六日

日记 晴。上午寄张梓生《新潮》二册。午后往留黎厂买金文拓片五枚,《孙成买地铅券》拓片一枚,共券三元。

十七日

日记 晴。晚孙伏园,宋紫佩来。

十八日

日记 晴,下午昙。无事。

十九日

日记 晴,下午昙。晚与二弟同至第一舞台观学生演剧,计《终身大事》一幕,胡适之作;《新村正》四幕,南开学校本也。夜半归。

二十日

日记 昙。上午孙伏园来。下午雨。

二十一日

日记 晴。上午寄忆农伯信。午后往留黎厂买尖足小币五枚,券五元。取《刘丑锐造象》拓本一枚,无直。

二十二日

日记 晴。星期休息。无事。

二十三日

日记　晴。无事。

二十四日

日记　晴,热。夜许骏甫来。

二十五日

日记　昙,风。夜得钱玄同信。

二十六日

日记　晴,大热。上午收本月奉泉三百。赙贺君二元。

二十七日

日记　晴。午后赙徐宅三元。

二十八日

日记　晴。上午出国货制造所资本见泉十。下午往留黎厂买
较旧拓《西门豹祠堂[碑]》并阴二枚,直隶所出造象三种三枚,《大信
行禅师塔铭碑》一枚,共券六元。寄子佩信并还《金石薪》一本。

二十九日

日记　昙。星期休息。晚钱玄同来。夜雨。

三十日

日记　小雨。午后晴。晚李遐卿来。夜大雨。

七月

一日

日记 昙。午前罗志希,孙伏园来。下午大雷雨。

二日

日记 雨,晨二弟启行向东京。午后晴。下午许世瑾来。王式乾来。

三日

日记 晴。休假。下午往铭伯先生寓。

四日

日记 晴。上午寄三弟信(五八)。下午得玄同信。晚雨。

致 钱玄同

心翁先生:子秘是前天出发的。和他通信,应该写"东京府下、巢鸭町上驹込三七九羽太方○○○收"。他大约洋历八月初可到北京,"仇偶"和"半仇子女"也一齐同来,不到"少兴府"了。"卜居"还没有定,只好先租;这租房差使,系敝人承办,然而尚未动手,懒之故也。《蠡苍载》还没有见过,实在有背"先睹为快"之意。

贵敝宗某君的事,恐怕很难;许君早已不管图书馆事,现任系一官气十足的人,和他说不来。

听说世有可来消息，真的吗？

侯　上　七月四日

五日

日记　晴。上午寄钱玄同信。午后往前门外换泉。往留黎厂买《南石窟寺碑》一枚，券五元；《王阿妃砖志》一枚，券一元。下午孙伏园来。得陶书臣信。晚刘半农来。夜雷雨。

六日

日记　晴。星期休息。上午蒋抑之来。

七日

日记　晴。午后赴升平园理发并浴。往青云阁买鞋一双，券二元；又买《新疆访古录》一本，券一元。夜许诗荃来。

八日

日记　晴。上午往东交民巷日邮局寄二弟信并泉四百。午后昙。下午许季上来。晚钱玄同来，夜去，托其寄交罗志希信并稿一篇，又还书一本。又赠李遐卿杂志一册。交李守常文一篇，二弟译。

明　天

"没有声音，——小东西怎了？"

红鼻子老拱手里擎了一碗黄酒，说着，向间壁努努嘴。蓝皮阿五便放下酒碗，在他脊梁上用死劲的打了一掌，含含糊糊嚷道：——

"你……你你又在想心思……。"

原来鲁镇是僻静地方,还有些古风:不上一更,大家便都关门睡觉。深更半夜没有睡的只有两家:一家是咸亨酒店,几个酒肉朋友围着柜台,吃喝得正高兴;一家便是间壁的单四嫂子,他自从前年守了寡,便须专靠着自己的一双手纺出棉纱来,养活他自己和他三岁的儿子,所以睡的也迟。

这几天,确凿没有纺纱的声音了。但夜深没有睡的既然只有两家,这单四嫂子家有声音,便自然只有老拱们听到,没有声音,也只有老拱们听到。

老拱挨了打,仿佛很舒服似的喝了一大口酒,呜呜的唱起小曲来。

这时候,单四嫂子正抱着他的宝儿,坐在床沿上,纺车静静的立在地上。黑沉沉的灯光,照着宝儿的脸,绯红里带一点青。单四嫂子心里计算:神签也求过了,愿心也许过了,单方也吃过了,要是还不见效,怎么好?——那只有去诊何小仙。但宝儿也许是日轻夜重,到了明天,太阳一出,热也会退,气喘也会平的:这实在是病人常有的事。

单四嫂子是一个粗笨女人,不明白这"但"字的可怕:许多坏事固然幸亏有了他才变好,许多好事却也因为有了他都弄糟。夏天夜短,老拱们呜呜的唱完了不多时,东方已经发白;不一会,窗缝里透进了银白色的曙光。

单四嫂子等候天明,却不像别人这样容易,觉得非常之慢,宝儿的一呼吸,几乎长过一年。现在居然明亮了;天的明亮,压倒了灯光,——看见宝儿的鼻翼,已经一放一收的扇动。

单四嫂子知道不妙,暗暗叫一声"阿呀!"心里计算:怎么好?只有去诊何小仙这一条路了。他虽然是粗笨女人,心里却有决断,便站起身,从木柜子里掏出每天节省下来的十三个小银元和一百八十铜钱,都装在衣袋里,锁上门,抱着宝儿直向何家奔过去。

天气还早,何家已经坐着四个病人了。他摸出四角银元,买了号签,第五个便轮到宝儿。何小仙伸开两个指头按脉,指甲足有四寸多长,单四嫂子暗地纳罕,心里计算:宝儿该有活命了。但总免不了着急,忍不住要问,便局局促促的说:——

"先生,——我家的宝儿什么病呀?"

"他中焦塞着。"

"不妨事么?他……"

"先去吃两帖。"

"他喘不过气来,鼻翅子都扇着呢。"

"这是火克金……"

何小仙说了半句话,便闭上眼睛;单四嫂子也不好意思再问。在何小仙对面坐着的一个三十多岁的人,此时已经开好一张药方,指着纸角上的几个字说道:——

"这第一味保婴活命丸,须是贾家济世老店才有!"

单四嫂子接过药方,一面走,一面想。他虽是粗笨女人,却知道何家与济世老店与自己的家,正是一个三角点;自然是买了药回去便宜了。于是又径向济世老店奔过去。店伙也翘了长指甲慢慢的看方,慢慢的包药。单四嫂子抱了宝儿等着;宝儿忽然擎起小手来,用力拔他散乱着的一绺头发,这是从来没有的举动,单四嫂子怕得发怔。

太阳早出了。单四嫂子抱了孩子,带着药包,越走觉得越重;孩子又不住的挣扎,路也觉得越长。没奈何坐在路旁一家公馆的门槛上,休息了一会,衣服渐渐的冰着肌肤,才知道自己出了一身汗;宝儿却仿佛睡着了。他再起来慢慢地走,仍然支撑不得,耳朵边忽然听得人说:——

"单四嫂子,我替你抱勃罗!"似乎是蓝皮阿五的声音。

他抬头看时,正是蓝皮阿五,睡眼朦胧的跟着他走。

单四嫂子在这时候，虽然很希望降下一员天将，助他一臂之力，却不愿是阿五。但阿五有点侠气，无论如何，总是偏要帮忙，所以推让了一会，终于得了许可了。他便伸开臂膊，从单四嫂子的乳房和孩子中间，直伸下去，抱去了孩子。单四嫂子便觉乳房上发了一条热，刹时间直热到脸上和耳根。

　　他们两人离开了二尺五寸多地，一同走着。阿五说些话，单四嫂子却大半没有答。走了不多时候，阿五又将孩子还给他，说是昨天与朋友约定的吃饭时候到了；单四嫂子便接了孩子。幸而不远便是家，早看见对门的王九妈在街边坐着，远远地说话：——

　　"单四嫂子，孩子怎了？——看过先生了么？"

　　"看是看了。——王九妈，你有年纪，见的多，不如请你老法眼看一看，怎样……"

　　"唔……"

　　"怎样……？"

　　"唔……"王九妈端详了一番，把头点了两点，摇了两摇。

　　宝儿吃下药，已经是午后了。单四嫂子留心看他神情，似乎仿佛平稳了不少；到得下午，忽然睁开眼叫一声"妈！"又仍然合上眼，像是睡去了。他睡了一刻，额上鼻尖都沁出一粒一粒的汗珠，单四嫂子轻轻一摸，胶水般粘着手；慌忙去摸胸口，便禁不住呜咽起来。

　　宝儿的呼吸从平稳变到没有，单四嫂子的声音也就从呜咽变成号咷。这时聚集了几堆人：门内是王九妈蓝皮阿五之类，门外是咸亨的掌柜和红鼻子老拱之类。王九妈便发命令，烧了一串纸钱；又将两条板凳和五件衣服作抵，替单四嫂子借了两块洋钱，给帮忙的人备饭。

　　第一个问题是棺木。单四嫂子还有一副银耳环和一支裹金的银簪，都交给了咸亨的掌柜，托他作一个保，半现半赊的买一具棺木。蓝皮阿五也伸出手来，很愿意自告奋勇；王九妈却不许他，只准他明天抬棺材的差使，阿五骂了一声"老畜生"，快快的努了嘴站着。

掌柜便自去了;晚上回来,说棺木须得现做,后半夜才成功。

　　掌柜回来的时候,帮忙的人早吃过饭;因为鲁镇还有些古风,所以不上一更,便都回家睡觉了。只有阿五还靠着咸亨的柜台喝酒,老拱也呜呜的唱。

　　这时候,单四嫂子坐在床沿上哭着,宝儿在床上躺着,纺车静静的在地上立着。许多工夫,单四嫂子的眼泪宣告完结了,眼睛张得很大,看看四面的情形,觉得奇怪:所有的都是不会有的事。他心里计算:不过是梦罢了,这些事都是梦。明天醒过来,自己好好的睡在床上,宝儿也好好的睡在自己身边。他也醒过来,叫一声"妈",生龙活虎似的跳去玩了。

　　老拱的歌声早经寂静,咸亨也熄了灯。单四嫂子张着眼,总不信所有的事。——鸡也叫了;东方渐渐发白,窗缝里透进了银白色的曙光。

　　银白的曙光又渐渐显出绯红,太阳光接着照到屋脊。单四嫂子张着眼,呆呆坐着;听得打门声音,才吃了一吓,跑出去开门。门外一个不认识的人,背了一件东西;后面站着王九妈。

　　哦,他们背了棺材来了。

　　下半天,棺木才合上盖:因为单四嫂子哭一回,看一回,总不肯死心塌地的盖上;幸亏王九妈等得不耐烦,气愤愤的跑上前,一把拖开他,才七手八脚的盖上了。

　　但单四嫂子待他的宝儿,实在已经尽了心,再没有什么缺陷。昨天烧过一串纸钱,上午又烧了四十九卷《大悲咒》;收敛的时候,给他穿上顶新的衣裳,平日喜欢的玩意儿,——一个泥人,两个小木碗,两个玻璃瓶,——都放在枕头旁边。后来王九妈掐着指头仔细推敲,也终于想不出一些什么缺陷。

　　这一日里,蓝皮阿五简直整天没有到;咸亨掌柜便替单四嫂子雇了两名脚夫,每名二百另十个大钱,抬棺木到义冢地上安放。王九妈又帮他煮了饭,凡是动过手开过口的人都吃了饭。太阳渐渐显出要落山的颜色;吃过饭的人也不觉都显出要回家的颜色,——于是他们终于都回了家。

单四嫂子很觉得头眩,歇息了一会,倒居然有点平稳了。但他接连着便觉得很异样:遇到了平生没有遇到过的事,不像会有的事,然而的确出现了。他越想越奇,又感到一件异样的事——这屋子忽然太静了。

他站起身,点上灯火,屋子越显得静。他昏昏的走去关上门,回来坐在床沿上,纺车静静的立在地上。他定一定神,四面一看,更觉得坐立不得,屋子不但太静,而且也太大了,东西也太空了。太大的屋子四面包围着他,太空的东西四面压着他,叫他喘气不得。

他现在知道他的宝儿确乎死了;不愿意见这屋子,吹熄了灯,躺着。他一面哭,一面想:想那时候,自己纺着棉纱,宝儿坐在身边吃茴香豆,瞪着一双小黑眼睛想了一刻,便说,"妈!爹卖馄饨,我大了也卖馄饨,卖许多许多钱,——我都给你。"那时候,真是连纺出的棉纱,也仿佛寸寸都有意思,寸寸都活着。但现在怎么了?现在的事,单四嫂子却实在没有想到什么。——我早经说过:他是粗笨女人。他能想出什么呢?他单觉得这屋子太静,太大,太空罢了。

但单四嫂子虽然粗笨,却知道还魂是不能有的事,他的宝儿也的确不能再见了。叹一口气,自言自语的说,"宝儿,你该还在这里,你给我梦里见见罢。"于是合上眼,想赶快睡去,会他的宝儿,苦苦的呼吸通过了静和大和空虚,自己听得明白。

单四嫂子终于朦朦胧胧的走入睡乡,全屋子都很静。这时红鼻子老拱的小曲,也早经唱完;跄跄踉踉出了咸亨,却又提尖了喉咙,唱道:——

"我的冤家呀!——可怜你,——孤另另的……"

蓝皮阿五便伸手揪住了老拱的肩头,两个人七歪八斜的笑着挤着走去。

单四嫂子早睡着了,老拱们也走了,咸亨也关上门了。这时的鲁镇,便完全落在寂静里。只有那暗夜为想变成明天,却仍在这寂静里奔波;另有几条狗,也躲在暗地里呜呜的叫。

一九二〇年六月

原载 1919 年 10 月 30 日《新潮》月刊第 2 卷第 1 号。

初收 1923 年 8 月北京新潮社版"文艺丛书"之一《呐喊》。

九日

日记 昙。上午得三弟信,四日发(五十)。下午寄三弟信(五九)并寄《新青年》一册,《周评》三张,其二转张梓生。大学送来二弟《欧洲文学史》余利八元一角四分。晚孙伏园来。陶书臣来。夜得罗志希信并《新潮》稿纸四十枚。

十日

日记 小雨。上午寄罗志希信。午后晴。约徐吉轩往八道弯看屋。夜刘半农,钱玄同来,即托其带去孔德学校捐款见泉十元。

十一日

日记 晴。晚宋子佩来。许季上来。

十二日

日记 晴。上午得三弟信,八日发(五一)。得二弟信,六日鹿儿岛吉松发。晚小雨。得王倬汉信,言李遐卿入医院。

十三日

日记 昙。星期休息。下午雨一阵。晚往铭伯先生寓。夜雨。

十四日

日记　晴。上午得三弟信,十日发(五二)。寄二弟信。寄三弟信(六十)。午后得李遐卿信。访孙伏园。访徐吉轩。下午往留黎厂买《神州大观》第十四集一册,计券三元。夜雷雨。

十五日

日记　晴。上午寄三弟《周评》一包。午后往八道弯量屋作图。

十六日

日记　昙,晚雨。无事。

十七日

日记　大雨。上午寄二弟信。为方叔买膏药二枚,寄三弟转交。下午许季上来假去泉卅。晚铭伯先生送肴二品。

十八日

日记　昙。上午得二弟信,十一日高城发。午后大雷雨,室内浸水半寸。

十九日

日记　雨。上午得三弟信,十五日发(五三)。得李霞卿信。午后晴。孙伏园来。寄三弟信(六一)。夜答李霞卿信。

二十日

日记　晴。星期休息。上午收三弟所寄帐子一顶,茶叶一合。往妙光阁吊徐翼夫人丧。下午得李遐卿信。晚得钱玄同信。

二十一日

日记 晴。上午寄二弟信。大学送来二弟之六月上半月奉泉百廿元。

二十二日

日记 晴。上午寄三弟《周评》二张。得二弟信,十五日滨松发。下午孙伏园来。夜许诗荃来。

二十三日

日记 晴。上午得三弟信,十九日发(五四)。午后拟买八道弯罗姓屋,同原主赴警察总厅报告。往中央公园观监狱出品展览会,买蓝格毛巾一打,券三元。下午寄朱孝荃信。寄许诗荃信。晚钱玄同来。

二十四日

日记 晴。上午寄三弟信(六二)。寄李遐卿信。

二十五日

日记 晴。午得李遐卿信。夜孙伏园来。

二十六日

日记 雨。上午寄二弟信。收本月奉泉三百。许季上还泉卅。得二弟信,廿一日东京发。为二弟及眷属租定间壁王氏房四大间,付泉卅三元。

二十七日

日记 雨。星期休息。下午晴。孙伏园来。罗志希来。得李遐卿信。

二十八日

日记 昙,下午晴。无事。

二十九日

日记 晴。上午寄三弟《周评》二张。下午得三弟信,廿四日发(五五)。

三十日

日记 晴。上午寄三弟信(六三)。午后同戴螺舲往看徐吉轩病。

三十一日

日记 晴。上午得二弟信,二十四日发。寄钱玄同信并文稿八枚。午后往护国寺理房屋杂务。晚宋紫佩来。夜雨。

随感录 六十一 不满

欧战才了的时候,中国很抱着许多希望,因此现在也发出许多悲观绝望的声音,说"世界上没有人道","人道这句话是骗人的"。有几位评论家,还引用了他们外国论者自己责备自己的文字,来证明所谓文明人者,比野蛮尤其野蛮。

这诚然是痛快淋漓的话,但要问:照我们的意见,怎样才算有人道呢?那答话,想来大约是"收回治外法权,收回租界,退还庚子赔款……"现在都很渺茫,实在不合人道。

但又要问:我们中国的人道怎么样?那答话,想来只能"……"。对于人道只能"……"的人的头上,决不会掉下人道来。因为人道是要各人竭力挣来,培植,保养的,不是别人布施,捐助的。

其实近于真正的人道,说的人还不很多,并且说了还要犯罪。若论皮毛,却总算略有进步了。这回虽然是一场恶战,也居然没有"食肉寝皮",没有"夷其社稷",而且新兴了十八个小国。就是德国对待比国,都说残暴绝伦,但看比国的公布,也只是囚徒不给饮食,村长挨了打骂,平民送上战线之类。这些事情,在我们中国自己对自己也常有,算得什么希奇?

人类尚未长成,人道自然也尚未长成,但总在那里发荣滋长。我们如果问问良心,觉得一样滋长,便什么都不必忧愁;将来总要走同一的路。看罢,他们是战胜军国主义的,他们的评论家还是自己责备自己,有许多不满。不满是向上的车轮,能够载着不自满的人类,向人道前进。

多有不自满的人的种族,永远前进,永远有希望。

多有只知责人不知反省的人的种族,祸哉祸哉!

原载 1919 年 11 月 1 日《新青年》月刊第 6 卷第 6 号。
署名唐俟。
初收 1925 年 11 月北京北新书局版《热风》。

随感录 六十二 恨恨而死

古来很有几位恨恨而死的人物。他们一面说些"怀才不遇""天道宁论"的话,一面有钱的便狂嫖滥赌,没钱的便喝几十碗酒,——因为不平的缘故,于是后来就恨恨而死了。

我们应该趁他们活着的时候问他:诸公! 您知道北京离昆仑山

几里,弱水去黄河几丈么? 火药除了做鞭爆,罗盘除了看风水,还有什么用处? 棉花是红的还是白的? 谷子是长在树上,还是长在草上? 桑间濮上如何情形,自由恋爱怎样态度? 您在半夜里可忽然觉得有些羞,清早上可居然有点悔么? 四斤的担,您能挑么? 三里的道,您能跑么?

他们如果细细的想,慢慢的悔了,这便很有些希望。万一越发不平,越发愤怒,那便"爱莫能助"。——于是他们终于恨恨而死了。

中国现在的人心中,不平和愤恨的分子太多了。不平还是改造的引线,但必须先改造了自己,再改造社会,改造世界;万不可单是不平。至于愤恨,却几乎全无用处。

愤恨只是恨恨而死的根苗,古人有过许多,我们不要蹈他们的覆辙。

我们更不要借了"天下无公理,无人道"这些话,遮盖自暴自弃的行为,自称"恨人",一副恨恨而死的脸孔,其实并不恨恨而死。

原载 1919 年 11 月 1 日《新青年》月刊第 6 卷第 6 号。
署名唐俟。
初收 1925 年 11 月北京北新书局版《热风》。

随感录 六十三 "与幼者"

做了《我们现在怎样做父亲》的后两日,在有岛武郎《著作集》里看到《与幼者》这一篇小说,觉得很有许多好的话。

"时间不住的移过去。你们的父亲的我,到那时候,怎样映在你们(眼)里,那是不能想像的了。大约像我在现在,嗤笑可怜那过去的时代一般,你们也要嗤笑可怜我的古老的心思,也未可知的。我为你们计,但愿这样子。你们若不是毫不客气的拿我做一个踏脚,超越了我,向着高的远的地方进去,那便是错的。

"人间很寂寞。我单能这样说了就算么？你们和我，像尝过血的兽一样，尝过爱了。去罢，为要将我的周围从寂寞中救出，竭力做事罢。我爱过你们，而且永远爱着。这并不是说，要从你们受父亲的报酬，我对于'教我学会了爱你们的你们'的要求，只是受取我的感谢罢了……像吃尽了亲的死尸，贮着力量的小狮子一样，刚强勇猛，舍了我，踏到人生上去就是了。

"我的一生就令怎样失败，怎样胜不了诱惑；但无论如何，使你们从我的足迹上寻不出不纯的东西的事，是要做的，是一定做的。你们该从我的倒毙的所在，跨出新的脚步去。但那里走，怎么走的事，你们也可以从我的足迹上探索出来。

"幼者呵！将又不幸又幸福的你们的父母的祝福，浸在胸中，上人生的旅路罢。前途很远，也很暗。然而不要怕。不怕的人的面前才有路。

"走罢！勇猛着！幼者呵！"

有岛氏是白桦派，是一个觉醒的，所以有这等话；但里面也免不了带些眷恋凄怆的气息。

这也是时代的关系。将来便不特没有解放的话，并且不起解放的心，更没有什么眷恋和凄怆；只有爱依然存在。——但是对于一切幼者的爱。

原载 1919 年 11 月 1 日《新青年》月刊第 6 卷第 6 号。
署名唐俟。
初收 1925 年 11 月北京北新书局版《热风》。

随感录 六十四 有无相通

南北的官僚虽然打仗，南北的人民却很要好，一心一意的在那里"有无相通"。

北方人可怜南方人太文弱，便教给他们许多拳脚：什么"八卦拳""太极拳"，什么"洪家""侠家"，什么"阴截腿""抱桩腿""谭腿""戳脚"，什么"新武术""旧武术"，什么"实为尽美尽善之体育"，"强国保种尽在于斯"。

南方人也可怜北方人太简单了，便送上许多文章：什么"……梦""……魂""……痕""……影""……泪"，什么"外史""趣史""秽史""秘史"，什么"黑幕""现形"，什么"淌牌""吊膀""拆白"，什么"噫嘻卿卿我我""呜呼燕燕莺莺""吁嗟风风雨雨"，"耐阿是勒浪勿要面孔哉！"

直隶山东的侠客们，勇士们呵！诸公有这许多筋力，大可以做一点神圣的劳作；江苏浙江湖南的才子们，名士们呵！诸公有这许多文才，大可以译几叶有用的新书。我们改良点自己，保全些别人；想些互助的方法，收了互害的局面罢！

原载 1919 年 11 月 1 日《新青年》月刊第 6 卷第 6 号。

署名唐俟。

初收 1925 年 11 月北京北新书局版《热风》。

随感录 六十五 暴君的臣民

从前看见清朝几件重案的记载，"臣工"拟罪很严重，"圣上"常常减轻，便心里想：大约因为要博仁厚的美名，所以玩这些花样罢了。后来细想，殊不尽然。

暴君治下的臣民，大抵比暴君更暴；暴君的暴政，时常还不能餍足暴君治下的臣民的欲望。

中国不要提了罢。在外国举一个例：小事件则如 Gogol 的剧本

《按察使》，众人都禁止他，俄皇却准开演；大事件则如巡抚想放耶稣，众人却要求将他钉上十字架。

暴君的臣民，只愿暴政暴在他人的头上，他却看着高兴，拿"残酷"做娱乐，拿"他人的苦"做赏玩，做慰安。

自己的本领只是"幸免"。

从"幸免"里又选出牺牲，供给暴君治下的臣民的渴血的欲望，但谁也不明白。死的说"阿呀"，活的高兴着。

原载 1919 年 11 月 1 日《新青年》月刊第 6 卷第 6 号。
署名唐俟。
初收 1925 年 11 月北京北新书局版《热风》。

随感录 六十六 生命的路

想到人类的灭亡是一件大寂寞大悲哀的事；然而若干人们的灭亡，却并非寂寞悲哀的事。

生命的路是进步的，总是沿着无限的精神三角形的斜面向上走，什么都阻止他不得。

自然赋与人们的不调和还很多，人们自己萎缩堕落退步的也还很多，然而生命决不因此回头。无论什么黑暗来防范思潮，什么悲惨来袭击社会，什么罪恶来亵渎人道，人类的渴仰完全的潜力，总是踏了这些铁蒺藜向前进。

生命不怕死，在死的面前笑着跳着，跨过了灭亡的人们向前进。

什么是路？就是从没路的地方践踏出来的，从只有荆棘的地方开辟出来的。

以前早有路了，以后也该永远有路。

人类总不会寂寞，因为生命是进步的，是乐天的。

昨天,我对我的朋友 L 说,"一个人死了,在死者自身和他的眷属是悲惨的事,但在一村一镇的人看起来不算什么;就是一省一国一种……"

　　L 很不高兴,说,"这是 Natur(自然)的话,不是人们的话。你应该小心些。"

　　我想,他的话也不错。

　　　　原载 1919 年 11 月 1 日《新青年》月刊第 6 卷第 6 号。
　　　　署名唐俟。
　　　　初收 1925 年 11 月北京北新书局版《热风》。

本月

我们现在怎样做父亲

　　我作这一篇文的本意,其实是想研究怎样改革家庭;又因为中国亲权重,父权更重,所以尤想对于从来认为神圣不可侵犯的父子问题,发表一点意见。总而言之:只是革命要革到老子身上罢了。但何以大模大样,用了这九个字的题目呢? 这有两个理由:

　　第一,中国的"圣人之徒",最恨人动摇他的两样东西。一样不必说,也与我辈绝不相干;一样便是他的伦常,我辈却不免偶然发几句议论,所以株连牵扯,很得了许多"铲伦常""禽兽行"之类的恶名。他们以为父对于子,有绝对的权力和威严;若是老子说话,当然无所不可,儿子有话,却在未说之前早已错了。但祖父子孙,本来各各都只是生命的桥梁的一级,决不是固定不易的。现在的子,便是将来的父,也便是将来的祖。我知道我辈和读者,若不是现任之父,也一定是候补之父，而且也都有做祖宗的希望，所差只在一个时间。为想省却许多麻烦起见，我们便该无须客气，尽可先行占住了上风，摆出父亲的尊严，谈谈我们和我们子女的事；不但将来着手实行，可以减少困难，在中国也顺理成章，免得"圣人之徒"听了害怕，总算是一举两得之至的事了。所以说，"我们怎样做父亲。"

第二，对于家庭问题，我在《新青年》的《随感录》（二五，四十，四九）中，曾经略略说及，总括大意，便只是从我们起，解放了后来的人。论到解放子女，本是极平常的事，当然不必有什么讨论。但中国的老年，中了旧习惯旧思想的毒太深了，决定悟不过来。譬如早晨听到乌鸦叫，少年毫不介意，迷信的老人，却总须颓唐半天。虽然很可怜，然而也无法可救。没有法，便只能先从觉醒的人开手，各自解放了自己的孩子。自己背着因袭的重担，肩住了黑暗的闸门，放他们到宽阔光明的地方去；此后幸福的度日，合理的做人。

还有，我曾经说，自己并非创作者，便在上海报纸的《新教训》里，挨了一顿骂。但我辈评论事情，总须先评论了自己，不要冒充，才能像一篇说话，对得起自己和别人。我自己知道，不特并非创作者，并且也不是真理的发见者。凡有所说所写，只是就平日见闻的事理里面，取了一点心以为然的道理；至于终极究竟的事，却不能知。便是对于数年以后的学说的进步和变迁，也说不出会到如何地步，单相信比现在总该还有进步还有变迁罢了。所以说，"我们现在怎样做父亲。"

我现在心以为然的道理，极其简单。便是依据生物界的现象，一，要保存生命；二，要延续这生命；三，要发展这生命（就是进化）。生物都这样做，父亲也就是这样做。

生命的价值和生命价值的高下，现在可以不论。单照常识判断，便知道既是生物，第一要紧的自然是生命。因为生物之所以为生物，全在有这生命，否则失了生物的意义。生物为保存生命起见，具有种种本能，最显著的是食欲。因有食欲才摄取食品，因有食品才发生温热,保存了生命。但生物的个体,总免不了老衰和死亡,为继续生命起见,又有一种本能,便是性欲。因性欲才有性交,因有性交才发生苗裔,继续了生命。所以食欲是保存自己,保存现在生命的事;性欲是保存后裔,保存永久生命的事。饮食并非罪恶,并非不净;性交也就并非罪恶,并非不净。饮食的结果,养活了自己,对于自己没有恩;性交的结果,生出子女,对于子女当然也算不了恩。——前前后后,都向生命的长途走去,仅有先后的不同,分不出谁受谁的恩典。

可惜的是中国的旧见解,竟与这道理完全相反。夫妇是"人伦之中",却说是"人伦之始";性交是常事,却以为不净;生育也是常事,却以为天大的大功。人人对于婚姻,大抵先夹带着不净的思想。亲戚朋友有许多戏谑,自己也有许多羞涩,直到生了孩子,还是躲躲闪闪,怕敢声明;独有对于孩子,却威严十足。这种行径,简直可以说是和偷了钱发迹的财主,不相上下了。我并不是说,——如他们攻击者所意想的,——人类的性交也应如别种动物,随便举行;或如无耻流氓,专做些下流举动,自鸣得意。是说,此后觉醒的人,应该先洗净了东方固有的不净思想,再纯洁明白一些,了解夫妇是伴侣,是共同劳动者,又是新生命创造者的意义。所生的子女,固然是受领新生命的人,但他也不永久占领,将来还要交付子女,像他们的父母一般。只是前前后后,都做一个过付的经手人罢了。

生命何以必需继续呢? 就是因为要发展,要进化。个体既然免不了死亡,进化又毫无止境,所以只能延续着,在这进化的路上走。走这路须有一种内的努力,有如单细胞动物有内的努力,积久才会繁复,无脊椎动物有内的努力,积久才会发生脊椎。所以后起的生命,总比以前的更有意义,更近完全,因此也更有价值,更可宝贵;前者的生命,应该牺牲于他。

但可惜的是中国的旧见解,又恰恰与这道理完全相反。本位应在幼者,却反在长者;置重应在将来,却反在过去。前者做了更前者的牺牲，自己无力生存，却苛责后者又来专做他的牺牲，毁灭了一切发展本身的能力。我也不是说，——如他们攻击者所意想的，——孙子理应终日痛打他的祖父，女儿必须时时咒骂他的亲娘。是说，此后觉醒的人，应该先洗净了东方古传的谬误思想，对于子女，义务思想须加多，而权利思想却大可切实核减，以准备改作幼者本位的道德。况且幼者受了权利，也并非永久占有，将来还要对于他们的幼者，仍尽义务。只是前前后后，都做一切过付的经手人罢了。

"父子间没有什么恩"这一个断语，实是招致"圣人之徒"面红耳赤的一大原因。他们的误点，便在长者本位与利己思想，权利思想很重，义务思想和责任心却很轻。以为父子关系，只须"父兮生我"一件事，幼者的全部，便应为长者所有。尤其堕落的，是因此责望报偿，以为幼者的全部，理该做长者的牺牲。殊不知自然界的安排，却件件与这要求反对，我们从古以来，逆天行事，于是人的能力，十分萎缩，社会的进步，也就跟着停顿。我们虽不能说停顿便要灭亡，但较之进步，总是停顿与灭亡的路相近。

自然界的安排，虽不免也有缺点，但结合长幼的方法，却并无错误。他并不用"恩"，却给与生物以一种天性，我们称他为"爱"。动物界中除了生子数目太多——爱不周到的如鱼类之外，总是挚爱他的幼子，不但绝无利益心情，其或至于牺牲了自己，让他的将来的生命，去上那发展的长途。

人类也不外此，欧美家庭，大抵以幼者弱者为本位，便是最合于这生物学的真理的办法。便在中国，只要心思纯白，未曾经过"圣人之徒"作践的人，也都自然而然的能发现这一种天性。例如一个村妇哺乳婴儿的时候，决不想到自己正在施恩；一个农夫娶妻的时候，也决不以为将要放债。只是有了子女，即天然相爱，愿他生存；更进一步的，便还要愿他比自己更好，就是进化。这离绝了交换关系利害关系的爱，便是人伦的索子，便是所谓"纲"。倘如旧说，抹煞了"爱"，一味说"恩"，又因此责望报偿，那便不但败坏了父子间的道德,而且也大反于做父母的实际的真情,播下乖剌的种子。有人做了乐府,说是"劝孝",大意是什么"儿子上学堂,母亲在家磨杏仁,预备回来给他喝,你还不孝么"之类,自以为"拚命卫道"。殊不知富翁的杏酪和穷人的豆浆,在爱情上价值同等,而其价值却正在父母当时并无求报的心思;否则变成买卖行为,虽然喝了杏酪,也不异"人乳喂猪",无非要猪肉肥美,在人伦道德上,丝毫没有价值了。

所以我现在心以为然的,便只是"爱"。

无论何国何人,大都承认"爱己"是一件应当的事。这便是保存生命的要义,也就是继续生命的根基。因为将来的运命,早在现在决定,故父母的缺点,便是子孙灭亡的伏线,生命的危机。易卜生做的《群鬼》(有潘家洵君译本,载在《新潮》一卷五号)虽然重在男女问题,但我们也可以看出遗传的可怕。欧士华本是要生活,能创作的人,因为父亲的不检,先天得了病毒,中途不能做人了。他又很爱母亲,不忍劳他服侍,便藏着吗啡,想待发作时候,由使女瑞琴帮他吃下,毒杀了自己;可是瑞琴走了。他于是只好托他母亲了。

欧　"母亲,现在应该你帮我的忙了。"

阿夫人　"我吗?"

欧　"谁能及得上你。"

阿夫人　"我! 你的母亲!"

欧　"正为那个。"

阿夫人　"我,生你的人!"

欧　"我不曾教你生我。并且给我的是一种什么日子? 我不要
　　他! 你拿回去罢!"

这一段描写,实在是我们做父亲的人应该震惊戒惧佩服的;决不能昧了良心,说儿子理应受罪。这种事情,中国也很多,只要在医院做事,便能时时看见先天梅毒性病儿的惨状;而且傲然的送来的,又大抵是他的父母。但可怕的遗传,并不只是梅毒;另外许多精神上体质上的缺点,也可以传之子孙,而且久而久之,连社会都蒙着影响。

我们且不高谈人群，单为子女说，便可以说凡是不爱己的人，实在欠缺做父亲的资格。就令硬做了父亲，也不过如古代的草寇称王一般，万万算不了正统。将来学问发达，社会改造时，他们侥幸留下的苗裔，恐怕总不免要受善种学（Eugenics）者的处置。

倘若现在父母并没有将什么精神上体质上的缺点交给子女，又不遇意外的事，子女便当然健康，总算已经达到了继续生命的目的。但父母的责任还没有完，因为生命虽然继续了，却是停顿不得，所以还须教这新生命去发展。凡动物较高等的，对于幼雏，除了养育保护以外，往往还教他们生存上必需的本领。例如飞禽便教飞翔，鸷兽便教搏击。人类更高几等，便也有愿意子孙更进一层的天性。这也是爱，上文所说的是对于现在，这是对于将来。只要思想未遭锢蔽的人，谁也喜欢子女比自己更强，更健康，更聪明高尚，——更幸福；就是超越了自己，超越了过去。超越便须改变，所以子孙对于祖先的事，应该改变，"三年无改于父之道可谓孝矣"，当然是曲说，是退婴的病根。假使古代的单细胞动物，也遵着这教训，那便永远不敢分裂繁复，世界上再也不会有人类了。

幸而这一类教训，虽然害过许多人，却还未能完全扫尽了一切人的天性。没有读过"圣贤书"的人，还能将这天性在名教的斧钺底下，时时流露，时时萌蘖；这便是中国人虽然凋落萎缩，却未灭绝的原因。

所以觉醒的人，此后应将这天性的爱，更加扩张，更加醇化；用无我的爱，自己牺牲于后起新人。开宗第一，便是理解。往昔的欧人对于孩子的误解，是以为成人的预备；中国人的误解，是以为缩小的成人。直到近来，经过许多学者的研究，才知道孩子的世界，与成人截然不同；倘不先行理解，一味蛮做，便大碍于孩子的发达。所以一切设施，都应该以孩子为本位，日本近来，觉悟的也不少；对于儿童的设施，研究儿童的事业，都非常兴盛了。第二，便是指导。时势既有改变，生活也必须进化；所以后起的人物，一定尤异于前，决不能用同一模型，无理嵌定。长者须是指导者协商者，却不该是命令者。不但不该责幼者供奉自己；而且还须用全副精神，专为他们自己，养成他们有耐劳作的体力，纯洁高尚的道德，广博自由能容纳新潮流的精神，也就是能在世界新潮流中游泳，不被淹没的力量。第三，便是解放。子女是即我非我的人，但既已分立，也便是人类中的人。因为即我，所以更应该尽教育的义务，交给他们自立的能力；因为非我，所以也应同时解放，全部为他们自己所有，成一个独立的人。

这样，便是父母对于子女，应该健全的产生，尽力的教育，完全的解放。

但有人会怕，仿佛父母从此以后，一无所有，无聊之极了。这种空虚的恐怖和无聊的感想，也即从谬误的旧思想发生；倘明白了生物学的真理，自然便会消灭。但要做解放子女的父母，也应预备一种能力。便是自己虽然已经带着过去的色采，却不失独立的本领和精神，有广博的趣味，高尚的娱乐。要幸福么？连你的将来的生命都幸福了。要“返老还童”，要“老复丁”么？子女便是“复丁”，都已独立而且更好了。这才是完了长者的任务，得了人生的慰安。倘若思想本领，样样照旧，专以“勃谿”为业，行辈自豪，那便自然免不了空虚无聊的苦痛。

或者又怕，解放之后，父子间要疏隔了。欧美的家庭，专制不及中国，早已大家知道；往者虽有人比之禽兽，现在却连“卫道”的圣徒，也曾替他们辩护，说并无“逆子叛弟”了。因此可知：惟其解放，所以相亲；惟其没有“拘挛”子弟的父兄，所以也没有反抗“拘挛”的“逆子叛弟”。若威逼利诱，便无论如何，决不能有“万年有道之长”。例便如我中国，汉有举孝，唐有孝悌力田科，清末也还有孝廉方正，都能换到官做。父恩谕之于先，皇恩施之于后，然而割股的人物，究属寥寥。足可证明中国的旧学说旧手段，实在从古以来，并无良效，无非使坏人增长些虚伪，好人无端的多受些人我都无利益的苦痛罢了。

独有"爱"是真的。路粹引孔融说,"父之于子,当有何亲?论其本意,实为情欲发耳。子之于母,亦复奚为,譬如寄物瓶中,出则离矣。"(汉末的孔府上,很出过几个有特色的奇人,不像现在这般冷落,这话也许确是北海先生所说;只是攻击他的偏是路粹和曹操,教人发笑罢了。)虽然也是一种对于旧说的打击,但实于事理不合。因为父母生了子女,同时又有天性的爱,这爱又很深广很长久,不会即离。现在世界没有大同,相爱还有差等,子女对于父母,也便最爱,最关切,不会即离。所以疏隔一层,不劳多虑。至于一种例外的人,或者非爱所能钩连。但若爱力尚且不能钩连,那便任凭什么"恩威,名分,天经,地义"之类,更是钩连不住。

或者又怕,解放之后,长者要吃苦了。这事可分两层:第一,中国的社会,虽说"道德好",实际却太缺乏相爱相助的心思。便是"孝""烈"这类道德,也都是旁人毫不负责,一味收拾幼者弱者的方法。在这样社会中,不独老者难于生活,即解放的幼者,也难于生活。第二,中国的男女,大抵未老先衰,甚至不到二十岁,早已老态可掬,待到真实衰老,便更须别人扶持。所以我说,解放子女的父母,应该先有一番预备;而对于如此社会,尤应该改造,使他能适于合理的生活。许多人预备着,改造着,久而久之,自然可望实现了。单就别国的往时而言,斯宾塞未曾结婚,不闻他侘傺无聊;瓦特早没有了子女,也居然"寿终正寝",何况在将来,更何况有儿女的人呢?

或者又怕,解放之后,子女要吃苦了。这事也有两层,全如上文所说,不过一是因为老而无能,一是因为少不更事罢了。因此觉醒的人,愈觉有改造社会的任务。中国相传的成法,谬误很多:一种是锢闭,以为可以与社会隔离,不受影响。一种是教给他恶本领,以为如此才能在社会中生活。用这类方法的长者,虽然也含有继续生命的好意,但比照事理,却决定谬误。此外还有一种,是传授些周旋方法,教他们顺应社会。这与数年前讲"实用主义"的人,因为市上有假洋钱，便要在学校里遍教学生看洋钱的法子之类，同一错误。社会虽然不能不偶然顺应，但决不是正当办法。因为社会不良，恶现象便很多，势不能一一顺应；倘都顺应了，又违反了合理的生活，倒走了进化的路。所以根本方法，只有改良社会。

就实际上说，中国旧理想的家族关系父子关系之类，其实早已崩溃。这也非"于今为烈"，正是"在昔已然"。历来都竭力表彰"五世同堂"，便足见实际上同居的为难；拚命的劝孝，也足见事实上孝子的缺少。而其原因，便全在一意提倡虚伪道德，蔑视了真的人情。我们试一翻大族的家谱，便知道始迁祖宗，大抵是单身迁居，成家立业；一到聚族而居，家谱出版，却已在零落的中途了。况在将来，迷信破了，便没有哭竹，卧冰；医学发达了，也不必尝秽，割股。又因为经济关系，结婚不得不迟，生育因此也迟，或者子女才能自存，父母已经衰老，不及依赖他们供养，事实上也就是父母反尽了义务。世界潮流逼拶着，这样做的可以生存，不然的便都衰落；无非觉醒者多，加些人力，便危机可望较少就是了。

但既如上言，中国家庭，实际久已崩溃，并不如"圣人之徒"纸上的空谈，则何以至今依然如故，一无进步呢？这事很容易解答。第一，崩溃者自崩溃，纠缠者自纠缠，设立者又自设立；毫无戒心，也不想到改革，所以如故。第二，以前的家庭中间，本来常有勃谿，到了新名词流行之后，便都改称"革命"，然而其实也仍是讨嫖钱至于相骂，要赌本至于相打之类，与觉醒者的改革，截然两途。这一类自称"革命"的勃谿子弟，纯属旧式，待到自己有了子女，也决不解放；或者毫不管理，或者反要寻出《孝经》，勒令诵读，想他们"学于古训"，都做牺牲。这只能全归旧道德旧习惯旧方法负责，生物学的真理决不能妄任其咎。

既如上言，生物为要进化，应该继续生命，那便"不孝有三无后为大"，三妻四妾，也极合理了。这事也很容易解答。人类因为无后，绝了将来的生命，虽然不幸，但若用不正当的方法手段，苟延生命而害及人群，便该比一人无后，尤其"不孝"。因为现在的社会，一夫一妻制最为合理，而多妻主义，实能使人群堕落。堕落近于退化，与继续生命的目的，恰恰完全相反。无后只是灭绝了自己，退化状态的有后，便会毁到他人。人类总有些为他人牺牲自己的精神，而况生物自发生以来，交互关联，一人的血统，大抵总与他人有多少关系，不会完全灭绝。所以生物学的真理，决非多妻主义的护符。

　　总而言之，觉醒的父母，完全应该是义务的，利他的，牺牲的，很不易做；而在中国尤不易做。中国觉醒的人，为想随顺长者解放幼者，便须一面清结旧账，一面开辟新路。就是开首所说的"自己背着因袭的重担，肩住了黑暗的闸门，放他们到宽阔光明的地方去；此后幸福的度日，合理的做人。"这是一件极伟大的要紧的事，也是一件极困苦艰难的事。

　　但世间又有一类长者，不但不肯解放子女，并且不准子女解放他们自己的子女；就是并要孙子曾孙都做无谓的牺牲。这也是一个问题；而我是愿意平和的人，所以对于这问题，现在不能解答。

　　　　　　　　　　　　　　　　　　　一九一九年十月。

　　　原载 1919 年 11 月 1 日《新青年》月刊第 6 卷第 6 号。
署名唐俟。
　　　初收 1927 年 3 月北京未名社版《坟》。

八月

一日

日记　晴,下午昙。孙伏园来。

二日

日记　晴。上午得三弟信,廿九日发(五六)。辰文馆寄来『俚谣』一册。大学遣工送二弟之六月下半月薪水百廿。午后往西直门内横桥巡警分驻所问屋事。晚子佩来谈。开译『或ル青年ノ夢』。

《一个青年的梦》译者序

《新青年》四卷五号里面,周起明曾说起《一个青年的梦》。我因此便也搜求了一本,将他看完,很受些感动:觉得思想很透彻,信心很强固,声音也很真。

我对于"人人都是人类的相待,不是国家的相待,才得永久和平,但非从民众觉醒不可"这意思,极以为然,而且也相信将来总要做到。现在国家这个东西,虽然依旧存在;但人的真性,却一天比一天的流露:欧战未完时候,在外国报纸上,时时可以看到两军在停战中往来的美谭,战后相爱的至情。他们虽然还蒙在国的鼓子里,然而已经像竞走一般,走时是竞争者,走了是朋友了。

中国开一个运动会,却每每因为决赛而至于打架;日子早过去了,两面还仇恨着。在社会上,也大抵无端的互相仇视,什么南北,什么省道府县,弄得无可开交,个个满脸苦相。我因此对于中国人

214

爱和平这句话,很有些怀疑,很觉得恐怖。我想如果中国有战前的德意志一半强,不知国民性是怎么一种颜色。现在是世界上出名的弱国,南北却还没有议和,打仗比欧战更长久。

现在还没有多人大叫,半夜里上了高楼撞一通警钟。日本却早有人叫了。他们总之幸福。

但中国也仿佛很有许多人觉悟了。我却依然恐怖,生怕是旧式的觉悟,将来仍然免不了落后。

昨天下午,孙伏园对我说,"可以做点东西。"我说,"文章是做不出了。《一个青年的梦》却很可以翻译。但当这时候,不很相宜,两面正在交恶,怕未必有人高兴看。"晚上点了灯,看见书脊上的金字,想起日间的话,忽然对于自己的根性有点怀疑,觉得恐怖,觉得羞耻。人不该这样做,——我便动手翻译了。

武者小路氏《新村杂感》说,"家里有火的人呵,不要将火在隐僻处搁着,放在我们能见的地方,并且通知说,这里也有你们的兄弟。"他们在大风雨中,擎出了火把,我却想用黑幔去遮盖他,在睡着的人的面前讨好么?

但书里的话,我自然也有意见不同的地方,现在都不细说了,让各人各用自己的意思去想罢。

一九一九年八月二日,鲁迅。

原载 1920 年 1 月 1 日《新青年》月刊第 7 卷第 2 号。初未收集。

三日

日记 晴。星期休息。晚子佩来。钱玄同来。

四日

日记 晴。上午得二弟信,廿六日发。寄三弟信(六四)并《周平》二张。午后托子佩买家具十九件,见泉四十。子佩,企莘,遐卿又合送倚子四个。下午得李遐卿信。

五日

    日记   晴。午后李遐卿来。下午许季上来。

六日

    日记   晴。上午得三弟信,二日发(五七)。得二弟信,七月廿八日发,又《访新村记》稿十三枚,卅一日发。

七日

    日记   晴。上午得三弟信,三日发(五八)。得李遐卿信。得二弟信,七月卅一日发。寄季市《新青年》,《新潮》各一册。寄钱玄同信。下午敦古谊帖店持来《嵩顯寺碑记》一枚,购以券五元。晚宋子佩来。孙伏园来。夜寄朱孝荃信并规那丸十粒。

致 钱玄同

心异兄:——

仲密寄来《访新村记》一篇,可以登入第六期内。但文内几处,还须斟酌,所以应等他到京后再说。他大约十日左右总可到,一定来得及也。特此先行通知。

又此篇决不能倒填年月,登载时须想一点方法才好。

鲁迅   八月七日

八日

    日记   晴,风。上午寄三弟信(六五)。

自言自语（一）

序

水村的夏夜，摇着大芭蕉扇，在大树下乘凉，是一件极舒服的事。

男女都谈些闲天，说些故事。孩子是唱歌的唱歌，猜谜的猜谜。

只有陶老头子，天天独自坐着。因为他一世没有进过城，见识有限，无天可谈。而且眼花耳聋，问七答八，说三话四，很有点讨厌，所以没人理他。

他却时常闭着眼，自己说些什么。仔细听去，虽然昏话多，偶然之间，却也有几句略有意思的段落的。

夜深了，乘凉的都散了。我回家点上灯，还不想睡，便将听得的话写了下来，再看一回，却又毫无意思了。

其实陶老头子这等人，那里真会有好话呢，不过既然写出，姑且留下罢了。

留下又怎样呢？这是连我也答复不来。

中华民国八年八月八日灯下记。

原载 1919 年 8 月 19 日《国民公报·新文艺》。署名神飞。

初未收集。

九日

日记 晴，午后小雨一陈。寄许季上信。下午寿洙邻来。许骏

217

甫来。

十日

日记　昙。星期休息。午后二弟,二弟妇,丰,谧,蒙及重久君自东京来,寓间壁王宅内。晚宋子佩来。

十一日

日记　晴。上午三弟寄来洋纱大衫二件。午后雨一陈。

十二日

日记　晴。上午寄钱玄同信。下午得钱玄同信。晚小雨。

寸　铁*

有一个什么思孟做了一本什么息邪,尽他说,也只是革新派的人,从前没有本领罢了。没本领与邪,似乎相差还远,所以思孟虽然写出一个 ma ks,也只是没本领,算不得邪。虽然做些鬼祟的事,也只是小邪,算不得大邪。

造谣说谎诬陷中伤也都是中国的大宗国粹,这一类事实,古来很多,鬼祟著作却都消灭了。不肖子孙没有悟,还是层出不穷的做。不知他们做了以后,自己可也觉得无价值么。如果觉得,实在劣得可怜。如果不觉,又实在昏得可怕。

刘喜奎的臣子的大学讲师刘少少,说白话是马太福音体,大约已经收起了太极图,在那里翻翻福音了。马太福音是好书,很应该看。犹太人钉杀耶稣的事，更应该细看。倘若不懂，可以想想福音是什么体。

先觉的人，历来总被阴险的小人昏庸的群众迫压排挤倾陷放逐杀戮。中国又格外凶。然而酋长终于改了君主，君主终于预备立宪，预备立宪又终于变了共和了。喜欢暗夜的妖怪多，虽然能教暂时黯淡一点，光明却总要来。有如天亮，遮掩不住。想遮掩白费气力的。

原载 1919 年 8 月 12 日《国民公报·寸铁》。原无标题。
署名黄棘。

初未收集。

十三日

日记 晴，天热。上午得钱玄同信，即复。

致 钱玄同

玄同兄：两封来信都收到了。子秘已偕□妻□子到京、现在住在山会邑馆间壁曹宅里面，门牌是第五号。

关于《新村》的事、两面都登也无聊、我想《新青年》上不登也罢、因为只是一点记事、不是什么大文章、不必各处登载的。

黄棘不是孙伏公、单知道他住在鲁镇、不知道别的、伏即福源、来信说的都对、写信给他、直寄"或4公□"就是、他便住在那里、バーラートル是一种鱼肝油、并非专医神经的药、但身体健了、神经自然也健、所以也可吃得的、这药有两种、一种红包瓶外包纸颜色、对于肺病格外有效、一种蓝包是普通强壮剂、为神经起见、吃蓝包的就够了。

迅　八月十三日

十四日

　　日记　晴，热。无事。

十五日

　　日记　雨，午后晴。下午钱玄同来。

十六日

　　日记　晴。无事。

十七日

　　日记　晴。星期休息。午后铭伯先生，诗荃，诗荀来。

十八日

　　日记　晴。午后往市政公所验契。得三弟信，十四日发（六十）。

十九日

　　日记　晴。上午往浙江兴业银行取泉。买罗氏屋成，晚在广和居收契并先付见泉一千七百五十元，又中保泉一百七十五元。

自言自语（二）*

火 的 冰

　　流动的火，是熔化的珊瑚么？

中间有些绿白,像珊瑚的心,浑身通红,像珊瑚的肉,外层带些黑,是珊瑚焦了。

好是好呵,可惜拿了要烫手。

遇着说不出的冷,火便结了冰了。

中间有些绿白,像珊瑚的心,浑身通红,像珊瑚的肉,外层带些黑,也还是珊瑚焦了。

好是好呵,可惜拿了便要火烫一般的冰手。

火,火的冰,人们没奈何他,他自己也苦么?

唉,火的冰。

唉,唉,火的冰的人!

原载 1919 年 8 月 19 日《国民公报·新文艺》。署名神飞。

初未收集。

二十日

日记 晴。上午寄张梓生及三弟《周评》各二张。

自言自语(三)*

古　城

你以为那边是一片平地么?不是的。其实是一座沙山,沙山里面是一座古城。这古城里,一直从前住着三个人。

古城不很大,却很高。只有一个门,门是一个闸。

青铅色的浓雾,卷着黄沙,波涛一般的走。

少年说,"沙来了。活不成了。孩子快逃罢。"

老头子说,"胡说,没有的事。"

这样的过了三年和十二个月另八天。

少年说,"沙积高了,活不成了。孩子快逃罢。"

老头子说,"胡说,没有的事。"

少年想开闸,可是重了。因为上面积了许多沙了。

少年拼了死命,终于举起闸,用手脚都支着,但总不到二尺高。

少年挤那孩子出去说,"快走罢!"

老头子拖那孩子回来说,"没有的事!"

少年说,"快走罢! 这不是理论,已经是事实了!"

青铅色的浓雾,卷着黄沙,波涛一般的走。

以后的事,我可不知道了。

你要知道,可以掘开沙山,看看古城。闸门下许有一个死尸。闸门里是两个还是一个?

原载 1919 年 8 月 20 日《国民公报·新文艺》。署名神飞。

初未收集。

二十一日

日记 小雨,午后晴。往留黎厂买《刘雄头等造象》并侧三枚,券一元。往观音寺街买 Pepana 一瓶,盐一瓶,泉三元。访汤尔和。

自言自语(四)*

螃 蟹

老螃蟹觉得不安了,觉得全身太硬了。自己知道要蜕壳了。

他跑来跑去的寻。他想寻一个窟穴,躲了身子,将石子堵了穴口,隐隐的蜕壳。他知道外面蜕壳是危险的。身子还软,要被别的螃蟹吃去的。这并非空害怕,他实在亲眼见过。

他慌慌张张的走。

旁边的螃蟹问他说,"老兄,你何以这般慌?"

他说,"我要蜕壳了。"

"就在这里蜕不很好么? 我还要帮你呢。""那可太怕人了。"

"你不怕窟穴里的别的东西,却怕我们同种么?"

"我不是怕同种。"

"那还怕什么呢?"

"就怕你要吃掉我。"

原载 1919 年 8 月 21 日《国民公报·新文艺》。署名神飞。

初未收集。

二十二日

日记 晴。下午寄三弟信。

二十三日

日记 晴。下午罗志希,孙伏园来。夜风又雷雨。

二十四日

日记 晴。星期休息。下午李退卿来。

二十五日

日记 晴。下午得李退卿信并报纸二枚。夜许骏甫来。

二十六日

日记 晴。上午收本月奉泉三百。

二十七日

日记 晴。上午理发。午后雨一陈。

二十八日

日记 晴。上午得三弟信,廿四日发。午后大雨。

二十九日

日记 晴。无事。

三十日

日记 晴。上午往浙江兴业银行存泉。往留黎厂买《元霬墓志》一枚,《元略墓志》一枚,共券七元。

三十一日

日记 晴。星期休息。上午得陶书臣信并藤倚二个,付券十元。下午许诗荃来并交《吕超墓志》连跋一册,范寿铭先生赠。

九月

一日
日记　晴。无事。

二日
日记　晴。无事。

三日
日记　晴。下午得三弟信并汇券千,上月廿九日发。

四日
日记　晴。午后往中国银行取泉千转存于浙江兴业银行。往留黎厂。

五日
日记　晴。上午寄三弟信。晚宋子佩来。得陶书臣信并藤倚二,价券十一元。

六日
日记　晴。午后二弟领得买屋冯单来。

七日
日记　雨。星期休息。无事。

自言自语(五)*

波　儿

波儿气愤愤的跑了。

波儿这孩子,身子有矮屋一般高了,还是淘气,不知道从那里学了坏样子,也想种花了。

不知道从那里要来的蔷薇子,种在干地上,早上浇水,上午浇水,正午浇水。

正午浇水,土上面一点小绿,波儿很高兴,午后浇水,小绿不见了,许是被虫子吃了。

波儿去了喷壶,气愤愤的跑到河边,看见一个女孩子哭着。

波儿说,"你为什么在这里哭?"

女孩子说,"你尝河水什么味罢。"

波儿尝了水,说是"淡的"。

女孩子说,"我落下了一滴泪了,还是淡的,我怎么不哭呢。"

波儿说,"你是傻丫头!"

波儿气愤愤的跑到海边,看见一个男孩子哭着。

波儿说,"你为什么在这里哭?"

男孩子说,"你看海水是什么颜色?"

波儿看了海水,说是"绿的"。

男孩子说,"我滴下了一点血了,还是绿的,我怎么不哭呢。"

波儿说,"你是傻小子!"

波儿才是傻小子哩。世上那有半天抽芽的蔷薇花,花的种子还在土里呢。

便是终于不出,世上也不会没有蔷薇花。

原载 1919 年 9 月 7 日《国民公报 · 新文艺》。署名
神飞。

初未收集。

八日

日记　昙。无事。

九日

日记　晴。无事。

自言自语（六～七）*

我的父亲

我的父亲躺在床上，喘着气，脸上很瘦很黄，我有点怕敢看
他了。

他眼睛慢慢闭了，气息渐渐平了。我的老乳母对我说，"你的爹
要死了，你叫他罢。"

"爹爹。"

"不行，大声叫！"

"爹爹！"

我的父亲张一张眼，口边一动，彷佛有点伤心，——他仍然慢慢
的闭了眼睛。

我的老乳母对我说，"你的爹死了。"

阿！我现在想，大安静大沉寂的死，应该听他慢慢到来。谁敢
乱嚷，是大过失。

227

我何以不听我的父亲,徐徐入死,大声叫他。

阿!我的老乳母。你并无恶意,却教我犯了大过,扰乱我父亲的死亡,使他只听得叫"爹",却没有听到有人向荒山大叫。

那时我是孩子,不明白什么事理。现在,略略明白,已经迟了。我现在告知我的孩子,倘我闭了眼睛,万不要在我的耳朵边叫了。

我的兄弟

我是不喜欢放风筝的,我的一个小兄弟是喜欢放风筝的。

我的父亲死去之后,家里没有钱了。我的兄弟无论怎么热心,也得不到一个风筝了。

一天午后,我走到一间从来不用的屋子里,看见我的兄弟,正躲在里面糊风筝,有几支竹丝,是自己剥的,几张皮纸,是自己买的,有四个风轮,已经糊好了。

我是不喜欢放风筝的,也最讨厌他放风筝,我便生气,踏碎了风轮,拆了竹丝,将纸也撕了。

我的兄弟哭着出去了,悄然的在廊下坐着,以后怎样,我那时没有理会,都不知道了。

我后来悟到我的错处。我的兄弟却将我这错处全忘了,他总是很要好的叫我"哥哥"。

我很抱歉,将这事说给他听,他却连影子都记不起了。他仍是很要好的叫我"哥哥"。

阿!我的兄弟。你没有记得我的错处,我能请你原谅么?

然而还是请你原谅罢!

原载 1919 年 9 月 9 日《国民公报·新文艺》。署名神飞。

初未收集。

228

十日

日记　晴。无事。

十一日

日记　晴。上午得李霞卿信。

十二日

日记　晴。无事。

十三日

日记　雨。午后寄李遐卿信。下午钱玄同来。晚潘企莘来。夜得李遐卿信。风。

十四日

日记　晴,风。星期休息。午后访铭伯先生。晚陶书臣来并赠铁制什器五件。得李遐卿信。

十五日

日记　晴。下午得三弟信,十一日发。

十六日

日记　晴。夜宋子佩来并赠茶一包。

十七日

日记　晴,风。夜濯足。

十八日

日记　晴。上午寄许季市,张梓生及三弟杂志各一卷。午后同齐寿山,徐吉轩及张木匠往八道弯看屋工。下午得李遐卿信。

十九日

 日记 晴。无事。夜得三弟信并泉六百。

二十日

 日记 晴。晨徐某打门扰嚷,旋去。午后往留黎厂。夜陶书臣来。

二十一日

 日记 晴。星期休息。午后陶书臣来,为保考试者四人。

二十二日

 日记 晴,午后昙。同陈仲骞,徐森玉,徐吉轩往市政公所议公园中图书馆事。

二十三日

 日记 晴。无事。

二十四日

 日记 晴。无事。

二十五日

 日记 晴。无事。

二十六日

 日记 晴。午后往中国银行取泉。下午收本月奉泉三百。捐湖北水灾赈款六元。晚小雨。

二十七日

日记　晴。无事。

二十八日

日记　雨。星期休息。午后罗及李来，为屋事。

二十九日

日记　晴。上午得宋知方信。

三十日

日记　晴。午后往孔庙演礼。

十月

一日

日记 晴,午后小雨。无事。

二日

日记 晴。晨二时往孔庙执事,五时半毕归。午后许诗荃来并持交《或外小说》二本。晚宋子佩偕沈君来。夜雷雨。

三日

日记 雨,下午晴。无事。

四日

日记 昙。上午往兴业银行取泉,又买除痰药二合。下午晴。

五日

日记 晴。星期休息。上午得沈尹默信并诗。午后往徐吉轩寓招之同往八道弯,收房九间,交泉四百。下午小雨。

六日

日记 昙。午后往警察厅报修理房屋事。

七日

日记 晴。无事。

八日

日记　晴。旧历中秋，休假。上午孙伏园来。晚铭伯先生送肴二品。夜得李遐卿信。

九日

日记　晴。无事。

十日

日记　晴。休假。上午往八道弯视修理房屋。

十一日

日记　昙。午后往洪桥警察分驻所验契。下午雨。

十二日

日记　晴。星期休息。午洙邻兄来。午后同重君及丰往西升平园浴，并至街买什物。

十三日

日记　晴。无事。

十四日

日记　晴。午后往瑞蚨祥买布匹之类。夜齿痛。

十五日

日记　晴。上午寄李遐卿信。午后服规那丸三粒。

十六日

日记　晴。下午往八道弯宅。

十七日

日记 晴。午后往留黎厂买张俊妻墓专三枚,《王僧男墓志》并盖二枚,《刘猛进墓志》前后二枚,《彭城寺碑》并阴及碑坐画象总三枚,共券十二元。下午付木工见泉五十。得李遐卿信。

十八日

日记 晴,午后雨,晚复晴,大风。无事。

十九日

日记 晴。星期休息。上午同重君,二弟,二弟妇及丰,谧,蒙乘马车同游农事试验场,至下午归,并顺道视八道弯宅。

二十日

日记 昙。休假。午后访铭伯先生。下午风,晚晴。

二十一日

日记 晴。无事。

二十二日

日记 晴。无事。

二十三日

日记 晴。下午往八道弯宅。

二十四日

日记 晴。下午往大册阑买衣服杂物。

二十五日

日记　晴,夜风。无事。

二十六日

日记　晴。星期休息。无事。

二十七日

日记　晴。上午收本月奉泉三百。付木工见泉五十。下午往自来水西分局,并视八道弯宅。

二十八日

日记　晴。无事。

二十九日

日记　晴。晨至自来水西局约人同往八道弯量地。夜大风。

三十日

日记　晴,冷。晚宋子佩来。

三十一日

日记　晴。午后理发。

十一月

一日

日记 晴。下午往八道弯宅。

二日

日记 晴。星期休息。上午李霞卿来。下午往留黎厂买《吕光□墓记》一枚,《李子恭造象》一枚,共券一元。往大册阑。

三日

日记 晴。午后往浙江兴业银行取泉。

四日

日记 晴。下午同徐吉轩往八道弯会罗姓并中人等,并与泉一千三百五十,收房屋讫。晚得李遐卿信。

五日

日记 晴。无事。

六日

日记 晴。无事。

七日

日记 昙,风,午晴。下午往八道弯宅。

八日

日记 晴。下午付木工泉五十。

九日

日记 晴。星期休息。上午孙伏园,春台来。下午许诗荄来。

十日

日记 昙。午后往八道弯。晚小雨。夜刘半农来。

十一日

日记 晴。无事。

十二日

日记 昙。上午往八道弯。

十三日

日记 晴。上午托齐寿山假他人泉五百,息一分三厘,期三月。在八道弯宅置水道,付工值银八十元一角。水管经陈姓宅,被索去假道之费三十元,又居间者索去五元。下午在部会议。晚宋子佩来。

十四日

日记 晴。午后往八道弯宅,置水道已成。付木工泉五十。晚潘企莘来。夜风。收拾书籍入箱。

十五日

日记 晴。上午得李遐卿信,晚自至。夜收拾什物及书籍。

十六日

　　日记　昙。星期休息。上午蒋抑卮来。午后寄遹卿信。下午许诗荛来并致铭伯先生及季巿所送迁居贺泉共廿。夜收拾什物在会馆者讫。风。

十七日

　　日记　晴，夜风。濯足。

十八日

　　日记　晴。午后往八道弯宅。得李遹卿信。

十九日

　　日记　晴。午后得晨报馆信。

二十日

　　日记　晴。上午往铭伯先生寓。午后得蒋抑之信。晚孙伏园来。宋子佩来。

二十一日

　　日记　晴。上午与二弟眷属俱移入八道弯宅。

二十二日

　　日记　晴。上午寄晨报馆信。午后往留黎厂买嵩显寺及南石窟寺碑阴各一枚，佛经残石四枚，共券五元。往陈顺龙牙医生寓，属拔去一齿，与泉二。过观音寺街买物。夜风甚大。

二十三日

　　日记　晴，风。星期休息。下午陈百年，朱遏先，沈尹默，钱稻

238

孙，刘半农，马幼渔来。

二十四日

日记 晴。下午寄晨报馆信。往历史博物馆。

《一个青年的梦》译者序二

我译这剧本，从八月初开手，逐日的登在《国民公报》上面；到十月念五日，《国民公报》忽然被禁止出版了，这剧本正当第三幕第二场两个军使谈话的中途。现在因为《新青年》记者的希望，再将译本校正一遍，载在这杂志上。

全本共有四幕，第三幕又分三场，全用一个青年作为线索。但四幕之内，无论那一幕那一场又各各自有首尾，能独立了也成一个完全的作品：所以分看合看，都无所不可的。

全剧的宗旨，自序已经表明，是在反对战争，不必译者再说了。但我虑到几位读者，或以为日本是好战的国度，那国民才该熟读这书，中国又何须有此呢？我的私见，却很不然：中国人自己诚然不善于战争，却并没有诅咒战争；自己诚然不愿出战，却并未同情于不愿出战的他人；虽然想到自己，却并没有想到他人的自己。譬如现在论及日本并合朝鲜的事，每每有"朝鲜本我藩属"这一类话，只要听这口气，也足够教人害怕了。

所以我以为这剧本也很可以医许多中国旧思想上的痼疾，因此也很有翻成中文的意义。

十一月二十四日，迅。

原载 1920 年 1 月 1 日《新青年》月刊第 7 卷第 2 号。
初未收集。

二十五日

日记　晴。午后得罗志希信。

二十六日

日记　昙。上午收本月奉泉之半,计券一百五十。午后寄罗志希信。上书请归省。付木工泉五十。重校《青年之梦》第一幕讫。

二十七日

日记　晴。午后补领本月奉泉百五十。

二十八日

日记　晴。午后往前门外。

二十九日

日记　晴。午后付木工泉百七十五,波黎泉四十。凡修缮房屋之事略备具。

三十日

日记　晴,风。星期休息。午后朱遏先来。下午宋子佩来,又李遐卿来。

十二月

一日
日记　晴。晨至前门乘京奉车,午抵天津换津浦车。

一件小事[*]

　　我从乡下跑到京城里,一转眼已经六年了。其间耳闻目睹的所谓国家大事,算起来也很不少;但在我心里,都不留什么痕迹,倘要我寻出这些事的影响来说,便只是增长了我的坏脾气,——老实说,便是教我一天比一天的看不起人。

　　但有一件小事,却于我有意义,将我从坏脾气里拖开,使我至今忘记不得。

　　这是民国六年的冬天,大北风刮得正猛,我因为生计关系,不得不一早在路上走。一路几乎遇不见人,好容易才雇定了一辆人力车,教他拉到 S 门去。不一会,北风小了,路上浮尘早已刮净,剩下一条洁白的大道来,车夫也跑得更快。刚近 S 门,忽而车把上带着一个人,慢慢地倒了。

　　跌倒的是一个女人,花白头发,衣服都很破烂。伊从马路边上突然向车前横截过来;车夫已经让开道,但伊的破棉背心没有上扣,微风吹着,向外展开,所以终于兜着车把。幸而车夫早有点停步,否则伊定要栽一个大斤斗,跌到头破血出了。

　　伊伏在地上;车夫便也立住脚。我料定这老女人并没有伤,又没有别人看见,便很怪他多事,要自己惹出是非,也误了我的路。

241

我便对他说，"没有什么的。走你的罢！"

车夫毫不理会，——或者并没有听到，——却放下车子，扶那老女人慢慢起来，搀着臂膊立定，问伊说：

"你怎么啦？"

"我摔坏了。"

我想，我眼见你慢慢倒地，怎么会摔坏呢，装腔作势罢了，这真可憎恶。车夫多事，也正是自讨苦吃，现在你自己想法去。

车夫听了这老女人的话，却毫不踌躇，仍然搀着伊的臂膊，便一步一步的向前走。我有些诧异，忙看前面，是一所巡警分驻所，大风之后，外面也不见人。这车夫扶着那老女人，便正是向那大门走去。

我这时突然感到一种异样的感觉，觉得他满身灰尘的后影，刹时高大了，而且愈走愈大，须仰视才见。而且他对于我，渐渐的又几乎变成一种威压，甚而至于要榨出皮袍下面藏着的"小"来。

我的活力这时大约有些凝滞了，坐着没有动，也没有想，直到看见分驻所里走出一个巡警，才下了车。

巡警走近我说，"你自己雇车罢，他不能拉你了。"

我没有思索的从外套袋里抓出一大把铜元，交给巡警，说，"请你给他……"

风全住了，路上还很静。我走着，一面想，几乎怕敢想到我自己。以前的事姑且搁起，这一大把铜元又是什么意思？奖他么？我还能裁判车夫么？我不能回答自己。

这事到了现在，还是时时记起。我因此也时时熬了苦痛，努力的要想到我自己。几年来的文治武力，在我早如幼小时候所读过的"子曰诗云"一般，背不上半句了。独有这一件小事，却总是浮在我眼前，有时反更分明，教我惭愧，催我自新，并且增长我的勇气和希望。

一九二〇年七月

原载 1919 年 12 月 1 日《晨报·创刊纪念增刊》。

初收 1923 年 8 月北京新潮社版"文艺丛书"之一《呐喊》。

二日

日记 晴。午后到浦口,渡扬子江换宁沪车,夜抵上海。车中遇朱云卿君,同寓上海旅馆。

三日

日记 雨。晨乘沪杭车,午抵杭州,寓清泰第二旅馆。午后至中国银行访蔡谷清。下午至捷运公司询事。夜往谷清寓饭。

四日

日记 雨。上午渡钱江,乘越安轮,晚抵绍兴城,即乘轿回家。

五日

日记 昙。下午传梅叔来。

六日

日记 晴。午后车耕南来。郦藕人来。

七日

日记 昙。星期。上午阮久孙来。午得蔡谷清信。

八日

日记 晴。收理书籍。

九日

日记　晴。上午得二弟信，五日发。下午心梅叔来。

十日

日记　晴。无事。

十一日

日记　雨。上午得二弟信并《新青年》七之一一册，七日发。午后似发热，小睡。夜服规那丸一粒。

十二日

日记　昙。上午寄二弟信。

十三日

日记　晴。午后寄陈子英信。下午得许季上信。晚郦藕人来。

十四日

日记　晴。星期。下午寄许季上信。寄蔡谷青信。买专一枚，上端及左侧有字，下端二字曰"虞凯"，佘泐，泉五角。

十五日

日记　晴。午后得潘企莘信。

十六日

日记　晴。上午得蔡谷青信。得二弟信，十二日发。

十七日

日记　晴。上午陈子英来。晚张伯焘来。夜方叔出殡。

十八日

日记 晴。无事。估人又取"虞凯"专去,言不欲售,遂返之。

十九日

日记 晴。上午得朱可铭信。午后郦藕人来。晚传叔祖母治馔饯行,随母往,三弟亦偕。夜雨。

二十日

日记 雨。午后寄潘企莘信。赒徐贻孙银一元。晚霁。

二十一日

日记 晴。星期。上午得二弟信,十七日发。午后寄蔡谷青信。寄捷运公司信。晚心梅叔来。夜理行李粗毕。

二十二日

日记 晴。晨寄徐吉轩信。寄朱可铭信。寄二弟信。与三弟等同至消摇溇扫墓,晚归。

二十三日

日记 雨。上午得蔡谷青信并任阜长画一幅。午后画售屋押。

二十四日

日记 晴。下午以舟二艘奉母偕三弟及眷属携行李发绍兴,蒋玉田叔来送。夜灯笼焚,以手按灭之,伤指。

二十五日

日记 晴。晨抵西兴,由俞五房经理渡钱塘江,止钱江旅馆。

谷青属孙君来助理。午后以行李之应运者付捷运公司。入城访谷青,还任阜长画。

二十六日

日记 晴。晨乘杭沪车发江干。至南站前路轨损,遂停车,止上海楼旅馆,甚恶。夜半乘夜快车发上海。

二十七日

日记 昙。晨抵南京,止中西旅馆。上午雨。午渡扬子江,风雪忽作,大苦辛,乃登车,得卧车,稍纾。下午发浦口。晚霁。

二十八日

日记 晴。晚抵天津,止大安旅馆。

二十九日

日记 晴。晨发天津,午抵前门站。重君,二弟及徐坤在驿相迓,徐吉轩亦令刘升,孙成至,从容出站,下午俱到家。

三十日

日记 晴。上午赴部,送铭伯先生火腿一只,笋干一篓;徐吉轩两当二件,龙眼一篓;戴螺舲笋干一篓。午后理发。下午收本月奉泉三百。

三十一日

日记 晴。上午送齐寿山龙眼一篓。午后往留黎厂买孔神通,李弘柸墓志各一枚,券四元。得墓志专四块,一曰"大原平陶郝厥",一曰"丧安雍州刘武妻",一曰"李臣妻",一曰"□阿奴",共见泉廿。

又明器二事，一犬一鸯，出唐人墓中，共见泉二。专出定州，器出洛阳也。下午寄蔡谷青信。寄朱可铭信。

书　帐

高洛周造象四枚　一·五〇　一月廿日

天平残造象三枚　〇·五〇

大学所臧契文拓本四册　一六·〇〇　一月廿一日

元文墓志一枚　二·〇〇　一月廿三日

元暐墓志一枚　五·〇〇

元玕墓志并盖二枚　三·〇〇

尔朱氏墓志二石合一枚　四·〇〇

南武阳阙画象九枚　六·〇〇　一月廿五日

残造象二枚　一·〇〇　　　　　　　　　三九·〇〇〇

端氏臧专拓片四百廿三枚　五〇·〇〇　二月十二日

开皇十三年残碑一枚　一·〇〇

端氏臧瓦当拓片卅二枚　二·〇〇　二月十六日

延熹土圭拓本一枚　三·〇〇　二月廿一日　　五六·〇〇〇

端氏臧瓦当拓片二百六十枚　一四·〇〇　三月三日

蔡氏造老子象记一枚　齐寿山赠　三月二十六日

张□奴等残造象一枚　同上

龙门侍佛画象六枚　同上

刘平国开道刻石二枚　六·〇〇　三月二十九日

元徽墓志一枚　二·〇〇　　　　　　　　二二·〇〇〇

仏像新集二册　五·〇〇　四月四日

涵芬楼秘笈第六集八册　三·五〇　四月七日

崔宣华墓志一枚　易得　四月十日

元珍墓志一枚　五·〇〇

中国名画第廿一集一册　一·五〇　四月十五日

艺术丛编三册　一五·〇〇　四月二十二日

艺术丛编增刊一册　一·五〇

定国寺碑并额二枚　一·五〇　四月廿九日

王氏残石一枚　一·〇〇

杂专拓片八枚　一·〇〇　　　　　　　　　三五·〇〇〇

映佛岩磨厓八枚　八·〇〇　五月十六日

南子俊造象二枚　一·〇〇

长孙夫人墓志一枚　一·〇〇

残墓志一枚　一·〇〇　五月二十日

陈世宝造象一枚　一·〇〇

马叔平所臧契文一册　四·〇〇　五月二十三日　一六·〇〇〇

丁房阙画象六枚　八·〇〇　六月一日

杨公阙一枚　二·〇〇

吕超墓志一枚　四·〇〇　六月五日

不全本朱鲔墓画象十四枚　三·〇〇　六月六日

达古斋所臧铜器拓片百枚　九·〇〇

合邑二百廿人造象四枚　阮翱伯寄赠　六月七日

邑子七十人等造象四枚　同上

七十人造象三枚　同上

杂金文拓片六枚　三·〇〇　六月十六日

西门豹祠[堂]碑并阴二枚　二·〇〇　六月廿八日

刘黑等造象一枚　〇·五〇

僧慧炬造象一枚　〇·五〇

鲁叔□等造象一枚　一·〇〇

大信行禅师塔碑一枚　二·〇〇　　　　　　三五·〇〇〇

248

南石窟寺碑一枚　　五·〇〇　七月五日

王阿妃墓志一枚　　一·〇〇

新置访古录一册　一·〇〇　七月七日

神州大观第十四集一册　三·〇〇　七月十四日　　　　　　一〇·〇〇〇

嵩显寺记一枚　五·〇〇　八月七日

刘雄头等造象并侧三枚　一·〇〇　八月二十一日

元雯墓志一枚　三·五〇　八月卅日

元略墓志一枚　三·五〇

吕超墓志一枚跋一册　范先生赠　八月三十一日　　　一三·〇〇〇

张俊妻刘墓专三枚　二·〇〇　十月十七日

王僧男墓志并盖二枚　二·〇〇

刘猛进墓志二枚　五·〇〇

彭城寺碑并阴、坐三枚　三·〇〇　　　　　　　　一二·〇〇〇

吕光□墓记一枚　〇·五〇　十一月二日

李子恭造象一枚　〇·五〇

嵩显寺碑阴一枚　一·〇〇　十一月二十二日

南石窟寺碑阴一枚　二·〇〇

佛经残石四枚　二·〇〇　　　　　　　　　　　　六·〇〇〇

孔神通墓志一枚　　二·〇〇　十二月卅一日

李弘枰墓志一枚　二·〇〇　　　　　　　　　　四·〇〇〇

　　　一年共用券二百四十八元。

一九二〇

一月

一日

日记　晴。休假。午后潘企莘来。

二日

日记　昙。休假。下午风。无事。

三日

日记　晴。休假。下午陶书臣来。夜得铭伯先生信。

致 周心梅

心梅老叔大人尊右：

谨启者，在越首途不遑走辞，而既劳大驾，又承厚惠，感歉俱集。自杭至宁，一路幸托福荫，旅况俱适。当日渡江，廿九日午抵北京。自家母以下，并皆安善堪舒。

绮注在绍时，曾告南山头佃户二太娘来城立认票，讵知游约不至。只得请吾叔收租时再催促之。寄存之物，兹开单附上。单系临发时所记录，仓卒间恐有错误，请老叔暇中费心一查对可也。

专此布达，敬请
崇安。

侄　树
建
人　拜启　一月三日

四日

日记　晴。星期休息。下午钱玄同来。

五日

日记　晴。上午寄张伯恭《国乐谱》二本。午后昙。往大册阑买被。又往留黎厂，因疑"郝厥"专是伪作，议易"赵向妻郭"专。

六日

日记　昙。午后往本司胡同税务处税房契，计见泉百八十。晚骨董肆人来易专去，今一块文曰"京上村赵向妻郭"。夜风。

七日

日记　昙。午后游小市。添买木器。

八日

日记　晴。午后游小市，买磁玩具一。往历史博物馆。

九日

日记　晴。午后寄铭伯先生信并杂志二本。

十日

日记　晴。下午往池田医院为沛取药，并问李明澈君疾。晚本司同事九人赠时钟一，灯二，茶具一副。

十一日

日记　昙。星期休息。上午微雪，夜风。无事。

十二日

日记 晴,大风。上午得车耕南信。午后往池田医院延医诊沛,晚复往取药。晚背痛。

十三日

日记 晴。午后赙季自求夫人券五元,与二弟同具。下午得阮和[苏]信,又别寄《程哲碑》,《宝泰寺碑》拓本各一枚,夜到。

十四日

日记 晴。背痛,休假,涂松节油。

十五日

日记 晴。午后游小市。

十六日

日记 晴。午后往池田医院为沛取药。买家具。以重出之《吕超志》拓本在留黎厂易得晋郑舒夫人及隋尉娘墓志各一枚,作券四元。

十七日

日记 晴。上午同僚送桃,梅花八盆。

十八日

日记 晴。星期休息。上午蒋抑之来。午后孙伏园来。夜风。『或ル青年ノ夢』全部译讫。

《一个青年的梦》自序

[日本]武者小路实笃

我要用这著作说些什么,大约看了就明白。我是同情于争战的牺牲者，爱平和的少数中的一个人——不，是多数中的一个人。我极愿意这著作能多有一个爱读者，就因为借此可以知道人类里面有爱和平的心的缘故。提起好战的国民，世间的人大抵总立刻想到日本人。但便是日本人，也决不偏好战争；这固然不能说没有例外，然而总爱平和，至少也不能说比别国人更好战，我的著作，也决非不像日本人的著作；这著作的思想，是日本的谁也不会反对，而且并不以为危险的；这事在外国人，觉得似乎有些无从想象。

日本对于这回的战争，大概并非神经质；我又正被一般人不理会，轻蔑着；所以这著作没有得到反对的反响，也许是当然的事。但便是在日本，对于这著作中表出的问题，虽有些程度之差，——大约也有近于零的人，——却是谁都忧虑着的问题；我想将这忧虑，教他们更加感得。

国与国的关系，倘照这样下去，实在可怕。这大约是谁也觉得的。单是觉得，没有法子，不能怎么办，所以默着罢了。我也知道说了也无用，但不说尤为遗憾。我若不作为艺术家而将他说出，实在免不了肚胀。我算是出出气，写了这著作。这著作开演不开演，并非我的第一问题。我要竭力的说真话，并不想夸张战争的恐怖；只要竭力的统观那全体，想用了谁都不能反对的方法，谁也能够同感的方法，写出这恐怖来。我自己明知道深的不足，力的不足，但不能怕了这些事便默着。我不愿如此胆怯，竟至于怕说自己要说的真话。只要做了能做的事，便满足了。

我自己不很知道这著作的价值；但别人的非难是能够答复，或守沉默的：我想不久总会明白。我的精神，我的真诚，是从里面出来，决不是涂上去的。并且这真诚，大约在人心中，能够意外的得到知己。

我以为法人爱法国，英人爱英国，俄人爱俄国，德人爱德国，是自然的事：对于这一件，决不愿有所责难。不过也如爱自己也须同时原谅别人的心情，是个人的任务一般，生怕国家的太强的利己家罢了。

但这事让本文里说。

这个剧本，从全体看来，还不能十分统一。倘使略加整顿，很可以从这剧本分出四五篇的一幕剧来，也可以分出了一幕剧，在剧场开演。全体的统一，不是发展的，自己也觉得不满足，而且抱愧。但大约短中也有一些长处，也未必全无统一；从全体看来，各部分也还有生气；但这些事都听凭有心人去罢。总之倘能将国与国的关系照现在这样下去不是正当的事，因这剧本，使人更加感得，我便欢喜了。

我做这剧本，决不是想做问题剧。只因倘使不做触着这事实的东西，总觉得有些过意不去，所以便做了这样的东西。

我想我的精神能够达到读者才好。

我不是专做这类著作，但这类著作，一面也想渐渐做去。对于人类的运命的忧虑，并非僭越的忧虑，实在是人人应该抱着的忧虑。我希望从这忧虑上，生出新的这世界的秩序来。太不理会这忧虑，便反要收到可怕的结果。我希望：平和的理性的自然的生出这新秩序。血腥的事，我想能够避去多少，总是避去多少的好。这也不是单因为我胆怯，实在因为愿做平和的人民。

现在的社会的事情，似乎总不像走着能够得到平和的解决的路。我自己比别人加倍的恐怖着。

一九一六年十二月二十三日，武者小路实笃。

原载 1920 年 1 月 1 日《新青年》第 7 卷第 2 号。

初收 1922 年 7 月上海商务印书馆版"文学研究会丛书"

之一《一个青年的梦》。

一个青年的梦

[日本]武者小路实笃

序 幕

  （夜间的寺院模样的一间房屋，青年向着大桌子，在洋灯下读书。不知从什么地方进来了一个不认识的男子。）

青年　你是谁？

不识者　就是你愿意会见却又不愿意会见的。

青年　来做什么？

不识者　来看你的实力的。因为你叫了我。

青年　我还没有会见你的力量。

不识者　屏头！能怎样正视我，便正视着试试罢。

青年　我还没有动你的覆面的力量。

不识者　你看着我就是了。我的覆面，连我自己也取不下，——是不许取下的。单是谁有力量，便感着我的正体。

青年　在我还没有力。

不识者　向各处说，说一到紧要关头的时候，决不会腰软的是谁呢？

青年　紧要关头的时候还没有到。

不识者　真没有到么？站在这个我的面前，还说紧要关头的时候没有到么？

青年　我的确站在你的面前。但在这时候，我全不知道了。不知道怎么才好了。

不识者　你真是扶不起的人呵！我当初很有点希望你，莫非我竟错了么？我除了再等候能够解我的谜的真天才出来之外，没有法子；除了再等候对于人类的运命，有真能感到的力量的人之外，没有法子。

青年　请你宽恕，我将你叫了出来，还是说这样不长进的话。我见了你，才分明知道自己无力。但不见你时，却又想会见你。总觉得无论如何，想要解你的谜。人类的运命，任他像现在这般走去，是可怕的。我不知道怎么办才好。

不识者　不知道也好罢。你不愁没有饭吃，除了做梦，也没有遇着过死。无论什么时候，总是同合式的朋友看些爱看的东西，讲些爱讲的话。一碰到什么为难的事，说些没有力量未到时候的话就完了。你好福气。已经到了二十多岁，真还会悠然的活着呵。也没有见你用功；你所想的事，也没有出过或一范围以外。除了能够辩正你现在的生活的东西之外，总没有见你跨出一步。

青年　你说的话，都是真的。

不识者　可怕的事，立刻停止了才好呵。

青年　是呀。

不识者　你所怕的事，现在定要起来。没有知道已经起来了么？你该已经知了塞尔维亚的事罢。单觉得对岸的火灾不过是对岸火灾的人，便解不了我的谜。你不知道这世上可怕的事正多么？能使可怕的事起来的可能性有多少，你也不知道么？你是将那可怕的事装作没有看见的人么？倘若这样，你便是撒谎的专说大话的人。被人这般说，你居然还不开口呵。

青年　请你略等一等罢。

不识者　你有明年，还有后年。你是定会活到四十岁，至少也能到三十六的人么？你嘴里说些人类的爱这等事，也会感到真的爱么？

青年　仿佛感到的。（被不识者瞪视着，便改了语调。）还有人类的运命的事，也仿佛感到。怎么办才好的事，也仿佛感到。

不识者　昏人！你拿了仿佛感到这件事，在那里自慢着么？要紧的不是从此以后么！你是个不要脸的。

青年 无论被你怎么说，我总没有改变说话的力量。我很怕。生成
　　是胆怯的。想到大事便要畏葸。我的翅膀，被禁着的时候，总没
　　有力。

不识者 你不想你的翅膀强大起来么？

青年 想的。可是怕。

不识者 乏人，一个不协我的心的东西。你是。

青年 …………

不识者 但你却还没有装作没有见我的模样。我到这国里来，谁都
　　不想用了自己的眼睛看我，所以很无聊。你大约也是不中用的。
　　但纵使你的国是昏国，小聪明国，拿俏皮话当作真理说的人们集
　　成的一个团块，也该有一两个胜于你的，真心的，为了人类的运命
　　不怕十字架的人罢。然而现在姑且将你锻炼一番试试看。跟
　　了来。

青年 那里去呢？

不识者 单是跟了来。看那些我给你看的东西。

青年 …………

不识者 孱头。还不跟了来么？

青年 我去我去。

　　　　　（不识者先行，青年惴惴的跟去。）

　　　　　　　　　　　　　　　　　　　（一九一六，一。）

第 一 幕

　　　　　（野外。）

青年 这里有什么事？

不识者 有平和大会呢。

青年 开了平和大会做甚么。

不识者 看着就是。

青年　莫非开些什么平和大会,真有用处么?

不识者　你想怎样?

青年　因为从心底里爱这平和的还不很多,所以这些事大抵总不过是从政治上的意味做的。因为心里以为厌恶战争便不得了,嘴里却唱道着平和主义。因为若不是一面扩张军备,一面说些平和论,现在不能算时道。因为这倒也并不是全无道理。因为稍不小心,便被敌人攻击了;还要被人虐杀,做了属国,破坏了本国的文明,很束缚了思想的自由,硬造成懵懂的人民:这都是些难受的事呵。

不识者　这样说,你喜欢战争么?

青年　不是不是,不是这一回事。我是最厌恶战争的;是想到战争,便有些伤心的人。但做了属国,也可是难堪的呵。

不识者　这世界上为什么有战争呢?

青年　想来就因为有许多国家的缘故。

不识者　这样说,没有国,便没有战争了。

青年　差不多,就是如此。

不识者　这样说来,你不想去掉战争么?

青年　虽然有点想,但人类还没有进步到这地方。

不识者　不想努力,教他进步到这地方么?

青年　因为还没有力量。

不识者　而且时候也没有到么?

青年　是的。

不识者　你的照例的兵器又来了。简直是将手脚都缩到介壳里面的龟子之流哩。

青年　被你这样说,也实在答付不得。

不识者　不觉得羞么?

青年　觉得的。

不识者　既然这样,怎么不再进一步想呢?

青年　就因为怕。

不识者　再进一步罢。

青年　叫我主张"人类的国家"么？

不识者　抛了国家。

青年　我还没有这样力量。

不识者　看罢。

青年　都来了，就要开会么？（吃惊，）这是怎的？竟全是怪物呵。

不识者　是一件事的殉难者。

青年　都是死了的人么？

不识者　是的。

青年　这是那里？

不识者　管他是那里，只要你有能看真事情的力量便好。

青年　我看不下去。唉唉，血腥的很。都没有作声。都在那里想。
　　女人也来了。还有孩子，还有婴儿，还有老人。这是怎的？

不识者　都是被杀了的。

青年　连这样可爱的孩子么？

不识者　是的。

青年　连那么美的女人么？在旁边哭着的，就是那女人的母亲么？
　　伤痕可是看不见呵。

不识者　衣服破着罢。那便是中了手枪的弹子的地方。

青年　各国的人都聚在这里呢。

不识者　并没有没有战争的国度了。

青年　他们先前都是敌国的人么？

不识者　是的。

青年　可是现在都很要好。

不识者　个人大家是要好的。

青年　在死了以后么？

不识者　不然，活着的时候也如此。便是正在战争的时候也如此。

青年　正在战争的时候都如此么？

不识者　是的，倘在恶魔还没有将这人的心，运到异常的状态去的
　　时候。

青年　照你这样说，我却也听到休战时候，谈判时候，两军掩埋死尸
　　时候的话，说是互送烟卷的火，很要好的说笑。那时候，还该感到
　　特别的爱罢。

不识者　是的。

青年　这有点用处么？

不识者　你自己想。

青年　⋯⋯⋯⋯⋯

不识者　怎么不开口了。苦么？

青年　似乎有点头眩了。看了这情形，大约谁也会变非战论者罢。
　　很想拖两三个主战论者到这里，叫他们演说一回。他们不知道这
　　事实。异样的沉默，浸进脏腑去了，似乎要发狂。要叫些什么了。
　　看这模样实在受不得。想到那样青年有望的人，那样天使似的孩
　　子，那样善良的老人，那样年青的女人，都尝了死的恐怖，并且就
　　从人们的手用了无可挽救的方法杀了的事，实在受不得。怎么办
　　才好呢？这许多人们，都是被人杀了的么？

不识者　是的。

青年　诅咒这战争！

不识者　你不想除掉战争么？

青年　一看这样子，无论怎么样人，总该要反对战争罢。至少也总
　　该觉得战争这事，是怎样可怕的事罢。（少停。）唉唉，胸口不舒服
　　了。似乎要发脑贫血了。

不识者　孱头！静静的耐心看着。使这真事情一生不会忘却的好
　　好看着。

青年　谁还会忘记呢。

不识者　尽你的力量看着。老老实实的，不含胡的看着。

青年　…………

不识者　头痛么？

青年　痛起来了。遇着了可怕的事实的人们，渐渐到了。没有穷
　　尽。我觉得单是自己悠悠然的生活着，实在有些对不起人了。

不识者　好好的看。活着的人都不想看这事实。还是你尽量的看
　　着罢。连看的力量都没有了么？平和大会，可就开了。

　　　　（鬼魂一走上演坛。）

鬼魂一　承诸君光降。我们今天，得了招待一位活人到这里的光
　　荣。我们想从这位活着的人，将我们的心的几分，传布开去，为我
　　们的子孙，早早成就平和的世界；所以今天开了临时会，特请反对
　　战争的诸君光降的。凡是活着的人，总是单知道活人的话。便是
　　对于战争这事，活着的人也只知道没有战死的人的话。没有战死
　　的诸位，因为没有战死的幸福，忘却了真的战争的悲惨这一面，便
　　常有照此说去的倾向。这是我们常常引为遗憾的。我们本来，并
　　没有想要活着的人吃些苦的意思；而且这是我们的主人，就是人
　　类，所不许我们的。我们单想要将我们所受的苦，不但是苦，苦以
　　上的死之恐怖，死之恐怖以上的生之诅咒的万分之一，传给活着
　　的诸君，因此教人类的运命得着幸福，我们所爱的子孙得着幸
　　福，——单因为这一点意志，开了这会。我们的主，就是人类，很
　　以为然。诸位也都领会这主意，谁有想传给活着的人的事，便请
　　说罢。有要说的人，请起立。

　　　　（鬼魂五六人起立。）

鬼魂一　（指定一人，）就从你起。

　　　　（鬼魂二，走上演坛。）

青年　仿佛很面善。呵，是了。在法国的插画杂志上见过的。那人
　　是在荒野里，缚在柱子上死的。一定是这人。

　　　　（鬼魂二站在坛上，脸上有四个弹痕，衣服也很破烂。）

鬼魂二　诸君里面，也许有知道的。我就是德国的军事侦探，受了

264

潜入法国的命令的人。我在那时，很以为名誉；而且想到自己的本领，竟得了信用，也很喜欢。很有好好的完了任务给人看的自信。我于是改变装束，混进了法兰西。

（鬼魂一有所通知，鬼魂二点头。）

鬼魂二　要演说的人还很多，而且时间又有限制，所以我的经历，只好省略一点了。总之我是德探，进了法国，而且苦心惨淡，为德国出力。我并不憎恶法国人。因为自己怀着鬼胎，对于法国人的那种好待遇，反觉得感激彻到骨髓。我爱德国人，但也尊敬法国人。到现在，我自然是无论那一国的国民都爱，那一国的文明都尊敬了。但活着的时候，实在是很爱和自己交际最密的法国人。因为法国人相信我，有时也发生嘲笑的意思，然而爱是爱的。见了法国的美的女人，也感到爱。请不要见气。但我并没有忘了自己的任务。因为爱祖国么？也不，就因为是自己的事情。至于自己的事情是怎样的事情这一节，却没有想。单觉得确凿是一件不可不做的事情罢了。我想，我是德国人，应该爱德国。我所做的事，是德国最要紧的事。也常常想，倘若我的事情做坏了，德国怕会灭亡，同胞也不知要受怎样的苦。这些思想在我已经很够了，不必再想别的了。我因此不失名誉不入歧途的生活着的。我想想自己是一个体面的德国人，是一件高兴的事。自觉到为祖国出力，是一件高兴的事。因为做了别人做不到的事，得了称赞，也从心底里喜欢。其时战争开手了，我越加为德国活动。但到底被人看破，将我捉去了。我为德国，忍受着法人的憎恶和虐待。这时候，我倒还没有空活一世的心思。自己以为勇士。众人憎恶我，同时也称赞我。我被人领到荒野，缚在一根柱子上。各人的枪口都正对着我，专等士官的一声"放"的命令。这时候，我才从心底里感到"自己的一生是毫无意思，做了无可挽救的事了"。这实在是说不出的寒心和可怕。"为什么做人做到这地步？战争该诅咒。"我这感想，嘴里是不能说，无从传给活着的诸公。但心底里，却以为

"做了无可挽救的事了"。这时已经下了"放!"的命令。我在外观上,可是勇士似的死了。这自然是谁也不见得记念我;倘有人为我下泪,那可未必是德国人,怕还是我的情妇的法国人罢。诸君,不,活着的先生。我从真心说,假使我现在还活着,大约还以为给德国做事是自己的职务。假使战争完结以后,我还没有战死,大约便未必想到战争的可怕,正忙着讲我自己的功劳呢。而且随便到那里,都受优待,只是得意,也未必能想到别的事了。然而从死掉的看来,战争是确乎应该诅咒的。不愿我们的子孙再尝这滋味这一件事,实在是我们全体的心。死在人们的手里,无论如何,总是不合理的。我活着的时候,并非平和论者,而且是从心底里轻蔑平和论者的人,然而现在,对于无论如何没有力量没有结果的平和论者,我可都赞成了。这样下去,是可怕的。没有战死的人还可以,死的人可难受了。就是我们的子孙里的一个人,我们也不愿教他再这样想,我极想会见一位活人,并且请他尽些力,不教战争再来支配这世界。今天竟达了希望,我很喜欢。我所说的,从活人听来,也许是很无聊的话。因为要说话的还很多,虽然可惜,就此终结了。愿身体康健。听说你是日本人,我是没有轻蔑日本人的:就请你将我的意志传到日本去。

(青年很兴奋的想着。)

鬼魂一　这回是你。

(鬼魂三起立,没有两手,登坛。)

鬼魂三　我简单说罢。我的身受的苦痛,实在说之不尽。我是一个平和的人民。我不是勇敢的人,但也不是胆怯的人。我不是主战论者,也不是非战论者;不是国家主义者,也不是非国家主义者。我是画家。虽然不是世界知名的画家,朋友却都以为有望的。我是比利时人。战争的开初,我全不理会。因为我的意思,以为我是画家,画着画就是了;平和的人民,是未必会被杀戮的。我住在街里,德国兵入街的时候,也不很介意。看那德国兵入街的情形,

266

虽然稍稍觉得奇怪,但倒是不很介意的看着的。然而有一天的晚上,四五个德国兵到我家里,硬要拉我的妻子去了。我很愤怒,叱责他们。他们都笑着。并且说要是不听话,没有好处。于是仍然要拖我的妻子去。我愤不过,直扑向一个兵。这时手里拿着一把小刀,定神看时,一个兵叫了一声倒了。一个说道,"杀么?"这一瞬间,我早被砍掉了右手,其次便是左手。从苦痛和恐怖间,发出一声"讨厌,砍了罢"的喊,我便被杀死了。我的妻子此后怎样,却是不知道。大约还是含垢忍辱的活着罢。我究竟是何为而生的人呢。难道我遇到这宗事,是应该的么?我想,还有战争的时候,便总有遇到这宗事的人,是一定的事。我实在不能不诅咒人生。不能不以为人的生命只是无意味的东西,不安定的东西。活着的先生,你怎么想?要是你也遇到了这宗事,便怎么样?你的意思或者正以为因此战争万不可打败仗,也未可知呵。从古到今,像我的人不知有几千万了,我为这些人哭。又想到此后遇着这类事情的人没有穷尽,又替活人可怜。什么人道呵,平和呵,爱呵,四海同胞呵,这些事全比空想家的空想,尤其空想。人是禀了被杀的可能性活着的,也有被弄杀的可能性的。倘没有弄杀也不妨事的觉悟,人生是总不能安心的。你有这等决心么?你也同我一样,单以为别人或者遇着,却未必轮到自己身上,便满足么?遇着这些事的人实在不幸,可怜,悲惨,很表同情,很苦了罢,你只是这么想就完了?没有遇着这些事以前,大约谁也这样想。可是遇着了试试罢。(异样的笑,)很是难堪的事呢。不知道怎么办才好了。遇着这些事的人,除了听其自然,便没有法子么?怎么办才好呢?战争为些什么?牺牲者为些什么?被伴侣杀掉的,该怎么办才好呢?一国的战争是什么意思?战胜了又有什么好处?又是谁的好处呢?不全是空而又空的事么?为了这事,便几百万人非死不可么?先生,你见了聚在这里的人们,究竟怎么想?还能漠不关心,还能悠然自得?这许多人的苦痛,苦闷,恐怖,单是毫无意思的消去么？我们的死，和子孙的幸福绝不相干，却来做增加恐怖的脚色么？单为了扩张军备，增加各国的不和，各国的恐怖，各国的租税，所以流掉我们的血的么？怎么办才好呢？活着的人，到现在还是悠然的活着么？这样下去，会到怎样，谁也没有想么？便是想了也没法么？想了也没法，所以不想的么？不想法子，是不行的。赶快的造起没有战争的国罢。赶快造起人模样的国罢。快造不要国家竞争的国。快造不教别国人恐怖，也不受别人的恐怖的国罢。倘不然，可怕的事要来了。倘使我还了魂，看现在这样生活法，一定要害怕。将来也许有点方法，但照现在这样下去，可是要走进无可挽救的地步的呵。遇着了我这样的事，可是不得了呵。我说的话，也许觉得毫无意思；但到了那时候，"为国家"这事，也会更无意思，要感到更上一层的事实的呵。人类呵，人类呵，再为个人的运命想想罢。照现在这样，个人的运命太不安了。"拔剑而起者死于剑"这句话，其实是真的。不趁现在想点方法，要无可挽救了。怕罢，怕罢。日本的运命，以后有点可怕呢。我对于活人是有同情的，总愿意活人幸福。请在活着的诸君面前问候，愿他们幸福。不要像我们这样，将恐怖和苦痛和血都空费了。在活着的诸位面前请代问候罢。

（从演坛下。）

鬼魂一　这回是你。

（鬼魂四登坛，画了十字。）

鬼魂四　我并非死在这次战争里的；是十多年前，被某国的人杀了的。我是一个大学的学生，当了俄罗斯的军人的。幸福的神明正微笑给我家看的时候，我的爱人正将好意给我看的时候，战争便将我运到离开本国几千里的地方去了。离别的时候，我们都哭了。但看不起对手的我们，却只做着凯旋时的梦，并且单空想着再见时的喜欢。谁知道敌人是意外的利害。有一天的事，我正在一个村庄的人家里面。我军已经退却，是丝毫没有知道的。我们

268

正在说笑。我因为从爱人送到了一张照相，被人笑了。但我却高高兴兴的听着。这时忽听到脚步声。我们心里想，这是谁呀？便向那边看去。谁料进来的人，并非俄国的士官，却是某国的。这时候，我们都明白了。来人虽然只一个，但我们的地位，已经了然了。我们有十多个，来人也吃了一惊，站在门口。我们便昏昏沉沉的跪在这人的面前。何以跪了呢？自己也不知道。总之是意外的事，是没有觉悟的时候，所以我们身不由己的跪下了。死之恐怖和生之执着，教我们身不由己了。敌人的士官的脸上，这时显出了喜和爱了。这人本以为要死在我们手里的，刚吃惊的立着时，我们都已跪下，所以这人的高兴，也实在是应该的事了。某国人，恕我老实说。我们那时从心底里，觉到某国人也是人。这人也亲亲热热的用手摩我们的头。我们以为这人很可靠，有了命了，从胸口里涌出喜欢。我们便伏伏帖帖的做了俘虏，这样便活了命，实在安心了。但我们又从这人交到别的士官的手里。那时这人很高兴似的对别的士官说些话。到临了，我们竟枪毙了。那里会有这等事呢！心里要发狂似的想，可是我们竟被枪毙了。这怨恨至今丝毫没有消。我想这士官竟是欺骗我们罢了。

（这时候一个鬼魂起立。）

一个鬼魂　这是你错想的。

鬼魂四　何以呢？

一个鬼魂　那时候摩你们的头的士官就是我。

鬼魂四　唉唉，是你么？怎的也在这里？

一个鬼魂　那一回的战争，我并没有死。在这回的战争里，可是死了。我常常记起你们的事，自从有了这事以后，在我活着的时候。而且觉得做了无可挽救的事，记起来便心底里都难受。我当初实在以为你们已经有了命的。但在战争，暂时竟把你们的事都忘了。有一回，忽然记起，心里想，怎样了呢？便去会那寄顿着你们的士官，——这人现在也在这里，而且还在后悔着，——向他问你们的事。我正等候他的好消息。谁料那回答,却说是"护送这一点人,很麻烦,便都结果了"。我听了这话,忍不住生气。我心里想,这真是做了无可挽救的事,口里也说道,"你真替我做了糟透的事了。"他说,"那几回不是因为没有法么?要是人数多,许可以想点法。"我以为朋友的话,固然也有理的。但自以为救了你们的我,可是很觉得对不起人,觉得伤了男子的体面。便悄然的合了口。朋友说,"这样的愿意救他们么?早知道这样,该想点法就好了。"我也不知道怎么说才是。过了许久,想到这事,总觉得做了无可挽救的事,请原谅我罢。

鬼魂四　好好,原谅你了。这也是并非无理的事。

鬼魂一　两人握手就是。

　　　　（一个鬼魂走近演坛,握手。能拍手的都拍手。另外一个鬼魂见这情形,即起立。）

另一鬼魂　我实在做了太对不起人的事了。我凭一点简单的理由,便绝了你们的生命,如今实在后悔。倘若我能够略略推想你们的爱人和你们的父母的心,想来便未必会行若无事的杀掉你们了。倘若你们那时的死之恐怖和生之执着,我能略略感到一点,也许会专从救活你们这一边做了。但那时候,这话虽然很像辩解,其实是我本来也很想救助你们,却因为有谁反对,说活了这几个人也不中用,所以你们竟至于死的。然而我,并不竭力救助你们,反以善人模样为羞,却进了"很麻烦结果了罢"这一党,这实在是从心里羞耻不尽的。我在那时候,还没有真知道死是怎么一回事。我竟是一个不管别人运命的人。我真做了对不起人的事了。今天会见了你,觉得像这样一位人,何以竟行若无事的将他杀了呢,连自己都要问。那时候,见了你那样怕死的情形,却暗暗地以为抛脸的。我实在连请你原谅的资格都没有。只是我现在真心后悔,愿你明白就好。我实在做了无可挽救的事了。

鬼魂四　你讲的话,我都很明白。你做的事,我也并不见怪了。假

270

使我在你这一面,也许变成你一样的态度的。我们若在平和时候见面,怕早成了朋友了罢。我倒并不以你为特别残酷的人,觉得还是善良一面的人。我已经不恨你了。至于那时候,却很以为野蛮无理的人。心里想,活了我不好么?那时我的心,实在是发狂了。心里想,难道竟非杀不可么?这过分的事的怨恨是要报的。现在可是不这么想了,倒反以为也是无怪的。只要你肯,我却很愿意同你握一握手。

另一鬼魂 　阿阿,肯宽恕么?肯同我握手么?

鬼魂四 　是的,很愿意做兄弟呢。

　　　（另一鬼魂进前握手,能拍手的都拍手。）

鬼魂四 　我们实在是这样的能从心底里做朋友的人。倘使活的时候,能尝到这样的感,不晓得多少喜欢呢。我如果对着爱人和父母说了,他们一定满眼含着泪,从心里感谢你们呢。我很想不使他们伤心,却使他们喜欢呵。

另一鬼魂 　我实在惭愧。

鬼魂四 　那里的话。我说这话,并非想责难你。我是喜欢着。但现在是一位活着的人在这里。我就想将人们应该"尽能活的活着"这事通知他,并且想他将这意思传给活着的人们。我们是朋友。倘在贵国的风习上没有碍,我愿意抱了接吻;但因为尊敬贵国的风习,所以不敢随便做。但我的心是抱着你们的心的。我们活的时候,不识不知的悠然的过去了。人间最高的喜悦,竟全无所知的过去了。（对一个鬼魂说,）你来摩头的时候,才触着了片鳞,真是连爱人也没有通知过我的一种喜悦。——这并非取笑的话。因为已经得了活命,这喜悦固然便就去了。但时时想到这喜悦的片鳞,却总有一种感的。活着的时候,都应该真知道真的人们的喜悦是在那里的,请尽力的传给人们罢。许多人们,连最要紧的东西都没有知道的活着。正尝着最深的喜悦的时候,却做那无可挽救的傻事。正可以留下最深的感谢之念的时候,却演出了留下最深的憎恶的行动。这实在是只差一张纸的,可是许多人们,没有拿那好的一边的资格,都拿了坏的一边了。现在我从心底里,感到这件事,可惜说话达不出这心思。但请你记着我的话。想到的时候,一世里总该有一两回罢。而且请将这事传给活着的人。我们的主,就是人类,对于这事很痛心的。还有许多要讲的人等候着,虽然遗憾,我只好就此完结了。请尽能活的活着罢。我还祝活的诸位的幸福。(鬼魂四行礼下坛。)

    (鬼魂四的演说刚要完结,青年的朋友的鬼魂,走近青年。青年见了,两眼都含泪,走近了,握着手暂时无言。)

青年 你在这里么?全没有知道。很苦了罢?

友的魂 唉唉,到死为止是很苦了。一死可就完了。他们都好么?

青年 都好的。

友的魂 你代表了活人到这里来,却是想不到的。

青年 并不是来做活人的代表的。是跟了这位,全不知道的跑来的。

友的魂 听了我死的消息,我的母亲很伤心罢。

青年 真可怜。骤然老了。

友的魂 那人怎样了?

青年 那人也很伤心,总是哭。现在还是很伤心的说梦见你呢。

友的魂 原来我的事早都忘了罢?

青年 那里,常常提起你的。大家都说,要是你活着,要是你平安回来,我们多少高兴呵。你一定告诉我们许多事情的。怎的就死了。

友的魂 我何尝自己情愿死呢?

    (鬼魂五,这时被鬼魂一指出,走上演坛。)

友的魂 再谈罢。

青年 好,好。

鬼魂五 (开始演说,)我从前想,只是以为自己死在战争里是不会

272

有的事。自己的生命以上的东西，并没有切实抓住的我，对于自己死在战争里的事，是万想不到的。战死这类事，别人也许遇着，但决不以为要轮到我。活着的人，大约便是现在，也一定自以为决不是要死在战争的人罢。就是我们里面，谁也未必想到过自己是要战死的人。可是在我们，死是很可怕的东西。我也想不到自己竟会同这么可怕的东西遇着；一切事情，全是有生以后的话。自己一死，何以要战争，便不懂了。我从出战以来，时时想，为什么战争。我以为无论我出战与否，我这 F 国的运命是一样的。我不知道深道理，单想着并不战死以后的事。幸而我的死是突然的，我死在战场上了。然而觉得"打着了"的刹那的味道，实在不愿意尝到两回。诅咒生来的力量，是尽有的。我并非要在这里诉苦。但战争究竟为什么？起了战争，究竟谁有利益呢？没有战死的人，还有不很负伤而活着的人，大约总将战场上经验过的情形当作一场醒后的恶梦，而且还作为一桩话柄的。没有战死的人，大约总不肯说自己耻辱的事，却单说自己得意的事的。但战争究竟为什么，试问他们看罢。他们能有使我们战死者满足的答话么？诸君以为能有么？有能答的，请出来罢。假使我对活人这样说，他们会说我是发疯；并且一定问，你连祖国亡了也不管么？你的子孙做亡国民也不妨么？我们与其做亡国民，不如战争，不如死。其实我们如果要做亡国民，自然不如死。我的祖国如果要变 G 国的属国，我自然也愿意拼了命战争的；但虽然这样说，也未必便没有无须战争，也不做属国的方法。我不愿拿别国做自己的属国，拿别国做了属国高兴着的时代，已经过去了。我们至少也须尊重别国的文明，像尊重本国的文明一样。所以我们以为加入灭亡别国的战争，便不免是反背人类的行为。这精神，凡是有心的人，全都有的。拿别国做属国，做亡国民，或者破坏别国的文明，希望这些事是何等耻辱，我们都知道的。我们该是不靠战争也不会做亡国民的人们。不战便亡国，这在从前，也许是可怕的真理；

不,在现在还是几分的事实,也未可知的。然而奴隶制度已经废止的现在,这可怕的侮辱人类的,侮辱人们的事实,也该废止了。和别国交情好,尊重别国的文明,比那拿别国做成亡国起来,不知道于我们多少利益。我们怕国家的贪欲应该在怕个人的贪欲以上。为本国物质的利益计,灭亡了别国,是不合理的;我们要反对的。人类也反对着这事的。取了别国的领土,拿了别国的人民,这也不合理的,无论如何总是不行的。我们战争的牺牲者,便是这不合理的牺牲者。没有比这事更无聊的。我们是因为本国或敌国的贪欲,被杀掉的;要不然,就是无意义不合理的恐怖或憎恶或无知的牺牲了。我们不将用在战争上的金钱劳力性命做些有意义的事,应该羞耻。单说败了要糟便战争,实在是傻的。我现在在这里拿一个滑稽的例,请看看何等傻气罢。

　　　　　　（鬼魂一向鬼魂五耳语。）

鬼魂五　这回两个人演一点剧,请大家看罢。

　　　　　　（两人之中其一先下坛。都拿了剑,从两边上坛。）

鬼魂五　（独白,）对面可怕的东西来了,拿着大刀。遇着讨厌的东西了。不来砍我才好。有了,还是趁他没有砍我,我先砍了他罢。

鬼魂一　（独白,）对面来了一个拿着大刀的讨厌的东西。这大意不得。他要杀我,也难说的。是呀,还是先杀了他罢。

　　　　　　（两人遇着,交锋。）

鬼魂五　砍人么?

鬼魂一　只是你要砍我。

鬼魂五　抛下刀便饶你。

鬼魂一　你先抛了。

鬼魂五　我不上这个当。

鬼魂一　我就肯上当么。

　　　　　　（两人同时受伤,滑稽的倒地。）

274

鬼魂五　呵唷好痛。

鬼魂一　呵唷好痛。

鬼魂五　你为甚么要杀我？

鬼魂一　倒是你为甚么要杀我？

鬼魂五　你先下手的。

鬼魂一　倒是你先下手的。

鬼魂五　我单是怕被你杀掉罢了。

鬼魂一　我也这样。要不然，杀你干什么？

鬼魂五　我也这样。何尝要杀人，只是怕你来杀我，才要杀你的。

鬼魂一　我也这样。不愿死在你手里，才要杀你的。

鬼魂五　只要你不想杀我，我何必要杀你呢。但你终于拿了你的刀了。

鬼魂一　你拿了刀，我才也拿了刀的。

鬼魂五　这样看来，只要我不想杀你，你便也不想杀我么？

鬼魂一　自然的事。只要你决不杀我，谁愿意杀你呢。

鬼魂五　早明白这些事，我们两人不死也行了。

鬼魂一　真做了傻事了。

鬼魂五　唉唉好苦。做了挽救不得的事了。我们两人，便这样的死在这里么？

鬼魂一　真伤心呀。

　　　　（众人都笑。）

鬼魂五　劳驾劳驾。这样够了。（站起。）

鬼魂一　够了么。（下坛，众人都笑。）

鬼魂五　诸君虽然觉得可笑，但我们所能承认的战争的原因，除了国家的利己家的战争是另一事以外，其实只有怕做属国这一点。这样战争，才是个人或国民可以承认的战争。别的战争，国民都该自己起来反对的。南阿的战争，是英国之耻。青岛的战争，是J国之耻。E国对印度人的办法，应该反对。J国对朝鲜的办法，也是僭越的。即使印度朝鲜没有独立的力量，然而竟用了怕教这国兴盛似的办法，是可耻的。俄国德国奥国对波兰的态度，也该羞耻的。不自然的妨害那地方的人的自由，也是坏事。我们只为怕这一事，才起来战争。当作亡国属国这样看待，实在是难受的。我们不但对于使别国变成亡国属国的事，没有兴味，而且觉得有从心底里出来的反感。使别国变了亡国属国，觉得高兴的人，是一种阶级的人。这一类人，一到社会的道德进步了，也要羞耻那些事。我们，虽说是死人，现在都当作活着的说，因为这么办，可以使活的诸君更容易懂得，所以照了活着一般的说的。我们应该结一个不肯为图别国做属国而战的世界的同盟。倘要别国做属国或亡国，换一句话，就是要别国人做亡国之民，是应该羞耻的事。我们倘若为此而战，便反背了人类的意志，我们单为要免做亡国民这一事，才该战争。但倘若全世界的人只为要免做亡国民才战争，这结果便怎样呢？假使没有那样傻事，像我们刚才所演的傻戏，这战争便大概可以消灭了。许多人也许说，这是理论罢了。但不到这样子却是谎。现在的战争，究竟怎样一回事呢？许多国民，勉勉强强的战着；并不明白将要怎样，单是战着。两面都以为不战便要做亡国之民，因此战着。在一种阶级的人，我不能知道；至于国民，却只是互怕亡国而战，并非要敌国灭亡而战的，是因为怕做亡国民的恐怖而战的，是同那两个滑稽式武士一样的理由而战的：于是我们死了。这不是太没意思么？然而是事实，是极确的事实。我很望各国民都有一个决心，要是单为想别国做亡国做属国，决不战争。并且也不给别国以这类无聊的恐怖。杀了几万人想夺别国领土的时代，已经过去了，也不能不过去了。我知道战争的太可怕，又想到何以战争的问题，知道除了两面无谓的恐怖之外，并没有别的原因。我们不可受利欲的骗。我们人民，应该同敌国的人民联合，竭力使战争变成无谓的事。我们爱敌国的人民。一到大家相爱，大家知道战争是傻事，战争就可以立刻消灭了。我很希望这样的时候早早出现。活的人也许以为这时候不会到，我却以为一定要到，以为不会不到的。倘若不到，那就是活着的诸君的耻辱了。但愿竭力的设些法，教大家看战争当傻事的时候，早早到来罢。我还有五岁以下的三个孩子，留在地上，委实不愿教他们再尝自己尝过的味道了。

（又另一鬼魂起立。）

又另一鬼魂　你的话太理想了。这么办，战争是总不会消灭的。

鬼魂五　你可有立刻消灭战争的方法么？我可不知道别的了。大约人类也未必知道。

又另一鬼魂　你的话过于调和的，没有权威；为什么不再进一步，提倡绝对的非战论呢，像那真的耶稣教和佛教所说似的。

鬼魂五　你以为这样的无抵抗主义，在这世界上能够通行的么？不能相信来世的人们，能甘心听人杀害，做人奴隶的么？可以成真宗教的素质的人，地上能有多少呢。我说的事，并不是对宗教家说。我单想将战争如何可怕，战争因为傻气才会存在的事，说给人知道就是了。我决不是希望无理的事，也并非说不要管自己的利害。要得到值得生活之道，是在别的路上的。我单要说明那不合理的事是如何不合理，彻底的说明那滑稽的事是如何滑稽，说明那没意思的事是如何没意思；教那些自以为不会死在战争上的人，知道战争的可怕，而且知道死在战争上，是没意思的事；并且希望从心底里，至少也在心里想，各人都愿意去掉战争罢了；希望起哄，满口战争战争的人，能少一点便少一点罢了。还不能做到无抵抗主义的我，但深知战争的可怕和无意味的我，要不提倡连自己都能做到的或一程度的平和论，实在觉得不能。你不能满足这些话，也是当然的事。便是我自己，每感到不能用我的法子立刻消灭战争这一节，也很觉得寂寞的。然而我除了说我的非战论之外，没有办法，也很以为惭愧的。但便是这一点，或者也可以供活着的诸君的参考。不要拿战争得意，却拿不战争得意罢。将拿别国人做亡国民的事，自己羞罢。与其憎敌人，倒不如爱罢。他们也并非因为憎你们而战的；倘能做到，还想和你们要好呢。也同你们一样，并不愿意死，却愿意活的。也是人类之一呢。以好战国出名的日本的天皇明治天皇御制里，仿佛有四海都是同胞，何以会有战争这般意思的歌，我也正这样想。我的意见，以为那样滑稽武士的死法，是傻到万分。国民都该开诚相示，大家不要战争。万不可上恶政治家的政略的当。如果有显出要战模样的人，也只因恐怖而起的罢了。自己没有死，总觉战争有趣的人，自然也还多。我就怕这一类人，煽起战争的气势。其实是不论那一国，除了军人之外，谁也不知道军备要扩张到怎么一个地步，正因此都窘着。正都窘着，却又不能不向这窘里走，这便是人类的苦闷的所在。这是怎么一回傻事呢？但这傻事，现在却成了无法可办的事。一想到如此下去会到怎样的时候，我们颇觉得伤心。至少须比列国有优势的军备，是目下的情形，目下的大势。我们的主，就是人类，生怕这大势，是当然的。惟其傻气，所以更可怕。文明愈加进步，知道是傻事，便将这傻事消灭的时候，倘若没有到，也可怕的。我们很愿意尽力做去，教这时候能够早到。我的解决策，也许太简单了，并且有孩子气。但据我现在的头脑，除了这样理想的方法以外，实在没有别的更有效的合理的简单方法：这也是自己很抱愧的。（郑重作礼之后，下坛。众拍手。）

鬼魂一　休息一会罢。

友的魂　刚才的话，你以为怎样。

青年　都不错的。可是拿这话对活人说，就要被人笑话呢。因为活着的人，实在都不以为自己会战死；因为都以为战死的全是别人。况且真怕战争的，也还没有；因为却以为勇气。因为他们以为反对战争的只是一班新式的浅学的少年。因为他们真以为不战便要亡国。真相信不压服外国，自己便要亡了。任你问谁，谁都说战争是悲惨。但真知道悲惨这事的人，却一个都没有。就有知

278

道的，也不过以为和世上的天灾一样的事罢了。况且许多人，还以为扩张领土是名誉，是非常的利益。这种根性，单是别人死了，是不会消灭的。还有人想，以为如有嫌恶战争的小子们，便尽可不必去，也可以战的。至于别的群众，那更毫不明白了。因为他们连人是会死的事都忘却了，至多也单知道死了便是不活罢了。随便那一国，都有这一种胡涂人，所以很糟的。被大势卷了，便胡胡涂涂的凭他卷去；一到关头，只叫一声"完了"便归西了。因为从心里感到战争的恐怖这刹那，就是归西的一刹那，已经迟了呢。并且这一种人，倘使幸而没有战死，也就咽下喉咙便忘了烫了。即使没有忘了烫，也做不出什么的。这真不知道怎么办才好呢。

友的魂　活着的人，该很窘罢。

青年　那里，谁也不窘呢。直接窘着的，自然是另外。

友的魂　总该有人担心罢。现在的样子，是不了的。

青年　可是也没有人担心呢。经营惨淡的研究着怎样才会战胜的专门家，或者还有；至于惨淡经营的想着怎样才会没有战争的人，在日本仿佛没有罢。就令也有，也不知道他真意思在那一程度，真感着恐怖到那一程度。就令这样的竟有一两人，却又没有力。不过空想家罢了。因为对于实际问题，还没有出手呢。

友的魂　会到怎样呢？

青年　会到怎样？大约能够扩张军备的国，便只是扩张军备，扩张不完罢了。

友的魂　以后又怎样呢？

青年　大约碰了头再想法罢。

友的魂　这么说，你以为战争竟无法可想么？

青年　倒也不。我想总得有一个好法子才是。

友的魂　假使没有又怎样呢？

青年　那可没法了。

友的魂　不想勉强搜寻他么？

青年　可是麻烦呵。

  （男女的鬼魂，都听着青年的朋友的魂的对话；其中一个
  美的女人的魂，这时发了怒。）

美的女人的魂　说是麻烦？

  （青年看见鬼魂都发怒，大吃一惊。）

青年　就因为我自己没有力量。

美的女人的魂　因为没有力，不更该想勉强搜寻么？

青年　这固然是的。

美的女人的魂　你说固然是的，还有什么不服么？你并不希望战争
  消灭么？以为我们的孩子们，不妨死在战争里的么？

青年　那是决不这样想的。

美的女人的魂　照这样说，你是嫌恶战争的么？

青年　嫌恶之至。

美的女人的魂　照这样说，该希望战争消灭罢。

青年　自然。

美的女人的魂　既然如此，还不想出些力，教战争消灭么？

青年　出力是很想出力的。

美的女人的魂　很想了，以后怎样呢？

青年　我没有力量。

美的女人的魂　这也未必。你单想悠悠然的对着书桌，写些随意的
  话罢了。你是小说家。并且不愿意做费力的事。这事烦厌是委
  实烦厌的。你不愁没有吃，眼力又坏，不上战场也可以。要是敌
  人到了，可以和家眷搬到安全的地方去的。你何必真要没有战争
  呢？只要空想着战争的悲惨，写了出来，便得到良心的满足，也得
  了名誉和金钱了。好一个可羡的身分呵。但是到这里来干什么？
  来听我们的话做什么呢？单因为仍然以为没有法，以为麻烦，不
  要再想什么战争的事，才到这里来的么？（少停，）怎么不开口
  了呢？

友的魂　你答复几句罢。

青年　这并不然的。去掉战争这件事,我的确想着。不过我还有许多事;不能将我的一身,都用在去掉战争这一件里。

美的女人的魂　这样的么? 你年纪还青,所以还想做各样的事罢。但是,战争的牺牲者的心,你可知道? 如果不知道,说给你听罢。

青年　请宽恕我。战争的可怕,我知道的。

美的女人的魂　真知道么? 活着的人真能知道?

青年　这却未必知道。还是不知道的好罢。

美的女人的魂　对于人类的运命,没有担心的资格的人,固然还是不知道的好。但是你,已经被命到这里的你,却不许进这种悠然党的。别人都全不知道的活着,也可以的。但是你,竟也能到这里的你,就令不能够免去战争,也该知道做了战争的牺牲的苦到怎样罢。

青年　你讲的话,都很对的。

美的女人的魂　你脸色变了。有什么不安么?

青年　在你们中间,我觉得自己悠然的活着,有些对不起了。

美的女人的魂　这倒也不必。能够悠然的活着的时候,是谁也悠然的活着的。但我却不愿你悠然的活着,因为想将我们对于战争的诅咒,渗进你的心里呢。谁也不可怜我们。我们真是毫无意味的死了。是受了所有侮辱,尝了死之恐怖而死的。我们为什么死的呢? 我很想问一问活着的人们。从古以来,在像我一样的运命之下,死掉的人,固然不知道有几万几十万几百万了;所以也许说,这是不得已的事。但能够冷冷的讲这种话的,其实只有活人。倘使像我们的身受了的,便谁也不能这样说了。以为谎么? 也请你尝一回死之恐怖试试罢。

青年　请恕请恕。真表同情的。正想着怎么办才好呢。

美的女人的魂　这里为止,是谁也能想的。要紧的是从此以后呢。

青年　很是。

美的女人的魂　你是知道到此为止的事的,然而还没有想以后的事罢。为什么有战争这东西?

青年　因为国家和国家的利害冲突罢。国家和国家之间,不许有太强的。

美的女人的魂　也许如此。但从用去的金钱劳力人命这边一想,那些什么利害,不是全不足道么?

青年　我也这样想,但也有种种别的事情的。战争开初的原因,固然是利害的关系;然而一到中途,利害早不管了,变成拼死战争的发狂时代了,为难的就在此。这变化也只有很少的一点;但这一变,无可开交了,为难也就在此。以后便只是气势。后悔也无用了。战争到一两年,便谁都希望平和,可是气势却不准他了。没有法想,一路打去的。

美的女人的魂　这不是太傻么?我们却因此死了,并不愿死,并不愿给人杀掉的呵。

青年　我表同情。

美的女人的魂　你以为有了口头的同情,我们就满足了么?你以为只要说,这是大势,没有法,真是奈何不得,你只能眼看着自己的孩子被杀,忍耐着自己的被辱,打熬着自己的被杀,我便满足么?唉唉,连想也不愿了。我是诅咒生来的。我为什么生来的呢?如果生来是无意味的,又为什么有战争这些事呢?我活着的时候,全没有想到别的事。只是自己的事,丈夫的事,孩子的事,菜的事,衣服的事,所想很是有限的。这样过去了许多日月。有高兴事便笑,有伤心事便哭的。孩子生点病,受点伤,便非常着急的;伤了一点指甲,也要大嚷的。现在想起来,很觉得异样。何以不能生活在平和里,何以该打熬这可怕的事呢?你也是生活在平和里的罢。昨天晚上到那里去了?

青年　看戏去了。

美的女人的魂　有趣么?

282

青年　老实说,实在是看惯了戏,什么也不觉了。伤心时便都哭,但自然是舒服的便宜的眼泪;发笑时便一齐笑了,从肚底里来的。我现在羞愧着这件事。

一个少年的魂　不羞也罢。喜悦的时候,还是喜悦的好。我们身受的死之恐怖和悲哀以上的悲哀,倘给活人尝了,要发狂的。人类不愿这样。

美的女人的魂　你的话真对。我并不想给活人没意味的凄凉。可是想活着的人,谁也不遇到无可挽救的事呢。

少年的魂　我能知道你的居心。但活着的人们,是不懂你真的居心的。就是我,也何尝喜欢战争呢?但我竟出去战争了,而且也杀了人;看见伙伴给人杀了,所以想杀人的。活的时候,说到敌人这东西,是最容易发生敌忾心的。现在想起来倒不懂了,那时可总想想些法子呢。只要一些事,立刻发恨,觉得只要能多杀人,便自己死了也可以。听到自己的同胞给人杀了,被人辱了,听到自己的祖国危险了,真觉得自己是不算什么的。这虽然可怕,但实在觉得如此。而且遇着敌人,单是杀了还不够,还想将他惨杀哩。

美的女人的魂　战争会到这样,所以可怕。两面都因为同伴被人杀了,便越发增加了憎恶的心思。总该趁这势子没有到这地步的时候,想点法才好。即使已经到了这地步,也得怎么的使这势子变化了爱之喜悦才好呢。这真可怕。因为一点发狂,后来却会不知道到怎样的。同我这样,就为着这飞灾,受了说不出的辱,还被杀掉的。还有我的丈夫,我的丈夫那里去了?

其夫的魂　(近前,)在这里呢。

美的女人的魂　这种事真怕再遇到了。

其夫的魂　不再遇到也尽够难受了。人是天生的止能受到或一程度的苦的东西,苦到以上便发狂,所以还好;但便是想想也就难堪呵。我们遇着这事了,许多人们,大约还正在重演这罪恶,教人正受着死以上的苦罢。

少年的魂　但人里面坏东西还多呢。别人苦了,他却高兴的东西还多。因为污辱惨杀了本国人,也毫不介意的东西也还有哩。这类东西,许多混进了战场,所以更难堪了。好的自然也有。但被恶人杀了的人,就是善人到了,也活不过来了。这实在是没法的事。

美的女人的魂　的确是的。杀了的人,就令居心怎样好,也不能遇了善人的清净的爱,便洗干净的。最难堪的,竟还有不得不生出敌人的孩子的女人,而且还不止一两个。总之教人遇到无可挽救的事,是不行的。教人遇着要诅咒生来的事,更其不行的。我是这样想,(对青年说,)你不这样想么?

青年　这样想的。从心底里这样想。

美的女人的魂　请看在这里的人们罢。全是托了战争的福,弄得不能不诅咒生来的这些人们呢。你竟还不想去掉战争么?诅咒生来的刹那时,你知道?

青年　在梦里知道的。

美的女人的魂　就在梦里也很难受罢?

青年　说不出的难受。这味道再多一分钟,大约便要发狂的。

美的女人的魂　醒后就好了罢。

青年　哦哦,在这一瞬间,我就醒了;心里想,幸亏是做梦。

美的女人的魂　我们可是醒着身受的,而且受到十分二十分钟以上呢。实际上便是尝了一秒的百分之一,便已很难受;我们可是尝到半日以上呢。以后的结果,就是弄杀呵。我这里,(指着胸口,)还有三个伤呢。

青年　我明白,我明白。

美的女人的魂　你看在那边的孩子。看那个年富力强的青年和样子很高尚的那老人。看那些思虑很深的男人们,看那个纯洁的十六七岁的女孩子。你想,这都是在地上,因为人们的暴力失掉的。你也该有爱人在地上罢?这人若像我这般死了怎样呢?你若正在这年青时候,非死不可,又怎样呢?你只要想定现在没有法,做

牺牲者也没有法,便能满足么? 能漠不相干似的,说别人的苦别
人的死在现在这世界上是没有法么? 倘想到这些可爱的人死了,
便是你也总该略略有点心痛罢。总而言之,我想,战争是应该竭
力免去的。

青年　我也这样想。但麻烦便在这以后,试将你的话,对着活人说
　　一回看罢,都要笑呢。倘使他们遇着了像你的事,大约要发狂。
　　可是还都说,正因为不愿遇着像你的事,所以定要战争呢。况且
　　别国的女人遇着像你的事,他们只要笑笑就好了。所以战争这问
　　题,实在为难。

美的女人的魂　因为难问题,所以更是活着的人应该想法的问题。
　　假使是容易解决的问题,那该早已解决了。

青年　解决也有过的。耶稣释迦以来,许多人都下过解决。只是人
　　们还没有实行这解决的力量就是了。

美的女人的魂　说没有力就算了么?

青年　算是不能就算了的。我想这问题,总该有些怎样的办法;可
　　是全没有怎么办法:所以很凄凉。另外应该解决的问题,没有解
　　决的也还有。

美的女人的魂　这样情形,你还悠然的过去么?

青年　无从措手,所以正茫然呢。

美的女人的魂　也未必无从措手罢。许多人都措过手了。

青年　我还没有确信的道。而且我生成不是实行家。无论什么运
　　动,我都不愿意加进去。我单想在书桌上做点事。向谁也不低
　　头,和谁也没交涉,写些要写的东西。

美的女人的魂　好一个可羡的身分呵。这样的人,何以到这里
　　来呢。

青年　跟了那一位来的,因为不得不跟了。至于我自己有没有到这
　　里的力量,可是不知道。倘说没有,便对不起有的人,也对不起你
　　们诸位;如果说有,又仿佛有点太骄傲了。我到这里来,也并非代

表活人的。

美的女人的魂　但是到了这里,还客气着,是卑怯的事呵。我们请你到这里来,并非想从你听些暧昧的回话;是想从你听一个有责任的答复,要听你对于战争的意见,才请你到这里来的。将对于战争的真意见,说给我们听。并且将怎么办才好的意见,说给我们听罢。

青年　倒是我正想听你们的意见呢。

美的女人的魂　不行,你该毫不客气的说出你的意见来。

青年　我没有这资格。

美的女人的魂　到了这里,却又默着回去,是卑怯呵。是日本人的羞耻呵。

青年　既这样也许另有适当的人罢。

美的女人的魂　谁?

青年　那可不知道。

美的女人的魂　日本没有平和协会么?

青年　有的。

美的女人的魂　谁是会长?

青年　…………

美的女人的魂　不知道么?

青年　知道的。但说出来,实在是日本的羞耻。

美的女人的魂　何以呢?

青年　因为这人是撒谎有名的人。因为就是说"为要平和所以战争是必要"的人。因为他做了平和会长,便一面对世界宣言说,没有军备,就得不到平和,一面却拚命的扩张军备的。不但如此,他很喜欢战争。现在这里的我的好朋友,就是因此死掉的。

美的女人的魂　阿呀,你的国里,这等人是平和会长么?

青年　是的,实在是羞人的话。真知道爱平和的人,怕一个也没有罢。说起来也惭愧,就是我自己,也没有真知道的,只是茫然的慕

286

着平和罢了。

友的魂　不至于如此罢。

　　　（铃响。）

鬼魂　诸君！诸君里面，想对活着的人说些话的，想必很多。可是时候不够了。我们的主，就是人类，对于这特地光降的日本的活人，命他讲些话。我们也很愿意知道活在日本的人，怀着什么意见。这回便是活着的人要演说了，请静静的听。这位活的人是日本人，是想为人类的运命做事的人。年纪也还青，想来以后为人类的运命做事，正多着呢。这样的人出来，人类很喜欢，我们也很喜欢。并且能听这样人说话，更是无上的喜欢，而且以为光荣的。

　　　（手上没有伤的都拍手。青年茫然的聚集了众人的注意。）

美的女人的魂　还踌躇什么呢。

友的魂　想什么说什么就是了。你没有想过的事，谁也没有想听呢。

不识者　你不能不上演坛去。

　　　（青年没奈何，上了演坛。）

青年　我是因为受了站上来的教命，站在这里的。我自己觉得并没有站在这里的资格，但既然受了教命，便不能不上来。照自己所做的事一面说，如果还要踌躇也要算卑怯，所以站在这里了。我到这里，并非代表那活着的人。对于战争，我也毫无知识，无论那一面，生怕都不能有使诸君满足的议论，这实在是很抱歉的。我只能将我的所感，老实说出。这也不是解辩的话，也要请体谅的。我是想到战争，便觉得寒心的人。这并非因为怕自己要死在战争里。只要想到死在战争里这事，本来就很凄凉的。然而可怕的，是一切生人，都以为战争是不可免的事，而且以为不爱战争似乎是一桩抛脸的事。国家看那害怕战争的事，比什么都害怕。说弱于战争，便是国家灭亡的意思。大家都这样想，不但是想，却不能

287

不信以为是一件要发现的事实的。这在古代是事实,现在也还是存在的事实。有些话,虽然前回这一位,已经说了,但我想亡国的恐怖,是谁的脑里,也都渗进着的。照现在这样下去,其实也不是无端的恐怖。倘不去掉了战争原因的原因,却要消灭战争的枝叶,实是无理的话。从国家主义生出战争,是必然的结果。在仅计本国的利益,而且以仅计本国利益为是的现代,战争不能消灭,是当然之至的。如果国家主义无错误,是真理,战争也就不可免,而且是美的了。所以国家主义的人,赞美战争;战胜的事,算最勇,算最美。取了别国的领土,不是耻辱,是名誉;使别国人做了亡国之民,也不是耻辱,是光荣。英国拿了印度,在英国不但有了利益,同时也得了名誉的。忍辱这件事,在个人是美德,在国家是无比的耻辱了。杀人是不行的事,抢别人的东西是坏事,扰乱他人的平和与自由是讨厌的行为;但一为国家,这些恶德便不但都得了许可,而且变了美德了。这类事情,从死了的诸位看来,大约是不合理;但从活着的我们看来,却是当然的。孔子和梭格拉第,在或一界限上,也以这事为当然的事。他们并没有说,别国人的侮辱是应该忍受。他们也没有明白说,战争是一件罪恶;因为他们是承认国家的。至于耶稣释迦便不认国家了,所以也以战争为罪恶。倘若孔子梭格拉第的教支配了人类,战争当然不能消灭,但耶稣释迦的教,若当真支配了人类,战争却该消灭的。然而倘使发问,这时候会到么?说不会到,是不错的。我们也想象着一个没有战争的时候,但不以为能从耶教佛教这样无我爱,或无抵抗主义的倾向,可以到来。只有屬入了尤其主我的,利己的立脚地以后,要消灭战争,战争也就消灭,我想只有我们更加聪明一点,涸竭了共同的不幸的源泉,战争才会消灭的。再回到上文说,无论是圣人是君子是哲人,只要承认国家的存在,便承认战争的必要,而且也不能不承认的。这世界上不能塞满了圣人和君子。承认国家,便须承认别国了,也不得不承认其间的利害关系,也不得不承认因此冲突的事了。于是军备成为必要,怎样防御敌国侵入的事成为问题,征兵也必要,重税也必要,杀人的器具,愈加精巧了。内行似的讲些尽人皆知的话,要请诸君原谅。这结果,便造出了诸君这样牺牲者了。在以战争为不得已,以战争为为皇帝为国家为同胞是必要,因此死了为光荣的时代的人,便做了战争的牺牲,也许便能满足罢。但使看那不可不战的理由为无意味的人们,也做战争的牺牲,可是太悲惨了。我在这里,伤心的是不能说诸君的死是光荣的,所以诸君可以瞑目的话。伤心的是只能说诸君的死是不得已,现在没有法,忍耐罢,体谅罢,表同情的这些话。我知道就是现在,每日每时间,勒令尝那死之恐怖如诸君的人,正是很多,此后也不知将有多少:想来总很难受的。然而伤心的是现在的时候,除却说些遇到这事是无法可想,只能算了之外,别无方法了。

旁听的一个鬼魂 这些事都知道的。要问的是怎样才会没有战争。你如果在战地里,给人捉去枪毙的时候,只要说现在的世界无法可想,算了罢,你便狗子似的死掉就算么?想想才好。

青年 这话是不错的。我不见得就算了,但我是不能不死的。

旁听的一个鬼魂 如果对着这样死去的人,真心表同情,便早一天好一天,赶快去掉战争罢。少一个好一个,赶快减少那诅咒生来的人们罢。

青年 倘能做到这件事,我也不知道怎样喜欢呢。因为世上有战争,在我是很凄凉的。战争之外,世上也还有种种不幸的事。但不能说世上有种种不幸的事,战争的不幸便可得了辩正了。

　　　　(鬼魂一对青年耳语,青年点头。)

青年 说些尽人皆知的事,空费了诸君贵重的时间,于心委实不安。竭力的简单说罢。我相信战争是会消灭的,而且也不能不消灭的。请不要疑心罢,我想倘若人间还未生长到"人类的",战争是不会停止;照现在这般国家依然存在,战争是不会没有的,或者战争反要利害，至少是对于战争的恐怖，也一定反要加增。我想现在还不觉醒，可怕的时候便来了。第一，军备便是不了，这事不必说，是诸君都很知道的。我们怎么免掉呢？这只有一条路。就是我们不用国家的立脚地看事物，却用人类的立脚地看事物。真知道别国人不害我，给我利益，因为民族的互助，才能增进幸福的事。我们不能拿别国人当作恶魔一样看。我们实际上，从别国人互得了利益的。我们不愿失掉了德国人，就从俄国人英国人法国人，实在也教了我们许多事。他们的文明，都可以互助的，其实也确凿互助着的。我们也不可不尊敬支那和印度的文明，要他发达。喜欢邻国的争斗，喜欢支那文明的破坏，是不行的。就是我们日本，现在也一定可以证明是人类里不可缺少的人种。我们其实是应该承认别国人的长处，发挥这长处，从这里取出可取的东西，因此得到利益的。破坏了别国的文明，就在这上面建设自己的文明，是一件发昏的事，违背人类的意志的。现在试想，如果全世界的文明，都成了德国式罢。别国人无须说，就是德国人，也要说不甚舒服的。即使法国的文明支配了全世界，我们能够高兴么？我们还不如种种文明，在地上存在的更多，发达的更盛的好。倘早如此，便种种的发明也更多，文明也更进，种种的艺术品也存在的更多了罢。这世界也是更有趣的世界，人类也该有更多的东西了罢。我想妨碍别国文明的发达，是应该诅咒的。使别国成亡国，妨害他人民的生长，无论如何，是不行的。我们没有怕这世界上人种的种类太多的理由，倒该怕现在的人种有灭亡的。从种种的人种，在这世界上创造出种种的美，是我们所希望的。在这世界上创造种种的文明，是我们所希望的。而且或一文明，能知道别文明所没有知道的，别文明所没有具备的东西。譬如或一人种发明了一种药；受这种药的恩泽的人，决不是限于一人种。这些事，是尽人皆知的。但在现代，却现出异人种间互相轻蔑互相憎恶互相灭亡的倾向，我要责备这狭量与不合理。我们不要暗地里从别国人或别人种,竭力取了利益,却互相忘记了这恩惠。应该知道本国的文明,如何受别国文明的帮助,互相称赞的。应该撒下爱的种子的,却撒下了憎恶的种子。别国不灭亡,自国便不能存在这种思想,是最为人类所愤怒的。说别国的文明不灭亡,自国的文明便不能存在,也大错的。脱离了别国的文明,本国文明在真意义上却不能存在,是人类的意志。人们不知道尊重人类的意志,所以不行的。(拍手,)从蔑视人类的意志的地方,起了战争的。可敬可爱的诸君,诸君的血,都因为蔑视人类的意志流掉的。人类一定从心底里,为诸君的不幸伤心。人类要将国家主义这一个大病,使个人知道。照这样下去,在人类是可怕的。在人类是可怕的事,不消说在个人自然也可怕,在国家自然也可怕的了。倘若国家还是这样,我怕总要感到自己渐渐的走进了无可奈何的狭路。我是感到了。国家便要觉醒,托人类替他想点方法的。现在为止,国家当作无上的东西而存在。就是现在,也还是当作无上的东西而存在罢。诸君便是做了这牺牲的。然而以后,国家未必是无上的东西罢。正如前回的演说者所说,我们能将别国人作朋友看的。无论是战胜者战败者敌国人,都只当作人们看的时候,一定要来的。被人占领,在古代是死以上的恐怖。但被占领等于不被占领的时代,一定要来的。现在这样说也许觉得奇怪。但人类是这样希望;个人和国家也就要这样希望罢。到这时候,战争便不必要了,征服者须向被征服者讨好的时候便来了。到这时候,战胜变了无意味,战争也成了无意味了。这些事,现在似乎是太如意的空想罢。然而个人的自觉,不到这地步是不肯干休的。人类希望着如此的。用暴力迫压别国,占领别国,送去本国的人迫压了别国,妨害思想的自由,阻遏他的文明,移植了本国的文明,消灭了那一国的自立的力量,这都是现在殖民地的办法。然而解放了奴隶的人,大约必不许有再使别国人受奴隶以上的苦的事的。我们不许有将人不当人的待遇。倘若各人都将人承认是人，真心的图谋他的发达和幸福，战争便该消灭了。这样时代，一定要来的。

（鬼魂渐渐隐去，青年没有觉得。）

青年　我们极希望这样时代到来。而且应该尽力，使这样时代到来。将人不当人的压制的政治，渐渐的会从这世界上消去，使一切的人，都像人样的生活着的时代能够到来，是我们活人应该尽力的。到这时候，战争也便从这世界上消去了。无论如何，使善良的人遇着要诅咒生来的事，是不行的。使不喜欢战争的人，不得不战，决不是可喜的事。并不愿战争的，却强要他战争，也决不是好事。这样不合理的事，在这现世已经任意推广到"没奈何"这一个理由以上，傲然的显出一副美德似的相貌，支配着这世界。无论如何，想来总觉寒心的，总是不行的。至于对着别国人，出了无理的难题目，说不听便要战争，那可更是不好的事。我憎恶这样的战争，尤其恐惧这样的根性。希望以有这样根性为羞的时代到来。我们爱本国的国民和文明，同时也应该尊重别国国民的权利和文明。应该尽力于互相利益，相爱相亲的。喜欢使别国民发生反感，扰动民众，是不行的。别国的幸福，决不是祖国的不幸。外国文明的进步，并非可悲，是可喜的。外国的武器的进步，军备的扩张，不是可喜的事。然而依着人类意志的文明的进步，是可喜的。我们该在真的意味上，更做到人类的人。并且也像在本国国民间禁止奴隶制度一般，对于属国国民用那对付人间以下的态度，也应该改过的。我们很怕人类的运命的进行，取了现在这般国家主义的进路。这意思明明就是不幸。我们为避掉人类将来的不幸起见，目下应该改变了这人类的进路的。这就是使人们像人模样的生活这一件事。就是已经知道了人类的运命照现在这般进行是可怕的各国人，互相连合，竭力的免去这不幸。就是使国家遵从人类的意志。就是人民与人民，都真明白了战争的悲惨，互相尽力的免去这战争。这些情形，大约是谁都知道的，大约诸君是尤其从心底里感到的。我因为诸君,尤其感到战争的悲惨了,总想去掉这战争。我真心仰慕着平和。我想诸君一定很难受,我可惜没有慰藉诸君的话。因为诸君的死毫无意味,所以对于诸君,更表同情了。我说的话,都是常谈,不能使诸君满足,很觉抱歉。然而今日的情景是不会忘却的。我从此以后,大约总要时时想到诸君,也便时时想到人类的运命。请宽恕我的无力,宽恕我的话的无力罢。但我心里所有的对于美丽的国的仰慕,却要请诸君体察的。许多时候,将不得要领的话,渎诸君的清听,很是惭愧的事。但实在因为没有力,只能请诸君原谅了。(青年这时才觉到鬼魂都已隐去;只横着许多枯骨,大吃一惊。)

不识者 谁也没有哩。只有枯骨纵横哩。

青年 我很凄凉。

不识者 那边去罢。

青年 人为甚么活着的?以前的人,为甚么活过的?

不识者 这些事管他什么。那边去罢。

青年 那些人们,究竟为甚么活过的呢?

不识者 遇到这些事的人们,从古到今,多的很了。死了以后,这人活的时候的事业就完了。

青年 倘若我遇到这样事情呢?

不识者 没有遇到的时候,是没有遇到的,不也好么?

青年 可是。

不识者 那边去罢。遇到这样事情的东西,以后还不知要有多少。那边去罢。

　　(沉默,退场。)

　　(幕。)

　　　　　　(一九一六,一,二一,——二,一六。)

第 二 幕

（一条街的郊外。）

青年　乏了。肚子饿了。

不识者　买点东西吃不好么？

青年　我没有钱。

不识者　那便只好熬着。即使两三日不吃什么，也不见得便会
　　饿死。

青年　这是那里？怎么才能回家呢？

不识者　你没有将所看的事看完，回家不得。其实是只要你叫喊起
　　来，便能回家的。

青年　母亲在家里愁罢？

不识者　没有的事，母亲只以为你梦中呻吟着罢了。

青年　梦罢？

不识者　是比真更真的梦哩。

青年　可是肚子饿了。历来没有这样饿过。而且也乏了。一步也
　　不愿走了。

不识者　没志气的；这样子，以为能做大事么？

青年　做大事的时候，决心是两样的。可是现在连想做事的意思还
　　没有呢。

不识者　既然如此，就在这里歇一会罢。

青年　肚子有点痛了。（坐下。）

　　　　（绅士夫妇带着孩子走过。绅士落下钱包。）

青年　钱包掉了呵。

绅士　多谢你。

　　　　（绅士拾起钱包。乞丐上。）

乞丐　布施一个钱罢。

（绅士给与银钱。）

乞丐　多谢多谢。

（卖面包人上。）

乞丐　买面包。

卖面包人　要那一样？

乞丐　要这个。

卖面包人　是。

孩子　妈妈，我要买面包。

母　可以买给他么？

绅士　好好，买给他。

母　买面包。

卖面包人　是是。

母　要那一样呢？

孩子　这个和这个。

母　那就要这个和这个。

卖面包人　是是。

（乞丐站在路上，吃着面包。）

（孩子拿了面包刚要走，一条狗跑出，便给了狗。绅士等退场，狗跟下。劳动工人等上场，都买了面包，很亲热的吃着笑着走过。青年忽然将两手缩入袖里和怀中，看着。）

不识者　你做什么？

青年　我正想该有金钱在什么地方满散着呢。

（卖面包人之外，皆退场。）

卖面包人　先生不要面包么？

青年　要是要的，可是没有钱。

卖面包人　没有钱么？一文也没？

青年　忘记带来了。改天还你，你可以赊一点么？

卖面包人　这真是对你不起的事。

　　　　（卖面包人退场。）

青年　这样下去,怕要饿死了,如果再不想法弄一点钱。

不识者　不愿意讨饭,便只好做工。这是一定的事。

青年　既这样,便去寻点事做罢。

不识者　事也不能便寻到:无论什么事,都很不容易寻到的。

青年　可不是么。然而也不能不寻去;因为这样下去,怕要倒毙了,
　　况且在这地方,也没有一个熟人。无论什么事,我都做呢,只要为
　　饭计,为生存计。因为不活着,便没法了。我为生存计,做什么事
　　都不羞的。

不识者　这么说,刽子手也做么? 雇到屠牛场去也行么?

青年　这可有点为难。不做这些事,也未必便会活不成的。

不识者　假使不做,竟活不成呢?

青年　这么生存,是诅咒哩。

不识者　现在寻些什么别的事呢?

青年　就是能赚钱的事,这种事也不是一定愿意做。倘使一向学着
　　这种事,现在也不见得便不愿;但是同我这样,是向来没有学做什
　　么事的,所以无论做甚么事,都觉得有点不很舒服了。

不识者　你是想不做事而活着的人们这一类罢。

青年　事是想做的。但不愿意做替不爱的人赚钱的事,却要做一个
　　人不得不尽的义务的事罢了。可是现在寻不到这等事。愿意的
　　事,一时也想不出。可是肚子这样饿了,再不吃便实在难过。因
　　为一文也没,是毫没有法想的。

不识者　这样说,究竟寻怎样的事呢?

青年　寻起来看罢。可是寻的时候,肚子饿了。我从来没有这样饿
　　过。有人来才好呢。我要借一点钱,照现在这样,是挨不下去的。

　　　　（女上。）

不识者　向伊借罢。

青年　对女人说,总有些不好意思。要是以后见了男人,再向他借罢。

　　　　（女退场。男上。）

不识者　喂,向他借罢。

青年　随便对着毫不认识的人说话,实在有些为难。

不识者　现在已不是讲究这些事的时候罢。

青年　打定主意说一回看罢。（走近男子,）先生,我拜托你一件事。

男　什么?

青年　这也实在很冒昧,肯借我几个钱么?因为肚子饿极了,又忘记带了钱来。

男　这样事情,还是托你熟识的人去罢。

青年　这里没有我熟识的人。

男　看你倒是一个很像样的身体。但你的手是怎的。不还是一双没有作过工的手么?我对于有满足的身体,却毫不劳动而没有饭吃的人,是没有同情的。这是自作自受的事。劳动去罢,劳动去罢。

青年　有什么好的事情,我就做去。

男　自己寻去,——自己。在这样地方逛,寻不到事做的。（打量着青年的形状,）如果是乞丐,便该像乞丐模样,蹲在地上,说一声布施我一文钱。对着毫不相识的人,说要借钱,实在是怪事。劳动呢,乞食呢,做贼呢,都不愿,便倒毙罢。你便是死了,谁也不会吃惊的哩。

青年　不借就是了。我并没有说一定要借。

男　因为肚子饿了,借我一点钱,这是乞丐的话呵。就是肚子饿,也装着没有饿的样子才是。

青年　这些事我知道的。

男　既然知道,何以做出刚才那样不要脸的事呢。简直用了一礼拜没有吃的声音,却还能说要脸么?我最嫌少年人要别人帮忙。自己寻事去,做一个额上流了汗换饭吃的人罢。

青年　…………

男　我的话懂了没有?(少停,)有什么不服么? 不服不要默着,侃侃的说罢。

青年　也没有什么不服。我已经不必和你说话了。

男　这也不然。须明白我的话才好。像你这样盛年的,身体好好的,无论那里,你总不是废人。这样的人,却满口肚子饿肚子饿,懒懒的活着,从国家上面看来,也就无聊。还是做事罢,什么都好的。想依靠别人的慈善心这种事,是应该羞的。

　　　(男退场。上回的乞丐上,走近青年。)

乞丐　你太老实了,所以不行。不是卑躬屈节的讲话,是做不了乞丐的。像你这样被别人说了几句,便受不住的人,是做不了乞丐的。这里有一个钱,送与你罢。

青年　多谢。我可是不要。你自己留着罢。

乞丐　一个钱算什么,立刻可以要到的。送与你,拿罢。

不识者　拿了就是。

青年　多谢。那便拜领罢。

乞丐　哈哈哈。说拜领可是惶恐了。然而我却不是寻常的乞丐呢。实在是做了乞丐和世间玩笑的。本来是托钵和尚,后来真做了乞丐的。你也做乞丐试试罢,非常舒服哩。乞丐固然也有许多事,有地段等等各样麻烦的事。我可是和这些伙计们毫没关系的过去了。倘不乖巧一点,什么事都不行。像你这样傻老实,单说一声给我钱,给你的只有教训罢了。教训是饱不了肚子的呵。

青年　你在那里要着饭做什么?

乞丐　要了饭就吃。

青年　吃了做什么?

乞丐　吃了就睡觉。

青年　单是吃了就睡觉么? 别的时候,你想些什么? 你不是一个不是寻常的乞丐么？

乞丐　闲空是多着呢。想些想了也无聊的事罢了。

青年　怎样的事？

乞丐　女人的事。

青年　还有呢？

乞丐　吃的事，睡的事，那里睡的事。

青年　还有呢？

乞丐　人为什么活着的事。

青年　这事你怎么想？

乞丐　我想人是错生下来的东西。是不生本也可以，却生了来的东
　　西。活的时候，姑且活着，也不必硬要寻死。待死到来，那就死了。

青年　你不想做富翁么？

乞丐　倒也不想了。从前也曾想过，我可本是富翁的儿子呢。因为
　　好玩，同女人逃出了老家，在各处浮荡着，用完了钱，被这女人舍
　　了，回家看时，父亲已经死去，钱财也都处分好了。我没有送父亲
　　的终，却像回家特为要钱似的，便生了气，一文也不要，仍旧飞出
　　了老家，进了托钵和尚的队伙，但说到经，又觉得傻气了。以为学
　　做废人，还比出卖佛菩萨的好。因为顺顺当当的便做了，毫不觉
　　得为难的。一时也想学学好；但便是学学，也有什么意思呢。

青年　舍掉你的女人怎样了？

乞丐　做了太太了罢，——一定是的。我可是并不恨。我是不怕甚
　　么的。因为活着也不觉什么有趣，死掉的事，也就不觉什么可怕
　　了。什么也不愿做，所以什么都不做，只是睡着的。碰到了吃的
　　时候便吃，碰不到的时候便只是碰不到罢了。就是生了病，也没
　　有人服侍，可是死了也就没人哭了。什么时候总会倒毙的，倒也
　　不觉得什么可怕呢。因为生来的事已经错了，现在再也没法归
　　原哩。

青年　你对于战争怎样想呢？

乞丐　战争这事,在不愿死的肚子饱的这些人们,也许是一个问题;在我可是全不算什么一回事呢。单觉得好事的任性的这班东西要打,便随便打去就是了。然而喜欢战争的这些东西,无论怎样看法,只是傻子罢了。你肚子饿了罢。因为挨饿的工夫,你还没有修炼呢。一看见你,就使我记起少年时候的事了。还有面包,你请用罢。

青年　多谢。

乞丐　似乎有点脏罢。倘使这面包不经过我的手,却从美人的手里交到你的手里,总该觉美过十倍罢。这时候,大约便是所谓"乐"了。不要客气的吃罢。碗在这里,给你舀一碗水罢。一看见你,很使人觉得愿意替你做点事呢。

　　　　(乞丐退场。)

青年　那个乞丐是什么人?

不识者　就是如你所见这样的人。

青年　不是寻常的乞丐罢。

　　　　(乞丐登场,青年怕脏似的吃着面包,合了眼喝水。)

乞丐　便是一样的水,从乞丐的碗里喝了,味道也该两样罢。比在美人的手里喝水,意思是不同的。明白之后,虽然一样是溪水,没有明白时候倒反好呢。就是我,也从美人的手里喝过水,喝过酒,拿了触过美人的嘴唇的杯子,战战兢兢的心跳着,送到过自己的嘴边的。人们才是可笑的东西哩。因为他是生成的肉麻当有趣的。无论怎么,人们总是生成照样,不会再高明的。便是我讲的话,也同这碗水一样,比方是圣人说的罢,你就要感激万分,跪听这一样的话了。这样倒反好罢。

青年　你想照这样下去,世界会怎样呢?

乞丐　在想那世界要怎样之先,略想想心里的事看。刚才的面包和水,你如果不从乞丐,却从美人要来,便怎样呢?你大约要很高兴,要感激涕零罢。一样的面包和水,也是如此。这样肮脏的乞丐和你要好,你不舒服罢?

青年　没有的事。

乞丐　那里,看你的脸色就知道的。比方我并非美人,却是你尊敬
　　着的人,或是世间尊敬着的人,便怎样呢? 我的手不比美人的手
　　更高贵,我的碗不比黄金的杯更高贵么?

青年　这却是的。

乞丐　如果你的心里有爱,坦然的受了我的好意,那便刚才的面包
　　和水,比实际的味道,你该觉得美过几倍罢。

青年　这是很确的。

乞丐　你以前不说过"为不爱的个人劳动有些傻气",这类意思的
　　话么?

青年　说过的。

乞丐　你的意思,不是以为同一劳动,为嫌憎的人做,便是苦,是无
　　意味;为爱的人做,便是乐,是有意味么?

青年　是的。

乞丐　所以爱这世间的,爱这人类的人,比那追寻快乐的,更能高高
　　兴兴的做自己的事。如果这世间的劳动,与爱这世间爱这人类
　　的人的意志有违的地方,那便对于这等人,不是一个打击么?

青年　是的。

乞丐　现在有许多人,还没有真觉到这件事。释迦和耶稣都不拣劳
　　动生活,却拣了乞食生活,似乎原因便在此。倘若做了这世间的
　　谬误的机关的手足,也就是承认这机关了。但一到理想的世界到
　　来,便是做了一定的劳动之外,另做自己的事;做自己的事,也就
　　是比一定的劳动更于世间有利的事,这是我们该做的了。你不是
　　这样想么?

青年　是这样想的。

乞丐　所以现在的世上,劳动者得不到尊敬的。受尊敬的不是勤苦
　　人,却是悠悠然活着的人。人们并非为人做事,是为钱做事,所以

富人便得着尊敬，穷人只能得到轻蔑了。这不是尊敬人，只是尊敬钱罢了。人们如果为了金钱不得不劳动，人们便不想人类的事，只想金钱的事了。并且忘却了用钱也买不到的宝贵东西，却只知道用钱能买的什么快乐什么尊敬什么利益什么便利什么安逸之类，以为是现世能得到的顶上的东西了。现在的时代是国家主义时代，也是金钱的万能时代，只要有钱，便无论到那一国里，都可以摆起架子，拿这国里的穷人，像奴隶似的使唤。有钱的外国人，比穷的本国人尤其尊敬，尤其欢迎。金钱的价值，全世界都通行；金钱的要紧，人们都彻骨的感着，过度的感着。这也不但俗人，便是宗教家也不免的。穷人的一文钱和富翁的一文钱，只能一样使用。也不但世俗，便是宗教家也不免的。而且有钱的宗教家所说的话，也格外通行。穷的宗教家，受了俗人的轻蔑之外，也还要受宗教家的轻蔑的。所谓托钵和尚，并不是一个尊称。其实托钵和尚里面，也很混着许多无聊的人的。他们并不想什么高尚生活，只是度不成寻常生活，所以做了托钵和尚，在那里仰慕着富翁罢了。

青年　你也是因为传道起见，所以做乞丐的罢。

乞丐　并不是。我没有这么尊！我可是热望着尊的东西，热望着不灭的东西。站在虚伪的东西上面，却悠悠然的得意着，是不肯的。我们先该打胜了那死亡。就是决不度违反自然的意志和人类的意志的生活。我曾经想做过不背自然的结婚，想和我真心所爱并且爱我的女人结婚的，而且以为已经有了这样的女人了。然而这结婚，父亲不肯，金钱不肯，女人自己也不肯。实行理想的自觉和这自觉的价值，我自己是相信的。但这自觉，从用了寻常的眼睛观看东西的父亲和女人看来，只是一个笑话。这样的人，既不能教他认知自己的行为，也不能强勉他取同一的行动。略略能够实行自己的意见的，只有自己。如果以为可以教妻子也照自己的意见做去，那只是一相情愿的空想罢了。我于是想，就是我一个人不再度自己不愿意的生活罢。我没有能赚钱的事,我便做了乞丐。做了乞丐以后,虽然也想做点别的事,可是脑和心都疲乏了。就是做乞丐,想起来也不算正当。即使乞丐,倘若活在这世上,便总被支配这世间的不可见而且不很高尚的势力支配着的。你看,警察来了。我不逃就要被捉,要被踢的;因为这村里是不准乞丐跨进一步的。

青年　在那里?

乞丐　从那边来的。阿阿,仿佛已经觉察了。再会。你看见这可怜的样子,不要见笑。有空再出来罢。

　　　　(乞丐躲下。警察慌忙登场。)

警察　(喘着气,)没有乞丐在这里么?在这里罢?

青年　在这里。有什么事哪?

警察　这里是不准乞丐进来的。而且那个乞丐,是有过立即捕拿的命令的。那里去了?

青年　那里去了呢?忽然不见了。

警察　那乞丐跑的真快,容易拿他不住。和你说过些什么话罢。和那样乞丐讲话,没有什么好处的。跑到这边去了罢?

青年　唔唔,这边去是那里?

警察　是一条街。

青年　这街叫什么名字?

警察　管他什么名字。只是因为上头若知道我见了乞丐,却不追赶的事,便要算作怠慢职务的。

　　　　(慌忙退场。乞丐从草地里露出头。)

乞丐　那里去了?

青年　那边去了。

乞丐　可怜也诚然可怜,可是听他拿去,也麻烦的难过。

青年　他说你跑的真快呢。

乞丐　就有这样的谣言罢了。幸亏如此,我所以不必跑到远方,只是就近做一个躲避的地方便够了。

青年　又来了呵。

乞丐　又来了么？（将头藏下。）

　　　　（警察登场。）

警察　终于跑了。从这条路去，是可以走到 X 街的。那个乞丐对你
　　说些什么？

青年　也没有说什么。

警察　没有说些对于这社会有点不平似的话么？

青年　倒也没有说这宗话。

警察　那个乞丐没有什么好话。那个乞丐已经有些学生了。就因
　　此很着忙呢。

青年　有了怎样的学生了？

警察　无非只是些不成器的东西。别的坏事也没有做，只是说些什
　　么这世间是立在谬误的基础上，教这基础坚固的事，还是不做的
　　好之类，似乎一种不三不四的社会主义的话罢了，倘若以后再遇
　　着他，还是不和他讲话好。

青年　多谢。

警察　再见罢。

青年　再见再见。

　　　　（警察退场。乞丐又将头伸出。）

乞丐　走了么？

青年　走了。

乞丐　你也真会撒谎哩。

青年　因为一讲真话，你便要被捉了。

乞丐　是一文钱的好处么？（走出。）

青年　那警察倒也是一个好警察呢。

乞丐　是的。所以这样尽职，真冤人哩。

青年　你是社会主义者么？

乞丐　不,我是不很知道社会主义的事的。但我想,这不是未免有点不将感谢播布在他人的心中,却去播布了憎恶,教人感到自己的罪恶之前,却先计算他人罪恶的倾向么。然而这或者也只是末流的话罢了,我是不希望人心中发生憎恶的。以自己力量太少和自己正当生活着的力量不够为羞的心,我是尊敬的。这种心能够将爱叫醒,将感谢叫醒,能够起正经做事的心,起随喜别人的幸福,悲悯别人的不幸的心。这时候,这人便决不要再用憎恶和不平和嫉妒,来苦恼自己的心。自己很正经,却从社会得到迫害,自己没有罪,却受着苦;然而不做一毫好事的东西,却在那里享福。这样想固然也难怪。但这样想便是教这人更加苦恼的事,应该羞耻的。这样的心,是抬高富翁的,是发起金钱万能的思想的。这样的人们,一旦有了钱,比现在的富翁,未必更为高尚,也一定要瞧不起穷人的。这种低级的心,不能改良现代的制度,却巩固现代制度的基础,教人愈加觉得金钱的要紧,金钱的万能的。我们如果憎恶现在的富人,便该有即使有了钱也不学现在的富人的决心。然而许多穷人,却想学现在的富翁,想得富翁的所得,都羡慕着,这样的不平家,我们不能靠他。而且利用这种根性,也应该羞耻的。我想现在的社会主义者,似乎有点煽动这低级的嫉妒。这虽然也难怪,但增长了这种心,这世界是决计弄不好的。到那时候,从这根性上,恐怕也不能生出比现在更美的调和。我辈不愿在憎恶上做事,总想竭力的立在人类的爱的上面,做点事情。

青年　这样说,你以为怎么办才好呢?

乞丐　我等候着立在爱的上面思索物事而且想实行他的人,就是多一个也好。我想竭点力增加这样的人,就是多一个也好。而且想从人的心底里改变了他们的人生观。充满着爱与感谢的心,这样的心,我想在这世间,教他加多,就是多一个也好。你是做什么事的呢?

青年　我想弄文学。

乞丐　文学！做些给懒惰人赏识的文学,是不行的。亲近了能赚钱的快乐,是不行的。利用了这世上的不合理,想有所得,是不行的。女人上也该小心。你对于女人,很有些入迷的地方哩。

青年　那里,不要紧的。我是生成的不会被女人喜欢的。

乞丐　然而倘被喜欢,便浑身酥软的性质,应该小心呵。为了真理,破坏现世的法则,固然可以,然而为了快乐是不行的。前者有能打胜现世的法则的力,后者是没有这力的:你应该深知道这件事。为你的将来起见,说给你听了。总会有记起来的时候罢。

青年　多谢。

乞丐　许多人从那边来了。那些人全是有趣的人们,但单是有趣的人们罢了。在那些人们,只有日曜日的。可是我辈也偶然爱那日曜日呢。

青年　我还有许多要请教你的事。

乞丐　我也还有许多要告诉你的事。以后总有告诉的机会罢。

　　　　（少年男女数人登场。看见乞丐。女一,很熟识似的走近乞丐,略带玩笑模样。）

女一　先生！遇见的真巧。

乞丐　（在女人的手上接吻,）列位,这里绍介一位新朋友罢。

　　　　（各各很熟识似的招呼。）

乞丐　这位的肚子饿了。谁有吃的东西,拿出来送给他罢。

女一　我送这个。

女二　我送这三个点心。

女三　我送这三个鱼饭。

男一　我就送这一个水果。

男二　我没有带着什么,去舀一杯水罢。

女一　我来削水果罢。

　　　　（青年略觉踌躇,但仍然连说"多谢,多谢",受了食物,一样一样的吃。）

乞丐　列位,仍旧只是玩罢。

女一　（用了演说的调子,）诚然。然而我们是并非用了金钱,买卖快乐的。我们是玩,不是献媚,玩的时候当玩,学的时候当学,遇见的时候当遇见,要睡觉的时候当睡觉,时间与劳动万不可卖的。都应该随自己的意,这里就生出新的必要,这里就生出新的秩序。该高高兴兴的听从这秩序,该将时间与劳动,献与顶高的秩序。这秩序不可站在金钱的上面,不可站在憎恶的上面,该站在爱的上面,大家的幸福的上面。不可站在不公平的上面,然而应该站在身分相当的上面。我们的老师这乞丐,这样说也。（行礼。）

　　　　（都笑。）

乞丐　诸位似乎也玩的太过了。

女二　没有的事。我们这六日间,是在家里做事呢。我们已经决定了在这六日间决不白花一文钱呢。正想那取得时间与劳动的自由的计画呢。我们的财产是无量数,已经有了一百十二圆五角六分五厘了。

女一　里面的一圆五角六分,是我的针黹钱。

乞丐　佩服的很。

女一　先生也捐一点罢。

乞丐　就捐一分好么。

女一　一分! 好的。（受了钱。）帐房先生,我们的财产有了一百十二圆五角七分了,记在帐上罢。

乞丐　内中的六分,是我捐的罢。

女一　唔唔,是的。可是我们有一元六角二分捐给先生的。

乞丐　这种事都还记着么。这位因为没有钱,正在为难呢。

女一　这样么?

青年　不不,我不要。

女一　不不,你是我们的朋友。没有钱,很不自由罢。现在奉上一元,倘不够,再可以奉送的。

青年　不不，我不要这许多。只要发一个电报到家里，便会寄来的。（从女一取了钱，）多谢。

女一　你还靠家里养活么？

青年　是的。

女一　你靠家里养着，想做什么呢。

青年　想弄文学的。

女一　文学也有种种哩。

青年　总想竭力做点正经的事业。

女一　不必为金钱劳动的人，如果不做点正经事，真是说不过去的。

青年　我也正这样想。可是不知道的事太多，也很为难。

女一　这是当然的。倘使什么都知道，也许不能像我们这样活着了。人的活着，都是单看见自己的力量的东西的，不能看见更在以上的东西，正是自然的意思呢。（略看乞丐，）先生。（忽然向着青年，）但是你坦然？

　　　　（女一，突然取出手枪，对准青年的胸口。青年大惊。）

青年　并不坦然，并不坦然，不要取笑了。

　　　　（女一，将手枪对着青年胸口，画一小圈。）

女一　你以为我真要放？

青年　不不，知道你不会放的。

女一　如果我当真放了呢？

青年　那我就死了。算了罢，这样玩笑。

女一　我不是玩笑呢。我要听听你的本心，胜于死的东西是什么？

青年　我现在，还没有把住胜于死的东西。现在一死，就都完了。

女一　什么是都完了？就是说都完了，死了也一样的。

青年　但是现在还不能死哩。你安心不开枪，所以能够坦然的取笑，我可多少难过呢。歇了罢。

女一　我要听一听你的对于死的意见呢，要听听弄文学的人的不愁吃的人的。

青年　该做的事，我都还没有做。现在不能死的。

女一　但只要一放，你可就死了。真就死了呢。

青年　这是知道的，这是知道的。所以请你歇了罢。

女一　不要紧，我不放呢。（愈将手枪瞄准，装作要放模样。）

青年　（流着油汗，）不放是知道的。歇了罢。

女一　你知道死以上的东西么？

青年　死以上的东西，也并非没有知道。可是死以上的东西，在现
　　　在刹那间，不能教他在这里活过来。现在一死就是白死，同被强
　　　盗杀了一样。

女一　我，不是强盗呢。

青年　然而现在被杀，总是不满意的。

女一　然而倘是事实，便没有法。死这东西，不是专杀满意于死的
　　　人的。对于死的满意与否，全在这人的力量，死是不知道的。

青年　诸位，不要只是看着，劝他歇了罢。

女一　我要歇的时候就会歇，要放的时候就会放呢。

青年　你竟在那里拿我做玩具么？

女一　你因此不服么？

青年　你不觉得取笑的太凶么？

女一　既这样说，便问你什么时候才可以死？

青年　过了九十岁，老衰的时候，要做的事，都做了之后。

女一　还有。

青年　别的死法都是无理的。然而到了活着却是耻辱的时候，也许
　　　情愿死；爱来要求死的时候，也许情愿死；不是否定了真理便不能
　　　活的时候，也许情愿死。但这样的真理，还没有切切实实的把住
　　　呢。总而言之，现在的死是不愿的；现在一死，是难堪的。

女一　为甚么难堪的？

青年　就因为什么事都还没有做。

女一　无论做了没有，死了就一样了。

青年　可是活的时候，这样是不行，——生成是不行的。从不知道
　　　什么，受过"在这世间做了该做的事来"的命令的。所以若不能得
　　　到已经做了该做的事的感，人就要烦闷的。男人大抵是这样。

女一　女人呢？

青年　女人的事，我不知道。总之歇了罢。

男一　够了。歇了罢。

女一　（歇手，才笑着说，）请你不要见怪。这不是真手枪，是玩具的
　　　手枪呢。做的不真像么？

青年　（用袖子拭汗，苦笑着。）真真吃吓了。拿着这样东西做什
　　　么的。

女一　我们想串一点外行人戏剧，所以拿来的。

青年　要演剧么。在那里？

女一　就在这里。并且想请先生看的。

青年　我也可以看么。

女一　好好，也请你看。是一点很短的戏。

青年　这手枪是你用的么？

女一　是的，就像刚才这样用的。你怕？

青年　已经知道是玩具，不妨事了。

女一　其实并非玩具呢。那边有一个雀子，打给你看罢。（装弹。）

男一　算了罢。

女一　若非神之意旨，则一雀亦不死。（放枪，雀子落下。）

青年　你刚才说的话，我最犯厌。

女一　何以？

青年　因为照这话说去，那杀人战争虐杀这些事，便都只是神的意
　　　旨了。我幼小的时候，曾以为不是神意，便是马蚁也未必死；死的
　　　马蚁，都是应该死的。便用石头去砸马蚁，砸了一看，马蚁死了；
　　　许多马蚁，一个也不留的死了。自己却以为行了神意，仿佛小恶
　　　魔的居心呢。但以后却也不很舒服了。总之虐杀之后，却以为因

为神的意志，那个东西是本有被虐杀的资格的，这般想，是不了的。

女一　你是人罢。

青年　你不是这个是甚么？你对于我的话有些不服么？

女一　没有什么不服。因为第三者不喜欢看见虐杀的脾气，是神造的。

青年　（看着手枪，）你是说谎的。刚才不说是玩具么。

女一　因为说是玩具，你就放心了。人是受了骗，却会放心，会高兴着的。对着没有听真事情的资格的人，说些真事情试试罢，他便用谎包裹了；做成了容易中意的东西了。就是佛教耶稣教罢，遇着末世的教徒，也就同遇着了贵显绅士的嘴一般，都包了谎。能做的巧，这谎还要同珠子一般贵的。我们遇到了不很便当的真理，也便含胡一点，教他容易活着呢。这样的反通行，那就是现世还站在虚伪上面，弄到免不了革命的。

青年　实在是的。演剧在什么时候开手呢？

女一　就开手罢。

男一　开手罢。

男二　开手罢。

青年　著作的是谁？

男一　是我。很无聊的。

女一　（画一条线，）这里算舞台罢。我来开场。诸君，到脚色出台为止，都先进去罢。（女三和别人都退场。女一立在中央，）诸君，我们在这里演一折戏请诸君看。有趣么，没有趣么，我们不很知道。在诸君的心里，有响应么，没有影响么，也不知道的。只是我们想做这样的东西，所以做了。觉得无谓的，请不必看；要看的就看。也没有定出什么题目。时间和地方，也没有一定的。演剧便开始了。我算是一个美人，美到使一个男子失恋之后，至于自杀的。现在是这样的美人，一个人跑出了家，正在树林里行走呢。

（巡行。）

青年　　（对女三，）你呢？

女三　　我是扮看客的。

　　　　（男一登场。）

男一　　你在这里么？

女一　　唔，在这里呢。什么事？

男一　　事是没有。可是他们都着急呢。

女一　　所以你来搜寻的么？

男一　　是的。

女一　　你也着急？

男一　　我也着急了。心里想，莫非竟发了疯了。

女一　　我发疯倒没有。

男一　　你整天的拿着手枪罢。

女一　　不，我没有拿着这样的东西。

男一　　可是都因此着急呢。

女一　　怕我自杀么？

男一　　他战死之后。

女一　　我，没有想着他的事呢。谁来想死人的事。

男一　　但死人这东西，是有魔力的。

女一　　活人的眼睛里，就没有魔力么？我是活着的。然而竟有中了
　　　我的魔力的男人呢，很可笑的男人。

男一　　你说这男人就是我么？你的事，我早没有想了。

女一　　还是真的？那人战死的时候，我以为心里欢喜他战死的，这
　　　世上竟有一个人呢。

男一　　我像这样的人么？

女一　　如果你是正经人呵。

男一　　请原谅罢。

女一　　我也不说这事是应该见怪，然而教恶魔喜欢，是不行的。他

312

为什么死了，为战争罢，何以不能不出去战争呢？因为是兵，因为有了长官的命令，因为体格好，因为不是近视眼像你一样罢。你没有死，他却死了。你的恋爱的敌人，你的事业的敌人，而且总是对于你的胜利者，你的好友，是死了。虽说好友，冷淡的凶呢。他死了的时候，你也哭了，我并不说是假泪。但那人为什么死了？世上没有愿意他死的人么？你告诉我罢。

男一　我的心，你是知道的。

女一　呸，那边去。不要跟着我。你该有别的事罢。你以为那人失掉的东西，都能自己得到么？那边去。不去就是这个。（出手枪对着。）

男一　仍旧，你拿着手枪。你想自杀。

女一　你怕这手枪打死我之前，还有尤其可怕的东西，你知道？

男一　不知道。

女一　你才是发了疯呢。这手枪现在是要谁的命？（显出开枪模样。）

男一　你不打我。

女一　以为不打么？

男一　给我手枪。

女一　不怕么？

男一　（跪下。）给我手枪。你死了是不行的。

女一　你却可以死么？

男一　我曾经愿意为好友死掉的。

女一　为谁？

男一　为你。

女一　再这样说，须不教你活着呵。说这样话，自己羞罢。

男一　教我怎样才好呢。

女一　忘记了我。

男一　不能。

女一　不能？再说一句看。

男一　不能。

女一　你是不要脸的卖朋友的人。

男一　任凭怎么说罢。

　　　　（女一赶快藏了手枪。）

女一　站起来。妹子来了。我什么都不愿意教妹子知道。

　　　　（女二登场。）

女二　姊姊在这里？父亲和母亲，都着急呢。快回去罢。

女一　我就回去，你先走。只要说已经寻到我，请放心罢。

女二　姊姊，你拿着手枪罢？就先将手枪给了我。

女一　即使给了手枪，只要想死，随便那里都可以死呢。我可是不
　　　　死的。不是被杀不是生病，我是不死的。放心去罢。我拿着手枪
　　　　只是护身，因为这里会有虎狼呢。

女二　这样地方没有虎狼的。

女一　虎狼是无论那里都有。到了年纪，虎狼会变了男人进来的。
　　　　到这时候，倘不知道人和狼的分别，那就险极了。

女二　姊姊，当真回去罢。

女一　你知道为什么有战争么？我呢，就因防着战争时候，所以拿
　　　　手枪走的。我是打枪的好手，打下那边的雀子给你看罢。

女二　算了罢。可怜相的。

女一　在这世间，用可怜这句话，是不行的。用快意这一句话罢。
　　　　人被杀了，快意呵。儿子死了，快意呵。丈夫故了，快意呵。自戕
　　　　了，快意呵。遭了雷死了，快意呵。倘没有这样的脾气，在这世间
　　　　是活不下去的。

女二　可是。

女一　还说可怜么？谎呵，谎呵。觉得可怜，只是撒谎罢了。一日
　　　　里要死掉几万人，我们真觉到可怜么？怕未必比自己养着的小鸟
　　　　儿死了，看得更重罢。可怜的话，只是口头罢了。因为还有听到

314

自己的好友死了,倒反高兴的人呢。

女二　这样的人,也未必有罢。

女一　如果竟有,这人是人呢,还是禽兽?

女二　这人,不是人了。

女一　可是这样的却是人呢。人的里面,伏着这样的根性呢。活人是可怕的,是靠不住的。摆着圣人面孔的人,教他对了女人住一两日看罢。对你说这些话还太早。不干净的也不只是男人呢。那边去罢。这里不是人们停留的地方。

女二　姊姊回去,我就也回去。

女一　不回去么? 你,无论如何不回去么?

女二　吓人呵。显出这样面孔来。

女一　怕就回去。

女二　一个人不去的。

女一　不去么,一个人? 便是这样,也还要在这里么?（将手枪对着女二。）

女二　姊姊,饶了,饶了罢。

女一　那就回去。那人死了之后,我容易生气了。

男一　还是回去好罢。阿姊的事,有我在这里,放心回去罢。

女二　是了,这就回去。（退场。）

女一　你也回去。要不,就是这个。

男一　我相信你的,你不会杀掉我。

女一　说不杀的么?

男一　唔唔。

女一　你不怕死?

男一　也难说。

女一　我以为你应该怕死才是,因为你的心愿已经满了一层了。你也曾有想死的时候罢。但在那时候,你还是咬住了所做的事没有放。到现在却想死,真有点太不挣气呢。

男一　我对于他，其实并没有如你意料这般冷淡。我是爱他的。和他谈到出神的时候，时常落泪的。说我免不了有点"倘若他能死了"的意思，固然不能否定。但其实还是愿他活着的意思居多呢。你以前说他做事总胜过我，我也不想争辩。但就做事一面说，却愿意他活着。老实说，在做事这一面，我却并不如你所料，觉得他可怕呢。

女一　不要对着故去的人。说这样话罢。对着那样的心的广大清净的人，说出这些话，该自己羞的。（大哭。）

男一　不要见怪，不要见怪。我并不想侮朋友，也并不说那人是一个比不上我的人。

　　　（女一默着，将纸片递与男人，又哭。男一读了纸片也哭。）

女一　喂，羞罢。他是人，你是畜生了。

男一　（全被折服。）听凭怎样说罢。我算是罪人，站在他的面前。他究竟是出我意料之外的好人。

女一　他说死了才可以看。他说未死之前看了，是不行的。这是秘密的。他出去战争，并没有豫备战死，很希望用不着这封遗书。但你想，我在什么时候开了这遗书呢？他出门不到三日，我就小心着用了看不出暗地开过的方法，悄悄的开看了。仿佛因为和别的女人有了关系，在里面谢罪的书信似的。我竟是怎么一个卑鄙的人呢？我没有料到他尊敬你到这地步。他固然常常称赞你的。但不料有这样尊敬你，也想不到这样的爱的。我曾对丈夫说，愿他不去战争，却是你去才好。那时候，他毫不为意的说，"我去战争，他留着，也是天的意志罢。可是比我不堪的东西，还多着呢！"我当时虽觉得这话奇怪，却也就忘记了。自从看了这封遗书之后，我才诅咒着，再看你的信，也看他的。女人是何等浅见，何等可怕的东西呵。还只是我一个人可怕呢？我想还是不看的好了。老实说，我在他活着的时候，已经以为你比他似乎伟大，觉得你的爱也仿佛比他的深。自己疑心我对于他的爱，或者因为他的相貌，他的门第，他的名誉了。然而他一死，我才知道他的可贵。他是一个万不可不愿他活着的人，知道他是我的最要紧的人了。我才真明白他的爱了。我真想要跪在他的面前，我并且自己觉得是罪人了。贱呵，贱呵。我于是觉得不得不跪在他的面前了。我从此常常梦见那人，我并且从心底里哭了。我揪住他说，死了是不行的，是不行的，怎的便死了呢。他并不愿意死，他自己这样说的，说是并不愿意死的。但在这世界，说这样话是不行的罢，谁也总是要死的呢。不知道何以活着，实在寒心。就是用这一粒小弹子，人也容容易易的死掉呢。为什么活着的？我什么也不知道。单愿意那人活着，而且看着我笑，说是不要哭了，我活着呢。我忘不了他。你能忘却，我是忘不了的。何以活的人一定要死，你知道么，人间真是无聊，同虫子一样。神的意思是以为人和虫子是同格的罢，一定是的。我也有点烦厌活着的事了。

男一　人应该活的。

女一　何以，何以，何以？

男一　你死是不行的。

女一　何以，何以，何以？他却可以死？

男一　他死也不行的，但是。

女一　但是没有法，算了么？算了。人死了就算了。这样的人死了都算了，——从心底里爱着我，爱着众人，想为人类做些好事情的人，算了是不能的。

男一　还是到他们那边去罢，他们都正在着急。不觉得对不起人么？

女一　他受了重伤，说是苦了两昼夜呢。临死的时候，并且叫了我的名字的。我可什么都没有知道，还和妹子闲谈呢。我，（哭，）什么也不知道了。

　　　（男二登场。）

男二　哥哥。

男一　什么？

男二　你的朋友来了。

男一　嗄。教他等一会。

男二　说有要紧事，就要回去的。

男一　嗄。

男二　你就来罢。

男一　既这样，我就失陪一刻罢。

女一　不来也可以了。

男一　我就来。离这里很近的。

　　　　（男一男二退场。女一走近看客方面。略在以前，女三
　　　向乞丐说些话，乞丐微笑。女一略看男一的后影，仍然
　　　啜泣。）

女一　唉唉，厌了，厌了。

　　　　（乞丐，走近女一。）

乞丐　你为什么哭着的？

女一　…………

乞丐　你的恋人，死在战争里了罢。做了死掉几万人中的一个
　　　了罢。

女一　你怎么知道的。唉唉，你偷听了罢。

乞丐　大略是的。我是睡在这树阴下的，听到了你们讲话的声音。
　　　像做梦一样，忽然醒来，却见你拿着手枪，正做壮士演剧模样的
　　　事，因此着急，再也睡不着了，并不故意要听的听了的。叨光养了
　　　精神了。

女一　为什么到这里来？对我有什么事？

乞丐　就因为你哭着。我想我走来谈谈闲天，或者可以消遣一点。

女一　让我一个人在这里罢。

乞丐　不不，你一个人想不出什么好事。

女一　同你讲话,就能想着好事么?

乞丐　许能想着的。

女一　(注视乞丐的脸,)战争为着什么,你知道?

乞丐　因为贪欲和坏脾气和嫉妒和刚愎的诸公,都挨靠了住着,所以不了的。

女一　为战争死去的人,是为什么死的?

乞丐　为什么? 没有这等事。

女一　少壮的,苦苦的死了有什么用?

乞丐　别的也没有什么。说是为死的苦,为活的苦就是罢。但一死也就完了。

女一　他能够超生么?

乞丐　死了都一样。

女一　不愿意死的罢,他是。

乞丐　不愿死的时候,是不愿死的罢。苦的时候,是苦的罢。可是消失了苦,就换了死了。

女一　一秒的苦痛尚且受不住,却说是苦了两昼夜呢。多少难受呵。那时候,我还悠然的毫不知道呢。

乞丐　肉体的苦痛,不传给别人的肉体,是大可感谢的事哩。

女一　但也因此有了杀人的事。还有甚么比肉体的苦痛更讨厌的呢。

乞丐　…………

女一　便是他,对于十字架的苦痛,也还是忍耐不惯的呵。我是受一点轻伤都要哭的,痛呀痛呀的叫着。所以我不愿死,连想也不愿想的。然而他……

乞丐　人们遇到事实,没有法子,愿不愿都没有法子。

女一　人这个东西,多少不行呵。自己也以为不要死是不争气呢。人看死掉这件事,不能坦然,是不行的。

乞丐　这也不然。人应该总愿意活着,一有隙,便踏破了死,一直进去的。

女一　可是人们总须死掉呢。我，不愿意看见骸骨；然而我，要变骸骨的。可是人是可笑的东西呵。竟有拚命的爱着这个我的人，将我当作"不灭的人"的人呢。自然是恶作剧的东西罢。什么父母爱子女，男人爱女人，甚么要活着，不愿意死掉，要吃美味的东西，要穿好看的东西，要长的美，都是可笑的本能，自然的恶作剧罢了。这样小虫，做梦似的乱爬着为什么。这样小虫也要活罢，也怕死罢。有一时候，这虫便遇到异性罢。多可笑呢，这样的虫。这样的杀了，这虫也便结果了罢。人们也一样，只是会想些无谓的事，有点不同罢了。虫子也许会想，但自己的生活是错着呢，是没有错着呢，却没有想罢。自己一生的无意味，许没有想罢。便是伙伴被杀了，自己的子女被杀了，自己的男人失掉了，也都坦然罢。而且便即刻寻一个别的男的罢，这种虫豸是。

乞丐　刚才在这里的人，你不爱么？

女一　问这事做什么？

乞丐　爱着罢？

女一　你多少失礼呵。

乞丐　失礼就请原谅。

女一　得了我的爱便都要死的。说是怨鬼缠着我，这全是胡说罢。可是也说有恋着我，竟至死了的人呢。说要杀掉了为我所爱的人呢。我听到这事的时候，说请你杀罢。心里说，那有这样的事呢？没有的罢，可是也许会有呢。我，自己怕哩。

乞丐　没有的事。

女一　没有罢。但你知道？真知道么？也许是偶然的事，可是他竟死了。我还能行若无事么？

乞丐　偶然罢了，暗合罢了。

女一　却是一个犯忌的暗合哩。我，愿意死，但也还想活呢。

乞丐　那便活着就是了。

320

女一　可是也怕活着。我杀了两个男人了,虽然说并非我的罪。就是为我自杀的人,我也并没有翻弄了这人的心。这人只是自己恋着我,寄了几次书信罢了。虽说我并不回答,便和那人订了婚,也不能算是我的罪罢。虽说和那人高高兴兴的走着的时候,给这人看见了,也不能算是我的罪罢。这人恨了我,给我最后的书信,死了的时候,我是发怒的,是嘲笑的。到后来,每在梦里遇着这人,我便不愿意活着。我怕这人到这地步了,还对这人谢罪呢。但到醒来,却又嘲笑这人,说你要杀掉我最爱的人么,请你杀杀看呢。还相信有怨鬼,我很以为耻的。然而说是不缠我,却要缠着做我丈夫的人,那人究竟死了呢。这事和那件事,我自然以为全不相干的。可是一件犯忌的暗合哩。况且还有"有两次便有三次"的话。我虽然说没有罪,却也可以说是我杀了两个男人。倘若第三个也死了,即使单是暗合,和我全无关系,也很难堪的。那时我便成了被诅咒的人,连辩解都不能成立了。

乞丐　你的心绪我很明白。

女一　我怎么办才好呢?我全不知道了。我也觉得我的迷信是傻气;觉得归在运命交给我的男人的手中,或者就是我的运命。但这样一想,便觉得害怕。然而要放下这事,却又有点留恋了。到现在,甚而至于以为要避掉运命所给与的东西,是不行的事。可是这也许就是向着可怕的运命,走进一步呢。不能放下一边,也不能走进一边。也想活着,对了诅咒,嘲笑他一番;也想死了,对着兴旺的人的运命,祝福他一番呢。你以为那一边是对的?但你如果说出那一边对,我是要反对的。(少停。)你不知道罢,谁也不知道的。要在从前,有做比丘尼这一条路。可是我,做比丘尼是不肯的。我也想放下了那人的事。也想那人嫌憎我,但是,这也是谎罢了。我大约用情太过罢。

乞丐　(突然说,)你的令妹是一个美丽的人哩。

女一　还是孩子罢。是蓓蕾呢。

乞丐 不不,是快开的花了。你的令妹也爱那人罢。

女一 没有这回事。

乞丐 令妹和那人是有做夫妇的运命的。

女一 没有的事,没有的事。

乞丐 如果竟有,你喜欢么?

女一 喜欢的,为两人计,如果竟是有。但是不会有的。

乞丐 两人的幸福能救你。

女一 说两人的幸福能救我么?

乞丐 你嫉妒两人的幸福么?像那自杀的男人一样。

女一 现在,不要提那男人的事了。为什么有恋爱的?如果单为了生孩子,恋爱是太阔气了,也太不经济了;只要情欲就满够了。无论什么男人都会生孩子的,定要执着了一个男人一个女人,不是笑话么?但已经生成了,也是没有法的。然而又要放下这恋爱,不是笑话么?倘使一边不愿意,那自然是没法。然而我是被诅咒的人呢,不能说阔气的事的。都很阔气的生了来,这世上的种种事情,却总不能如意的罢。倘使如意,便不是这世上罢。这世界也太狭罢,倘为那要活着的种种东西设法。

乞丐 是的。所以孔子要贵礼。

女一 我,什么礼是烦厌的。然而在这世上,谁也该顾虑些就是了,从前那人是顾虑的。至于现在,倘使你的话当真,那就是妹子或是我。妹子是惯会顾虑的;便是恋爱正烧着,也还是顾虑,和我正相反。顾虑呢,战斗呢?战斗起来,我一定得胜,妹子会很容易的罢休的,即使你的话都对。但也很愿意教伊喜欢呢。(少停。)如果我没有被诅咒。(少停。)什么嫉妒,不是更其可笑的事么。

乞丐 令妹来了。

　　　　(女二登场。乞丐又做看客。)

女一 你又来了么?

女二 本来母亲要来的,忽然来了客了。便教我再来看看。愁的很呢。你不要生气呵。

女一　给我看你的脸。你竟成了大人了。

女二　我,已经十八岁哩。

女一　你长的这样好看,倒是没有料到的。

女二　我,没有什么好看呵。

女一　你还没有觉到自己的好看呢。正以为你是孩子,却已到了年
　　　纪了,真是可笑的东西呵。什么时候,谁也没有留心,你已经成了
　　　大人了。

女二　这样看法,怕人呢。

女一　我的眼睛可怕么? 我的脸可怕么? 我的心可怕么? 自然已
　　　经允许你牵引男人的心了。竭力的捉住高贵的男人的心罢。你
　　　一定喜欢着自己的美丽起来罢,在心底里;而且有种种空想罢,快
　　　乐的。

女二　我,凄凉呢。快乐的空想,没有允许我的。姊姊,不要舍掉我
　　　罢。我似乎感到这世界上,成了单身了。

女一　感到点"不为爱人所爱"罢。你在那里羡慕我罢。心里想,如
　　　果有我这样的性质,我这样的美,像我这样的人。

女二　是的,这样想的。

女一　而且也想,如果像我一样,为恋着的人所爱罢? 你眼睛湿了
　　　呢。你小心紧闭着的心的门,隐隐的有欢喜的使者来访了。
　　　给他开门罢,开一点,谨慎着。

女二　姊姊也哭着呢。

女一　欢喜正等候着你呢。

女二　姊姊,不要舍掉我罢。

女一　你却要舍掉我哩。

女二　那有这事呢? 姊姊不要哭。

女一　我没有哭。笑着呢。只是你不在那里哭么?

女二　我,姊姊是顶要紧的,你不要死。

女一　我如果死了,你该欢喜罢。

女二　说是什么?

女一　倘使我是你。

女二　姊姊的话,我不懂呢。

女一　欢喜的使者,要来访我的心的。看见开着的我的心,踌躇了,去访你的心了。你的心虽然很谨慎的关着,在里面却像备的很美备,欢喜的使者便停在你的面前了,静静的叩你的门。

女二　姊姊的话,我不懂呢。

女一　你的门不要关的太紧罢,不要关出了欢喜的使者罢。顾虑是无用的,对我顾虑,尤其无用的。进了我的里面,这欢喜要变悲哀的。只有在你的里面,这欢喜是合式的。你有福气。不要忘了这姊姊的事罢。

女二　姊姊的话,我不懂呢。

女一　可是很舒服的在心里响应罢。你一面顾虑一面等候着的幸福,或者撞到自己这里来的希望,已经醒了罢。你真美呢。我很愿意看到你身体的少壮上,受着欢喜的光的时候呢。不知多少光彩哩。送你这簪子罢,这簪子是欢喜的使者所喜欢的。这镜子也送你,这栉子也送你罢。欢喜的使者,都喜欢的。

女二　姊姊的话,我一些都不懂呢。

女一　你的心底里可是高兴着罢。哪,送你这个。

女二　不晓得怎么,有点吓人哩。

女一　这样不值钱的簪子,抛掉罢。这栉子也抛掉。(弃去,)还是这个合式呢。

女二　不晓得怎么,我有点怕哩。

女一　怕就给你这个,这该好罢。(递与手枪。)

女二　多谢,姊姊多谢。(要取手枪。)

女一　且住,还装着弹子呢。(开枪,)好,这就放心了。

女二　多谢,姊姊多谢。

女一　回去罢。拿了这个回去。

女二　是是,我回去。

女一　我也就回去的。

女二　还是早早的回来罢。

女一　好好。

　　　（女二将退场,遇见男一,两人默着行礼。女二退场,走
　　到看客这一边。）

男一　刚才听到手枪声音,真吃吓了。没有什么么?

女一　什么也没有。有点事叫你罢了。

男一　可是吃了惊呢。什么事?

女一　有想要叫你看的东西哩。

男一　是什么? 快给我看,因为教人着急呢。

女一　你已经见过了。

男一　见过什么?

女一　妹子长得美丽了罢。

男一　是的,长得美丽了。

女一　料不到会长到这么美了罢。

男一　和你很相像的。

女一　是罢。虽然比起我来,是一种太有顾虑的美,可是只要看着,
　　也就可以当作阿姊了。

男一　说要给我看的是什么?

女一　我的处女模样。

男一　你的处女模样?

女一　看见了妹子,没有这样想,没有留心簪子么?

男一　没有留心。

女一　不行的,你这人,只看着女人的脸的。我初次会见你的时候
　　的簪子,妹子戴着呢。

男一　这是你刚才戴着的。

女一　将这个给了妹子了，什么都给了。

男一　这和我有什么相干呢。

女一　手枪也给了。

男一　你豫备活着了罢。

女一　活着的。

男一　多谢多谢。

女一　可是推测的太快，是不行的。我单是活着罢了，像死尸一样。

男一　只要活着，便又……

女一　便又什么呢？我只是作为妹子的姊姊活着，作为故去的丈夫
　　　的妻子活着罢了。我都明明白白知道的。

男一　知道什么？

女一　三个人的运命。

男一　怎的三个人。（少停。）你误解了。你的令妹，我毫没有想
　　　到呢。

女一　你才误解哩。

男一　误解什么？

女一　你自己。

男一　你想错了些什么事罢。

女一　你死也可以？

男一　我已经不愿意死了。

女一　也想做事么？

男一　我现在只想着一件事。

女一　你是畜生。

男一　怎的是畜生。

女一　你如果是人，该怕运命的。人不怕运命，是不行的。

男一　我怕运命。

女一　要避被诅咒的运命么？

男一　要避的，但是。

326

女一 （抢着说，）想求被祝福的运命么？

男一 求是想求的。……

女一 羞罢?!

男一 死了的人，原谅我的。

女一 还有一个死了的人，没有原谅呢。

男一 那样汉子的诅咒，能算什么呢。

女一 在我的里面，可是生了根的。

男一 掘出了这根，抛掉就是了。

女一 想抛掉，根却更深了。

男一 忘了罢。

女一 想忘却，愈加记得了，倘若那人没有死。

男一 这两个之间，没有关系。

女一 没有！以为没有，却是有了。以为有的，虽然并没有；以为没有，却是有了呢。

男一 这样想，是可怕的事。

女一 这可怕的事，已经缠住了我的运命了。你不要取了被咒的运命，却取那被祝的运命罢。这是人从自然借来的义务呢。对着运命，不要做冒险的事，这应该怕的。

男一 这么说，你又怎样呢？

女一 我么，谨慎着，并且等候着像耶稣这样的人出来。

男一 如果不出来呢？

女一 永远等候着。不能很谨慎的等着，便自暴自弃的等着，等候那能够修正"运命的失常"的人。

男一 自暴自弃的等着，不就可以么？

女一 但来做所爱的人的运命的障害，无论怎么说，是不肯的。我正在这里得到救济，所以等着的，人类都耐心等着。便是我也等着的。你看罢，那边过来的人。

（稍在以前的时候，乞丐与女二一同隐去。）

女一　是我的妹子，那是受了运命的祝福的。很谨慎的等候着要到来的东西的。那人的脸，只在清白人的心里，发生光彩罢。我为着快乐，从运命钻了出去。那个孩子，是正经的谨慎的孩子，正等候着受了祝福的运命到来呢。那孩子是一定能生好孩子的。我等候着这事哩。

男一　你真是空想家呵。

女一　我是仰慕着的，永远的平和。

男一　永远的平和，不教人类的命运失常的人们的平和，倘使这样的时代到了。

女一　我便喜欢的跳了。

男一　你真是空想家呵。

女一　你有力量，和现实扭结着。那人是做了牺牲了，我是被了诅咒了。妹子是有拿着感谢收取现实所给与的东西的资格的，愿你得胜罢，经过了被运命祝福的路。

男一　我只有很小的力，但只要运命肯祝福我。

　　　　（女二与乞丐登场。）

女二　姊姊，叫我什么事？

女一　我没有叫。

女二　原来，可是。这一位来通知的，说是姊姊叫了。

女一　原来，这么的。（与乞丐照眼，）不错，我叫了。想教你和这位做做朋友。因为你到了年纪了，不知道各样的事情，是不行的。两人握手罢。

女二　姊姊。

乞丐　运命失了常，还要复原。对手想要回复运命的失常的人，祝福呵。对于运命的失常的牺牲者，愿有神的爱呵，愿有人的爱呵。

　　　　（这时，以前的警察忽然出现，捉住乞丐。）

警察　这回逃不了啦。

乞丐　（回头与警察照面，）哈哈，终于给捉住了。也不再逃哩。

警察　便是这么说,也决不疏忽的。(将乞丐捆讫。)

男一　这人有什么罪呢?

警察　这村子里,乞丐,要饭的是禁止的。而且这乞丐,是有缉捕的命令的。

男一　命令的是谁呢?

警察　不知道是谁,从上头来的。

男一　你知这人是怎么样人么?这人也想着你们的事呢。

警察　这些事都不知道,也没有知道的必要。只要照命令做,就好了。

男一　那命令的内容,可曾想过?

警察　没有想他的必要。

男一　你的职务是什么呢?

警察　保这世间的秩序,使良民得以安眠。

男一　给人们安眠的事,我们是尊敬的。然而这世间的秩序,是不正的。

警察　这些事和我们全不相干。

男一　你是保护着拿你做奴隶的东西哩。你为吃饭计,拣了这职业,我们固然同情你。

警察　我不要你同情。

男一　小心些,不要太做了站在错误的位置上的人类的拄杖罢。

警察　你也带着危险思想哩。你叫什么名字?

男一　不不,这却不必劳你着急的。可以放了这一位么?

警察　那可不行。

乞丐　你们不必管我罢。只要有人的地方,我都喜喜欢欢的走去,在那里正有生长我的心的空地呢。我无论遇着怎样生活,都不以为苦的。我的法律上的罪,不见得能久累我的自由。即使久累了,我也能忍耐:头里面有自由的。我不怕死,也看不出有怕死的必要。比我更没有准备的几百万人,正尝着最苦的死呢。我能在

329

无论怎样的境遇上,自以为并非不幸的人并非败北的人这一点修养,是已经有了。我不能遇见你们和自由,是寂寞的。也许要被驱逐,离开这地方。但我不论走到那里,总该能寻出人的心罢。我感谢你们的爱,望你们成了被运命祝福的人。也愿你们时时想到这乞丐,从这里寻出一点什么美的东西来。这如果能够给你们多少安慰,便是我的感谢了。都保重身子罢。

众人 (带哭的声音,)请先生也珍重,先生也珍重。决不忘了先生的事。想到先生,定会涌出力量来的。请保重罢。

乞丐 多谢,多谢。(对警察说,)劳你久候了。

(不识者和青年之外,都要退场,青年想跟去。)

不识者 你到这里来。

(青年略踌躇,但难于跟去,便站住。)

青年 诸君,再见,再见。

男人和女人 再见,再见。珍重,珍重。(退场。)

不识者 你到这里来。

青年 是是。(看着遗迹出了神,却要向反对方面退去。)

(幕。)

(一六,五,十二——二十。)

第 三 幕

第 一 场 (冈上。)

(四十五六岁的画家正在作画。青年与不识者一同登场。)

青年 你不是 B 君么?

画家 是的,我是 B。

青年　原来竟是 B 君，正想见一见面呢。

画家　你是谁呢？

青年　我叫 A。

画家　就是做小说这一位么？

青年　做是做的。

画家　原来，我也正想见一见哩。

青年　你知道我的名字么？

画家　岂但知道，大作的书，都极喜欢看的。

青年　这当真么？

画家　没有假。这里就有你的书呢。（从怀中取出书来给青
　　年看。）

青年　承你看了么？

画家　而且很佩服的看了。

青年　这怕未必罢，这样无聊的东西。

画家　那里。很佩服的看着呢。这书的里面，确有好的东西的。失
　　礼的很，请问几岁了。

青年　二十四了。二十四岁还只能做这样的东西，很幼稚的。

画家　你不是被谁说了幼稚，曾经生气么？

青年　这是对于这个人所谓幼稚的内容，有些不服气罢了。倘若说
　　"有些好的地方，也还有幼稚的地方；此人的未来，因此还有希
　　望"，我便没有什么不服。然而却用了无望的口气呢。

画家　你的里面，的确有好的东西。这东西长成之后，我想对于人
　　类，你的著作不会无意义的。

青年　请不要说这样可怕的话。但只要力量能做的事，是想做的。

画家　下了一定成个气候的决心做去罢。下了自己不出来别人做
　　不了的决心做去罢。

青年　看你的画，便很能觉到这意思。你不是也被人说过坏话么。

画家　还说着哩。但是，我相信自己的力量。知道我的事业，是将

人类和运命打成一气的事。知道我是画家,我将美留在这世上。我教那在我画里感到我的精神的人的精神清净,而且增加勇气,而且给他慰安。我的美,我以为有这样力量。

青年　这是确乎有这样力量。有你生在这世上,我很感谢的。这次看见你作画,实在高兴的了不得呢。我的朋友,也都从你的画得了力量。人类能够有你,都夸耀感谢着的。

画家　你也能成这样的人哩,只要打定主意。

青年　请不要说这样可怕的事罢。我就要不知道怎样才好了。

画家　你已经抓到了自己的路,对着进去罢。什么也不怕的,单跟自己的良心进去罢。走邪路的所不知道的正确的路,你耐心着走罢。

青年　多谢。你对于这回的战争,什么意见呢?

画家　战争?请你不要提什么战争的事。这和我的事业有什么相干呢?我只要做我的事就好了。他们是他们。人类教我为人类作画,教我为活着的以及此后生来的人的魂灵作画,却没有教我研究战争。

青年　但是令郎……

画家　请你不要说起儿子的事。儿子是儿子,我是我。儿子死在战争里了,我却活着,——这样活着呢。活着的时候,无论别人怎么说,画笔是不肯放下的。

青年　听说令郎是一位很聪明的人呢。

画家　聪明也罢,胡涂也罢,死了的是死了。活着的可是不能不做活着的事。(少停。)其实这本书便是儿子的书,儿子极欢喜看你的著作的。

青年　这实在是不幸的事。出了无可挽救的事了,想来府上都很悲痛罢。

画家　他的母亲还一时发了狂,因为失了独养儿子呢。我可是没有失了气力。看这画罢,有衰减了力量的地方么?便是一点。

青年　一点也没有。

画家　是罢。失了儿子是悲惨的事，你们少年人不能知道的悲惨的事的。然而我并没有败。我活着的时候，总不肯死的。即使有热望我倒毙的东西，也不能使这东西满足的。即使我废了作画，儿子也不再还魂了。

青年　战争真是不得了呵。

画家　（发怒模样，）世间悲惨事尽多着呢。我可是只要作画就好了。

青年　如果到了你不能作画的时候呢？

画家　那时候又是那时候。但还在能画的时候，是要画的。

青年　不想去掉战争么？

画家　如果能去呢。然而画笔是不放的。因为我是靠着这个和自然说话，和人类说话的哩，精神的。

青年　作画以外，不想做别的事么？

画家　我是画家呵，并非社会改良家。是生成这样的人呵。

青年　对于现世，没有什么不平么？

画家　不平？没有不平，只有点不安罢了。我的画里没有显出这个么？从不安发出来的人类的爱？

青年　单是作画，没有觉得什么不足么？

画家　你以为我并非画家么？我不是无情的人。然而是画家。然而人却是人呢。倘不能读我的精神，便不懂我的画。你单想会见我的声名罢了。在正合谬误的定评的人里，搜寻正合定评的人，无论到那里，都寻不出的。

青年　我真实爱你的画，请不要疑心罢。

画家　你单爱着活在你的里面的歪斜的我罢了，没有爱着真的我。

青年　但是一看你的画，真觉得便触着你的精神哩。

画家　知道我的精神的，不会对我说儿子的事。

青年　冒犯得很，实在失礼了。（沉默。）

画家　你爱我的儿子么？

青年　是的。听说的是一位好人。

画家　单是这样么？不不，我并不说单是这样，就不服了。那孩子是做了可哀的事，做了可惜的事。但是活着好呢，死掉好呢，在死了的人，都不知道了。全是一样的事。因为自然是再不虐待死了的人的。而且想做不朽事业的执着，自然也并没有赋给死了的人的。我们活着，所以要做的事没有做，便觉得过不去；可是死了的人，未必再想这样事情罢。老实说，我实在不想他死。只要是父母，谁都望孩子回来的。画了画，孩子也不来看了。我想如果孩子叫一声阿爹，竟回来了呵。（含泪。）请不要见笑，我并不想说酸心话。失了孩子的人们，不知道有多少，对于这样的人们，表同情罢了。无论怎样伤心，我总要做自己的事。胸口愈涨，也便愈要画。画算什么？恶魔这样说；生存算什么呢？恶魔这样说。我为儿子设想，也愿意这是事实哩。然而在活着的人，可是不同了。我是将我的心，活在这里的。在看画的人的心里活着，使看画的人活着，所以将这画送给人类的。送给寂寞的人的心，以及对于生存怀着不安的人们，对于生存怀着欢喜的人们的。我受了做这样赠品的命令，因此辛苦了二十多年了，画笔是不肯放下的。

青年　请不要放下罢。

画家　不放。任凭谁怎样说，总不放的。教我活着，将我放在能画的境遇里，便不能教我不作画。就是释迦耶稣来禁止了，出了Savonarola（译者按：十五世纪时意大利的改革家）来烧弃了，我也有确信的。人类希望着。即使不为现世，也为人类。人类所要求的，不单是为现世做事的人，是要求各样的人的。我也是被要求的一个人，我不疑惑的。

青年　你真是幸福的人呵。

画家　我幸福么？所谓幸福，是怎么一回事？是死了孩子，还会作画的事么？

青年　就因为你能画出真为人类有功效的画。

画家　认真的比随便的幸福么？我的脸有点幸福么？

青年　我以为 Rembrandt（译者按：十七世纪荷兰画家）是幸福的人。

画家　从第三者看来罢了。人在心里苦着的，是幸福么？

青年　但也有辛苦的功效呢。

画家　然则立刻感到辛苦的，比将辛苦含胡过去的还幸福了。

青年　你不是幸福么？

画家　幸福？我生来成了画家，并不以为不幸。我生成是天才，所以比别人多尝些过度的紧张，也不以为不幸，我也有感谢的地方。但到现在，知道了人在自然之前，是平等的，做了不朽的事业没有，都一样的。

青年　可是受一世轻蔑，也难堪的呵。

画家　不然，无论怎样天才，都受一世轻蔑。

青年　然而一面也被崇拜哩。

画家　不然，无论怎样痴人，总有一面崇拜。

青年　这样事……

画家　但事实确是这样。

青年　然而存活着，对于自己的事业有确信，用了自己的事业存活自己的人，是幸福的。

画家　用自己的事业存活自己的人，这是幸福的。我的儿子，可是为了别人的事，杀了自己了。但到现在，在我的儿子都一样，固然无疑了。然而活着的时候，他也想做点什么事的；然而什么也没有做的死掉了。但到现在，也都一样了。

青年　照这样说，譬如令郎活着的时候，有人说令郎活着或死了都一样，便要杀了他，你又怎么办呢？

画家　如果儿子活着呢。然而儿子并不活着了。你真是很凶的触着了我的伤，触了这有了年纪的我的伤。

青年　请原谅罢,请原谅罢。

画家　一死之后,便一样了;但在活着的人,却不一样:这是自然的
　　意思。所谓美哪,所谓魂哪,也是如此,一切都如此。我们决不能
　　教死了的人喜欢或悲伤了。我常常想到儿子的事,觉得可怜。我
　　想他受了伤,乱跳的时候,不知道怎样苦痛呢。临终的时候,不知
　　道怎样口渴呢。我憾不得我的妻子亲手给他水喝,临死时候,憾
　　不得亲在身旁。一样了,一样了,到了现在,都是一样的了。然而
　　究竟有些遗憾,可也没有法。我想要对着儿子认错,却不知道怎
　　样认才好。儿子同你差不多年纪,倘使见了你,一定高兴的。可
　　是已经死了。一死之后,便一样了。像我这样人,是没有记念儿
　　子的资格的了。儿子也没有要我记念的必要了。儿子是死了,然
　　而我们却活着。即使寂寞,即使怎样,总是活着的。以后大约就
　　会渐渐的不再想到儿子罢。我也就会死去罢。画些画做什么?
　　(用力敲着图画。)然而我是画家,我是活着的。然而儿子是不会
　　还魂了。(哭,沉默,忽然抬头。)

画家　我虽说是哭,却请你不要见笑。没有失掉过孩子的人,不能
　　知道我的心。我也知道遇到像我一般的事的人们,不下几万几十
　　万呢。然而我总不能不记得自己的儿子。这样的遭遇,人们是还
　　不能避的。然而遇到了这样事,要毫不介意,却很难的。像我这
　　样,还要算善于决绝的人。至于妻子这等,还只哭着,说我太不记
　　得儿子,儿子可怜哩。我见了伊的脸,便要一齐哭,同时也要笑
　　了。便觉得不肯败北;男子的感,在胸中苏生过来。要硬做:觉得
　　无论怎样想教我哭,我偏不哭,我偏不放我自己的事业。可是一
　　个人的时候,我却哭了。当你到来之前,我实在独自哭着的。谁
　　也不见的流着只有丧了亲生儿子的人才能知道的眼泪。在这世
　　上,遇到这样事的人真多。我自从失了儿子,才觉得有许多人带
　　着病,还失了儿子呢,实在吃惊了。心里想,他们竟还能活着哩。
　　想要为他们做点什么事业了。以为万难忍受的事,这世上却到处

都有,而且人们都不能不很谨慎的忍受。凡是笑的,可以当着众人笑;然而哭的人,却该躲避了,很谨慎的哭。哭丧脸是不能给人看的。我便想为尝着这样感觉的人出点力。这样的人真多,而且我现在,也被逼进了这队伙了。(少停。)失了孩子是可怕的事。失在战争上,实在更可怕。单是想也难堪的。但这却成了事实,正追袭着种种人。被袭的人不能不想尽方法照了身分,忍受这可怕的事。我不能不照画家这样忍受,照我这样忍受。我现在已经被勒令忍受了。我不想装丑态,但很想要独自尽量的哭哩。

青年　实在是的,实在是的。

画家　这样,就失陪罢。说我的儿子战死是名誉,高兴过的村长,从那边来了。再见罢。(拿了画想退场。)

　　　　(村长登场。)

村长　(对着画家,)多日没有见了。

画家　唔唔。

村长　画好了画么? 给我瞻仰瞻仰罢。

画家　我得赶紧呢。

村长　其实是,我想对你讲几句话。

画家　什么?

村长　同你一样的事,轮到我自己身上了。

画家　令郎也受了征集了么?

村长　是的。

画家　原来,恭喜恭喜。

村长　请不要这样讽刺罢。父母的心是一样的。

画家　这才明白了我的心么?

村长　明白了,战争怕还要继续罢。

画家　怕要继续呢。

村长　想起来,你实在是不幸,虽然说是为国家。

画家　这是名誉的事呢。

村长 我也曾对着许多人,说过这是为国家,只要一想国家灭亡,我们将怎样,便送儿子去战争,也没有法子这些话的。

画家 我也是听的一个呢,现在成了一个说的人了。

村长 送儿子出去战争,我也并没有不服。可是送儿子去上战场的人的心,十分明白了。他的祖母和母亲都只是说不会死么不会死么的愁着。

画家 你该早已觉悟的罢,一直从前。

村长 请你不要这样报复罢。因为我以为我的心,只有你明白。

画家 这是明白的,可是有点以为自作自受的意思呢。我的儿子死了,你怎么说。不是板着一副全不管别人心情的脸孔,只说是名誉的事,是村庄的名誉,落葬仪式应该阔绰么?我这时候想,须你自己的儿子上了战场看才好哩。

村长 实在难怪的。这话不能大声说,我的儿子只有这一个像样,别的都不成的。

画家 我的家里,可是只有一个儿子。

村长 是呀。战争这种事,赶早没有了才好呢。

画家 在我呢,便是立刻没有了,也嫌迟了一点了。然而战争呢,自然是最好莫如没有。

村长 为什么要有战争呵。

画家 不是为国家么?你不是这样对大家说么?大家后来都笑着,说拉了自己的儿子去试试才好呢。

村长 是罢。如果我的儿子出去战争,竟死了,大家怕要高兴罢。儿子真可怜。

画家 别人的儿子死了,谁来留心呢。嘴里虽说可惜,心里却畅快,以为便是活着,也只是一个不成器的东西哩。

村长 唉唉,大抵如此罢。

画家 我们大家,各不能有什么不服的。

村长 虽然确是不得已的事,战争可真真窘煞人了。

画家　你是主战论者呢。曾经说过若不战争便是国耻的。我听过你的演说，说是即使我们都死，也不可不战的。

村长　那时候却实在这样想。

画家　现在不这样想么？说是我们该为祖国效死的我们里面，生出例外来了。我们，但除了我家么？

村长　这却决不是这意思。

画家　现在的味道，牢牢记着罢。战争完结令郎活着回来以后，也将现在的味道，牢牢记着罢。

村长　如果儿子能够活着回来呢。……

画家　便要终身做主战论者么？又会有战争，又会拉走的呢。我的一个相识，前回的战争活了命，却死在这回战争里了。

村长　不要这样吓人呵。

画家　我说的是真事情。到现在，战争为什么，该已经切实明白了罢。

村长　现在，请不要这样窘人了。

画家　我并不因为想报仇，才这样说。可是以后，你不要再说空话才好。这村庄里的人每去战争，你总是首先高兴，叫着万岁万岁的。

村长　这单是想鼓舞他们罢了。

画家　可是我的儿子出征时候，你发出破锣似的声音叫万岁，现在还留在我的耳朵边呢。也不是使人舒服的声音哩。

村长　可也并没有坏意思。

画家　可是样子很高兴，毫不见你有一些同情呢。我并非因此便怨恨你，单觉得你那时的态度，总不免轻薄罢了。我们是不反对现在制度而活着的人，是承认现在制度的人，至少也是屈服于现在制度的人；所以这必然的结果的战争，也默认的，所以拖去了自己的儿子，也不得不承认的。因为既然承认别人的儿子出去战争，也就不得不承认自己的儿子出去战争了。然而自己的儿子并不

自告奋勇而拉去战争的事,却不愿别人代为喜欢:这是不很畅快
的。到了现在,你也该明白了这意思罢。

村长　我明白了。

画家　人情没有什么两样的。我们实在没有趁风趁水赞美战争的
资格。倘是自愿出战的人,自愿自己的儿子出战,真心以为只要
为国家,便死了也立刻非战不可的人,或者还可以。但即使这种
人,也该比战争尤爱平和的,况且不愿自己的儿子出战的人,却替
别人和别人的儿子出战高兴,这事是断然不对的。他们是因为我
们还没有生活在真平和的资格,连累的做了人牺。我们应该教不
必送自己和别人和自己所爱的人去做人牺的世界,早早出现。至
于什么时候,我可不知道了。

村长　战争实在是早早没有了才好。我的儿子是很胆怯的,一匹鼠
子尚且不敢杀的,而且很怕死;听到雷声,便变了脸色发抖呢。

画家　就是我的儿子,也没有豫备青青年纪便死掉哩。你的儿子,
却许会凯还的。

村长　要能这样,真不知道多少高兴哩。

画家　我的儿子可是永远不回来了。你说这是名誉,说是这村庄的
名誉。名誉这句话,能否使我的儿子欢喜,我不知道,也不要知
道,但是在现在的世间没有法这件事,却知道的。既然承认了现
在的制度,从这制度产出的东西,我便除了默认以外,也没有别的
方法。我是画家,不知道什么制度,我只知道将我的血,灌进画里
去就是了。

村长　我很明白你的心。

画家　不不,还没有明白。要明白我的心,你的儿子也得死。

村长　我的儿子也未必有救哩。

画家　然而也许回来的。已经死掉的和还活着的,不能一概而
论呢。

村长　你想什么时候才会没有战争。

画家　这还早的很罢。

村长　怎么办才会没有呢。

画家　这是我不知道,也不是我的事。总而言之,世间照现在这样下去,战争不会完,牺牲者也不会完。但问怎么办才好,我可不知道。在那边的少年只要肯想,也许能想罢。

村长　那少年。

画家　是的。

青年　我没有这样力量。

　　　　(此时汽车经过,满载着出征的军人。汽车虽然不见,却听到声音,也听到欢呼的声音。)

画家　汽车来了。

村长　那些人也都上战场去的哩。

画家　摇着旗呢。

村长　喊些什么呢。

画家　异样的声音哩。

村长　孩子们都很高兴的叫着万岁似的。

画家　我的儿子也这样去的,可是不回来了。

村长　我的儿子,现在也正在这样去罢。

画家　这些里面,该有去了不再回来的人罢。

村长　也该有回来的罢。

画家　个个都以为自己能回来罢。

村长　可是总觉得异样罢。

画家　…………

村长　渐渐近来了。

画家　那声音,是异样的声音。那些人们,正对着祖国的山谷告别呢。在那些人们的眼中,这些山野,一定不是平时的情景哩。

村长　觉得异样哩。

　　　　(沉默。画家脱帽,合了眼,对着远处的汽车作似乎祝福模样。)

画家　你没有叫万岁罢。

村长　没有要叫的意思。

画家　这一端,你和我就是朋友。我明白你的心的。

村长　我真心同情于你。

　　　(沉默。)

画家　竟听不到什么了。

村长　还留在耳边呢。

画家　同回村庄去罢。

村长　奉陪罢。

画家　(对青年,)再会。

　　　(青年恭敬默礼。画家村长退场。)

不识者　那边去罢。

青年　是。

(六,二六。)

第 二 场 (小小的神社前。)

　　　(不识者青年登场。)

不识者　你想些什么?

青年　我的意思,有些以为要战的东西,便随意自己战去;然而将不
　　愿战的人,都带上战场,是太甚的事了。各国既不教不愿战的人
　　战争,到了须上战场,立刻战争的时候,便谁也没有,敌人和同人
　　都没有,这样光景,正画出在脑里呢。而且以为能够如此的时代
　　倘若一到,不知道怎样痛快哩。不愿战争的人,各国都轻蔑他,各
　　国都不难将他枪毙,我以为未免有些不合理。倘使两边的本国都
　　以为正在战争,两边的军队却互相握手,要好,说说笑笑,停了战
　　争,只是悠然的玩着的时代一到,不知道怎样愉快哩。现在却暂
　　时不行罢。但到了兵器更加发达,知道战争便必死,一面人智也

更加长进,彼此明白了本心的时代一到,也就到了各各知道无意味的死是傻气,还不如打打猎,或者开一回竞技会,玩玩的时代了。我们这时代的人们,还如古人一样,没有真实感到无意味的事,不合理的事,可怕的事,不像人样的事。如果真从心底里感到了,大约许会想些什么好好的避掉战争的方法的。这样时代,赶快的来了才好呢。但照现在的制度,现在人们的我执,战争怕未必便会停止罢。做那牺牲者,实在是难堪的。但我想,只要不从国家的立脚地看事物,却从人类的立脚地看事物,各国的风俗和习惯,在或一程度调和了,各国的利害,也在或一程度调和了,不要专拿着我执做事的时代一到,战争也便会自己消灭了。但在以前,不先去掉各种不合理的事,是不行的。

不识者　什么是不合理的事?

青年　就是将人不当人的事,以及喜欢别人不幸的事;不怀好意,因为私欲心或恐怖,不合理的迫压别人的事;夺了别人的独立和自由,当作奴隶的事;用暴力压服的事。总而言之,凡是将人当人以后便存立不住的怪物一般的东西,总须从这世间消灭了才好。(向看客一面说,)这是怎的? 冈下不是来了许多人,对着我们这边看么?

不识者　这神社前面,现在正要演狂言(译者按:狂言是日本的一种古剧)呢。

青年　我们在这里,可以么?

不识者　坐在那边的树底下看罢。

青年　有什么事?

不识者　是这社的祭赛。因为要纪念供在这社里的神,对于聚在这里的两国的人们,有怎样的功劳,所以演这狂言的。

青年　从那边过来的老人是谁?

不识者　那便是这里的神了。

　　　　(白髯的老人登场,坐在社前的石上。少顷,两边各现出一个异样装束的军使,用了一样的可笑的步调,走到老人面前。并未看见老人,两人照面,恭敬行礼。)

军使甲　好天气呵。

军使乙　真好天气呵。

军使甲　足下是从敌军过来的使者罢。

军使乙　足下也是从敌军过来的使者罢。

军使甲　恰巧遇见了。

军使乙　真是恰巧遇见了。

军使甲　足下为什么到这里来?

军使乙　倒要问足下为什么到这里来?

军使甲　足下先说。

军使乙　还是足下先说。

军使甲　既然这样,还是从我先说罢。是昨天的事。

军使乙　不错,是昨天的事。

军使甲　正要出战的时候。

军使乙　不错,正要出战的时候。

军使甲　来了一个阴阳家。

军使乙　不错,来了一个阴阳家。

军使甲　说要见见王,通知一件大事情。

军使乙　不错,不错。

军使甲　王说,通知我什么事呢。

军使乙　是如此的,全如此的。

军使甲　阴阳家便说道,请息了这回的战事罢。

军使乙　不错,不错,一定如此。

军使甲　哼,两面一样罢。

军使乙　唔唔,两面一样呢。

军使甲　足下的王怎么说呢?

军使乙　说是无论怎样说,这回的战事是不能歇的。

军使甲　的确如此。于是阴阳家便说，既这样，你便是死了也不妨么？一战便两面的王都要死，却还能战么？

军使乙　不错，于是王说，性命是早已拼出的。

军使甲　阴阳家说，拼了命打仗为什么呢？

军使乙　王说，因为敌人可恶，攻来了。

军使甲　阴阳家说，倘使敌人停了战呢？

军使乙　王说，敌人是要进攻的。你是敌人的间谍哩。

军使甲　阴阳家说，这样愿意死么？这样愿意国乱，愿意妻子受辱杀身么？我是知道平和的路，才到这里的。说完，便默默的注视那站着的将士的脸了。那眼光多么尖。

军使乙　简直不像这世间的人了。

军使甲　他一个一个的指着说，你也要死的，你也要死的。

军使乙　而且说，其中的我，还要被残酷的虐杀哩。

军使甲　不错，说我也这样。这样一说，便是我也禁不住发抖了。

军使乙　从来没有遇到过这般扫兴的事呵。

军使甲　不可怜百姓们么？成熟的田畴，践踏了也好么？可怜的孩子们，成了孤儿也好么？这样以后，得的是谁呢？

军使乙　大家默然了。

军使甲　女人孩子都哭了。

军使乙　王默默的想，阴阳家也默默的看着王的脸了。

军使甲　王说，到了现在，非战不可，我不怕死的。于是便要进兵了。

军使乙　阴阳家说，倘能够免了战争，两国都很和睦的互相帮助，两国便会太平无事的兴旺罢。不希望如此么？却还要大家相杀么？在转祸为福的目前，却说不怕祸，简直是呆话了。

军使甲　住口！王这样说。而且还教人捉这阴阳家。可是谁也不来捉他了。

军使乙　拿你祭旗，王这样说。然而一眨眼间，王的两只手拗上了。

大家都嚷着,可是一点没有法。你听着,将我讲的话,从心里听着,你这呆子! 明日的早晨,太阳将你的影从东南横到西北的时候,不要错过的派遣一个使者,这使者呢,须选那有一战便被残酷的虐杀的运命的人,教他到这山上。一定也有一个使者,从敌人派遣来的。

军使甲　正是呢。倘不然,要战就战罢。要抛掉你的生命,便抛了试试罢。不知道畏惧神明的东西呵。阴阳家这样说,悠然的消失了。整顿了战事的准备,我们的兵已经都在那山脚下。

军使乙　而且等候着我们的回话。

军使甲　我们怎么回话才好呢?

　　　　(老人起立,走近二人。)

老人　两位,来得好。

军使甲乙　(合,)是。

老人　两个都回去,并且说,——战争能免是免的好。我们想将互杀改了互助;想将相憎改了相爱;想将记仇改了记恩;骂詈改了赞扬,仇敌改了朋友。大家有错,便改了罢。倘若发怒,便原谅罢。我们是人,都不能没有缺点:然而有过便改了罢。倘能不战,我们便称你为人民的恩人,我们的生命的救主罢。这是神明所欢喜的。如果能够,两国便永远不背神明,永远传给子孙的不要再战罢。倘有商量,也用了平和的心商量罢,而且不要强勉做罢。我们做一个世界的和平的先驱,再不要以憎恶回报憎恶罢。——这样说罢。看呵,太阳明晃晃了,杀气也不升腾了。在今日里,可以不被杀却的幸运者呵,高兴着回去罢。你是能救自己和别人的使者哩。

军使甲乙　(合,)是。

老人　那就回去,并且做个平和的使者。今天晚上,举行那生命扩大的祝贺罢。

军使甲乙　(合,)是。(退场。)

老人　（前进。）田畴的五谷呵，欢喜罢，你可以不被糟蹋了。百姓们欢喜罢，你们是家财和生命都可以不必失掉了。看呵，那山间升腾的杀气突然消灭了，听到欢喜的歌了。地呵，你可以免被人血污染了。大气呵，你可以免被断末魔的叫唤伤你的心了。几千人得救了生命，几千妻子再得见丈夫和父亲的笑脸了。欢喜着，欢喜着，可爱的人们呵。你战争换到了平和，死亡换到了生命了。我也免听到断末魔的叫声，却听到和解的言语；免见到憎的心，却见到爱的心了。朗然的天地呵，欣幸这平和罢。小鸟呵，你该欣幸你不必受惊了。然而谁能知道我的欢喜呢？我无限的欢喜，我欢喜到几乎要哭呢。不要笑我流泪罢。我喜欢哩。我感谢哩。唉唉，神呵。

　　（老人立着默祷。幕。）

（六，二九。）

第三场　（平原。）

　　（青年被不识者引着登场，遇见朋友五六人。）

青年　啊，在意外的地方遇见了。

友　　Ａ么？你以前在那里？都寻你呢。

青年　在各处走呢。你们那里去？

友　　因为有人来寻事，正要去闹事哩。

青年　和谁闹？

友　　不是从来总是和下级学生这小子么？

青年　下级的小子又说了不安分的话么？

友　　岂但说话，竟打了我们同级的加津了。

青年　怎的？

友　　加津正说下级生的坏话，下级的小子们听到了，便生了气，打了。

青年　坏话谁都说，便是下级的东西，也常说我们级里的坏话。

347

友　的确。便是打了加津的时候,也说我们这一级是乏人,说是你被打了,即使气愤不过,无奈同级的小子全无用,帮不了忙,实在可怜哩。

青年　说这样话么?

友一　所以我们不能干休了。便在这平原上,要和下级的小子们闹一回。

友二　我们教认错,也不肯认。

友一　以前太忍耐,纵容到不成样子了。

青年　下级小子真妄呵,惩治一番才是。

友一　你也这样想么? 和我们一起闹罢。

青年　你们被人打了,我能看着不动么?

友一　你肯加入,我们便放心多了。

　　　　(这时青年忽然觉着不识者,有些出惊。)

青年　然而争闹总是中止的好。

友一　何以?

青年　争闹之后,即使胜了他,也算什么呢?

友二　什么是算什么? 你怎么忽然怕事了,想到了下级的利害东西了罢?

青年　这却不然。但反对战争的我,在理也不能赞成闹架。

友　闹架不是好事,便是我们也都知道。但是中止了看罢。他们说不定要怎样得意。这才即使被说是乏人,我们除了默着之外,没有别法了。

别的友　不错,要是被说了乏人还默着,不如死的好。

青年　你们的意思是死掉都可以么?

友二　这是男子汉的意气。能做到怎地,便只好怎么做去。因为不能吃一吓便退避了。

友一　况且下级这班东西多少傲慢。假使不理论,要遇到像加津一样的事的人,一定还有。因为下级的小子们是结了党的。只好现在便闹。说些道理已经不行了。

友二　不错。你不愿意闹，看着就是。因为即使我们被人打，你是决不会痛的。然而我们受了侮辱，却不能毫不介意哩。

友一　而且我们这边，已经决定争闹了。现在也罢休不得。

青年　你们的意思我明白。然而我总不能颂扬闹事。

友一　何消说呢。但不闹也未必一定比闹好。胆怯的不闹，也不是好事。

别的友　（合，）不错不错。

友三　你不赞成全级的决议么？

青年　我以为对于争闹这件事，还有应该仔细想想的地方。

友一　没有工夫了。也没有想的必要。现就有男子受不住的侮辱哩。朋友被人打了，默着是不行的。

友四　一定的事。A 君是空想家。强盗来杀的时候，倘像 A 君一样，须先想杀人是好事还是恶事，没有想完，早被杀掉了。

青年　可是加津说人坏话，也是错的。

友一　你先前不是说，下级的坏话谁都说过么？便是你，不也说的很多么？

青年　说过的。但若被打，我也以为应该，没有二话。

友一　但被打的却不是自己呵。朋友打了，而且是当众受了侮辱的。

青年　便被说是乏人，不也可以么？

友四　你可以；我们却不是乏人，所以干休不得。况且不依全级的决议，有这样办法么？

青年　没有人反对么？

友一　都赞成了。

友二　还有什么赞成不赞成呢。朋友被打了，再不理论，不知道要被侮辱到怎样地步。因为挂上了乏人的牌号，是再也抬头不得的。

青年　便是被说是乏人,只要不理会他,不就好么?

友二　加津被人打了,你不理会?

青年　这是打的人不好;好的一面,不理会就是。

友一　你怎了? 人家都说你便是撒了和下级争闹的种子的人呢。你先前演说,牵涉着下级,便是这回的远因呵。便说加津被打是托你的福,也都可以的。现在你却来消灭本级的锐气么? 不是卑怯么?

青年　并非要来消灭锐气。

友一　想逃掉责任,不是卑怯么?

友四　的确卑怯。嘴里讲些大话,一到紧要关头的时候,腰就软了,这便是卑怯。

青年　卑怯? 我并不比你们卑怯。

友二　但是不愿意受伤罢。

友一　你毫不管全级的名誉么?

青年　级的名誉,可以挣回来的别的方法多着呢。也可以在较好的事情上,表示并非乏人的。

友一　但现在,却不能这么说了。下级的小子们,也许立刻便到。到现在,还能说不要闹了,我们委实正如你们所说,都是乏人,情愿认错,请你们饶怎么? 下级的小子们,说不定要怎样得意哩。想想也就够难受了;你不么?

青年　倘在平时,我也许同你们一样,愿意争闹一场。因为我想到下级的小子们,便心里不舒服的情形,并不亚于你们呢。然而现在,我被这一位带领着,恰恰看过许多事情来的。并且从心底里以为战争不是好事,想将在自己里面的产生战争的可能性,仔细研究一番,倘若做得到,便想将他去掉。这时候便遇见了你们了。我不说无聊的话,只是请不要争闹罢。我可以做和睦的使者。

友三　不行。你去就要被打;下级生里面,最恨的便是你呢。

青年　要打,打就是了。

友一　但你的意志,那边是不会明白的。你忽然被打了,我们也不
　　能单睁着眼睛看。总之争闹是免不掉的了。你到这里来一会罢。
青年　可以。

　　　　（两人稍与众人离开。）

友一　我拜托你,不要反对这争闹了。好容易,这回我们的全级竟
　　得了一致。照这气势,闹起来一定胜的。但是一说破坏一致的
　　话,便挫了勇气,保不定下级的小子们会得胜了。总之这事已经
　　免不得,所以还是望我们得胜的好。为朋友计,这一点事,也应该
　　做罢。
青年　我苦痛呢,一想到这回的远因却在我的演说这件事上。但我
　　总以为争闹是没有什么免不了的。
友一　真这样想么? 你简直说出下级生的间谍一样的话来。
青年　你真这样想?
友一　由我看来,单觉得你只指望我们这一级败北罢了。
青年　那有这样道理呢。
友一　然而据事实,却是这样。因为好容易全级刚要一致做事的时
　　候,你却冒昧羼入,要破坏这一致,挫了我们的勇气——教我们向
　　下级认错哩。不要再开口了罢。倘再开口,我们便要将你当作敌
　　人的间谍了。因为在这样紧要时候,被你折了锐气,是不了的。
青年　然而我总反对。
友一　要反对,反对就是。我们却是不睬你。
青年　众人里面,未必没有心里和我的意见相同的人罢。
友一　我就怕这事。
青年　不必强勉这类人去争闹,不很好么?
友一　这可不行。下级的小子们也都一致的。

　　　　（一个友人走来。）

一个友人　听说敌人便要到了。
友一　原来。你肯拼命打么?

一个友人　何消说得呢。与其受辱,不如死的好。

友一　(向青年,)你便在这里站着罢。要是动一动,你可没有什么好处呵。

　　　　(友一走入众人队里,青年的同级生渐渐增加。)

友一　望见敌人了么?

友二　是的,从那边来了。

友一　多少人?

友二　说是一共三十人。

友一　有趣。豫备妥当了罢?

友四　唔唔,早妥当了。A怎么了呢?

友一　不理会他就是。

友四　都在发怒哩,说是毫无友情。虽然也不像竟至于此的人。

友一　被什么蛊惑了罢。

友四　都说他也许变了敌人的间谍了。或者从敌人的谁的妹子,听了些什么话了。

友一　那还不至于此罢。

友四　都想打哩。

友一　都想打,便打罢。因为本来是背了全级一致的东西哩。

友二　但也不至于打罢。

友四　不不,还是打好。一打便发生了勇气,都冒上杀气来了。

友一　多数决罢。赞成打A的人,请举手。举手这一面,少两个。

友四　你倘说不要打的人举手,便能得到五六人的多数决,早打了A,现在可是弄糟了。因为虽然未必要打,却也不至于举手,打不打都随便的人,可有五六个呢。

友一　你们无论如何,总须打胜。无论吃了怎样的苦,万不可降服。下级的傲慢模样,是天所不容的。正义是在我们这一面。我们的愤怒,也并非不正当的愤怒。下级的小子们,做了不该做的事,说了不该说的话;为学校计,他们是不可饶恕的人。在今天,你们须拂除了侮辱,表示我们同级的人们并非乏人才好。

（青年正注视着不识者,此时忽然说。）

青年　你们,究竟要打架么?打架胜了,有什么益处呢?

友一　住口!

青年　不能,我不能不说。你们竟不能忍一时之耻么?不知道争闹的结果,如何可怕么?不知道和解的欢喜么?

友四　你或者任他胡说,我可忍耐不住了。（友四走近青年,后面跟定五六个人,都注视青年,都愤怒。）

友四　你何以不去对下级生说,教他们不要争闹,却希望我们这面,干不了事呢?

青年　我讲的是真话。你们争闹之后,成了残废怎么好?砸着头,弄坏了脑怎么好?还不如忍了一时的耻辱,在永远之前取胜罢。

友一　（也走近青年,）对不起你,现在你倘使还不闭口,我便要加制裁了。你还是保重自己的头罢。小心着自己被打罢。

（众人围住青年。）

青年　无论怎么想,争闹总是傻气。便是胜了,也只留下些怨恨。受了一时愤怒的驱使,所做的事,一定有后悔的时候的。你们还是忍了一时的耻辱,打胜自己的天职的好。这是真胜利;这件事,便是人类也欢喜的。

友一　虽说是一时的耻辱,但听凭那下级生跋扈起来看看罢。说不定会做出什么坏事,而且还要堕落了少年的精神。

友四　你的话,都理想的太过了。我们呢,看见下级小子,傲然的侮辱我们,不承认我们的权利,愈打我们愈有得,我们却愈被打愈受损,不能只瞪着眼睛。你也许能罢?但在我们里面的血却是不答应,这拳头不答应。

友二　A君,你以为到了此刻,我们还能向下级认错么?

友四　教我们无条件降服罢。你是……你是 Love 着下级生的妹子,所以不行。

青年　没有这事。

友一　敌人便要到，不必理会 A 了。有话说，后来再听罢。

友四　我就这样。

　　　　（四五人都打青年，青年默着。）

友三　差不多了就算罢。

友四　不问是谁，只要违反了级中的一致便得这样。

友一　走罢，闹去罢。

众友人　（合，）走罢，走罢。敌人已经摆了阵了。

一个友人　下级的使者来了。

友一　带他到这里来。

　　　　（下级生的使者被带上。）

使者　我们不觉得有容受你们的要求，须对你们谢罪的理由。现在
　　大家都在这里了。你们倘不撤回要求，无论什么时候，都可以奉
　　陪的。

友一　很好。便请你回去说，我们并不愿意争闹，但尤不愿意受
　　侮辱。

使者　知道了。

友一　此后还给你们十分钟的犹豫时间；在这时间里，你们如果没
　　有谢罪的意思，便不再犹豫了。我的表上，现在十点十分。一到
　　十点二十分，便要闯到你们这边去的。请你这样说。

使者　知道了。（取出时表，对准了时刻。）刚过十点十分。

友一　是的。但倘若你们这面愿意早些闹，也都听便。

　　　　（青年走入队伙中间。）

青年　（对使者。）你们这面，没有和解的意思么？

使者　如果你们这面不承认我们所做的事是十分正当，便没有和解
　　的意思。

青年　你们这面也以为争闹是名誉么？

使者　你们以为怎样呢？

青年　我是不消说，不以为争闹是名誉。

友四　这不是你开口的时候。去罢，事完了便快回去。战场再
　　　见罢。

使者　再见。

许多友　再见。

青年　（对友一，）你们不闹，总不舒服么？你们里面，没有欺了自
　　　己，怕着多数的人么？

友一　这样卑怯的人，一个也没有。

友四　你还不够打么？

友一　A！都杀气弥漫着呢，藏起来罢。我不骗你的。

青年　我也极愿意藏起来呢。但我总不觉得你们的争闹是正当的。

友一　这早知道了。但我们的血，没有你的血一般凉。不能单算计
　　　利害关系。

青年　以不正报不正，是不好的。

友三　但以沉默与卑怯迎不正，尤其不好哩。

友四　再说，又都要打了。倘若真打仗，你的头可要不见了，如果说
　　　这话。

友一　要知道不见了头，便再不能反对战争了。

青年　但在活着的时候，是要反对的。你们何以定要站在同敌人一
　　　样的位置，难道没有更美的地步么？

友四　乏人的地步，不是美的地步。

友一　是时候了。走罢。

众友人　走罢。

友一　都喝了水。

　　　　　　（都喝水。）

一个友人　敌人来了。

友一　走罢。

（都大叫疾走。青年目送众人，默默的站着。）

不识者　寂寞么？

青年　我不知道怎么办才好。

　　　　（两面的人混乱着，互相追赶，相打，相扭结。在青年的
　　　面前，友三被下级生摔倒，按着打。）

友三　A君，帮一手。

　　　　（青年默默的看。）

友三　我到了这地步，你也毫不帮忙？对于我没有友情么？

青年　不不；我不愿加入争闹里去。

　　　　（下级生要扼友三的咽喉。）

青年　咽喉可是扼不得呵。

一个下级生　什么？局外的也来开口。

　　　　（友四走来。）

友四　A做什么，看朋友被人打么？

　　　　（突然推开了下级生，便打；下级生逃去。）

友三　多谢。你救了我了，你真是救命的恩人。这恩一世都忘
　　　不掉。

友四　什么话，朋友相帮，不是彼此的事么？走罢，他们正都苦
　　　战哩。

友三　（回顾青年，）记着罢。

　　　　（青年苦闷。友四苦斗恶战，本级形势转盛。下级生
　　　拔刀。）

众友人　不要动刀，不要动刀；卑怯呵。

一个下级生　什么？要命的便逃罢。（砍进。）

　　　　（有喊痛的。都拔刀。）

青年　不要动刀，不要动刀，不要动刀。

　　　　（刀口相斫，棍棒相击，有倒地的人。青年时时看着不识

者,只是默默的看;也有呻吟的人,远远地听到手枪声。不一
会,许多友人逃来,一个拿手枪的人在后追赶,后面又跟着下
级生。)

拿手枪人　要命便投降罢,投降罢。

一个友人　谁投降?

　　　　(正要反抗,被手枪击毙。接连如此者两三人。)

下级生们　不必管他。都打杀罢,打杀罢。

　　　　(此时乱发手枪,三四人大叫"打着了",或负伤,或死去。
青年觉得不识者也拿着手枪,便默默的取过来,打杀了拿手
枪的人。)

青年　并不想打死的,但是杀人太多了,看不下去,这才打死的。不
回手的都不杀,放心罢。(从死人手里抢过手枪。)

下级生们　什么?你是朋友的血仇!

青年　走近便死。跑罢,跑罢,逃跑便不杀了。

下级生们　要杀就杀,要杀就杀。

　　　　(八九人抖抖的围住青年,仍复前进。有人掷了石子;正
中青年额上,流出血来。都想逼近。)

青年　这可不饶了。

　　　　(开枪;一人倒地。此时青年的肩头被一人砍伤,也倒
地。众人都砍青年;夺了手枪,逃去。四围忽然寂静,青年
躺着。)

不识者　唅,起来罢。

　　　　(青年睁眼,向各处看。)

青年　刚才的是梦么?

不识者　你这样,还是爱平和的么?非战论者么?

　　　　(青年仿佛梦醒模样,跪在不识者面前。)

青年　宽恕我罢。

（一九一六，八，二○——二一。）

第四幕

（戏棚。）

青年　这里有什么？

不识者　这里有乡下戏剧哩。

青年　真小戏棚呵。不几乎没一个看客么？

不识者　并不有趣，所以不来的罢。

青年　这样无聊的戏么？

不识者　仿佛是的。

青年　这样东西，便是看了也无聊罢。

不识者　也不一定；怎么样地方藏着怎么样人，都料不到的。

青年　但是这样戏棚，未必能做高尚的戏罢。总不过日本的东西罢。我现在没有看这样东西的工夫呢。

不识者　且住且住，不要性急罢。

青年　我要静静的想各样事情哩。

不识者　思想的事，回了家再说。现在还是看了能见的好。

青年　铃响了。就要开幕罢。看客这么少，做的一面也振不起精神罢。

　　　　（粗拙的幕开处，内有黑幕，前面站着滑稽装束的神和恶魔。）

神　哼，你说要杀尽世人给我看么？这可不能。无论怎样可怕的病，怎样的天灾，凡是你的手头的行贩货，总灭亡不了人们的。

恶魔　很好。你说一定不能么？我并不要借重那病和天灾的手。只要在人的头里，下一两粒种子，就够了。

神　哼，你倒总是看不起人们哩。将亚当和夏娃赶出乐园的虽然是你，人类却进步，没有退步呢。诺亚的洪水时候，你想淹死诺亚，可是终于没有死。说要教约百堕落，你也终于不能教约百堕落。你的事业，一时虽然兴旺，终究却只是我利市。为你自己计，还不如适可而止罢。

恶魔　以前坏了几回事，就因为太看错了人了。释迦和耶稣出世时候，我也很着急，可是终于没有什么事。只有以为生出这样的人们来便可放心的你，才是恭喜的神明哩！看着罢。这回要劳你吓破胆子了。

神　想吓破胆，试试看罢。只是你不要"将费力赚了乏力"显出哭丧相才好。我可是要去睡午觉了。（退场。）

恶魔　傻子走了。看着罢，要给撒上容易寄生在爱国心里的霉菌哩。（从藏着的袋中，抓出种子，作散布模样。）这够了，这够了。国家和国家就要闹架了。我便在其间做一个谋士，两面都点火。有趣呵，有趣呵。（退场。）

　　（黑幕收去。德大登场，想着些什么事。恶魔便出现。）

恶魔　这不是德大兄么？想什么呢？

德大　舍间军队太少，有些为难哩。现在正要想一个容易简便却能招集许多军队的法子。

恶魔　这么一点事，也值得想么？只要将一定年纪的人，一齐叫来，尽量的挑取了要用的人就是了。这就好。

德大　这样巧事，当真能做么？

恶魔　有什么不能做。只要说"为国家"就是。如果有不听说话的东西，也不打紧，只说是"国贼"，抓进监狱里去就是了。造出了这种规则，谁也不敢说不服的。这么一办，你的国便是世界中第一强国了；你也可以做如心如意的事了。

德大　真不错，教了我好法子了。若说"为国家"，便谁也不会反对的。如果竟有，便立了法律，将这种不念国家，亡国性的东西，都关到监狱里去。如果还不行，便杀掉也可以。因为这种不顾本国的东西，是没有放他活着的必要的。

恶魔　委实不错，委实不错；这种东西不是人呢。喜欢亡国的奴才，你的国里不会有的。不喜欢本国富强的东西，你的国里也不会有的。立刻实行罢。

德大　这便实行去；不必明天，就是今天实行去。别国的小子们，怕都羡慕罢。这样的好方法，倘被人学了样，虽然也不妙，但我这一面，回去之后，总便立刻召集大众，教他们实行就是了。此后再有好的法子，还要请你赐教哩。

恶魔　很愿意教。我最爱你的国；因为是第一个门生呢。

德大　拜托拜托。时光要紧，就此失陪了。他们听到这样好方法，都该吃惊罢。（退场。）

恶魔　高高兴兴的走了。以后便都要学样；因为不学样的国，是要亡的。这样办，说不愿战争的小子们，在这世上便活不成了；想活在这世上的小子们而且身体好好的小子们，便不能不上战场了。我还要教他们发明好兵器。不愿去战争的小子们都死，去战争的小子们也都死。便是在我，不也得算一条好计算么？早都来了呵。

　　　　（俄大法大登场。奥大意大英大日大跟着登场。）

俄大　唅，法大。

法大　什么？

俄大　听到了没有？

法大　什么事？

俄大　就是邻舍的德大，想出了希奇法子的事。

法大　听到了。总是想些讨厌的方法罢了。

俄大　然而一不小心，却危险哩。

法大　不错。这样简便容易的造出许多军队，实在当不住。要是不小心，大家的国度可真险了。

俄大　是呵。还是学样罢。

法大　学样却也不甘心哩。

俄大　不学样，危险呢。

法大　因为国家一亡便不得了，所以要学样么？

奥大　你怎样呢，意大？德大兄的法子，听说法大和俄大都要学，这么一来，大约我们也得学罢。

意大　自然要学的。当初一听，虽然似乎是奇怪方法，免不得发笑，但越想越觉得是好法子了。

奥大　这就因为是毫无破绽的德大的方法呵。但是实在想出了意外的事了。

法大　英大兄，国民都有当兵的义务这新发明，你也实行一回，怎么样？

英大　多谢你关切。但我还是算了罢。因为叫不愿意当兵的人们当兵，将不愿意战争的人们赶出去战争，都不很好的。因为我们这里，是尊重自由的。做出这样事来，大家都不见得会答应，而且对绅士加些强迫，也是不很舒服的。

法大　这固然也不错，但在德大想出了那样方法的现在，已经不是讲这样道理的时候了。你这边也还是一定采用了这法子好罢。

英大　可是我这边，不愿意学德大哩。到了最要紧的年纪，便唤去当兵，无论对谁，都不是好事。只要勤勤恳恳的各做自己的事业，就很好了。只要愿意做了军人为祖国打仗的人，做了军人，我的国家便满够安稳了。一到时候，都会高高兴兴的为我的国家出力的。若说强迫，倒反轻蔑了我国的人们的爱国心了。

俄大　这也好罢。因为你的国和德大的国，还隔着一道海呢。然而我们，都不能说这等话。我们也明知道这事并不很好，但也没有别的法子了。还是再见罢，再见再见。法大兄，一起走罢。

法大　好好，一起走罢。英大兄，再会。

英大　再会再会。

奥大　我辈也走罢。

意大　走罢。诸位,再见。

众　再见。

　　　　（英大和日大之外,都退场。）

日大　英大兄,德大的法子,是什么意思呢?

英大　想出了一件傻事罢了。就是将已经到了一定的年龄的人们,都叫到官署里,脱得精赤条条的检查了身体,将身体好的人们,随着要多少兵,便拿去多少就是了。

日大　能这样办么?

英大　这很容易办。因为不依的人,只要罚就是;无论怎样的罚,都可随意制定的。总而言之,不外乎用了德大式,想出了一个能够很容易的造成许多好军队的法子罢了。这真真胡闹,简直毫没有替捉去当兵的人们想一想。这意见,才真像不爱人民冷酷小气的德大的意见哩。我这一边,却不能做这种不合人情的事,所以不做的。

日大　这样一回事么?

英大　我也还是走罢。那么就再会。（退场。）

日大　再会。

　　　　（日大想着事,恶魔近前。）

恶魔　日大兄,想什么?

日大　正想着我的国度,怎么办才好。

恶魔　你不像有钱,除了学德大之外,怕没有别的法子罢。要不然,你的国怕会倒哩。可是学了德大,造起军队来试试罢。你的国便是东洋第一的国;在亚细亚洲,只有你的国是阔气的国。而且全世界都要害怕。会挨进第一等强国的队伍里面去呢。

日大　真的么?

恶魔　自然是真的。那时朝大的国便是你的,支大须看你的脸色,俄大惧惮你,也怕敢伸出手来了。

日大　这真的么?

362

恶魔　自然是真的。

日大　既如此，便学德大罢。

恶魔　实在只有学样这一条法子。

日大　不知怎的，仿佛已经得了全世界似的，喜欢的无可开交了。
　　　就失陪罢。再见。（退场。）

恶魔　（目送着，）听说倒是一个很能办事的小子。上了当哩。英大
　　　这小子，胆敢说些费话，现在也要教他学德大去。怎的？德大又
　　　来了。

　　　　　　（德大登场。）

恶魔　怎么了？

德大　承你的情，教给我好法子。现在法大俄大，都学着做哩。要
　　　是这样，好一个新发明，也就无用了。

恶魔　你放心罢。你的头很聪明，只要想出些好兵器就是；并且瞒
　　　着敌人，多练些军队就是。即使略略加些租税，也未必便有人叫
　　　苦。须得用点手段，在不至于叫苦的程度上，渐渐的加多租税，用
　　　到军备里去。这么办，便毫不妨事了。俄大虽然魁梧，却是很笨，
　　　不要紧的；法大固然性急，然而有点过于文明了，也不要紧的。打
　　　起精神做去罢。

德大　你实在是我的老师。听了你的话，便仿佛世界是自己的东西
　　　一样了。

恶魔　这很的确。只要专心致志，你想怎样，世界一定便怎样。

德大　早能够如此才好。

恶魔　不添造军舰，也不行的。殖民地也不要赶不上英大呵。

德大　英大这小子。我肯赶不上他么！

恶魔　然而最可怕的却是英大哩。

德大　我也这样想。

恶魔　切实的干罢。

德大　干去，竭力的干去。

恶魔　这是你的事，总该不至于失着的。倘不多设些工厂，夺了英大的富力，怕英大还要大造军舰哩。

德大　是呵，这也去竭力办。请你看着罢。

恶魔　我专等好消息呢。

德大　那便立刻去竭力的制造军舰罢。

恶魔　这才好。

德大　那便失陪了。

恶魔　再会。再来罢。

德大　多谢。再见。（退场。）

恶魔　如何，我的手段？很有趣的办下去了。（坐在石上，）有点乏了，睡一刻罢。（刚入睡，忽然又张开眼。）又谁来了似的。英大罢？一定是的；究竟是的。有些张惶着呢。

　　　　（英大登场。）

恶魔　英大兄，怎了？

英大　德大这小子造起许多军舰来了；大约想要收拾我的国罢。

恶魔　这是一定的事。德大在世界上，最怕你的国，最嫌你的国哩。不小心就会上当。因为德大是执念很深的呵。

英大　我正因此着急呢。大约还没有什么要紧，然而不小心也不行。

恶魔　这何消说得呢。但是教给你一条好法子。德大这野心家，法大和俄大也都怕；你便引诱了他们，三个人同盟起来就是。这样办，便是德大，也就不能出手了。

英大　实在不错。赶快同盟罢。（少停。）但我和俄大同盟，虽然也好，俄大在西方放了心，在东方就容易出手了。我也有些放心不下哩。

恶魔　然而那个是那个，这个是这个呵。为挤德大，要用俄大；为挤俄大，也未必便没有别的好法子罢。

英大　懂了。你的意思，是说要教俄大不能向东方伸张，便和那日

364

大同盟,利用他就好罢。

恶魔　是的,真聪明,不愧是你。

英大　这样,我就放了心了。我一直从前,早看上了日大,现在顺便给他高兴高兴罢;那小子一定当作光荣,要竭尽忠勤的。

恶魔　而且增加军舰的事,也千万怠慢不得。

英大　这自然。

恶魔　尽心竭力,极周到的办罢。

英大　自然,极周到的办去。

恶魔　好好的办罢。

英大　多谢。竭力的好好的做就是了。再见罢。

恶魔　再见。

　　　　（英大退场。）

恶魔　真忙呵,睡觉的闲空都没有了。

　　　　（法大俄大登场。）

法大　英大到你这里谈过事没有?

俄大　谈过了。

法大　怎么办?

俄大　想答应他;因为德大近时,只是敷铁路,立工厂,扩张军备呢。

法大　是的,倘使不理会,实在危险,如果三国同盟了,该可以忌惮一点罢。

恶魔　法大兄,实在不错。德大的野心,是在奄有世界哩。不小心,你的国要给收拾的。

法大　这样么? 还要收拾,可是难受了。既如此,还是三国同盟好罢。

恶魔　自然。海里有英大,后面有俄大,你的国也就放心了。

法大　既这样,我就答应英大的话。

俄大　我也便答应罢。这才有点放心了。

恶魔　而且土大和日大这一面,也可以伸出手去了。

俄大　是的。听说日大这小子,还学着德大的样呢。

恶魔　学了学了。因为这小东西,倒是大野心家哩。

俄大　这大意不得呵。

恶魔　怎么大意得呢。

法大　这就失陪了。

俄大　以后再见,我还要和这一位说几句话。

法大　那就以后再见,再会。(退场。)

俄大　再会。(对恶魔。)日大是这样可怕的国么?

恶魔　是的,是东方第一个野心家哩。你看,练兵的法子,教育的法
　　　子,兵器的改良,都不下于你的国;况且英大又暗地里推着他,正
　　　想要利用日大呢。小心点罢。

俄大　英大么?

恶魔　正是正是,要知道英大是靠不住的。

俄大　这却是的。

恶魔　所以我通知你,倘不趁没有和英大结党之前,挤倒了日大,是
　　　危险的。

俄大　那便立刻办罢。

恶魔　愈早愈好;而且须想法子,使交通万分便利才是。

俄大　不错。再见罢。

恶魔　再见。须得切切实实的办去呵。

　　　　(俄大退场。)

恶魔　哈,一下子,便教俄大和日大闹架么?大闹倒也未必,总该可
　　　以杀掉十万以上的壮丁罢了;便教几十万的人们都别了他最爱的
　　　人罢。来了,日大。这小子得意的很哩。

　　　　(日大登场。)

恶魔　怎了?

日大　刚才英大来说,要我同盟。

恶魔　同盟了么?

日大　唔唔，不消说，同盟了。从此别的国都不敢看不起我的国了。

恶魔　小心着英大罢。

日大　唔唔，英大想利用了我，别有所得，我自然是知道的。但我这一面，也无非想利用了英大，别有所得，所以反正是一样的事。我虽然摆着一副被人利用了也冥然罔觉的脸相，却究竟不是傻子，所以英大何以要和我同盟的缘故，是明白的。请放心罢。

恶魔　这才好。被人利用，却精通利用的神髓，在这世上是得胜的。

日大　不错。深知道这神髓的。人民们不明白，我却知道。国和国的关系，总只是一个互相利用。那里有什么正义呢？昨天的敌人，今天的朋友；今天的朋友，明天的敌人：信不得，靠不住的。只有尽量的利用罢了。

恶魔　但最要紧的是实力呵。

日大　实在不错，所以正在竭力的用那富国强兵主义哩。请放心罢。

恶魔　听了这些事，我也放心了。有了这样的觉悟，便和英大同盟，也就可以了。但竭力扩张军备这件事，一刻也忘记不得。因为你的国正在可怕的位置，但也是有趣的位置哩，只要有实力。

日大　多谢你的忠告。我想到自己的地步和位置，也就涌出力量来。我以为愈有祸患，便愈可以显出自己的力量请你看。

恶魔　然而也须小心。因为一吹着文明的风，人们便要舍不得性命了。

日大　真不错，我正也暗暗地着急。幸而健全的爱国的分子还很多，不妨事的。但总得小心着。我正想竭力的教我国的人们的心，都专为我延烧呢。

恶魔　这比什么事都紧要。没有这决心便是亡国。因为许多猛兽一样的东西正在徘徊，等着机会呵。

日大　不错，实在大意不得。这就失陪罢。

恶魔　且慢且慢，还有事情通知你，小心着俄大罢。

日大　留神着的。

恶魔　此刻办才好；倘不早办，俄大的军备就完整了。

日大　赶快办去。再会。

恶魔　再会。

　　　　（日大退场。）

恶魔　呵，德大又来了；很慌张哩。

　　　　（德大登场。）

恶魔　怎了，德大？

德大　英大这小子，和俄大法大同盟了想灭我的国哩。怎么办
　　才好？

恶魔　这除了和奥大意大同盟之外，没有法子。这么办，便得了平
　　均了。

德大　真是的，这样办罢。

恶魔　但也大意不得。海军还该振兴呢。陆军这一面，倒也很整顿
　　了；铁路和兵器，也都办的周到罢？

德大　都在周到的办，不如此，便危险的。英大多少狡猾，实在大意
　　不得。现在便和奥大意大商量去罢。

恶魔　正好，那两个都来了。

德大　这来的真凑巧呵。

　　　　（奥大意大登场。）

德大　恰巧遇见了，我正想到你那里去哩。

奥大　原来，我也正要会你呢。

德大　为什么？

意大　没有知道么？英大已经和俄大法大同盟了的事。

德大　不知道还了得；实在就为了这事，要会你们。

意大　原来，我们也为这事，正在寻你呢。

德大　你们什么意思？

奥大　就是只要我们也同盟了就是了。

意大　要不然,他们三个同盟了,我们便抬头不得哩。

德大　是的,我也这样想。赶快同盟罢。大家都去扩张了军备,不要输与他们。大家立起同盟的誓来罢。

　　　　(拔了剑立誓。)

德大　这就稳了,不必怕英大和法大俄大了。

恶魔　然而若不设法,教军备没有逊色,是不行的。

德大　这不错,便到那边商量军备的事去罢。

　　　　(三人退场。)

恶魔　有趣起来了。呀,神来了;似乎愁着哩。

　　　　(神登场。)

恶魔　如何,我的手段?

神　日大和俄大开始战争了。你该高兴罢?

恶魔　那里话,那些事情,还不能算我的事业的开端。此后正要将我的事业给你看哩。

神　教给了征兵的法子了罢?

恶魔　教给了,好意见罢?

神　正像你的意见罢了。

恶魔　怎样,不很高兴罢?

神　不不,这么一点事,没有什么的。

恶魔　俄大和日大,都只叫着你的大名呢。

神　他们是将你当作我了。

恶魔　教谁胜呢?

神　不管他就是。

恶魔　你好冷淡呵。

神　应该给与人们的东西,我都给了,以后任便。

恶魔　死的很多哩。

神　然而人类,生长是总要生长。你的事业,不过做我的衬垫罢了。

恶魔　然而个人不也可怜么?

神　我不是人，所以没有所谓可怜这类感情。人们不设法，是人们的罪，我只要做了我的事就够了。

恶魔　你说，该给人们的东西，全都给了；然而教我说，却只觉得你没有将人们造得完全，单是造的傻气。我略一煽动，便将最要紧的性命，都看成尘芥一样了。

神　我没有将人们造得完全。我单撒了一粒种子；要看这种子落在地上，怎样变化。要看种种东西生来之后，想要生存的情形。只是这样就好了。看此后的人们将地上弄成怎样，是我的慰藉。人们成了完全无缺的东西太早了，我不很喜欢。但到达完全的地步之前，人们便灭尽，我也不喜欢的。

恶魔　我却要灭尽他们请你看哩。要不然，便赶他们到邪路上，教他们陷在无可奈何的境地。教人们只以为活着比死去还苦，只以为活着的事是无意味，单是可怕，于是教他们自灭给你看。

神　倘你能够，试试就是。倘你能将人们对于我的爱和信仰，加些损伤，切成两段，切一回试试就是。我还没有将人们造的这样脆呢。

恶魔　好，看着罢。

神　默默的看着。

恶魔　竟是日大这一边利害哩；仿佛还没有知道性命的可惜似的。大家都说为本国战争，却又有战到本国人一个不留的气势哩。好笑话呵。给与了这种本能，做甚么的？

神　倘没有给与这种本能，人们怕早不愿活着了。造成是胡胡涂涂，造成是傻气不以为傻气，人们才能活到这地步哩。

恶魔　但看他们到现在还没有除掉这种根性，也未免太傻了。这一节，你也该后悔罢。请你看着，这本能便是灭亡人类的关键。我已经确有把握了。

神　你的脑简单呢。人们却不会这样的合你意思呵。又要睡觉了，躺一会罢。（退场。）

370

恶魔　真会睡呵,这小子。我可也太忙。日大来了。

　　　　(日大登场。)

日大　如何?托你的福,大概是胜的。

恶魔　好好的干罢,一定是你胜。金钱和人民,以后总有法想的。
　　世界出了惊看着你;惊叹着;看起了你哩;怕了你哩;从前看你不
　　起的东西,也佩服你了。干的好。以后也发狂变死的干去罢。

日大　一定干。我国的人们,为了国家是不怕死的。人们多的很,
　　简直太多了,所以便是死掉一些,也不妨事的。只是近来颇有些
　　危险思想流行起来了,却也有点可虑呢。

恶魔　这种东西,不必顾虑的。以为可虑,只要抓进监狱里就是。

日大　正在这样办呢。

恶魔　还不行,杀掉就是。用你的力量,要做什么便什么都能做到,
　　何必这样的怕几个空想家,还是拚命战争要紧。只要国家的意气
　　增高了,胜利便是你的了。神曾说,他在你这一边呢。

日大　是罢,觉得是天佑的事真多哩。

恶魔　这就对了。总之切实办罢。这正是亡国和跳上一等国的分
　　界线呵。

日大　感激的很,这就告辞了。

恶魔　再见。我望着你得胜。

日大　多谢。再见。(退场。)

恶魔　再见。得意着呢。这得意可是真有用处,东洋只要有这一个
　　小子,就尽够了,假使这小子不强,我实在也就为难了。阿呀,俄
　　大到了,怒得不寻常哩。

　　　　(俄大登场。)

恶魔　怎么了,俄大?

俄大　小子们的不要命,真窘了人了。无论威吓,无论什么,都不以
　　为意的。因为所谓性命可惜这件事,还是全没有知道哩。

恶魔　这也未必罢。

俄大　而且内部也似乎要骚扰；真也窘人。这样黄色的小东西，本
　　该不会输给他，但他不要命，所以为难了。大约还有英大暗地里
　　推着罢？那小子本该是这边的帮手，但见我向东洋方面伸出手
　　去，仿佛不很喜欢哩。

恶魔　先前已经说过，那小子是靠不住的。可是军舰还须多派；便
　　将日大的军舰赶掉就是了。这样办，日大也便什么事都不能
　　做了。

俄大　然而派军舰也为难。

恶魔　已经不是讲这样话的时候了罢。在东方就要伸手不得哩。

俄大　冒险一回罢。

恶魔　这才对。

俄大　你既然这样说，那就办罢。再会。

恶魔　就走么？

俄大　赶快派了军舰吓日大去。不将那得意的鼻子折了，是放心不
　　下的。再见。（退场。）

恶魔　谁胜谁败，都好的。只要人们死的多，我就高兴。都听了我
　　的话，拚命的扩张着军备哩。只要大家的竞争心和敌忾心，越发
　　加添速度就成了。我也休息一会罢。先起一回地震消消闲才好。
　　（摇动树木。）至少也得死掉二三千罢。其次还不如撒一点病毒。
　　但这些事，也不很有趣。须得人们的精神从里面萎缩了；人们的
　　精神进了邪路，绝望了；神这小子才吃惊罢。至于这小子的自负，
　　实在奈何不得。总须按倒一回才好。现在便要按倒哩。用了人
　　们的力，灭亡人们。这样一来，小子该吃惊了。赌的事是我胜利
　　了。布置已经有点定局，姑且睡觉罢。阿呀。还大意不得哩。
　　（望见了什么似的。）俄大的船出来了。阿呀，渐渐的弯过去了。
　　虽然这样慢，在人们的力量，却总要算全力了罢。他还不知道日
　　大的船在那里呢。阿呀阿呀，愈走愈近了；有趣呵，就要遇到日大
　　的船了；哈，打了。俄大的船糟了，日大一定得意罢。虽然俄大的

船也很想巧巧的逃出,送两三个弹丸给日大的内海岸的。但教他得意着,也很不坏。俄大这小子该失望了罢。这战争也慢慢的教完了罢。因为我的紧要事业,还豫备在后来呢。日大来了。

（日大登场。）

日大　如何,英雄罢?

恶魔　佩服佩服。可是你的陆军,似乎有点疲乏了。

日大　我也正微微的着急呢。

恶魔　到了差不多的地步,歇了好罢。渐渐深入了俄大的国里,你也许碰到可怕的事呢。现在便是歇手的时候罢。

日大　我也这样想。但是我国的小子们,怕未必肯答应哩。因为上了战场的小子们,虽然渐渐的想要回家,住在本国的小子们,却以为即此便可以永远战下去呢;因为看同胞的死亡,全不当什么一回事呢。

恶魔　这样才好。为你的国家计,这应该贺的。单看见白色人在地上行势的时节,说到有色人种,却只有你的国不缩头,这一节,我最佩服。没有这样的意气,是不行的。

日大　可是出去战争的小子们不能如此,所以为难了。

恶魔　这也没法。可是只要在国里的小子们元气旺,出外的小子们也容易办的。但现在也正是歇手的时候罢。俄大那一面很愿意歇,因为怕起内乱哩,然而内乱是起不来的,便是俄大,要按下内乱这一点力量,却还有呢。

日大　不错。俄大的国度大,以后可以随意送到多少军队,我可不能这么办。

恶魔　是的,照你的实力,早该加倍的扩张军备了;你没有做,所以不行。

日大　就因为金钱为难呵。

恶魔　再收些税就是。

日大　这也很难。

恶魔　那里有难的道理呢？国家灭亡了便糟，应该谁都知道；而且
　　武器也得改良哩。近来捕获了几条军舰罢？战争完结之后，倘不
　　制造到现在的加倍以上，也怕不行。

日大　钱也很不容易办。

恶魔　总须设法才是。你的国里的人们，为国家做这一点牺牲，都
　　应该欣然罢？

日大　可是近来很有点不行了，因为染了西洋气了。

恶魔　这却很有些不妙哩，但战争完结之后，千万大意不得。因为
　　你的国的位置，比先前更加危险了，况且版图一广，也更要金钱和
　　军队。

日大　的确是的。一定设法，可以对得起你的忠告。

恶魔　肯这样办，你的国便是世界的惊异，全世界都要怕你，敬
　　你了。

日大　极愿如此。失陪罢。（退场。）

恶魔　早以为变了世界的一等国，得意着走路了。有趣有趣。阿
　　呀，俄大来哩。

　　　　（俄大登场。）

恶魔　怎了，俄大？

俄大　听了你的怂恿，吃了亏了。

恶魔　也不是要这样失望的事。

俄大　也没有怎样失望，然而也不很舒服哩。而且国内的不平党要
　　闹事；属国也想造反；乘机视隙的东西，各处现出影子；又少不得
　　钱用：这回的战争，实在有点后悔了。太看低了别人，所以糟
　　的罢。

恶魔　正是呢，然而反可以当一服药罢。不要以为很强了，只是自
　　负才是。而且不将兵器改良，也不行的。其实可怕的并非日大，
　　却是德大；不小心，也不行的。

俄大　但倘使战争下去，也该可以得胜，然而也想歇了。照这情形

374

再拖几时，是不了的。

恶魔　这也好罢。可是战争完结之后，不小心不成。

俄大　好好，小心就是了。现在停了战，虽然受一点损。

恶魔　那里话，也受不了什么损的。因为日大这一面，也暗地里愿
　　　意休战哩。况且想要一个翻本的机会，随便什么时候都行。

俄大　这不错。我也知道和日大的争闹，这回是初次，却不是末
　　　次哩。

恶魔　只要等着机会，好机会一定来。日大已经很得意了；如果没
　　　有利用的必要，他们一定竭力的想灭日大。这时候，你要什么拿
　　　什么就是了。现在还是教他得意一点好。

俄大　实在不错。这样子，便停战罢。

恶魔　再见。万不要忘了扩张军备和兵器的改良。

俄大　不忘记的。（退场。）

恶魔　呵，我也睡觉罢。神小子睡眼蒙胧的跑来了。

　　　（神登场。）

恶魔　如何？

神　我依旧闲着；因为无论那一国，都不来和我商量。然而我放心
　　　的。看罢，俄大和日大，我虽然睡着，也自和解了。

恶魔　然而这和解，是最合我的意思的和解方法呢。现在要拚命的
　　　取了租税，用到军备上去了。为了那边指顶大的地面，日大却牺
　　　牲了几万人哩。你看罢，那便是日大的国里的人们，因为平和了，
　　　正在生气，说更须战争更得利益呢。

神　然而我是放心的。又要睡了，我的觉醒，人们仿佛不喜欢似的。
　　　然而我相信最后的胜利。便是你，也不过在我的手下差遣着的罢
　　　了。（退场。）

恶魔　真教人吃惊呵，这小子的自负。而且也真会睡。我也睡一刻
　　　罢。阿呀，似乎德大到了；我简直没有睡觉的闲空了。神小子说，
　　　他醒来的时候，人们都不喜欢；我睡下的时候，人们却也仿佛都不

喜欢似的。这样看来,人们大约以为我这一边,是一个万不可缺的东西哩。

(德大登场。)

恶魔　德大,怎了? 多日没有见了。

德大　就是忙;如何,我的国渐渐兴盛了罢! 这就因为我国的人们和别国的人们,脑髓构造不一样的缘故;不问什么事,全是合理的做去的缘故;而且别人不会再想的地方,我国的人们却能硬着头皮再想进去;什么事都用了好法子,耐心做去。买卖这一面,现在便可以胜过英大给你看了;因为最可怕的只是英大呵。俄大这回成什么样子,竟被我的徒弟一般的小小的日大,治了一下子就坏了。唉,我的世界,目下就要到了。

恶魔　这实在佩服;我希望的就是你。陆军无论怎么说,自然是你的国超等,可是海军总还得算英大哩。

德大　请你看着;就要将保守的英大,吓他一回给你看。能够飞在空中的完全的飞船,已经发明了;就要成一件像样的东西了。

恶魔　这才是好法子。总而言之,不要输与英大呵。

德大　目下定要胜他,请你看着。已经有了成算了。请你再等十五年罢。现在失陪了。

(英大登场。)

德大　英大兄么? 总是很兴旺,好极了。

英大　你这一面,英年锐气,这才很兴旺,好极了。

德大　然而无论如何,总赶不上你,因为海洋是总是你的。

英大　这已经要成过去的梦了。

德大　这是谦虚的话。

英大　并非谦虚的话。像你这般的元气的出了世,我这一面,也疏忽不得呢。

德大　我这一面是毫无野心的,请放心罢。

英大　军舰造得颇不少了罢?

德大　你这一面,造得更多罢?

英大　因为国防上必要的数目,总得造的。

德大　为了国防,大家都得费去许多钱,实在是可叹的事呵。

英大　真的。这样下去,会成国防倒帐了。你这边顾虑一点,可好呢?那么办,我也就顾虑了。

德大　我这一面,实在没有造到必要以上呵。不要担心就是了。可是你这一面,仿佛有点野心,我却担着心哩。

英大　这话是应该我这一面说的。我这边总是被动。所谓野心,我这边实在没有。

德大　但愿这话可以相信就好了。

英大　请放心罢。

德大　还是你放心罢。告别了。再会。

英大　再会。

德大　(退场时独白,)这小子又图谋着什么哩。这小子的没有破绽,实在教人吃惊。小心着才是。(退场。)

恶魔　英大兄,什么事?

英大　德大来做什么的?

恶魔　来自慢的。说就要收拾你,给我看呢。

英大　想收拾,收拾就是。我这一面,也不是这样的傻子哩。我认定德大是世界的恶魔;要教全世界知道他是世界和平的仇敌。

恶魔　他是对于你的利益最有妨碍的国这一节,却瞒起来么?

英大　这种事何必特地嚷出来呢。这单是我国的事罢了。我的事情说给别人听,也无聊的很呵。

恶魔　总之你的国,本国虽小,依然是世界第一的国哩。老实的国,一定都如你的意的。

英大　这是因为我帮他们的忙,所以感激着呢,而且利用他们,就是为他们谋幸福,这一举两得的外交的秘诀,我是捏着的。这一点什么德大,也及不上我的皮毛;因为他只想着自己的事。这种思

想的国,在现世定要亡掉的。因为先行尽量的利用了,然后慢慢
地拿出暗拳来,才是外交的秘诀,征服世界的秘诀哩。

恶魔　实在不错。德大不是你的敌手呵。你为了金钢钻,不惜打了
杜兰的手段,我也始终佩服着呢。

英大　不要提起这事了;因为现在倒反后悔了。

恶魔　那便还了他罢。

英大　这可不能,为此死了许多人呢。

恶魔　真不愧是你,虽然后悔,既得的东西,却不再吐了。

英大　倘使这么老实,在这世上活不成的。无论那一国,这一节全
都相同。因为强者的正义和弱者的正义,模样有些各别的。

恶魔　这也是的。

英大　弱国做强国的饵食,正是自然的法则呵。然而我却并不专管
自己一面的事;对手的利益,也想到的;而且也知道该给对手满
足,不要撩他生出不平来。决不像暴发的德大,只是鲸吞虎咽的。

恶魔　你真是很可怕的小子呵。

英大　然而假使没有我罢,俄大和法大,一定要做德大的奴隶;为世
界的平衡计,我是万不可少的。

恶魔　委实不错,你和德大,正是好对手哩。

英大　为我计,德大是必要的。为德大计,我是障碍;为我计,德大
可是必要的。这就是我的伟大的地方,无论德大怎样不舒服,总
不过做一个为我利用的家伙罢了。然而这是笑话。再见罢;再
会。(退场。)

恶魔　再会!这东西比那德大,真真胜过一筹。神小子还睡着罢?
以后可是有趣了。先在小事情上闹一点事,逐渐的做到大战争,
教这小子看看我的事业,多少可怕。谁都整备着;馋急着。这就
是我所瞄准的地方;因为有此,我才能成我的事业,将人们拖下灭
亡的谷里去。姑且在小事情上,使他们争闹起来罢。便就近投一
星小小的火,再去睡一会罢;起来的时候,全世界都该烧着了。早

378

都准备了,油也浇了;只渴望着火。傻小子呵,为了一点小贪欲;却舍了性命和财产,大家拚命相杀哩;全不想到自己也会被杀哩。神造的东西,全都是这样的昏虫罢了。专管目前,贪欲没有底,利益上毫不放松。但一到紧要时候,便发了昏。说是要杀就杀,我不要命了! 要便拿去,可是要取你的命哩。哈哈哈,为要活着而贪的呢? 还是为要死掉而贪的呢? 实在索解不得。说是如果有损,而且别人有所得,还不如死的好,所以可笑哩。神小子,真造了太可笑的东西了。那小子也有点老昏了。但人们善于自负的地方,却真不愧所谓神之子哩。哈哈。火是延烧起来了。准备了醒来的高兴,先睡一会觉罢。(躺下。)

　　(少女,就是第二幕中的女三,略异以先,坐在看客席上,正当青年的背后;此时拍着青年的肩头,青年回顾。少女微笑,略打招呼。)

青年　你怎的在这里?

少女　来看戏的。

青年　别的几位呢?

少女　都在后台哩。

青年　那一位乞丐呢?

少女　不久也即释放了,赶出了那个村庄,到了这里了;现在也在后台。还说很愿意再和你见一面哩。

青年　原来。还有著作剧本的那一位呢?

少女　扮着恶魔的,就是那人。

青年　这么一说,就觉得无怪声音有些耳熟了。这回的剧本,又是谁的著作呢?

少女　也是那人。那人也说正想和你会一面呢。

青年　这样么? 我也正要见他。

　　(此时寥寥的几个看客,吹唇教静。)

青年　那便再谈罢。(复了原状。)

（神登场。）

神　恶魔这小子睡着哩。（遍看各处，）阿呀，又闹玩意儿了。淋漓
　　的浇了油；点上火了；而且将导火线纵横绷着哩。然而便是人们，
　　也还没有如恶魔意料中这般简单，切断导火线这点事，也还知道
　　的。但也危险，给他灭了这飞火罢。又想睡了：人们的小子，总不
　　愿意我起来。被我看见，还有些羞罢。不久成了不至于羞的模
　　样，便会自来叫我的罢。还是安心睡觉去罢。虽然常常醒过来，
　　但当真醒了看人类，大约还是略略后来的话哩。睡罢。火势有点
　　衰了。然而目下还只好让恶魔高兴。做了恶魔的牺牲的人们，虽
　　然可怜，但既然吃了智慧果，便免不得有身受这运命的飞沫的东
　　西。除非人们自己小心，不受这飞沫。好好，我再睡罢。

（退场。）

恶魔　唉唉。（欠伸着起身，遍看各处，）阿呀，好奇怪，火消了。怎
　　的会这样？怎么一回事呢？阿呀，谁将导火线割断了。不近人情
　　的东西！但是看罢，这回一定留了神，弄出大战争来给你看。德
　　大俄大法大以及奥大意大日大，都要扯他们进了战争的深渊。神
　　小子已经想出了飞机，兵器也很有长进了；教他们应用了这些，做
　　一回大布置的杀人罢。我不会错，神小子该出惊罢。而且还要教
　　英大采用征兵主义哩。看着罢。但从那里先点火呢？还是叫了
　　俄大的外甥塞大，挑拨一下罢。塞大来呵！这小子正恨着奥大；
　　而且也是很容易挑拨的小子哩。塞小子，已经到了。

（塞大登场。）

塞大　什么事呢？

恶魔　倒也没有什么别的事，听说你的伙伴，正挨着奥大的辣手哩。

塞大　是的，正挨着辣手哩。

恶魔　不生气么？

塞大　怎不生气，但现在没有报仇的机会呵。

恶魔　那里话，要造报仇的机会，多少都有。况且你的后面有俄大，

奥大也不敢轻易动手的。不要太畏葸罢。

塞大　但是我这边,战事刚才完结,国有点疲乏了。

恶魔　不要说没志气的话。你的国是强的,全世界都承认:奥大也
　　有些惧惮呢。这样费了气力,那利益都被奥大胡乱拿了,同胞还
　　要被迫压,怎么忍得过。还是做一番,教他知道你的国也有骨气
　　才好罢。

塞大　倘有好方法,也愿意做的。

恶魔　不必别的,只要治了奥大的皇太子夫妇就好。这小子一定要
　　成可怕的暴君,不趁现在治了,实在是后患。他的老爹已经老昏
　　了;可怕的便是他们两个。只要杀了那两个,怕死的人对于你的
　　同胞,便会比现在宽大不少罢。

塞大　可以行么? 那两人倒实在有治一下的价值。为了那小子,我
　　们的同胞无罪入狱,甚而至于还有被杀的哩。但是成了国际问
　　题,那就麻烦了。

恶魔　那里,不妨事的。如果事情弄大了,俄大会来帮忙。

塞大　那时德大又怎么办呢?

恶魔　出了这样事情,实在是大不得了,所以该会想法子中途捺消
　　罢。不必愁的,一定是杀了上算。单是杀人的勇士,你这里也没
　　有一个么?

塞大　多着呢,但顾忌着国的运命哩。

恶魔　还管这等事,说不定奥大要凶到怎样哩。

塞大　的确不错。给他看点斤两罢。

恶魔　那便奥大要吃惊,要慌张了。

塞大　对于将我同胞不当人看的罪,给他天罚。

恶魔　好好的做罢。

塞大　好好的做去。怨恨浸透了骨髓哩。再见。

恶魔　什么时候办?

塞大　立刻办给你看。(退场。)

恶魔　雄赳赳的去了；看这样子是要做的。我连结着的导火线上，这可落了火了。便在我也要算好方法了；这回一定教成功。仿佛已经办了哩。奥大来了。连奥大这宽气儿也怒的利害哩。

　　　　（奥大登场。）

恶魔　奥大怎了，何以这样发气？

奥大　塞大国里的小子，将我国的皇太子夫妇害了。

恶魔　这真真是万分可恶的东西呵。

奥大　这事很像受了塞大自己的意志做的。

恶魔　这是一定的事。

奥大　我也以为一定如此。我所以和塞大理论，要报足这怨恨；要教他后悔这次的行为。

恶魔　这是当然的事。遭了这样的毒手不开口，是男子的耻辱哩。

奥大　是呵，无论怎样，这仇一定要报的。

恶魔　这样才是正办。你的国民，也要求如此罢？

奥大　不知道有没有例外，假使竟有，这便是不能称为国民的人了。

恶魔　不错，实在不错。

奥大　国民还都说，要满心满意的报仇；倘不满意，是不应承的；很有免不了示威运动的势子哩。

恶魔　这实在是意中事呵。

奥大　这便要开强硬的谈判去；倘不听，便是战争也顾不得了。

恶魔　这是当然的事。然而俄大也许暗地里帮着塞大呢。

奥大　无论谁帮着，也不能闭了口躲起来了。况且俄大出面，德大也就出面，到这样，便闹糟了事情，所以俄大也未必开口罢。但也没有闲空，再顾忌这等事了。

恶魔　是呀，这才是奥大哩。（拍奥大的肩，）切实的办。

奥大　切实办去。我如果被人看作受了侮辱，也只能缩着颈子，那便即使亡了国，也要战的。此后要提出洗刷国耻的要求，给国民几分满足哩。再见罢。（退场。）

382

恶魔　再见。全照我的意思一样了，有趣。（巡行。）

　　　（塞大登场。）

恶魔　办的好罢？

塞大　办是办得好的。但奥大怒极了；而且对了我这边，出了无礼的难题目。奥大简直用了不将我当作一个国的态度，说若不依他的话，就要用兵哩。他这般说，我这边也就不能默着了。

恶魔　那是一定的。奥大因为你小，不当东西哩。

塞大　是的，所以令人生气，但也想问一问俄大兄的意见哩。

恶魔　这一定得问。俄大为了你，未必不帮忙罢。

塞大　总该如此。阿呀，俄大替我着急，正从对面来了。

恶魔　正好正好，好好的对他说罢。

　　　（俄大登场；塞大忙跑上前，握手。）

塞大　血族受人侮辱，请你当作对于自身的侮辱一样看罢。

俄大　一样看的。你的不幸，便是我的不幸；你的损，便是我的损；你的耻辱，也便是我的耻辱呢。奥大对着你，提出了无礼的要求，也就是看不起我；以为我打不过日大，便容易对付哩。你放心罢；我居中给你说话；我没有答应，奥大也未必敢糟蹋你。

塞大　拜托拜托。可是托着奥大肩膀的还有德大，也得留神才好。

俄大　但没有最后的决心，便要受敌人侮慢，给他看倒的。已经有了最后的决心了罢？

塞大　已经有了，请放心做罢。

俄大　但还是由你回答的好；到时候，我来说话就是了。无论如何，奥大是不必很怕的。我出面，德大也就出面，他是野心家，说不定会做出怎样事情来呢。然而德大动手，法大英大也便坐视不得。这么来，事情可就闹大了。现在还是只装着你和奥大闹事的样子罢。

塞大　这样子，奥大便要看低了我了。

俄大　露一点我的意思给他看就是。但要小心，然而怕奥大是不必的;便是奥大,也知道我帮着你,而且法大英大帮着我呢。无论怎样生气,危及国家的事,也未必做的。

塞大　然而示威运动很猛烈呵。示威运动固然也许含着外交的策略;但蠢笨的群众,便会因此发昏,再没有想到什么国家的事的余裕了。

俄大　我不怕奥大;只是在他背后的,苦心经营的想寻机会征服世界的野心家,名誉心很强的德大,却怕哩。这小子什么事都会做;况且军备也周到了,自负又利害。

恶魔　(插嘴,)然而俄大兄,现在德大倒还没有什么可怕;德大欲望大,还候着更好的机会罢。现在就起来,料德大也还没有豫备得这般周到;再迟四五年,许会兴高采烈的起来罢。所以塞大兄也可以强硬点,外交一让步,是没有底的,就要得步进步的。而且别人就以为这国度没有战斗力,国力已经疲弊了。被敌人这般想,还了得么?况且奥大又实在这般想,看低了你的。你能强硬,奥大便要吃惊。你的国自有你的国的法律,蔑视这法律,就同不认你的国为独立国一样了。这样的侮辱,那里还有呢?切实干罢。

塞大　切实干去。我为平和计,可以让步的总想让步;但不能让步的事,是不能让步的。我不是奥大的属国哩。

恶魔　一点不错,一点不错,断然的回绝他才是。俄大兄,你也这么想罢?

俄大　实在是断然的回绝了好。

塞大　那便去断然的回绝他。失陪了。

俄大　那么我也同走罢。

　　　　(塞大俄大退场。)

恶魔　毫不招呼的走了;很张皇哩。这回该如我的意了;不会不如意的;已经浇了油,用导火线二层三层的联着。塞大的回答,奥大定要发怒;往返一定不调;谈判定要炸裂的。神小子这回醒过来,定要出惊;这一回,可再不给他说"我相信人们"了。呵,奥大发

384

了怒来哩。

（奥大登场。）

奥大　欺人太甚了，便要教你知道。

恶魔　奥大，独自说些什么？塞大又说了无礼的话么？

奥大　是的，我的要求，竟不当一回事；以为只要威吓我，我便会撤
　　　回要求哩。就令那边跟着俄大，跟着甚人，正当的要求，也没有撤
　　　回的理。国民全部"战争战争"的喊着哩。塞大那一面，摆着不怕
　　　战争的脸；我这一面，也决不怕战争的。无论怎样，还没有老昏到
　　　竟须受塞大的欺呵。我国皇太子夫妇被害的情形，已经烙印在国
　　　民的脑上了。做这事的是发疯是正经，有无塞大的意志这等事，
　　　一看就明白；想含胡过去，是不能的。就令惹出怎样可怕的事，罪
　　　孽总在塞大；正义之神是在我这边的。我决不能将要求收回一些
　　　了；须做到底才罢休。现在我这一边，倘若略略让步罢，怎么能教
　　　国内平静呢？我不让步的，决不让步的。

恶魔　对呵，你的要求的正当，谁都承认的。塞大真真是胡涂小子
　　　呵。况且俄大抬着肩膀，便愈加让步不得了。

奥大　俄大算什么？输给日大的俄大算什么呢？俄大起来，德大也
　　　就起来。俄大不是德大的敌手呵；便是那小子，也未必这么傻罢，
　　　也该知道自己站出来，便要闹出可怕的事罢。所以想来只是恐吓
　　　罢了。我不上恐吓的当；但即使当真出来，我也不怕的。

恶魔　德大从对面来了。

奥大　德大来了么？

（德大登场。）

奥大　（跑上前，握手，）来得真好。

德大　惦记着你的事，特地来的。你放心；即使俄大法大英大都转
　　　到那边去了，也不必愁的；因为这一点豫备，我早已整顿好了。喜
　　　欢战争的必要，固然不必有；但恐惧敌手的必要，也不必有的。何
　　　日何时，陷落那里的京都，攻进那里的京都，我都清清楚楚了；一

日里调动几百万军队,也容易的。有我帮着,只要放心就是。

奥大　多谢,听了这话,我就放心了。

德大　(露出臂膊,)这臂膊正在纳闷哩。(拔剑,)这剑正要喝血
哩。我也并不喜欢战争;但这回再不战,在这世上,可没有伸张力
量的余地了。切不要怕战争。但能平和而得到光荣的解决,却也
可以的。只是我也想将我的武力,给世间看看;将我的脑怎样能
干,给世间看看。(且走且说,)奥大,好好的做去;运命所给与的
东西,不必怕的。

奥大　听了你的话,我也放心了。决不做辱没我们种族的事。

德大　以后总有细细商量的时候罢。总之不要怕。

奥大　不怕的,这就失陪了。

德大　再见。祝你幸福。

奥大　多谢。(退场。)

德大　(看见恶魔,现出快意的笑容,)终于来了,料定了的时候。

恶魔　你该高兴罢。

德大　并不高兴;但也没有不高兴。这是成败关头呵;不能单是高
兴的。

恶魔　然而胜利该是你的罢。

德大　这大约是我的。

恶魔　胜利的喜悦,是赋给人们的最大喜悦呵。你想尝这喜悦罢?

德大　这是想尝的。

恶魔　像这回的机会,是不会再来的呵。

德大　这我也知道。

恶魔　你抱了多年的期望,这番该要成功了。

德大　料来最后总要成就。但英大许要作践了殖民地哩。

恶魔　但倘若取了比大的国,……

德大　那边是中立国呵。

恶魔　然而你的方略,不是从此侵入么? 瞒也无用的。

德大　委实如此，并且用飞船飞机和潜水艇，赶掉了英大的军舰，攻进他本国里的时候……

恶魔　这也不是做不到的事。只要用了你的缜密的脑髓，科学的智识，你的耐心和固执，送陆军到英大的本国里，也未必是做不到的事。

德大　我也这样想。一个月之内，先破了法大的首都，顺势再进俄大的首都请你看罢。

恶魔　你的陆军，这一副力量该是尽有的。

德大　我也怕战事的悲惨；但在这世上，太怕这事，也不能了。好歹总要打一仗的。英大所有的是教我国灭亡了才罢的意志；不到一边再也站不起身的时候，是谁也睡不稳的。运命倘教我战，我便挤出死力，去治这奸佞无比的英大。他随处妨害我，我和他已经成了不能两立的关系了。这事英大也明白；现在不治，不知道又要计画怎样可怕的事了。

恶魔　都不错，你和英大，正在不能并立的关系上哩。

德大　请你看着。倘使此番趁这机会，起了大战争，而且不知道是侥幸还是不幸，竟和英大战争了，我一定要惩治英大给你看。虽然隔着海，可是现在不比先前了；一定渡过海给你看。

恶魔　只要渡得海，你的胜利便无疑了。

德大　一到动手的时候，我的活动，怎样灵敏周到，都请你看着就是。

恶魔　我看着。好好的干。

德大　请看着就是；胜算（拍着胸口，）在这里哩。再见。（退场。）

恶魔　再见。我多少聪明呵，全照我的预算办了。然而德大，照你这预算却不行；你的预算太如意了。我的妙算，是要两边一样力量，互相残杀的；这一边轻轻的胜了那一边，并非我的希望。我是公平的；而且战争愈长久，我也愈喜欢；而且战争的牺牲愈多，人们诅咒自己生来做人的事愈凶；也便是我得胜。神小子什么都不知道的睡着；醒来不要出惊！

（英大登场。）

恶魔　英大兄，想什么？

英大　奥大和塞大的闹架，像要闹大了。

恶魔　似乎总要闹大。

英大　我也愿他闹大。但也怕呢；因为我的帮手，有点靠不住。想起来，总还是德大强些哩。

恶魔　然而你的本国和殖民地，是万全的。

英大　这该万全的罢；或者用了飞船，加一点恐吓罢了。殖民地自然也无碍；我却要全取了德大的殖民地哩。我所怕的，只在德大去夺那中立的比大的国，以及占领了法大的海岸线。

恶魔　未必会有这等事罢。

英大　即使法大的海岸线不足虑，比大的海岸线却容易占领的；因为德大确乎想走过了比大的国，来威吓法大和我的国呢。这东西是野蛮，便是侵入中立国，也不介意的。

恶魔　但比大有很好的要塞罢。

英大　这是有的。比大也未必肯听德大的无理的要求；我想比大也还会战争，但万一吓倒了，竟依了德大的话，可就糟了。

恶魔　这只要和法大兄商量妥当，一用你的专长的外交法，比大总该加入你们这一面的。听到随便走进自己国里的要求，便是比大，也未必舒服罢。

英大　比大如果肯拼命，法大和我的军队都去救，海岸线便不会落在德大掌中了。这时俄大也进攻；法大以为报复多年的仇恨，正在此时，也拼命的战了。奥大是毫不足虑的。意大近来颇恨德大，大约未必帮德大的忙罢。

恶魔　无论如何，你总有增加军队的必要呢。义勇兵容易招集么？

英大　自然，立刻招集给你看。

恶魔　可是这回的战争，义勇兵有点难哩。

388

英大　不妨事的。义勇兵不行，你说怎样？

恶魔　除却用德大发明的征兵制度，没有别法了。

英大　我不想将不愿出征的人，赶上战场去。倘若必须借了心里怕死，抖抖的出战的人们的力量，才能保得住国，还不如亡掉的好。我国的人们，对于受了强制，为国效死的事，是很以为耻。这简直是将人不当人的行为；这是只有德大才能想出来的，抹杀了人的价值和祖国的爱的制度呵。

恶魔　但许多国都实行了。

英大　即使所有国家都实行了这制度，独有我的国里，却不许这样腌臜制度进去的。强制他们，用死来吓，这样的事能行么？我只是将为着祖国自愿出征的人，送上战场去；还要冠冕堂皇的打胜了给你看哩。

恶魔　你倒总是绅士模样的意见呵。但这意见，现在须取消了才是。

英大　请放心，单用义勇兵就够战；单用那因为祖国非战不可的人们，战给你看。

恶魔　能够如此，实在是你的国家的光荣了；好好办去，不要失却这光荣罢。

英大　便要教失却，也不会失却的。战争定要开手罢？

恶魔　德大的殖民地，这便是你的了。你正在最好的位置哩。

英大　正义是在我这一边的。

恶魔　我也在你这一边。因为你能知道正义可以利用的哩。正直是最大的政略，所以你要正直，这便是我所极顶中意的地方。这回开战，损最少得最多的该是你了；因为将德大关在本国里，使他动弹不得这件事，在你做起来，比一抬手还容易呢。

英大　（露出会心之笑，）现在正是时候了。我对于运命所给与的东西，决不逃避。正义在我这边；还有胜利和利益，也在我这边。不趁此刻治了德大，怕未必再有这般好机会了；而且要成无可挽救的事了,俄大和法大,都要将我当作救主看罢。战事一定要有罢?

恶魔　战事是未必能免了。

英大　德大!要断掉你的手足了,要教你再也站不起身了。谁想和
　　我竞争,不知道我的利害的,便都要按倒,再也站不起身。

恶魔　对面俄大和法大都来了。

英大　来了么?

　　　　（俄大法大登场。三人无言,握手。）

俄大　英大兄,正寻你呢。

英大　闹出大事情了;我正在担心哩。

俄大　奥大和塞大的战争,终于不能免了。

英大　这样么?那也无法。你也想和奥大开战么?

俄大　此外也没有法;因为塞大的国,倘被奥大占去,那就糟了。

英大　你起来,德大也要起来罢?

俄大　就防这一着。

英大　（对法大,)假使德大加入战争,你也就加入战争罢?

法大　自然,不能单听俄大兄吃亏的。你呢?

英大　自然,和你们做一伙。

俄大法大　（合,)肯做一伙么?多谢多谢。

英大　自然做一伙。但我姑且装作中立模样,教德大加入战争的时
　　候,能够愈拖延便愈好。

法大　这么办,我这边便有救了。

英大　因为德大这边,准备都已完全了;一要起来,几百万的兵,立
　　刻便能动。你们的国却不能。因为德大真是一个可怕的东西哩。

法大　委实不错。但三人这样联成一气,便无论德大怎么挣,都不
　　妨了。这般野蛮国,在我辈身边威阔,实在不太平;除却治他一
　　番,没有别的法子。

英大　是的。这一回,定要大家团结,无论怎么辛苦,也得将德大治
　　到站不起身才好。即使德大开初顺手,两三年后,我们这边的准

390

备也就停当了。只好耐心做去。大家各用百来万的牺牲，也是没法的事。

法大　是的，除了不管用多少牺牲，将他治服之外，没有法子。

俄大　只要战争能够延长，便是我们的胜利。照现在的情势，已经顾不得牺牲了。

英大　有这样决心，胜利定是我们的。只要按倒德大，天下便许太平了；实在是危险的国度呵。

法大　实在是人类文明的破坏者，所以容不得。对于人间最美的事，也全然是无知的。单听到他的语言，也就心里不舒服了。

英大　总之大家起一个誓，战到最后的胜利才歇手罢。

　　　（凭了神和剑，立誓。）

英大　三人这样联成一气，德大便随便那里都不能伸手了，只要三面围起来。

　　　（塞大慌忙登场，和三人匆匆招呼，走近俄大。）

塞大　俄大兄，糟了；战争终于开手了。

俄大　诸君，那就失陪了。

英大　小心办罢。

法大　祝你胜利。

俄大　多谢；诸事拜托。塞大，诸位都肯相帮，放心就是。

塞大　诸君，感谢之至；拜托拜托。

英大　请放心，大家一定要合起来，将奥大和德大都治了。

塞大　听到这话，真教人喜欢。（一一握手。）这就告辞了。

俄大　（用两手向英大法大同时竭力的握手，）拜托。

英大　请放心。

法大　上心干罢。

　　　（众人都说着再见再见，回顾着，或目送着，塞大和俄大退场。沉默。）

英大　你的国里,没有人反对战争么?

法大　就同没有一样。不赞成的人,也许有的;便是敢于反对的人,
　　　也许有的。但有什么用呢?不过毫无力量的反对罢了;舆论不会
　　　理他的,而且国民的势焰,因此只会激昂,却不会衰弱。对于德
　　　大,都怀着恶感哩;都不喜欢祖国的文明被德大破坏;祖国的风俗
　　　受了德化,也都真心憎恶的;而且我们的语言被德大的语言压倒,
　　　也都不高兴;与其如此,倒不如死了。从前属我国,现在成了德大
　　　的东西的二州,已经德化到怎么地步,只要想到,心里便难受,对
　　　着德大,不能不涌起憎恶了。我国的人民,定然一致,为祖国的文
　　　明风俗习惯语言战的。

英大　听过你的话,便放心了。倘使那野蛮的粗杂的无趣的冰冷的
　　　理智的单讲科学的德大的空气,当真支配了世界,我们的国民便
　　　难望活着了。

法大　只要听到那种语言,便实在令人胸口作恶;而且那气味也难
　　　受;正如我国的一个诗人所说一般。

英大　总之亡在德大手里,便不得了的。除却惩治到底,使他再也
　　　起不来之外,没有法子。

法大　很是很是,你这一边,也都有战争的决心的罢?

英大　这自然,放心就是。然而大意不得的,便是德大也会侵入中
　　　立国的比大的土地这一着。

法大　我也正怕这事哩。可是比大不喜欢德大文明的很多。比大
　　　只要一想,那德大的兵,在自己国里随意走动,用了兵力,提出无
　　　理的要求,也未必能轻轻答应罢。

英大　那国里,许多是说着和你相同的国语,赞美你的文明的。这
　　　由来已久了,所以未必肯做于你有损的事。但我们两人仍得小
　　　心;因为万一竟听了德大的要求,那就糟了。

法大　不错,倘若比大的海岸随便给德大使用,你的国也就糟了。

英大　我的国倒还在其次;因为军队通过中立国的理,是没有的。

万一竟有这事,而且德大也做得出,我总要对于德大,提出抗议去。你还是尽点力,嘱咐比大,假使德大有这要求,教他不要依罢。

法大　这事一定尽力做去,总之要趁这机会,捺倒了德大才好。俄大也想必真心战争的。

英大　但我们更该真心的不怕牺牲的战争。

法大　对面比大来了似的;来的正好。

英大　无论如何,必须拉比大成了一气才是。假如侵入了比大的土地,还得托比大便在他这里阻住了,愈久愈好;要不然,可就糟了。

　　　　（比大登场。）

法大　比大兄,一向好么?

比大　闹大了事了。俄大对奥大出了宣战布告了;德大也终于起来了。

法大　如此么?那是我也不能这般含胡了。

比大　你也要战么?

法大　如果德大起来,我自然也加入战争去。不但我,一到紧要关头,英大兄也便来做我们的帮手。

比大　这样么?我还听到了一件怪事哩。

法大　怎样的事?

比大　便是德大定了计画,要通过我国,攻进你的国里这件事。而且很像真的哩。

法大　倘若竟有这般无理的要求,你怎么办呢?甘心依么,这不合理的要求?

比大　不不,不依的。我的国里,作战的准备虽然不充足,但我既是一个中立国,想来总该尊重我这一点权利。如果竟不承认这权利,硬要用了兵力,达到要求,我们也不能说因为可怕,便默默的依了。我为中立国的尊严计,羞听人说是"因怕战事依了要求"呢。

法大　这就放心了。真有意外的好心呵。被德大的风俗习惯转化，我们应该怕，应该羞的；做德大的属国，我们应该羞的。

比大　要是做那凯撒的臣民，还是死的好。但如果不幸，竟须和德大战争，还请为我国帮点忙呵。

英大　自然。为人类计，为人道计，倘若德大敢用一个指头来拨动你的国，我们决不答应。尽力的帮忙不必说，此后还要永远为你的利益出力呢。

法大　这一节请放心，我们决不肯教你上当。

比大　听了这话，我就放心了；决心也坚固了。这就告辞罢。

英大　我们也都走罢。为世界的文明，为人类的和平，又为人道，大家都出个死力罢。

比大　我的国虽然是中立国，我国的人民爱重人道这一点，却不下于别国呢。

英大　我对于你国的历史以及国民性，本来早就钦敬的哩。

　　　　（英大法大比大退场。）

恶魔　好容易做到这地步了；现在我也要算好收成了。英大虽然说过大话，不久却要觉到义勇兵的单是费钱而无实用，一定另外设些什么口实，采用那强制征兵主义了；那时候的一副正经脸才好看呢。德大来了，这小子也生了气哩。

　　　　（德大气愤愤的登场。）

恶魔　怎的这样生气？

德大　他们只说我野蛮野蛮，为人类起见，灭亡了才好。我的国里出过怎样的哲学者，音乐家，诗人，科学家，医学家，他们都装着忘掉了的脸，想从人类的历史上，抹去了我为人类尽力的功绩；而且加上我一个名号，叫作"人类之敌"，说我应该灭亡。我本来早准备被人这般说；而且也养好了不至灭亡的力量了。然而事实总是事实；想将我为人类尽力的事实否定，是做不到的。惟其有我，人类才有生气。他们都是下火，已经老昏了，竟还说过分的话；人类进步的障碍，其实正是他们；治了他们，才正是为人类。我已经忍不住了；为免去我民族的灭亡计，要大闹一番了。

恶魔　是的，不这么想，你的国就难保；现在不胜，便没法了。

德大　我也深知道这事。请你看着罢，不出三星期，就要将我的国旗，插上法大的首都呢。

恶魔　穿了比大的地方过去罢？

德大　自然。敢抵抗；便踢掉了这障碍物过去。

恶魔　然而用心办才好。

德大　都准备了。总之这回的战争，非胜不可。

恶魔　不要怕牺牲。

德大　不怕牺牲的。谁敢遮拦我内面烧着的力的，得诅咒呵！

恶魔　这回的战争，是国家存亡的岔路哩。

德大　真实不错，我定要战到得了最后的胜利。

恶魔　最后的胜利，一定要归你的。

德大　我也相信如此。我的民族上，有神和人类的祝福；而且我的民族，也有这般的价值。

恶魔　（手拍德大的胸膛，）好好的干，为你的民族的光荣。

德大　好好干去。这就失陪了。

恶魔　愿你康健。

德大　多谢。（退场。）

恶魔　高高兴兴的走了。这就结定了仇，以后只要尽着力量，煽起他们的残酷性便好了。但这等事，原也不必我出手；人里面尽有着十二分呢。祝福这复仇心。祝福这赋给人们的复仇心呵！神小子大约还睡着；就令起来，这边的安排早停当了。这一回，神也该吃点惊罢。可是这小子很冷酷，自负又很强，平常事情是不会动心的；诺亚的洪水时候，也面不改色的看着呢。然而这回，是从人们的根性上延烧起来的灾祸哩；而且正是自夸文明的所在，发生的大布置的互相杀伤哩；而且飞火要飞到那里为止，也都不定；

况且还要飞机乱飞,在平和的人民的头上,投下炸弹哩。人们对神的信仰,因此定要减少了。战争终于开了手了。无论那一面都好,死罢,死罢,至少也得多死些罢;而且尽力苦苦的死罢。有趣呵。这模样,还说人是有理性的动物么!

　　(神登场。)

神　为什么,你这般喜欢着?

恶魔　请看,请看,德大的兵,已经走进中立国比大的地方,开了战哩。

神　这样孩子气的事,也会有趣么?

恶魔　什么是孩子气? 你的光彩的人们,互相残杀着呢;用了大布置。

神　这样的事,我早知道了。

恶魔　知道? 你何以不去阻止呢?

神　没有阻止的必要。

恶魔　人们的不幸,你竟高高兴兴的看着么?

神　不是你,并没有高兴;但默默的看着,也并非不能的事。

恶魔　可怜的人们多着呢。

神　这我知道。

恶魔　人们诅咒那生来的感觉,你知道么?

神　我不是人,所以不很知道。

恶魔　死之恐怖,在人们怎样可怕,你知道么?

神　这也不知道。

恶魔　这不是全是你所给与的感么?

神　我给与了。

恶魔　为要人们苦么?

神　我没有想要人们无端受苦。

恶魔　你请看,许多东西,正无端苦着呢。

神　这只是因为人类的生长尚未完成。

恶魔　假使我做了你，决不将人们造成这样的傻子，照现在看来，竟像你造人们，是专为他们来做我的奴隶似的呵。

神　要这样想，便这样想罢。

恶魔　难道这还不对么？人们本来平和的度日就好，可是正在战争哩；大家正在相杀哩。那是为什么的，因为人们太多了么？

神　就因为还没有将我所给与的东西十分弄活的缘故。

恶魔　正因为弄活了你所给与的东西，所以这世上才有不幸罢。

神　不然，将我所给与的东西，活的偏而不全，所以才会如此。我于人们，给与了战争的本能，给与了贪欲的本能；给与了复仇心；也给与了群集心理；但我所给与的，并非单是这一点。我给与了人们和人们战争的可能性；但并非单是这一点。将我所给与的东两，偏活了一面，所以那一面便生出牺牲者了。自作自受罢了。

恶魔　但是，恶的得胜，善良的被杀，也是自作自受么？

神　人类还没有进透了活透自己的路，所以个人的牺牲，是没法的。

恶魔　是个人来做人类的牺牲么？没有或一个人来做或一个人的牺牲的事么？

神　也并非没有。但这就因为人类的制裁，还未十分实行的缘故。然而人类，总还正在渐渐的变好。从前的战争，不比现在的战争。那时公然将人们做奴隶变卖，谁都不说错，最正经的人，抢了敌人的妻女，也毫不以为耻的。人类的制裁，究竟长进一点了。

恶魔　请看罢：大白昼做着极凶的事呢。兵器比先前发达了；杀人术也发展了；而且都想将敌人灭个干净。便是兽性，也不见得不及从前哩。

神　人们还没有完全。人们还要很受苦，做了牺牲的人们，可怜的。然而人们不会灭亡，也不退步。总要自觉到自己应走的路，一步一步的进去的；也要渐渐感到在自己里面存着的不合理的事的。

恶魔　这是靠不住的。人们各各分了国度，不将敌国弄成亡国，大家都有些不耐烦；而且要战到两败俱伤呢。老实说，和睦本来是最好的事,可是动不动便翻脸相杀了,好容易才建造成功的好都市,也互相毁坏了。

神　你就喜欢着这些事罢。然而人们却比你所意料的还要复杂。一到万分危急时候,定会想出巧妙的逃路的。

恶魔　总之算不得聪明呵。都要性命,却又说性命不算事,互相杀害着,这不可笑么? 杀了对手,能成什么呢? 大家既然都有爱国心,便对于这心表了同情,互相尊敬着,不很好么? 不是因为互助,才有人类的进步的么? 虽说是为国家为人民,战争有什么为国家为人民呢? 照目下的气势,人们生在世上,似乎专为着做军备了。非互相杀害便生存不得的根性,渐渐要加强了;而且若不毁了别国,自国便发展不得的根性,渐渐要加强了。人们的末路近哩。生来做人,不像是幸福,也不像是荣耀哩,以为现在这世间,人类能有幸福,可是想错了:你该对我低了头,说道"你的话对,人们真不聪明,这样下去是危险的"才是。你看罢,连我也要掉过脸去的凶事情,不是到处盛行么? 飞火是愈飞愈远了。连日大都加入战争了;那国度,也不难便亡在剑上罢。你默看;你长太息了。你还相信人们么? 这悲惨不知道什么时候才了呢。德大从心底里希望英大的灭亡;英大呢,不将德大治服,是不肯停止战争的。照这情形下去,人们要动弹不得,被祸祟围困着,一步一步的走近灭亡去了。

神　灭亡? 灭亡是决不会的。

恶魔　但照这情形下去看罢,人们决不是幸福哩。国和国的不相信以及憎恶,按了加速度增加上去。大家竭尽力量,扩张军备,当不起这负担的苦的国度,逐渐灭亡;那风俗习惯言语文明和自由,也都失掉了。并且因为竭力要使人没有谋反的力量,便都成了懒惰无气力的人了。至于战胜的国呢,国家增加了费用,又惴惴的怕着谋反,扩张着军备,心就粗暴起来了。随便那一件,都是人们的进步的敌呵。然而这气势很不能免。除却说是人们此后的运命就要走到尽头之外,没有别的话。这些事你不能懂么?你太迷信着人们了。这气势,人们的力是毫没有方法的。人们留心到自己走着的路的错处,已经有点迟了,留心着自己的位置,便愈留心愈是大家扩张军备,准备一齐倒塌的。个人的运命,愈加不安了。你看罢,都叫着你的大名求救呢。然而一点没有法。还有什么行为,能比用人们的手杀害人们,更加失坠人们的价值的呢?你用可爱的人们的手杀了人们,默默的看着,居然还是人们的神么?你真是毫没力量;只将大样子给人看,哄骗人们罢了。你毫没有法子办罢,连这我也没有法子办哩。单是看着。人们向你求救,只是表示人们的至愚极蠢罢了。你只是默着?你打呵欠了;你想睡罢?人们在你之前,尽力的献上了供养,说些一相情愿的事,倘知道了你的本心和你的无力,该要惊倒罢!

神　我要睡哩。(靠着岩石睡去。)

恶魔　真教人出惊的小子呵。可是神小子默着了;天下是我的了,如我的意了。

　　　　(德大登场。)

恶魔　怎了?

德大　总不能如意的做去。

恶魔　造些更大的大炮;并且用那毒气罢。并且用飞船将炸弹抛到英大的那里去就是;不管是孩子是女人,愈多杀愈好。在比大的地方,却很作践了呵。

德大　这是大家恰恰杀气升腾了,蒙比大的照应,像算有点乱了。

恶魔　不妨事的。干罢,干罢。将敌手当做人看待,是不能战争的。

德大　要干的。忙的很,就告辞罢。(退场。)

恶魔　都是杀气升腾了,不如此不行。英大来了似的。

　　　　(英大登场。)

英大　德大的做法,是违背人道的。

恶魔　何消说呢。你这边也不要不及他;单是义勇兵,许赶不上罢。

英大　我也悟了；单是义勇兵，也仍是赶不上。觉得有强制的必
　　　要的。

恶魔　悟得好，这才英大万岁了。你这边一定胜。

英大　我也这样想。

恶魔　不是大家格外决心，将德大断送不行；那是可怕的东西呵。

英大　是的。我煽动所有国度，都对着德大战争。

恶魔　德大完结，便是你的天下了。

英大　这还请你秘密着。

恶魔　好好的做。须小心，不要使大家失了勇气。

英大　小心就是。

恶魔　德大如果用毒气，你这边就用更凶的毒气；德大如果杀了平
　　　和的人民，你这边也就加甚的杀。不要将德大的一伙当做人看。
　　　不管什么孩子什么女人，都当作仇敌，使他们格外吃苦才是。因
　　　为德大这边先就预备这样的，打沉了无罪的商船，还高兴着哩。

英大　便是我这边，却也没有什么不及他的。这就再见。（退场。）

恶魔　再会。看罢，英大终于进了将拒绝出战的人们当做罪人以上
　　　的罪人，屠头以上的屠头，国贼以上的国贼这一伙了。何如？我
　　　的力量。何如？这世间都如我意了；是我的东西了。现在不但是
　　　国和国的争闹，还有穷人和富人的争闹，工人和资本家的争闹，平
　　　民和贵族的争闹，要用了这些争闹，尽量的作践了这世间请赏鉴
　　　呢。没志气的讲大话的神，你总是睡觉；人们永远用不着你；还是
　　　等到人们衰弱透了之后，再慢慢地醒来罢。以为和外国只有战争
　　　这一条路的人们呵，战罢，战罢；直战到大家亡掉罢。要用了个人
　　　的诅咒，包裹了这世间哩。是的，是的，国家和国家呵，互相战争
　　　罢。总之，总之，用了你们自己的手，将你们的血，多流一滴到地
　　　上，我便喜欢的。因为这便是将创造人们的东西的愚昧，在宇宙
　　　上发表哩。是的，是的，各国呵，再扩张军备罢，扩张军备罢；尽力
　　　的，不，尽力以上的。要不然，你的家要亡了。将这事铭心刻骨，

万不要忘了。哈哈哈。

    （神醒来,起立。）

神 但我相信人们的。

恶魔 你将理性给了人们没有?

神 的确给了。

恶魔 你因为迷信着自己,所以也迷信了人们。人们可是这样的到
  了穷途,动弹不得了。倒想要看看那时的你的嘴脸呢。

神 人们一定就要走进较正的路。而且更为大家互相的幸福想
  法罢。

恶魔 那么样的也能么? 那么样的也能么?

    （在第一幕出现的战争牺牲者的不断的一列,继续
  走过。）

恶魔 出了这许多牺牲者了;岂但没有醒,还想弄出更多的牺牲者
  哩。而且国和国的关系,也只坏下去,坏下去罢了。这样子,你还
  相信人们么?

神 相信的。

恶魔 哈哈哈。（黑幕垂下。）

女三 我告辞了;因为在这一场须出台呢。

青年 原来,那就再见。

女三 不不,也许从此再不能见面了。

青年 这是怎的?

女三 就因为演剧完了之后,我有点事情;而且你也未必能长在这
  里罢。

青年 这样的么? 那就什么时候再见罢。

女三 愿你康健。

青年 多谢。

女三 再会。

青年 再会。

（女三退场。男一登场，一半还是恶魔的装束，手拍着正
在出神的青年的肩头。）

男一　（快活的说，）久违了。竟承你来看这样无聊的东西。

青年　很有趣的看了。

男一　虽然是无聊的东西，但请你对朋友谈谈。

青年　我谈去。

男一　其实，此后人们的运命，倘照现在这般进去，是不了的。

青年　真的呵。虽然这么说，但革命却也觉得可怕。觉得不知道怎
么办才好，很想冷眼旁观着似的，但又觉得这也可怕。

　　　（乞丐登场。）

青年　听说你释放了，恭喜恭喜。

乞丐　那一边恭喜，很难定哩。能看到这般的戏剧，总算托这福
荫罢。

青年　你以为这世间怎么办才好呢？

乞丐　是的。也仍是除却仗着实行，使人们从心底里知道多谢的东
西的真正多谢之外，没有方法罢。也仍是除却从民众觉醒过来之
外，都不中用罢。

青年　这可不得了呵。这以前，不会有可怕的事出来么？

乞丐　出来又另是出来的时候了。知道那多谢的东西的多谢，就令
这事又作别论，在人们许是必要的。知道撒了祸的种子的可怕，
也必要的。在人们所可怕的，并非战争，却是产生战争的东西。
在尽力的将活力给与产生战争的东西的这现世，生出战争，也是
当然的事罢。

青年　倘不将活力给与产生战争的东西，国不会亡么？我是想不亡
国而去掉战争哩。

乞丐　着了。但如果所谓"国"这思想，全如现在，那可不能。须凭
着民众的力，改换了国的内容才是。世界的民众成了一气的时
候，从根底里握住手，那时战争便许自然消灭了。民众无端的恐

怖着;互相误解着;不能真明白彼此都在两不可无的关系的事,至少是平和的下去却是彼此幸福的事,所以不行的。还没有真明白凡有损人利己的人们,不管是本国人是外国人,都应该当作平和之敌,加他制裁,所以不行的。承认现在的国家,却否定现在的战争,这可决没有这样的称心事呵。

青年　我也觉得如此;但要改变现在各国的意志,又觉得是不可能的事呢。

乞丐　全在根,全在根,全在民众呵。人们再进步些就好了,再一步,再两步。

男一　你竟像我所写的神一般的乐天家哩。

乞丐　是的,我相信人们。比那一位神尤其相信人们哩。

　　　　（铃响;都拍手。黑幕抽上。平和女神和侍女们在一起;都饥饿着;脸色青白,而且瘦,平和女神更没有元气,一点事便哭。）

青年　这一位平和女神,是先前会见过的。

男一　不错。就是曾经用了手枪吓过你的人。前一场是我的著作,这场都听凭女人们了。怎样做法,连我也不知道;但梗概自然是接洽过的。

青年　原来。

侍女　便是像你这样的丧了气,也是无益的呵。

平和女神　但你看,人们已经不要我了。侮辱我。我只等着死了。

侍女　都仰慕你的,只是时候不肯罢了。

平和女神　诳呵。我很知道人们的心。人们说爱我,然而其实并不真爱我。真爱的美,人们是不知道的。

侍女三　没有这事的。

平和女神　真知道我的美的人,一亿万中怕难得一个罢。便是这一个,也仍然不知道我的真美和威严。将真心献给我的,一个也没有。我们快要饿死了。我在先前,虽然也并未为人所爱,但瘦

403

到如此,却是这回第一遭哩。照这样下去,我再不将人们放在心上;但我眼见人们受苦,却又觉得可怜了。说是自作自受,固然也是自作自受;但也如最爱我的人在十字架上所说一般,"他们不晓得"的缘故呵。除却饶恕他们,也没有别的方法了。但岂不傻气么?

侍女四　这是人们傻哩。以为使别人苦,这才自己有所得;而且想教同类的人受了苦,自己独独作乐呢。

平和女神　这也从傻气来的。以为不如此,国便不富,国便要亡了。富人以为没有穷人便得不到自己的快乐。只要有能懒惰着而沉在酒和女人里的,人们便以为第一的幸福了。钱,钱,什么都是钱呵;以为凡是人们所要的东西,都可以用钱买得的。用钱买不到的真心,美,爱,感谢,在人们是最无聊的东西了;不能变钱的东西,是无聊的了。还说"这样的东西,可以吃得么?"哩。人们若单要吃,其实只要少许的钱便满够了;可是既有了钱,还说倘没有更多的钱,便吃不成,吃不成呢。所以我的兄弟食品神,因此生了气;说要毁了人们的胃哩;说人们在这难处的世上,决没有爱我的闲工夫的哩。这也许有这样的人,然而也不尽然。因为都过着不健全的生活,还没有知道我的真美的时候,已都扑进刺戟更强的更烈的地方去了;用钱能买的东西里去了。便是我,倘能将我的功效,用钱另卖,大家就要较为尊重吧;但我将自己的身子这么轻贱,是不肯的。凡是用钱买不到的东西,人们便都看不起。真傻呵,真傻呵。我的好朋友空气也说过。空气在人们是最紧要的东西,然而全是白得,便以为无论弄到怎样脏,都无不可了。所以空气也生气。战争用了毒气,空气是非常之生气。还有那人们的难听的被杀的声音;身体被那声音摇动了,说是不舒服之至哩。因为空气是最喜欢干净的。

侍女五　真的呵。

平和女神　人们真是傻小子呵。既现出这么一副脸,那便不再战

404

争,岂不好么? 你看,死了的人们的脸,多少难看呵;我最嫌这副脸相的。我所喜欢的人,是温和的脸相的。外貌虽然可怕,却真个在深的喜欢时的人们的脸,只有我知道。非现在那副嘴脸不可的境遇,人们便不再使人们遇着,不也好么?

侍女六　真傻呢。我真气愤的,气愤的没有法想;教人太难耐了。你的温和的心,怎的人们竟会不懂的呵。

平和女神　人们略一见我,便觉得生在这世上,有些厌恶,觉得这可怕。而且欲神也讨厌我;因为那神专做些媚人的事;而且要到我这里,是很难的,因为我的所在,太高了一点了,但假使到那低一点的所在,使他们一面争闹着,一面领略我的美罢;我的职务便没有了。仰慕着我的人,将不幸给与别人,我是不喜欢的,但现在的人们,却正在若不将不幸给与别人,便生活不成的位置哩。话虽如此,再爱我一点,不也可以? 然而竟轻蔑我,这可太过分了。所以碰到这样的境遇的呵。那声音真难听。将那难听的声音,给喜欢战争的人听去才好;并且将那嘴脸给看去才好。碰到这般境遇是难堪的事,怎么会不知道的呢? 为甚么要送这样的牺牲呢? 我虽然很要说,惟其不爱我,所以碰到这境遇,是应该快意的事;但人们碰到这般的境遇,我是不喜欢的呵,不喜欢的呵,不喜欢的呵。

侍女二　这样哭,也是无法的呵。

平和女神　人们是傻的呵,傻的呵。使同胞碰在这样的境遇上,全是傻气所致的呵。已经这样了,还喊着战争战争呢;忘却了自己正碰在这样的境遇上,却喊着战争战争呢。这些人们,却也并非这么坏;都能够大家要好;能够更为幸福的。虽说是自作自受,可也教人烦厌呵。我烦厌了,烦厌了;不愿意再想人们的事了。请随意做去罢;全都战死就是了。但听到那声音又难受。可能有什么方法呢? 到这样,人们怎的还不爱我呢? 将真心献给我的人,难道已经没有了么? 我委实凄惨了;因为对于不爱我的人,我却不能不爱哩。我愿意人们赶早的赶早的明白些子，抛掉了在别人的不幸上插接自己的幸福这种呆念头才好；因为这念头，以为一定得到幸福，便轻轻的将自己弄成不幸，生出祸殃，将全心都用在下等的快乐里，却反得意着了。照这情形下去，人们真不知如何得了哩。我真真着急以为赶快的生出好人来才好呢。然而无论生了何等样人，也恐怕都一样罢，或者也就有人得救罢。照现在这样是，照现在这样是太不成事了。

侍女七 （就是女三，指着青年，）在那边的那一位，正含着眼泪向你这面看呢。

平和女神 那人将我们的心绪传布出去，我是高兴的。但便是如此，也未必有什么用罢。那边站着战神，正在得意哩；"还要战。还要战，战的不够！"的正吼着哩。这小子得意到什么时候才了呵。那些被杀的人们的脸，我真不愿看，不愿闻了。真是怎么办，人们才肯听我的话呢？现在为止的牺牲者，真是独独吃亏了。我是希望人类的幸福的。然而人们还轻蔑着我哩。

侍女六 所以碰着这难堪的境遇的了。好一件快心的事呵。

平和女神 不要诅咒人们。我因为要为人所爱，所以在这里的。人呵，从心底里爱我罢。我是爱你的呵。（黑幕垂下。）

男一 这就告辞了。

乞丐 我也走了。

青年 走么？诸事感谢的很。

　　　　（男一和乞丐退场。）

不识者 这回放你回地上去罢。以后大家想罢！

　　　　（不识者抓住青年，从窗口掷出。幕。）

　　　　　　　　　　　　（一九一六，一〇，一五——二八。）

　　　原载 1919 年 8 月 15 日至 10 月 25 日的《国民公报》，后该报被禁，第三幕后半及第四幕未能续刊。全剧连载于

1920 年《新青年》月刊第 7 卷第 2 至 5 号。1922 年 7 月由上海商务印书馆作为"文学研究会丛书"之一出版;1927 年 7 月又列为"未名丛刊"之一由北新书局再版。

十九日

日记　晴。上午在越所运书籍等至京,晚取到。夜小风。

二十日

日记　晴。午后往留黎厂同古堂买墨合,铜尺各二,为三弟。至德古斋买《王谋[诵]墓志》一枚,券三元。至浙江兴业银行访蒋抑之,不值,留笺并《嵇中散集》写本一册。夜风。

二十一日

日记　晴。无事。

二十二日

日记　晴。无事。

二十三日

日记　晴。午后往历史博物馆。

二十四日

日记　晴。午后往小市买《道俗七十八人等造象》,《昙陵昙初等造象》拓本各一枚,共券半元。腹泻,夜服药二丸。

二十五日

日记　晴。星期休息。午后李遐卿,赵之远来。许诗荃来。

二十六日

日记　晴。下午赴国歌研究会。

二十七日

日记　晴。下午会议。

二十八日

日记　昙。午后得羽太母信，廿一日发。

二十九日

日记　昙。无事。

三十日

日记　雨雪。无事。

三十一日

日记　雨雪。上午得车耕南信。下午得李遐卿信并文三篇。夜风甚大。

二月

一日

日记　昙,大风。星期休息。无事。

二日

日记　晴。下午会议。

三日

日记　晴。午后寄季市杂志一本。

四日

日记　晴。下午得铭伯先生信。夜风。

五日

日记　晴。午后寄铭伯先生信。

六日

日记　昙。夜濯足。

七日

日记　昙,午后晴。无事。

八日

日记　晴。星期休息。上午张协和来。夜风。

九日

日记　晴。上午赴京师图书分馆。午后往留黎厂买元延明,元钻远,元瑰,元维,于景,王诵妻元氏墓志各一枚,《于景志》盖一枚,《太平寺残摩厓》一枚,《开化寺邑义造象》四枚,共券廿元。下午收一月上半月奉泉百五十,还齐寿山所代假泉二百,息泉十一元七角。寄新潮社信并李宗武稿一篇。

十日

日记　晴。上午得宋知方信。寄阮和苏信。寄李遐卿信。

十一日

日记　晴。午后访章子青,不值。下午得李遐卿信。

十二日

日记　晴。休假。无事。

十三日

日记　昙。无事。

十四日

日记　微雪。无事。

十五日

日记　晴。星期休息。下午整理书籍。

十六日

日记　晴。上午得朱可铭信。收一月分后半月奉泉百五十,还齐寿山所代假百元。午后往徐吉轩寓。游小市。

十七日

日记　雨雪。下午支本月奉泉二百四十,还齐寿山所代假泉二百,利泉八。

十八日

日记　微雪。上午得金宅信。午后访铭伯先生,未见。

十九日

日记　晴。休假。旧历除夕也,晚祭祖先。夜添菜饮酒,放花爆。徐吉轩送广柑苹果各一包。

二十日

日记　晴。休假。午后铭伯先生及诗荃来。

二十一日

日记　昙。休假。无事。

二十二日

日记　雨雪。星期休息。下午宋子佩来。夜风。

二十三日

日记　晴,风。无事。

二十四日

日记　晴。下午寄宋紫佩信借书。

二十五日

日记 晴。午后往通俗图书馆借书。晚得宋紫佩信。

《一个青年的梦》正误

武者小路先生知道这剧本要译作汉文的时候，曾将原书误排文字的校正表，寄给周作人君，再转到我这里。那时第一幕已经印出，第二幕也正在付印，不及改正了。其中除了容易发见，当时已经改转，以及误的是语尾变化字，于汉译没有影响的之外，最要紧的有三处，现在写在下方：

卷	号	叶	段	行	误	正
七	二	七二	中	一二	因为死了的缘故么？	在死了以后么？
七	二	七二	中	一七	异常的境地	异常的状态
七	三	六四	中	八	放开量吞吃。	一样一样的吃。

一九二〇年二月二十五日，鲁迅记。

原载 1920 年 4 月 4 日《新青年》月刊第 7 卷第 5 号。
初未收集。

二十六日

日记 大雪。病假。

二十七日

日记　昙,下午晴。无事。

二十八日

日记　昙。午后往留黎厂买元思,元文,李媛华墓志各一枚,残石一枚,有"祥光"等字,云出云南,共券八元;又石蝟一坐,泉三元。晚微雪。

二十九日

日记　昙。星期休息。修理旧书。夜风。

三月

一日

日记 晴。午后游厂甸,买齐《高厶残碑》并阴共二枚,券二元;又取伪作《鲁普墓志》一枚,不计值。

二日

日记 晴。午后理发。

三日

日记 晴。无事。

四日

日记 晴。午后从齐寿山假泉五十。

五日

日记 晴。午后至图书分馆访宋子佩。游厂甸,买元寿妃魏,宁陵公主,元羽墓志各一枚,共券十元。

六日

日记 晴。午后至图书分馆访宋子佩。游厂甸,买《孔丛子》四本,《古今注》一本,《中兴间气集》二本,《白氏讽谏》一本,共券六元。

七日

日记 晴。星期休息。午后蒯若木来。晚得宋紫佩信。

414

八日

　　日记　晴。无事。

九日

　　日记　昙。上午发邀客帖子。下午雨。

十日

　　日记　晴。午后往前门外买药及吸入器,直共三元。

十一日

　　日记　晴。无事。

十二日

　　日记　晴。无事。

十三日

　　日记　晴。午前裘子元持来拓片四种,前托其弟在新疆拓得者,一为《金刚经残刻》,一为《麴斌造寺碑》,一为《麴斌芝造寺界至记》,似即前碑之阴,一为《张怀寂墓志》,自选较善者各一种。

十四日

　　日记　昙。星期休息。午宴同乡同事之于买宅时赠物者,共二席,十五人。得蒯若木函。

十五日

　　日记　晴。无事。

十六日

日记　晴。午赴西车站，蒯若木招饮，遇蒋抑之。下午得张伯焘函。

十七日

日记　晴。孙冠华嫁妹，送礼一元。

十八日

日记　晴。午后往孔庙演礼。

十九日

日记　昙。夜小雨又风。无事。

二十日

日记　晴。向晨赴孔庙，晨执事讫归睡，午后起。

域外小说集序

我们在日本留学时候，有一种茫漠的希望：以为文艺是可以转移性情，改造社会的。因为这意见，便自然而然的想到介绍外国新文学这一件事。但做这事业，一要学问，二要同志，三要工夫，四要资本，五要读者。第五样逆料不得，上四样在我们却几乎全无：于是又自然而然的只能小本经营，姑且尝试，这结果便是译印《域外小说集》。

当初的计画，是筹办了连印两册的资本，待到卖回本钱，再印第三第四，以至第 X 册的。如此继续下去，积少成多，也可以约略绍介了各国名家的著作了。于是准备清楚，在一九○九年的二月，印出第一册,到六月间,又印出了第二册。寄售的地方,是上海和东京。

半年过去了,先在就近的东京寄售处结了帐。计第一册卖去了二十一本,第二册是二十本,以后可再也没有人买了。那第一册何以多卖一本呢?就因为有一位极熟的友人,怕寄售处不遵定价,额外需索,所以亲去试验一回,果然划一不二,就放了心,第二本不再试验了——但由此看来,足见那二十位读者,是有出必看,没有一人中止的,我们至今很感谢。

至于上海,是至今还没有详细知道。听说也不过卖出了二十册上下,以后再没有人买了。于是第三册只好停板,已成的书,便都堆在上海寄售处堆货的屋子里。过了四五年,这寄售处不幸被了火,我们的书和纸板,都连同化成灰烬;我们这过去的梦幻似的无用的劳力,在中国也就完全消灭了。

到近年,有几位著作家,忽然又提起《域外小说集》,因而也常有问到《域外小说集》的人。但《域外小说集》却早烧了,没有法子呈教。几个友人,因此很有劝告重印,以及想法张罗的。为了这机会,我也就从久不开封的纸裹里,寻出自己留下的两本书来。

我看这书的译文,不但句子生硬,"诘屈聱牙",而且也有极不行的地方,委实配不上再印。只是他的本质,却在现在还有存在的价值,便在将来也该有存在的价值。其中许多篇,也还值得译成白话,教他尤其通行。可惜我没有这一大段工夫——只有《酋长》这一篇,曾用白话译了,登在《新青年》上——所以只好姑且重印了文言的旧译,暂时塞责了。但从别一方面看来,这书的再来,或者也不是无意义。

当初的译本,只有两册,所以各国作家,偏而不全;现在重行编定,也愈见得有畸重畸轻的弊病。我归国之后,偶然也还替乡僻的日报,以及不流行的杂志上,译些小品,只要草稿在身边的,也都趁便添上;一总三十七篇,我的文言译的短篇,可以说全在里面了。只是其中的迦尔洵的《四日》,安特来夫的《谩》和《默》这三篇,是我的大哥翻译的。

当初的译文里,很用几个偏僻的字,现在都改去了,省得印刷局特地铸造;至于费解的处所,也仍旧用些小注,略略说明;作家的略传,便附在卷末——我对于所译短篇,偶然有一点意见的,也就在略传里说了。

《域外小说集》初出的时候,见过的人,往往摇头说,"以为他才开头,却已完了!"那时短篇小说还很少,读书人看惯了一二百回的章回体,所以短篇便等于无物。现在已不是那时候,不必虑了。我所忘不掉的,是曾见一种杂志上,也登载一篇显克微支的《乐人扬珂》,和我的译本只差了几个字,上面却加上两行小字道"滑稽小说!"这事使我到现在,还感到一种空虚的苦痛。但不相信人间的心理,在世界上,真会差异到这地步。

这三十多篇短篇里,所描写的事物,在中国大半免不得很隔膜;至于迦尔洵作中的人物,恐怕几于极无,所以更不容易理会。同是人类,本来决不至于不能互相了解;但时代国土习惯成见,都能够遮蔽人的心思,所以往往不能镜一般明,照见别人的心了。幸而现在已不是那时候,这一节,大约也不必虑的。

倘使这《域外小说集》不因为我的译文,却因为他本来的实质,能使读者得到一点东西,我就自己觉得是极大的幸福了。

一九二〇年三月二十日,周作人记于北京。

未另发表。

初收 1921 年上海群益书社版《域外小说集》,借署周作人。

二十一日

日记 星期休息。下午蒋抑之来并还《嵇康集》一本。晚小雨,夜风。

二十二日

　　日记　昙。午后往留黎厂。

二十三日

　　日记　晴。晚许诗荀来。

二十四日

　　日记　晴。无事。

二十五日

　　日记　晴。午后往历史博物馆。

二十六日

　　日记　晴。无事。

二十七日

　　日记　昙,夜小雨。无事。

二十八日

　　日记　昙。星期休息。无事。

二十九日

　　日记　小雨。无事。

三十日

　　日记　晴。午后从戴螺舲假泉百。

三十一日

　　日记　晴。甚疲,请假。

四月

一日
日记 昙。续假。晚许季上来。夜极小雨下。

二日
日记 晴。下午寄宋子佩信。谢仁冰嫁妹，送礼泉一。

三日
日记 晴，大风。午后往留黎厂，买元遥及妻梁墓志各一枚，《唐耀墓志》一枚，共见泉五元。

四日
日记 晴。星期休息。无事。

五日
日记 晴。无事。

六日
日记 晴。下午游护国寺。

七日
日记 晴。午后会议。

八日
日记 晴。休假。下午收到许季市所寄《嵩山三阙》拓本五枚，

《嵩阳寺碑》并阴,侧合二枚,《董洪达造像》并阴,侧合二枚。

九日

日记 晴。无事。

十日

日记 昙。上午收三月上半月奉泉百廿,还戴芦舲百。高阆仙母生日,送公份三元。午后同钱稻孙游小市。夜风。

十一日

日记 昙。星期休息。下午微雨即霁。

十二日

日记 昙,风。无事。

十三日

日记 晴。无事。

十四日

日记 晴。午后何燮侯来访。

十五日

日记 晴。上午得陈公侠信。得铭伯先生信。

十六日

日记 晴。午后往铭伯先生寓。下午往江西会馆,赴国乐研究会。晚庭前植丁香二株。

十七日

　　日记　晴。午后往午门。

十八日

　　日记　晴。星期休息。上午得未生信。下午马叔平,幼渔,朱遏先,沈士远来,赠叔平以新疆石刻拓片三种。

十九日

　　日记　晴。午后游中央公园。下午至午门。

二十日

　　日记　晴,风。午后游中央公园。下午至午门。理发。

二十一日

　　日记　晴。上午收上月所余奉泉百八十,还齐寿山五十。午后寄陈公侠信。

二十二日

　　日记　晴。午后至午门。

二十三日

　　日记　晴。下午二弟购来《涵芬楼秘笈》第七第八两集,共泉四元四角。晚钱稻孙钱沈尹默行,招饮,同席共九人。夜风。

二十四日

　　日记　晴。午后往留黎厂买《剪灯新话》及《馀话》共二册,泉五元。下午往午门。得朱可铭信。得马叔平信。寄宋紫佩信还书。

二十五日

日记　晴。星期休息。午后同母亲,二弟及丰游三贝子园,晚赴高阆仙招饮于江西会馆。浴。

二十六日

日记　晴。无事。

二十七日

日记　晴。午后往午门。晚钱稻孙来。得宋知方信。

二十八日

日记　晴。午后往留黎厂买《刘华仁墓志》一枚,泉一元;又至青云阁买鞋一两,泉一元四角。下午往午门。夜风。

二十九日

日记　昙,午后晴。无事。

三十日

日记　晴。下午往午门。

五月

一日

日记 晴。午后往午门。

二日

日记 晴。星期休息。上午以高阆仙母八十寿辰,往江西会馆祝,观剧二出而归。得陈公侠信。

三日

日记 晴。午后往午门。

四日

日记 晴。下午寄朱可铭信。寄宋知方信。晚许骏甫来。

致 宋崇义

知方同学兄足下:

日前蒙惠书,祗悉种种。

仆于去年冬季,以挈眷北来,曾一返越中,往来匆匆,在杭在越之诸友人,皆不及走晤;迄今犹以为憾!

比年以来,国内不靖,影响及于学界,纷扰已经一年。世之守旧者,以为此事实为乱源;而维新者则又赞扬甚至。全国学生,或被称为祸萌,或被誉为志士;然由仆观之,则于中国实无何种影响,仅是一时之现象而已;谓之志士固过誉,谓之乱萌,亦甚冤也。

424

南方学校现象,较此间似尤奇诡,分教员为四等,可谓在教育史上开一新纪元,北京尚无此举,惟高等工业抬出校长,略堪媲美而已。然此亦只因无校长提倡,故学生亦不发起;若有如姜校长之办法,则现象当亦相同。世之论客,好言南北之别,其实同是中国人,脾气无甚大异也。

　　近来所谓新思潮者,在外国已是普遍之理,一入中国,便大吓人;提倡者思想不彻底,言行不一致,故每每发生流弊,而新思潮之本身,固不任其咎也。

　　要之,中国一切旧物,无论如何,定必崩溃;倘能采用新说,助其变迁,则改革较有秩序,其祸必不如天然崩溃之烈。而社会守旧,新党又行不顾言,一盘散沙,无法粘连,将来除无可收拾外,殆无他道也。

　　今之论者,又惧俄国思潮传染中国,足以肇乱,此亦似是而非之谈,乱则有之,传染思潮则未必。中国人无感染性,他国思潮,甚难移殖;将来之乱,亦仍是中国式之乱,非俄国式之乱也。而中国式之乱,能否较善于他式,则非浅见之所能测矣。

　　要而言之,旧状无以维持,殆无可疑;而其转变也,既非官吏所希望之现状,亦非新学家所鼓吹之新式:但有一塌胡涂而已。

　　中国学共和不像,谈者多以为共和于中国不宜;其实以前之专制,何尝相宜? 专制之时,亦无忠臣,亦非强国也。

　　仆以为一无根柢学问,爱国之类,俱是空谈;现在要图,实只在熬苦求学,惜此又非今之学者所乐闻也。此布,敬颂
曼福!

　　　　　　　　　　　　　仆树　顿首　五月四日

五日

　　日记　昙,晚极小雨。无事。

六日

日记 晴。下午往午门。

七日

日记 晴。无事。

八日

日记 晴。下午往午门。

九日

日记 晴。星期休息。无事。

十日

日记 昙。午后往留黎厂。

十一日

日记 晴。上午齐寿山赠《元绪墓志》一枚。下午往午门。晚至中央公园俟二弟至饮茗。

十二日

日记 晴。午后往午门。夜濯足。

十三日

日记 昙。小疾休息。

十四日

日记 晴。下午收四月份半俸泉百五十。

十五日

日记 昙,下午小雨。无事。

十六日

日记 昙。星期休息。沛周岁,下午食面饮酒。小雨。

十七日

日记 晴。新潮社送《科学方法论》一册。

十八日

日记 晴。无事。

十九日

日记 晴。沛大病,夜延医不眠。

二十日

日记 晴。黎明送沛入同仁病院,芳子,重久同往,医云肺炎。午归,三弟往。下午作书问三弟以沛状,晚得答,言似佳。

二十一日

日记 晴。上午往病院。

二十二日

日记 晴。在病院。托二弟从齐寿山假泉百。

二十三日

日记 晴,大风。星期休息。在病院,上午一归,晚复往。

二十四日

日记　晴,在病院,沛病甚剧。下午往大栅阑购物。

二十五日

日记　昙。在病院,晚归。夜半重久来,言沛病革,急复驰赴病院。

二十六日

日记　晴。沛转安。上午往部。夜在病院。

二十七日

日记　晴。上午往部。夜在病院。

二十八日

日记　晴。上午往部。夜在病院。

二十九日

日记　昙。上午往部。午后访汤尔和。往留黎厂买元谳,元恩,元项,李元姜墓志各一枚,计泉五元。下午往病院,晚归家。雷雨一阵。

三十日

日记　雨。星期休息。上午濯足。午后晴。晚往病院。

三十一日

日记　晴。上午往部。夜在病院。

六月

一日
日记 晴。上午往部,午回家。得宋子佩信。夜在病院。

二日
日记 昙。上午往部。午后理发。夜在病院。雷雨。

三日
日记 晴。上午往部。还子佩书一册。午回家。夜在病院。雷雨。

四日
日记 晴。上午往部。夜在病院。

五日
日记 晴。上午往部。夜在病院。

六日
日记 晴。星期休息。上午母亲与丰至病院视沛,乃同回家。晚小雨。许诗荀来。

七日
日记 晴。午往病院。下午赴国歌研究会。夜在病院。

八日

日记　晴。上午往部。下午往病院,晚归家。

九日

日记　晴。上午往部。夜在病院。大雨。

十日

日记　昙。上午往部。午晴,归家。夜在病院。

十一日

日记　晴。上午往部。从戴螺舲假泉五十。夜在病院。

十二日

日记　晴。上午在部。午往通俗图书馆。夜在病院。大雨。

十三日

日记　雨。星期休息。在病院。下午得钱稻孙信。

十四日

日记　昙。上午在部。夜在病院。

十五日

日记　晴。上午往部。下午收四月下半月奉泉百五十,还戴螺
舲五十。保俞物恒留学美国。夜雨,回家。

十六日

日记　晴。无事。

十七日

日记　晴。午后往同仁病院略视。下午得李霞卿信。

十八日

日记　晴,大风。晚许诗荀来。

十九日

日记　晴。午后往同仁病院视沛。

二十日

日记　晴。星期,又旧端午,休息。

二十一日

日记　晴。休假。无事。

二十二日

日记　晴。上午收五月上半月奉泉百五十。午后往同仁病院视沛。下午得刘半农信片,五月三日英国发。

二十三日

日记　晴。无事。

二十四日

日记　晴。午后往同仁病院。往历史博物馆。夜风。

二十五日

日记　小雨,午后晴。二弟买来《神州大观》第十五集一册,泉一元五角。

二十六日

日记　晴。午后往同仁医院视沛,二弟亦至,因同至店饮冰加非,又至大学。夜风。

二十七日

日记　晴。星期休息。晚大风,雷,小雨,夕复晴。

二十八日

日记　晴。午后往留黎厂买《元容墓志》一枚,泉乙。

二十九日

日记　晴。无事。

三十日

日记　晴。午后往同仁病院。下午得朱可铭信。

七月

一日

日记 晴。午后往同仁病院。

二日

日记 昙,上午小雨。

三日

日记 晴。休假。无事。

四日

日记 晴。星期休息。晚大雨。无事。

五日

日记 晴。上午部开茶话会。午后往同仁病院视沛。晚李遐卿来。夜小雨。

六日

日记 晴。休假。母亲病,夜延山本医士诊。

七日

日记 晴。无事。

八日

日记 晴。无事。

九日

日记 晴。上午德三至部来访。午后往齐寿山家,饭后乃至同仁病院视沛。下午得尹默信。

十日

日记 晴。上午收五月奉泉卅,又从齐寿山假泉四十。

十一日

日记 晴。星期休息。无事。

十二日

日记 晴。上午往山本病院。下午雨。

十三日

日记 晴。上午往同仁医院。下午沛退院回家。从齐寿山假泉卅。晚罗志希,孙伏园来。夜雷雨。

十四日

日记 晴。无事。

十五日

日记 小雨,午晴。下午沛腹泻,延山本医生诊。夜雨。

十六日

日记 晴。晨沛复入同仁病院。上午从本部支五月余奉百廿。

十七日

日记 昙。下午宋子佩来。钱玄同来。

十八日

日记　晴。星期休息。消息甚急。夜送母亲以下妇孺至东城同仁医院暂避。

十九日

日记　晴。上午母亲以下诸人回家。

二十日

日记　晴。午至山本医院取药。

二十一日

日记　晴。下午理发。

二十二日

日记　晴。午前往山本医院取药。

二十三日

日记　晴。无事。

二十四日

日记　晴。午前往山本医院取药。买书架六。下午整理书籍。

二十五日

日记　晴。星期休息。理书。

二十六日

日记　晴。无事。

二十七日

    日记   大雨。上午从齐寿山假泉十。

二十八日

    日记   晴。无事。

二十九日

    日记   晴。无事。从齐寿山假泉廿。

三十日

    日记   晴，大热。无事。

三十一日

    日记   无事。

八月

一日
日记 晴。星期休息。无事。

二日
日记 晴。上午得车耕南信。午后从徐吉轩假泉十五,从戴芦舲假泉廿。

三日
日记 晴。无事。

四日
日记 昙,下午雨。无事。

五日
日记 晴。午前往山本医院取药。小说一篇至夜写讫。

风　波

临河的土场上,太阳渐渐的收了他通黄的光线了。场边靠河的乌桕树叶,干巴巴的才喘过气来,几个花脚蚊子在下面哼着飞舞。面河的农家的烟突里,逐渐减少了炊烟,女人孩子们都在自己门口的土场上泼些水,放下小桌子和矮凳;人知道,这已经是晚饭时候了。

老人男人坐在矮凳上,摇着大芭蕉扇闲谈,孩子飞也似的跑,或者蹲在乌桕树下赌玩石子。女人端出乌黑的蒸干菜和松花黄的米饭,热蓬蓬冒烟。河里驶过文人的酒船,文豪见了,大发诗兴,说,"无思无虑,这真是田家乐呵!"

但文豪的话有些不合事实,就因为他们没有听到九斤老太的话。这时候,九斤老太正在大怒,拿破芭蕉扇敲着凳脚说:

"我活到七十九岁了,活够了,不愿意眼见这些败家相,——还是死的好。立刻就要吃饭了,还吃炒豆子,吃穷了一家子!"

伊的曾孙女儿六斤捏着一把豆,正从对面跑来,见这情形,便直奔河边,藏在乌桕树后,伸出双丫角的小头,大声说,"这老不死的!"

九斤老太虽然高寿,耳朵却还不很聋,但也没有听到孩子的话,仍旧自己说,"这真是一代不如一代!"

这村庄的习惯有点特别,女人生下孩子,多喜欢用秤称了轻重,便用斤数当作小名。九斤老太自从庆祝了五十大寿以后,便渐渐的变了不平家,常说伊年青的时候,天气没有现在这般热,豆子也没有现在这般硬:总之现在的时世是不对了。何况六斤比伊的曾祖,少了三斤,比伊父亲七斤,又少了一斤,这真是一条颠扑不破的实例。所以伊又用劲说,"这真是一代不如一代!"

伊的儿媳七斤嫂子正捧着饭篮走到桌边,便将饭篮在桌上一摔,愤愤的说,"你老人家又这么说了。六斤生下来的时候,不是六斤五两么?你家的秤又是私秤,加重称,十八两秤;用了准十六,我们的六斤该有七斤多哩。我想便是太公和公公,也不见得正是九斤八斤十足,用的秤也许是十四两……"

"一代不如一代!"

七斤嫂还没有答话,忽然看见七斤从小巷口转出,便移了方向,对他嚷道,"你这死尸怎么这时候才回来,死到那里去了!不管人家等着你开饭!"

七斤虽然住在农村,却早有些飞黄腾达的意思。从他的祖父到他,三代不捏锄头柄了;他也照例的帮人撑着航船,每日一回,早晨从鲁镇进城,傍晚又回到鲁镇,因此很知道些时事;例如什么地方,雷公劈死了蜈蚣精;什么地方,闺女生了一个夜叉之类。他在村人里面,的确已经是一名出场人物了。但夏天吃饭不点灯,却还守着农家习惯,所以回家太迟,是该骂的。

　　七斤一手捏着象牙嘴白铜斗六尺多长的湘妃竹烟管,低着头,慢慢地走来,坐在矮凳上。六斤也趁势溜出,坐在他身边,叫他爹爹。七斤没有应。

　　"一代不如一代!"九斤老太说。

　　七斤慢慢地抬起头来,叹一口气说,"皇帝坐了龙庭了。"

　　七斤嫂呆了一刻,忽而恍然大悟的道,"这可好了,这不是又要皇恩大赦了么!"

　　七斤又叹一口气,说,"我没有辫子。"

　　"皇帝要辫子么?"

　　"皇帝要辫子。"

　　"你怎么知道呢?"七斤嫂有些着急,赶忙的问。

　　"咸亨酒店里的人,都说要的。"

　　七斤嫂这时从直觉上觉得事情似乎有些不妙了,因为咸亨酒店是消息灵通的所在。伊一转眼瞥见七斤的光头,便忍不住动怒,怪他恨他怨他;忽然又绝望起来,装好一碗饭,搡在七斤的面前道,"还是赶快吃你的饭罢! 哭丧着脸,就会长出辫子来么?"

　　太阳收尽了他最末的光线了,水面暗暗地回复过凉气来;土场上一片碗筷声响,人人的脊梁上又都吐出汗粒。七斤嫂吃完三碗饭,偶然抬起头,心坎里便禁不住突突地发跳。伊透过乌桕叶,看见又矮又胖的赵七爷正从独木桥上走来,而且穿着宝蓝色竹布的长衫。

赵七爷是邻村茂源酒店的主人，又是这三十里方圆以内的唯一的出色人物兼学问家；因为有学问，所以又有些遗老的臭味。他有十多本金圣叹批评的《三国志》，时常坐着一个字一个字的读；他不但能说出五虎将姓名，甚而至于还知道黄忠表字汉升和马超表字孟起。革命以后，他便将辫子盘在顶上，像道士一般；常常叹息说，倘若赵子龙在世，天下便不会乱到这地步了。七斤嫂眼睛好，早望见今天的赵七爷已经不是道士，却变成光滑头皮，乌黑发顶；伊便知道这一定是皇帝坐了龙庭，而且一定须有辫子，而且七斤一定是非常危险。因为赵七爷的这件竹布长衫，轻易是不常穿的，三年以来，只穿过两次：一次是和他呕气的麻子阿四病了的时候，一次是曾经砸烂他酒店的鲁大爷死了的时候；现在是第三次了，这一定又是于他有庆，于他的仇家有殃了。

　　七斤嫂记得，两年前七斤喝醉了酒，曾经骂过赵七爷是"贱胎"，所以这时便立刻直觉到七斤的危险，心坎里突突地发起跳来。

　　赵七爷一路走来，坐着吃饭的人都站起身，拿筷子点着自己的饭碗说，"七爷，请在我们这里用饭！"七爷也一路点头，说道"请请"，却一径走到七斤家的桌旁。七斤们连忙招呼，七爷也微笑着说"请请"，一面细细的研究他们的饭菜。

　　"好香的干菜，——听到了风声了么？"赵七爷站在七斤的后面七斤嫂的对面说。

　　"皇帝坐了龙庭了。"七斤说。

　　七斤嫂看着七爷的脸，竭力陪笑道，"皇帝已经坐了龙庭，几时皇恩大赦呢？"

　　"皇恩大赦？——大赦是慢慢的总要大赦罢。"七爷说到这里，声色忽然严厉起来，"但是你家七斤的辫子呢，辫子？这倒是要紧的事。你们知道：长毛时候，留发不留头，留头不留发，……"

　　七斤和他的女人没有读过书，不很懂得这古典的奥妙，但觉得有学问的七爷这么说，事情自然非常重大，无可挽回，便仿佛受了死刑宣告似的,耳朵里嗡的一声,再也说不出一句话。

"一代不如一代,——"九斤老太正在不平,趁这机会,便对赵七爷说,"现在的长毛,只是剪人家的辫子,僧不僧,道不道的。从前的长毛,这样的么?我活到七十九岁了,活够了。从前的长毛是——整匹的红缎子裹头,拖下去,拖下去,一直拖到脚跟;王爷是黄缎子,拖下去,黄缎子;红缎子,黄缎子,——我活够了,七十九岁了。"

七斤嫂站起身,自言自语的说,"这怎么好呢?这样的一班老小,都靠他养活的人,……"

赵七爷摇头道,"那也没法。没有辫子,该当何罪,书上都一条一条明明白白写着的。不管他家里有些什么人。"

七斤嫂听到书上写着,可真是完全绝望了;自己急得没法,便忽然又恨到七斤。伊用筷子指着他的鼻尖说,"这死尸自作自受!造反的时候,我本来说,不要撑船了,不要上城了。他偏要死进城去,滚进城去,进城便被人剪去了辫子。从前是绢光乌黑的辫子,现在弄得僧不僧道不道的。这囚徒自作自受,带累了我们又怎么说呢?这活死尸的囚徒……"

村人看见赵七爷到村,都赶紧吃完饭,聚在七斤家饭桌的周围。七斤自己知道是出场人物,被女人当大众这样辱骂,很不雅观,便只得抬起头,慢慢地说道:

"你今天说现成话,那时你……"

"你这活死尸的囚徒……"

看客中间,八一嫂是心肠最好的人,抱着伊的两周岁的遗腹子,正在七斤嫂身边看热闹;这时过意不去,连忙解劝说,"七斤嫂,算了罢。人不是神仙,谁知道未来事呢?便是七斤嫂,那时不也说,没有辫子倒也没有什么丑么?况且衙门里的大老爷也还没有告示,……"

七斤嫂没有听完,两个耳朵早通红了;便将筷子转过向来,指着八一嫂的鼻子,说,"阿呀,这是什么话呵!八一嫂,我自己看来倒还是一个人,会说出这样昏诞胡涂话么?那时我是,整整哭了三天,谁都看见；连六斤这小鬼也都哭，……"六斤刚吃完一大碗饭，拿了空碗，伸手去嚷着要添。七斤嫂正没好气，便用筷子在伊的双丫角中间，直扎下去，大喝道，"谁要你来多嘴！你这偷汉的小寡妇！"

扑的一声，六斤手里的空碗落在地上了，恰巧又碰着一块砖角，立刻破成一个很大的缺口。七斤直跳起来，检起破碗，合上了检查一回，也喝道，"入娘的！"一巴掌打倒了六斤。六斤躺着哭，九斤老太拉了伊的手，连说着"一代不如一代"，一同走了。

八一嫂也发怒，大声说，"七斤嫂，你'恨棒打人'……"

赵七爷本来是笑着旁观的；但自从八一嫂说了"衙门里的大老爷没有告示"这话以后，却有些生气了。这时他已经绕出桌旁，接着说，"'恨棒打人'，算什么呢。大兵是就要到的。你可知道，这回保驾的是张大帅，张大帅就是燕人张翼德的后代，他一支丈八蛇矛，就有万夫不当之勇，谁能抵挡他，"他两手同时捏起空拳，仿佛握着无形的蛇矛模样，向八一嫂抢进几步道，"你能抵挡他么！"

八一嫂正气得抱着孩子发抖，忽然见赵七爷满脸油汗，瞪着眼，准对伊冲过来，便十分害怕，不敢说完话，回身走了。赵七爷也跟着走去，众人一面怪八一嫂多事，一面让开路，几个剪过辫子重新留起的便赶快躲在人丛后面，怕他看见。赵七爷也不细心察访，通过人丛，忽然转入乌柏树后，说道"你能抵挡他么！"跨上独木桥，扬长去了。

村人们呆呆站着，心里计算，都觉得自己确乎抵不住张翼德，因此也决定七斤便要没有性命。七斤既然犯了皇法，想起他往常对人谈论城中的新闻的时候，就不该含着长烟管显出那般骄傲模样，所以对于七斤的犯法，也觉得有些畅快。他们也仿佛想发些议论，却又觉得没有什么议论可发。嗡嗡的一阵乱嚷，蚊子都撞过赤膊身子，闹到乌柏树下去做市；他们也就慢慢地走散回家，关上门去睡觉。七斤嫂咕哝着，也收了家伙和桌子矮凳回家，关上门睡觉了。

七斤将破碗拿回家里，坐在门槛上吸烟；但非常忧愁，忘却了吸咽,象牙嘴六尺多长湘妃竹烟管的白铜斗里的火光,渐渐发黑了。他心里但觉得事情似乎十分危急,也想想些方法,想些计画,但总是非常模糊,贯穿不得:"辫子呢辫子?丈八蛇矛。一代不如一代!皇帝坐龙庭。破的碗须得上城去钉好。谁能抵挡他?书上一条一条写着。入娘的!……"

第二日清晨,七斤依旧从鲁镇撑航船进城,傍晚回到鲁镇,又拿着六尺多长的湘妃竹烟管和一个饭碗回村。他在晚饭席上,对九斤老太说,这碗是在城内钉合的,因为缺口大,所以要十六个铜钉,三文一个,一总用了四十八文小钱。

九斤老太很不高兴的说,"一代不如一代,我是活够了。三文钱一个钉;从前的钉,这样的么?从前的钉是……我活了七十九岁了,——"

此后七斤虽然是照例日日进城,但家景总有些黯淡,村人大抵回避着,不再来听他从城内得来的新闻。七斤嫂也没有好声气,还时常叫他"囚徒"。

过了十多日,七斤从城内回家,看见他的女人非常高兴,问他说,"你在城里可听到些什么?"

"没有听到些什么。"

"皇帝坐了龙庭没有呢?"

"他们没有说。"

"咸亨酒店里也没有人说么?"

"也没人说。"

"我想皇帝一定是不坐龙庭了。我今天走过赵七爷的店前,看见他又坐着念书了,辫子又盘在顶上了,也没有穿长衫。"

"……"

"你想,不坐龙庭了罢?"

"我想,不坐了罢。"

现在的七斤,是七斤嫂和村人又都早给他相当的尊敬,相当的待遇了。到夏天,他们仍旧在自家门口的土场上吃饭;大家见了,都笑嘻嘻的招呼。九斤老太早已做过八十大寿,仍然不平而且康健。六斤的双丫角,已经变成一支大辫子了;伊虽然新近裹脚,却还能帮同七斤嫂做事,捧着十八个铜钉的饭碗,在土场上一瘸一拐的往来。

一九二○年十月

原载 1920 年 9 月 1 日《新青年》月刊第 8 卷第 1 号。

初收 1923 年 8 月北京新潮社版"文艺丛书"之一《呐喊》。

六日

日记 晴。晚马幼渔来送大学聘书。得李遐卿信。

七日

日记 晴。上午寄陈仲甫说一篇。午前往铭伯先生寓。

八日

日记 晴。星期休息。无事。

九日

日记 晴。无事。

十日

日记 昙。夜写《苏鲁支序言》讫,计二十枚。

察拉图斯忒拉的序言

[德国]尼采

一

察拉图斯忒拉三十岁的时候，他离了他的乡里和他乡里的湖，并且走到山间。他在那里受用他的精神和他的孤寂，十年没有倦。但他的心终于变了，——一天早晨，他和曙光一齐起，进到太阳面前对他这样说：

"你这大星！倘你没有那个，那你所照的，你有什么幸福呵！

十个年来你总到我的石窟：你的光和你的路，早会倦了，倘没有我，我的鹰和我的蛇。

但我们每早晨等候你，取下你的盈溢而且为此祝福你。

喂！我餍足了我的智慧，有如蜜蜂，聚蜜过多的似的，我等候伸出来的手了。

我要赠，我要分了，直到人间的贤人又欣喜他的愚和穷人又欣喜他的富。

所以我应该升到深处去了：像你晚间做的，倘你到了海后面还将光辉给与下界一样，你这太富的星！

我该，像你，下去了，就如这些人所称的，我要下到这些里去。

然则祝福我，你这静眼睛，能看着最大幸福而不妒的！

祝福这杯子，那要盈溢的；水会金闪闪的从他涌出，而且处处都带着你欢喜的反照！

喂！这杯子又要空了，察拉图斯忒拉又要做人了。"

——这样开始了察拉图斯忒拉的下去。

二

察拉图斯忒拉独自下了山,没有人和他遇见。但他走到树林时候,在他面前忽然站着一个老人,那是离开了他的圣舍,到树林里寻觅树根的。于是这老人对察拉图斯忒拉这样说:

"这游子于我并非生人:许多年前他经过这里了的。他名察拉图斯忒拉,但他变了。

先前你背了你的灰上山:现在你要带着你的火入谷么? 你不怕放火犯的罚么?

是的,我认得察拉图斯忒拉洁净的是他的眼睛,他嘴里也没有藏着惹厌。他不是舞蹈者似的走着么?

察拉图斯忒拉变了,察拉图斯忒拉成了孩子了,察拉图斯忒拉是一个醒的了:你到睡着的那里要做什么?

在海里似的你生活在孤寂里,那海也担着你。咦,你要上陆了么? 咦,你又要自己拖着你的身体了么?"

察拉图斯忒拉对答说:"我爱人。"

"我为什么,"圣者说,"要走到树林和荒地里? 这岂不是,因为我太爱了人么?

现在我爱神:人却不爱。人之于我是一件太不完全的东西。对于人的爱,会把我糟了。"

察拉图斯忒拉对答说:"我怎样说是爱呢! 我是将赠品给于人。"

"不要给他们,"圣者说,"反不如从他们取下一些,和他们一同负担着——这是于他们最舒服的:倘于你也有些舒服!

如果你要给他们,便不要比布施给的多,而且还须使他们来乞!"

"不然，"察拉图斯忒拉答，"我不是给一点布施。我还不至于穷到怎地。"

圣者笑察拉图斯忒拉并且这样说："便试看吧，他们会受你的宝！他们对于孤独者有疑心而且也不相信，我们的来，是为着馈赠的。

我们的足音度过他们的街，响的太孤寂。他们夜间在他们的床上听到一个人走，还在太阳出山之前，总要自己问着说：这偷儿要到那里去呢？

不要去到人间，住在树林子里！还不如到禽兽里头罢！你怎么不要学着我，——做熊队里的熊，鸟队里的鸟呢？"

"圣者住在树林里做什么呢？"察拉图斯忒拉问。

圣者答："我作歌并且唱他，我倘若作了歌，我笑，哭，而且吟：我这样赞美神。

我用唱，笑，哭和吟以赞美神，赞美我的神。但你又给我们什么做赠品呢？"

察拉图斯忒拉听了这句话，他对圣者行一个礼并且说："我有什么给你们呢！但不如使我赶快走罢，趁我从你们只取了一个无有！"——于是他们作了别，一个老人和一个男子，笑着，像两个童子的笑。

察拉图斯忒拉剩了一个人的时候，他这样对他的心说："这怎么能呵！这老圣人在他的树林里还没有听到这件事，神是死了！"

三

察拉图斯忒拉来到接着树林的，最近的市集的时候，他看见许多群众，聚在市场里：这就因为传扬之后，都要看一个走索的人。于是察拉图斯忒拉这样说：

我教你们超人！人是一件东西，该被超越的，你们为要超越他，可曾做过什么了？

一切事物历来都做一点东西胜过自己：然而你们却要做这大潮的退潮，并且与其超过人，倒不如回到禽兽么？

猴子于人算什么？一场笑话或一件伤心的耻辱罢了。人于超人也正如此：一场笑话或一件伤心的耻辱罢了。

你们已经走了从虫豸到人的路，在你们里面还有许多份是虫豸。你们做过猴子，到了现在，人还尤其猴子，无论比那一个猴子。

谁是你们里的最聪明的，那也不过草木和游魂的不合和杂种罢了。但我岂教你们做游魂或草木么？

喂，我教你们超人！

超人是地的意义。你们的意志说罢：超人须是地的意义！

我恳愿你们，我的兄弟，忠于地并且不要相信那个，那对你们说些出世的希望的！这是下毒者，无论他故意不是。

这是生命的侮蔑者，溃烂者和自己中毒者，地也倦于这些了：他们便可以去罢！

从前亵渎神是最大亵渎，但神死了，这亵渎也跟着死了。现在的最可怕的是亵渎地，以及尊敬那无从研究的内脏甚于地的意义！

从前灵魂傲然的看着肉体：那时这侮蔑要算最高：——他要肉体瘦削，可怕，饥饿。他以为这样可以脱离了肉体和地。

阿，这灵魂自己才是瘦削，可怕，饥饿哩：残酷是这灵魂的娱乐！

你们现在，我的兄弟们，对我说：你们的肉体怎样说你们的灵魂？你们的灵魂不是穷乏和污秽和可怜的满足么？

真的，人间是污秽的浪。人早该是海了，能容下这污秽的浪而没有不净。

喂，我教你们超人：这便是海，在他这里能容下你们的大侮蔑。

你们所能体验的，什么是最大？那便是大侮蔑之时。在这时候，不但你们的幸福讨厌，而且连着你们的理性和你们的道德。

这时候，你们说："在我的幸福有什么！单是穷乏和污秽和可怜的满足罢了。但我的幸福该自己纠正了存在！"

这时候，你们说："在我的理性有什么！他追求智识能像狮子追求食物么？他单是穷乏和污秽和可怜的满足罢了！"

这时候，你们说："在我的道德有什么！他还没有使我猛烈。我倦极了我的善和我的恶！一切都是穷乏和污秽和可怜的满足罢了！"

这时候，你们说："在我的正义有什么！我并不见得我是猛火和煤。然而正义是猛火和煤！"

这时候，你们说："在我的同情有什么！这同情岂不是十字架，那爱人的，钉在上面的么！但我的同情并非钉杀。"

你们这样说了么？你们这样叫了么？唉唉，我愿听到你们这样叫了！

不是你们的罪恶——却是你们的自满向天叫，是对于你们罪恶上的你们的吝啬向天叫！

用他的舌尖舐你们的闪电在那里呢？应该种在你们里的风狂在那里呢？

喂，我教你们超人：这便是这闪电，这便是这风狂！——

察拉图斯忒拉这样说了的时候，一个人从群众中叫喊说，"我们听够了说走索者的话了，现在将他给我们瞧罢！"于是所有群众都笑察拉图斯忒拉。但那走索者，以为这话是提着他的，便开始了他的技艺。

四

但察拉图斯忒拉注视群众而且惊讶。他便这样说：

人是一条索子，结在禽兽和超人的中间，——一条索子横在潭上。

是危险的经过，危险的在中途，危险的回顾，危险的战栗和站住。

在人有什么伟大，那便是，为他是桥梁不是目的；于人能有什么可爱，那便是，因他是经过又是下去。

我爱那，除却做那下去者之外，不要生活者，这也便是经过者。

我爱大侮蔑者，因为他是大崇拜者而且是到彼岸的热望的箭。

我爱那，不先在星的那边寻了根底，下去做牺牲：却牺牲在地上，只为这地总有时候当属于超人者。

我爱那，只为认识，才活着，而且只为超人总有时候当来活着，才要认识者。这便是他要他的下去。

我爱那，劳动和发明，都只为超人建造房子和为他准备土地。动物和植物者：这便是他要他的下去。

我爱那，自爱他的道德者：因为道德是至于下去的意志与热望的箭。

我爱那，自己不留下一点精神，却要精神全属于他的道德者：这样他便作为精神而过了桥梁。

我爱那，从他的道德造出他的脾气和他的运命者：这样他便要为着他的道德活着或不再活着。

我爱那，不要太多的道德者：一个道德是多于两个，因为那是更多的结，在这上头挂着运命。

我爱那，对于精神的浪费，不要感谢，也不报偿者：这便是他只有馈赠而不要藏着。

我爱那，倘骰子掷下于他有利，便自羞耻者，这时他问：我不是欺诈的赌客么？——这便是他要到底里去。

我爱那，在他的行为以前，先撒出了金言，以及比他约言，总是做得更多者，这便是他要他的下去。

我爱那，纠正将来，而且补救已往者：这便是他要过了现在而到底里去。

我爱那，惩办他的神，就因为爱他的神者：这便是他须为着他的神的愤怒而到底里去。

我爱那,便是受了伤,灵魂也深深地,并且为着小事件也能到底里去者:这样他便欣然的过了桥梁。

我爱那,灵魂很充满,至于自己忘了,而且一切事物都在他这里者:这样便是一切事物都是他的下去。

我爱那,自由的精神和自由的心者:这样便是他的头单是他的心的内脏,但他的心赶着他至于下去。

我爱那一切,沉重的水滴似的,从挂在人上面的黑云,点滴下落者:他宣示说,闪电来哩,并且作为宣示者而到底里去。

喂,我是闪电的宣示者,是云里来的沉重的一滴:但这闪电便名超人。——

五

察拉图斯忒拉说了这话的时候,又看着群众而且沉默了。"他们在这里站着,"他对他的心说,"他们在这里笑:他们不懂我,我不是合于这些耳朵的嘴。

人于他们,应该先打碎了耳朵,使他们学,用着眼听么?应该像罐鼓和街道说教师似的格格的闹么?或者他们只相信吃嘴么?

他们有一点东西,藉此高傲着。使他们高傲的,名为什么呢?这便名教育,这便使他们赛过了牧羊儿。

因此他们不乐听对于自己的'侮蔑'这一句话。那么我便要将高傲说给他们。

那么我便要对他们说最可侮蔑的事:但这便是末人。"

于是察拉图斯忒拉对群众这样说:

到这时候了,人自己竖起他的目的。到这时候了,人种下他最高希望的萌芽。

你们的土壤还很肥。但你们的土壤也会贫瘠的,至于再不能从他这里长出高大的树。

咦！这时候会来的，人再不能从人上头射出他的热望的箭，而且他的弓弦也忘却了发响了！

我说给你们：人该在自己里有一点浑沌，为能够生出一个舞蹈的星。我说给你们：你们在你们里还有着浑沌。

咦！这时候会来的，再不能生出什么星了。咦！这时候会来的，都成了自己再也不能侮蔑的，最可侮蔑的人了。

喂！我示给你们末人。

"什么是爱？什么是创造？什么是热望？什么是星？"——末人这样问，眯着眼。

地也就小了，在这上面跳着末人，就是那做小了一切的。他的种族是跳蚤似的除灭不完；末人活得最长久。

"我们发见了幸福了，"末人说而且眯着眼。

他们离开了那些地方，凡是难于生活的：因为人要些温暖。人也还爱邻人而且大家挤擦着：因为人要些温暖。

生病和怀疑的，在他们算有罪：大家小心着走。还有在石子或人里绊了脚的呵，一个呆子！

加减一点毒：会做舒服的梦。终于许多毒：便是舒服的死。

人也还劳动，因为劳动便是娱乐。但人都用了心，想这劳动不会损。

人再没有穷的和富的了：两样都太烦厌。谁还要统治呢？谁还来服从呢？两样都太烦厌。

没有牧人，一个羊群！个个要一样，个个是一样：谁有想到别的，是自己要进狂人院去。

"从前是全世界都错了"——最伶俐的人说而且眯着眼。

人都聪明而且知道一切，现出什么事：所以揶揄没有了期。人也还纷争，但也就和睦——否则毁了胃。

人都为白昼寻一点他的小高兴，又为晚上寻一点他的小高兴：

但人都尊重健康。

"我们发见了幸福了,"——末人说而且眣着眼。——

这里完结了察拉图斯忒拉的开首的说话,人也称作"序言"的:因为这时候,众人的叫喊和嘲笑将他打断了。"给我们这末人,阿,察拉图斯忒拉——他们这样叫——造我们成为这末人! 我们便赠给你超人!"所有的群众都欢呼而且鼓舌。察拉图斯忒拉却愀然的,对他的心说:

"他们不懂我:我不是合于这些耳朵的嘴。

或者我生活在山间太长久,我听那流水和树木也太多了:现在对了他们说,不异对着牧羊儿。

不动的是我的灵魂而且朗然如上午的山。但他们想,我是冷的,是一个讥刺家正在吓人的嘲骂。

现在他们瞥视我而且笑:而且他们正在笑,他们也仍嫌忌我。这有冰在他们的笑里。"

六

但这里发生一件事,使所有的嘴都堵住所有的眼都睁大了。这时走索者已经开始了他的艺:他跨出小门便在索子上走,索子系在两塔之间,这模样,横亘在市场和群众上面的。但他刚在他的中途,小门又开一次,一个花绿小子,小丑似的,跳了出来而且用快步去追赶那第一个。"前去,羊脚,"他的怕人的声音叫喊说,"前去,懒畜生,私贩子,病脸! 不要教我用我的脚跟搔痒你! 你在两塔中间干什么? 你属于塔里面,人应该监禁你,一个更好的,比你更好,你阻了他自由的道!"——每一句话,他便一步一步的只是逼近:但到他在他后面只剩了一步时候,便现出可怕的事,至于所有的嘴都堵住所有的眼都睁大了:——他发一声喊,恶鬼一般,跳过了这人,这正在路上的。当他看见他竞争者这样的得了胜,便失了他的头和他的索子；他抛却竿子，直射下来比竿子还迅速，一阵手和脚的风车似的，直向着深处。市场和群众有如海，正当涛头内卷时的，都腾跳推挤着奔逃，而且最甚的，是该当落下那身体来的所在。

但察拉图斯忒拉却站着，紧靠着他，落下了身体，变样而且损伤，只是没有死。过一刻，神识回到这破烂者这里，他并且看见察拉图斯忒拉跪在自己的旁边。"你在这里做什么？"他终于说，"我早知道，恶鬼会从我这里偷去一条腿。现在他拉我到地狱去，你肯拦阻他么？"

"凭我的名誉，朋友，"察拉图斯忒拉答，"全是没有的事，凡是你所说的：没有鬼也没有地狱。你的灵魂会比你的肉体死得更迅速：现在再不要怕了！"

这人疑疑惑惑的一抬眼。"倘若你是说真理，"他于是说，"我如果失了生命，便什么都没有失了。我差不多一匹动物，人教他跳舞，用了鞭挞和一点食料的了。"

"那不然，"察拉图斯忒拉说，"你拿危险做你的职业，这是无可侮蔑的。现在你于你的职业到了底了：所以我要用我的手埋葬你。"

察拉图斯忒拉说了的时候，这临终者已经没有答了；但他动一动手，仿佛因为感谢，要寻察拉图斯忒拉的手似的。——

七

这时到了晚上，市场藏在昏暗里；群众都散开，因为新奇和吃惊也自困倦了。察拉图斯忒拉却傍着死尸坐在地上而且沉在思想里：他这样的忘了时候。但终于到了夜，一阵寒风吹过这孤独者。于是察拉图斯忒拉站起身并且对他的心说：

"真的，察拉图斯忒拉做了一场好渔猎！他没有渔到人，却渔了一个死尸。

无聊的是人的存在而且总还是无意义：一个小丑便能完结了他

的运命。

我要教给人以他们的存在的意义：这便是超人，是从人的黑云里出来的闪电。

但我于他们还辽远，我的意思说不到他们的意思。我于人们还是一个中间物在傻子和死尸之间。

暗的是夜，暗的是察拉图斯忒拉的路。来呵，你又冷又硬的伙伴呵！我搬你走罢，到那用我的手埋葬你的所在去。”

八

察拉图斯忒拉将这些说给他的心的时候，他抗死尸在他背上并且上了路。他还没有走到一百步，有一个人，暗地走近他而且接着他耳朵窃窃的说——而且看哪！那人，那说话的，正是塔的小丑。“出了这市，阿，察拉图斯忒拉，”他说，“嫌忌你的太多了。善人和正人都嫌忌你，他们称你为他们的仇人和侮蔑者；正当信仰的信徒也嫌忌你，他们称你为大众的危险者。你所侥幸的，是那些人都哄笑你：而且真的，你是小丑一般的说。你所侥幸的，是你结识了死狗子；你这样卑下的时候，你将你自己在今天救出了。但离开了这市——否则明天早晨我会跳过你，一个活的超过一个死的。”他说了这些的时候，这人便消失了；但察拉图斯忒拉依然在暗的小路上向前走。

在市门口，他遇见了掘坟人：他们用火把照在他脸上，认识察拉图斯忒拉而且对于他很嘲骂。“察拉图斯忒拉背了死狗去了：很好，察拉图斯忒拉做了坟匠！因为我们的手对于这炙肉太干净了。察拉图斯忒拉要从恶鬼偷他的食料么？好哩！晚餐平安罢！只要恶鬼不是一个更高的偷儿，比着察拉图斯忒拉！——他会两个都偷，他会两个都吃！”他们大家都哄笑而且将头凑在一处。

察拉图斯忒拉对于这些没有答一句话，只是走他的路。他走了两小时,经过树林和数泽时候,他听得许多豺狼的饥饿的吼声,在自己便也觉着饥饿。他于是站在一所寂寞的屋面前,在里面点着灯火的。

"饥饿侵袭于我,"察拉图斯忒拉说,"盗贼似的,在树林数泽间,我的饥饿侵袭我,而且在深夜。

我的饥饿有怪脾气。他到我这里常在饮食之后,而且现在是终日没有来:他留在那里了?"

于是察拉图斯忒拉叩这家的门。现出一个老人;他拿着灯火并且问:"谁到我和我的难睡这里来呢?"

"一个活的和一个死的,"察拉图斯忒拉说。"给我吃和喝罢,我在白昼都忘了。有人,饲养饿人的,是爽快他自己的灵魂:智者会这样说。"

老人去了,但便回来并且给察拉图斯忒拉面包和酒。"为饿人计,这是坏地方,"他说;"我因此住在这里。禽兽和人都到我这里,到独居者这里来。但也教你的伙伴吃喝罢,他比你还乏呢。"察拉图斯忒拉回答说:"死的是我的伙伴,我向他难于说妥哩。""这不关我的事,"老人快快的说,"谁叩我的家,便也应该取,凡我所给的。吃罢并愿你们平安呵!"——

此后察拉图斯忒拉又走了两小时,靠着道路和星的光:因为他是久惯的夜行人而且所爱的是,看一切睡着者的脸。但到东方发白时候,察拉图斯忒拉知道在深林中间,于他再没有路。他于是将死尸横在空洞树里,当作枕头——因为他要对于豺狼保护他——自己也卧在地面和苔上。他即刻熟睡了,这疲乏的身体,但有着不动的灵魂的。

九

察拉图斯忒拉睡的很长久,非独曙光经过了他的脸上,而且连着上午。但终于睁开他的眼：他骇然的看着树林和寂静，他骇然的看进自己的里面。他于是急忙站起，有如水夫，忽然望见陆地的，并且欢呼：因为他见到了新真理了。他便这样对他的心说：

"在我发出了一道光：我要伙伴，并且活的，——不是死伙伴和死尸，由我背着，到我要去的所在的。

我倒是要活伙伴，那随着我，因为自己要随着——并且到我要去的所在的。

在我发出了一道光：察拉图斯忒拉不必对群众说，却对伙伴说！察拉图斯忒拉不该做羊群的牧人和狗！

要从羊群里诱出他许多——因此我来了。群众和羊群该愤恨我：在牧人要叫察拉图斯忒拉是盗贼。

我说牧人，他们却自称是善人和正人。我说牧人，他们却自称是正当信仰的信徒。

看这善人和正人罢！他们甚么最嫌忌？是那，那弄碎他们的价目的表册的，破坏者，犯法者：——但这正是创造者。

看一切信仰的信徒罢！他们甚么最嫌忌？是那，那弄碎他们的价目的表册的，破坏者，犯法者：——但这正是创造者。

创造者寻求伙伴，不是死尸，也不是羊群和信徒。创造者寻求同创造者，是那，将新价目写上新表册的。

创造者寻求伙伴，是同收获者：因为他周围一切都成熟，可以收获了。但在他缺少一百把镰刀：他才拔着穗子而且烦恼。

创造者寻求伙伴，而且是那，那知道磨镰刀的。人会叫他们是毁灭者，善和恶的侮蔑者。但这正是收获者和祝贺者。

察拉图斯忒拉寻求伙伴，察拉图斯忒拉寻求同收获者和同祝贺者：他同羊群和牧人和死尸能做什么！

现在你，我的第一伙伴呵，平安罢！我将你在你的空树里好好的埋了，我将你在豺狼面前好好的防了。

但我告别于你，时光回转了。在曙光和曙光之间我这里来了一个新真理。

我不该做牧人，做坟匠。我再不要对群众说：这是我对死尸说的末一回。

我要结识创造者，收获者，祝贺者：我要指示他们虹霓，和所有超人的阶级。

我将唱我的歌给独居者以及并居者；有谁对于未闻的事还有耳朵的，我要弄重他的心，用了我的幸福。

我要向我的目的，我走我的路；我跳过迁延和怠慢。这样但愿我的走便是他们的下去！"

十

察拉图斯忒拉将这些说给他的心，太阳刚到正午：他疑问模样的看向天空——因为他听得一只鸟的尖利的叫声在他上面。看哪！一只鹰在空中转着大圈，而且一条蛇挂在他这里，不像饵食，却是一个女友：因为伊牢牢的缠在他的脖颈。

"这是我的动物！"察拉图斯忒拉说并且从心里欢喜着。

"太阳下最高傲的动物和太阳下最聪明的动物——他们出来侦察的。

他们要侦察，察拉图斯忒拉是否还活着。真的，我还活着么？

我在人间比在禽兽里更危险。察拉图斯忒拉走着危险的路。愿我的动物引导我！"

察拉图斯忒拉说了这话的时候，他想到树林里的圣者的话，叹息，并且这样的对他的心说：

"我愿更聪明些！我愿从根底里聪明，如我的蛇！

但我希求着不能的事：我希求我的高傲，总和我的聪明一同去！

倘使一旦我的聪明离开我：——唉，他总爱这事，飞去！——愿我的高傲也和我的愚昧一齐飞了罢!"——

——这样开始了察拉图斯忒拉的下去。

《察拉图斯忒拉这样说》(*Also Sprach Zarathustra*)是尼采的重要著作之一,总计四篇,另外《序言》(*Zarathustra's Vorrede*)一篇,是一八八三至一八八六年作的。因为只做了三年,所以这本书并不能包括尼采思想的全体;因为也经过了三年,所以里面又免不了矛盾和参差。

序言一总十节,现在译在前面;译文不妥当的处所很多,待将来译下去之后,再回上来改定。尼采的文章既太好;本书又用箴言(Spruecke)集成,外观上常见矛盾,所以不容易了解。现在但就含有意思的名词和隐晦的句子略加说明如下:

第一节叙 Zarathustra 入山之后,又大悟下山;而他的下去(Untergang),就是上去。Zarathustra 是波斯拜火教的教主,中国早知道,古来译作苏鲁支的就是;但本书只是用他名字,与教义无关,惟上山下山及鹰蛇,却根据着火教的经典(Avesta)和神话。

第二节叙认识的圣者(Zarathustra)与信仰的圣者在林中会见。

第三节 Zarathustra 说超人(Uebermensch)。走索者指旧来的英雄以冒险为事业的;群众对于他,也会麕集观览,但一旦落下,便都走散。游魂(Gespenst)指一切幻想的观念:如灵魂,神,鬼,永生等。不是你们的罪恶——却是你们的自满向天叫……意即你们之所以万劫不复者,并非因为你们的罪恶,却因为你们的自满,你们的怕敢犯法;何谓犯法,见第九节。

第四节 Zarathustra 说怎样预备超人出现。星的那边谓现世之外。

第五节 Zarathustra 说末人(Der Letzte Mensch)。

第六节 Zarathustra 出山之后,只收获了一个死尸,小丑

(Possenreisser)有两样意思：一是乌托邦思想的哲学家，说将来的一切平等自由，使走索者坠下；一是尼采自况，因为他亦是理想家（G. Naumann 说），但或又谓不确（O. Gramzow）。用脚跟搔痒你是跑在你前面的意思。失了他的头是张皇失措的意思。

第七节 Zarathustra 验得自己与群众太辽远。

第八节 Zarathustra 被小丑恐吓，坟匠嘲骂，隐士怨望。坟匠（Totengraeber）是专埋死尸的人，指陋劣的历史家，只知道收拾故物，没有将来的眼光；他不但嫌忌 Zarathustra，并且嫌忌走索者，然而只会诅咒。老人也是一种信仰者，但与林中的圣者截然不同，只知道布施不管死活。

第九节 Zarathustra 得到新真理，要寻求活伙伴，埋去死尸。我（Zarathustra）的幸福谓创造。

第十节鹰和蛇引导 Zarathustra，开始下去。鹰与蛇都是标征：蛇表聪明，表永远轮回（Ewige Wiederkunft）；鹰表高傲，表超人。聪明和高傲是超人；愚昧和高傲便是群众。而这愚昧的高傲是教育（Bildung）的结果。

原载 1920 年 9 月 1 日《新潮》月刊第 2 卷第 5 号。署唐俟译。

初未收集。

十一日

日记　晴。无事。

十二日

日记　晴。无事。

十三日

日记 晴。午前访章子青先生，取泉卅，由心梅叔汇来。

十四日

日记 晴。上[午]还徐吉轩泉十五。下午昙。

十五日

日记 晴。星期休息。无事。

十六日

日记 晴。晨访蔡先生，未遇。晚寄汤尔和信。

致 蔡元培

子民先生左右：

今晨趋谒，值已赴法政学校，为怅。舍弟建人，从去年来京在大学听讲，本系研究生物学，现在哲学系。日愿留学国外，而为经济牵连无可设法。比闻里昂华法大学成立在迩，想来当用若干办事之人，因此不揣冒昧，拟请先生量予设法，俾得借此略求学问，副其素怀，实为至幸。

专此布达，敬请
道安。

周树人　谨上　八月十六日

十七日

日记 晴。上午寄蔡先生信。

十八日

　　日记　晴,下午昙,风。无事。

十九日

　　日记　小雨。无事。

二十日

　　日记　晴。上午从齐寿山假泉十。下午雨。晚得蔡先生信。

二十一日

　　日记　昙。下午宋子佩来。寄蔡先生信。晚李遐卿来并送平水新茗一包。

致 蔡元培

子民先生左右:

　　适蒙书祗悉。舍弟建人,未入学校。初治小学,后习英文,现在可看颇深之专门书籍。其所研究者为生物学,曾在绍兴为师范学校及女子师范学校博物学教员三年。此次志愿专在赴中法大学留学,以备继续研究。第以经费为难,故私愿即在该校任一教科以外之事务,足以自给也。

　　专此布达,敬请
道安。

周树人　谨状　八月廿一日

二十二日

　　日记　昙。星期休息。午后晴。无事。

462

二十三日

日记　晴。午后寄李遐卿信,假泉十二。夜雨。

二十四日

日记　晴。上午从齐寿山假泉十。得李遐卿信。寄朱孝荃信。

二十五日

日记　晴。无事。

二十六日

日记　晴。午后得李遐卿信,即复,并假来泉八。傍晚雨一陈。得高等师范学校信。夜寄毛子龙信。

二十七日

日记　晴。下午雨一陈,夜大雨。无事。

二十八日

日记　昙,午后晴。无事。

二十九日

日记　晴。星期休息。午后整理书籍。

三十日

日记　晴。午后往留黎厂。又至青云阁买鞋一双。

三十一日

日记　晴。无事。

九月

一日

日记　昙。下午得高师校信。夜雨。

二日

日记　晴。上午寄大学信。寄高师校信。

三日

日记　晴。无事。

四日

日记　晴。上午寄女子师范学校信。

五日

日记　昙。星期休息。夜小雨。无事。

六日

日记　晴，夜风。无事。

七日

日记　晴。无事。

八日

日记　昙。上午得宋知方信。得高师校信。

九日

　　日记　昙。无事。

十日

　　日记　晴。午后访宋子佩。下午得高师校信。

十一日

　　日记　昙。午后访宋子佩，假泉六十。夜雨。

十二日

　　日记　雨。星期休息。无事。

十三日

　　日记　雨。休息。无事。

十四日

　　日记　昙。无事。

十五日

　　日记　晴。午后理发。

十六日

　　日记　昙，风。无事。

十七日

　　日记　晴。无事。

十八日

    日记　晴。无事。

十九日

    日记　晴。星期休息。晨得高师校信。得时事新报馆信。

二十日

    日记　昙。无事。夜雨。

二十一日

    日记　晴。无事。

二十二日

    日记　小雨,上午晴。得封德三信。下午得高师校信。得朱可铭信。

二十三日

    日记　晴,夜雨。无事。

二十四日

    日记　昙。下午收六月上半月奉泉百五十,还戴螺舲泉廿。

二十五日

    日记　晴。下午孙伏园来谈丛书事。晚齐寿山至自西山,并赠梨实,核桃各一包。

二十六日

    日记　晴。星期,又旧历中秋,休息。晚微雨。无事。

二十七日

日记　昙。补中秋假。上午朱可铭来。晚雨。

二十八日

日记　昙。上午还齐寿山泉廿。夜濯足。

二十九日

日记　晴。午后寄时事新报馆文一篇。夜雨。

头发的故事

星期日的早晨，我揭去一张隔夜的日历，向着新的那一张上看了又看的说：

"阿，十月十日，——今天原来正是双十节。这里却一点没有记载！"

我的一位前辈先生 N，正走到我的寓里来谈闲天，一听这话，便很不高兴的对我说：

"他们对！他们不记得，你怎样他；你记得，又怎样呢？"

这位 N 先生本来脾气有点乖张，时常生些无谓的气，说些不通世故的话。当这时候，我大抵任他自言自语，不赞一辞；他独自发完议论，也就算了。

他说：

"我最佩服北京双十节的情形。早晨，警察到门，吩咐道'挂旗！''是，挂旗！'各家大半懒洋洋的踱出一个国民来，撅起一块斑驳陆离的洋布。这样一直到夜，——收了旗关门；几家偶然忘却的，便挂到第二天的上午。

"他们忘却了纪念,纪念也忘却了他们!

"我也是忘却了纪念的一个人。倘使纪念起来,那第一个双十节前后的事,便都上我的心头,使我坐立不稳了。

"多少故人的脸,都浮在我眼前。几个少年辛苦奔走了十多年,暗地里一颗弹丸要了他的性命;几个少年一击不中,在监牢里身受一个多月的苦刑;几个少年怀着远志,忽然踪影全无,连尸首也不知那里去了。——

"他们都在社会的冷笑恶骂迫害倾陷里过了一生;现在他们的坟墓也早在忘却里渐渐平塌下去了。

"我不堪纪念这些事。

"我们还是记起一点得意的事来谈谈罢。"

N忽然现出笑容,伸手在自己头上一摸,高声说:

"我最得意的是自从第一个双十节以后,我在路上走,不再被人笑骂了。

"老兄,你可知道头发是我们中国人的宝贝和冤家,古今来多少人在这上头吃些毫无价值的苦呵!

"我们的很古的古人,对于头发似乎也还看轻。据刑法看来,最要紧的自然是脑袋,所以大辟是上刑;次要便是生殖器了,所以宫刑和幽闭也是一件吓人的罚;至于髡,那是微乎其微了,然而推想起来,正不知道曾有多少人们因为光着头皮便被社会践踏了一生世。

"我们讲革命的时候,大谈什么扬州十日,嘉定屠城,其实也不过一种手段;老实说:那时中国人的反抗,何尝因为亡国,只是因为拖辫子。

"顽民杀尽了,遗老都寿终了,辫子早留定了,洪杨又闹起来了。我的祖母曾对我说,那时做百姓才难哩,全留着头发的被官兵杀,还是辫子的便被长毛杀!

"我不知道有多少中国人只因为这不痛不痒的头发而吃苦,受难,灭亡。"

N两眼望着屋梁,似乎想些事,仍然说:

"谁知道头发的苦轮到我了。

"我出去留学,便剪掉了辫子,这并没有别的奥妙,只为他太不便当罢了。不料有几位辫子盘在头顶上的同学们便很厌恶我;监督也大怒,说要停了我的官费,送回中国去。

"不几天,这位监督却自己被人剪去辫子逃走了。去剪的人们里面,一个便是做《革命军》的邹容,这人也因此不能再留学,回到上海来,后来死在西牢里。你也早已忘却了罢?

"过了几年,我的家景大不如前了,非谋点事做便要受饿,只得也回到中国来。我一到上海,便买定一条假辫子,那时是二元的市价,带着回家。我的母亲倒也不说什么,然而旁人一见面,便都首先研究这辫子,待到知道是假,就一声冷笑,将我拟为杀头的罪名;有一位本家,还预备去告官,但后来因为恐怕革命党的造反或者要成功,这才中止了。

"我想,假的不如真的直截爽快,我便索性废了假辫子,穿着西装在街上走。

"一路走去,一路便是笑骂的声音,有的还跟在后面骂:'这冒失鬼!''假洋鬼子!'

"我于是不穿洋服了,改了大衫,他们骂得更利害。

"在这日暮途穷的时候,我的手里才添出一支手杖来,拼命的打了几回,他们渐渐的不骂了。只是走到没有打过的生地方还是骂。

"这件事很使我悲哀,至今还时时记得哩。我在留学的时候,曾经看见日报上登载一个游历南洋和中国的本多博士的事;这位博士是不懂中国和马来语的,人问他,你不懂话,怎么走路呢?他拿起手杖来说,这便是他们的话,他们都懂!我因此气愤了好几天,谁知道我竟不知不觉的自己也做了,而且那些人都懂了。……

"宣统初年,我在本地的中学校做监学,同事是避之惟恐不远,官僚是防之惟恐不严,我终日如坐在冰窖子里,如站在刑场旁边,其实并非别的,只因为缺少了一条辫子!

"有一日,几个学生忽然走到我的房里来,说,'先生,我们要剪辫子了。'我说,'不行!''有辫子好呢,没有辫子好呢?''没有辫子好……''你怎么说不行呢?''犯不上,你们还是不剪上算,——等一等罢。'他们不说什么,撅着嘴唇走出房去;然而终于剪掉了。

"呵!不得了了,人言啧啧了;我却只装作不知道,一任他们光着头皮,和许多辫子一齐上讲堂。

"然而这剪辫病传染了;第三天,师范学堂的学生忽然也剪下了六条辫子,晚上便开除了六个学生。这六个人,留校不能,回家不得,一直挨到第一个双十节之后又一个多月,才消去了犯罪的火烙印。

"我呢?也一样,只是元年冬天到北京,还被人骂过几次,后来骂我的人也被警察剪去了辫子,我就不再被人辱骂了;但我没有到乡间去。"

N显出非常得意模样,忽而又沉下脸来:

"现在你们这些理想家,又在那里嚷什么女子剪发了,又要造出许多毫无所得而痛苦的人!

"现在不是已经有剪掉头发的女人,因此考不进学校去,或者被学校除了名么?

"改革么,武器在那里?工读么,工厂在那里?

"仍然留起,嫁给人家做媳妇去:忘却了一切还是幸福,倘使伊记着些平等自由的话,便要苦痛一生世!

"我要借了阿尔志跋绥夫的话问你们:你们将黄金时代的出现豫约给这些人们的子孙了,但有什么给这些人们自己呢?

"阿,造物的皮鞭没有到中国的脊梁上时,中国便永远是这一样的中国,决不肯自己改变一支毫毛!

"你们的嘴里既然并无毒牙,何以偏要在额上帖起'蝮蛇'两个大字,引乞丐来打杀?……"

N 愈说愈离奇了,但一见到我不很愿听的神情,便立刻闭了口,站起来取帽子。

我说,"回去么?"

他答道,"是的,天要下雨了。"

我默默的送他到门口。

他戴上帽子说:

"再见!请你恕我打搅,好在明天便不是双十节,我们统可以忘却了。"

一九二〇年十月

原载 1920 年 10 月 10 日《时事新报·学灯》。

初收 1923 年 8 月北京新潮社版"文艺丛书"之一《呐喊》。

三十日

日记 晴。无事。

十月

一日

日记　昙。上午复高师校信。下午小雨。

二日

日记　昙，夜雨。无事。

三日

日记　晴。星期休息。下午子佩来。夜风。

四日

日记　晴。无事。

五日

日记　晴。无事。

六日

日记　晴，夜大风。

七日

日记　晴。无事。

八日

日记　晴。孔诞休息。上午马幼渔来。

九日

日记　晴。无事。

十日

日记　晴。星期休息。上午得陈百年明信片。午后往美术学校国歌研究会听演唱。下午得钱玄同明信片。

十一日

日记　昙。补昨双十节假。上午齐寿山来。晚雷雨一陈。

十二日

日记　晴。无事。

十三日

日记　晴。夜得封德三信。

十四日

日记　晴。午后寄封德三信。

十五日

日记　晴。夜得李霞卿信。

十六日

日记　昙。晚朱可铭往许州去。

十七日

日记　晴。星期休息。无事。

十八日

　　日记　晴。上午收六月下半月奉泉百五十,还李遐卿泉廿。午后同徐吉轩往中央公园顺直赈灾会。

十九日

　　日记　晴。夜得宋子佩信片。

二十日

　　日记　晴,夜小风。无事。

二十一日

　　日记　晴。无事。

二十二日

　　日记　晴。夜得北京大学信。译《工人绥惠略夫》了,共百廿四枚。

工人绥惠略夫

[俄国]M. 阿尔志跋绥夫

　　正当那时候,有人在那里,将彼拉多使加利利人的血和他们的祭物,搀杂在一处的事,告诉耶稣。

　　耶稣回答说:你们以为这些加利利人比众加利利人更有罪,所以受这害么?

　　我告诉你们:不是;你们若不悔改,都要如此灭亡。

《路加福音》第十三章一至三。

474

一

楼梯上面，当黄昏时候，从地下室一直到屋顶上，满包了黑暗不透明的烟雾；梯盘上的窗户，都消融在暗地里了。这时候，在一所住宅的前面，正有一个人拉那门铃。

粘粘的，用破烂蜡布包封着的门后边，旧铃便愤然的抽咽起来，许多时没有肯静；他的微细的死下去的哼声，宛然是一匹绊在蜘蛛网上的苍蝇，还在不住的诉说他悲惨的运命。

没有人到来；这人直挺挺的立着，正像一支桩。他的模样，在昏暗中间，越显得十分黑。一匹瘦猫，隐隐的溜下阑干来的，也不送给他一些注意，他立的有这样静。他总该有些古怪：如果是好好的快活的人，怀着坦然的心的，便不至于这样的立着。

楼梯上静而且冷了，在荒凉的昏暗里，起上一种霉气味的烟来；这时从地窖子到屋顶室都填满了脏的，病的，肚饿的和烂醉的人们的大杂居宅里发散的恶臭。越到上头，烟气便塞的越密，自己造成异样的黑影，忽然也便会浓厚到正像是一个人形。

远远地响着马车的轮声，闹着街道电车的铃声，从无底的坑的深处——从院子里——挤出急迫的苦恼的人声；但在上面却是死而且静。忽听得下面的房门合上了，轰的一声，楼梯口发了抖，应声便一直传到全宅。脚步声响了。人听得，似乎有人往上走，到梯盘又骤然转了弯，便一步跨过两级的走。待到脚步声已经走上最末的梯盘，在阴暗地里，就是嵌着窗户的所在，溜过一个黑影的时候，那站在门前的人，便向着他转动过去了。

"谁在那里呵，"来人不由的发一声喊，是吃惊不小的声音。

站在门前的人便锋利直截的问道，"这里有房子出租么？你也许知道？"

"哦！房子？……我委实不知道……我想，该有的。你拉铃就是!"

"我已经拉了。"

"阿,在我们这里是应该格外的拉的。你看,这样!"

他抓住门铃,用全力的一拉。铃并不先行颤动,便立刻发一声喊,却又忽地停止了,宛然一个装着蚕豆的马口铁筒,滚下阶梯去,就被墙壁挡住了似的。于是有些声响;从微开的门缝里,在黄色灯光的光线中,现出一个老女人的花白的头来。

"玛克希摩跋(Maksimova),这里有人问你的房子呢。"上来的人告诉说,是一个瘦而且长的大学生。他先向那空气又酸又湿,仿佛浴场的腌臜的前房一般的廊下的那边走。他也不再听老女人说什么,一径走过了堆着行李和挂着帐幔,那后面有什么正在蠢动的廊下,躲进他自己的屋子里去了。他放下物件,穿着畅开领口没有带子的红色的农家衣的时候,才又想到新来的客人,便问那老女人,恰恰捧着煮沸的撒摩跋尔①进来的,说:

"这个,玛克希摩跋,你的房子租去了么?"

"租去了,谢上帝,舍尔该·伊凡诺微支(Sergej Ivanovitsh),六个卢布租去了。我想,倒是一个安静的客人。"

"怎见得呢?"

那老女人用白滞的将要失明的眼睛看定他,兜起了干枯的薄嘴唇说:

"六十五年以来,舍尔该·伊凡诺微支,我活在世界上,什么人都见过了。看的眼睛都要瞎了,"伊苦恼的插嘴说,又做了一个不平的手势。

大学生不由的看着伊的眼睛,想要说些话,却仍复咽住了,待伊走后,他便去敲着隔壁的门,叫道:

"喂! 邻舍的先生,你可愿意喝一杯迁居的茶么,怎样?"

---

① Samovar,俄国特有的一种茶具,金属制,可以生火煮茶。——译者注。

"很好，"一个锋利的声音回答说。

"那就请你这边来。"

大学生坐在桌旁，斟出两杯淡茶，拖近糖壶，向门口转过脸去。

进来了一个适中身材，瘦削的，极顶金色头发的青年。他这模样，引起人一种特别的印象，仿佛他不住的故意的总想使自己伸高，却要将头缩在肩胛里。

"尼古拉·绥惠略夫（Nikolai Shevyrjov），"他用了刚健的分明说。

"亚拉藉夫（Aladjev），"主人答应着，喜孜孜的微笑，去握他客人的手。

他全是农家风，带点拙笨的客气而且握的比通常更长久。这以外，看他弯弯的强壮的背，削下的肩头，长臂膊，阔大的手，以及长鼻准的侧脸，仿佛圣像似的，长着菲薄的下髭和剪圆的头发，正像普式珂夫（Pskov）或诺夫戈洛（Novgorod）的一个普通的农家少年，或者是一个木匠。他用了微带钝滞的喉音，响的极真切，但也很和气的说：

"好极，你请坐，我们喝茶，并且闲谈罢。"

绥惠略夫就了坐，他的举动又敏捷又坚定，但他的态度总还是板滞而且孤峭。

他的浅黑的钢铁色的眼睛，冷冰冰的不可测度的看。即使自己十分豁达的人，第一次走到毫不相知的处所，总不免带些拘谨的新鲜，但在他却并无这痕迹。亚拉藉夫一面看，一面想，觉得绥惠略夫对于自己，以及对于藏在他秘密的精神的深处的特种东西，决不会无端的不忠实的。

——这小子倒有趣哩，他想。

但问道，"这个，你是——怎的呢？才到的么？"

"不错——今天刚从赫勒辛福斯（Helsingfors）来的。"

"你的行李在那里呢？"

"行李我是全没有。只有……这样，一个枕头，一条被，一两本书。"

亚拉藉夫听到末后这句话，便格外注意而且高兴的看着客人。

"还有……如果我可以问……你本是什么职业呢？"

"你自然可以问……我是工人，是金属旋盘工。这一来，为的是寻点事。先前的工厂忽然关闭了。"

"那便是——无业了？"

"是的，"绥惠略夫回答说，在他声音上，带着异样的含混。

"目下所多的是无业，"亚拉藉夫关心的说，"目下在你是艰难的时候了。"

绥惠略夫漠然答道，"什么时候总艰难，"他又用了警告的声音，补足说，"不久便是那些人也要艰难，那些目下还轻松的。"

亚拉藉夫很觉新奇似的看着他。

——呀呀呀！他想，这小子也未必怎样干净。事情须得探出底细来。嘴脸也颇可疑呵。——

绥惠略夫对于主人的使了伶俐的农家式眼光，瞥到他脸上的一种特别表情，显然是已经觉得了，便低下头去看着杯子。

"……你是大学生呵。也有些甚么著作么？"他很快的说。

亚拉藉夫微微的红了脸。

"你何以这样想？就是我有著作的事？"

绥惠略夫毫不介意的微笑起来，而且这微笑，比他在故意的姿态时候，愉快得多了。

"这不难，"他解释说，"你壁上有文人的肖像，壁厨里是许多书，桌上是草稿，桌下是揉掉和撕掉的纸。人就知道了。"

亚拉藉夫也失笑，但更加注意的看住他的眼睛。

亚拉藉夫的眼色有些狡狯，然而终究脱不了农家式：可以看出他想弄狡狯来，"不错，对的……但是你，据我看来，是一位善于观察的人。"

绥惠略夫不开口。

亚拉藉夫点起一枝大的纸烟,从烟气中,非常注意的研究这生客。

绥惠略夫端端正正坐着,并且不住的回转着拇指。在他外观上,总带些十分特别的什么,使他和常见的许多相貌,显出不同。亚拉藉夫的聪明的农家眼睛,又立刻发见了这特点,是不可测的隐蔽与深藏的熟虑的一串。还有全身的岩石般的不动,与虽然很微细却很迅速的拇指回转之间的对照,他也觉察了。而且他越加留心,也就越加锐利的觉得疑惑,对于这生客的无意识的交感与本能的尊敬,早已深深的潜伏在他的精神里面了。

他装作因为烟气似的眠一眠眼,又随便似的说,但口气却带着双关:

"探索的本领真是一种难得的才能呵……"

绥惠略夫没有便答,只是拇指转的更快了。看他模样,仿佛全不想要答话,但沉默一刻之后,他忽然抬起头,冷冷的看定了亚拉藉夫,微歪着嘴唇说:

"我懂得你了。"

"怎的?"亚拉藉夫不觉慌张起来。

"你费了力气,想盘查出,我是否一个侦探……不是的,请你放心罢。为什么……我强要同你谈天,而且也并非自己来到你这里的。"

"呵呀,这是说那里话呢。"亚拉藉夫着忙的插嘴说,却已经紫涨了脸。

绥惠略夫又微笑,决然的,他的面貌在微笑时候,全然换了样,很温和,而且几于娇柔了。

"不,怎么不然……这情形很明白……但假使我果真是侦探,我从你的诘问上,早已知道你何以害怕的底细了。"

亚拉藉夫不知所措的看了他许多时,于是摸着勃颈,笑吟吟的做了一个无可奈何的手势。

"哪,你有理。是我错的。不用再争了罢……你自己知道,今天是怎么样的……但我并没有瞒。"

"我说是怕,你说的却是瞒。你总还藏着些什么。"

绥惠略夫微笑了。

亚拉藉夫张着眼睛只是想。

"唔……"他拖长了声音说。"然而,请你不要见气,你可以成就一个出色的侦探,一个应用心理学的。"

"能罢,"绥惠略夫正色的答话,但分明带了些懊恼。"你著作些什么呢?"他又发问,也显然竭力的要使谈话转过方向来。

亚拉藉夫红了脸,仿佛就被人在现犯当场捉住的一般。"是的——不错……我也才开手。两种小说已经印刷了……这关系,人也还称赞他。"他低下眼睛又装出毫不介意模样,添上了结束的话,但在他声音上,不知不觉的满带着稚气的得意的喜欢。

"我知道。我已经读过了。先前没有想到,现在记起你的名字来了。你写的是农民生活。我记得的。"

主客都沉默了一会。绥惠略夫屹然不动的注视着茶杯,并且很快的,仅能看出的,转动他搁在膝上的手的拇指。亚拉藉夫很兴奋。他极有探听绥惠略夫对于他的小说以为何如的意思。他自己十分相信,这并非为着已有教育的读者而作,却直接为了工人和农民做的。他张开几次口,但终于没有决心。他于是点起一枝纸烟,轮一轮眼,很注意的看着火,但当他将吸之先,却用了做出来的不介意问道:

"这个,我的东西,能中你的意么?"

"怎么不中意,"绥惠略夫说,"这写得十分有力……很有味!"

亚拉藉夫红了脸,而且终于不能按住,教自己不露出孩子气的笑影来。

"只是你将人们过于理想化了,"绥惠略夫加添说。

亚拉藉夫热心的问道，"这怎讲呢？"

"倘若我没有错，你是从这一个立脚点出发的，就是只要有健全的理性与明白的判断力，便不会有一个恶人。就是单是表面上的可以去掉的环境，妨害着人的为善。我不信这事。人是从天性便可恶的。正反对，倒是不利的环境决不可少，因为藉此可以造出一两个……但只是极少的……好人。"

亚拉藉夫很气恼。这正是他的伤处；他一切将来的著作的根柢都在这上面，而且他又坚固又简单，并不搜求证据；只相信自己的理想，宛然那农民的对于上帝似的。

他叫道，"你说什么？"

绥惠略夫用铁一般的镇定回答说，"我这样想。我是一个工人，知道的很清楚。"

在他声音里，颤抖着竭力捺住的，伤心的苦楚，这忽然使亚拉藉夫发了不忍的心了。

"你大约过的是很艰难的生活……所以使你这样愤激了。但你不能相信你的主意。这是，还请你见恕，要成为憎恶人类的！"

"我不惧惮这话，"他冷冷的答："我实在憎恶人类，但你所谓什么愤激的，我却称作经验。"

"什么经验呢？"

"看真理，就是人类想要竭力掩饰的。"

"人类如果都一样，何必又要掩饰他？而且你对于真理，又怎么解释呢？"

"真理应该抹煞，以便这一部份人能够依靠别一部份人而生活。这是最通常的诳骗……真理是，人的一切欲望，全不过猛兽本能。"

"你说什么，一切！"亚拉藉夫愤然叫喊说，"爱也是，自己牺牲也是，同情也是？"

"我不信那些事。那些只是一个盖子，借此遮掩丑态，以及抑制那能使各种生活为难的掠夺本能的罢了。人的理想的产物，并不是人的天性……是练就的东西！……倘使爱——当然不是男女的爱——同情与无我,在我们真是天禀,正如掠夺的动力一般,我们现在便该有基督教的共和制占了资本主义的位置,饱汉也不会旁观,看那肚饿的人怎样死,也不该有主人和奴仆,因为大家都互相牺牲,大家都平等了。然而我们统没有。"

亚拉藉夫激昂的跳起身,运着沉重的脚步,仿佛跨过了掘起的土块,跟在锄犁后面似的,只在屋子里转。

"在人类里面存着两样原素——用了我们的神秘论者的话来说,那便是神的和魔的,进步便只是这两样原素的战争,并不如你……"

"我想,倘使这两样原素,各取了纯粹的形状,以相等的分量含在人类的天性中,人生便不会有现在这样可厌……决不这样了……这只是生存竞争所发明的警句,正如发明了汽机电话和医术一般。"

"也好……就是了……然而人类究竟有他的心灵能受影响的资质——你何以不信这原素对于猛兽本能的最后的胜利呢？用理想贯彻人生,固然迟缓,然而确实的,而且一到他得了胜,使人类的权利全都平等的时候……"

"永不会有这等事,——"绥惠略夫冷冷的答,"生活也就跟着这进步以相等的分量复杂起来了……生存竞争是一条定律,他不会比生存更早的收场。"

"你也不信生活状态的改良么？"

"革新是——信的,但改良——却不。"

"这又怎么说呢？"

"人的幸不幸,并不因为有善或恶加在他的身上,却因为他生来带着感受苦恼或欢喜的机能。假使石器时代的人能在梦中看见我们的世界,他们会以为是地上的天国。而我们现在正活在他们的梦中,即使并没有比他们更加不幸,却也不过如此……我不信黄金时代。"

"哪,你可知道,"亚拉藉夫禁不住栗然的说,"这实在是恶魔一般的不信仰哩,请你宽恕,我却不能拟议你自己真是这样想⋯⋯"

"可惜,——"绥惠略夫冷冷的微笑。

"哪,多谢,这实在可怕。"

"我也并不说这是好的。"

亚拉藉夫没有话,并且用正直的同情注视着对手。此时他知道那眼光的明亮与冷峭的来由,可怕的镇静的来由了。在这人的精神里,所有的不外乎黑暗与荒凉。或者还有剧烈的烦恼与报复,但只剩着非人格的报复罢了。

绥惠略夫又急急的转着拇指,一面想,一面站起身。

"再见,"他说,"我为了旅行还很倦⋯⋯我也从没有说话到这么多⋯⋯"

亚拉藉夫沉思着,对他握了手。但绥惠略夫刚开门,他又慌忙问道:

"唉,你说罢⋯⋯你真是工人么?"

绥惠略夫微笑。"这还有什么诧异呢? 自然的。"

他便走出,随手紧紧的转上了门的关键。

亚拉藉夫还只是在房里面往来,闷闷的吸着纸烟,思想不断的争斗着。现在,他的对手已经沉默了,便仿佛觉得他自己的辩论无可攻难,又渐渐入了梦。未来的生活立刻结成一个恍惚的然而光明的幻景,在他面前涌现起来了。

在他眼前,涌出原野森林和村落的一望无边的形象,惨淡,悲凉而且困穷,一群伟大坚忍的人民,便在这无边中,静静的藏着单纯的,未来的正当的生活的真理。

亚拉藉夫要写出些极有力量的事:将那由伟大的内部的理想所结束的,弥满着力量与真理的全图,凡有什么使他苦恼和喜欢的,都悉数的倾注。他的头发了热,眼里涌出泪来;这事似乎已在目前而且可以把握了。但他的"没有力量"这一个震动的意识,又超过了他的精神。

"我怎么会这样了。"

他苦苦的叹息，又退一步想，宽解自己的心：

"好，是了，即使不是我，也有别人。我就做我的事！"

他暂时还在房里面站着，惘惘的抬起湿润的眼睛来，注视在托尔斯泰的肖像，那正在墙上锐利的透彻的回看着他的。

他于是在蒙着报纸的写字桌上搁下纸烟和灯，欠伸了身体，就了坐。

他坐的很长久，几乎要到早晨，不停的写去。

他充满了爱与热情的描写，农民们，怎样的为了他的确信而受刑，死，质朴，无言，不因此做出一点英雄举动，不等候震荡心神的赞美歌，一齐而且沉静，仿佛明白了什么事，为别人所未经知道似的。纸烟的烟气慢慢积成浓云，绕着灯上升，消失在昏暗里。全宅中一切都沉默，只有黑夜从窗户窥探进来。人大约很不容易想到，这死一般的黑暗单是假象，有些地方的房屋和屋顶后面的大道上却照耀着几千活火，盘旋过许多匆忙的饶舌的行人，饭店大开，舞蹈场上闪着袒露的肩膀，戏园里响着美音；大家谈天，爱恋，生存竞争，生存享乐与死亡。

墙壁后面，在坚硬的卧榻上，挺然的躺着绥惠略夫，他的冷峭圆睁的眼睛带着不挠的表情在黑暗里瞥动。

二

绥惠略夫房里唯一的窗门正对着一堵墙壁，上面是一条灰色的天空，被煤污的几个烟囱划了界。这房有一副特别的情形：因为只是完全的空壁，所以显得格外的明亮和寒冷，地板上看不出纤尘，桌上没有书籍，倘使里面并无绥惠略夫，那随随便便的并不靠了窗口或桌子，却坐在通到邻室的阖着的门前的在那里，人就不见得相信，在这里有谁居住了。

挺直的不动的只用手指轻轻的敲着膝头，绥惠略夫背向着门，坐在自己放定的唯一的椅子上。他的眼睛毫无关心的看，仿佛只是机械的在那里研究卧床的位置，但便是仅能觉察的举动，每一声他都感应，人就知道，他对于这家里一切的事，无不十分留心的听着了。他先听得，亚拉藉夫怎样喝茶，于是往外走；他又继续下去，倾听远地的声音，就是给他以微弱模胡的，在他周围所活动的那些惨淡的生活的报告。

他背向坐着的门后面，住着——这是绥惠略夫早知道了——一个盛年的质朴的而且略略耳聋的缝女。他所以猜到的，就在伊的鲜活的声音，缝纫机的静静的响动，老主妇对伊谴责时候的母亲模样的口吻，以及伊用了柔顺的，动人的无靠的声音不住的发问道"怎样呢？"

远到廊下，帐幔的后边，两个老人钻在破烂布片的山里面，正如腐肉里的蛆虫，又总在絮絮的低声说些话。这老人们窃窃的密谈，似乎搅起一种不安的事件似的，讨厌的在寂静中作响。

有一回，房主妇来到绥惠略夫这里，是一个瘦削的老女人，长着一双昏暗的，无光的眼睛。绥惠略夫给伊房租，伊将钱看了许多时，又伸出干枯的指头来摸索。

"瞎了……"伊用了悲哀的安静说。后来绥惠略夫听到，伊如何送钱给缝女看，以及那缝女发出银一般清脆的高声，也如一切聋人不知道别人容易听到的一样，回答说：

"这对的，对的，玛克希摩跛！"

绥惠略夫这样的坐了三小时，位置也一回没有变换，只是他的手指却愈动愈快了。他小心的庄重的大约有一个目的，领略着这一切毫无颜色的声音，这就是没有言语的穷乏与可怜的生活。

于是他急忙站起身，穿上外套出去了。

三

绥惠略夫立在工厂的院子里，从嵌着铁格子的大窗口向机器房里窥看。

那地方，在内部，呼呼的轧轧的响。连着玻璃窗也微微的颤动。周围的窗口虽然也的确向里面射进许多光去，但在空院里，上面是又高又爽的自由的天，因此做成这印象，仿佛内部是永久的昏暗所统辖了。人看见，锁链怎样的鬼物似的上上下下的爬，蓄力轮怎样的风潮一般，然而似乎不出声的往来的飞，以及无穷的革带只是向暗地里走去。一切都回旋，辗转，匆遽，只是几于见不到人。间或在乌黑的冷光的怪物中间，看到一个苍白的人脸，长着死尸一般眼睛，但即刻又消失在充满着喧嚣与摇动的昏暗里了。这可怕的喧嚣似乎一刻一刻的强盛起来，但又只是一样的沉重和单调。尘封的窗玻璃又使一切都成为失了声色的东西，平坦而且灰白，宛然影在一个大电影的布幕上。

紧靠着窗边，在用了强直的敏捷而走动着的杠杆，圆轮，以及干棒的背景上，一个钢铁做的小小的精巧的希奇东西，用了冲击的急速的运动，挨着一个黄铜盘子极猛的旋转着，从他锋利的铁牙齿里，落下金闪闪的细屑来。

在那东西上面，摇动着一个弯曲的人脊梁；两只污染的大手这边那边的动。

这摇动又整齐又单调，而且很惹眼的顺着那小机器的运动。

便在这希奇东西上，注定了绥惠略夫的注意的眼光。正是像这样的一个旋盘，在这后面，他曾经满抱了不能达到的希望，工作过来，在这后面，他一日复一日的，从早到晚，站立过五个长年了。只站着，无论是健康或是疾病，悲哀或是喜欢，被爱或是恼着他的精神牵引他去的那一个可怕的思想。

倘使此时有谁看见绥惠略夫的眼睛，他就要对于那特别的表情觉得惊异：这已经不像平常一样，明亮而且冷峭了，里面却闪出真实的柔和的悲哀，其间又极锐利的炎上了无可和解的铁一般的憎恶。这时他的嘴唇也颤动了，但不知道，——是微笑呢，还是不出声的对自己说些什么呢？

他这样的站了许多时，便突然换过方向，仿佛奉了号令似的，用了稳实的脚步走去了。

"帐房在那里呢？"他问在路上遇到的第一个工人说。

"那边。第二个门，"工人回答说，并且站住了。"报名么？谁都不收了。"他又一半同情一半快意的补足了话而且微笑，同时在他菲薄的青嘴唇下，露出黑人一般白的又阔大又贫相的牙齿来。

绥惠略夫正注视在他的脸上，似乎要说："——早知道了……。"他推开门，跨进帐房里。里面已经等候着十来个人，都坐在两个高的白刷的窗底下。当这明亮的背景之前，人只能看见黑影，在一个光滑的秃头上，闪烁着青灰色的光点，仿佛照着死人的头颅。这些面目模糊的影子一时都转向绥惠略夫了，但又便沉沦在照旧的坚忍的等候里。绥惠略夫挺直的站在门口。

寂静了许多时。通到内面的门终于呀的开开了。一个肥胖短脖子的人匆匆的进到帐房里。

"尼珂颇罗夫（Nikophorov），惩罚簿！"他用了自负的轩昂的声口命令说。

书记便放下笔，向蓝簿子堆里搜寻起来。这时平坦的影子们，当这工头进来的时候，早经站起了的，便从各方面移动过去，一时都围住他。穿旧的上衣，有洞的小帽，肮脏的鞋，苍白的脸带着饥饿的眼睛和垂下的骨出的臂膊都出现在光亮里了。

"工头先生！"几个枯燥的声音一齐说。

那胖子又莽撞又忿怒的从书记手里掣过簿子，向他们转过脸去。

"又来!"他发出不自然的高声说,"外面贴着布告咧! 喂!"

"请你容许几句禀告,"一个年老的人略略前进,想缓和这工头的口风。

"还禀告什么! 没有工作——完了。没有事……便是我们也就要停工。明白的很!"

暂时之间众人都没有话,似乎挛缩起来了。但那老人又流着眼泪,吐出发抖的声音说:

"我们也知道……自然的,倘若没有工作……那有这许多工作呢。可是支持不住了……我们饿死……但只要我们能够向技师普斯多复多夫(Pustovojtov)说……这位先生前回应许过我们,查查看的……可不……"

他的发光的饥饿的眼睛充满了求恳和忧虑,注视着工头。

"不行!"这人忽然暴怒起来,打断了他的话。

"菲陀尔·凯罗微支(Fjodor Karlovitsh)……"老人还是执意的求恳,仿佛没有听到似的。

"我对你们说过一百回了,"工头发出很带德国腔调的声音说,这是先前所没有听到过的,但却不很响,"技师管不着这些事!"

"但是这位先生……"

"这人现在并不在工厂里,"德国人遮住了他的话,转过身去。

"怎会呢,这位先生的马车现停在门外哩……"一堆人里面的一个注意说。

工头忽然转向这面,脸上现出阴忍的愤怒来。

"那么……停着就是! 这于你们更好咧!"他嘲笑的说,并且又向门走近一步去了。

"菲陀尔·凯罗微支!"老人赶忙呼喊,又显出一种举动,仿佛要跟着他走去一般。

德国人将眼光注在老人的脸上一刹时,说在他的脸上,或者不如说在秃头上。

"总之你……"他缓缓的快意似的说,"用不着到这里来。你算什么工人呢?"

"菲陀尔·凯罗微支,"老人绝望的叫道,"你开恩罢……便是我……我却也总是好好的做过的呵。"

"早是这样,现在也这样,"工头用了做作出来的安闲说,"已经老了,兄弟,静养的时候了……最好不要再来,无谓了!"

他捏住了门的把手。

"你开恩罢,我是……"

然而房门合上了,老人的话只撞在黄色的类似嘲笑的墙壁上,返应过来,老人站住,撑开了臂膊只向周围看,仿佛他想说:

"哪,好……这怎么办呢?"

忽而全班都胡乱盖上帽子,向外走去。

但他们又并不走散,却像一群家畜似的,都头向着里挤在门口,大约多数是再也没有目的,教他能往那里走,只是无可措手的迷迷惑惑的惘惘的看他自己的脚,一个人点起一枝纸烟来,别人的眼光便都很留意的跟着他看。这揉损了的纸烟许久没有吸成。

"你不要正站在风头上,"一个人和气的注意说。

"唉……算了……"那吸烟的突然发喊,用了全力将纸烟向墙壁摔去,于是站着,似乎自己再不知道怎样才是。

"喂,怎么办呢……我是三天没有吃了……"一个苍白颜色的少年喃喃的说,又无端的微笑,仿佛等候着对于这说了的滑稽降下喝采来。

"第四天也没得吃哩!"那一个想吸纸烟的,毫不为奇的回报说。

这时从别的门口里,用着高雅的快步走出了一个绝顶金色头发的绅士,一口翘起的茂密的胡须。他一出现,一堆的工人就起了一种莫名其妙的动摇,他们神经兴奋的痉挛起来了,前走了两三步重复站住,只有那老人拉下帽子,露出他腌臜的秃头。技师的庄严的脸上便浮出淡淡的阴影来。他仿佛想要说话,但只是两肩一耸,很

气忿的向上看,就怒吼道:

"斯退方(Stefan)!这边!又见鬼!……"

带子上有一个时表的胖马夫便将马带到门口,技师忽忙敏捷的跳上马车的踏台,便坐在吱吱发响的皮垫上。深黄色的快马只一窜,便走动了:明晃晃的鬃毛发着闪光,胶皮轮旋了一个软软的半圆,于是马车就轻轻的出了工厂的大门。那车还在亮光下闪烁一回,便不见了。

工人们也各各走散了。

绥惠略夫走得最后。他两手都插在衣袋里。动了身,将头仰的很高,急急的向街的那边走。

在秋天的水一般清澄的日光里,这大都会比平常愈显得污秽与寒冷。直如箭的潮湿的街道都罩在带青的烟雾底下,一直那边,是人,马,房屋与路灯都融成一片浑浊的深蓝,像浮在空中一般,鬼怪似的闪着海军部谯楼的细瘦的金色的尖顶。

四

地窖子的饭店里,是绥惠略夫吃午餐的地方,喧嚷起来了,淡巴菰烟,汗和饼饵的蒸气的混合物,团成一种浓厚的粘气,人们都宛然在烟瘴里面似的消没在这中间。

绥惠略夫坐在窗下,窗前是成串的人腿来来往往的走,他将肘弯竖在油透的桌布上,随便看着邻室,淡巴菰烟里正有一些黑影,围住了摇摆的弹子台在那里动摇。枯裂的失声,大声的笑和骂詈,都从那边响亮过来。邻近的桌旁坐着一伙快活的鞋工。他们里面的一人,是瘦削的少年长着一副很不自爱的相貌,耳朵上带着耳环的,正在揶揄一个老实的农夫,竭力的想凑别人的趣,农夫却将无思无虑的有趣的眼看着他的嘴唇。少年哄骗他,热心的骗,愉快到咽唾,有时连自己也忍不住了,便非常得意的拍着膝盖,回过来向大家说,声音里满带着喜欢：

"这可真是一个呆子呵，弟兄们！我没有底的诳他，我没有底的诳他呵，他都信了！……他实在都相信呢，弟兄们！"

农夫惶窘似的微笑，做一个撑开的手势，转过脸去了，但那带耳环的少年又将胸脯靠着桌子，大张了嘴，重新得意洋洋的说起来：

"起初，我住在班沙(Pensa)的时候……"

农夫一悚，便又伸出脖子来，将眼光极驯良的移在说话的人的唇上。

店门不绝的开合，同时也不绝的加添了新客和烟雾，那些诅骂的声音，从外面来的，从扶梯那边来的都已经可以听到了。

黄昏只是深，烟雾只是密，低的顶篷底下的喧嚣是沉重的塞着。喧嚣，臭味，烟气，人和诅骂都纠结成了大山压着一般的污秽的一团，人早不能从中一一分清了。

在绥惠略夫坐定的这桌子旁边，不一刻就坐下一个瘦的长脖颈的人来，生得一副极暗色极紧张的脸。他外观始终是非常之兴奋。他忽而将头支在手上，忽而偏看周围或者连全身都向各处旋转过去，又在所有的衣袋里摸索，但寻不出什么东西来。他几次的看着绥惠略夫似乎想说话，然而没有敢，绥惠略夫早觉得了，却只是冷冷的看，并不招呼他。终于，当那带耳环的少年用了特别的奇警的想头，引工人们发出雷一般哄笑以及使那轻信的农夫陷入没法的窘况的时候，这长颈子的人便转向绥惠略夫，拘谨的微笑着，指那少年说：

"这大约也是游行者①罢！"

"是的……"绥惠略夫不甚愿意似的回答说。

长颈子的转过身来，仿佛就只是等着这一点，便正对了绥惠略夫，并且带着一种相貌，像要落在水里似的，说：

----

① 一种流浪的人民，游行全国，随地作工觅食。

"朋友,你也是我辈中的,是……一个工人?"

"是的,"绥惠略夫依然极短的答。

长颈的人全身痉挛起来了。

"你听呵,我想请求你……我才三天呢,自从我到这都会以来……你可知道,我怎样可以寻点事做呢……我是铁匠……怎样?"

他的眼睛恳求的看定绥惠略夫,他的脸仍旧留着先前一样的紧张模样。

绥惠略夫沉默了一会。

"我不知道,"他对答说,"我自己也没有事做。寻不出工作……市面萧条。这都会里现有一两万无业的人哩……"

紧张着脸的人注视绥惠略夫,半开着他的嘴。于是他的脸变化了,渐渐苍白起来,瘫痪起来,忽地现出纯朴的无法的绝望的表情了。他将脊梁靠在椅背上,没有希望的摊一摊手。

"你怎么到这里来?"绥惠略夫突然发出质问,几乎是生气了。"你竟没有先想到,这里都正在饿倒么?你还是在原地方好。"

这人又将手一摊。

"这不行……上了黑簿子①我才停了工作的……我在那里还做什么呢?"

"什么缘故?"绥惠略夫毫不介意的问。

"这样的。同盟罢工了。我是被伙伴选出的代表……那时倒也没有敢照规则办,现在可是,到了平静之后,他们却又想起来了。哪,——出去!"

"你在哪里做工呢?"

"在矿山里……当一个铁匠。"

"你不是代表么?……那么,你的伙伴怎不为你号召呢?"

绥惠略夫用了非常特别的峻烈的声音追问着,但一面又注意的

---

① 认为犯罪的人的名单。

向旁边倾听那带耳环的少年的新诳话。

铁匠诧异似的看着绥惠略夫。

"号召能有什么用呢！……开到了三连的兵，又架起一台机关枪……这就完了！"

"你预先没有料到，这事会这样的收场么？……"

"这是……我们就期望着将来……暂时的事我自然也料到。"

"那么你又何以合在一起呢？"

"这是……——怎的——何以么？伙伴推举了我……"

"你用不着承认，"绥惠略夫回答说，那冷淡的眼光却愈加向着旁边。

"唔，那算什么！……倘使大家做起来，那就怎样呢？"

"但大家不都给机关枪镇住了么？"

"这又该作别论的……送死，——没有这么简单。人们都有家眷，女人，孩子。"

"你没有结婚罢？"

铁匠一耸，低下眼光去，摸着前额低声回答说：

"有母亲……"

他便住了口，向屋角里看；他此刻大约也正听那带耳环的轻薄少年了：

"于是技师想要将他的女儿给我做老婆，我可是谢绝了。"

"这为什么缘～～～故呢？"农夫同情的问，但已经有些疑心，又将好奇的眼光注在少年的唇上。

"就为这个，我的爱，就为了我是工人，是下等人，伊是阔人哪。自然，我也喜欢伊的，——很喜欢，——可是这样，终于没有要。辞行的时候，伊自己送给我香宾酒，还说：'我非常尊敬你，耶里赛尔·伊凡尼支（Jelisar Ivanitsh），要永远挂念你哩。'哪，于是……伊送我一个金戒指……再好没有的。"

"后来？"农夫愈加凑近身子去。

"唔,还有什么呢? 这戒指我现在还在,⋯⋯五个卢布押在质库里了。我现在恰巧精光,将来我总要赎出他,带上他⋯⋯这该的,——何消说得,是一个表记哩!"

"讲些什么给你们罢,孩子们!"少年忽然转了向,完全变换了声音对别的旁听的人说,"我在班沙,在一个英国人的工厂里做工,招牌是摩理思①兄弟。这才像样呢,弟兄们! 没有罚,害病不扣钱,工人们住的是石造房子带家具⋯⋯唔,简直是,我好像进了天国了⋯⋯这老英国人自己是,对人总是称您,总是拉手,简直一个朋友⋯⋯不像我们这里似的,不的,这可以说,将人的生活给了工人了,而且⋯⋯"

"哪,胡说够了,"农夫忽然发了怒,一摆手做出一个醒悟的手势。"只乱谈,连自己也不知道说什么⋯⋯我笨驴,还听着⋯⋯"

"有上帝在,这是真的!"少年用了诚实的确信立誓说。

"唉,你——你!"农夫愈加气忿了。"说大话。——呸,鬼!"

他愤愤的起立,走到屋角,被侮似的独自絮叨着,在那里捏一枝纸烟。

铁匠极速的向绥惠略夫弯过身来,对他低声说:

"是六月里离的家⋯⋯恐怕老年人已经饿死了⋯⋯"他的黑色的脸痉挛起来了。"是的,如果一定,寻不到工作,还有什么别的呢⋯⋯从桥上到水里⋯⋯"他将肘弯竖在桌上,手指都埋在蓬松的头发中间。

"呆气。"

"别的还有什么呢?"铁匠暂时抬起头。"饿死么,怎样?"

绥惠略夫平静的恶意的微笑。

---

① William Morris(1834—1896),英国有名的女人,主张劳动的艺术化,曾经创办摩理思公司。又拟设圣乔治工舍,实行共产生活,没有成。这里所说,大约只是隐射他的两件事。

"人说，淹死的死最是怕人。倒毙在饥饿里也许较好罢……"

铁匠在黑脸上大睁着眼睛，向绥惠略夫只是疑问的看。

"你投下水里去，会有什么表示出来呢？……减少一个饥饿的人，他们倒反好……"

"那怎么样呢？"

"你还是寻工作去，如果你不能翻出更好的事来。"绥惠略夫推开说。铁匠现出了绝望的神情。

"我寻了六个月了……什么地方都不肯收，因为我是一个'关系政治的'！……在火房子里过夜，时常整三天没有食吃……即使我现在真得到工作，我也怕再没有力气了。前天我去募化，我已经到了这地步了。"

"什么？"

"这很明白……讨饭，没有别的……走过了一个太太，我就求乞了……"

"伊给了什么呢？"

"没有。说，伊没有零碎钱……"

绥惠略夫将手搁在桌上，又用指头敲打起来了。铁匠又热心又失望的看着这旋转的神经性的运动。周围是哄笑，喧嚷与诅咒，弹子房里响着弹子相撞的钝声，有一个，确是打坏了，发出一种声音，像汽车走在远地里似的，在台布面上滚。带耳环的少年也移到弹子房里去了，人从那边听到他得意的声音。窗下也照旧，人腿往来的走。人觉得，在这窗边故意来往的，只是同一的这些人，过去仍复回来，在房角后站立一会，于是又跑过去了。

"就是了，但你为了这故事至少也赢得一点东西罢？"绥惠略夫问。

"确的！"铁匠大声说。

在他的黑的失望的脸上，显出一副闪电的变化来：眼睛发了光，昂起头，先前的紧张的表情，涨满在瘦长的全身的姿态上了。

"我们是，你知道，在矿山做事的。那委实是毫无智识的群众呵。固然也没有别的法。整日里，从早晨五点到晚上八点都在地底下的。夜间跑到屋子里，吃，睡……到四点钟又早吹着起床的叫子了。灰尘，潮湿，伤风，又常常是爆发……我们的矿里爆发过两回：一回死了十八个人，又一回是二百八十二个……监狱里面似的生活……倘将一个矿工送往西伯利亚去，他要觉得那边好到百倍哩！不消说得，这些人们也是胡涂而且麻木要到绝顶。只有在我们这板棚的工人——有教育的——是一个有智识的团体。一切都有组织。我们也是开首的唯一的主动的人……这不是容易的事呵。角角落落都有侦探。极微末的小事也都报给技师；伊凡诺夫（Ivanov），彼得罗夫（Petrov）以及别的某人，全都相信不得。这之后，二十四小时之内，就——开除了……鼓动是非常之难……但我们终于在我们的板棚里活动了。"

铁匠很有精神的轩昂的微笑。

人就可以领会了，他在这所谓"活动"上费去了多少人间以上的劳力，当他才能目睹那第一次成功的时候，他经历了多少的危难，苦痛和忧愁。

绥惠略夫留心的看他。

"我们都争到了；规定了工人的代理法，集合权，居住问题，改良了病院，赶走了老耄的医生……那是一匹畜生……我们设起图书馆来，将我辈中的一个放在里面。"

"因此枪毙了许多人罢?"绥惠略夫外观上很漠然的插口说。

"不，那时倒也通过去了……兵是在的，但人还没有教开枪。那时还有些惧惮呢……到后来，总是……"

铁匠做一个失望的手势，轩昂的表情渐渐从他瘦的黑脸上消去了。

"照例的,黑百人团①进来了……起了分裂了,于是监督这边,一觉察到一切全都分崩,便立刻利用了这机会放手做……我们的代表们都逐出了委员部,他们的位置上都摆上黑百人团和工头,委员部的同人下了狱,图书馆解散了……"

"他们却只是静静的瞪着眼看么?"

"我们当代表的几乎全下了狱。"

"不是说代表,是工人们自己……你们所运动起来的那些人?"

"哦……我先前说过,坑口前面架起了机关枪。"

"阿。是的……机关枪……"绥惠略夫用模胡的表情拖长了他的声音。

铁匠沉默了一会;他的脸更加痉挛了。

"你知道……他们怎么做,只有上帝明白罢了,什么都做出来,皮鞭,枪毙,强奸女人……最苦的是委员部的同人……我还算好,因为我是归在第一批里拘留起来的……别人被捕便不是这样了……我们的图书管理员被一个可萨克兵系在马鞍上,飞跑着猎进城去,两条臂膊是反绑的,倘他站住,他的臂膊便要扭断。他跌在泥淖里,又在地面上拖……后面又驰着一个别的可萨克兵,用矛尽刺,逼他走! 这豺狼! ……许多人哭了,见他这模样的时候……"

"哦,原来,哭了!"绥惠略夫复述的说。

在他冰冷的声音里,响出一种狞猛的无可调和的轻蔑来。他的脸虽然照常一般平稳,他的指头敲着桌面却愈快了。

铁匠分明省悟了,因为他的眼睛发了光。

"是的,哭了……而且还要哭下去……但在眼泪里是混着血的。"

他擎起手来,将黑的手指一旋转。他的脸全都痉挛,似乎他的精神在阴惨的激昂里紧张起来了。

---

① 即那时自称为"真正俄人团体"的团员,常助政府压迫改革者。

绥惠略夫冷冷的微笑。

"你们将你们的血泪估得太贱了。"他轻蔑的撇开说。

"无论贵呢贱呢,报仇是不会干休的!"铁匠用了岩石一般的,几乎发狂似的确信回答说。

"这不会干休么?……什么时候呢?……倘若你们饿的倒毙了?"

铁匠吃惊的看着绥惠略夫的眼,在生着一对闪闪的空想的眼睛的,瘦损的黑脸上,现出剧烈的交战的痕迹来。不少时候,他们眼对眼的看。绥惠略夫没有动。铁匠低下眼去,他的瘦长身子松懈了,将头支在手上,执意的答道:

"且即使……在比较上我的生命也有什么价值呢……"

"不,没有价值!"绥惠略夫苛刻的截住了话,立起身来。

铁匠急忙抬头,还想说些话,但又便低下去了。

"哈,这成了醉死鬼了!"有人在旁边的桌上叫唤说,又喷出酩酊的粗犷的笑声。

绥惠略夫立了片时,沉思着,动着嘴唇,然而没有说,只是微微的苦笑,高仰着头走出门外去了。

黑铁匠没有抬起脸来。

五

广的,直的眼界径展开去,寒冷的天空罩在上头,一直到蔚蓝的远地里,眼力所到的处所,只见得黯暗的斑斓的泼刺的人山忙着前进,聚集,拥挤和相撞,被马车的无尽的长列与市街电车的铁道截作两堆,没有一刻显得他们的增多或是减少。

房屋都华美,商品展览窗是宽大而且有光,市街电车的柱子与街灯都又淡雅又优美。便是这天空底下的空气与日光也显得格外澄明。呼吸比在空地里更觉得轻快,血液也活泼泼地在脉管里奔流。

在绥惠略夫的前面，后面以及两旁，满塞着无穷的人链子带着很活泼的，正过佳节似的相貌。各方面都发出笑声，语声，丝绸摩擦声，而在所有纠结起来的喧器上面，又浮出了街道电车的铃号，与软软的，忽而水波似的轩举了，却又低下去的马车的轮声。

绥惠略夫将手埋在衣袋里，高仰了他的头。

他面前踱着一个胖大的绅士，斜戴了帽子，玫瑰色的折迭的颈子上，横着柔软的保养得法的皱襞。他的步调又稳当又轻捷，带着棕色手套的手里挥着一枝散步的手杖。

摆在短短的玫瑰颈子上的头颅毫无顾忌的向各处回旋，看到女人便尤其兴会淋漓的赏鉴。大约是，他该是刚才吃过午餐，于是来吸些新鲜空气，使他满足的兴味更加得到愉快，并且饱看标致女人的脸，藉此扒搔他因为吃饭而兴奋的神经。

绥惠略夫许多时没有觉到他，但那玫瑰颈子执意的摆在他眼前而且那享福的颈子的皱纹又只是每一步懒懒的颤动。于是他的沉重的严酷的眼光终于钉住他了。

绥惠略夫的眼光里，忽然现出一种严重的冥顽的思想来；他在这颈子的后面走。一群女人遮了绥惠略夫的路，他虽然全是机械的，却急忙闪开，撞了一个军官，但仍然走，也不理会那大声的骂着"昏东西"，只是跟定了玫瑰色的颈子，缓缓的，固执的，不舍的。

在他明亮的眼睛里，异样的险恶的表情愈加紧张起来了；一种决不宽容的力，透彻到极分明的横在中间了。

倘使玫瑰颈子的胖绅士回过脸来，看见这冰冷的眼光，料他便要钻进人丛，挤在他们活的堆子里，并且绝望的现出苦相呼救了。

绥惠略夫的思想用了发狂一般的速度在炽热的脑里回旋，愈回旋范围便愈狭隘了，终于将非常沉重的愤怒集中在玫瑰色的颈子上，有如百磅巨石压着人的头颅。设若有人，想用言语说出这思想的核子来，便该是这意思：

"——你走……走罢！……但你要晓得，如果有怎么一个幸福者，饱满者，在我面前走，我说：他这饱满，这幸福，这活着，就只因为我允准！……这瞬间我也许计算，那就只给你再有二秒，一秒，半秒钟的活……各人都有生存的神圣权利这种可怜的话柄，在我面前现在早不能成立了！我便是你的生命的主人！……谁也不知道这日子和时刻，其时我的忍耐达了极点，于是我来，为的是要将你们全班，凡有在你们一生中压制我们，从我们抢去了美和爱和太阳，将我们咒禁在永远一无慰藉的劳动奴隶里的这些人，全都处治！我也许正在你这里要拒绝了生活和享受的允准……我伸出手来——从你的玫瑰色的头颅里便迸出鲜血和脑浆，扑通的倒在马路上！……我便是我的灵魂的唯一的法官与执行者……各个人的生命都在我的权力底下，我能将他摔在尘土与泥淖里，我要做就做！……你要晓得，并且说给全世界！……这是我的话。"

可怖的暴怒抓住了绥惠略夫，一刹时一切东西在他眼里都消失了，只剩下玫瑰色的人颈子像发光的一点模样，固执的在白茫茫的朦胧中间；——在衣袋里，痉挛的手指紧紧抓着的，是冰冷的手枪柄的感觉，相对的是玫瑰色的活动的一点。……

绅士只在前面走，挥着手杖；挺拔的雪白的衣领上，天真烂漫的抖着玫瑰色的皱纹。

绥惠略夫跨上一个急步，勃然的昂了头，似乎要向空中发出狂暴的愤怒与复仇的叫喊。……

但他同时又忽然站住了。

从他菲薄的紧闭的嘴唇里，泄出奇妙的微笑来，他的手指展开了，突然转了向，他往回走了。

轻浮的斜戴的帽底下有着玫瑰色颈子的绅士，挥动手杖，从帽檐下偷看着标致的女人，还是走，不一会便消失在喧嚷匆忙的人丛的中间。

绥惠略夫斜走过街道，这时几乎要撞到市街电车的车轮底下去了,自己却并没有觉得,就沉没在一条冷静的小巷中,是通到他空虚的屋子的道路,仿佛一个凶险的影子似的,从昏暗里出现,又在昏暗里消灭了。他的眼睛是照常的平静和明朗。

六

人在楼梯上已经听到绝望的女人的叫声,当绥惠略夫经过昏暗的廊下时候,看见一间房子开着门,在这房里他早晨就听得孩子啼哭了。他虽然过的快,却已瞥见了卧床和箱椸,上面积着一堆破衣服,半裸体的两个小孩并坐在床沿上,悬空挂着腿而且现出吃惊的神情,一个七岁左右的女孩儿靠着桌子,一个高大的瘦女人用双手将纷乱稀疏的头发从脸上分拨开来。

"我们怎么办才好呢?你可曾想过没有,你这呆子,你这零落的!"伊绝望的榨开喉咙的喊。

绥惠略夫并不迟留,便进了自己的住房,脱去外套,坐在床沿上。他留心听着。

那女人仍旧大叫,伊的病的悲痛的叫声响彻了全家,极像一个将要淹死的人的求救。伊虽然诅咒,骂詈,责备,但其间并不夹着一些特别的憎恶。这只是绝顶的无法的绝望的悲鸣。

"我们带了孩子那里去呢?路上去么?求乞么?还是我卖了自己,对咧,给你的孩子们买面包呢?你怎么不开口?……你是怎么想来?……我们现在到那里去呢?"

伊的声调愈喊愈高,肺痨的吹笛似的可怕的声音,也凄然的迸出了。

"唉唉,他们什么不说呢!……这革命党!……反抗起来!……你有什么权利,竟反抗起来,如果你只靠着同情才得保住!……你本来是什么?胜过你的人尚且忍耐着过活……不能忍耐么?即使有人唾了你的脸,你也该默着……你要记得。你有五张挨饿的嘴坐在家里呵!我恳求你,这高尚。你能怎样高尚呢,你这乞丐!你该要的是面包不是高尚……真的,你看,一个教员对着长官不总是低头么!……呆子,蠢物,零落的!"

女人的声音断续而且喘鸣了,直至发出苦恼的内脏迸裂般的咳嗽来。伊喉噎,嘶嗄,咳唾,并且完全气厥,伊仿佛为死所苦的狗子似的呻吟。

"玛申加(Mashenka),你应该畏惮上帝,"一个可怜的挫折的声音才能听到的喃喃的说,而对于这无端的辱骂,温和的无法的意识的与绝望的眼泪,也一并响在中间。——"……我实在没有别法了……我是一个人呵,不是一条狗……"

女人喷出尖利的笑来。

"你是怎么的一个人呵!……你正是一条狗!你将小狗散在世界上了,就应该缄默一点忍耐一点,……倘你是人,我们就不会住在这洞里,而且三天只吃一顿了……我也用不着赤了脚满处跑,洗别人的破烂布了!人……你模样倒是的!你和你的人真该诅咒呵!……我们饿了一年半了,待到我用我的眼泪求到一个位置,在别人脚跟下缠绕着走,像一个乞婆!……你先前实在显了你的义勇了……救了俄国了……因此自己就要倒毙在饥饿的圈里了!……看这伟人罢!……呵,上帝呵,我初次见你的日子,该得诅咒呵!……废物!"

"玛申加,畏惮上帝罢!"从伊的暴躁的叫唤里,发出一个绝望的男子的声音。"那时我还有别的法子么?大家都去……大家都指望……我想到,这……"

"你正应该想到!应该!……别人许没有肚饿的人口背在他们的脊梁上……你有什么权利,为了别人去冒险呢?你可曾问过我们?你可曾问过孩子们,他们可愿意为了你的俄国去饿死么?你问了他们没有?……"

"这是我意料不到的……我也确切像众人一样,愿意一个更好的生活……为你们,为你……"

502

"更好的生活!"女人完全歇斯迭里状态的大叫起来,"你还有什么梦见更好的生活的权利呢。你已经不能更坏了,我们就要到村子里去乞食了! 我呢……我又肺病……"

暴发的,裂帛似的咳嗽噎住了伊的诉说。一两分间,人只能听到喘鸣,于是伊用了极可怜的气厥的低音说,但在全家都可以听得分明。

"你看……我就要死了……"

"玛申加!"男人发喊说,而在他微弱的叫唤里,含着无限的末路的悲哀,悔,爱,连绥惠略夫百不介意的脸也抽成痉挛的苦相了。

"什么玛申加!"女人得胜似的,用了不幸的人的奇酷,叫喊,说:"你得早一点叫'玛申加!'……我现在是怎么一个玛申加了,——我是死尸了……你懂么,一个死尸! ……"

"娘!"忽然有孩子的声音说。"不要这么说,娘! ……"

"可不要哭呵……体上帝的意思!"男人叫喊说。"怎么了——怎么——怎么——我却不能……人对着我……当面说:畜生,呆子——怎——不要哭了……体上帝的意思算了罢! ……我……我上吊罢了……这要比……"

"哈,上吊!"女人非常明了,几乎冷静的说,"你上吊,我们该怎么呢? ……我是上吊不成……你上吊,这里的都饿到倒毙么?理苏契加(Lisotshika)站到纳夫斯奇(Nevskij)路上去,怎样? ……好,你上吊罢,你上吊罢! 但你要知道,便是套在圈索上时,我也还要诅咒你! ……"

一种希罕的钝实的声响,像头颅打在壁上似的,传到绥惠略夫的耳中。

"算了,算了罢!"女人急切的叫喊,径奔向他。"算了,算了,略沙(Liosha)! ……"

断续的,听得痉挛的挣扎声音,一把椅子倒下了。男人喘着气,在叫喊与喘息之间,透出人脑壳撞着墙壁的激烈沉实的声响。

"略沙，略申加（Lioshenka），算了罢，算了！"女人尖利的叫，人陡然听到一种新的钝音，像头颅正磕在软的东西上。大约伊将手衬在伊男人的头和墙壁中间了，以致他在他歇斯迭里的发作状态中，便撞在伊这里。

孩子们突然啼哭起来了。最先大概是最大的女孩子，接着便是两个孩子一齐哭，那挂着脚坐在床沿上的。

"略沙，略申加！……"女人发热似的喃喃说，"罢了，罢了……饶恕我……罢了！……好，没有事，……什么事都没有……我们看看就是……自然的……你那有别的法子呢，人太欺侮了你……略申加！……"

伊诉苦似的断续的呜咽起来了。

绥惠略夫向那边伸长了颈子，在他苍白色的脸上，现出悲痛的痉挛来。

那里是寂静了。人只还听得，有谁正在无助的悲戚的唏嘘，但又分别不清，是大人或是孩子。

黄昏到了，在他青苍的，飘飘的挂在空中的蛛网一般的微光里，这唏嘘更显得当不住的迫压与伤心。

于是连这也沉静了。

在长廊下，帐幔后面又听到夹着咳嗽的交谈的低语，两个细小的声音，时时间断，仿佛怕谁暗地里听得似的，窃窃的说，一半惊惧，一半消沉，其中绥惠略夫仅能懂得的是："不肯低头么，吓？……对着官员放肆了……官员说这人是呆子……吓？……人就不能卑下些？……没有卑下……吓？……说呵，对着官员……胡闹……对着他的恩人……吓？"

绥惠略夫的指头在膝盖上愈打愈快了。门口响起尖利的铃声。老人们寂静了。没有人去开门。铃又发了响。人听得帐幔后面热心的低语着，这人催促那人，那人又不肯。门铃第三次发响了。

于是帐幔这边，有摇摆的脚步声从廊下拖曳过去。

"怎样没有人开门？都睡了么，怎的？"刚开门，亚拉藉夫便问。

他大踏步走过廊下，开了他住房的门，用愉快的温和的喉音叫道：

"玛克希摩跋！……给我撒摩跋尔，好么？"

这很异样，在这迫塞的苦闷的沉默里，听到这乐天的声音。他没有得到一句回答。亚拉藉夫将头伸出廊下去，大声说：

"伊凡·菲陀舍支(Ivan Fedossjetsh)，玛克希摩跋没有在家么？"

一个恭敬的粘滞的声音从帐幔后面答应出来：

"玛克希摩跋出去一会，舍尔该·伊凡诺微支，同阿尔迦·伊凡诺夫那(Olga Ivanovna)到教堂里去了。"

"哦～～～，"亚拉藉夫沉思的说，"那你可否替我，伊凡·菲陀舍支，安排起撒摩跋尔来呢？"

"就来，"老人非常顺从的答应，赤了脚拖着橡皮鞋，曳到厨下去了。

亚拉藉夫自己唱着些什么，打一个呵欠，便来敲绥惠略夫的门。

"邻人，你在家么？"他大声问。他大概有些倦怠，要同谁说些闲话了。

绥惠略夫沉默着。

亚拉藉夫等候一会，便又高声欠伸，并且摊开了纸片，寂静了许多时。在厨房里，听得撒摩跋尔管子的马口铁颤动声响，以及水的煮沸的声音；随后便嗅到了燃烧的木片的气息。

其时老婆子也从帐幔背后爬出，怕敢似的望着教员这房间。那边是无声的，沉重的绝望流布开来，弥漫了全宅。亚拉藉夫大约也稍稍觉着这情形了；因为他时时不安的转动，立起了许多回，而且似乎叹息。有东西贯通了空气，压住一切了。老婆子爬进厨下，茶杯便格格的响，随将茶具搬到亚拉藉夫的房里。

"怎么要你劳驾呢，玛利亚·菲陀舍夫那(Marja Fedossjevna)？"亚拉藉夫温和的但又懒懒的说。

"这算什么,舍尔该·伊凡诺微支,我什么时候都可以给你当差,这那里是你自己该做的事呢,"婆子急急回话,略带些唱歌的口吻。伊站在门口,用了细小的诌媚的眼光只看着亚拉藉夫。

"有什么事了?"亚拉藉夫问,他已经悟到,伊想有什么话说了,他又大声的欠伸一回。

老婆子立刻走近,才能听出的絮絮说。

"我们的教员被人撤了差使了……"

伊惴惴的说,但同时很带几分喜欢。说出之后,又惶恐似的向亚拉藉夫只是看。

"你说什么! 这什么缘故呢?"亚拉藉夫非常关心的问。

老婆子更加走近:

"对上司胡闹了……上司就只是说了一两句话,他们却——并不卑下些,反而胡闹了……"

"唉……可惜!"亚拉藉夫愤懑的说。"他们现在怎么办呢? 他们实在是全无所有,——全然!"

"对咧,舍尔该·伊凡诺微支,穷到精光!"伊大得意似的点着老的打皱的小头。

"昨日玛克希摩跋才告诉我,他们两个月没有付伊房租了……。"亚拉藉夫沉思着说。

"不付房租,不付……"

"一件坏事情!"亚拉藉夫叹息。"完全完结了。"

"已经完结了,舍尔该·伊凡诺微支,已经完结了……怎会不完结……他应该豫先想想,安静些,人也许饶恕他了……上帝要这样……他们却是……高傲;还要说——我们是高尚的……这就滚出了……他该弯腰才对呢……"

"如果被人正冲着脸辱骂了,他怎能弯腰呵,"亚拉藉夫一面想着些事,一面愤愤的说。

"呵呀小爹! 小百姓……什么叫侮辱……应该打熬的。百事便好……百事便都照常……这却不行……"

"人也不能百事都忍耐呵……"

"能的,小爹,永久能的……小百姓应该都忍耐。我是,年青时候,在亚拉克洵(Araksin)伯爵家里做一个使女……亚拉克洵伯爵你一定知道罢?"

"恶鬼知道他!"

老婆子大吃一惊;伊仿佛受了侮辱了。

"怎么恶鬼……伯爵自己是在元老院的,单是房子,他在墨斯科和毕台尔①就有一两……"

"哦,就是了……以后怎样呢? 下去?"

"喏,慈善的大小姐这里一只手镯不见了……便疑心在我身上。伯爵动了气,他们有一种脾气,是性急的,他们便在我脸上打了三个嘴巴,断掉了两枚牙齿……倘是别人呢,大约就要去告状了,我却打熬着,——你想是怎的的呢,舍尔该·伊凡诺微支? 那手镯却是弟大人,尼古拉·伊革那谛微支(Nikolai Ignatjevitsh)伯爵拿去了……非常之好逛,拿了镯子去了。待到事情全都明白,伯爵便亲自给我一百卢布。……"

老婆子愉快到几乎喉噎,而且在伊完全打皱的脸上溢出得胜的微笑来。

"倘使我那时不打熬,我就得不到伯爵的赏了……见证除了伊凡·菲陀舍支,他那时在他们那里做仆役,没有别的人。伊凡·菲陀舍支又是对于伯爵不能说什么……"

"怎么不能呢?"亚拉藉夫愤然的问说。

"但是我想,怎能对着伯爵? ……"

"哪,你曾说,他是你的未婚夫呵?"

"唔,怎么呢,未婚夫? ……"老婆子非常惊愕了。"他是我的未

---

① Piter,彼得堡的通称。

婚夫,但对了那样的贵人去出头,那里行呢? 他不过一个小的。我想,最好,——我打熬着。——后来——还是我不错……"

"呸!"亚拉藉夫气忿忿的唾弃着,转过身子去了。

老婆子只是惶恐的向他看,从伊的小眼睛里,立刻涌出恐怖的眼泪来。

其时老人正从房门口侧着身子,将撒摩跋尔搬到房里。他将这安在桌上,担心的向他女人这边看,又看了背坐的亚拉藉夫,便去拉他女人的袖口。

老婆子吃惊的回看他。两人的态度都显出十分恭顺的表情,一前一后的蹩出廊下,不一会他们的断续的慌忙的絮语便又从帐幔后面发作了。

亚拉藉夫斟上茶,正在坐下要喝的时候,廊下便起了铃声。

一个男人声音简短的问道,"亚拉藉夫在家么?"

出去开门的老人,赶忙答应说,"在家,先生,请……"

一阵风暴似的脚步响声,便敲亚拉藉夫的门。

"进来,"亚拉藉夫大声说。

房里面走进一个短小的黑的小男人,老鹰脸戴着一副圆的眼镜,很显得怕人。

"阿!"亚拉藉夫引长了声音说,从他语气里,便听出他对于这访问不甚欢迎,多半却是困窘。

"好日子。"

"好日子……你要茶么?"

"什么茶,——鬼才要!"小男人大不喜欢的说。

他极谨慎的脱下外套,摸出一个用纸张包的极密又用线索捆着的物件来。

"怎么这个?"亚拉藉夫快快的问道。

小男人将物件在桌上放得平稳,四面都用书籍小心围住了,使他不会掉在地面上。亚拉藉夫担心的看着。

508

"很简单,……他们几乎拿住我的领子了……费尽力量才跑脱的。鬼肯给这类东西寻一处地方!我拿到你这里来了,你懂么……还有这件……"他极速的伸手到衣袋里,扯出一个包裹来,也放在桌子上。"明天早晨我取去……"

亚拉藉夫不开口。

"看来这绅士是涵容不住似的!"小男人用随便的却又带些轻蔑的口吻说。"这一点小惠你也确可以做罢。你目下正安全哩。"

亚拉藉夫站起身,脸上现出了交战的感情在房里面走。

"你现在完全是一个稳和派,理想派,快要成了托尔斯泰派了!"老鹰脸的人仿佛从口袋里倾泻出来似的说出他的话来,一瞬间也没有静。

"你空费气力的,想苦恼我,维克多尔(Viktor),"亚拉藉夫用了从悲伤而来的气忿说,"这东西我收着——自然是……明早为止……但你应该理解……"

"你收下?"小男人迅速的问,——"这是第一要紧事,此外全听你的便,我们用不着纷争。"

"但是,我们总得弄个明白呵!"亚拉藉夫确乎的回报说,渐渐的红涨起来。他的眼睛发了光。

"何以?"那人用了做作出来的冷淡模样说,又倦怠似的回过脸去。

"便为这,"亚拉藉夫愤激的说道,"因为我们是多年的朋友,而现在……"

"阿,算了罢……记着这样的细事,有甚么用呢?"

亚拉藉夫愈加窘的脸红,沉闷的愤怒的呼吸。

"在你也许是细事……我却不以为然……你以此自负也可以……这在我并非细事,我愿意你至少总有一日理解我……我们彼此便明白……"

"你知道,在我原是永不……"小男人外观上优柔的说,他的射人的眼睛在眼镜底下飞速的一瞬："但如果你一定愿意呢……"

"是的，我一定愿意！"

那人两眉一耸，暂时又坐下了，似乎他准备着一切的牺牲。

亚拉藉夫看见这么样，按住了愤怒，再用勉强的平静往下说：

"第一是我之所以离开你们的，并不因为怕，或是……这你都完全知道，维克多尔，你至少也得公平一点才是！"

"没有人这样想的，"老鹰脸的人轻轻的羼上说。

"总之我之所以和你们离开，原因就只在我的见解从根本上非常明白的改变了，现在，即使不从理想上说，单就几个战争的方法而言……我晓得……"

"唉唉，爱的上帝呵！"小男人突然直眺起来，"你就此饶了我罢……我们知道……你晓得……我们知道……晓得……人不能从暴力得到自由，人应该教育国民以及这样那样……我们知道……"

这话从他嘴里奔进出来，仿佛是，堵住了许多时候，现在却一时放出似的。他自己也在屋子里旋风般往来，他的鹰脸向各处顾眄，圆眼镜也闪闪的发光，又挥动他带着要攫拿的鹰爪的两手。

亚拉藉夫立在房的中央，竟寻不出一些机会来，可以插上一句话。他不被理解的事，在他是无从测想了，第一是在这人，很久的和他生活过，爱他，信他，不理解他了。但他一刻一刻的分明感得，在他们之间已经生出了不能通过的界限，所有言辞在这里便都滑跌下来了。

他们多少离奇呵，先前不久他们还很接近，似乎要互印精赤的心的，忽然用了疏远的言谈相应对，这只因为亚拉藉夫明白，无论用了什么名义去做，杀人毕竟不外乎杀人罢了。只有爱，只有无限的忍耐，人类在许多世纪的经过中一步一步的彼此实践过来的这两件，才能够将原始的战争，就是强权与压制，从历史上驱除。与这伟大的亘几千年的事业一相比较，那一点金属与炸药，从一个愤激家的手腕里投掷出来，在两寸见方的地面上洒一些鲜血，以及唤醒那战争精神复仇精神的大队之类,怎能做得清楚呢? 亚拉藉夫闷闷的叹息,他的强壮的两手悲痛的交叉起来。

"是的,怎么办……我自己看来,我们不会理解的了,"他忧郁的说,走向桌旁,低着头坐下。

"不消说我们是不能理解的了,"那人迅速的同意说,"这也多事了,还来费些唇舌……"

亚拉藉夫响他的指节而且默着。

小男人迟疑的站立片时,看着亚拉藉夫的脸。 于是他忽而奋迅起来,又立刻是暴风雨的举动。

"无论如何这东西明早为止总可以存在你这里罢?"他逼紧的问。

"唉,上帝呵……"亚拉藉夫悲痛的答说,"这全然一样……我以为……第二层的事……这里或是那里,都一样……关于我的并不在此……"

"那么……很好……到那时——再见……我明早再来……"

小男人突然抓起帽子,伸出尖瘦的手来。

亚拉藉夫慢慢的伸出他的手。

这人无意中紧紧握住了。 圆的眼镜玻璃里仿佛显出沉思的神情。但在同一瞬间他不只将亚拉藉夫的手放下,简直是摔去了,他说:

"我未必自己来……别的谁罢……口号是……'伊凡·伊凡诺微支'。"

"好……"亚拉藉夫答说,没有仰起头。

"那就再见!"

小男人将帽子罩上他的圆的鹰头,闯到门口。他在门口忽然站住。

"这可惜!"他用了异样的声音说,在他闪闪的眼镜玻璃下,他的小而锐利的眼睛也润湿凄凉了。但他立刻自制,点一点头跳出门外。他在那地方回看帐幔，又瞥着各个房门，吸一口气，眼镜一闪，在楼梯上消失了。

亚拉藉夫靠了桌子默默的坐着。

七

黄昏时候，玛克希摩跋和做针黹的姑娘阿伦加（Olenka）从教堂回来了。伊沾带着熏陆香的微香，梦一般的虔敬还浮在伊们的脸上。

阿伦加没有除去头巾，却只教搭在肩头，就桌子前非常恍忽的坐着，伊的青白的细瘦的两手落在膝上。玛克希摩跋也站的同样沉静，但忽而叹息，似乎定了神，动手除下伊沉重的土耳其的斑纹的罩布。伊的脸照常的忧愁而且干枯。伊熟视阿伦加，又自言自语似的说：

"人应该再修饰些……"

"什么?"姑娘吃惊的问，抬起明朗的眼睛向着老女人，忽然又泛出无力的微红来。

"修饰，好孩子，我说……"玛克希摩跋提高了声音。"华希里·斯台派诺微支（Vassilij Stepanovitsh）已经说定，七点光景要来的。你装饰起来罢。好么?"

"今天?"阿伦加用了无助的惶恐大声说，立刻又变作青白颜色，仿佛一切生命骤然离开了伊的身体，只留在睁着的充满了忧愁和羞耻的眼睛的中间。

"又什么呢? 不是今天，便是明天。又何必多……运命是逃不出的，别的机会不能就有。像你这样的人市里多着呢……上帝不知道是怎样一件宝贝。"

阿伦加的臂膊直抖到满带针伤的指尖。伊用了泪汪汪的眼睛祈求的向着老女人看。

"玛克希摩跋……这还是明天好……我……我头痛呢,玛克希摩跋!"

在伊天真的声音上,响亮出无路的惶悚与动人的哀诉,竟使坐在门后面的暗屋子里的绥惠略夫,也转过头来,用心静听起来了。

玛克希摩跋沉默一会。

"唉你,我的可怜的人呵!"伊欷歔说,"你将来做什么……我知道……"

"什么等着你呢!"伊正要说,但又吞住了,只是仍复说:

"你什么也不能做!"

"玛克希摩跋,"阿伦加用了颤抖的声音说,祈祷似的合了掌,"我……我还是做工的好……"

"会合伙做许多工!……"玛克希摩跋带了剧烈的愤懑说,"你那里有用呢?……比你漂亮的也上街呢……你却又聋又痴……不必有一点小事情也就会完结了。还是听我好,决不会坏的。倘使我死了或者全瞎了眼;……你怎么办呢?"

"那我便到庵里去,玛克希摩跋。我情愿做道姑;庵里多好……多静……"

忽然间,全不自觉的,阿伦加大张了灵感的眼睛,那眼光沉思的兴致勃然的望着什么处所,远在墙壁的那边,说:

"我愿意是一只大的白的飞鸟,向着什么处所远远地……远远地飞!……下面是花,草,上面是天……像在梦里似的!"

玛克希摩跋叹气。

"你这呆子!……庵院简直不收留你……那里是要存下金钱,或者做粗重工作的。你是怎么一个女工呵!"

老女人做了一个推开的手势。

"算了,还说甚么……跟华希理·斯台派诺微支去罢。至少你也可以做到你自己的主妇,而且你也许能够帮助我……华希理·斯台派诺微支是,人说,有七千上下放在银行里呢。"

"他怕人呢,玛克希摩跋,"阿伦加喃喃的抖着说,仿佛是恳求饶恕一般,"粗鲁,全像一个下等的粗人!"

　　"你得要一位文雅的绅士么? 绅士是不配我们的,阿伦加……他只要是好人,就谢上帝。"

　　"他全没有看过书,玛克希摩跋。我问他:你可喜欢契诃夫①么? 他回答说:我们做事忙的,没有工夫弄这玩意儿……"

　　阿伦加学出一种重浊的粗卤的喉音。伊学了他便哭;伊的大的眼睛里,充满了大粒的澄明的眼泪,两只手也又颤抖起来了。

　　"怎么呢,他说的有理呵!"玛克希摩跋叱责的说:这可以看出,伊正在努力,要忿怒起来了。"想一想罢! 没有看书! ……谁用得着看书呢? 他是经纪人,不是呆东西,像你似的!"

　　阿伦加止住啼哭,又复远远的灵感似的睁开了眼睛。

　　"唉,玛克希摩跋,你没有懂得呢,只是说。世界上唯一的好东西,便是书。契诃夫,譬如说罢! 如果你读了他,——无端的——人就要哭。有这样的希奇……有这样的!"

　　阿伦加将两个手掌按在两颊上,摇摇头。

　　"唉,你跟着你的书去罢!"老女人恶狠狠的却又怜惜似的接下去说。"可以,这很好,只是不配我们的。你,——我的眼睛一天坏比一天了……昨天我收拾桌子——打碎了一个杯子。一个月里恐怕我就得进穷人院去……你现在又这样,像我先前这么缝,缝,只是缝——现在我和我的缝……而且我先前并不像你……你这里,你假如做出五个卢布来,从中只得到两个,你还说'谢上帝!'身上没有一块破布,又还是……书! 这何苦来呢?"

　　老婆子轻轻的溜到房里来了。伊的小眼睛担心的又新鲜的映着。

　　"玛克希摩跋,这比死还坏哩……他是一个粗人,还要打我的!"

　　————————

　　①　Anton Tshekhov(1860—1904),俄国有名的短篇小说家。

阿伦加全然绝望的脱口说。

"哪,怎么便是打呢!"老女人复述说,又现出先前一样的失望的颜色来。

"什么打,什么就打了?"老婆子在门口喃喃的说,"你,阿尔迦·伊凡诺夫那,你即刻服从就是。"

"什么?"阿伦加吃惊说。

"你服从就是,我说……"老婆子仍然说道:"他打你一回,两回,就停止了……他们都这样。他们那里就只要服从。要是这样,你只是静静的熬着……他也就不打了,不要紧的!"

阿伦加愕然的对伊只是看,仿佛从黑暗的廊下爬出一个可怕的怪物,现在正走近伊这里来。伊于是裹紧了衣裳,两肩都靠着桌子。但那老婆子却已将伊忘记,转向玛克希摩跋去了,伊的小眼睛里闪着狡狯的快意。

"我们的教员又被人撤了差使了!"

"什么?"玛克希摩跋叫喊说。"怎么撤的? 什么缘故?"

"因为他对上司胡闹了。官府骂了他,他便胡闹起来。哪,就赶出他了。这才吓人哩,今天玛利亚·彼得罗夫那(Marja Petrovna)这撒野呵!"老婆子用了迅速的低音报告说,几乎每一句咽一口唾沫,又回头看一回门口。

玛克希摩跋无法可想的看伊。

"是的,他们还欠我三个月房租呢。伊自己约定今天,至少也付给一点……现在怎样呢?"伊迷惑似的喃喃的说。

"现在是付不出了。怎能! 现在是他们自己也都得饿肚皮了!"

"但他们怎么想的! 以为我白给他们住? 寻到了善女人哩! 我连自己也没有食吃……"

伊沉思一会,忽然急急转身,走出房去了。阿伦加是几乎全不明白是什么事,吃惊的只将眼光跟着伊转,老婆子惴惴的溜到廊下,就隐在帐幔后面,从那里又立刻响出急速的絮语来。

教员的房正寂静。孩子们都挤在屋角里,看不见也听不出声音。教员和他的妻并坐在窗下;在那异常明亮的地方,分明看见被毫无希望的忧愁所压倒的两个头的影子。

"玛利亚·彼得罗夫那!"伊按捺着,但又自负如一个大权在握的人一般,从门口叫进去。

教员和他的妻立刻抬起头来。脸相不甚分明,但举动是卑下而且屈抑。

"租钱,你约在今天的,我能取么?"老女人还是按捺的说。

两个黑影动弹了,没有答。在他们上横亘了无话可说的人的诉苦与无助的神情。

"既这样……"老女人用了极冷静的声音说,"那就照说定的办,你们都准备罢。这房子我明天便出租。我这三个月损失了的那个,放在你们的良心上就是了。自己错,我这白痴,我相信你。但是我没有再来合伙的兴致了。都听你们的便!"

教员的妻没有动,教员却自己站起,慌忙走出廊下,他又几于用了力也将玛克希摩跋推到外边。

"你看……我正要问问你呢……如果不可以,无论怎样……我正在寻事做呢,我这里已经这边那边的有了各样邀请了……那就……是的……"

他的眼光游移着;羸弱的红晕在他苍白的颊上现出斑点来。玛克希摩跋叹息,做一个拒绝的手势。

"确的,真的——约定的。"教员又赶紧重复说,他的脸只是发红;他在空中挥着手。"总之,我寻。一时却不行。这你也明白。"

"我不能,先生,"玛克希摩跋答说。伊略略退开,摊开了两手。"如果只是我的事呢!但特伏耳涅克①要闯进门口来的。连我自己也得搬走……我只还靠着你哩。现在却这样!"

---

① Dvornik,这类公役在俄国专处理人家的一切家事,也管守夜。

"玛克希摩跋！"教员回顾房门，慌忙喃喃的说："只请你想一想罢！我们往那里去呢？你看，我失了位置了，那就……我本想要今天豫支的，因为我早就拿到了我的薪水……孩子们要鞋，我的女人也要一点东西……你知道的，天气这样冷，伊又咳嗽……现在我连一个戈贝克①也没有了。谁还许我们进门呢？随便那里，都要先付房租，你这里是早就认识我们的……玛克希摩跋，你处在我的地位，玛克希摩跋，体上帝的意思！"

　　"不。我不能……小衫比外衣更其帖身……那就，随你的便，但是……你实在使我难过，但是我也没法办……你有一个位置，你该用牙齿紧紧咬住的。你现在却这样。是你自己错。"

　　"对，自然……是我错的。但是我固然错了，孩子们却没……"

　　"孩子是你的孩子。你正应该为了孩子忍受些。"

　　"你看，玛克希摩跋，这是……"

　　"我看什么呢！"老女人用了出格的粗暴将他打断。"你为什么要在我面前卑下。我办不到。这话你应该早在那地方说！"

　　"但是。玛克希摩跋！"

　　忽而在漆黑的门口现出一个披着头发的瘦的女人模样来。

　　"略沙，算了！"伊歇斯迭里的叫喊说。"这些人们那有一星的同情！他们一总都得诅咒！他们不值你一个小手指，你却在他们面前卑下！"

　　"你为什么咒骂呢？"玛克希摩跋发怒说。"同情是我们也许比你多……"

　　"你们有同情么？唉唉，你们是野兽，不是人！有人失了脚，你就对他唠叨……你先给他气苦，就因为后来要摔他到路上去！……他还要对伊分疏！……"伊声音里带着无穷的苦恼和激昂，叫唤说，"你们都从这里滚出去！"

　　————————————

　　①　Kopek，每一个约合中国钱十文。

"这所谓,你这'从这里'是怎么讲的?"玛克希摩跋加强了伊的声音。"我用不着走出我的家去……"

"你们出去!"那病人尖厉支离的叫喊,极悲惨模样的伸出瘦腕来。"你要怎样? 是我们搬走罢? 你放心,我们走……明早就走,但你先滚出去!"

"玛申加,"教员悄悄的低声说,"不要这样呵!"

"出去,出去,你们这类被诅咒的东西……你们苦恼我到要死!"女人捏着头发,走进房里面。

男人随伊进去,人还听得,当那病人用了放恣的灭裂的声音尽说的时候,他还在絮絮的讲些话;然而听不分明。

玛克希摩跋默默的立了片时,于是将手在空中一摆,自以为错似的走了。

亚拉藉夫,正站在自己房门口的,叫伊:

"玛克希摩跋,请你进来一会……"

老女人在脸上满是无法可想的神气,进到他这里。

"请你说,"亚拉藉夫踌躇说,露出犹疑的眼光,"这在你一定不能么,略等几时? ……你自己目睹的,这人们到了什么地位了……不是么?"

"上帝在上,我不能……我因为小气才这样做么? 特伏耳涅克给我自己也只是后日的日期! 我不付,他就赶出我! ……我是全靠着他们的。"

"但是或者? ……"

"你真觉得,我实在没有同情么? 我老了,快要死了……不,舍尔该·伊凡诺微支,伊向我吵闹的时候,真有如用了尖刀剜我的心哩。但我怎么办呢? 我等候了三个月,下了跪恳求特伏尔涅克……你想,这为什么呢? 就因为我觉得可怜。如果人们大家没有同情,穷人就会没有路走……穷饿世界是全仗着同情过活的。但穷人也不能始终全用同情……人究竟应该给自己也留下一点同情来! ……并非我没有慈悲,是生活不知道慈悲!"

亚拉藉夫愕然的看着老女人,与伊相对,自己也觉得轻率渺小了。

"是的——总之,舍尔该·伊凡诺微支,一个穷鬼,像我们似的,同情可是很难,比起别人来……有钱人舍掉一个戈贝克——他因此给自己作一个娱乐;要是我给一个戈贝克呢,我就得从嘴里省下一点口粮。因为这口粮,你看,我就立刻会瞎,会再也看不见太阳……那时人们也不会对我有同情,我只倒毙在路上像一条老狗!……人还说什么没有慈悲!……人该晓得的!"

老女人叹一口气。

亚拉藉夫无力的垂下了长臂膊,站在伊的面前。

"你听呵,玛克希摩跋,"他终于游移的说,"倘使我付你一个月……那就怎样呢?……"

"哦……这样! 我并非妖怪——真的。——无论怎样,我总对付过去……总有什么法子办……但他们是什么都没有呢!"

"我办来,玛克希摩跋,"亚拉藉夫喃喃的说,游移的注视着地面。

老女人研究似的看定他,但参不透他脸上的印象。

"你? 你自己也没有呵!"

"但我办去……到一个好朋友这里去借去。今天给他们满意罢,我就去跑一回,离这里并不远……是的……你也给他们茶和灯火罢,他们那里是……这里是茶,糖,面包,你拿我的去……我去跑一趟来。"

玛克希摩跋默默的对他看,取了茶和糖,颤着花白的头,出去了。

亚拉藉夫在房子中央迟疑的站了片时。他无意中觉到,自己有些拙笨了。但他也不再深究,只是简单的盘算,什么地方可以极速的弄出钱来。他赶忙的穿上外套,并且抓起帽子,便跑出了寓居;迈开他的长腿,每三级作为一步的跨下去。

八

七点光景,小贩商人到了。他使他的新橡皮鞋在廊下橐橐的响了许多时,尽心竭力的擦干了他的红脸,于是用了轻的瑟索的脚步跨进阿伦加的房里来。

那边是玛克希摩跋已经准备了撒摩跋尔。一张盘手上搁着烧酒和沙定鱼。阿伦加靠桌子坐着,挺直的像一枝草茎,大的悲痛的眼睛看着门口。

"阿伦加,你看怎样的客人来访我们了!"玛克希摩跋发出不自然的感动的声音说,是人们将此向孩子说的。小贩非常小心的进来,仿佛他穿着很高的漆靴在冰上面走。

"好日子,"他说,并且向伊们伸出一只长着极不灵活的指头的又大又带汗的手来。

沉默,不抬眼,阿伦加也向他伸过伊的细瘦苍白的手指去;伊的低着的脸发热了,伊的胸脯,那还是完全闺女样的,苦闷的呼吸。

"这很好……你们谈谈罢,说些闲话,我看茶去……"玛克希摩跋用了先前一样的不自然的声音说,便出去了。伊随将房门紧紧的阖上。伊站在厨下,沉思而且叹息。在伊干枯的瞎脸上,现出先前一样的阴郁的近于迫胁的同情。

阿伦加靠桌子坐着;伊的手安在桌面上,姿势的曲线又优美又锋利,正如白石琢成一般。小贩坐在伊对面,他将他巨大的面袋似的身子成堆的装在椅子上。向来他只在教堂里见过阿伦加,或者伊到自己的店里来,但也只是一瞬间的事。此刻他才注意的寻根究底的对伊看,仿佛他要仔细估定一种货色的价钱。阿伦加觉得他的视线在伊胸脯上,在伊的脚和臂膊上;伊的苍白的脸,又为了忧愁和羞耻炽热起来了。

伊是纤长而且娇嫩,这很难相信,伊的脆弱的身体可以侍奉那强烈的兽性的机能。小贩的眼睛里笼上了混浊的润泽,而且他忽然浑身涨大,似乎他更其大也更其胖了。

"你爱做些什么事呢?"他用细声问,费了力才挤出肥胖的喉咙来。"我没有打搅么,怎样?"

"什么?"阿伦加吃惊的反问,一面又暂时抬起了祈求的眼睛。

"看哪,……伊的确聋的!"小贩想。"哪——这更好! 一个标致的姑娘!"

他又对那身体,那柔软的娇嫩的一直到细瘦的两腿,在薄衣裳底下看得分明的,又行了从新的检查。

"我问:你爱用什么散闷呢?"

"我? 不用什么……"阿伦加惶窘的对付,这时伊全身上都感得,伊被这无耻的细小的眼睛剥下衣服而且舐过了。

小贩商人自足的微笑。

"什么叫——不用什么! 标致的姑娘儿所爱的是,散闷! 这事我总不能相信,请你不要生气,一个这样出色的姑娘像你似的却整天的在作工上毁了眼睛。你的眼儿是全不是为此创造的!"

阿伦加又对他抬起伊那大的明亮的眼睛来。伊忽然发生了天真的思想,以为他对伊怀着同情。伊又确信,他当真是一个好的,正经的人了。

"我,你看……读书……"伊怯怯的微笑。

"呵呀,什么,什么是……书! ……这样,如果我们能够和你再熟识一点,你就会允许我……譬如——上戏园! 这该有趣得多了,比那蹲在书背后!"

阿伦加不知不觉的活泼起来了。在伊已经回到本来的苍白色的脸上,涨起了一种新的微红。

"阿,不的,你怎能这么说。有许多很好的书……那么,譬如契诃夫……我,如果我读一点契诃夫,我常常哭……在他书里是一切的人都这么可怜,这么值得同情……"

小贩听着,斜侧了狭脑壳和浑眼睛的头。他于是细细的想。

"似乎都真是这样不幸罢……"他用了甜腻的声音说,"也有幸福的……固然,谁如果没有食吃呢……但是如果一个人……就拿我说……"

他将椅子挨近了阿伦加,睃着伊的膝髁说了一大篇话。他的举动也显露起来了。但阿伦加又复天真的做梦似的,湿了眼睛说:

"阿,不的,人们是全都不幸……便是那些自以为幸福的人,其实也是不幸。我想做看护妇去,为的是帮助一切不幸的人……或者道姑……"

"哪,怎么便是道姑!"小贩用双关的意思将伊打断,这意思在他的顽钝里直是怖人。"难道世界上男人会太少么!"

阿伦加看着他,没有懂。在全生涯中,耳聋给伊挡住了这类的言辞,伊没有懂得。伊的眼睛很平静的看;那两眼是完全的澄明。

"呵,不的……你说什么!"伊舒散着说,"做道姑是很好的……我有一回去访我的姑母,住了两个礼拜,在伏罗纳司(Votonesh)……在庵院里,我的姑母是道姑……很老了……沉默了十四年了……一个得道的!……那地方真好! 教堂里是这样静——静呵,蜡烛点着……人唱的这样美……你不懂也不知道,是在地上呢还到了天国了。或者你在墙壁前面走。庵院是造在山上的,下面是河,后面是田野。人望去很远——很远! 草地上闹着鹅儿,燕子是这样的转着叫。我在那里是春天,庵院里满开着苹果花呢……时常有这么好,连呼吸也平静下去了。时常,我仿佛是,我从山上离开了,鸟似的飞去——远远的——远远的!"

阿伦加的声音因为感动有些发抖;静的眼泪,含在大的明亮的眼中,嘴唇也颤动。伊像一个白衣的道姑。

小贩听着,他嘴唇微微拖下,肥而且红的颈子上的头又复公牛似的侧向一边了。

"哼，"他说，"这是，何消说得，理想……实地生活却是……漂亮的姑娘便是没有庵堂也能寻到伊的快活！"

他嘻嘻的笑，又向着阿伦加挑逗的弄眼。伊没有觉得，只是直视着苍空，仿佛伊真看见广远的田野和蔚蓝的天，阔大的河流和白的庵壁。

玛克希摩跋端了撒摩跋尔进来了。小贩呢，完全酥化了而且出汗，宛然是搽了油。

"我爱这个，如果姑娘们有着好看的身段，你一般的，阿尔迦·伊凡诺夫娜……女人怎么有一个完：仿佛是，一切你都可以用指头捏住，还有下边呢，你恕我放肆，是这么圆……"

末后的话在他是突然脱口的，他本来要说些别的话，因此红涨了脸，呼吸也顿挫了。他又不知不觉的伸出手来，但看见玛克希摩跋走进，便又缩了回去。于是他作态的揩那额上的油汗。

他和玛克希摩跋喝烧酒，吃沙定鱼并且说俏皮话，说那所有闺女们都梦想着庵院的事。

"但是伊结了婚，那男人才老了或者不中用了，伊便替他，如此说，就掘坟。"

"自然！"老女人不自然的奉承的回答。"在你呢，华希理·斯台派诺微支，人却不能这么说呵……你还能使每人都流汗呢。"

小贩大笑起来，此后便用了显明的秽亵的眼光对着阿伦加看。

"对了！这我能，用不着夸口承认的！我的老婆是不用抱怨的。我的先妻，许多回还发恼！你这公牛，你这不会饱足的你，伊常常说！"

他还只是笑而且牢牢的瞟着阿伦加。

在他的视线底下，那姑娘的苍白的脸只是低下而又低下，而这畜生的满足的得胜的笑则是怕人。

当小贩走出，以及有些兴会的玛克希摩跋送他出去的时候，阿伦加忽然呜咽起来了。伊哭的很长久。伊的金发的头放在膝上，伊的软的肩膀发了抖,垂下的鬈发像绒毛一般动摇。到处还都是沙定鱼,湿皮肤和汗的气味。空气是沉垫垫的,这女子的模样愈显得非常之幺小与脆弱了。

九

亚拉藉夫回家来了。当阿伦加进到他房里的时候,他正坐在桌旁写。全房都散满了淡巴菰的烟。

伊怯怯的一无声息的进来,同平常一样。同平常一样,轻轻的一拉亚拉藉夫的大的柔和的手,也就坐在桌旁,伊的脸落在暗中,只有一双苍白的手被灯火分明的照着。

"这个,你做什么来呢,阿尔迦·伊凡诺夫那?"亚拉藉夫在眼光和声音里都带了谨慎的友情说。

阿伦加沉默着。

"你读了我的书没有呢?"亚拉藉夫又问。"中你的意么?"

"是的。"这句话毫不响亮的出了阿伦加的口唇,于是又沉默,伊的两手无力的安在膝上。

"哪,这好哩!"亚拉藉夫说。"我这里又替你办好了出色的东西了。那人物正像你,又可爱又文静,进了庵,全像你企慕着的。"

阿伦加两肩一耸,似乎伊受了寒。

"我不到庵里去了,"伊才能听取的说;伊的嘴唇很颤动,连亚拉藉夫也警觉了。

"哪,谢上帝,"亚拉藉夫诙谐的说,而且看定这姑娘的脸。"这又为什么呢?"

阿伦加看着地面:"我要嫁了……"伊几乎不能听到的回答。

"嫁?意外的事!——谁呢?"亚拉藉夫大声的反问。他脸上显出痉挛来。

"华希理·斯台派诺微支……那在我们房子里开店的……"

"这人?"亚拉藉夫更其诧异的问,同情和违愿的恼相都露在脸上了。但他又立刻回复过来,竭力的恳切的说:

"哪,什么——这也好的……愿你幸福……"

阿伦加沉默着。伊微微的动着指头,只向地上看。伊沉思着些事,亚拉藉夫却悲痛的看伊,而且在思想中,架起那动物一样的小贩来,对比这柔弱的优美的女性。一个压迫的感觉——同情,违意,嫉妒——再不能离开他的灵魂了。

阿伦加无意识的动弹了。伊显然要说什么,然而没有竟说。伊的嘴唇发了抖,伊的胸口非常费力的呼吸,死人似的青白色一刻一刻的加到伊的俯着的脸上来了。一种异样的激昂袭了亚拉藉夫。他觉得有一个一刹那将要到来,这刹那,在他自己还没有分明,已将他的灵魂因为恐怖与喜欢与傲岸而摇动了。

"你要说什么呢?"他用了颤抖的声音问。

阿伦加沉默着,然而很不安,似乎想要突往什么地方,却又不敢往那里去。一瞬间伊抬起头来,亚拉藉夫正遇到伊的大的,有所质问的祈求的眼光。他们眼对眼的看了一分时;在那姑娘的眼中横着显明的恐怖。

但亚拉藉夫寻不出一句言词,没有主张,自己也怀疑而且畏惧。

阿伦加的嘴唇抖得更甚了。在伊的苦痛中伊想要扭捻伊纤柔的两手,然而没有做,只是忽然的立了起来。

"那里去呢? 你坐着罢!"亚拉藉夫苍皇的说,但也不由的站起了。

阿伦加对他站着,仍然还没有话;单是垂着的两手的十指,微微的才能觉察的抖着罢了。

"你坐下……"亚拉藉夫重复说,他一面又觉得他没有适当的话,终于惶惑起来。

"不……我要去了……"

"再见……"

亚拉藉夫无法的摊开手。

"你今天多少古怪呵!"他激动的说。

阿伦加还等候。伊略略动弹。有一个可怖的战斗,震撼拘挛了伊的极弱的全身。伊再抬起非常之大的凝视的眼一看亚拉藉夫,便突然回转身,向门口走去。

"你不带这书去么?"亚拉藉夫机械的问。

阿伦加站住。"不用了——从此。"伊从嘴唇间泄露出来,很勉强的说,也便开了门。

但在门口伊又站住一回,许多时只是想,低了头。伊多半是哭了。至少也已经亚拉藉夫看见,伊的肩膀抖着了。但他的头空虚了,他并没有说话。

阿伦加出去了。

亚拉藉夫已经明白,这是永久的去,伊本也能永久的停留的。他在惊惧的激昂里又感了难以名状的心的迫压,直立在房子的中央。他看出,这女儿是抱了垂死的悲痛,所以来求救于他而且也有些明白了,伊从他等候着怎样的言语。

门上起了短短的敲声。

"进来!"亚拉藉夫欢喜的大声说,他相信,阿伦加又来了。

房门一开,走进了绥惠略夫。

亚拉藉夫没有就知道却是他。

"我可以和你说话么?"绥惠略夫冷冷的问,几乎是官样。

"呵,是你!……请请!……"亚拉藉夫殷勤的回答。——"你请坐!"

"我这来只是一分时。几句话……"绥惠略夫说,他便到桌边,在阿伦加先前坐过的位置上,就了坐。

"你要纸烟么?"

"我不吸。请你说,你替教员将钱付给玛克希摩跋了么?"绥惠略夫急速的问,似乎这问题算是一件重大的事情。

亚拉籍夫惶惑起来,红了脸。

"确的…… 就 只 是 暂 时 的 …… 待 到 他 们 怎 样 好 一 点 了 为止……"

绥惠略夫用了检查的眼光看定亚拉籍夫。

"你想救一切的苦人和饿人么——一切的?"他问。

"不的,"亚拉籍夫错愕的答,"我没有想到这事……我单是给,因为这机遇……"

"是,对的……但是谁将什么给那些人们呢,那近旁并没有人,像你一流的。那样的很多哩!"绥惠略夫沉痛的说。

"这个,这事是用不着思索的,"亚拉籍夫耸一耸肩,"人应该救助,倘使能够,这就够了……也就谢上帝了!"

"好。你可知道,为什么那姑娘到你这里来的?"绥惠略夫锋利的说去,仿佛他要取得口供,却并不听什么答话。他正对面的盯住了亚拉籍夫的脸,用了洞察的明亮的眼睛。

亚拉籍夫又红了脸。他渐渐气忿起来了。奇特的声调与奇特的质问呵!

"我不知道,"他游移的说。

"伊来到你这里,因为伊爱你……因为伊有着纯洁的澄澈的灵魂,这就是你将伊唤醒转来的……现在,伊要堕落了,伊到你这里,为的是要寻求正当的东西,就是你教给伊爱的。你能够说给伊什么呢?……没有……你,这梦想家,理想家,你要明白,你将怎样的非人间的苦恼种在伊这里了。你竟不怕,伊在婚姻的喜悦的床上,在这凶暴淫纵的肉块下面,会当诅咒那向伊絮说些幸福生活的黄金似的好梦的你们哪。你看——这是可怕的!"

绥惠略夫最后的话,是用了非常异样的凄厉的神情大声说,用了这样不可解的力量,至于亚拉籍夫觉得脊梁上起了寒栗了。

"可怕的是,使死骸站立起来,给他能看见自己的腐烂……可怕的是,在人的灵魂中造出些纯洁的宝贵的东西,却只用了这个来细腻他的苦恼,锐敏他的忧愁……"绥惠略夫接续说。看去似乎是凉血的,但还带着无穷的苦痛的迹象。

"你误会了……"亚拉藉夫错乱的,还只对于"因为伊爱你"这一句话,喃喃的答。

"不的,我知道……我整天在我的暗屋子里坐……人在那里一切都听到……是这样的。"

亚拉藉夫默然,下颏压着胸口。

绥惠略夫站起身来。

"你们无休无息的梦想着人类将来的幸福……你们可曾知道,你们可曾当真明白,你们走到这将来,是应该经过多少鲜血的洪流呢……你们诓骗那些人们……你们教他们梦想些什么,是他们永永不会身历的东西……只使他们活着,给猪子做了食料……这猪,是在这里得意到呻吟而且喉鸣,就因为他的牺牲有这样嫩,这样美,感了这样难堪的苦恼!……你们可曾知道,多少不幸的人们,就是你们所诓骗的,没有死也没有杀人,却只向着上帝哀啼,等候些什么,因为在他们再没有别的审判者,也没有正理了……"

绥惠略夫的声音只增出难当的力量来。亚拉藉夫直跳起来了,自己并没有觉得。长着冷峭眼睛的古怪的淡黄色的脸相,仿佛一座大山似的压住了他。

"你们还不明白么,即使你们所有将来的梦,一切都自当真出现了,但与所有这些优美的姑娘们,以及受饿的'被侮辱的和被损害的'人们的泪海称量起来,还是不能平衡的……对于在刺刀以及你们的高超的人道说教的保护之下,凡在地上的曾是善,正是善,会是善的,全都打倒的事,他们那气厥的憎恶的记忆还是消不去的!……你们这里,他们寻不出审判者和复仇的人!"

"你说的是什么意思呢,"亚拉藉夫吃吃的说。

绥惠略夫没有便答。

"你来,"他说,并且走出房去。

亚拉藉夫受了催眠术似的跟着他。

全家都睡觉了。廊下是昏暗而且寂静,在浑浊的病的空气里,呼吸也觉得艰难。绥惠略夫开了自己的房门,招呼亚拉藉夫,进到里面。

"你听!"绥惠略夫轻轻的,却非常强迫的说。

亚拉藉夫侧着耳朵听,最初是除了他自己的心脏的鼓动以外,一无所闻。在昏暗中辨不出事物。只有模胡的绥惠略夫这两眼在暗地里闪闪的生光。

但亚拉藉夫忽然听出一种异样的微细的声音了。有谁哭着。一种幽静的,捺住的,绝望的悲啼,利刃一般的贯通了寂静。这中间含着许多难堪的痛苦。是说不出的苦恼,无希望的企念,气厥的投地的哀鸣。

"阿伦加在这里哭!"亚拉藉夫明白了,但现在他又分辨得,并非一个声音了,却是两个,那在这里哭着的……黑暗覆压着,在他耳朵里响的好像是沉痛的钟声,而且仿佛不止两个了,却是三个……十二个,一千个声音,周围的全黑暗似乎一同啼哭起来了,他错愕的问道:

"这是什么?"

然而绥惠略夫没有答,他突然粗莽的抓住了亚拉藉夫的手。

"你出来……"他急速的说,向过道走去。

在黑暗和不可捉摸的哭声之后,进到点灯的屋子里,觉得很是明亮简洁了,绥惠略夫才放下亚拉藉夫的手来,锋利的看定他眼睛,问说:

"你听到了么? ……我是不能听了! 你们将那黄金时代,豫约给他们的后人,但你们却别有什么给这些人们呢? ……你们……将来的人间界的豫言者,……当得诅咒哩!"

"你容我说……你呢? 你又给什么呢,这样问人的你?"亚拉藉夫愤愤的捏了硕大的农夫手,叫喊说。

"我?"绥惠略夫的声音里大半带着揶揄了。

"正是,你……给我这问题的你——这古怪的……你有怎样的权利,用这样声调说话呢?"

"我——不给。我大概只是教他们将忘却的事,记忆起来……是的,而且这——还不够哩!"

"这是什么事!你说什么?"亚拉藉夫带着突发的不安,追问说。

绥惠略夫注视着亚拉藉夫。他就不意的微笑起来,似乎他对于这追问的稚气觉得惊奇,于是慢慢的走向门口。

"那里去?你停一会!"亚拉藉夫叫喊说。

绥惠略夫回过脸来,和气的点一点头,便出去了。

"但是……你……你简直是发狂了!"亚拉藉夫在迷惘的愤懑中,大声说。

他相信听到,绥惠略夫失了笑。然而房门合上键了。

暂时之间,亚拉藉夫惘惘的立在自己的屋子里。他头痛了,颞颥跳动起来,心脏乱撞得像一个病人,不整而且频数。他机械的放开眼光去,遍看他房中,他的堆满了书籍和纸张的桌子,挂在壁上的画图,突然间一种病的说不出的嫌恶的发作,从他头顶上一直震荡到脚跟来。各思想,各工作,便是将来的日子,他也绝顶的憎厌了。一个愿望捉住了他,愿有一双巨掌抓住这全世界,高高的一摇荡,一切屋,人,思想,事业,都尘埃似的散在空中。

"大约这真算最好哩!"

他走到卧床,将脸靠在枕上,毫不动弹的躺着。

在黑暗中,他的合着的眼的周围,现出一个分明的脸,长着一双大的,有所寻问,又有所哭泣的眼睛,漂过他面前了。于是又有谁来到近旁,漆黑的,怪异的,发着动物的笑声,而且消去了光明喜悦的人生的梦想。

十

这是夜间了,全家都睡着。没有声响从外面进来,一切都是死一般静而且凝成黯淡的靖定。只有无形的黑暗默默的遍历各房,视察睡人的脸。绥惠略夫的房里,那开着的窗户在朦胧青色中,微微发亮。

绥惠略夫忽而寒噤起来,睁开眼。

有人傍他站着。他抬起头来。

就当他前面,在床的后头,站着,两只手掩了脸,一个女性的形象。有些非常的秘密横在伊优美的隐约的轮廓里。还在从这半已遗忘的形状叫回记忆之前,绥惠略夫已经认识了伊,由一种奇异的内部的感触,这感触便贯透他的脑髓而且抽缩了他的心脏:这是那女人,是他曾经爱过而已经去了的,去的地方,如他所想,又是再不归来的所在了。

"理莎(Lisa)!"绥惠略夫即刻叫唤说,极惊奇又极恐怖,那时他仿佛觉得,心要拉到胸腔之外去了。

这形象先前一般站着,用手掩了脸;伊只是隐约的在烟雾里,那烟雾是在他眼前的波浪里浮沉。

"理莎!你那里来的? ……你怎么了? ……"绥惠略夫还是绝望的叫。

他觉得他的叫唤响彻了全家。但绥惠略夫忽而悟出了这事:伊来,是因为伊豫象知了一切,而且用了超人间的爱——比死更强的爱——要在他一生中的这末一夜,为他哭泣的。

"理莎,不要哭!"绥惠略夫央求说,他虽然也感得,这言语并无功效,伊不答话也不能答话,因为伊在实际并不生存:"看哪,我愿意这样了,这是我一生的梦想,从你死了的这一日以来的……为这压住我的憎恶,那是唯一的出路呵! ……这不是计算,也不是理论,这是我自己……你知道罢!"

他向伊痉挛的伸出手去,只是抓着空中。

伊往后退,两手没有离开伊悲凉的垂着的脸来。而且在不意中,伊向一旁溜去了,伊绝无声息像一个阴影似的移过他头的前边,消失在由他看去正是黑暗的屋角里。然而他还有少许时光,可以辨认那深黑的粗衣,这衣,便是他末次见伊的时候穿着的,纤细的手指和头发,也还是先前一样的可爱的髻式。

绥惠略夫赤着脚,慌忙跳到冰冷的地上。

没有人,也不会有人。窗间的青色微微发亮,在那蛛网一般颤动的微光中,屋子的冷壁冷冷的看着。他走近窗去。他的对面立着又高又广的墙垣。这上面是苍白色的夜的天空,像乌黑的有力的臂膊似的,向他伸着几支铁的烟突。

——"一个幻觉!"绥惠略夫想;他又觉得,他的心跳得怎样的沉重;有很大的一团塞上喉咙来。

他走向房门,去摸,似乎他对于他的悟性,都不相信了。

——"我病了……我也许还要发狂……人对这应该奋斗。我要发狂了! 我的全部思想岂只是有病的脑的产物么!"

忽然之间,冷冷的不出声的笑着,他用了稳实的脚步走到床边,并且躺下。在他自己,仿佛是全没有合上眼睛,仍如先前一般,看着微微透亮的窗户,冷的白墙壁和黑暗的房门。但其时有谁用了没有响的单调的声音对他说:

"你的憎恶,你的狂乱的计画,也仍不外乎你所骂詈的这广大的,牺牲一切的爱……"

"这并不是真的!"绥惠略夫用了非常的努力反对转去,像有一个过度的重负压在胸上似的。"这不是爱……我不要爱! ……"

那谁却只是固执的单调的接续说,用了仿佛从绥惠略夫头盖里发出的声音:

"是的,这是真的……你是尽了你天职的全力爱着人类,你不能忍受那恶,不正,苦痛的大众,于是你的明亮的感情,对于最后的胜利,对于你所供献的各个可怕的牺牲的真理,都有确信的感情,昏暗而且生病了⋯⋯你憎,就因为你心里有太多的爱!而且你的憎恶,便只是你的最高的牺牲!⋯⋯因为再没有更高的爱,可以比得有一个人将他自己的灵魂⋯⋯并非生命,却将灵魂给他的切近的人了!⋯⋯你记得这个么?你记得么?"

这声音活泼起来了,但已经不像最初,从他头盖里面发出,却在近旁什么地方了。又生疏又活泼,而且真有谁和他说。绥惠略夫骤然辨认出来,在他卧榻的后头,昏暗中间仅能识别的,坐着一个人。隐约的显得一个瘦削的侧脸,弯曲的背,又长又细的颈子。

绥惠略夫睁大了眼睛,一躬身起来坐着。

"谁在这里?"

那模胡的形象没有动⋯⋯在一瞬间,绥惠略夫觉得——这使他异常的高兴的轻松——他只是瞥见了一个偶然的阴影,并不在床沿上,却分明更远,紧靠在门旁罢了。黑暗迷人;近的显得远而远的却近。便是房子也放大了又复缩小,并且用他的冰冷的窗户迫压他,仿佛一座高山。黑暗也默默的,似乎为要侧耳来听,弯了腰盘据着。

绥惠略夫想要起来点灯,但在他动作之前他先觉得被一个沉重的身躯压住了他的盖被,而且实在有谁坐在他卧榻的后头。怕要发狂这一个细致的,闪过的思想,穿透了他的脑里了。

"但谁在这里?⋯⋯什么事?"他费力的说。

那人默着。

"谁放你进来的?"他又轻轻的叫唤。

那人缓缓回过头来,在微弱的昏黄中,绥惠略夫看见黑瘦的脸,带着两个黑窟窿,在那在黑暗里辨不分明的眼睛的地方。

"谁么?"应出一个诧异而近于嘲笑的声音。"你自己!"

"你怎么说诳?"绥惠略夫叫喊说,其时他觉得发狂的恐怖只是从下方涌上头来。"我不准人进来!"

"可是你自己……"夜的来客回答说。

绥惠略夫沉默着,用了他闪闪的眼光迷惘的注在这奇怪的影子上。

"你究竟为什么这样诧异呢?"来客加添说,现在是用了显然的嘲笑了。

"呵……这又只是一个幻觉……我真应该振刷才是!"绥惠略夫忽然想到,微笑起来。

但是这恐怖忽而被那愤激,几乎是憎恶,所驱逐了。这形象,对他冷静的坐着的,似乎在实际上,并非专出于他生病的脑,他不快到了绝端。绥惠略夫在天然的反感的坌涌中,咬住了牙关,并且说:

"好,随便罢。根本只是——呆气!你要怎样?"

他相信,幽灵不来答应了;他便快意的等着,然而幽灵却用了全无音响的,但又非常清楚的语调说出话来:

"没有别的。我们只将会话再讲下去……你应该将你的思想说个分明。"

"你停止罢。我没有什么应该,而且什么时候都可以去掉你,"绥惠略夫傲岸的说,其时他又万分惊慌,觉到他正与幽灵周旋,仿佛他对于幽魂的存在要相信了。不知什么的一种权力支使着他,使他反背了他的意志做出言语。

"你究竟是谁?"绥惠略夫侮慢的问,他觉得,他的揶揄反中了他自己了。

"你当真不认识我么?"

"哦是了!"绥惠略夫突然记忆上来,这细脖子和黑脸是属于谁的了。"你就是铁匠,我在茶店里和他说话的……"

"你停止,在梦里还装假罢,"客人懊恼的说,"我并非铁匠,正如你并非绥惠略夫,你吩咐我通名么,我的大学生多凯略夫(Tokarjov)先生?……"

"不必……已经知道………我记得了……"绥惠略夫勉力的答。

他并没有识得名姓和形容，但当他忽然知道那在黑暗中到他这里来的，并不是一个人，简直是一面镜子和自己的形象在里面，他便安静起来了。

这时恐怖完全消灭了，他只觉得异常的疲劳，以及想要摆脱那重负的一个制不住的愿望。

"我要和你说一回最后的话……大概总也是全然无用的……你想罢！……你要知道你的策略的可怕……你是回到非常的错误上去了，憎恶却是引导'爱'的事实呵……你，多凯略夫！"

绥惠略夫兜上了嘴唇微微的笑。

"你还只是说这事！我不想到爱，……我不要听这个……我只有憎！为什么，我应该爱你们人类呢？因为他们猪一般的互相吞噬，或者因为他们有这样不幸，怯弱，昏迷，自己千千万万的听人赶到桌子底下去，给那凶残的棍徒们来嚼吃他们的肉么？我不愿意爱他们，我憎恶他们，他们压制我一生之久，凡是我所爱，凡是我所信的，都夺了我的去了……我报仇……你都明白了罢！……我对于你们不幸者，倘他们还没有非常惨苦或者还没有自己殒灭的时候，在别一方面也正如幸福者一般的糟蹋生活的，一样的报仇……我不能活下去，但我死也记忆着，他们入了迷，只要对于解放那先入之见很有胆略和理解的，他们便奉作第一等的权威……我要指示你们，有一种权力，比爱更要强——就是拼命的，不解的，究竟的憎……已经够了……"

"但是你要想——一个人做什么呢？"客人驳诘的问。

绥惠略夫奇怪的短的一笑。

"第一，凡是我一个人所不能做的我便简直不做。还有第二，你相信，将来就只是我一个么？……我们便等候……等候！"

绥惠略夫用了确信的坚定的声调，将这末后的话连说几回。他的眼睛非常专注的锋利的在黑暗里看，似乎他看见正如他一般的人们的一列，已经决绝了人间，在他的足迹上不屈不挠的前进。

"上帝呵！在这五年中你的思想走了怎样的弯曲呵，自从你还是青年充满着勇气和确信，进到工厂以来，那时是对于最后的胜利满抱着热烈的自信的……你失了这勇气了，乏力了！"

"我们不说这些罢，"绥惠略夫不高兴的说。"你还不如告诉我……我那时并不是一个人——我们是许多人……他们都那里去了？"

"他们都为了共同事业跑到死里去了！"客人肃然的回答说。

"连理莎？"绥惠略夫缓声的问。

"是的……连伊。"

"但你知道——我刚才正见到伊了……伊哭……然而这只是一个狂乱的幻觉，没有关系的。你可知道，将一生中最宝贵的去做牺牲，是什么意义呢……一个天工，这样的娇嫩和脆弱，使我常常担心，怕看见伊受着一点极小的粗暴的——却委弃在死里，污秽的绞索里，绞架里，绞刑吏的嘲弄里……你知道这意义么？……不知道！那我……我知道了！"

绥惠略夫声音里带着呜咽，说出这话来。

"你不要这样愤激，爱的，"客人很关心的说。"这委实可怕呵……但怎么办呢！……没有牺牲做不成事……而且牺牲愈大，那意义也便愈纯洁愈神圣了……"

"哦？"绥惠略夫异样的问。

"你相信罢！……牺牲，牺牲！……将'百牛'①献给人类，而且我们的全历史也只是不断的屠戮罢了……但进步是不虚的。从那边，从光明的将来里，已经向我们伸出感谢和祝福的手来，这手便是幸福的和自由的人间界的，是我们的孩子我们的事业的！我的上帝呵！我们这短促可怜的生涯，对于建筑在我们死骸上的这伟大的将来，能算什么呢……"

---

① Hekatombe，古希腊祭神所用的大牺牲。

"呸,多么讨厌! 你岂不怕,你的庄严的将来太有尸气么?"绥惠略夫问,又冲出短短的笑来。

——我和自己争! 坏够了! 他想。

"你岂不知道,"客人往下说,仿佛他没有听到抗议似的。"我们为要突进向前,怎样的在一步一步的挖通那'恶'的多年的大势呢……而你真还能疑惑这真理的凯旋么? 你记起来了罢,对于恶的战斗是不能用恶的……"

绥惠略夫沉默而且听着。他仿佛觉得,正在一所大教堂中,站在许多群众的最后排列里,远远地听到一个说教的依稣忒教徒的严肃甘美的声音。

"是了,还有我们自己呢? ……我们,将凡是我们所有的最宝贵的东西——生命和幸福——全都舍了的;我们又怎样呢?"他低声的问。

"我们就当作肥料,肥沃那地土的……这地土,从这里便迸出新生活的萌芽来!"

"然而又有谁来,将这些喝我们的血,乐我们的痛苦,乐着在我们……照你说,便是在肥料上,跳舞的这些,加以报复呢? ……"绥惠略夫尤其低声的问,用了非常异样的声调。

"这和我们什么相干呢……历史,或者如果你愿意,便是上帝会来处治他们的!"

绥惠略夫大怒着捏住他的喉头。

"哈,这就完了么? ……这就完了么? ……"

于是他忽而锐利的狞野的叫喊起来:

"你诳! 你是教士……黑教士……依稣忒教士! 你来,就为要欺骗我! 我扼死你!"

他叫喊,他自己的身体因为愤怒和嫌恶发着抖,摇动这人的喉咙。他将客人向墙壁只一推,至于那头在壁灰上撞出一种钝声,而且挤紧了又长又细的颈子。于是他觉得,似乎亮起一道光,似乎有谁刺了他的心,他便醒了。

他的心在胸膛里撞击,仿佛要跳裂了。眼前旋转着红的和金色的圈,他全身都流满了热的粘汗。他仰面躺着,盖被一直裹到颈边,并且看着他空屋里苍白色的晨光,载着暗黑的一堆衣服的椅子和现在已经向明的窗门,但不如意的固执的重担这一种感觉还只是留在他脚上。

绥惠略夫努了力,坐起身。

在他脚上放着他的外套,是从床栏上滑下来的。

"没有别的!"他冷冷的微笑,又想躺下了,但突然停住而且直坐起来。

<h1 style="text-align:center">十 一</h1>

在下面的什么地方,住宅里面,他听得小心的步声。他高仰了头,轻轻的迅速的坐起。有谁走上楼梯来,愈来愈近了,用那沉重的靴子极谨慎的踏着石级。

绥惠略夫坐在床上屏息的听。

有谁站在大门外边,似乎也正在屏息的听。静了许多时;绥惠略夫终于相信,以为只是他颞颥部的血脉的跳动了。一切都平静,但有黑暗在他眼前轻轻地彷徨。

"只是自己疑心罢了,"绥惠略夫放了心将头靠在枕上的时候,他想。

然而这一刹那间他睁大了眼睛,仿佛被谁摔出了卧榻似的,忽而赤着脚站在冰冷的地面上,在房子的中央。从钝滞的寂静里,透出一个小心的,仅能听到的声音:是铁的发响,便又沉默了。有人极谨慎的想弄开住宅的门。绥惠略夫像影子一般动作,整理起东西来。他恰在穿靴的时候,他又听到一种新的响声。他凝了神,几件衣服提在手里,更加屏息的听去;于是他便更加迅速的穿了衣裳。

此刻又添上几个人,用心的蹭着,走上楼梯来了。

"这是他们!"

绥惠略夫游移的立了片时,便急速的穿起外套,戴上帽子,开了房门向廊下望去。

一个闪电似的想象通过他脑里了;他记得,他昨日走到厨房里喝水的时候,曾在窗间很近的看见邻家的火墙;那窗门也没有两层的格子。用了迅捷的举动,阒静的像一匹猫,绕过了行李和帐幔,他向着廊下,在重浊的空气里直溜过去。到转角处,那两个老人睡着的所在,他又站住了一瞬时。帐后的低微的鼾声忽然停止了。绥惠略夫挺然的立着,而且屏息的听;于是又轻轻走去,开了厨房的门立定了。厨房里已经很明。有些不分明的什么器具在灶上发光,一个冷定了的撒摩跋尔立在桌子上像是瞌睡。一匹猫从灶面跳到地上,竖起尾巴向绥惠略夫念着呼卢,跑走了。满是冷熄了的煤烟和酸菜汤气息。绥惠略夫走近窗前,向外面凝神的看出去。

从昏浊的尘封的玻璃里,仅能看见一点东西:只有一道云闪的通明以及一座挺直的灰色的墙垣一直通到深处。

他周围一看,便轻轻的想要除下窗上的横闩来。窗门微微作响,开开了,一道寒冷新鲜的空气注在他的脸上。他探出身子去向底下看。

一直下面,雪白的闪着石路;这显出这印象,似乎在地面有一个险恶的深渊。冷与死的嘘息,从那里直冲到他这里来。在火墙的灰色线的上边,展开着单调的早晨的天空;他的无限的空虚,吐纳着自由与寒冷。

绥惠略夫回头向着家中留神的听。

这瞬间骚然的响出铃声来,仿佛活的一般而且促着警醒,于是全世界的寂静和睡眠似乎都因此动摇了。

绥惠略夫小心的敏捷的攀上窗门的铁叶,向下边闪闪的石路这可怕的深渊里只一瞥,便直跳下去——这一刹时他觉着一种感觉,是自己的身体在空气里,在深渊上的可怕的落下,悬空,脆弱,沉重……于是那冷的石造的火墙便很重的撞着了他的胸脯。

在非常的紧张里;痉挛弯曲了的手指紧紧的抓住了弓形的铁叶,那铁是盖在墙上的,因为重量,便戛戛的响而且弯折下来了。两脚痉挛的滑在墙上,膝盖支拄着仍然止不住的向下划。绥惠略夫觉得他的身体意外的沉重了。他蟠屈起来,像一匹坠下的猫,当他使出最后的死力,两只手紧捏住弯折的边缘。松了,便又紧紧捏住,将一只肘膊支在铁叶上面的时候,他已经闭了眼睛。他于是又抽搐的蟠屈着,两脚抓着墙壁,将那肘膊支起自己来,便又用另一只手扳到那边,用前胸移上了屋顶。

不少时光,他一半失神的躺在又冷又湿的铁叶上,只在他跳跃的心头觉得剧痛;一个可怕的落下的感觉,也仍然留在他肢节的中间。

从院子里起上一种喧哗来;这便催起了他。有谁说话,在什么地方远远的,在那深处。

绥惠略夫匍匐着,在斜面上缓缓的滑到屋顶窗的左近。

那地方,是斜面屋顶的那一面,他从这上头看见一所陌生的巨宅,关闭的窗户的排列,枯树的顶,以及平坦的绿的草场。一个黑的小人儿,看去好似一个滑稽的扁平的小虫,从头部已经生出脚来的一般,在这家里的白的石路上走。他的一迭连的脚步,响得可笑的分明。

绥惠略夫溜过了屋脊,再向周围一看,便消失在阔大的尘封的屋顶门的黑暗里了。

天空冷冷的向下看。屋顶和烟突的大海远展开去,在这后面,地平线的极边,远海显出青蓝,当早晨的阳光中,已经徐徐的转成青白了。

十二

　　亚拉藉夫被尖利的铃声,那宛然就在他房里发响的似的,惊觉了。他照例的先取纸烟,但这瞬间又有什么压住了他的心,他去摸火柴的时候,便仰着头屏息的听。玛克希摩跋在伊房里动弹了。人听得,伊怎样呵欠,裙子的响声,又撞在什么东西上,于是赤着脚,沿着廊蹭去了,

　　"谁在那里呢?"亚拉藉夫听到伊的渴睡的不高兴的声音。

　　"电报么?① 给谁的电报?"玛克希摩跋问。

　　大约伊得了答话的,然而很低,至于辨别不得。

　　亚拉藉夫急忙仰上而且坐起身。

　　"那里!"这像电光一般的穿过他的脑中,各种想象和观念合成的一个旋涡便在他头里面旋转。那小包裹和纸片,老鹰脸的小男人留在他这里的,忽然现在他眼前而且长成一个怖人的巨物了。他几乎想要叫喊,教人不必去开门;他跳起,便奔到廊下——但已经确切的分明,听得抽开门闩的铁的声响,以及沉重的,穿着铁钉底的长靴的,许多人们的脚的悄悄的踏步了。

　　这回似乎全世界都已觉醒过来,并且闪出了可怖的夺目的颜色,叫唤和呼哨的声音。

　　只穿了小衫,又长,又瘦,长着硕大的手脚,亚拉藉夫痉挛的在屋子里盘旋起来了。屋子里忽而一切都明亮。片时之前,他相信,还是全藏在昏暗里的;然而现在照着破晓的青白微光了,一切都分明识得:桌子载着未完的著作,上面是纸烟,靴子在床底下,图像在墙上。一切都这样简单,稔熟,这样平常而且可爱。

---

　　① 电报! 是俄国警察要执行家宅搜索,在夜间叩门,对于房主人询问时候的一句常用的回答。

"但你们要到谁这里去呢?"惴惴的问着玛克希摩跋的发抖的声音。

他们回答什么,没有听到,单是那老女人发出一声短的叫喊,将手只一拍。沉重的脚步声的电子便立刻在廊下腾沸起来。

亚拉藉夫闯向门口,自己也没有计算是什么缘故,只是轻轻的锁了门。

于是他跳到桌旁,拿起包裹,在他似乎是十万磅重的石头,他暂时捏在手中,便又拿着这奔到窗下。

"——炸掉——都一样……"他想,站在开着的半窗面前,从这里进来柔软的新鲜的朝风,迎面的吹着。"——都一样——后来可以否认的……"

他的错乱的思想如同发热一般的回旋,他将包裹擎出了眺望窗,炸弹便暂时挂在这院子的四层楼的深渊上。亚拉藉夫几乎已经要放手了,在突然又有一个别的思想闪出他脑里的时候;这思想是非常恐惧而且无法,亚拉藉夫竟至于像负伤的野兽似的呻吟起来了。

"我怎么办呢……这纸片……姓名住址? 他们一定会在院子里检齐的! ……烧么? ……没有工夫了……"

"那就这样的……为要救出别人,毁了自己么? ……但是,我已经对他们说过! 我恳求过他们,他们应该给我安稳才对……现在他们还有什么权利,可以仰仗我呢! ……"

全家都醒了,什么地方有孩子啼哭了,有谁吃了惊;有的叹着气。在邻室里,那绥惠略夫所住的,有大声的说话,家具的翻倒,骂人。

"的确逃走了;还有什么……许是逃到邻室去了罢,大人……这里是一个大学生……鬼捉的——将枪拿在旁边罢,撒但,我们不要伤人!"冰冷的,愤怒的声音拥到亚拉藉夫这里来了。

忽然有人叩他的门。是一种很稳当而且规矩的叩法,以致亚拉藉夫隔了关着的门也似乎看见这叩门的人来;是一个和气的懂事的警官,带着圆滑的派头和无所假借的洞察的眼。

他于是一跳,竭力的使没有响。离开了窗门,将炸弹搁在桌上,重行拿起,险要掷下去了,却又塞在褥子的底下。他又更向下面推,于是便站着,无力的挂下了长的强壮的臂膊。在房门上又敲着了。

"劳你驾,你只要开一下就是了!"叫着一个没有听到过的声音,柔媚的但又非常凶险的响。

亚拉藉夫没有答。对于这类人们的,和母乳一同吸进去的旧日的憎恶,以及全生涯中发达起来的憎恶,汩没了他了。他自己也说不出决心的缘由来,便向那漆黑的炉门,跪了下去,这里面向他吹出一阵冷灰的气息。他非常迅速的拉断了捆着包裹的绳索,将纸片便撕。铁门的火炉戛戛有声,纸片声也似乎传遍全家了。

"你开罢,否则我们要砸门了!"一个冷酷的气忿的声音叫唤说。

现在确乎已经有许多人站在门前;而且忽然用全力的敲打起来了。

"他们走了先着哩!"这思想透过了亚拉藉夫的脑中。于是他宛然看见了一切的,凡那运命和性命,都系在他可能将纸片消灭与否的人们;还是献出他们呢或者竟牺牲了自己呢。全部的大事业,这里面包含着几百个少壮纯洁的灵魂的,光明的奋不顾身的大事业,忽地现在他眼前,他在灵魂里,仿佛看见十多个熟识的面貌,正对他满抱了希望。他自己觉得渺小而轻微了。

"现在,怎么好呢?"从他灵魂的深处,涌上一种温暖的声音来,充满着热泪和激动。"即使这样……宁可我……"

人们拥挤在门外,简直不像是人,却是一群野兽了。

"总得开! 这是什么! 你遵照,"那声音威吓说。

亚拉藉夫突然发出狞猛的冷酷的愤怒来。他有这心愿,对他们要咆哮,歌唱,呼哨,要送给他们以秽恶的暴戾的骂声。

他自己也不知道,怎么的有一柄沉重的手枪在他手里了。大约他从桌上取那纸片的时候,他也就抓起这东西来。

"你遵照!……呸!什么,砸门罢!推!"

"鬼捉你们,我用过你们的娘![1]"亚拉藉夫转脸向了房门,发狂似的咆哮说;一面将那纸张,虽然也只是出于本能的,却还在不住的撕成碎片。

房门忽然发了声,一条黑的阔大的裂缝裂开在白的门板上了。木屑坠落下来,钥匙铿锵的落在地上。许多声音怒吼起来了,一个黑影,他前面先闪着一个枪柄的,从裂缝里径挤进来。

亚拉藉夫开枪。

黄的短的电光只一闪,有人狂叫着,沉垫垫的向后倒在廊下了。

"捉住他! 捉住他! 开枪!"许多声音咆哮说。

亚拉藉夫用脚尖蹲着,蓬乱的头发,只一件小衫,他的眼发狂似的晃耀,伸开他长臂膊,向层门的裂缝里一枪又一枪的放。他再不知道什么,也再不感到什么了,除了那狞野的原始的愤恨与震颤的憎恶,这种非人间的憎恶,便是用在踏杀毒物,歼灭仇敌,绞杀牺牲的。忽然从房门这乌黑的裂缝里对他开了枪。火炉的小门戛的一声关上了,又从钉子上掉落一面图像来,墙上便飞下了白色的屑粉。

亚拉藉夫跳在旁边,贴着墙壁,迂回着,这样的挨到门口去。射击的弹火似乎也打在他脸上了,但是,一跳到了门,他便从裂缝中伸出手枪,对着人身只两发,那身体几乎要触着兵器了。

一声喊震得他耳聋。射击停止了;有人发出裂帛似的难辨的呻吟。

"嗳哈!"亚拉藉夫在意外的娱乐里大叫起来,全身是洋溢的喜欢,准备了,无限的射击和杀戮。

"且住! 他拒捕……到别的屋子里去罢……"许多声音叫喊说。

亚拉藉夫竭全力抓住一个沉重的衣橱,移来塞了打破的门。于

---

[1] 俄国平常的骂人的话。

是他闯回炉边,将撕碎的揉掉的纸片点了火。火便高高兴兴的延烧起来,用了浮动的颤抖的焰光照着这损坏的糜烂的屋子。

亚拉藉夫将背脊靠在屋角里,四顾他的周围。

这其间,已经完全明亮了。他原来的愉快的屋子显得特别的悲凉。灯盏跌倒了躺在油洼中间;托尔斯泰的肖像歪挂着,穿过了一颗弹丸;壁粉的白屑积在屋角里,青烟升起他绕缭的一缕,正逸出那摧破的窗门。

亚拉藉夫仿佛觉到,他许是发了狂;这并非真实的事。在昨日,在一二小时之前,他还坐在写字桌前写,而且他平时环境的各件,书,图像,纸,也都活泼泼地绕在他的周围的。说不出的悲痛,装满着结末的凄苦的眼泪,穿透他的灵魂了。他注视他的桌子,他的书……于是绝望的搔着头发。他所有将来的生活,可以极有兴味,又远大又光明,充满着可爱的工作,可爱的人们,充满着难以形容的兴奋的,愉快的日子与爱的生活,掠过了他的眼前。这生活,是应该到来而不会到来了。

"死,"绝望的声音在他这里模胡的说。

"为什么呢? 出了什么事呢? 只是一件胡涂的偶然的事!……"他还有工夫想。

沉重的打击的急霰从邻室落在门上了。有一件重的东西拖到廊下。于是又忽然发出射击,灰尘从顶篷上摇落下来,门的碎片打着亚拉藉夫的脸,脸上便立刻流满了热血。

"嗳,哦!"他用了异样的死灭的镇静说,"…… 要是这样罢!……"

畅快的,复仇的憎恶,无可按捺的冲上他的喉咙来了,他嘶嗄的嚷出了不知怎样的一句话,便只一跃,猫似的跳到床边,向炸弹伸着手。

"开枪! 这边!"有人叫喊,仿佛是,便在他的耳边。

亚拉藉夫没有听到枪声。有什么在他眼前眩目的烧着了,全屋

545

子便都不知所往的飞向一旁,亚拉藉夫很重的仰倒在地上。

立刻寂静了,是紧张的可怕的寂静。

脸色青白的宪兵向房里面窥探。手里捏着枪。

青烟升作绕缭的一缕,还只是逸出打破的窗门去,这背后映着东上的阳光,亚拉藉夫倒在他房子中央,脸向着上面,撒开了臂膊,挺着僵了的长腿的膝盖。他的惨淡的鼻子,乌青而且血漉漉的,正向顶篷看。他的头旁,在地面上迸流着一点黑色的东西。

十三

绥惠略夫提高了外套的领,两手深埋在衣袋中间,在明亮的街道上走。所有路角上都有卖日报的人售卖报纸。大声的嚷,似乎是颂扬他的货色。

"摩何跋耶(Mokhovaja)的惨剧呀!同无政府党人的开枪呀!"

绥惠略夫买了一张报,到益加德林(Yekaterin)公园里坐定,看那详细的报告,其时正喧闹着环绕游戏的孩子们的声音。

"从窗间逃走之无政府党人,借农民尼古拉·耶戈洛夫(Nikolaj Yegorov)绥惠略夫出名之护照而生活者,据警察之探明,实即官厅访拿已久之由烈夫(Yutejv)大学生来阿尼特·尼古拉微支(Leonid Nikolajevitsh)多凯略夫也。彼已经判决死刑,在由法庭赴监狱之途中,乘监押官之隙而逸去,对于彼之逮捕,业已定有方略矣。"

绥惠略夫的脸完全冷静。只是看到那地方,那访事员利用了许多惊叹符号(!),使出夸大的悲剧笔法,描写那寻到亚拉藉夫的尸首的地方,绥惠略夫的眼睛有些痉挛,这似乎是苦恼的同情,也许是狂乱的愤怒。

他于是起立,从蠕动着的孩子群上头瞥出随便的眼光去,便走出了公园。

他经过了异样的紧张。有一种韧性的不能抵抗的东西只引他

"到那边去"。他自己很明白，所有的遭遇都已说明了，他要被特伏耳涅克认识而且擒拿。他夹在不措意的憧憧往来的大众中间，已经觉得有一只无形的手，慢慢的无可引避的向他套下一个死的圈子来。这显然是，他早已不能离开这都会，也不能闯出这街道了；况且他既然肚饥，又冷得寒战如一匹无主的狗。但这捉狗一般的穷追的感得，却唤起他的嘲笑和犷悍来。

"都一样，"他想，其时他机械的而且外貌上很镇静的向前看。他又仰着头缓缓走去，一个不可解的迫压，便是愤怒和绝望和同情集合起来的，引他到那里去了。

远远的早见到在熟识的房子旁边有一大堆乌黑的激动的群集，又有两个骑马警察的暗黑形相，突出在一群好奇的人的头上面。

绥惠略夫混入群众里，这群众都拥在大门左右立着，又挤满了对面的石路，要听人们怎么说。

大多数只是默默的等候，也竭力向那宅子里探头，这里面是密排着警察的黑形相和灰色外套的区长。车道上停着一辆赤十字会的马车，那通红的苦痛的象征，正在不著语言而说明这里演过了可怕的悲剧。

一个画匠伙计，头上戴一顶涂满了白和绿颜色的帽子，正在一堆人里面说些话；大家便奔向他，从背脊和肩膀缝里，伸上那因为好奇而发亮的脸来。

"那是这样，想要擒拿一个人，那正在察访的，那人却不消说早已跑走了。哪，这才是搜查屋子，但是那一个，那不相干的，放了枪……打死两个人，一个宪兵穿通了肚子……哪，这样子，所有住户便都退出，开起枪来了……"

"但是那一个人于这事有什么关系呢?"一个很像样的胖绅士绵密的问，那模样，仿佛他受有恢复秩序的委托，而且这小工也应该严加详细的审问似的。

那画匠伙计，非常有兴，自己很觉得，他是通达情形的人物了，便大快活的从这边转到那边,格外赶快的说下去。

"那一个与这事是不相干的……在他这里,听说,寻出了一个炸弹……"

"你怎么说——搜出了炸弹——还不相干? 你胡说,胡涂小子!"

"正不是胡涂! 但是,早说过,他本来没有被搜,警察并不知道他,到后来才明白的。"

"借问你,这是一个何等样人呢?"一位太太大声的羼杂说。

"哦,我不知道,"那伙计怅然的答。

伊那描画过的眼睛因为好奇发了光,温柔的面庞转了苍白了。

"那便简直是误杀了?"

"正是哩,现在才晓得了……怎样的错。"讲演者将两手一摊,并且放出眼光去,带了一副似乎这事件于他很有兴味的神情,微笑着遍看那些听讲人的脸。

"但这实在怕人呵!"这太太大声的说,也向周围看,仿佛访求赞成的人。

"哪,你知道……在他这里也发见了一个炸弹,"一个少年军官通知说,略看着这标致女人,微笑着。"这总是扫荡一回了!"

那太太的黑眼珠立刻瞥到他,但人不能知道,在他们中间是什么一种表象:献媚呢或是反对呢。

"是的,然而总还是怕人哩!"伊说。

绥惠略夫默默的听着,他那冰冷的明亮的眼睛只是慢慢的几乎不能分辨的从这一个脸上移到别个的看。而且他愈是四处看,便愈加紧闭了他的嘴唇,他深藏在衣袋里的手的指头也愈加颤抖起来了。

"很好,他们枪毙了他! 别人也可以小心些,竟成了时风了,放炸弹。"

"鬼知道,……这太过,"有人紧接着绥惠略夫的肩头低声说。

他急忙转过脸去,看见了一双年青的眼睛,正含着激昂与轻蔑向那众人看;一个青年的姑娘立在他后面。

"然而这样最好,"和伊同伴的一个大学生回答说。

"你说什么!"

"那么,他倒是绞死好么?"大学生苦恼的说,低下了眼光。

绥惠略夫注意的向他看。

但是这瞬间,当那大学生觉到这注意的时候,他也已经自己省悟了,他一触那姑娘的臂膊并且说:

"我们走罢,玛卢莎(Marusja)……我们何必在这里呢。"

"搬他来了,搬他来了!"人堆里发出这呼声;全体便起了动摇,都向大门拥挤过去。

最先现出警察的头来,其中有两人去了帽,其次是一个宪兵的牦头,他们抬着一件东西,不能辨别是什么;只在布袱底下露着长的褐色的头发,当着微风徐徐的动摇,以及一点又高又瘦的前额。

"爱也是,自己牺牲也是,同情也是!"绥惠略夫在耳朵里响着亚拉藉夫的激昂的喉音,他脸上便发出刹那间的痉挛来。

人堆遮蔽了死尸,人只看见,搬运病人车的绿车顶怎样在那停着的地方动,摇摆着,缓缓的前行,和他那可怜的赤十字怎样在乌黑的路人中间,一高一低的起伏。

众人渐渐走散了。

只有一小堆还留着。那画匠伙计还只是讲,划着臂膊。道上空虚起来,马车也又通行了,人们走过,都用了不知所以的好奇心向门口看。

绥惠略夫叹一口气,但即刻忍住,两只手深埋在衣袋里,用了稳当的步调往前走。沉重的思想仿佛一条无穷的黑线,穿透了他的头颅。

他想,在那一回,当他所爱的那女人,被绞的时候,或是他知己的谁,去就那自愿牺牲的死的时候,也没有人嚷出苦痛和恐怖来,也没有人离开了他自己的营业。人们并不互相关联，来分担那些可怕的可悲的消息。照旧的是走着街道电车，照旧的店铺都开着，照旧的如在镜中，盛服的女人悠悠的散步，庄严的有事的男人坐车经过了。他那被凄惨和绝望的无声的叫唤抽作一团的心，已给碎裂了的那可怕的苦痛，全没有相关的人。

他这沉重的思想似乎使他和外界都隔绝了，但他练就的能够细听的耳朵却觉着一种异样的足音，只是跟他走。

在那房子前面的人丛里，绥惠略夫早觉到有诡谲的严酷的眼光，躲在别人的背脊后面，正对着他看。他回顾几次，却并不能觉察出什么来。他到处只看见同是单调的紧张的生脸。然而他那异样的感觉却是强盛起来了；他的心隐隐的纷乱的跳。

大路的尽头是一条大河，碧绿的水波，上面罩着汽船的烟，尖利的汽笛声一直响到远处。远去，在那一岸，包在烟云似的灰白里的，是房屋，园圃，工厂的烟通；这些上面沉垫垫的横亘着一缕乌黑的安静的煤烟，污染了高朗的天空的边际。

绥惠略夫略一思索，便向桥转了弯，他无意的向周围看。

两只眼睛吓人的钉着他的脸。一个通黄胡须的男人，高领子和端严的高帽子的，几乎正踏着他的脚跟。他们眼光相遇的一瞬息间，在可怕的彼此的理会里，他们都冰一般冷了。但这只是暂时的事，绥惠略夫便转过脸去，仿佛无事似的，依旧向前走，高帽子男人急急忙忙的赶上他，毫不停留，径自前去了。

一切事都经过得迅速而且依稀，绥惠略夫的初意，以为他自己想错了。但他的心钝滞的跳，似乎要警告他。他忽然看见前面有一个警察的黑形象，非常从容的用白手套擦着鼻子。高帽子男人安详的一直走，一步也不缓的，追上了那警察。仿佛他正在办一件忙迫的事。但那警察却一耸，垂下手去，诧异的看他，又苍皇的向周围看。

绥惠略夫立刻实行，又神速又精细，仿佛他早经想到似的，转过身去,混在迎面走来的一队泥水匠里,又向埠头转了弯。远地里横着夏公园和通到一无草木的战神场①的路。他用了电光般迅捷的分明来估计了距离,他看来,夏公园是走不到的了;但埠头却开展坦平,仿佛一片沙漠。在来来往往的人们的大群中间,他也仍然是无可隐蔽而且孤单,宛然在荒凉的雪野上。

"现在,怎么办呢?……都是一样……"他想,冷淡的站在芬兰公司的船桥面前,汽船正叫着开行的汽笛。一个机器的精确运动似的,几乎没有盘算,绥惠略夫直蹿上那动摇的跳板去,只一跃便上了汽船的舱面,混了那些正在忙着向黄色椅上寻坐位的,各色人们的中间。他这才转向后面看。

颇远的地方,在船桥的进口,他看见三个人形相,仿佛与全世界上隔绝了的一般。

这是一个侦探,一个警察和一个兵骑着马。他们互相商量,脸对着汽船,而且无意识的在那里来回的走动。十分确凿的绥惠略夫识得他们那游移的缘故了;他们不知道,到汽船开走为止,是否还有追上的时间,所以他们无端的忽而向前,忽而向后的奔走。但当那警察终于定下决心,一手按着佩刀,向绥惠略夫走进一两步来的时候,汽船却刚刚发一声叫,喘息着,威风凛凛的离开了船桥。那兵便突然拨转马头,用了全速步从那地方驰出船桥去,同时侦探和警察也都向别方面跑去了。

"打电话……报告分署的!"绥惠略夫想,似乎早有人对他豫告的一般。

于是他又迅速而且精密的,一个机器似的跳上舱舷,只一瞥估定了船桥和船身之间的短距离,往下便跳。几个人吓得发喊,但他竟到了船桥,一滑,几乎掉下水里去了,然而还保住,跑过跳板,转身向夏公园这面走。

---

① 在彼得堡中央的大操场。

他愈走愈快了,其时他也用了全力的防止,不使成为飞跑。但这样也已经惹眼,许多人诧异的对他看。一种很可怕的力量难以忍受的冲着他的脊梁。他想要回头去看,又不敢竟看。他觉得,他仿佛已经被擒,仿佛四面八方都向他伸出许多的手来了。

美观的高墙,树木,黄叶和花坛,贵妇人,军官和孩子,全是梦境似的飞过了他的面前;并不转入公园,绥惠略夫这时已经是飞奔了,来到丰檀加①上面那险峻艰难的浮桥上。他隐约看见小艇子平顶篷,弯着腰的农夫,拿了长杆子搅些什么,朦胧的远地里还现出道路和人家;他已经不能自制那狂乱的压迫了,径奔下桥去。一个在值的警察,魁梧的红脸东西长着花白胡子的,向他喊些什么话,但绥惠略夫已经隐在马车的那边,当面看见一个诧异着的女人脸,头上戴一顶异乎寻常的亮蓝帽子,仍是窜,绕出了两辆别的马车,来到一条空巷里。

此时听得在远处有许多声音的叫喊,但他并不回头去看,只是跑,自己全然不知所以的,进了第一个开着的大门。他到一个院子里,四面高得像矿洞一般的;一个保姆和两个孩子戴着亮蓝帽,正和他当头遇见。

"你怎么这样跑,疯子似的!险些闯倒了孩子!"保姆大声说,但绥惠略夫赶快的,没有答话,飞跑过去,进了别的门,类乎一个污秽潮湿的地窖似的,到了第二个院子里。

他以为听得,那保姆怎样的嚷:

"这一个门便是他跑进去的……这一个!"

许多窗户和门现出在他眼前了;几个陌生脸的人都立定了将眼光跟住他看。到处都荒凉而且明亮像一片沙漠;一切都拒绝他好像一个仇人。

他站住向后面看。在黑暗的门框间,他分明看见一群人,是追

---

① Fontanka 是彼得堡的小河,在涅跋(Neva)附近。

着他过了第一个院子的，很像一幅图画，最先跑着的是一个胖警察穿了黑外套，这时绊住他的腿；绥惠略夫自己相信，知道他怎样的一面走，一面又用手枪瞄定了他。但这也只是一刹那的事，仿佛一个幻视罢了；第二刹那他便瞥见旁边有一个别的门，由此通到侧屋，他便闯，喘着，胸间带着剧痛，进去了。

一个面生的人，看来是全没有用意的对他走来的，站住了，向各处看，刚从绥惠略夫的肩膀上射出视线去，那脸便忽然变了野兽似的凶相，伸开臂膊，拦住了去路。

"站住……你站住，你站住一会儿！"他叫唤说，几乎是高兴似的。

"放走！"绥惠略夫声嘶的答："与你什么相干！"

"唉不的……你等一等！……帮忙呵！"他忽地咆哮起来，抓住了绥惠略夫。

"拿住他！"后面大叫，助着威。

一瞬息间，绥惠略夫凝视着这黑胡子和无意识的狂怒的眼睛的生脸，于是他便在这脸上，用了死力挥给他一个拳头。

"呃！……"这男人发一声很短的悲鸣，滚在一旁如一个装满了的口袋。

"拿～～～拿住他！"喊声满了空际，警笛的悠扬的翻唪，钻到耳朵里来。

然而绥惠略夫转了弯；在昏暗的墙壁上，他瞥见一个明亮的大门，这便通到街上。那些人们的黑形相便都从那门奔进出去了。

十 四

四近都凄凉到像是怖人的冢地。嗅着是潮湿的粘土和碎砖的气息；绥惠略夫蜷伏着的隅角里的，百余年的尘埃似的气味，也混在这中间。

两三小时之前他便站在这里了。在一所正要改修的屋角里，碎料堆子的后边。这地方，是颓败的墙垣和苍黄的土块，伤口一般开着的，华美的旧痕还未全消的所在，还挂着高贵的古壁衣的残片，金彩和雕纹的装饰的零星。这里住过那别样的，往昔的涂饰的人。在这一室里，或是还睡过娇惰的豪华的贵女，遍身裹着花縠与麻绸，——这是美与享用的大观了，这只能在剥削那吸血餐尸的黑土的制度，那多年的似乎不可动摇的制度这一片地面上，才能够发荣滋长起来。但现在却给新主人的贪暴的手所毁坏了，而在浅蓝色的屋角间，又漆黑的站着一个捏了手枪的狞野的人，后面衬着黯澹的描金的百合。

　　绥惠略夫进到这里，是在他诓迷了追迹的人们之后，穿出一所木院，又攀过了一重板墙。他当初很担心，这藏身地不能安稳，因为不住人的建筑里，人大抵首先会来搜寻的；远走么，他已经乏了力，于是就这样停下了。许多时他只能声嘶的呼吸，又用那松懈的手痉挛的捏着手枪，准备定，对大众的第一个就放，只要是出现到这颓败的门的破口来的。他耳朵里还响着喊声。许多脚的踏步，在白石阶级的陈迹上沉重的腾跳过去。他的胸脯发了吹哨样的声音起落着，他的眼睛闪闪的野到如一匹穷追垂死的狼。但是分，时，都经过了，一切都空虚而且寂静了，只有嗡嗡的杂音，间或从街头送到他这里。

　　绥惠略夫早不能想了；四面什么情形，也几于不能懂得了。他只是自然的等候着黄昏，而且常常要合眼，极顶的衰弱，使他全身不灵，又发生难当的战栗，他已经不能振作了。他合上眼睛，便看见街上的群众，人脸浮出，人手向他伸来。又有人射击他两回；但这事几乎并没有铸在他记忆上，也许是想象罢了。一个别的印象非常怖人，却于他总是忘怀不得。当他在或死或生的追逐里，凡所遇见的一切，个个都是仇雠，没有一人肯想隐匿他，阻住追捕的人，或者至少也让给他一条路。倘没脸上现出暴怒，倘没有挡住去路而且伸手要捉住他，那就确凿还只是无关心或好奇的人，不过观看那猎取

554

人类罢了。

对于这些事的回忆,是最锋利的,而且烧着他的灵魂,较之记起那追捕的人的脸来,尤为苦痛,他于那些人们是全不加什么想象的了。这只是非人格而且盲从,跟在他后面如一群练就的猎狗。

绥惠略夫不再深究了,离死亡有怎样的近和得救的希望又怎样的微;他单是想,他能否竟做到他的伟大的计画,这计画,便是他挟了很多的憎和爱,规画出来的。他记起一个漂亮的军官,从鞘里拔出刀来,几乎要劈,他记起一个威严的老绅士,伸出他散步的手杖,想拦住他,他记起了各种别的事而且因为愤怒与轻蔑,全身都发抖了。他早没有出路了。他自己知道,他到了尽头了,其时那些人们便只要活在安闲中,静候着日报的记事里,登出他这徐徐的死灭来。

时候过去了,他心脏的痉挛的鼓动渐渐和缓下来,胸间停止了喘鸣,拗撅的两手也在疲劳里自行松散了。这仿佛是,他将一样东西紧张到了绝顶,忽而断了,他的思想和感情也正是这样的一时弛解,像一条绷断的弦。他忽然安静了,这沉重的寂灭的安静,只有人已经有绞索套在颈上,早不是神力或人力所能救得的时候,才会到来。他是完全的无关心了,倘使追捕的人在这一刻里欢呼着直闯进来,他一定不会做出什么反抗了。

他的身体衰弱了。白的烟雾绕着他升腾起来,包住他仿佛一件尸衣,给他隔开了全世界。轻微的铃声在他耳朵里响,他只还有一个心愿:合了眼,连头都浸在黑暗,寂静,不动的中间。

"我睡不得!"他自己说,但那沉沉的烟雾,莫可抵御的拥住了他的脑,一切便都从他意识上消去了,这其间他时时睁着眼睛入了几分时的睡。

他也时时惊觉转来,记起一切的事,发抖,锋利的看了周围,于是又假寐。其时他也觉得,那潮土的湿味,怎样的冰进他的身中。

紧接他眼前,盘着蔷薇式雕饰的蜿蜒的花样;这使他苦恼至于非常。他也好几次看得分明,知道这不过是碎白石的一块,还能显出怎样的一个植物的花纹。但这植物又被烟霭包笼；他便生长起来，浮动起来，成了怖人的形象，忽而长，忽而阔，或者又散成一个阴森的人头的形迹来。

然而绥惠略夫究竟大约是睡着了；因为他张开那自以为只合了一瞬间的眼睛来的时候，四面已都是深蓝的夜色了。夜色攀上了颓败的墙垣，蟠在角落里，从空虚的屋子的门间向外看。阴影无声的动摇，仿佛是昔日的居人的精灵，那曾在这里爱恋，烦恼，享用，而且在他不幸的难逃的时节死去的，重行出现了。

绥惠略夫似乎遇到可怕的一击，醒了睡。有一样非常的事出现了：他瞬息间全不明白，他在那里，他是如何；狂热的大欢喜的侵袭，主宰了他，他的心仿佛是一个容易破碎的，脆的玻璃的器皿了。

他记起一个强烈的幻景来。这是幻觉呢，是半已遗忘的记忆，还是他的错乱的脑做了梦呢？……

"这是什么？我见了什么了？"他愕然的自己问。

"是可怖的东西，重要的东西，这东西，是全生命都从此开端，像滴水之在大海似的……那只是什么呢？……我应该记忆……应该记忆……"

他脑上似乎罩上了一张铁幕。那后面还闪着未曾见过的光明，响着声音。又有许多面貌的模胡的轮廓，是可以识得的，但总不能唤回记忆来而且只使他难堪的苦恼。

他做了梦，梦见他爬上壁立的悬崖去，是一个被迫的，零落的，渺小的男人。人的大群像乌黑的怒涛的涛头一般紧逼上来，要捉住他，撕碎他；向他伸出万千的手，抓住他的脚，他的衣裾，剥下他的衣服；然而他却愈爬愈高远了。他们都留在一直底下，不很看得分明了，独有他立在眩人的高处，天风吹绕着他的头。再高，在山崖的绝顶，他看见两个黑色的形象，凝视着全世界，独在不可测的青空。他觉得，在他们这里便藏着他全生涯的谜，而且他也一切便要明白和理解了：他为什么要爬到这可怕的寂寞的高处来，为什么那黑色的波涛,准备着,为要毁灭了他,这样愤怒的追赶。这形象远远地如在梦中,但他生长起来接近起来了。绥惠略夫用了惊人的速率飞向他们。大秘密的接近,这于他便要揭开,他的心充满了无量的狂喜了。

"人说,人当失掉了他的理解力之先,他就感着这无可比方的大安乐,我知道的!"绥惠略夫想,而且感得,一切都是梦。但他不能离开这梦,他使了超人的努力,要把住他,要看他的涯际:峥嵘的耸在高处的山崖,远远的黄金色的太阳,沉在深渊里的无际的远方,浮在烟霭中的,远处的金闪闪的都市的景色,远海的青苍。还有两个可怖的形象下临着全世界。

一个是寂寞的立着,两手叉在胸前,骨出的手指抓在皮肉中间。晴空的风搅着他蓬飞的头发。眼是合的,嘴唇是紧闭的,但在他精妙的颓败的筋肉线上,现出逾量的狂喜来,而那细瘦的埋在胸中的指头发着抖。他只是一条弦,周围的空气都在这上面发了颤,因为精魂的可怖的紧张而起震动了。

在半坏的平坦处的边上,躺着别的一个形象:丰腴,裸露而且淫纵的,在坚硬的石上帖着伊华美的身躯,一个隆起的,精赤的,无耻的身躯挺着情趣的胸脯,悬空的呼吸。忍了笑宛转伊玫瑰色的身体,在玫瑰的双膝全不含羞的张在石上的,白的圆的两腿之间,天风吹拂着纤毛。伊的两手紧握了崖边;伊的一直底下是日光中的晃耀的平野。

"我是世界的恶!"在紧张的寂静中,伊的声音说,——"是生命的诱惑,是在黑暗的恐怖的欢娱中的地,是将永久的苦恼付给一切生物的恶!你成了人了,神的精神呵!我看见你的思想,而且看见你在将来里,见到多少苦闷和比死还苦的无谓的努力呵!你苦恼着!……而且人们要将你钉上十字架去,因为我比你更其美,更其明白。在这一瞬间,全世界没有留意中,可要揭晓了:我是世界的恶!你想要成人,为的是要用了他们的话和他们说……我的成人,就因为要对你战争。和他们说去罢,但我总要将他们引到我这里来,教他们昏迷在我这两膝的摇篮上,而且将你,你这奇特的,不明白的禁欲家,送到死亡里去!……在这一瞬间是我们两个都能死的……推我下去!灭了世界的恶,你做去罢,因为你这来,是为了救世,你要独自统治世界的……推我下去罢!"

那裸体毫无愧色的移到深渊的旁边。黑发直垂的挂下峭壁去,两手离了崖边,又垂下一条玫瑰色的腿,圆的胸脯下临着大地,软软的动摇。全体都因为兴奋发了抖,只等候开首的一推,便沉没在埋伏的深处。

"推我下去!你就独自留着了!推我下去!你就永远祝福了!你这来,是为了救世的!……你踌躇什么呢?看哪——我下去了!"

孤寂者的嘴唇忽然动弹了。帖在唇上的短须颤抖着,他又睁开了眼睛。

两眼是冷静明亮而且眺着远方,似乎这透彻的眼光通过了虚空和永久。

"世上的一切幸福和一切欢乐我以为都不是有罪的行为!在我这里恶不能得胜!离开我罢,恶魔!"

悬崖间的小男人的灵魂被恐怖抓住了,他用了绝望和愤怒和苦痛的咆哮,大叫起来,伸了孱弱的手:

"你错了……错了……错了……"

他想要到他那里,想要消灭他那不祥的言辞,尽了全力向他喊。但这可怜的人声只是徒然的灭在空中,达不到绝顶。孱弱的人手滑下石壁来。他用了超人的努力,想要支持住,然而岩石是冰冷,不动而且坚顽,于是这渺小的张开四肢的身体转着圆圈直坠向深渊里……

可怕的"死"的恐怖,烧着了他的精神;绥惠略夫醒了。

黑暗锁住周围,而且守着大秘密。

"我见了什么?……是死么?……不是么?……我就要死或者就要发狂么?……那是什么呢,——是什么呢!"

他仿佛觉得,只要一些努力,用了最后的挣扎,他便一切都知道。不确实的言语在他的脑里回旋。这言语长成起来,接近起来,分明起来了……他的全灵魂紧张起来……然而忽然一切都消失了。

绥惠略夫苍白而且惊惧,用那发抖的萎靡的腿站立起来,两手扶着墙壁。

"我要发狂了……我支持不住了!"他想,含着失败的微笑;又大声说,用了异常的凄厉的声音:

"如果已经到了尽头呵!"

一声响震动了空房的四壁,绥惠略夫清醒了。

掉下的手枪,从地面上又捏在他摸索的手里。

冰冷的钢的接触,使他爽神,他震悚了,聚起所有的力量,展伸了全身。依然是挺拔,沉着而且冷静。

"我应该去了!……绞架,发狂,或生活,这是否一样的事!或迟或早……"

他疲倦的四顾,将手枪塞在衣袋中间,跨下那模胡的白石的阶级去。

他已经走到门口,望见街上灯火的红光了,他突然立定,掏出手枪来。在出口处,当了他的路,站着一个长的黑影。在黑暗中,那按着胸膛的两手,纷乱的头发和苍白的脸,全都看不分明,只是祈求似的向他。

"谁在这里!"绥惠略夫叫喊说;他又立刻失笑了。

只是一枝简单的木桩,带着一些乱麻的屑片,在黑暗和他的慌乱时候,成了一个凛然的殉教者的形象了。

他走近这东西,轻蔑的将他用脚踢在一旁,便跨出院子里去。

几个砖堆,木材和石灰片,看去凄凉的像是墓场。修屋的围墙的出口正是大开,外面闪着街石的依稀的白色。绥惠略夫横过院子,极小心的向外望。

正对大门,只离一两步远,在空虚的街上屹立着三个人的形相。

那是警察,肩膀上搁着枪。

绥惠略夫一跳向后,将自己帖在墙上。

警察并没有觉得。他们低声的谈论,但绥惠略夫能够听出话来:

"这有什么意思呢,无端的使人成一个残废的人……这是你对的……"

绥惠略夫的心大跳起来了,但他的思想依旧非常之锐利。他用了没有声音的举动,抽身退回,跑出木料堆的后面,轻轻跳上围墙,又向着材料场,那他曾经走过一次的,跳了下去。

旁边高高的堆着木片;还有木料和潮湿气息。空虚的看守屋的窗中全都昏暗,一切寂静而且平安。开着的门外面便是大路,溜过行人的黑色的轮廓,得得的响着马蹄;斜对面照耀着一家店铺的通黄的灯火。

"我现在如果能够走到街上,我便混入人丛里去。我再穿出芬兰铁路的停车场,沿着铁轨走到国界去……"①这极迅速的闪过了他的脑中。"我们还要大家战斗哩,"他傲岸的对那看不见的仇敌说,于是决然的走出了大门。

街上的灯火,喧嚷,动摇,闹得他耳聋了。他前进了一二步,又忽然反跳回来:各各地点,巷口和路弯,都站着一样的黑的警察肩着枪,那刺刀在夜色里闪闪的发亮。

"包围了,"绥惠略夫省悟过来,抱着一种无关紧要的绝望的感觉。

在明晃晃的大道上终于不被觉察,是不能设想的。一切都已到了尽头,但他在发狂似的倔强中,不肯便就降服。其时他自己明明知道,人会看出他来,他却横过了街道,几乎在四面袭来的警察的手底下,跑到那地方去了。

―――――――――

① 从彼得堡步行出去,几小时便可以到芬兰界。

十 五

漆黑的天空,映着万千灯火的夜红,挂在都市上。步道上头,每个路角上虽然都点着眩眼的街灯,但与内部湛着火海似的大戏园比较起来,街路却像是昏暗的甬道。各方面都发出马夫的悠扬的呼声;大众仿佛流水一般,从夜色里泻向非常明亮的进口去。在乌黑的人丛里,涌出了绥惠略夫,消失了,又出现在空寂的地方,而且鳝鱼似的蜿蜒着尽走。他被那追蹑的人跟定了,从四面兜围上来,他虽然时常似乎脱逃,也不过一种最后的昏瞀的狂暴的游戏罢了。

正在戏园进口的前面合了围。径向着喧嚷和拥挤里奔来的戏园督察宪兵们,都冲进正在惊愕的人堆里去,众人是全不知道什么事。只有几个大学生,知道的,这在做什么,虽然无补,却想弄大了骚扰,救出这被追的非常的人来。

"你进戏园去!"

出于自然的依了这年青的声音,绥惠略夫夹入人丛,挤进大戏园去了。

他上楼梯的第一级上撞了一个人。身穿金红制服的戏园工役想要拦住他,但被一双狞野的眼睛的眼光弹了回去,又给一群别的人们挤在旁边了。绥惠略夫竟走到一条狭窄的廊下来;经过了衣服室,红衣工役,盛装的太太们前面,跳进一间空的边厢里,这地方全绷着天鹅绒而且摆满了镶金的交椅。他几乎无意识的关了门,又抵上一把安乐椅,便垂下手去。这就是尽头了。

人听得,有人怎样的在廊下发了不自然的兴奋的声音叫:

"上了楼厢了!……我看见他的!上了楼厢!那边,那边。"

有人想要开门,但这瞬间忽然熄了灯,微微有声的开了幕,现出一座亮到夺目的碧绿的花园,和一群人都是梦幻似的,金的,红的,明蓝的服饰。

以后接连着什么，便是狂暴狼藉的仿佛一阵旋风。

最初是绥惠略夫除了一片头颅和坐位的大海，沉浮在烟霭中间，和几处昏暗的地方以外，辨不出什么来。他也没有便悟，他是在戏园里，戏剧已经开场，以及这奇特的姿态，在舞台上跑来跑去而且动着两手的，是演戏的伶人。

他带着很可怕的惊惶，被追的狼似的向各处看。一切事，凡是这日里所经历的：奔逃，追赶，濒死的危机，逼近的无可逃的死，竟全不相通于这兴致勃勃的瞻仰的头颅，袒露的肩头，梦幻一般的装饰和杂色的光辉的大海。

他起了狞野的思想快要狂乱了，这里的事竟是真事，对于这些，正是他无可诉说的愁惨，和他的苦恼的全般。就是这样，没事似的开了幕，就是这样的乐队长摆着两只手，就是这样的走出圆裙红鬟的歌女来，撑开了臂膊；张口便唱——轻微，美妙，严肃，如在宫殿中。

人正在搜寻他，立刻要寻到他，拿住他，到天明便绞了，在这里却只是一时中止之后，一切便又安静如常，音乐又开奏了，含笑的人们又复俨然的振作了精神，许多头颅低垂下去，响着妖艳的声调，在感动中抖着袒露的苍白的女人的肩头，于是起了雷一般的喝采。

一刹那间，有一种东西在绥惠略夫的烈火似的脑里长得非常之大了，而且紧张起来，但即刻迸断了。于是狞野的披着纷乱的头发，带着不干净的凶险的脸和闪闪的眼睛，绥惠略夫倚向厢房外面，痉挛的伸着手，便直接的开枪，并不瞄准，射到平安的毫没有料到的头颅的海里去。

答词是一阵可怖的悲号。高亢的乐音忽地歇绝了，大众惊跳起来。同时响着异样的枪声和许多声音的震耳的叫唤。绥惠略夫瞥见了许多回顾的惊怖到几于发狂的脸，于是又抱了不可想象的愉快，从新的开枪，但这次却有了计算，瞄着密集的大众的中央了。

射击的不绝的音响压倒了狂野的喊声。从勃朗宁（Browning）

的平滑的枪膛里奔电似的射向坐位的排列上，人头上，在狼狈的恐怖中蜷曲着的脊梁上，逃走的人的腿上，这叫唤的混沌中，也透出女人的歇斯迭里的锐叫来。一个胖绅士嵌在紧接厢房的路上，野兽似的发了稀薄的裂帛似的怪声呻吟着。人们在门里面互相抵排，装饰的花毂和天鹅绒都撕成碎片了，修饰的娇嫩的女人们倒在地上，而且用了拳头任意的乱打，不问是脸，是脖子或是脊梁。

但超出了一切，超出一切的响着，是绥惠略夫的勃朗宁枪的不断的连珠，他抱了凉血的残暴的欢喜，施行复仇了，为了那许多他自己时常遇见的，损害，苦恼，和被毁的生活。

门外来了突击，撞破了门，绥惠略夫被抓住了，摔在地面上。

他打败了，被沃珂罗陀契尼①的手枪逼到回廊的角上的时光，他便站定，而他眼睛里耀着不可移易的胜利的确信。

从远处，从大房间和廊下，迸出雪崩似的声响来。凡眼光所及的地方，都蠢动着人堆，个个失了人样子。

人抬过一个胖绅士去，鲜血淋漓的礼服的衣角扫着地面；一个明蓝打扮的女人，伊的白蜡似的脸垂在胸前，支着肩膀，扶出去了；在伊蓬乱的红金色鬈子的鬈曲中间，挂着一朵折了茎的雪白的百合。

绥惠略夫从那些正指着他胸膛的乌黑的枪膛上头，从愤怒的人脸上头，射出眼光，去看这折了的百合花，看这从优美的享用而长成的女性胸脯的缎子似的皮肤里，流出来的鲜血。

人叱咤他，人摇他的肩头，但他的眼睛只是坚定而且冷静，而且含了不可捉摸的神情径向前面看，似乎他注视着一种别人决不能见的东西。

原载 1921 年《小说月报》第 12 卷 7 至 9，11 至 12 号。

---

① Okolodotshinij，最下级的警察官。

1922 年 5 月由上海商务印书馆作为"文学研究会丛刊"之一
出版;1927 年 6 月又作为"未名丛书"之一由上海北新书局
再版。

二十三日

日记 晴。上午复大学信。

二十四日

日记 晴。星期休息。上午许季上来。

二十五日

日记 晴。上午得封德三信。

二十六日

日记 晴。无事。

二十七日

日记 晴。上午从齐寿山假泉二百。夜月食。

二十八日

日记 昙。午后游小市。

二十九日

日记 晴。无事。

三十日

日记 晴。无事。

幸　福

[俄国]M. 阿尔志跋绥夫

自从妓女赛式加霉掉了鼻子，伊的标致的顽皮的脸正像一个腐烂的贝壳以来，伊的生命的一切，凡有伊自己能称为生命的，统统失掉了。

留在伊这里的，只是一种异样的讨厌的生存，白天并不给伊光明，变了无穷无尽的夜，夜又变作无穷无尽的苦闷的白天。

饿与冻磨灭伊的赢弱的身体，这上面只还挂着两个打皱的乳房与骨出的手脚，仿佛一匹半死的畜生。伊不得不从大街移到偏僻的地方，而且做起手，将自己献与最龌龊最惹厌的男人了。

一晚上，是下霜的月夜，伊来到一条新街，是秋末才造好的。这街在铁路后面，已经是市的尽头，一直通到遍地窟窿的荒凉的所在，在这里几乎没有人家。这地方绝无声响。街灯的列，混着平等静肃的落在死一般的建筑物上的月光，只是微微的发亮。

黑影，那从地洞里爬出来的，咄咄逼人的横在地上，还有电报柱，由电线连结着，白白的蒙了霜，月神一般闪烁。空气是干燥的，但因为严霜，刺得人皮肤烧热。

这宛然是，在这寒冷之下，全世界都已凝结，而且身上的各圆部都用着烧红的铁刺穿。于是身体碎了，皮肤的小片，全从身上离开。从口中呼出的气，像一片云，略略升作青色的亮光，便又凝冻了隐去。

赛式加已经是第五日没有生意了。在这以前，伊就被人从伊的旧寓里打出，并且扣下了伊的最末的好看的腰带。

缓缓的怯怯的动着伊瘦小低弯的形体，在空虚的月下的路边；

伊很觉得,仿佛伊在全世界上已经成了孤身,而且早不能通过这荒凉的境地了。伊的脚冻得一刻一刻的加凶,在索索作响的雪上,每一步都引起伊痛楚,似乎露出了鲜血淋漓的骨骼在石头上行走似的。

走到这惨淡的区处中间,赛式加才悟到了伊的没意义的生存的恐怖,伊于是哭了。眼泪从伊的发红的冷定的眼睛里进出,凝结在暗的烂洞里面,就是以前安着伊的鼻子的地方。没有人看见这眼泪,月亮也同先前一样在大野上亮晶晶的浮着,散布出一样的明朗的青色的光辉。

没有人到来。说不出的感情,在伊只是增高增强起来,而且已经达到了这境界,就是以为人们际此,便要陷入野兽的绝望,用了急迫的声音,狂叫起来。叫彻全原野,叫彻全世界。然而人是默着,只是痉挛的咬紧了牙关。

赛式加祈愿说:"我愿意死,只是死,"但伊忽又沉默了。

这时候,在白色的路上,忽地现出一个男人的黑魆魆的形象,很快的近前,不久便听到雪野踏实的声音,也看见月亮照在他羔皮领上发闪。

赛式加知道,那是在道路尽头的工厂里的一个仆人。

伊在路旁站定,等候着他,用麻木的手交换的拽着袖口,将头埋在肩膀中间,脚是一上一下的顿着。伊的嘴唇似乎是橡皮做的了,只能牵扯的钝滞的动。伊很怕,怕要说不出一句话来。

"大爷〰〰〰①,"伊才能听到的低声说。

走来的人略略转过脸来,便又决然的赶快走了。赛式加奋起绝望的勇气,直向前奔,伊跟住他走,一面逼出不自然的亲热的声音劝他说:

"大爷〰〰〰……你同来,……真的。……好罢,就去……我们去

---

① Kava-j-ier 本是 Kavalier,因为冷了,发不出 l 的音。〰〰表时间的引长。

罢。我给你看一件东西,会笑断你的肚肠的。……好,我们去。……总之,一定,我什么都做给你看,……我们去罢,爱的人。……。”

过客仍旧只是走,对伊并不给一点什么注意。在他板着的脸上圆睁着眼睛,很不生动,似乎是玻璃做的。

赛式加从他的前面跳到后面,又紧缩了双肩,声音里是钝滞的呻吟,而且冷得只是喘气:

“你不要单看这,大爷∽∽∽,我现在这模样了,……我的身子是干净的。……我的住家并不远,我们去罢。……怎?……”

月亮高高的站在平野上,赛式加的声音在霜气的月光中异样的微弱的响。

“好,我们去罢,”赛式加喘息着又踢绊着说,但还是用了跳步在他前面走。“好,你不愿意,……那就求你给两个格利威涅克①就是了。买点面∽∽包,我整一日还没有吃呢。……你给罢。……好,一个格利威涅克,大爷∽∽∽……爱的人。……”

他们来到一处极冷静的地方的时候,那过客默默的和伊走近了。他的异样的玻璃似的眼睛还是毫无生气的睁在月光里。

“好,你就只给一个格利威涅克,……我的好大爷∽∽∽……这在你算什么呢。”

一个最末的绝望的思想,忽然在伊的脑里想到了。

“我做,什么你乐意的。……真的,……我给你看这么一件东西,……我是会想法儿的。……你愿意,我揭起衣服来,……便坐在雪里;……我坐五分钟,……你可以自己瞧着表,……真的,……我只要十戈贝克就坐了。……你真会好笑哩,大爷∽∽∽”

这过客站住了,他的玻璃样的眼睛也因为一种感觉而生动起来,他用了短的断续的声音笑了。

---

① Griwenik 是十戈贝克币的通称,一戈贝克约值中国十文。

赛式加正对他站着,冷得发抖,伊的眼睛紧紧的钉住他手上或脸上,竭力的陪笑。

"但你可愿意,我却给五卢布,不是十戈贝克么?"过客四顾着说。

赛式加冷得发抖,不信他,也不开口。

"你……听着,……脱光了衣服站在这里。我打你十下。——每一下半卢布,你愿么?"

他不出声的笑而且发抖。

"这冷呢,"赛式加哀诉似的说,惊讶和饿极和疑惑的恐怖,也神经的痉挛的穿透了伊的全身。

"这算什么,……你因此就赚到五卢布,就因为冷。"

"这也很痛罢,你的打,"赛式加含含胡胡的并且十分苦恼的吞吐着说。

"唔,什么,什么——痛?你只要熬着,你就赚到五卢布。"

这过客往前走去了。

赛式加愈抖愈厉害:

"你……那就给五戈贝克罢。……"

这过客往前走去了。

赛式加想拉住他的手,但他擎上来便要打,而且忽然大怒起来,吓得伊倒跳。

这过客已经走远了两三步了。

赛式加哀诉的叫道,"大爷〜〜……大爷〜〜……这就是了,大爷〜〜。"

那人站住了,回过身来。

他从齿缝里简截的说道,"唔。"

赛式加迷迷惑惑的站着。于是伊慢慢的解了身上的结束。伊的冻着的手指,在伊仿佛是别人的了,而且自己也不知道,为什么缘故,伊的眼光总不能离开了那玻璃似的眼睛。

"喂，你……赶快，……有人会来，……"过客从齿缝里不耐烦的说。

寒气四面八方的包围了赛式加的裸体。伊的呼吸要堵住了，似乎有烧得通红的铁忽然粘着了伊的全身，冰冻的皮肤，都撕裂下来了。

"你快打罢，"赛式加喃喃的说，便自己转过背来向着男人；伊的牙齿格格的厮打。

伊一丝不挂的站在他面前，这精赤的小小的身体，在月光寒气和夜里的大野中间，皎洁的雪上，显得非常别致。

"喂，"他鸣动着喉咙喘吁吁的说，"瞧这……要是你能熬，……在这里，五卢布；……要是不能，你叫了，那就到鬼里去！……"

"是了，……你打。……"伊的冻坏的嘴唇喃喃的说；伊全身因为寒冷，都痉挛蜷缩起来了。

过客走到身旁便打，突然间举起他细的手杖，使了全力，落在赛式加的瘦削伶仃的脊梁上。刀割似的创伤从伊身上直钻到脑子里。伊的周围的一切仿佛都成了怕人的痛楚的感觉，合凑着奔流。

"阿，"赛式加的嘴唇里迸出一个短的惊怖的声音来。伊前走了两三步，用伊的两手痉挛的去按那遭打的处所。

"拿开手，……拿开手！……"他跟在伊后面，喘吁吁的叫喊说。

赛式加抽回膊肘，第二下便忽然的又将一样的难当的痛楚烙着伊了。伊呻吟倒地，两手支拄着。正倒下去时，又在伊裸体上，加上了白热的刀剜似的打扑。伊的裸露的肚子便匍在地面，并且几乎失了知觉的咬着积雪。

"九，"有钝滞的喉鸣的声音计着数；同时在伊的身体上又飞过了新的闪电，发出一个新的湿的响声。有东西迸裂了，极像是冰冻的芜菁，于是鲜血喷在雪上。赛式加辗转着像一条蛇，翻过脊梁去，积雪都染了血；伊的洼下的肚皮，在月光底下发亮。正在这一刻，又打着伊左边的胸脯，噗的破了。

"十，"有人在远地里叫。于是赛式加失了神。

但伊又即刻苏醒过来了。

"喂，起来，你这死尸，拿去，"一个急躁不过的声音叫喊说，"我去了，……唔？"

裸体的赛式加将发抖的手痉挛的爬着地面，跄跄踉踉的想站起身，鲜血顺了伊的身子往下滴。伊已经不很觉得寒冷，只在伊所有的肢节里，都有一种未尝经历过的衰弱，不快，苦闷的颤抖，和拉开。

伊惘惘的摸着打过的湿的处所，去穿伊的衣裳。待到伊穿上那冰着的褴褛衣服，很费却许多工夫；伊在月光皎洁的大原野上静静的蠢动。

当过客的黑影已经消灭，伊穿好了衣裳之后，伊才摊开伊捏着拳头的手来。在血污的手掌上，金圆像火花一般灿烂。

——五个，伊想，伊便抱了大的轻松的欢喜的感情了。伊迈开发抖的腿向市上走去，金圆在捏紧的手中。衣服擦着伊身体，给伊非常的痛楚。但伊并不理会这件事。伊的全存在已经充满了幸福的感情，……吃，暖，安心和烧酒。不一刻，伊早忘却，伊方才被人毒打了。

——现在好了；不这么冷了——伊喜孜孜的想，向狭路转过弯去，在那里是夜茶馆的明灯，忽然在伊面前辉煌起来了。

阿尔志跋绥夫（Mikhail Artsybashev）的经历，有一篇自叙传说得很简明：

"一八七八年生。生地不知道。进爱孚托尔斯克中学校，升到五年级，全不知道在那里教些什么事。决计要做美术家，进哈尔科夫绘画学校去了。在那地方学了一整年缺一礼拜，便到彼得堡，头两年是做地方事务官的书记。动笔是十六岁的时候，登在乡下的日报上。要说出日报的名目来，却有些惭愧。开首的著作是 *V Sljozh*，载在 *Ruskoje Bagastvo* 里。此后做小说直到现在。"

阿尔志跋绥夫虽然没有托尔斯泰（Tolstoi）和戈里奇（Gorkij）这样伟大，然而是俄国新兴文学的典型的代表作家的一人；他的著作，自然不过是写实派，但表现的深刻，到他却算达了极致。使他出名的小说是《阑兑的死》（*Smert Lande*），使他更出名而得种种攻难的小说是《沙宁》（*Sanin*）。

阿尔志跋绥夫的著作是厌世的，主我的；而且每每带着肉的气息。但我们要知道，他只是如实描出，虽然不免主观，却并非主张和煽动；他的作风，也并非因为"写实主义大盛之后，进为唯我，"却只是时代的肖像：我们不要忘记他是描写现代生活的作家。对于他的《沙宁》的攻难，他寄给比拉尔特的信里，以比先前都介涅夫（Turgenev）的《父与子》，我以为不错。攻难者这一流人，满口是玄想和神閟，高雅固然高雅了，但现实尚且茫然，还说什么玄想和神閟呢？

阿尔志跋绥夫的本领尤在小品；这一篇也便是出色的纯艺术品，毫不多费笔墨，而将"爱憎不相离，不但不离而且相争的无意识的本能"，浑然写出，可惜我的译笔不能传达罢了。

这一篇，写雪地上沦落的妓女和色情狂的仆人，几乎美丑泯绝，如看罗丹（Rodin）的雕刻；便以事实而论，也描尽了"不惟所谓幸福者终生胡闹，便是不幸者们，也在别一方面各糟蹋他们自己的生涯。"赛式加标致时候，以肉体供人的娱乐，及至烂了鼻子，只能而且还要以肉体供人残酷的娱乐，而且路人也并非幸福者，别有将他作为娱乐的资料的人。凡有太饱的以及饿过的人们，自己一想，至少在精神上，曾否因为生存而取过这类的娱乐与娱乐过路人，只要脑子清楚的，一定会觉得战栗！

现在有几位批评家很说写实主义可厌了，不厌事实而厌写出，实在是一件万分古怪的事。人们每因为偶然见"夜茶馆的明灯在面前辉煌"便忘却了雪地上的毒打，这也正是使有血的文人趋向厌世的主我的一种原因。

一九二〇年十月三十日记。

原载 1920 年 12 月 1 日《新青年》月刊第 8 卷第 4 号。

初收 1922 年 5 月上海商务印书馆版"世界丛书"之一《现代小说译丛》(第 1 集)。

三十一日

日记 晴。星期休息。无事。

十一月

一日
日记　晴。无事。

二日
日记　晴。午后往留黎厂,在中华书局豫约《簠室殷契类纂》一部,先付半价见泉二元。

三日
日记　昙。午后往许季上寓,又引其子至山本病院诊。下午大风。封德三来部,假与泉五元。夜微霰即止。

四日
日记　晴。无事。

五日
日记　晴。夜濯足。

六日
日记　晴。无事。

七日
日记　晴。星期休息。夜小雨。无事。

八日

　　日记　昙。无事。

九日

　　日记　晴。午后得封德三信。下午理发。寄仲甫说一篇。

十日

　　日记　晴。无事。

十一日

　　日记　晴。午后封德三来部,假与泉十五。

十二日

　　日记　晴。午往图书分馆访子佩,借《文苑英华》六本。

十三日

　　日记　晴。无事。

十四日

　　日记　晴。星期休息。上午得李遐卿信。

十五日

　　日记　晴。无事。

十六日

　　日记　晴。上午收七月分奉泉三百,还齐寿山二百。

十七日

　日记　晴。无事。

十八日

　日记　昙。午后往图书分馆。夜小雨。

十九日

　日记　晴。午后往午门。

二十日

　日记　晴,风。晚马幼渔来,赠以重出之《会稽掇英集》一部。

二十一日

　日记　晴。星期休息。无事。

二十二日

　日记　晴。下午得李退卿信。

二十三日

　日记　晴。发热,休息。上午服萆麻子油二勺,写二次。

二十四日

　日记　晴。午李退卿持来『小説ノ作リ方』一本,其弟宗武见赠者。午后得宋紫佩信并订成之书二十六本,工泉千。

二十五日

　日记　晴。病,休息。夜服规那十厘。

二十六日

日记 晴。病,休息。夜服规那十厘。

二十七日

日记 晴。上午从齐寿山假泉十。下午得青木正儿信,由胡适之转来。

二十八日

日记 晴。星期休息。订旧书。午后昙。

二十九日

日记 晴。疲劳,休息。

三十日

日记 晴。无事。

十二月

一日

　日记　晴。上午从李遐卿假泉卅。

二日

　日记　昙。上午收八月上半月奉泉百五十,还齐寿山泉十。午后往留黎厂买汉残碑阴一枚,《田迈造象》并侧三枚,《惠究道通造象》一枚,杂造象五种六枚,共泉四元。夜风。

三日

　日记　昙。无事。

四日

　日记　昙,夜雨雪。无事。

五日

　日记　雨雪。星期休息。晚朱遏先,马幼渔来。

六日

　日记　晴。无事。

七日

　日记　微雪。休假。午后同母亲至八宝胡同伊东牙医院疗齿。

八日

　　日记　晴。午后游小市。

九日

　　日记　昙。上午寄大学信，晚得答。

十日

　　日记　晴。无事。

十一日

　　日记　晴。夜濯足。

十二日

　　日记　晴。星期休息。夜大风。无事。

十三日

　　日记　晴。午后往张阆声寓借《说郛》两本。

十四日

　　日记　晴。无事。

致 青木正儿

　　拝啓　御手紙拝見致しました、支那学もつゞいて到着しました、甚だ感謝します。

　　わたくしは先より胡適君の処の支那学であなたの書いた支那文

学革命に対する論文を読みました、同情と希望を以って然も公平なる評論を衷心より感謝します。

　わたくしの書いた小説は幼稚極なものです、只だ本国に冬の様で歌も花もない事を悲んで寂寞を破るつもりで書いたものです、日本の読書界に見せる生命と価値とを持って居ないものだろーと思ひます、これから書くは又書くつもりですが前途は暗澹です、こんな環境ですからもっと諷刺と咀咒に陥るかも知りません。

　支那に於ける文学と芸術界は実に寂寥の感に堪りません、創作の新芽は少しく出て来た様ですけれども生長するかどーかさっぱり解りません、『新青年』も近頃随分社会問題にかたむいて文学方面のものは少なく成りました。

　支那の白話を研究するには今に於いて実に困難な事であると思ひます、唱道したばかりですから一定した規則なく各人銘々勝手な文句と言葉とを以って書いて居ります、銭玄同君等は早く字引を編纂する事を唱道して居るけれども未着手しません、若しそれが出来たら随分便利になるだろーと思ひます。

　日本文をこんなにまづく書いて差上げる事にしました、御許を願ひます。
青木正児様

　　　　　　　　　　　　周樹人　十一［十二］月十四日

十五日
　日记　晴。上午从齐寿山假泉五十。寄青木正儿信。

十六日
　日记　晴。午后往图书分馆还子佩代付之修书泉一千文。往留黎厂。夜地震约一分时止。

十七日

　　日记　晴。下午得高等师范学校信。

十八日

　　日记　昙。午前许骏夫来。午后大风。

十九日

　　日记　晴。星期休息。无事。

二十日

　　日记　晴。午后寄张阆声信并书二种七本。

二十一日

　　日记　晴。无事。

二十二日

　　日记　晴。冬至,休假。

二十三日

　　日记　晴。得许季上信,星加坡发。

二十四日

　　日记　晴。午许季市来。午后往大学讲。

二十五日

　　日记　晴。休假。下午钱玄同来并代马叔平还《孝堂山石刻》。

二十六日

日记　晴。星期休息。下午许季市来并送南丰橘一合。夜风。

二十七日

日记　晴,无事。

二十八日

日记　晴。上午从齐寿山假泉廿。

二十九日

日记　昙,午后晴。午后从朱孝荃假泉五十。

三十日

日记　雨雪。无事。

三十一日

日记　晴,午后微雪。往留黎厂买《三体石经残石》一枚,杂造象四种五枚,一元。晚收八月下半月及九月分奉泉四百五十,还齐寿山百七十,朱孝荃五十。

书　帐

程哲碑一枚　和荪兄赠　一月十三日

宝泰寺碑一枚　同上

郑舒夫人残墓志一枚　以吕超志易得　一月十六日

尉富娘残墓志一枚　同上

王诵墓志一枚　三·〇〇　一月二十日

昙陵县初等造象一枚　〇·二〇　一月二十四日

道俗七十八人等造象一枚　〇·三〇　　　　　　　三·五〇〇

元延明墓志一枚　四·〇〇　二月九日

元钻远墓志一枚　二·〇〇

于景墓志并盖二枚　三·〇〇

元瑰墓志一枚　二·〇〇

元维墓志一枚　二·〇〇

王诵妻元氏墓志一枚　四·〇〇

太平寺残摩厓一枚　一·〇〇

开化寺造象四枚　二·〇〇

元思墓志一枚　二·〇〇　二月二十八日

李媛华墓志一枚　四·〇〇

元文墓志一枚　二·〇〇

祥光残碑一枚　二·〇〇　　　　　　　　　　三〇·〇〇〇

高厶残碑并阴二枚　二·〇〇　三月一日

宁陵公主墓志一枚　四·〇〇　三月五日

元羽墓志一枚　三·〇〇

元寿妃麴墓志一枚　三·〇〇

孔丛子四册　一·〇〇　三月六日

崔豹古今注一册　二·〇〇

中兴间气集一册　二·〇〇

白氏讽谏一册　一·〇〇

金刚经残石一枚　裘君从新疆拓寄

麴斌造寺碑一枚　同上

麴斌芝造寺界至记一枚　同上

张怀寂墓志一枚　同上　　　　　　　　　　一八·〇〇〇

元遥墓志一枚　见泉二·〇〇　四月三日

582

元遥妻梁墓志一枚　二·〇〇

唐耀墓志一枚　一·〇〇

嵩山三阙五枚　许季市寄来　四月八日

嵩阳寺碑二枚　同上

董洪达造象二枚　同上

涵芬楼秘笈第七集八册　二·二〇　四月二十三日

涵芬楼秘笈第八集八册　二·二〇

剪灯新话及余话二册　五·〇〇　四月廿四日

刘华仁墓志一枚　一·〇〇　四月二十八日　　　　　　见泉一五·四〇〇

元绪墓志一枚　齐寿山赠　五月十一日

元谭墓志一枚　二·〇〇　五月廿九日

元恩墓志一枚　一·〇〇

元项墓志一枚　一·〇〇

李元姜墓志一枚　一·〇〇　　　　　　　　　　　五·〇〇〇

神州大观第十五集一册　一·五〇　六月廿五日

元容墓志一枚　一·〇〇　六月廿八日　　　　　二·五〇〇

汉碑阴残石一枚　〇·五〇　十二月二日

田迈造象并侧三枚　一·〇〇

惠究道通造象一枚　〇·五〇

杂造象五种六枚　二·〇〇

三体石经残石一枚　一·〇〇　十二月卅一日　　　　六·〇〇

杂造象四种五枚　一·〇〇

　　总计用券五一·五元,六折合见泉三〇·九元,又见泉二八·九元,总合用泉五一·八元。